suhrkamp taschenbuch 4843

Stanislaw Krasnogorow, Programmierer künstlicher Intelligenz und Amateurschriftsteller, ahnt, dass in seinem Leben nicht alles mit rechten Dingen zugeht: Ganze 23 Mal hat Stanislaw, genannt Stak, am Rande des Abgrunds gestanden – und entkam jedes Mal dem Tod um Haaresbreite. Zufall? Oder Schicksal? Und wenn er nicht zufällig überlebt hat, muss es dann nicht eine Bestimmung geben, für die er gerettet und aufgespart wird? Auch der KGB wird auf die seltsamen Vorfälle aufmerksam und bringt sie mit einer Reihe ungeklärter Todesfälle in Zusammenhang. Doch niemand hat mit der Entschlossenheit gerechnet, mit der Stak plötzlich seine außergewöhnliche »Gabe« für sich nutzt und eine Zukunft inszeniert, die sich von unserer Gegenwart mehr als grundlegend unterscheidet …

Boris Strugatzki (1933–2012) zählt zusammen mit seinem Bruder Arkadi (1925–1991) zu den erfolgreichsten russischen Autoren der modernen Science-Fiction und Phantastik, ihre Bücher sind in über 30 Sprachen übersetzt. Viele ihrer Romane wurden verfilmt – unvergesslich *Picknick am Wegesrand* (st 670) unter dem Titel *Stalker* von Andrei Tarkowski. *Die Suche nach der Vorherbestimmung* schrieb Boris Strugatzki nach dem Tod seines Bruders.

BORIS STRUGATZKI

DIE SUCHE NACH DER VORHERBESTIMMUNG

ODER DER SIEBENUNDZWANZIGSTE LEHRSATZ DER ETHIK

Roman

Aus dem Russischen von
Erik Simon

Suhrkamp

Die Originalausgabe erschien unter dem Titel
Поиск предназначения, или Двадцать седьмая теорема этики.

Die deutsche Übersetzung von Erik Simon
erschien erstmals 2004 bei Klett-Cotta, Stuttgart.

Erste Auflage 2018
suhrkamp taschenbuch 4843
Lizenzausgabe mit freundlicher Genehmigung
des Klett-Cotta Verlags, Stuttgart

Umschlagabbildung: FinePic®, München
Druck und Bindung: CPI – Ebner & Spiegel, Ulm
Umschlag: Werbeagentur ZERO, München
Printed in Germany
ISBN 978-3-518-46843-2

DIE SUCHE NACH DER VORHERBESTIMMUNG

ODER DER SIEBENUNDZWANZIGSTE LEHRSATZ DER ETHIK

Evolution kann nicht gerecht sein.

Friedrich August von Hayek:
Die verhängnisvolle Anmaßung

Meinen lieben Freunden, mit denen ich mich heute – öfter oder seltener, aber immerhin – treffe, und denen von ihnen, die ich nun vielleicht niemals mehr treffen werde.

EIN WORT DES AUTORS

Ausnahmslos alle Helden dieses Buches haben mehrere Vorbilder. Die Züge dieser Vorbilder sind in jedem Helden in ziemlich willkürlichem Verhältnis vermengt. Dasselbe kann man von den krassesten im Buche geschilderten Situationen sagen. Obwohl vieles, sogar sehr vieles hier ohne größere Umstände von der Wirklichkeit abgekupfert wurde, hat es darum keinen Sinn, Fragen der Art »Wer ist wer, was ist was, wo und wann genau?« zu stellen.

Der überwiegende Teil der im Buche zitierten »Maschinen-Aphorismen« ist dem Sammelband *Computerspiele* (Leningrad: Lenisdat, 1988) entnommen. Der Autor nutzt die Gelegenheit, dem Schöpfer der entsprechenden Computerprogramme, D. M. Ljubitsch, seinen Dank und seine Hochachtung auszusprechen.

ERSTER TEIL

DER GLÜCKLICHE JUNGE

1

»Plötzlich kommt der Augenblick, wo du das Bedürfnis empfindest, ein Resümee zu ziehen«, sagte Stanislaw daraufhin. »Und das muss dir durchaus nicht erst auf deine alten Tage passieren ...« Er hatte einen Anfall von Tiefsinn. »Und es braucht nicht unbedingt einen besonderen Grund dafür zu geben! Das geht so: Jemand in dir, der für gewöhnlich mit seinen eigenen Angelegenheiten befasst ist, blickt plötzlich von diesen Angelegenheiten auf und spricht nachdenklich: ›Tja, mein Herr, für uns scheint es an der Zeit zu sein, ein Resümee zu ziehen ...‹«

Vikont hörte sich die Rede wohlwollend an, klopfte mit der Pfeife auf den Tisch und äußerte: »Gekauft. Schreib's auf ...« Aber Stanislaw dachte natürlich nicht daran, etwas aufzuschreiben – er lauschte seiner inneren Empfindung, und er begriff schon, dass das ein Vorzeichen war. Das Gefühl verflüchtigte sich allmählich, verlor die Schärfe ... die Bestimmtheit ... die ursprüngliche wilde Vieldeutigkeit – die klare Treffsicherheit eines glücklichen Verses ... Schließlich verstand er doch nicht, welches Resümee zu ziehen es ihn plötzlich gedrängt hatte.

Das geschah im Jahre neunzehnhundertsiebzig, im Frühling, an dem Tag, als Stanislaw siebenunddreißig wurde. Genauer, am Abend dieses Tages, und noch genauer – nachts, als die Gäste schon gegangen waren; die Mutti hatte begonnen, das Geschirr wegzuräumen, und Stanislaw war mit seinem Freund Viktor Kikonin (genannt Vikont) an die frische Luft gegangen, und an der frischen Luft hatten sie beschlossen, noch ein bisschen beisammenzusitzen – nun bei Vikont.

Es gab eine Flasche rosigen »Vin de mas«, es gab starken Kaffee mit Pflaumenkonfitüre, die Gitarre klimperte leise, und die beiden Schöpfer, die beiden wahren Dichter, Busenfreunde, fast Brüder, hoben sacht und mit Gefühl an:

Am Steuerrad die Hand erstarrt,
Der Mast im Nebelgrau zerrinnt,
Schwer liegt's dem Seemann auf der Seele,
Voraus nur Finsternis und Wind ...

(Worte vom Autorenkollektiv Krasnogorow & Kikonin, Melodie – dito.) Aus irgendeinem Grunde kam es Stanislaw in den Sinn, dass er mehrmals am Ertrinken gewesen war. Genaugenommen dreimal. Das erste Mal schon als ganz kleiner Junge, noch vor dem Krieg, in einem Teich des Waldparks. Mutti hatte am Ufer gesessen und sich mit Tante Lida unterhalten, und der kleine Slawa hatte zunächst am Rande geplanscht, dann aber beschlossen, weiter ins Wasser zu gehen. Anfangs hatte er festen Grund unter den Füßen, dann kam eine dünne und ekelhafte Schlammschicht, dann eine Art Ziegelschutt, und dann nichts mehr. Schwimmen konnte Slawa nicht. Vor Angst riss er die Augen auf, er sah über sich trüben Lichtschein, vor sich wogende Finsternis und begann krampfhaft zu zappeln, wusste schon, dass er verloren war. Und plötzlich tauchte unter den Füßen wieder fester Grund mit einer dünnen Schlammschicht auf. Rasch ging er ans Ufer und setzte sich neben die Mutti auf die ausgebreitete Decke. Niemand hatte etwas gemerkt. Und nichts ringsum hatte sich verändert. Und plötzlich kam ihm der Gedanke, er sei in Wahrheit schon ertrunken, auf der Decke aber sitze statt seiner jemand anders, und niemand bemerke diesen wichtigen Umstand. Und genau in diesem (und nur diesem einen) Augenblick erschrak er richtig.

Der zweite Fall war viel interessanter. Es war eine ziemlich sonderbare Geschichte. Schon während des Krieges – sie waren aus Leningrad evakuiert worden und lebten in dem kleinen Dorf Kischla in der Tschkalower Oblast – hatte Slawa mit Dorfkindern eine Bootsfahrt unternommen. Sie waren zu fünft ins Boot geklettert, hatten die Ruder hervorgeholt, und plötzlich begann Tolka Brunow mit schrecklicher Stimme zu brüllen und wurde kreideweiß. Schon das war an sich so entsetzlich, dass einem der Atem stockte, und da sah Stanislaw noch, warum Tolka brüllte: Auf dem Bug, inmitten irgendwelcher alter Lappen, saß eine ungeheuerliche, riesige Spinne, grün mit roten Punkten und faustgroß. Slawa konnte sich später nie erinnern, wie er ins Wasser geraten war. Alle fünf fanden sich im Wasser wieder, und nur durch ein Wunder kippte das Boot nicht um. Slawa hatte damals schon schwimmen gelernt, er tauchte auf und wollte gerade aus Leibeskräften zum nahen Ufer starten, als er entdeckte, dass auf dem Wasser direkt vor seinem Gesicht, die grünen Beine nach allen Seiten ausgestreckt, ebendie Spinne schaukelte und ihn aus blutroten Ansammlungen von Augen anschaute, von denen sie eine Million hatte. Und da klinkte sich Slawas Bewusstsein aus. Weiter erinnerte er sich an nichts. Die Kinder erzählten ihm später, dass er reglos an der Oberfläche schwamm, sodass der Hinterkopf aus dem Wasser ragte, und völlig weggetreten war. Sie zogen ihn rasch ans Ufer und pumpten das Wasser aus ihm raus. Die Spinne hatte niemand mehr zu Gesicht bekommen. Viel später dann, schon wieder in Leningrad, schon erwachsen, hatte Slawa eine Menge Bestimmungsbücher für Gliederfüßler gewälzt und sogar im Zoologischen Museum nachgefragt, doch alles vergebens – wie sich zeigte, war der Wissenschaft diese sonderbare und schreckliche Spinne unbekannt. Sie kam in der Natur nicht vor, zumindest nicht in den russischen Breiten ...

Und was das dritte Ertrinken betraf ... die Ertränknis ... das »katastrophische Untertauchen in Wasser ohne anschließendes Verlassen desselben« – beim dritten erinnerte sich Stanislaw nur ungern an irgendwelche Einzelheiten, und erzählen mochte er davon schon gar nicht. Damals war ein ganzer Trupp ins Wasser gefallen – sechs Burschen, vier Mädchen: Sie waren ins Eis des Ladogasees eingebrochen, in voller Montur, mit ihren monströsen Rucksäcken, mit den Zelten ... Ein

Mädchen war ertrunken, doch Stanislaw hatte sich gerettet. Er hätte sich nicht retten dürfen, wenn es ehrlich zugegangen wäre, doch er hatte sich gerettet ...

So hatte die Zählung begonnen. Im Grunde aufs Geratewohl. Ganz zufällig.

Er erzählte Vikont von allen drei Fällen, und Vikont gestand (mit gewissem Bedauern), dass er selbst niemals am Ertrinken gewesen sei. Von dem Fall in der Kindheit abgesehen, als der Zünder hochgegangen war, hatte er überhaupt niemals sein Leben einer Gefahr ausgesetzt. Stanislaw wunderte sich. Ihm kamen auf Anhieb drei, sogar vier weitere Fälle in den Sinn, wo er um Haaresbreite dem Tode entronnen war. Nichts einfacher als das – dem Tod um Haaresbreite nahezukommen. Er glaubte Vikont nicht. Er kam zu dem Schluss, dass Vikont wie gewohnt etwas verschleierte. Vikont war ein Geheimniskrämer, Geheimniskrämer vulgaris.

Er arbeitete in einem »Kasten«, und es war völlig unklar, was er dort trieb. »Ach, allen möglichen Kram ...«, gab er für gewöhnlich zur Antwort, wenn man ihn danach fragte, und verzog dabei angewidert sein langes, bleiches Gesichtchen – er log. Es war anzunehmen, dass er sich durchaus nicht mit Kram befasste. In den letzten zehn Jahren hatte er es schon auf rund hundert Auslandsreisen gebracht. Wobei er immerzu in irgendwelche ausgefallenen Länder flog, wohin normale Sowjetmenschen niemals reisen: Brasilien, Lesotho, Guayana ... Aus irgendeinem Grunde in den Iran. Was zum Teufel hatte ein Sowjetmensch, der das Vierte Medizinische Institut absolviert hatte, im Iran zu suchen?

Eine halbwegs vernünftige Antwort war von Vikont nicht zu kriegen. Von seiner Arbeit pflegte er niemals das Geringste zu erzählen. Niemandem. Und es gab auch niemanden, dem er davon hätte erzählen können. Er hatte keine Freunde, ausgenommen Stanislaw.

Wenn sich bei Stanislaw die übliche Gesellschaft traf, fing Vikont (freilich selten) aus heiterem Himmel an, von anderen Ländern zu erzählen. Als Erzähler hatte er kaum seinesgleichen. Alle verstummten, wenn es über ihn kam, und lauschten mit angehaltenem Atem, voller Angst, er könnte stutzen und ebenso unvermittelt und grundlos aufhören, wie er begonnen hatte.

Er begann immer in der Mitte, von einem unverständlichen Punkt aus, den er anscheinend für den springenden hielt.

»... ein weißer Gürtel um den Berg ...«, begann er zum Beispiel. »Weiße Bäume – genauer, die weißen *Skelette* von Bäumen in einem widerlichen giftigen Nebel. Als stünde man nicht auf einem Berg, sondern auf einem gottverlassenen ausdünstenden Friedhof ... keinem Menschenfriedhof ... Und im Nebel stachlige, scharfblättrige Gewächse, die dort ›Christi Dornenkrone‹ heißen ... Und riesige Spinnen, die ihre Netze zwischen den Gewächsen gewoben haben ... Der Erdboden ist überhaupt nicht zu sehen – nur dichtes hässliches Moos und Senken voll schwarzen Wassers, und auf jedem weißlichen Stamm ekelhafte, glitschige, vielfarbige Pilze ...«

Sein schmales Gesicht wurde grau wie von unerträglichem inneren Schmerz, die Stimme versagte ihm – die Erinnerung quälte ihn wie eine Krankheit. Diese Erzählungen, und nicht einmal sie selbst, sondern die Art und Weise, wie er erzählte, machten auf die Zuhörer einen frappanten Eindruck. Und auf Stanislaw natürlich auch. Vikont erschien ihm in diesen Minuten als Übermensch oder als Mensch aus der Hölle, oder gar als Wechselbalg – in diesen Minuten erkannte er ihn nicht wieder ... Und dann fand er plötzlich eine von Vikonts Erzählungen in einem Bändchen des Geographischen Verlages (es war wohl Cowell, »Das Herz des Waldes«). Die Übereinstimmung war fast wörtlich. Zuerst traute er seinen Augen nicht. Dann erfüllte ihn Wut. Dann Hochachtung. Und dann dachte er: Wozu zum Teufel macht er das, der dreckige Snob?

Natürlich war er ein Snob. Er war ein Snob in allen seinen Erscheinungsformen: im Gespräch, in seinen literarischen Vorlieben, im Alltag. Wenn er sich am Bierkiosk anstellte, brachte er es fertig, mit unbeschreiblichem Hochmut zu fragen: »Tja, also wer wagt es, hier zu gestehen, dass er der Letzte ist?« Auf die vom Kater zitternden, verwilderten Spritis machte das einen unauslöschlichen Eindruck ...

Auf einem niedrigen polierten Tischchen stand bei ihm daheim eine große hölzerne Schale, schwarz mit goldenen Drachen. Von der Insel Mindanao. Die Schale war voll Tabakspfeifen. Es waren an die dreißig Stück – von Nasenwärmern aus Rinde, wie sie Neger selbst angefertigt hatten, bis zu schweren aus Buchsbaumholz (?) mit einem Griff wie eine Pistole – museale, antiquarische, mit Namenszug versehene Exemplare ... Ohne hinzusehen steckte er seine linke Hand, wo die Finger fehlten, in diesen Haufen, dieses Wirrwarr, diese nach Teer stinkende luxuriöse Deponie, griff unfehlbar die gewünschte Pfeife heraus, stopfte sie mit geübten Handbewegungen, zündete sie mit einem Streichholz an und hüllte sich in honigfarbenen Rauch – das linke, blinde Auge zusammengekniffen ... Und plötzlich hob er mit leicht fistelnder Stimme an:

> Du sitzt am Kamin, und es tanzen die rötlichen Lichter
> Gemessen umher, dirigiert vom Dessin der Gardine,
> Du schluchzt überm Reim, also liest du dem Dunkel Gedichte,
> Dein Foxterrier, grau, schaut empor mit sinnierender Miene ...
>
> Auf dem Plüschtaburett döst friedlich ein Äffchen aus Samo,
> Die Bilder Watteaus überzieht's wie mit pechschwarzem Lack,
> Du sitzt am Kamin und schlingst um dich den Schal

»Dimuamo«,
Die Seiten regt sachte auf deinen Knien der Stak.

»Was für ein Stak?«, erkundigte sich Stanislaw, bemüht, sich von dem Eindruck zu lösen. »Was kümmert's dich?«, erwiderte Vikont mit majestätischem Missmut. »Na, zum Beispiel *Sta*-nislaw *K*-rasnogorow – ist das zufriedenstellend?« »Schon gut ... Und warum Samo? Es gibt kein Samo, bloß ein Somo.« »Weil DimuAmo gut klingt und DimuOmo nicht.« Da hatte er völlig recht: »Dimuamo« klang gut, und »Dimuomo« aus irgendeinem Grunde nicht ...

Als sie sich (in der fünften Klasse) kennengelernt hatten, war er ein kleiner, ungefährlicher, doch geistreicher Rowdy gewesen. Seine weiten Hosen und sein Matrosenhemd trug er damals mit dem breiten Gang eines alten Seebären. Er war ein Tunichtgut, ein Meister böser Streiche. Einmal hatten sie zusammen Pausendienst in der Klasse. Es war im Frühling fünfundvierzig. Die Klasse lärmte, trampelte und drängte sich auf dem Flur, und sie beide saßen auf einem Fensterbrett des Klassenzimmers im ersten Stock und schauten hinab. Zuerst gab es da nichts Interessantes, doch dann tauchte auf dem Fußweg direkt unterm Fenster plötzlich der Schuldirektor auf. Mit Hut. Das war nicht auszuhalten, und Vikont (damals nur Kikon oder Kikonja) spuckte sogleich auf diesen Hut, und natürlich traf er.

Alles war wie in einem schweren Albtraum. Wie in Zeitlupe blieb der Direktor stehen ... nahm sorgfältig den Hut ab ... musterte aufmerksam, was da herabhing ... und begann – unbeschreiblich, quälend, zermürbend langsam – den Kopf zu heben ...

Schlagartig waren sie vom Fensterbrett verschwunden. Wie zwei Torpedos schossen sie auf den Flur, und da schien es Stanislaw, als habe Kikon vor Angst vollends den Verstand verloren: Er sprang plötzlich von hinten an Papascha heran – den schlimmsten, gnadenlosesten und kräftigsten Rowdy der 5a – und haute ihm in die Fresse!

Papascha war baff. Er war zwei Köpfe größer als Kikon und glotzte ihn von oben herab mit irrem Blick an; offensichtlich hatte er jeden Kontakt zur Wirklichkeit verloren. Und da haute ihm Kikon zum zweiten Mal eine runter ... Und los ging es!

»Kikonja hat Papascha auf die Schnauze gehauen!« Die Nachricht schien sich in der ganzen Schule zu verbreiten. Augenblicklich versammelte sich eine Menge begieriger Zuschauer und Anhänger. Papascha hatte inzwischen mitgekriegt, was ihm passiert war, und stürzte sich mit bösem Gebrüll auf den Frechling, wobei er mit allen seinen vier gigantischen Extremitäten gleichzeitig arbeitete ... Sodass, als schließlich der Direktor mit dem Hut und allem, was daran hing, auf dem Flur erschien, er zunächst nicht einmal beachtet wurde.

»Wer war das?«, donnerte der Direktor und hielt den Hut in die Höhe, doch niemand sah oder hörte ihn. »Aufhören!«, donnerte der Direktor, doch das war schon keine Prügelei mehr, sondern Erziehungsarbeit, eine Sonderbehandlung, und da konnte man nicht einfach so aufhören ... Und als endlich die Ordnung wiederhergestellt war und der Direktor in der eingetretenen unterwürfigen Stille seine *entscheidende* Frage stellte: »Wer ist der Diensthabende?!«, meldete sich Kikonja freudig: »Ich!« – mit blutender Nase, einem angeschlagenen Auge und bis zum Nabel aufgerissenen Hemd –, und sofort war klar, dass nicht er der verbrecherische Übeltäter sein konnte, dass er nicht *dort* war, er war *hier*, wer aber *dort* war, wusste er nicht und konnte es unmöglich wissen ...

»Wo würde ein Weiser ein Blatt verbergen? – Im Walde.« Chesterton lasen sie zwei, drei Jahre später, und damals schätzten sie ihn nicht besonders – nach Conan Doyle, Louis Boussenard und Ponson du Terrail.

Im Sommer fünfundvierzig verunglückte Kikon mit einem Zünder. Er war wieder einmal mit den Lausejungen vor die Stadt gegangen, wo auf den Schlachtfeldern noch unbeerdigte Leichen verwesten und Tausende und Abertausende Stück der vielfältigsten Waffen sinnlos verkamen. Von diesem Ausflug, seinem letzten, brachte Kikonja einen Sack voller Schätze mit, größtenteils Bündel von gelblichen Makkaroni rauchlosen Pulvers, dazu Rollen von Zündschnur, dazu eine Vielzahl von Patronen verschiedenen Kalibers für Schusswaffen aller Art ... Die Schätze versteckte er im Keller seines Hauses, in sein Zimmer nahm er nur einen schönen bunten Metallgegenstand von Bleistiftgröße mit. Und in diesem Bleistift begann er mit einem Federmesser herumzustochern, um das schöne Ding in seine Einzelteile auseinanderzuschrauben. Das Ding ging hoch.

Zum Glück war die Großmutter daheim, sie rief einen Bekannten, der Arzt in der Militärmedizinischen war, und Kikon wurde ins Krankenhaus gebracht – ganz in der Nähe, in die Militärmedizinische Akademie ... Drei Finger der linken Hand mussten amputiert werden, der kleine und der Ringfinger blieben übrig. Im linken Auge blieb für immer ein kleiner Splitter stecken – er war aus Kupfer und konnte deshalb nicht mit einem Magneten herausgeholt werden. Aus der rechten Handfläche war ein großes Stück Fleisch und Haut herausgerissen worden. Um den Verlust auszugleichen, ließen die Ärzte Kikonjas rechte Hand am Bauch festwachsen, und die so entstandene Fleischbrücke wurde jeden Tag mit glühenden Zangen bearbeitet, um sie allmählich wieder abzulösen. (Solche Operationen waren damals anscheinend in Mode. Bei Kikonja im Krankenzimmer lag ein Soldat, dem die Äskulape auf ebendiese Weise die in den Kämpfen verlorene Schönheit nachwachsen ließen: Er lief mit dem linken Arm herum, der durch eine Haut-Fleisch-Brücke mit der Stelle verbunden war, wo er früher, vor der Verwundung im Gesicht, die Nase gehabt hatte. Nach Kikonjas Worten war der Soldat in jeder anderen Beziehung ein gesunder und sogar kräftiger Kerl. Jeden halben Monat entfernte er sich regelmäßig unerlaubt aus der Klinik, zu den Weibern, dort geriet er unausweichlich betrunken in eine Schlägerei, und dabei wurde ihm unausweichlich diese Brücke zerrissen. Morgens kehrte er blutüberstömt und reumütig ins Krankenzimmer zurück, und die Ärzte begannen von vorn.)

Kikonja blieb über ein halbes Jahr im Krankenhaus, und als er wieder in der Klasse auftauchte, war er schon ein ganz anderer Mensch. In ihm kam plötzlich der Intellektuelle zum Vorschein. Es stellte sich heraus, dass er belesen war, gut Schach spielte und ziemlich fließend Deutsch und Englisch las. Es war interessant geworden, sich mit ihm zu unterhalten. Über Bücher. Über Filme. Über Briefmarken. Er war imstande, mit ausgesuchter Nonchalance über das Mato Grosso zu sprechen, über die Gran Sabana oder die geheimnisvollen *Mesas*, die als Vorbild für die Verlorene Welt gedient hatten. Ohne zu stocken zählte er die Namen der Urmonster auf, die in den Sümpfen des Kongo und des Ubangi lauerten: Ldau, Schipekwe, Lipata, Mokele-Mbembe, Ailali, Ba-di-gui, Ngakuola-Ngou ... Stanislaw entdeckte das alles mit einigem Staunen, und sie begannen sich regelmäßig zu treffen. Zumal sich herausstellte, dass Kikon mit Großmutter und Großvater, einem Generalleutnant des medizinischen Dienstes, Professor an der Militärmedizinischen Akademie, just gegenüber von Stanislaws Haus wohnte, sodass sie über die Straße hinweg vereinbarte Gesten austauschen und einander sogar mit Taschenlampen nach dem Morsesystem Signale geben konnten.

2

Sein Manuskript begann Stanislaw wie folgt:

»Mein Haupttheorem könnte ich sofort formulieren, doch das wäre sicherlich nicht richtig. Richtig wird es sicherlich sein, wenn sich dieses Theorem im Laufe der Lektüre als notwendige Schlussfolgerung aus dem Text ergibt, als die absolut logische und die einzig mögliche.

Der Umstand, dass ich überlebt und mein gegenwärtiges Alter von nahezu vierzig Jahren erreicht habe, ist an sich schon fast ein Wunder. (Denn was ist ein Wunder? Die Überlagerung von Ereignissen mit geringer Wahrscheinlichkeit, und weiter nichts.)

Im Jahre siebenunddreißig wurde mein Vater aus der Partei ausgeschlossen. Er kam kurz nach Mitternacht nach Hause, setzte sich an den Tisch, legte die leblosen Hände zu beiden Seiten des Tellers mit Borschtsch und saß still da – dunkel, mit toten Augen, selber tot, er atmete nicht einmal –, so kam es zumindest der Mutter vor, die ihm gegenübersaß, auf der anderen Seite des Tisches, alles schon begriffen hatte und leise weinte. Dann, es war gewiss schon zwei Uhr, schellte plötzlich kurz das Telefon. Der Vater stürzte hin. Aus dem Hörer drang eine undeutliche unbekannte Stimme : ›Sinowi. Geh sofort, wie du bist, zum Bahnhof und fahr nach Moskau. Sofort, hast du verstanden? Nimm eine Fahrkarte vom Block des Gebietskomitees ...‹ Und dann quengelnd das Freizeichen.

Eine Stunde später saß Vater schon im Zug. Nach Stalingrad kam er nie mehr zurück – er lebte bis zum Krieg in Pieter und kämpfte um seine Rehabilitation –, übrigens ganz unzweckmäßig und ohne jeden Nutzen.

Doch wie mir jetzt klar ist, sollte er in jener Nacht verhaftet werden. Und höchstwahrscheinlich erschossen. Das hieß damals: ›zehn Jahre ohne Recht auf Korrespondenz‹. Ebendies ist Anfang siebenunddreißig mit seinem Bruder Afanassi passiert: zehn Jahre ohne Recht auf Korrespondenz. Und seine Frau (seine Witwe?) wurde mit sämtlichen Kindern binnen vierundzwanzig Stunden nach Sterlitamak verbannt. Die älteren Kinder haben überlebt, doch die beiden kleinsten starben unterwegs an der Ruhr. Sonja war sechs und Wowa fünf.

Ich war damals vier. Ich war ein blutarmes, schwächliches, skrofulöses Kind. Natürlich war ich dem Tode geweiht.

Doch Vater kam davon, und deshalb blieb ich am Leben. Vorläufig. Bis zum nächsten Ereignis, wie ein Spezialist für Wahrscheinlichkeitstheorie sagen würde ...«

Sein Haupttheorem konnte ungefähr so lauten: »In den über dreißig Jahren meines Lebens habe ich so oft am Rande des Abgrunds gestanden, um Haaresbreite vom Tode entfernt, ganz nahe vor der letzten Grenze, dass jeder Versuch, die Tatsache meines Überlebens an sich durch puren Zufall zu erklären, des gesunden Menschenverstandes spottet ...«

Doch wenn er nicht zufällig überlebt hatte, dann gab es also eine *Gesetzmäßigkeit*, dann gab es in der Welt etwas, was ihn rettete, beschützte, aufsparte? ...

Was? Und – *wofür?*

Er bemühte sich redlich, sich an alle Umstände zu erinnern, die ihn bis hart an den Rand des Abgrunds geführt hatten, und er versuchte redlich zu verstehen, was ihn jedes Mal am Rande zurückgehalten hatte. Er suchte eine Gesetzmäßigkeit und fand keine. Das wurde für ihn zu einem Spiel, und dieses Spiel spielte er mehrere Tage lang voller Genugtuung mit sich selbst. Natürlich glaubte er an keine Gesetzmäßigkeit, doch nachdem er dreiundzwanzig Fälle zusammenbekommen hatte, wo er sich kurz vor dem Tode befunden hatte, dreiundzwanzig Situationen, von denen jede ihm mit einem unweigerlichen und oft schrecklichen Tode drohte, konnte er als Mathematiker nicht umhin, darin die Hand des Schicksals zu spüren ...

»Wenn Sie die Straße überqueren, blicken Sie erst nach rechts, und in der Mitte der Straße nach links.« Ob jemand, der diese einfache Regel hartnäckig befolgte, in einer Großstadt wohl lange am Leben bliebe? Manchmal kam er sich wie solch ein Mensch vor, mit dem einzigen Unterschied, dass er sich nicht bewusst war, irgendwelche Regeln zu verletzen, weder einfache noch komplizierte ... Doch was wissen wir schon von den Regeln, die zu kennen uns nicht gegeben ist und die wir vielleicht tagtäglich verletzen?

Vikont hörte sich diese Überlegungen durchaus wohlwollend an (das war natürlich nicht mehr in jener historischen Nacht, sondern eine Woche später), doch er reagierte zunächst nur mit einem Witz aus dem Repertoire der Dozenten für marxistische Philosophie: »Was ist Zufall, und was, Genossen, ist Gesetzmäßigkeit? Wenn jemand aus dem Haus tritt, und ihm fällt ein Balkon auf den Kopf, und er bleibt trotzdem am Leben – was ist das? Richtig, ein Zufall. Und wenn er am nächsten Tag wieder aus dem Haus geht, und wieder fällt ein Balkon auf ihn, und er bleibt wieder am Leben? Nein, das ist keine Gesetzmäßigkeit, Genossen, das ist eine *Gewohnheit*. Und wenn am dritten Tag das Gleiche passiert? Dann ist es schon *eine gute Tradition ...*«

Dann dachte er ein Weilchen nach, bewegte dabei lautlos seine dicken Afrikanerlippen und sagte plötzlich: »Weißt du was, mein Stak – das ist doch ein *Sujet!* Findest du nicht?«

Tags darauf begann Stanislaw zu schreiben.

In der Tat schrieben sie beide schon ewig hin und wieder etwas. »Bruillons«, pflegte Vikont zu sagen, der Tynjanow vergötterte. Sie hatten mehrere gemeinsame Romane und Erzählungen angefangen, für jedes Werk eine besondere Mappe angelegt, und in jeder lagen jetzt drei, vier bekritzelte Seiten. Die von ihnen verfassten – sogar fertigen! – Gedichte zählten schon nach Dutzenden. Die meisten davon waren vertont. Von den Autoren selbst.

Das war freilich alles nichts Ernstes. Als das beste Stück in Vikonts literarischem Nachlass galt ein Werk mit dem Titel »Experiment an fremdem Leben«. Es handelte sich um die authentischen Tagebuchaufzeichnungen von Beobachtungen, die der von Langeweile geplagte Schüler der neunten Klasse Viktor Kikonin, wegen einer Erkältung ins Bett gepackt, an einer seiner heimischen Schaben durchgeführt hatte (von denen es in der Wohnung von Generalleutnant Professor Kikonin dem Ältesten reichlich gab):

»12.03 Uhr – Habe das Schabenvieh in eine Büchse ohne Luftzufuhr gesetzt. Die Büchse ist ungefähr 50 Mal so groß wie die Schabe. Sehen wir, was draus wird.

13.34 Uhr – Lebt, das Mistvieh!

14.10 Uhr – Habe ihr Brotkrümel reingestreut – sie frisst.

14.55 Uhr – Habe das Mistvieh laufen lassen!«

Stanislaw erfuhr nie, was mit Vikonts Eltern geschehen war, wo sie sich befanden, ob sie noch lebten, und wenn ja, warum dann Vikont immer bei den Großeltern wohnte. Zu der Zeit, da keine Frage als taktlos gilt, interessierte es ihn nicht, und später spürte er hinter alledem ein unangenehmes Geheimnis und wagte nicht zu fragen.

Zuerst starb die Großmutter, und zum ersten Mal im Leben sah Stanislaw Vikont weinen. Zum ersten und letzten Mal.

Der Großvater machte es allein noch fünf, sechs Monate. Er war sehr berühmt – in gewissen Kreisen. Er befasste sich mit Militär-Mikrobiologie. Vikont nannte ihn einmal (offensichtlich hatte er es von einem der Erwachsenen gehört) den »Pestgeneral«. Stanislaw hielt das für eine unverdiente Kränkung, und erst viele Jahre später ahnte er, wie das eigentlich zu verstehen war.

(Vikont sagte, sein Großvater habe über zweitausend Publikationen verfasst, doch Stanislaw hatte nur eine zu lesen bekommen. Sie hatte seine Vorstellungskraft aufgewühlt, denn

Professor Kikonin bewies darin eine bemerkenswert paradoxe Behauptung: Je schrecklicher und gefährlicher eine Krankheit ist, um so eher verschwindet sie vom Antlitz der Erde. So war es mit der alten Syphilis, so geschah es mit den mittelalterlichen Stämmen von Pestbakterien. Je tödlicher ein Stamm, um so sicherer bringt er seinen Wirt um – und sich selbst mit ihm. Ein tödlicher Stamm hat keine Zukunft. Es überleben nur diejenigen Krankheiten, die eine einigermaßen nennenswerte Anzahl der Erkrankten am Leben lassen. Eine Bakterie, die alle tötet, tötet auch sich selbst ... Fürwahr: Wenn du leben willst, dann lass auch die anderen leben.)

Vikonts Eltern waren weder auf dem ersten noch auf dem zweiten Begräbnis. Vikont (Student des Vierten Medizinischen Instituts im vierten Studienjahr) blieb alleiniger Besitzer der Fünf-Zimmer-Wohnung des Generals. Jetzt konnten sie die »Stimme Amerikas« zu jeder beliebigen Tages- und Nachtzeit voll aufdrehen. Und ihre Lieder zur Gitarre grölen. Und im Suff die Gläser von Großvaters Service zerschlagen ... Und Weiber mitbringen. Doch Weiber brachten sie in diese Wohnung nie mit. Und sie nutzten nie mehr als Vikonts eigenes Zimmerchen – zweimal zwei Meter, ein Bett, ein Tisch, ein Bücherregal und ein vor Altersschwäche fortwährend auseinanderfallender teilgepolsterter Stuhl, Artikel-Nr. AZ-123/47.

Das Zeitungstischchen mit der Pfeifensammlung stand am Fußende des Betts. Vikont saß (oder lag) für gewöhnlich auf diesem Bett, Stanislaw am Tisch auf dem todkranken Stuhl. So tranken sie zusammen. So dichteten sie. So diskutierten sie. Hinter der Tür (die gewohnheitsmäßig immer geschlossen wurde) lebte die riesige leere Wohnung, von strenger Eleganz und sogar altmodischem Luxus, still ihr Schattendasein. Ein Gefäß der Vergangenheit. Ein Tempel. Eine Gruft. Vikont weigerte sich kategorisch, irgendetwas zu verändern. Nur Großvaters Sammlung alter Münzen hatte er zu sich ins Zimmer geholt und bewahrte sie im rechten Schubfach des

Tisches auf, wo er sie ab und zu zur Betrachtung herausnahm.

Stanislaw empfand alle diese unpraktischen Eigenheiten als selbstverständlich. Obwohl hier kaum etwas selbstverständlich war. Wieso war Vikont eigentlich nicht aus der Wohnung gesetzt worden? Schließlich war es eine Dienstwohnung. Warum hatte man ihn nicht wenigstens in eine Einraumwohnung umgesiedelt? In eine Zweiraumwohnung? Als – schon in neuerer Zeit – der neugierige Senja Mirlin Stanislaw diese Fragen stellte, wusste er nichts Vernünftiges zu antworten, und Senja hielt ihm in seiner klassischen Manier eine Rede zu dem Thema: Nur romantische Esel wie Stanislaw suchen Rätsel, Geheimnisse, Sujets und Wunder in der Welt des Unerforschten und Unerklärlichen; dabei gibt es nichts Geheimnisvolleres, Rätselhafteres und die Phantasie Fesselnderes als die Welt der sowjetischen Gesetze und Verordnungen ... Darauf hatte Stanislaw nichts zu erwidern, doch die bürokratischen Geheimnisse des Wohnungsmieters Vikont-Kikonja wollte er auch nicht ergründen.

Recht bald wurde ihm klar, dass er in Wahrheit keinerlei literarische Erfahrung besaß. Wie sich zeigte, hatten ihre früheren Beschäftigungen absolut nichts mit richtiger literarischer Arbeit gemein gehabt.

Früher hatten sie etwas *erfunden*, und darum waren sie frei gewesen – das heißt, sie hatten das geglaubt –, und alles war ihnen leicht von der Hand gegangen, solange es nicht Zeit wurde, das Erfundene zu *organisieren*. Und sobald es so weit war, hatten sie solch einen Widerstand des Stoffes gespürt, dass sie die Arbeit sofort hingeworfen hatten: Es war *schwer* geworden.

Jetzt dagegen brauchte er nichts zu erfinden. Es war alles schon da. Er brauchte sich nur zu *erinnern* und die Erinnerungen richtig anzuordnen. Das hieß, sie *organisieren*. Das erwies sich als unbeschreiblich und unerklärlich schwierig. Mehrmals warf er die Arbeit hin, scheinbar endgültig. Wozu sich quälen?, fragte er sich entnervt. Wer hat etwas davon? ... Er blätterte in den vollgeschriebenen Seiten, las den fertigen Text durch – alles wirkte gestelzt, unnatürlich und stumpf. Und alles zusammen war widerwärtig wenig im Vergleich zu dem, was er noch schreiben musste.

Ein paar Absätze gab es immerhin, die er gern wieder las. Er lernte sie sogar auswendig – unwillkürlich, ganz ohne Absicht.

Doch während er die Entwürfe wieder und wieder durchsah, hatte er die heftige Empfindung, einen *Sieg* errungen zu haben. Etwas presste ihm plötzlich die Kehle zusammen, und ihm kamen die Tränen. In solchen Augenblicken schämte er sich vor sich selbst, konnte aber nichts machen. Und wollte es auch nicht. Immerhin war er ein Mann der Wissenschaft, und er verstand vielleicht nicht viel von Literatur, doch er hatte ein deutliches Gespür für die *Neuheit* – sowohl des Stoffes als auch der eigentlichen Grundidee. So was war noch nie dagewesen. Er war der Erste, der diesen Weg beschritten hatte. Also musste er ihn bis zum Ende gehen.

Überdies tauchte gerade um diese Zeit im Hause eine Schreibmaschine auf, eine altertümliche, seltsame, von senkrechter Konstruktion mit erstaunlich weichen, wunderbar austarierten Tasten. Und mit Staunen stellte er fest, dass das Schreiben interessant geworden war: Der Schreibvorgang selbst erfüllte ihn mit einer widernatürlichen (das war ihm bewusst) Befriedigung. Früher hatte er so etwas nur empfinden können, wenn er Formeln ableitete und Diagramme zeichnete. »Weiß Gott, wie ohne jede Scham Gedichte wachsen und aus welchem Müll ...« Heilige Worte! Doch aus welchem Müll wächst die Inspiration!

Dann begriff er, dass er in Szenen schreiben musste, in Episoden, kleinen Bildern, ohne im Geringsten an die Verbindungen und die Übergänge von einer Episode zur anderen zu denken. Sogleich ging es viel leichter. Leichter, ja, aber nicht leicht.

Am schwierigsten war es mit den Wörtern.

Wie heißt dieses Hautstück, diese Stelle zwischen Daumen und Zeigefinger, hol sie der Teufel? Er wusste es nicht, und keiner von seinen Bekannten wusste es, sodass er, verdammt, auf die Episode mit dem Schluckspiel verzichten musste ...

Wie heißt der Raum zwischen zwei Türen – der Außentür, die ins Treppenhaus führt, und der inneren zur Wohnung? ... Flur? Nein. Plattform? ... Bei Eisenbahnwagen hieß er Plattform ...

Er nannte diesen dunklen Raum »Vorraum« und versuchte ihn zu beschreiben. Im Vorraum war es völlig dunkel und ziemlich kalt – natürlich nicht so kalt wie im Treppenhaus, wo die erbarmungslose Kälte von Straße und Hof herrschte, aber doch kälter als im Flur. Links standen dort Regale, auf denen vor dem Kriege Speisevorräte gelagert wurden und auf denen längst nichts mehr lag außer zerhacktem Feuerholz. Und es roch in dem Vorraum – nach Feuerholz.

Der Junge stand angezogen im Vorraum. Ein langer Pelzmantel mit hochgeschlagenem Kragen, eine warme Mütze mit heruntergeklappten Ohrenklappen, ein wollenes Tuch über der Mütze, Filzstiefel, Fausthandschuhe. Er zog sich immer so an, wenn er nachmittags nach zwei hinausging, um im Vorraum zu stehen.

Der Junge war klein, gerade mal acht Jahre, dünn, schwächlich und schmutzig. Er hatte schon seit Monaten nicht gelacht, nicht einmal gelächelt. Seit Monaten hatte er sich nicht mit warmem Wasser gewaschen, er hatte Läuse gekriegt ...

Seit vielen Tagen hatte er sich nicht satt gegessen, und während der letzten beiden Monate – es war Winter – war er einfach allmählich am Verhungern, doch er wusste das nicht und ahnte es nicht einmal – er verspürte überhaupt keinen Hunger. Er hatte keine Lust zu essen. Er hatte große Lust zu *kauen*. Egal was. Nahrung. Irgendwelche. Lange, sorgfältig, selbstvergessen, mit Genuss, ohne an etwas zu denken ... Und dabei zu schmatzen. Manchmal überkam ihn plötzlich die Vorstellung, dass man ja letzten Endes alles kauen konnte: den Rand vom Wachstuch ... ein Papierkügelchen ... eine Schachfigur ... Ach, wie süß, wie appetitlich die lackierten Schachfiguren rochen! Doch beim Kauen waren sie hart und unangenehm, sogar widerwärtig ... Und wenn man dran leckte, bitter ...

Es war sehr wichtig, den Gedanken zum Ausdruck zu bringen, dass dieser Junge *in jedem Fall* dem baldigen und unausweichlichen Tode geweiht war. Ihm blieb *in jedem Fall* nur noch ein Monat zu leben, allerhöchstens zwei.

Bis Ende Januar hatte er nur durchgehalten, weil sie den ganzen Herbst über Katzenfleisch gegessen hatten, und weil die Mutti die Angewohnheit hatte, sich schon im Frühling mit Feuerholz zu bevorraten, und nicht erst auf den Winter zu wie die meisten Leningrader. Darum war es bei ihnen zu Hause warm. Doch die Katzen waren in der Stadt längst aufgegessen, und alles Essbare, was sich in einer Stadtwohnung finden ließ (alter Tischlerleim, eingetrockneter Tapetenkleister, Bibergeil, getrockneter Meerkohl – Vaters Herzmittel aus der Vorkriegszeit) – das alles war schon gefunden und gegessen, und jetzt kam nichts mehr als der Tod. Natürlich verstand der Junge das nicht, es kam ihm nicht einmal in den Sinn, daran zu denken, doch die Lage der Dinge hing überhaupt nicht davon ab, was er verstand und was nicht ...

Außerordentlich wichtig war es jedoch, dafür zu sorgen, dass der Leser (der satt, gesund, sauber gewaschen mit diesem Text in der Hand nicht weit vom warmen Heizungskörper saß) das Wesen der Situation gut verstand. Und dazu musste sehr viel beschrieben werden, und zwar irgendwie geschickt, unaufdringlich, möglichst natürlich und ungezwungen.

Zuerst versuchte er so zu schreiben, dass sich der Junge bestimmte Szenen und Bilder vorstellte, die rein informativen Charakter hatten. Wie die Treppe aussah, von einer dicken Schicht aus gefrorenem Wasser und Unrat überzogen ... Warum in der Wohnung nur noch das Zimmerchen mit den Fenstern zum engen Hof und die Küche mit dem Herd und der Flur bewohnbar waren ... Wer sonst noch im Hause wohnte – wie viele Menschen und in welchen Wohnungen ... Diese ganze Information beschwor nicht nur das Milieu und die allgemeine Atmosphäre des *bevorstehenden Todes* herauf, sie war auch wichtig für das folgende, für den Beweis des Haupttheorems.

Doch das alles musste er gnadenlos ausstreichen. Der Junge konnte sich nichts davon vorstellen, ebenso wenig es sich ausdenken oder sich daran erinnern ... Er dachte nur dies: »Mutti ... warum kommst du nicht ... ich warte auf dich ... komm bald ... warum kommst du nicht, Mutti ... Mutti ... Mutti ...« Er wiederholte es in Gedanken, dreihundert und tausend Mal – die ganze Zeit ein und dasselbe, mit ganz geringen Variationen, und manchmal begann er plötzlich, dasselbe laut zu sagen, und er sagte es lauter und lauter und immer lauter, wiederholte immer dasselbe auf dieselbe Art – bis er durch den Lärm der eigenen Stimme hindurch plötzlich das Knarren der Haustür zu hören glaubte, die weit unten geöffnet wurde, und dann verstummte er und hielt den Atem an – lauschte reglos, bereit, vor Glück zu vergehen ... Doch im Treppenhaus war steinerne, eisige Totenstille, und der Junge holte leise Luft und begann von vorn, doch nun schon auf einer höheren Stufe der Verzweiflung: »... Mutti ... warum kommst du nicht ... Mutti ... du sollst kommen ... schnell ... Mutti ...«

3

Erstaunlich war das Ungleichmaß des Gedächtnisses. Die Erinnerungen tauchten in einzelnen Klumpen empor, bröcklig, formlos, verwaschen, und immer waren sie voneinander getrennt, zwischen ihnen lag die dumpfe Leere unbegreiflicher Lücken. Und vieles tauchte überhaupt nicht empor.

Wie hatte er mit der Mutti Wasser aus der Newa geholt? Er *wusste*, dass sie Wasser aus der Newa geholt hatten, an die zweimal pro Tag, die Mutti in einem Eimer, er in einer kleinen Blechkanne, und alle holten so das Wasser, die Treppe war von gefrorenem Wasser überzogen, das zu verschiedenen Zeiten aus verschiedenen Eimern geschwappt war ... Doch er konnte sich an keine einzige klare und konkrete Szene erinnern, wie sie Wasser aus dem Eisloch geholt hatten – es war, als hätte er irgendwann einmal davon gelesen, es aber nicht selbst erlebt ...

Wie hatte der Junge gekackt und gepinkelt? Die Kanalisation funktionierte nicht, das Klobecken war mit einem Stück trüben Eises verstopft. Die Ausscheidungen wurden sicherlich in einem elenden Eimer in den Hof getragen, und wem dazu die Kraft fehlte, der kippte sie direkt eine Treppe tiefer auf die Stufen. Er erinnerte sich an die beschmutzte Treppe, und er erinnerte sich bestens an den unvorstellbar, unglaublich, unverbesserlich dreckigen Hof ... Und weiter an nichts zu diesem Thema ...

Zum Glück war das alles für das Haupttheorem nicht von Belang. Er brauchte auch gar nicht drüber zu schreiben. Ja, wenn der Junge einmal am Rande des Eislochs, aus dem sie Wasser holten, ausgerutscht und in die Newa gefallen wäre ... Aber dann wäre weiter nichts mehr gekommen, dann wäre alles in fünf, zehn Minuten vorbei gewesen, sogar, wenn man ihn aus dem Loch hätte ziehen können ... (Doch er *hät-*

te ja ausrutschen können, nicht wahr? Schließlich war es am Rande des Eislochs nicht weniger glatt als auf der Treppe? Und wenn dem so war, dann war er also abermals *der Gefahr ausgesetzt* gewesen? Ja? Also begann hier wieder die Anhäufung todbringender Wahrscheinlichkeiten, also arbeitete auch dieser nicht eingetretene Zufall auf das Haupttheorem hin? ... Also war auch das wichtig und musste in Erinnerung gerufen werden? ... Er zwang sich, derlei Erwägungen auf halbem Wege abzuwürgen, denn sonst musste er letzten Endes beim banalsten aller Paradoxe landen: Das Leben ist tödlich, weil in ihm per definitionem der Tod steckt.)

Doch warum hatte er überhaupt keine Erinnerung an sein Gesicht zu jener Zeit, und auch nicht an das der Mutti? Die Mutti war damals für ihn etwas Großes, Warmes, Lebendiges, Freudiges ... unerschütterlich Verlässliches. Die Mutti war das Leben. Alles außer der Mutti war der Tod. Die Mutti hatte kein Gesicht – wie auch das Leben, die Wärme, das Glück kein Gesicht haben noch haben können ... Die Mutti war *alles*.

An sein eigenes Gesicht erinnerte er sich nicht, weil das etwas ganz Unwesentliches gewesen war – wie das Tapetenmuster ... wie die Farbe der Vorhänge ... wie der Geruch der Bettdecke ... Wen kümmerte es, wonach die Bettdecke roch? ... Wen kümmerte es, wie sein Gesicht aussah? ... Aber vielleicht hatte er sich einfach nie im Spiegel betrachtet? Und hatten sie zu Hause überhaupt einen Spiegel gehabt?

Doch an das Gesicht von Frosja erinnerte er sich. Sicherlich, weil es einprägsam war. Solche Gesichter gab es ringsum nicht mehr: rote Wangen, rote Lippen, schwarze scharfe Augenbrauen ... Und eine laute, satte Stimme. Frosja arbeitete im Brotladen.

Insgesamt gab es in ihrem Aufgang dreiundzwanzig Wohnungen. Das Haus war vornehm, zu Beginn des Jahrhunderts erbaut, und zwar für die Ingenieure Sankt Petersburgs. (Hieß es.) Die Treppen waren breit, flach, bequem. Ein Fahrstuhl. Eine prunkvolle Tür zur Straße hin. Ein mit grünen Kacheln verkleideter, unglaublich prächtiger Ofen im Vestibül im Erdgeschoss. Ein Hausmeister. Die Wände des Treppenhauses marmoriert. Zehn bis fünfzehn Zimmer pro Wohnung ... Hohe Decken, mit Stuckfiguren verziert, hohe gewichtige Eingangstüren aus Mahagoni-Imitation ...

Bis Kriegsbeginn hatte die Pracht natürlich nachgelassen: Der Ofen unten wurde nicht mehr geheizt, der Fahrstuhl funktionierte zwei Tage im Jahr, die Tür zur Straße wurde nie zugesperrt. Doch einen Hausmeister gab es, und auf den breiten Treppen war es ziemlich sauber, und die Wände waren nicht allzu sehr bekritzelt. Natürlich wohnte in einer Wohnung jetzt nicht mehr eine Ingenieursfamilie mit Dienerschaft, sondern sieben, zehn, zwölf Familien – die unterschiedlichsten Leute, und ohne jede Dienerschaft ...

Im Januar waren im Aufgang (außer dem Jungen mit der Mutti) nur noch drei Menschen am Leben. Die Übrigen waren entweder schon im Herbst evakuiert worden, oder sie waren gestorben (wie die Großmutter des Jungen) und lagen jetzt in reifbedeckten Stapeln auf dem Hof des Nachbarhauses, oder sie waren irgendwie spurlos verschwunden – vielleicht lagen sie still in ihren Betten hinter den fest verriegelten hohen Türen ihrer auf den Tod ausgekühlten Wohnungen.

Am Leben waren geblieben: Amalia Michailowna in der Wohnung gegenüber, »die Tante mit den Spitzhunden« im ersten Stock und Frosja eine Etage weiter oben. Und Schluss.

»Die Tante mit den Spitzhunden« spielt beim Beweis des Haupttheorems keinerlei Rolle, und es gibt über sie absolut nichts zu schreiben, außer dass sie vor dem Krieg vier schneeweiße Spitze mit wuscheligem Fell besessen hatte und der Junge glaubte, speziell über sie sei der Witz erfunden worden, in dem eine Dame vier Hunde namens Obsja, Rusja, Krenda und Ljami hatte.

Frosja spielte unbedingt eine Rolle. Frosja sagte mit lauter, satter Stimme: »Aber nicht doch, Klawdija Wladimirowna! ... Ja wozu denn! ... Aber nicht nötig, wirklich, wie kommen Sie denn darauf! ...« Die Mutti aber redete schnell, undeutlich, als ob sie die Worte glättete, und zu verstehen waren nur ein paar zusammenhanglose Fetzen: »... nein, nein ... zu großem Dank verpflichtet ... ich bitte sehr ... aufrichtig ...« Die Mutti sprach *unterwürfig*. Sie drückte Frosja mit Gewalt irgendwelche Ringe in die dicken Finger, irgendwelche Ohrringe mit bunten Steinchen ... Und dann tauchte zum Abendessen ein zusätzliches Stückchen Brot auf. Das geschah zweimal – einmal im Dezember und zum zweiten Mal Anfang Januar. Weiter hatte die Mutti offensichtlich weder Finger- noch Ohrringe, und Frosja ließ sich bei ihnen nicht mehr blicken. Ein zusätzliches Stückchen Brot auch nicht. Doch *zwei Stückchen Brot* – was bedeutete das? Zwei zusätzliche Tage? Und wenn es auch nur einer wäre – aber ein *zusätzlicher*. Den es auch nicht zu geben brauchte. Wer hatte diese Tage gezählt, und wer vermochte zu sagen, welcher von ihnen zusätzlich war und welcher der letzte?

Amalia Michailowna war eine russifizierte Deutsche. Im September, gleich zu Beginn der Blockade, wurde sie verhaftet und im Großen Haus eingesperrt. Im Dezember aber wurde sie wer weiß warum freigelassen. Die Mutti – und erst recht der Junge – begriffen damals nicht, dass das eigentlich ein *Wunder* war. Wie Amalia Michailowna selbst darüber dachte, blieb unbekannt. »Nein, nein und nochmals nein, liebe Klafdija Fladimirofna!«, sagte sie fast triumphierend. »Fragen Sie mich gar nicht erst! Und wenn ich sterbe, auch auf dem Totenbett sage ich kein Sterbenswörtchen!«

(In Wahrheit hatte sie der Mutti doch einiges über das Große Haus und seine Bewohner erzählt. Zum Beispiel erzählte sie, wie man sie einmal zum nächsten Verhör in ein neues, unbekanntes Zimmer brachte und sie sich dort auf einen Stuhl neben der Tür setzen musste. Ihr Begleiter ging hinaus, und anfangs kam es Amalia Michailowna so vor, als sei sie allein im Zimmer. Sie saß still da, wagte nicht einmal den Kopf zu wenden und ließ nur die Augen nach links und rechts schweifen, und plötzlich erblickte sie in der entfernteren Zimmerecke einen Menschen. Dort in der Ecke, neben dem vergitterten Fenster, befand sich ein großer eiserner Schrank, und vor dem Schrank stand ein Mann in Zivil, ziemlich verwildert, die Hände auf dem Rücken. Dieser Mann stand mit dem Gesicht zum Schrank, berührte ihn fast, und mit der Seite zu Amalia Michailowna, und plötzlich beugte er sich vor, küsste den Schrank – presste die Lippen darauf –, dann wich er zurück und stand wieder reglos da. Amalia Michailowna war ganz starr vor Entsetzen. Der Mann aber beugte sich plötzlich wieder vor, küsste wieder den Schrank und erstarrte wieder. Das wiederholte sich etliche Male, und Amalia Michailowna spürte, dass sie es gleich nicht mehr aushalten und in Ohnmacht fallen würde, doch da ging die Tür auf, und der Untersuchungsrichter trat ein. Er sah sofort alles und begann fürchterlich zu brüllen. »Ja haben Sie denn keine Augen im Kopf?«, schrie er den Begleitposten an. »Wo haben Sie sie hingebracht? ... Sehen Sie denn nicht?« Amalia Michailowna musste aufstehen, sie wurde in ein anderes Zimmer geführt, und weiter verlief an diesem Tag alles wie gewohnt ...)

An derlei Umstände und Gespräche konnte sich der Junge natürlich (theoretisch) erinnern, während er im Vorraum zwischen den Türen stand, doch er erinnerte sich an nichts dergleichen, er weinte nur und flehte die Mutti an, dass sie bald käme. Die Mutti kam nicht. Es war schon mehr als eine Stunde über die Zeit. Und da schob der Junge den eisernen Riegel zurück, hob mit Mühe den eisernen Haken an, zog die Eisenkette heraus und drehte den Griff des englischen Schlosses. Er tat, was zu tun ihm kategorisch verboten war – er öffnete die Tür und ging ins Treppenhaus. Er konnte nicht mehr warten, er war sicher, dass der Mutti etwas Schreckliches zugestoßen war, also hatten alle Verbote und überhaupt alles andere jeden Sinn verloren.

Er ging die Stufen hinab, ans Geländer geklammert, rutschte mit den Filzstiefeln auf dem gefrorenen Unrat aus und weinte laut. Mit einem sonderbaren Sinn wie ein außenstehender Beobachter hörte er sein Weinen und seine Klagerufe und dachte, dass das ja doch nichts helfen würde. Auf der Treppe begegnete er niemandem, doch es blieb noch die Hoffnung, er könnte die Mutti sehen, wenn er erst auf der Straße war. Er stellte sich diesen schlecht ausgetretenen Pfad zwischen den Schneehaufen und die Mutti am Ende des Pfades – fern, direkt an der Kreuzung – so deutlich vor, dass er sogar aufhörte zu weinen. Im Vestibül, wo sich links und rechts der Haustür ganze Schneewehen angehäuft hatten, wo leblos die Fliesen des vereisten Fußbodens glänzten, wo es leer und kalt wie auf der Straße war, blieb der Junge ein paar Sekunden stehen und überlegte, ob er nicht doch lieber zur Hintertür bei der Treppe hinausgehen sollte – manchmal kam die Mutti auf ebendiesem Weg, durch den Hof, von der Arbeit, dieser Weg war kürzer, aber ekelhafter, denn der Hof war fürchterlich verdreckt.

Doch die Vision von der Mutti am Ende des Pfades zwischen den Schneehaufen war so deutlich, dass der Junge entschlossen durchs Vestibül zum Vordereingang ging und mit Mühe, mit den Filzstiefeln auf den schneebedeckten Fliesen ausgleitend, die riesige Tür öffnete.

Alle Scheiben in dieser Tür waren noch im September herausgefallen, als im Garten der Militärmedizinischen Akademie eine Fünfhundert-Kilo-Bombe herunterkam, und man sollte meinen, jetzt müsste im Vestibül die Temperatur der Außenluft herrschen, doch das täuschte: Die Straße empfing den Jungen mit so brennendem Frost, dass ihm die Tränen sofort an den Augen gefroren und er instinktiv einen Handschuh auf Mund und Nase presste. Der Frost war grimmig, schneidend, durchdringend, wahnsinnig, wütend, zerreißend, tödlich ... Und am Ende des Pfades war keine Mutti. Dort war überhaupt niemand, so weit der Blick reichte. Und der Junge stürzte vorwärts, dorthin, wo niemand war und wo die Mutti trotzdem sein musste. Weil sie sonst nirgends sein konnte ...

Zweimal schaute er zurück. Einmal für alle Fälle, das zweite Mal aber eigens, um (voller Angst) zur Sonne zu blicken.

Die Sonne sank schon und stand ihm im Rücken – ein blendend helles, verwaschenes Stück eisigen Nebels auf dem fahlen graublauen Himmel, den die weiße Kondensspur eines deutschen Aufklärungsflugzeugs durchstrich. In dieser Sonne und in diesem Himmel gab es kein bisschen Leben, nichts als die Verheißung eines raschen und unvermeidlichen Todes, genau wie in diesen übermannshohen Schneehaufen zu beiden Seiten des Pfades, in diesen toten, scheibenlosen, erblindeten Häusern, in den rauchlosen toten Schornsteinen und in dieser Totenstille, der tödlichen Menschenleere ringsum.

(Viele Jahre und sogar Jahrzehnte später, als von jenem kränklichen, halbtoten Jungen mit den tränenden Augen nicht die mindeste Spur geblieben und unter den Menschen selbst die Erinnerung an jene tote, in ein weißes Leichentuch gehüllte, verlassene Stadt erstorben war, erinnerte er sich noch immer an sie und hasste sie noch immer: den Januar, die weiße Schneedecke der Straßen und Höfe, diesen fahlen Frosthimmel und dieses blendende Stück Nebel anstelle der Sonne. Für immer, bis zum Ende, bis zum letzten Funken Leben in ihm ...)

Der Junge torkelte (und meinte zu rennen, was die Beine hergaben) den Karl-Marx-Prospekt entlang, kam an der Kreuzung mit dem kurzen Finnischen Prospekt vorbei, wo im Oktober eine große Bombe gefallen und aus irgendeinem Grund nicht explodiert war (die Erwachsenen sagten, sie sei statt mit Sprengstoff mit Sand gefüllt gewesen, darin ein Zettel mit den russischen Worten: »Wir helfen, so gut wir können«), er ließ das graue moderne Gebäude links liegen, in dem vor dem Krieg seine Schulfreundin gewohnt hatte, die schöne Galja, und in dem jetzt wohl niemand wohnte, er hatte noch weiter und weiter zu gehen, vielleicht bis zum »Stadtbezirkssowjet«, wo seine Mutti im »Stadtbezirkswohnungsamt« arbeitete – dem Jungen waren alle diese Wörter bekannt und vertraut, doch sie bedeuteten nichts Konkretes außer einem großen Gebäude, wo es in leeren Zimmern wunderbar nach gekochten Sojabohnen roch, und einem großen kalten Zimmer, wo die Mutti hinter einem Tisch voll Mappen und Papieren saß ...

Ringsum war niemand: Schnee, Bäume, tote Häuser mit sperrholzvernagelten Fenstern ... Links begann eine hohe blinde Mauer, die ein Fabrikgelände umgab – vor dem Krieg war es hier immer laut gewesen, voller Menschen, es fuhren Lastwagen hin und her, von jenseits der Mauer drangen eiserne Schläge herüber, ein geheimnisvolles Zischen, Rauch und Dampf stiegen hoch, und manchmal ging plötzlich das große Tor auf, und heraus kam direkt auf die Straße mit stolzem Schnaufen und Dröhnen eine richtige Lokomotive gefahren – rauchig, schmutzig und riesig –, fuhr eine Zeit mit begeistertem Pfeifen den Prospekt entlang und verschwand dann wieder auf dem Werksgelände, diesmal durch ein anderes Tor ...

Jetzt waren die Gleise unter einer dicken Schicht kristallinen Schnees begraben, und beim Tor lag eine Frau auf der Seite – reglos, die zu einem Kreis vorgehaltenen [kreisförmig vorgestreckten] Arme erstarrt, und ihr Gesicht war hellgelb und schien gleichsam zu leuchten wie der lackierte Kopf einer weißen Schachfigur. Neben ihr, keinen Meter entfernt, lag ein Bündel von einer roten Steppdecke, außen noch mit einem Wolltuch umwickelt. Das Bündel schwieg, bewegte sich aber noch schwach.

Der Junge ging vorüber, warf nur einen kurzen Blick zur Seite und dachte keinen Moment länger daran. Er befand sich im Zustand solchen hysterischen Entsetzens und solcher Hoffnungslosigkeit, dass keinerlei äußere Eindrücke an diesem Zustand mehr etwas ändern konnten. Und es war ja auch, ehrlich gesagt, nichts Besonderes an dem, was er gerade gesehen hatte ... höchstens, dass das Bündel *sich bewegte* ...

Die Mauer endete, es begannen Fabrikgebäude aus roten Ziegeln, und rechts zweigte die Nebenstraße ab, an deren Ende sich die Schule befand, wo der Junge gerade mal die erste Klasse absolviert hatte und die jetzt als Lazarett diente. Der Junge wandte den Kopf und erblickte dort, direkt vor der Schule, eine Bewegung – da standen in Dampf gehüllte Autos, und in diesem Dampf tauchten irgendwelche Leute auf, gingen hin und her. Die Mutti war dort nicht und konnte auch gar nicht dort sein.

Er trottete immer weiter, immer langsamer (ihm aber kam es immer schneller vor), an der Biegung zur Grenadierbrücke vorbei und an der toten, ihrer Kuppel beraubten Kirche rechts, er kam in Gegenden, die er vor dem Krieg nicht gekannt und erst jetzt kennengelernt hatte, seit er manchmal mit der Mutti zu ihr auf Arbeit ging ... Er sollte *immer* mit ihr zur Arbeit gehen, und wenn es dort noch so kalt und langweilig war, lieber ganz durchgefroren sein, als die Mutti verlieren ... Er wollte aus ganzer Kraft rufen, doch er fand keine Kraft.

Er hörte ein Krachen ... Explosionen ... oder Schüsse. Entweder hatte der allabendliche Artilleriebeschuss begonnen ... oder die Flakgeschütze feuerten auf ein deutsches Flugzeug ... Er blickte zum Himmel auf. Ja, es war wohl die Flak. Neben dem Flugzeug tauchten aus dem Nichts Wölkchen von rötlichem, schwarzem und weißem Rauch auf und blieben hängen. Früher hätte er interessiert zugeschaut, doch nicht jetzt. Jetzt interessierte ihn nichts ...

4

Da war noch eine – aus der Sicht des Haupttheorems – interessante Frage: Wie stand es mit Bombenangriffen, Artilleriebeschuss, Brandbomben, Splittern und überhaupt dem ganzen Krieg?

Im Umkreis von einem Kilometer um das Haus, wo der Junge wohnte, waren (nach den Worten der Erwachsenen) vierzehn Bomben gefallen. Die Granaten hatte niemand gezählt. Ebenso wenig die Brandbomben – obwohl die Tanksäule neben dem Haus (ganz in der Nähe, auf der anderen Straßenseite) gerade unter den Brandbomben abgebrannt war. Während der Bombardements im Herbst waren die Bomben nur so aufs Hausdach niedergehagelt – die Diensthabenden konnten sie kaum alle hinunterwerfen, und dort fraßen sie sich ins Trottoir und beendeten ihr Dasein in einem festlichen Feuer, versprühten bunte Funken, schmolzen sich selbst, den Asphalt, die Erde, die Bordsteinkante ...

Anfangs hatten sich alle sehr vor den Bombardements gefürchtet. Kaum war Luftalarm gegeben worden, strömten Menschenmengen mit Reisekoffern, Taschen, Bündeln, Decken und Kissen in die Luftschutzräume und waren bereit, dort stundenlang geduldig auszuharren, bis die Entwarnung kam. (Das schreckliche, abgehackte, irgendwie unmenschliche Heulen der Alarmsirenen und die fröhlichen, feierlichen, triumphierenden Fanfarenstöße der Entwarnung ... Und die feierliche, triumphierende Stimme des Sprechers: »Ende des

Luftalarms! Ende des Luftalarms!« Als ob es der letzte Luftalarm in seinem Leben wäre.)

Doch schon im Herbst hörten die Leute auf, in die Luftschutzräume hinabzusteigen – es war weit, mühselig und auch gefährlich, wie sich herausstellte: Von Mund zu Mund gingen Schauergeschichten von Menschen, die von zerbombten Häusern verschüttet worden waren – erstickt, in Eruptionen der geborstenen Kanalisation ertrunken ... Dann schon lieber gleich, als sich derart zu quälen, entschied das Volk. Jetzt gingen die Mieter bei Alarm einfach ins Treppenhaus und blieben dort sitzen, stehen, warteten im Schein blauer Lampen (die angeblich von den Fliegern von oben her nicht zu sehen waren) auf das Ende. Und als es Winter wurde, gingen sie auch nicht mehr ins Treppenhaus. Der Junge schlief auf der Truhe im Korridor, und manchmal wachte er von fernen Bombeneinschlägen auf, und dann hörte er das charakteristische *klingende* Dröhnen der deutschen Flugzeuge und das Pfeifen der nächsten Bombe und den nächsten dumpfen Schlag, und er spürte, wie das Haus langsam mit dem ganzen Körper vor und zurück wankte – und schlief wieder ein, ohne die Entwarnung abzuwarten.

Streng genommen war im Rahmen des Haupttheorems anscheinend nur ein Fall zu untersuchen – *der Fall mit dem Splitter.*

Einmal war er mit der Mutti aus dem Wohnungsamt heimgegangen, und sie hatten einen großen freien Platz überquert (denselben, über den der Junge auch jetzt wankte, doch damals waren sie in entgegengesetzter Richtung gelaufen, nach Hause). Es war ungefähr zur selben Tageszeit, und der übliche Artilleriebeschuss war im Gange, doch das kümmerte und beunruhigte sie nicht – sie waren beisammen, und sie gingen heim, und Mutti hatte etwas Leckeres in der Tasche: ein Glas gekochte Linsen.

Sie hörten irgendwo links eine ferne Explosion, beachteten sie aber überhaupt nicht und schafften noch ein paar Schritte, als plötzlich ein neues, unbekanntes Geräusch ertönte – ein seltsames, lauter werdendes Rasseln. Dieses Rasseln kam blitzartig näher und endete plötzlich mit einem heftigen Schlag, der den Fußweg unter ihnen erzittern ließ, und etwas Großes, Schwarzes, Schnelles tauchte links von ihnen am Straßenrand auf, überquerte in zwei schweren Sprüngen wie ein riesiger schrecklicher Frosch (jedes Mal bebte die Erde) einen halben Meter vor ihnen die Straße, fuhr rechts in einen Schneehaufen und verschwand darin, kurz und böse aufzischend.

Sie blieben stehen. Die Mutti war ganz starr, und der Junge, der sofort begriffen hatte, was los war, stürzte zum Schneehaufen und zog rasch den Splitter hervor. Der Splitter war großartig – riesig, schwarz-blau-gelb, mit schillernden Anlauffarben, stachlig, schwer und noch heiß. Es war ein Splitter von großem Wert! Doch die Mutti nahm ihn dem Jungen weg und warf ihn hasserfüllt zurück in den Schneehaufen. Der Mutti hatte diese Leidenschaft, verschiedene Granatsplitter zu sammeln, die im Herbst unter den Jungen grassierte (die damals alle noch lebten und nicht einmal allzu sehr hungerten), nie gefallen. Er hatte sich mit der Mutti wegen dieses Splitters ein bisschen gestritten ...

Doch was wäre gewesen, wenn sie noch einen Schritt getan hätten – vor der Explosion, vor dem Rasseln, vor dem ersten Schlag auf die Erde? Einen einzigen Schritt! ... Natürlich hätte der Splitter sie nicht sofort getötet, doch er hätte ihnen die Beine gebrochen, allen beiden ... Und auch das hätte den Tod bedeutet, nur langsamer.

Als der Junge in das Zimmer des Wohnungsamtes stürmte, wo für gewöhnlich die Mutti saß, war sie nicht da – an ihrem Platz, in viele Tücher eingewickelt, saß eine unbekannte alte Frau. Der Junge fragte und hörte die eigene Stimme nicht. Die

Alte sah ihn aus eingesunkenen Augen an, wackelte mit dem wollenen Wust ihrer Tücher: »Nein«, sagte sie. »Die ist schon längst gegangen ...«

Der Junge hatte das bereits gewusst, hatte es von Anfang an erwartet, trotzdem erlebte er so etwas wie einen Filmriss. Er erinnerte sich an nichts weiter – bis zu dem Augenblick, als er sich auf dem Finnischen Prospekt befand und feststellte, dass er im Begriff war, durch die Höfe nach Hause zu gehen. Irgendein Funke von Hoffnung glomm also noch in ihm. Ließ ihn die Füße bewegen. Etwas war noch zu entscheiden ... Vielleicht war diese Hoffnung das Leben selbst?

Die Sonne war noch nicht hinter den Häusern versunken, doch lange Schatten hatten sich auf den weißen Schnee gelegt, und davon schien er noch kälter zu werden. Der Junge ging durch die Höfe, und niemand begegnete ihm dort, der Schnee hatte sich hier in gelbe Eisschichten von Urin verwandelt, die schwarzen Häufchen gefrorenen Kots lagen überall, sodass man nicht wusste, wohin man treten sollte. Er achtete nicht darauf. Ihm war alles egal. Plötzlich erinnerte er sich an die Frau mit dem gelben Gesicht und das rote Bündel neben ihr – erinnerte sich, dass er sie auf dem Rückweg wieder gesehen hatte, mit ihnen war alles wie zuvor, nur das Bündel regte sich nicht mehr. Das war sein Schicksal ... seine nächste Zukunft ...

Er war schon an der Hoftür, als von rechts her – aus der aufgegebenen Waschküche? – unnatürlich schnell (in dieser Stadt konnten sich die Menschen nicht so schnell bewegen) ein dunkler, sehr schrecklicher und sehr gefährlicher Mann auf ihn zukam, im langen Pelzmantel mit hochgeschlagenem Kragen, die Mütze mit lose herabhängenden Ohrenklappen, in der Hand aber hielt er eine Axt, und die Axt hielt er vorgereckt, als wolle er sie jemandem ins Gesicht hauen ... Und es war völlig klar, dass er es auf das Gesicht des Jungen abgesehen hatte. Wessen sonst? Sonst war hier weit und breit niemand.

Der Junge blieb stehen und erstarrte. Der Mann stand schon vor ihm, ragte über ihm auf – ein Mörder mit gebleckten Zähnen, mit runden Brillengläsern, furchterregend, und das Schrecklichste war, dass aus seinem Mund keine Dampfwolken drangen ...

Der Junge fiel auf den Rücken. Noch während er fiel, geschah plötzlich etwas mit dem Kopf des Mörders. Der Kopf begann plötzlich zu wachsen, sich nach allen Seiten hin auszudehnen, rote Risse erschienen in dem faltigen Gesicht, die Brille flog von der Nase und verschwand irgendwo, das Gesicht platzte auf, verspritzte Rotes, Gelbes, Weißes – und der Junge sah nichts mehr ...

Als er wieder zu sich kam, bemerkte er über sich eine alte Frau, derart vermummt, dass sie weder Augen noch überhaupt ein Gesicht hatte, nur ein dunkles Loch zwischen dem Wolltuch und dem reifbedeckten Kragen, aus dem irgendwelche rötlichen Fetzen hervorragten. Die Alte stieß ihn mit einem Stock mit Gummikappe am Ende an und brummte zudringlich: »Los, steh auf ... Lebst du? Also, dann steh auf ... Steh selber auf, selber ... Hoch mit dir ...«

Er kam irgendwie auf die Füße, an die Wand gestützt, und während er hochkam, erschien neben ihm noch ein vermummter Mensch – entweder ein alter Mann oder eine alte Frau, aber mit einem Eimer, und die beiden begannen, undeutlich und zugleich schrill sinnlose Sätze auszutauschen. Aus ihrem Gespräch folgte, dass da, bittesehr, jemand auf den Hof Holz hacken geht, und da erwischt ihn ein Granatsplitter – hat den ganzen Kopf weggerissen, dieser Splitter, dass nichts davon übrig ist ...

Der schreckliche Mann lag auch da, auf dem Rücken, die Hände mit den hageren bloßen Fingern ausgestreckt, und seine Axt lag unweit zwischen den gelben Pfützen zu Eis gewordenen Urins und den gefrorenen Kackehäufchen ... und jetzt hatte er wirklich überhaupt keinen Kopf mehr – nur einen weißlich-blutig, feucht glänzenden Klumpen statt des Kopfes …

Die Alten zischelten und murmelten immer weiter, jetzt waren es schon drei – die dritte hatte ein rotes Kopftuch. Der Junge wollte ihnen sagen, dass alles ganz anders war: Es hat keinen Granatsplitter gegeben, und vor allem ist der Mann nicht zum Holzhacken auf den Hof gekommen (wo sieht man denn hier Brennholz?), er ist gekommen, um mich umzubringen und aufzufressen, ein Menschenfresser … Doch der Junge sagte nichts dergleichen, ihm fiel die Mutti ein, und er stürzte durch die Hintertür, an der Treppe vorbei, auf die eisbedeckten Fliesen des Vestibüls, und wie in einem wundersamen Traum erblickte er die Mutti, die ihm von der Vordertür entgegengelaufen kam … Und diese ganze tote, gemeine, unerbittliche, verdreckte, boshaft gleichgültige und wütend zähnefletschende Welt wurde sofort sanft, zärtlich und unendlich schön …

Das Kapitel über den Jungen während der Blockade beendete er ungefähr so: Es ist spätabends. Finsternis. Stille. Im Herd knistern und zischen die Kohlen. Es ist warm. In der Petroleumfunzel flackert ein schwaches Flämmchen. Der Junge sitzt auf seinem Platz am Küchentisch, schaut auf dieses Flämmchen, denkt an nichts und isst sehr langsam, eine nach der anderen, die gekochten Sojabohnen, die vor ihm auf dem Teller liegen. Er kaut lange. Schmatzt. Er weiß genau, dass man mit geschlossenem Mund kauen soll, doch er lässt ihn beim Kauen absichtlich offen – so schmeckt es viel besser. Die Mutti sitzt auch da, rechts neben ihm. Der Junge sieht sie nicht, er schaut auf das gelbe Flämmchen der Funzel, doch er weiß, dass die Mutti da ist, also ist alles gut, und alles wird gut sein, und es gibt keine Angst, keine Finsternis, keinen Tod auf dieser Welt …

Er ist glücklich. Überhaupt ist er ein glücklicher Junge. Denn er hat ja von nichts eine Ahnung – weder vom Guten noch vom Bösen.

Er weiß noch nicht, dass er in einer Woche die Ruhr kriegen wird – den letzten Nagel zu seinem Sarg. Sein Organismus wird sich nicht mehr zur Wehr setzen. Zwei Tage wird er bewusstlos sein. Er wird phantasieren, er sei der Fuchs – der Fuchs hat sich ein Häuschen gebaut; der Fuchs will in sein Häuschen gehen; der Fuchs kann nicht in sein Häuschen gehen, denn das Häuschen steht bei dem Fuchs auf der Nase ... und der Fuchs will so dringend, so verzweifelt, so leidenschaftlich gern hinein ... ins Häuschen, ins Häuschen ... ins Häuschen ... Am dritten Tag kommt Amalia Michailowna und bringt eine Phiole mit einer trüben farblosen Flüssigkeit. In der Phiole ist ein *Bakteriophag* – ein Bakterienfresser. Man gibt dem Jungen einen Esslöffel voll, und am nächsten Tag hören seine Albträume auf. Zusammen mit der Ruhr. Wieder bleibt der Junge am Leben.

(Wo hatte Amalia Michailowna den Bakteriophag her? Niemand war jemals auf den Gedanken gekommen, sie danach zu fragen. Vielleicht war es letzten Endes auch nicht wichtig. Vielleicht aber war es ganz im Gegenteil sehr wichtig ... Wo kam auf dem Lebensweg des Jungen überhaupt diese Amalia Michailowna her, die sie *definitiv* schon im Herbst hätten erschießen müssen, doch sie hatten sie nicht erschossen, hatten sie laufen lassen, sie hatte das Große Haus überlebt, den Januar und den Februar, und dazu war sie noch im Besitz des Bakteriophags ... Es ist sehr schwer und sogar unmöglich, das Wichtige vom Unwichtigen zu scheiden, wenn von der Überlagerung von Ereignissen mit geringer Wahrscheinlichkeit die Rede ist.)

Er weiß nicht, dass sowohl er als auch seine Mutti am Leben bleiben und noch viele Jahre leben werden, trotz allem. Er ist ein glücklicher Junge. Er weiß nicht, dass eben jetzt, genau zu dieser Zeit, weit im Norden der Stadt sein Vater, Landsturmsoldat, aufgedunsen, schrecklich, mit struppigem schmutzigen Bart, von frischem Schnee halb zugedeckt, die

Schulter gegen den schneeüberhäuften Plattformwagen gelehnt hat, auf dem ein schneebedeckter Panzer mit Brandspuren steht, die erstarrten Hände hat er nach Hausmeisterart in die Ärmel gesteckt, unter den Arm geklemmt hält er die Übungsflinte, Baujahr 1891, mit dem abgesägten Schlagbolzen und dem aufgepflanzten dreikantigen Bajonett (mit genauso einer, aber natürlich einer durchaus schusstauglichen, war er vor vierundzwanzig Jahren gegen Judenitsch gezogen), seine Augen sind geschlossen, die Wassersucht quält ihn, und das kranke Herz lässt jeden dritten Schlag aus ... Dieses Herz und dieser bittere Hunger und der gleichgültige Frost geben ihm den Rest. Er hat keine zwei Tage mehr zu leben ...

Nichts von alledem weiß der Junge.

Er weiß nicht, dass gerade mal fünf oder sieben Kilometer von ihm entfernt in einem warmen, unglaublich sauberen, großen, schönen Zimmer, wo viele elektrische Lampen hell brennen und der gebohnerte Fußboden wächsern glänzt, ein kleiner, sehr dicker Mann mit schwarzen Haaren und schwarzem, quadratischem Schnurrbart sich den Ärmel des Kittels herunterkrempelt und mit geringschätzigem Lächeln zuhört, was ihm ein anderer Mann im weißen Arztkittel sagt, auch nicht großgewachsen, doch hager und völlig ergraut.

»Ich werde mich über Sie beschweren, Andrej Alexandrowitsch«, sagt jener mit eher gespielter, ja theatralischer Unzufriedenheit. »Ehrenwort – ich schreib ans ZK ...«

»Na schön – ans ZK! ...«, antwortet der Dicke lässig.

»Und was soll ich denn sonst tun, wenn Sie meine Empfehlungen in keiner Weise beachten! Wie oft schon hatte ich die Ehre, Ihnen zu melden, dass jedes Pfund Gewicht zu viel eine zusätzliche Belastung für Ihr Herz ist ...«

»Soll ich mich etwa aufs Fasten verlegen?«

»Ja, wieso denn Fasten?! Wir haben doch die Turnhalle ... Na, wenigstens dreißig Minuten Tennis, aber täglich ...«

»Als ob ich weiter nichts zu tun hätte, als einem Ball nachzulaufen ...«, murrt der Dicke.

Er hört seinem Gesprächspartner nicht mehr zu, er blättert in den Papieren auf dem Tisch, und das bleiche pralle Fett seines Doppelkinns zuckt bei jeder seiner Bewegungen energisch.

»Nein, Andrej Alexandrowitsch, wie Sie wollen, aber ich werde wegen Ihres Gesundheitszustandes ans ZK schreiben müssen ...«

Der Junge weiß von alledem nichts und kann es nicht wissen. (Und nicht nur er.) Er isst ganz langsam eine Sojabohne auf. Noch nie scheint er etwas Schmackhafteres als diese Sojabohne gegessen zu haben. Und die Mutti ist bei ihm – die orangerote Flamme flackert in ihrem Auge auf seiner Seite ... Und er ist glücklich. Er ist der Allerglücklichste Junge in Europa. Vielleicht auch auf der Welt. Der Glückliche Junge.

5

Nachdem er mit der Geschichte des Jungen zur Blockadezeit fertig war, hatte er plötzlich das Gefühl, in eine Sackgasse geraten zu sein. Unsichtbare Wände schlossen ihn ein – eine Barriere, unsichtbar wie in einem phantastischen Roman, ließ ihn nicht weiter. Ihn hatte plötzlich eine Art Erschöpfung überkommen, so eine Dystrophie, eine Avitaminose. Und keineswegs, weil etwa die Inseln der Erinnerungen zur Neige gegangen wären. Es gab sie – einen ganzen Archipel. Doch sie regten ihn zu nichts mehr an. Sie existierten unabhängig von der literarischen Grundidee und waren bereit, ebenso widerspruchslos und gehorsam ins selbe Nichtsein zu versinken, aus dem sie eben erst ungerufen und unverbindlich aufgetaucht waren.

Manche standen sogar in einer gewissen Beziehung zum Haupttheorem. Zum Beispiel, wie nach der Explosion einer 500-Kilo-Bombe, nach dem kompakten betäubenden Schlag gegen die Ohren, gegens Hirn, gegen die Seele, in der eintretenden unnatürlichen Stille schrecklich und schön die Scheiben aus allen Fenstern der Fassade gefallen waren, die zum Park der Militärmedizinischen Akademie zeigte – aus allen zweihundert Fenstern zugleich, ein funkelnder Glasregen, eine Glaslawine, ein Glasfall; ein Augenblick, und aus dem Haus, einem sechsstöckigen Prachtstück von einem Haus, war ein hohläugiger Invalide geworden, zum Frost und zum Tode verurteilt ...

... Wie waren Bomben- und Granatsplitter bewertet worden? Zunächst nach der Länge. Je länger, desto wertvoller. Dann nach dem Gewicht. Ein schwerer, rundlicher Splitter wie ein Pflasterstein galt mehr als ein langer, aber dünner. Weiter nach dem Vorhandensein von Besonderheiten. Hoch im Kurs standen vielfarbige Splitter, die wie Kristalle von Kaliumpermanganat schillerten. Splitter mit Resten des Bronzeringes, mit Ziffern, Buchstaben, irgendwelchen Strichen und Zeichen ... Doch am meisten waren ganze Gegenstände wert: heilgebliebene Stabilisatoren der Brandbomben, die Brandsätze selbst, wenn sie wer weiß warum nicht gezündet hatten ... So einen fand der Junge Ende September auf dem Hof, er lag neben dem Müllhaufen – solide, silbrig, elegant, schön, unbeschreiblich wertvoll ... Das hatte allerdings schon gar nichts mehr mit dem Haupttheorem zu tun.

... Wie sie Katzen gefangen hatten, um sie zu essen. Wie sie sie gegessen hatten. Anfangs, noch widerwillig, hatten sie ausschließlich das weiße Fleisch gegessen und den Rest weggeworfen. Das Fleisch hatten sie gebraten. Die Erwachsenen sagten, es schmecke wie Kaninchenfleisch, es sei nur weicher, zarter ... Gegen Ende des Herbstes aber hatten sie schon alles aufgegessen, bis zum letzten Stückchen, ausgenommen höchstens das ungenießbare Fell und die Krallen. Und dann hatten sie es nur noch gekocht. Nie anders.

... Wie sie jedes Eckchen des Zimmers in der Hoffnung

durchstöbert hatten, dass da von Friedenszeiten her irgendwas liegen geblieben wäre. (Die trockenen, staubigen Brotstücke unterm Sofa. Der Junge hatte sie irgendwann heimlich dort hingeworfen, um sie nicht aufessen zu müssen – sie lebten ärmlich, und in der Familie war Gesetz: Was man angefangen hatte, musste man aufessen.)

... Wie schrecklich jemand tief in einer Nacht im Januar auf dem Hofe geschrien hatte: »Helft, um Gottes willen ... Helft, um Gottes willen ...« Er hatte geschrien, gestöhnt, gekeucht – der Junge war über den Klagen eingeschlafen. Und im großen Zimmer, wo die im Herbst herausgesprengten Scheiben nicht einmal durch Sperrholz ersetzt waren, lag damals auf dem Sofa der in Laken eingenähte Leichnam der Großmutter, die zwei Tage zuvor gestorben war ... Er sollte noch zwölf Tage dort liegen bleiben.

Das alles hätte er schreiben können. Doch er konnte es ebenso gut sein lassen. Und vor allem: Er hatte keine Lust mehr, davon zu schreiben. Etwas war zu Ende.

Und da kam ihm plötzlich auch noch ein kluger Gedanke zu dem Linguistikprogramm, mit dem er sich in letzter Zeit (ohne jeden Elan) beschäftigt hatte. Das Haupttheorem und alle damit einhergehenden literarischen Exerzitien waren vergessen. Zwei Wochen lang arbeitete er mit Macht an dem Programm, und im Ergebnis druckte es ihm erstklassige Aphorismen – neu, paradox und erstaunlich tiefgründig! Kein Schopenhauer, kein Pascal, kein Lichtenberg und kein Rochefoucauld waren darauf gekommen oder hätten auch nur darauf kommen können. Nur sein neues Programm brachte solche Wunder zustande.

»Eifer ist die Stiefmutter der Phantasie.«

»Genauigkeit ersetzt den Dummen die Klugkeit.«

»Das Gefühl ist der schlimmste Feind der Erfahrung.«

»Nur eins kann Erziehung bestens ersetzen – Güte.«

Er rief Vikont an – zum ersten Mal seit zwei Wochen. Vikont erschien ungesäumt. Mit einer Flasche Curaçao. Sie tranken Curaçao, und Stanislaw prahlte mit den neuen Aphorismen. Vikont reagierte mit griesgrämiger Begeisterung. Heute war er Puschkin besonders ähnlich – klein, elegant, lockig, schön: graue lebendige Augen zwischen schwarzen Wimpern. Vikont. Seine Durchlaucht. Stanislaw fühlte, dass er sich nach ihm gesehnt hatte. Und da nahm er, einer Eingebung folgend, diese letzte Fassung des »Glücklichen Jungen« aus dem Tisch und drückte sie in die (träge) ausgestreckte verkrüppelte Hand.

Schon nach einer Minute, während er die trübsinnige Nase beobachtete, wie sie trübsinnig durch den trübsinnigen Text kroch, bereute er seinen Impuls. (»Das Gefühl ist der schlimmste Feind der Erfahrung.«) Doch es war zu spät. Und so schenkte er sich nur Curaçao nach.

Übrigens geschah gar nichts Schreckliches.

»Nicht übel«, sagte Vikont, nachdem er die letzte Seite gelesen hatte. »Aber das wird niemand drucken.«

»Warum?«, fragte Stanislaw und verschluckte sich plötzlich. Vikonts Worte hatten ihn konsterniert. Er hatte mit keinem Gedanken daran gedacht, das in den Druck zu geben.

»Weil das niemals jemand drucken wird«, stellte Vikont kategorisch fest und ließ seine trübsinnige Nase wieder über das Manuskript schweifen, offensichtlich auf der Suche nach etwas.

Stanislaw schwieg, die Zigarette, die er eben noch anzünden wollte, hatte er vergessen. Er versuchte sich vorzustellen, wie das alles aus der Sicht irgendeines Redakteurs aussehen musste. Er brachte es nicht fertig, sich etwas Bestimmtes vorzustellen, doch der Gedanke an sich ... schon die schwache Möglichkeit ... sogar die Andeutung einer gewissen Wahrscheinlichkeit ... Ihm fiel plötzlich ein, wie er erst unlängst zu Larissa gesagt hatte: »Wenigstens irgendeine Erzählung, und sei sie noch so klein, sogar ganz unbedeutend – Hauptsache gedruckt. Mehr brauche ich nicht ...« Er hatte sich damals selbst gewundert, wie stark sein Wunsch war.

»Aber im Grunde hast du mir ja nichts bewiesen«, erklärte Vikont unterdessen. »Du hast mir versprochen, das Theorem von deiner Gotteserwähltheit zu beweisen. Dabei hast du gerade mal ein halbes Dutzend Fälle von glücklicher Rettung angeführt. Das reicht nicht, mein Herz. Ein halbes Dutzend Fälle kriegt jeder zusammen.«

Sie stritten ein bisschen.

Stanislaw bestand darauf, dass auch ein halbes Dutzend nicht wenig sei, Vikont solle doch erst mal so aus dem Stegreif ein halbes Dutzend zusammenbringen, und außerdem habe er noch drei weitere halbe Dutzend in Reserve, und das Problem seien nicht die halben Dutzende, sondern dass er die Lust am Schreiben verloren habe ...

Vikont erwiderte, im Gegensatz zu gewissen anderen beanspruche er nicht, von Gott auserwählt zu sein, doch auch er habe einiges vorzuweisen: sagen wir, den Fall mit dem Zünder oder jene infarktähnlichen Anfälle, von denen schon drei registriert seien und mit denen man bekanntlich jederzeit rechnen müsse ... Wie viel Fälle könne Stanislaw eigentlich *insgesamt* zur Diskussion stellen? Ach, dreiundzwanzig? Und ob Stanislaw sicher sei, dass an allen diesen Fällen nicht das mindeste an den Haaren herbeigezogen sei? Er war es ... Ausgezeichnet. Famös. Und ob Stanislaw (als Mathematiker) versucht habe, auszurechnen, wie gering eigentlich die Wahrscheinlichkeit sei, in dreiundzwanzig Fällen aus der im Grund unermesslichen Anzahl der sonstigen davonzukommen? ... Er, Vikont, habe beispielsweise viel öfter als dreiundzwanzigmal die Straße überquert und sei gewiss auch schon öfter geflogen, Zug gefahren, geritten – und nichts sei passiert!

Ziemlich lange erörterten sie dieses Problem. Natürlich war es unmöglich, eine eindeutige Antwort auf Vikonts Frage zu geben. Es war nicht möglich, auf die betrachtete Erscheinung die Kategorie der Wahrscheinlichkeit im strengen mathematischen Sinne anzuwenden. Aber es war doch klar, wenn ein Fünfer dreiundzwanzigmal mit dem Wappen nach oben fiel ... oder wenn jemand dreiundzwanzigmal hintereinander pausenlos in der Lotterie gewinnt (und sei es auch nur jeweils einen Rubel) ... oder wenn er wenigstens dreiundzwanzigmal hintereinander eine Sechs würfelt – dann war doch jedem klar, dass da nicht alles mit rechten Dingen zuging und aufs Sssorgfältigste untersucht werden musste.

»Du musst in deinem Roman eine geeignete Stelle für eben so eine sssorgfältige Untersuchung finden«, sagte Vikont. »Sonst versteht niemand was.«

»Ich versteh ja selber nichts«, gestand Stanislaw.

»Da muss was zu verstehen sein!«, verkündete Vikont in Abwandlung des bekannten Witzes. Und sie tranken wieder Curaçao.

Stanislaw befolgte diesen Rat jedoch nicht. Er fand es langweilig, sich mit der stochastischen Analyse von etwas zu befassen, was auch ganz ohne Analyse (vielleicht auch gerade dank ihrem Fehlen) seltsam, rätselhaft und vielsagend wirkte. Letzten Endes schrieb er ja nicht irgendein wissenschaftliches Traktat, sondern einen Roman über einen Menschen, der plötzlich entdeckt, dass eine geheimnisvolle Hand sein Schicksal beeinflusst, und der allmählich zu der Idee von seiner verborgenen Vorherbestimmung gelangt ... Ganz am Ende des Romans errät er, worin diese Vorherbestimmung besteht, und wird ... Was? Und worin besteht die Vorherbestimmung? ...

»Was meinst du, hab ich das Recht, ein bisschen dazuzuerfinden?«, fragte er Vikont besorgt.

»Wozu?«

»Erstens, damit's interessanter wird. Und zweitens, wenn ich mir eine Vorherbestimmung ausdenke, muss ich meine

Geschichten sowieso alle damit in Übereinstimmung bringen – also etwas erfinden, was nicht passiert ist.«

»Du hast sie dir also noch nicht ausgegedacht? Deine Vorherbestimmung?«

»Vorläufig nicht.«

»Dann erfinde vorläufig auch nichts dazu«, entschied der weise Vikont. »Wozu auch? Dreiundzwanzig Situationen. Wozu sollst du dir ohne Not eine vierundzwanzigste ausdenken?«

6

Neunzehnhundertsechsundfünfzig hatte ihn Vikont auf eine archäologische Expedition mitgeschleppt. Vikont hatte sich einen Freund zugelegt, der Archäologe war und jeden Sommer in den Rayon Pendschikent fuhr, um alte Grabstätten auszugraben, die wohl vom Kuschana-Reich stammten. Wie sich plötzlich erwies, hängte sich Vikont schon zum dritten Mal an diesen Archäologen. Er erklärte sehr verworren (und log zweifellos), wozu er das dringend nötig habe – angeblich hing es mit seiner neuen Leidenschaft für Geschichte zusammen, für die Sassaniden, Persien überhaupt und insbesondere für Fragen der altpersischen Tierheilkunde ... »Da fallen einem ja die Ohren ab, wenn man dir zuhört!«, sagte Stanislaw zu ihm, vom unglaublichen Impetus dieser schlecht durchdachten Schwindeleien frappiert. »Dann hör doch nicht hin!«, riet ihm Vikont vehement. »Sag mir lieber: Weht über den Meeren der Black Roger oder nicht?« – »Na, er weht. Aber wozu brauchst du mich?« – »Ja was kümmert's dich! Wir fahren los, und fertig.« Und sie fuhren los, wobei Stanislaw seinem wissenschaftlichen Leiter davonlief, ohne ihn auch nur anzurufen und irgendwas zusammenzulügen – der gewöhnlichen Höflichkeit und dem Anstand zuliebe.

(... Ein arabischer, kalligraphischer Schriftzug von erlesener Schönheit, wie aus einer geschickten Feder geflossen – mit Schnörkeln, Schlaufen, vielsagend verstreuten Punkten ... Neue Wörter von erlesener Schönheit: »devani«, »mahgreb«, »nastalik«, »farsi«, »irani«. Eine kehlige Sprache mit Hauchlauten wie von mühsam unterdrückter Begeisterung ... Woher war das plötzlich in Vikonts Leben getreten? Warum, wozu? Nur, weil ihm der Großvater, der General, eine Sammlung alter Münzen vererbt hatte? Oder damit er sich im Original an all diesen Firdausis, Nisamis, Saadis ergötzen konnte? ... Die unvorstellbar schönen Verse:

Fern von der Liebsten foltert mich
Die Sehnsucht, nah fürcht ich Verrat,
Mit dir und ohne dich – der Gram!
Für Herz und für Verstand – der Gram!
Mein Herz umschlingt mit engem Band
Er, der es eingekerkert hat,
In diese Finsternis verbannt,
Umstellt mit einer hohen Wand –
Der Gram!

»Der Gram!«, sagten sie jetzt bei jedem Anlass und auch ganz ohne. »Dschja tarsched wa batsche nist«, pflegten sie jetzt zu sagen, statt auf Russisch »eben erst, unlängst« ... Sie sagten es auch einfach so, um des Wohlklanges willen, besonders, wenn Mädchen dabei waren. »Der Platz ist noch feucht, doch der Batscha ist schon fort« ...

Eine Mode. Eine plötzliche Laune. Eine Geistesverwirrung ... Und zwar eine edle Geistesverwirrung! Schön, aber wozu sollten sie jetzt für einen Pappenstiel quer durch die ganze Union weiß der Teufel wohin traben? Und was sollte das für eine altiranische Tierheilkunde sein?)

Sie gruben einen *Tepe* (den Hügel an einem alten Bestattungsplatz) namens Kala-i-Mug auf, was übersetzt »Festung der Magier« bedeutete. Dieser Tepe war Gerüchten zufolge nicht geheuer, verwunschen, Legenden rankten sich um ihn. In der Umgebung befanden sich (ebenfalls gerüchtweise) Lagerstätten von Pechblende, und in der ganzen Gegend schwärmten auf den Straßen Geologentrupps hin und her, auf der Suche nach dem, was in ihrem Jargon »Asbest zwei« hieß. (Finster dreinblickende bärtige junge Burschen mit schmutzigen Filzhüten, schweigsam, unfreundlich, misstrauisch, abgewetzte Pistolenhalfter am Gürtel.)

Das Lager wurde am Ufer eines Flüsschens namens Mugian bei einem alten, mächtigen Maulbeerbaum aufgeschlagen. Die ganze Gegend ringsum hieß auch Mugian, also »Magie«, »Zauberei«, »Wunderland«. Sie wohnten in Zelten: zwei Zelte für die Wissenschaftler, drei große für die tadschikischen Arbeiter und noch ein einzelnes, in dem sich Rachmatullo mit seiner Frau einrichtete.

Wissenschaftler gab es zwei: den Expeditionsleiter, Vikonts Freund, einen Archäologen, auch Pan-Chef-Vater genannt – mit schwarzem Bart, schnarrender Aussprache und anscheinend ein wenig mit dem Klammerbeutel gepudert –, und eine Archäologin, ein stilles fleißiges Mädchen, derart schweigsam, farblos und unansehnlich, dass sich Stanislaw partout nicht an ihren Namen erinnern konnte. (Der Gram! Er hatte überhaupt Schwierigkeiten mit Namen – neuen Bekannten gegenüber war er unaufmerksam.)

Vikont und Stanislaw wurden als Präparatoren geführt. Sie halfen, wo Not am Mann war. Und Arbeiter gab es sechs oder sieben. Oder acht. Stanislaw schaffte es nie, sie auseinanderzuhalten. Sie hatten komplizierte und sehr unterschiedliche Namen (kehlig, mit Hauchlauten), doch sie selbst waren einander überaus ähnlich, wie nahe Verwandte: Jeder hatte einen grauen Kittel mit einem schmuddeligen karierten Handtuch als Gürtel an, alle waren unrasiert, alle von kleinem Wuchs, alle von unbestimmbarem Alter, einer wie der andere rauchten sie Selbstgedrehte mit Haschisch und zogen es vor, dem Gegenüber beim Reden nicht in die Augen zu blicken. Allerdings trugen manche von ihnen auf dem Kopf Tjubetejkas, andere Filzhüte und einige die gleichen karierten Handtücher, aber geschickt zu einem Turban gewickelt.

Rachmatullo stach unter ihnen hervor. Erstens war er jung, so um die fünfundzwanzig, höchstens. Zweitens sprach er besser Russisch als alle anderen zusammen. Er sprach überaus gern Russisch, und jedem drängte er seine Gespräche auf. (Am meisten belästigte er Vikont, den er wer weiß warum heraushob. »Is-prich, warum hast du keine Finger an die Hand, ah? Wie ist das passiert, sag, Viktor, bitte? ... Schau: drei Finger an die Hand – ga-anz weg, isch-limm, woher so isch-limm, is-prich, ah?« Erst versuchte Vikont, mit Scherzen auszuweichen, dann aber wurde er wütend: »Hör mal, Rachmatullo, weißt du, was *Taktlosigkeit* ist?!« – »Na-atürlich, ich weiß!«, erwiderte Rachmatullo hocherfreut. »Das ist so ein Krankheit: Die Finger tun sehr weh, faulen, faulen, und dann fallen sie ga-anz ab!«)

Drittens hatte er eine Frau. Eine Russin. Eine junge. Nichts Besonderes, aber immerhin. Sie spielte bei dieser ganzen Geschichte eine bedeutende Rolle.

Anfangs ging alles gut. Frühmorgens standen sie auf, gähnten und hissten zeremoniell die Flagge (ein weißes Tuch mit der schwarzen Abbildung einer alten sogdischen Münze). Dabei wurde die Hymne gesungen. Die Flagge hatte die namenlose Archäologin genäht und bestickt. Die Hymne hatte Vikont verfasst, wobei er von dem Lied über den wackeren Kanonier Jaburek ausgegangen war, sodass jeden Morgen über den hügeligen Gefilden Mugians erklang:

Die Flagge zog er hoch, oi lado, hej-ljuli!
Und sang ein Liedchen noch, oi lado, hej-ljuli!
Kam plötzlich ein Geschoss, oi lado, hej-ljuli!
Und riss den Kopf ihm los, oi lado, hej-ljuli!
Doch er zog weiter hoch, oi lado, hej-ljuli!
Und sang ein Liedchen noch, oi lado, hej-ljuli!

(Abends wurde die Prozedur des Flaggeneinholens von derselben Hymne begleitet, natürlich leicht abgewandelt: »Die Flagge zog er ein und sang ein Liedchen fein ...«)

Rachmatullos Frau machte das Frühstück. Alle aßen und gingen dann zur Ausgrabung. Sie arbeiteten mit Tischkas (einer Art Hacken, nur kleiner) und Schaufeln. Die Archäologen waren größtenteils damit beschäftigt, mit besonderen kleinen Bürsten den jahrhundertealten versteinerten Lehm von den Fundstücken zu entfernen. Die Fundstücke waren überwiegend Tonscherben unterschiedlicher Art, Größe und Form – Bruchstücke verschiedener alter Töpfe und Krüge, darunter auch riesige, die *Chum* genannt wurden. Die Scherben wurden exakt in Eimer und Körbe gestapelt, sie mussten noch aufs Sorgfältigste abgewaschen und dann sortiert und klassifiziert werden ... Je höher die Sonne stieg, umso unerträglicher wurde die Hitze, ein heißer Wind trieb gelbe Lößwolken vor sich her, die Arbeiter setzten sich immer öfter hin, um ihr Haschisch zu rauchen, und jedes Mal rauchten sie länger. Und schließlich verkündete der Pan Chef Vater die Mittagspause ...

(Rachmatullos Frau kochte auch das Mittagessen. Sie kochte, unverblümt gesagt, schlecht. »Erstens zu wenig«, sagte diesbezüglich Vikont. »Und zweitens das reinste Spülicht ...«)

Diese ganze Lebensweise wurde schon am dritten Tag von einem Autorenkollektiv (Kikonin & Krasnogorow) ausführlich und hingebungsvoll in einem unsterblichen Poem besungen, nach einer damals populären Melodie:

Ich bin kein Poet und auch kein Asket,
Das grämt mich, doch mach ich kein Hehl daraus –
Den Bauch vollgeknallt, die Hacke gekrallt,
So ziehe ich los und grab Schädel aus.
Die Dörraprikose geht kaum in die Hose,
Sie kommt statt als Sch... als Pisse an,
Der Löß wallt zuhauf, kriecht die Nase hinauf,
Sodass man statt fluchen nur niesen kann.
Der Tag ist gelaufen, und Schwarztee zu saufen
Ist alles, worauf noch zu hoffen ist,
Unter sternklarem Himmel durchspülst du den Pinsel
Und trinkst Tee, bis du davon besoffen bist.

Das Lied war lang, an die zwanzig Strophen – die Dichter hatten ihr Talent freigiebig versprüht –, und es abends in der seltsamen klaren Dämmerung Mugians zur Gitarre zu singen, war ein reines Vergnügen. Freilich begannen recht bald die Unannehmlichkeiten. Zuerst kleine. Stanislaw hatte sich an Aprikosen überfressen (nachdem er billiges Obst aufgespürt hatte) und bekam eine Magenverstimmung von unglaublichem Ausmaß. Weder Besalol noch Kaliumpermanganat-Lösung, noch der Kräuterabsud von Rachmatullos Frau zeigten die gewünschte Wirkung. (Der Gram! ...)

Der Pan Chef Vater schrieb Stanislaw krank. Er wurde von der Arbeit bei der Ausgrabung freigestellt. Jetzt stand er zusammen mit den anderen auf, blieb aber im Lager: Im Lager gab es Schatten von dem riesigen Maulbeerbaum, gleich beim Lager befand sich das rettende dichte Gebüsch, und schließlich konnte man sich im Lager jederzeit hinlegen (denn Schlaf ist die beste Arznei). Und Stanislaw machte krank. Es war das bittere Leben des Großvaters Schtschukar, verschärft durch verletzten Stolz und das Gefühl seiner totalen Nutzlosigkeit. Einen Großteil des Arbeitstages verbrachte Stanislaw im Gebüsch, und als die Krankheit nachließ, stand er gebückt im kristallklaren eisigen Wasser des Mugian – dort wusch er endlose Mengen von Tonscherben ab. Abends konnte er es sich nicht mehr erlauben, sich mit schwarzem Tee volllaufen zu lassen, er musste überhaupt Diät halten und ernährte sich von Würfelzucker, sodass ihn zugleich Hunger, Durst, übelriechendes Aufstoßen und Durchfall quälten. Um Vikont und den Pan Chef nachts nicht zu wecken, hatte er sein Klappbett aus dem Zelt geräumt und nächtigte jetzt abseits – möglichst weit von den Menschen und möglichst nahe am Gebüsch.

Am dritten oder vierten Tag des Großen Durchfalls, als sich alle schon schlafen gelegt hatten, nahm ihn der Pan Chef beiseite und teilte ihm interessante Neuigkeiten mit: Man müsse eine Lösung finden, und zwar schleunigst, da Rachmatullo vor Eifersucht platze und finstere Drohungen ausstoße, von Tag zu Tag schlimmere. Stanislaw verstand natürlich nicht, wovon die Rede war, und der Chef legte ihm geduldig auseinander, dass sich die Arbeiter angewöhnt hatten, sich auf Rachmatullos Kosten lustig zu machen: Du buddelst hier den ganzen Tag in der Erde, dummer junger Kerl, und dort unten vergnügt sich Stas mit deiner Frau – vom frühen Morgen an bis zum Mittag. Rachmatullo ist wirklich jung und dumm, ohne Sinn für Humor, und er läuft schon wer weiß wie viele Tage vor Wut kochend herum, wir müssen eine Lösung finden, denn sonst, Stas, Sie wissen selber, wie das hier zugeht ...

Fürs ganze Leben prägte sich ihm das Gefühl ein, wie ihm die Worte, Gedanken, Gesten, Argumente, sogar Interjektionen fehlten – ein Gefühl, qualvoll wie Asthma, das ihn in jenem Moment ergriff. Es war klar, dass er auf die Worte des Chefs reagieren musste, und zwar schnell, ausdrucksstark und exakt, damit nicht die geringste Doppeldeutigkeit ... keinerlei Auslegungen, Zweifel, Unklarheiten! ... Er stand unter Schock. Er schwieg, stand da wie ein Klotz und grinste wohl idiotisch.

Man konnte natürlich nicht sagen, er hätte diese Frau überhaupt nicht wahrgenommen. Sie war jung, attraktiv, ein angenehmer Anblick, und es war unmöglich zu übersehen, dass sie kein Mieder trug und dass die Brust unter ihrer Kattunbluse jedweder Beachtung wert war ... Doch erstens war er noch die reinste Rotznase, in dem Sinne, dass er allen möglichen romantischen Irrtümern hinsichtlich Frauen, Ehe, Pflicht und dergleichen anhing. Zweitens stand seine Liebesbeziehung zu Larissa damals gerade in der allerersten Blüte – zum Teufel, er schrieb ihr jeden zweiten Tag einen Brief, noch dazu in Versen! Andere Frauen existierten jetzt für ihn nicht: »nicht mehr als eine gleichzeitig« – dieses Prinzip verfocht er damals in allen theoretischen Diskussionen zu dem Thema, und er hielt sich schon seit vielen Jahren eisern daran ... Und schließlich, der Durchfall, meine Herren! *Der Durchfall!* Wie stellt ihr euch das denn vor, ihr Idioten!, wollte er rufen, dass ganz Mugian es hörte. Mit der einen Hand halte ich völlig verausgabt die Hosen fest, mit der anderen umklammere ich das »Sowjetische Tadschikistan«, bereit zur Benutzung, und dabei gehe ich auf Liebeshändel aus? ... Ich habe mir ja nicht einmal ihren Namen richtig gemerkt, wenn ihr es wissen wollt! ...

Das Gespräch mit dem Chef führte natürlich zu nichts. Ja, wozu hätte es auch, verdammt nochmal, führen sollen? Der Chef teilte ihm schuldbewusst mit, übermorgen käme der Wagen mit Lebensmitteln – ob Stanislaw vielleicht bereit wäre, nach Pendschikent mitzufahren? Für ein paar Tage? Vorübergehend? Sicherheitshalber? ... Stanislaw lehnte entrüstet ab. Wie kam er denn dazu?

Am nächsten Morgen beobachtete er Rachmatullo – verstohlen, doch mit ganzer Aufmerksamkeit. Er fand ihn so wie immer: Rachmatullo war fröhlich, geschwätzig und allen gleichermaßen wohlgesonnen. Seine Frau (zum Teufel, wie heißt sie denn nun? Ljussja? ... Oder Ljuda? ... Es war wohl Dussja ...), Rachmatullos Frau schien ihm trauriger und sorgenvoller als sonst zu sein, und als er genauer hinsah, entdeckte er mit einem unangenehmen kalten Schauder im Herzen auf ihrem Gesicht und auf dem bloßen Arm sorgfältig überpuderte, aber unverkennbare blaue Flecke ... Wieder blieben sie zu zweit im Lager, und den ganzen Tag über sah er zu, dass er sich von ihr fernhielt, wobei er sich wie der letzte Esel vorkam. Das Komischste war – der Durchfall schien nachzulassen, er musste kaum noch ins Gebüsch laufen, seine Gedanken wurden freier, und die Phantasie kam in Gang ... Im Übrigen geschah an dem Tag weiter nichts Neues.

Abends genehmigte er sich vor Freude ein ausgiebiges Abendessen, und das Ergebnis stellte sich sogleich ein. Gegen zwei Uhr nachts wachte er auf und schaffte es gerade noch ins Gebüsch. Alles schien von vorn zu beginnen.

Mit einem Gefühl von Erschöpfung und Ekel ging er Schritt für Schritt zu seinem verlassenen Bett zurück, ohne in der stockfinsteren, mond- und sternlosen Nacht etwas zu sehen, als er, schon am Maulbeerbaum, plötzlich leise, doch deutlich vernehmbare Geräusche hörte, derart sonderbare, mit nichts zu vergleichende und zu nichts Bekanntem passende Geräusche, dass er reglos verharrte, angestrengt lauschte und sich nicht entschließen konnte weiterzugehen. Dort vorn, wo sein ersehntes Klappbett stehen musste (und doch wohl auch stand!), ertönte irgend so ein rasches Reißen, Klirren, Rascheln ... dann wieder eine Art Husten ... und ein leises Geheul – nicht von einem Hund, aber auch nicht von einem Menschen. Seine Phantasie geriet in Panik. So sehr er es versuchte, er konnte sich nichts vorstellen, was die Quelle dieser Geräusche sein mochte; er presste sich an den mächtigen warmen, borkigen Stamm und blieb reglos stehen, und ihm wurde plötzlich klar, dass er keinen Schritt von hier weg tun würde, jedenfalls nicht, bis er begriff, was da neben seinem Klappbett vor sich ging.

Es dauerte wohl nicht allzu lange. Ein paar Minuten. Vielleicht auch ein paar Sekunden. Ein offensichtlich metallisches

Klirren. Ein unverständliches abgehacktes Zischen. Ein dünnes, gleichsam unterdrücktes Winseln ... Und plötzlich hörte alles auf. Es trat Stille ein, ebenso tief, wogend und undurchdringlich wie die Finsternis. Als wäre nie etwas geschehen. Als habe er sich das alles nur eingebildet. Doch er wusste ja, dass er es sich nicht eingebildet hatte, und entdeckte plötzlich, dass er schweißgebadet dastand und dass seine Muskeln verkrampft waren und er vor Angst den Atem anhielt.

Weiterzugehen brachte er schließlich doch nicht über sich, und sonst konnte er nirgends hingehen, so blieb er bei dem Baum stehen, spähte und lauschte qualvoll in die Nacht hinein, dann lehnte er sich an den Stamm, hockte sich erst hin und setzte sich schließlich, die Hände auf die trockene Erde gestützt. Noch immer sah er nichts als irgendwelche vagen Schatten und Flecke, und er hörte nichts als das gleichmäßige Gemurmel des Flusses. Weiter geschah nichts, und er blieb so bis zum Morgen sitzen.

Was hatte ihn eigentlich so erschreckt? Er verstand es selbst nicht. Er hatte keine Angst vor Hunden. Er hatte keine Angst vor Schakalen, Wölfen, Schlangen, er war kein Feigling, doch gerade heute, hier und jetzt, empfand er eine beschämende, alles hinwegfegende, sinnlose und wirre Furcht. Offensichtlich *wusste* er, ohne sich dessen bewusst zu sein, mehr, als er verstand oder sich vorstellen konnte ...

Endlich dämmerte der Morgen. Es wurde kalt, Tau fiel, die üblichen Nachtwolken begannen sich aufzulösen. Bis zum Sonnenaufgang war es noch lange hin, doch das Lager war schon vollends zu sehen. In ihm herrschten die Leere und die Reglosigkeit vor dem Morgengrauen. Ein leichter Wind kam auf und blätterte träge die Seiten des Buches um, das jemand abends auf dem Esstisch vergessen hatte, und das war die einzige Bewegung in der grauen, durchsichtigen Reglosigkeit des Morgens.

Er sah sein Klappbett. Nichts und niemand war in der Nähe. Der Schlafsack hing auf die Erde herab, und eine Zeit lang versuchte er sich angestrengt zu erinnern, ob er den Schlafsack so zurückgelassen hatte oder nicht, als er nachts seinem eiligen Bedürfnis nachgegangen war. Ohne dass es ihm eingefallen wäre, stand er schließlich auf und ging zum Klappbett. Er blickte ständig um sich, schämte sich für seine vormalige Angst und hoffte sehr, dass alle im Lager fest schliefen – bis zum Wecken waren es noch an die zwei Stunden.

Beim Klappbett blieb er stehen. Abermals brach ihm der Schweiß aus, und abermals spannten sich seine Muskeln unwillkürlich und erstarrten, als habe er vor, ein übermäßiges Gewicht zu heben. Plötzlich begriff er, was das für nächtliche Geräusche gewesen waren. Überhaupt begriff er sofort alles: sowohl seine unkontrollierte chaotische Angst als auch sein Unvermögen, sich vorzustellen, was da in der Dunkelheit vor sich ging – so etwas konnte man sich einfach nicht vorstellen: Das ganze Kopfende des Klappbetts war zerschnitten, aufgeschlitzt, zerfetzt ... und das flache, vom Alter platte Kopfkissen aus Armeebeständen war durchbohrt, durchlöchert, ausgeweidet ... und ein paar wütende Hiebe hatte der obere Teil des Schlafsacks abgekriegt.

Es war eine Explosion gewesen. Eine Explosion von Hass. Von Wut. Blinder Bosheit. Verzweiflung ... Hoffnungslosigkeit. Selbstmitleid ...

Es war der tödliche Tanz eines blindwütigen Messers gewesen ... Im hiesigen Dialekt hieß das Messer *Petschak* oder *Ptschok*, und sogleich fiel ihm ein solches wohlbekanntes Messer ein – schärfer als jede Rasierklinge, mit Arabesken auf der Klinge, einem geschnitzten beinernen Griff – Rachmatullo hatte allen, die zuschauen wollten, vorgeführt, wie man hier einen Hammel schlachtete: Das Knie stemmt man ihm gegen die Schulterblätter, die Finger steckt man tief in die Nasenlöcher, man zieht den Kopf mit den vernunftlosen Augen hoch und nach hinten, und dann mit dem Petschak über die gespannte Kehle, eine einzige Bewegung ... (Niemand hatte sich das Schauspiel zu Ende angesehen, alle waren fortgestürzt und hatten dann den Pilau ganz ohne Vergnügen gegessen ...)

Bemerkenswert war, dass er, als er endlich alles begriffen hatte, keinen neuen Anfall von Angst verspürte, wie zu erwarten gewesen wäre, sondern unglaublich quälende, geradezu Zuckungen im Gesicht verursachende Scham! Er musste sofort, unverzüglich, ohne auch nur eine Sekunde zu verlieren, das alles wegnehmen, verschwinden lassen, verstecken, vielleicht sogar vernichten ... das durfte niemand sehen ... eine Schande, eine tödliche Schande, ein Albtraum! ... In Panik packte er das Bettzeug, klappte irgendwie das Gestell zusammen (nicht nur die Leinenbespannung des Kopfendes – auch die Federn waren dort herausgefetzt und hingen herab) und schleppte den ganzen Haufen weg, aus dem allgemeinen Blickfeld, ins große Zelt des »Kommandopersonals« ... Der Pan Chef schlief dort, die Decke bis zum Bart hochgezogen, und selig schlummerte Vikont, die verkrüppelte Hand zur Seite gestreckt (eine kleine runzlige Faust mit zwei grotesk hervorstehenden Fingern) ... Hastig, doch lautlos schob er sein verstümmeltes Klappbett unter das Vikonts, den Schlafsack aber breitete er an seiner alten Stelle aus, kroch hinein, stopfte das aufgeschlitzte Kissen ins Kopfende, dann lag er da, mucksmäuschenstill, wie ein Hund, der etwas angestellt hat. Langsam wichen die Scham und die Furcht vor der Schande von ihm, und er schlief ein.

Am Morgen aber löste sich alles plötzlich auf.

Stanislaw verschlief das Wecken – er schlief wie ein Toter, ganz weggetreten, und hörte nichts –, und als er erwachte, war es schon zwölf, die Hitze sammelte sich, er war allein im Lager, und das wunderte ihn etwas, freute ihn aber auch, zumal sich sein Bauch vollends beruhigt hatte. Sogleich zog er das verstümmelte Klappbett hervor und vergrub es weiter weg – im Haufen überflüssiger Ausrüstungsteile, unter all den Säcken, Schüsseln, rostigen Schaufeln und Bündeln. Ach, wie gern hätte er auch die Erinnerung an die Nacht so vergraben –

möglichst tief und für immer ... Übrigens wirkten diese Erinnerungen bei Tageslicht schon nicht mehr derart verzweifelt tragisch und beschämend. Wie sich zeigte, konnte man mit ihnen leben und sich sogar des Lebens freuen ...

Doch da kam Vikont vom Gipfel des Tepe herab, um das Mittagessen zu kochen, und erzählte ihm von den Ereignissen des Morgens. Es stellte sich heraus, dass Rachmatullo unmittelbar nach dem Frühstück einen epileptischen Anfall hatte – er stieß ein anhaltendes unmenschliches Geräusch aus, ein Heulen oder Brüllen, sackte zusammen und begann zu zucken und sich zu krümmen. Es war, sagte Vikont, ein unheimlicher Anblick, doch seine Frau (die das anscheinend schon gewohnt war) verlor nicht die Nerven, sondern tat alles, was zu tun war, und da kam gerade der Lastwagen der Expedition. Rachmatullo wurde mit seiner Frau und dem ganzen Kram der beiden auf diesen Lastwagen geladen und in die Stadt geschickt, der Arbeitstag begann verspätet, und zur Ausgrabung gingen alle mit einer bösen Vorahnung ...

Und nicht umsonst!

Die Arbeiter stießen auf eine *Gunda*, sodass damit nun alles zu Ende war. (Die *Gunda* ist eine besondere Legende. Wenn man den Erzählungen und Beschreibungen glaubt, so ist das ein ziemlich großes Insekt mit Flügeln, schwarz-gelb gestreift – doch keine Wespe oder Hornisse. Sie lebt im Erdboden. Ihr Stich ist tödlich, auf der Stelle. Wenn man sie zufällig ausgräbt, *gundet* sie – was entweder bedeutet, dass sie ein spezifisches Geräusch ausstößt, oder dass sie ein Unglück heraufbeschwört. Schon bei einer Ausgrabung einfach nur auf sie zu stoßen, ist ein böses Vorzeichen.) Vikont selbst (den die Gunda schon seit Langem und nachhaltig interessierte) hatte auch diesmal nichts gesehen. Die Arbeiter hatten plötzlich begonnen durcheinanderzureden und waren mit panischen Rufen – »Gunda! ... Gunda!« – allesamt aus der Grube geklettert. Gesehen hatte die Gunda nur einer von ihnen, doch in Panik waren sie alle. Mit großer Mühe war es dem Pan Chef gelungen, sie zur Wiederaufnahme der Arbeit zu bewegen, doch es würde anscheinend nicht weitergehen. Hier würden sie jetzt nicht mehr arbeiten. Fertig. Eine Gunda!

Unterdessen aber erlitt Vikont wieder einen seiner Pseudoinfarkte: Nach dem Abendessen wurde er plötzlich grau, begann schleppend zu sprechen und fiel plötzlich in Ohnmacht, wobei er den Tisch, einen Stuhl, Geschirr umstürzte. Alle erschraken auf den Tod, doch Stanislaw behielt die Nerven (er kannte das!), und wie zuvor, ging alles gut ... Doch nun war auch dem Letzten klar geworden, dass hier nichts Gutes zu erwarten war, und einen weiteren Tag später ließ der Pan Chef Vater die Arbeiten am Kala-i-Mug einstellen. Fertig. Hier kann man nicht arbeiten. Eine Gunda!

Und wieder den Wagen ganz sinnlos zu jagen
Auf holprigen Straßen im Morgenwind,
Nicht saufen, nicht fressen, auf 'nen Hügel versessen,
Wo Artikel und Münzen verborgen sind ...

Der Gram! ... Und niemand hatte schließlich etwas erfahren, nicht einmal vermutet.

»Was soll das, Brüderchen?«, erkundigte sich (schon in der Neuzeit) Vikont, als er diese Geschichte gelesen hatte. »Mit dem Schwindeln angefangen?«

»Keineswegs, Euer Durchlaucht«, erwiderte Stanislaw und empfand plötzlich einen Anfall von Selbstzufriedenheit, als habe er einst in aller Bescheidenheit eine Heldentat vollbracht und nun die ganze Welt doch noch davon erfahren.

»Er wollte dich umbringen?«, fragte Vikont erschüttert, und Stanislaw antwortete aufrichtig: »Ich weiß nicht.«

Das ließ sich jetzt nicht mehr feststellen. Hatte Rachmatullo den ersten Hieb mit seinem Petschak geführt, um die verhasste Kehle durchzuschneiden, den Kopf, das Hirn zu durchstoßen, durch die Rippen hindurch das niederträchtige Herz zu erwischen? Oder hatte er gerade ins Leere gestochen und genau gewusst, dass da Leere war, und just weil da Leere war? Und hatte er dann ein ums andere Mal mit dem stählernen Hauer zugestochen, gerissen, zerfetzt, durchlöchert, voller Wut und Verzweiflung darüber, dass der erste Hieb so sinnlos gewesen war, oder gerade darum, weil sich eine Möglichkeit auftat, ungestraft Furcht zu verbreiten und sich zu ergötzen – den toten Stoff aufzuschlitzen und zu zerreißen, Furcht zu verbreiten, die Rache zu genießen und dennoch kein Mörder zu werden? ...

Jetzt war das sicherlich nicht mehr wichtig. Ja, sogar damals war es nicht wichtig gewesen. Aber gehörte diese Eposide nun auf die Liste der Beweise für das Theorem? Sie erörterten die Frage und entschieden: Sie kann hinein. Die Episode wurde aufgenommen und festgehalten als *Zehnter Beweis* für die Existenz des Schicksals, oder *Man muss immer wissen, wohin man gehört.*

7

Irgendwie musste man ihn nennen, den Helden des entstehenden Romans. Einen Namen zu erfinden, hatte Stanislaw keine Lust, das sah nach Koketterie aus, denn den bei Weitem überwiegenden Großteil des Materials hatte er der eigenen Wirklichkeit entnommen, sodass der Held (vorerst) er selber war, ohne nennenswerte Zutaten.

Vikont schlug vor: »Nenn ihn Vorsehling ... oder Losgeleit ...«

»Warum lose?«, erkundigte sich Stanislaw.

»Nicht los*e*, sondern *Los*geleit – vom Los geleitet!«

Vikont fabulierte. Vielleicht auch nicht. Losgeleit – das

klang seltsam und bedeutungsschwer-ungefüge. Stanislaw wurde nachdenklich, er versuchte sich zu erklären, warum ihm dieser Name nicht gefiel. Sein Kaffee wurde kalt, die Zigarette brannte bis zum Filter herunter.

»Ich brauche was in der Befehlsform«, sagte unterdessen Vikont. »Reime ...! Keime ...!«

Sie dichteten à la Pollock (wie sie es nannten).

Die Tapete im Dämmer trägt Trauer,
Hart umklammert mit blutiger Hand
Das verzerrte Antlitz, das blaue,
Eines stöhnenden Fensters die Wand ...

Stanislaw hörte ihm nicht zu. Er hatte es plötzlich erfasst. Es war wie eine Offenbarung. Er sah den ganzen Roman – bis zum Ende. Der Held heißt Jossif. Sein Mädchen heißt Maschka ... Marja ... Maria. Und sie werden ein Kind haben ... Vor Begeisterung wurde ihm sogar heiß, das Herz begann rasend zu hämmern, und da verbrannte er sich an der Zigarette die Finger.

Er machte eine heftige Bewegung zum Aschenbecher hin, und der verdammte Stuhl brach wieder zusammen, zum wer weiß wievielten Mal. Um ein Haar wäre Stanislaw hingestürzt, er konnte sich gerade noch an der Tischkante festhalten. Der Tisch wankte und neigte sich, alles landete auf dem Boden – Aschenbecher, Bleistifte, Kladden ... Unter Flüchen machte er sich daran, die auseinandergefallenen Stuhlbeine, den Sitz, die Lehne aufzulesen und wieder zusammenzufügen, und in seinem Kopfe hämmerte es: »Hüte mir den Jungen! Hüte unseren Sohn ...!«

Vikont schenkte diesem gewohnten Treiben keinerlei Beachtung. »In der Befehlsform brauche ich was, bitte!«, verlangte er erneut mit leicht erhobener Stimme.

»Leime!«, sagte Stanislaw schadenfroh.

Es ging geradezu mit ihm durch. Im Laufe einer Woche bekam er noch zwölf Episoden klar.

... Der *siebente* Beweis, oder *Die missglückte Rache der Besiegten*. Die Geschichte mit der Brandbombe, die noch aus der Blockadezeit übrig geblieben war. Von dieser Bombe kratzte der aufgeweckte Glückliche Junge, der damals schon in die sechste Klasse ging, mit einem Küchenmesser silbrige Thermitspäne ab – einen ganzen Blechteller voll, der auf dem Fensterbrett stand –, er mischte das Thermit mit trockenem Kaliumpermanganat (das bekanntlich Sauerstoff abgibt) und steckte ein brennendes Streichholz in das Gemisch. Eine weiße Feuersäule schoss bis zur Decke empor, der Junge war sofort geblendet und zuckte zurück – und das war seine Rettung: Die schwere Gardine, an einer schweren Stange befestigt, stürzte herab, die Stange stieß die an die zehn Kilo schwere Kristallvase von museumsreifer Schönheit um (die Tante Lidas Bruder, der von den Granatwerfern, den faschistischen deutschen Aggressoren als Reparation abgenommen hatte), und diese Vase fiel vom Schrank genau an die Stelle, wo sich eine halbe Sekunde zuvor der Organismus des aufgeweckten Naturforschers befunden hatte ...

... Der *elfte* Beweis, oder *Man soll rechtzeitig Steine zerstreuen*. Wie sie in den feuchten, grasbedeckten Bergen unterhalb des Elbrus mit der ganzen Gruppe in einer tückischen Senke stecken geblieben waren, die auf einer Seite in einen Abgrund abfiel, und ihren GAS-Geländewagen partout nicht den aufgeweichten Hang hinaufkriegten. ... Pausenloser eisiger Regen. Schlamm und nasses Gras, das von den durchdrehenden Rädern mit den Wurzeln herausgerissen wurde. Sechsstimmiges verbissenes Fluchen. Und das verbissene Dröhnen zweier Motoren – des kleinen GAS am Hang, der mit durchdrehenden Rädern an einem Ende der zum Zerreißen gespannten Trosse hing, und des LKW weiter oben, der mit durchdrehenden Rädern ohnmächtig am anderen Ende der Trosse zog.

Und die elend schweren Steinbrocken, die sie von weither heranschleppten, um sie unter die Räder zu legen, und die der toll gewordene Wagen mit den Rädern wie ein Katapult wegschleuderte. Und der schneidende Wind. Und dann der gleichgültige Nebel. Und wieder Wind – mit Hagel. Und die ohnmächtige Wut bei dem Gedanken, dass sie jetzt wer weiß wohin laufen müssten, zwanzig Kilometer durchs nasse Gebirge – um einen Traktor aufzutreiben, und das hieß: betteln, beschwatzen, bestechen, überreden ...

Schließlich, nach sechs Stunden dieser Hölle, riss die Trosse. Am Steuer des GAS saß gerade Stanislaw (Jossif natürlich, nicht Stanislaw). Er trat auf die Bremse, doch der Wagen schenkte dieser Geste der Verzweiflung nicht die mindeste Beachtung. Er sprang buchstäblich aus den Fahrrinnen und schleuderte über das nasse Gras wie über Öl, stumpfsinnig und schweigend, rückwärts den Hang hinab, zum Rande des Abgrunds, und nichts konnte ihn jetzt noch aufhalten ... Alle, die draußen waren, schrien entsetzt auf, sie wollten ihm zurufen: »Spring raus!!«, doch ihnen blieb keine Zeit, aus ihrem Entsetzen ein verständliches Wort zu formen, und Stanislaw hörte nur ein verzweifeltes »Aaah!«. Der Schnellste von ihnen, der Chauffeur Wolodja, stürzte mit riesigen Sätzen los, sein grüner Segeltuchmantel flatterte über ihm wie Flügel, er bekam sogar eine Ecke der Stoßstange zu packen, doch niemand vermochte jetzt den Wagen aufzuhalten – er wollte hinab, er hatte es satt, sich hier im Regen abzuquälen, er wollte »sterben – schlafen – schlafen! Vielleicht auch träumen!« »Ich muss springen, sonst ist's aus ...« – mehr konnte Stanislaw, das heißt Jossif, nicht denken. Doch seine verkrampften Finger klammerten sich unlösbar ums Lenkrad, der rechte Stiefel klebte unlösbar auf dem Bremspedal, und zu nichts anderem war er mehr imstande. In diesen (seinen letzten) Augenblicken war er schon ein toter Mann ... Und plötzlich blieb der Wagen wie angenagelt stehen.

Wie sich herausstellte, war sein linkes Hinterrad auf einen ordentlichen Felsbrocken gestoßen, den sie unter die Räder gelegt hatten und der schon vor drei Stunden darunter weggeschleudert worden war. Bis zum Rande des Abgrunds blieben in dem Moment noch zweieinhalb Meter – diesen Abstand maß der wissenschaftliche Leiter der Gruppe später eigens mit dem Bandmaß. Die Tiefe des Abgrunds betrug um die vierzig Meter, vielleicht auch mehr; diese Tiefe maß der Leiter nicht – er hatte kein geeignetes Maß, und es hätte auch nichts genützt ...

Und so weiter ...

Ein paar Episoden wollte er nur erwähnen, ohne näher darauf einzugehen. So ging er nicht darauf ein, wie er sich an der Physikalischen Fakultät beworben hatte. Bei der Aufnahmeprüfung ließ man ihn unzweideutig und gezielt durchfallen, ohne diese Absicht auch nur zu verbergen. Warum? Lag es am Fragebogen – von Repressionen betroffene Verwandte? Vielleicht. Doch darum ging es nicht. Wowka Frolow aus der 10b hatte sich zur selben Zeit auch da beworben, und wo war er jetzt, der Wowka Frolow? Schon fünf Jahre nach dem Abschluss hatte ihn die Leukämie erledigt – ihn, der kerngesund gewesen war, Leistungssportler, ein Athlet ... Die Ärzte konnten nichts mehr tun, und während der letzten Tage floss in seinen Adern nur noch Eiter statt Blut ... Tolka das Landaulett war auch angenommen worden, wenngleich erst beim zweiten Anlauf, und was war Tolka jetzt? Invalide der zweiten Gruppe, kam nie mehr aus dem Krankenhaus, ein Schöpfer der Wasserstoffbombe ... Wer von ihnen, fragt sich, hatte also bei der Aufnahmeprüfung Pech gehabt?

Doch er entschied, dieser Stoff sei zu heikel und verdiene wohl auch keine eingehende Erörterung.

Die Geschichte aus Abastumjan, wo er Serjoschka Orlowski aus dem Abgrund geholt hatte, beschrieb er auch nicht näher, erstens, weil es da wieder einen Abgrund, Berge, reißende Trossen gab – wann reichte es? Und zweitens war diese Situation rein technisch schwer zu beschreiben: wer wo hing, wer sich woran klammerte, wie Serjoschka nach oben kletterte, Stanislaw aber (Jossif natürlich, Jossif, und nicht Stanislaw!) dabei über den steilen Sims nach unten rutschte ... Na, Schwamm drüber. Irgendwie waren sie rausgekommen, und fertig. Sie hätten es auch nicht zu schaffen brauchen – beide oder einer. Die Höhe war allerdings wohl doch nicht tödlich, an die fünfzehn Meter, und über einen steilen Abhang, aber nicht senkrecht, und auf Geröll statt auf Felsbrocken ...

Und er brachte es dann doch nicht über sich, ausführlich zu beschreiben, wie sie im März zweiundfünfzig im Ladogasee eingebrochen waren. Es war beschämend, sich daran zu erinnern, und die ganze Zeit drängte es ihn, der Situation einen edleren Anstrich zu geben, an der doch nichts Edles auszumachen war ... Es half auch nichts, dass das alles einem gewissen Jossif widerfahren sollte – statt ihm, Stas Krasnogorow.

Dabei war die Geschichte höchst lehrreich. Und in gewisser Weise hatte sie sogar eine positive Rolle gespielt (wie Senja Mirlin bei verschiedenen Anlässen zu sagen pflegte). Als Vikont seinen ersten Quasi-Infarkt hatte, waren sie allein in der Wohnung gewesen, die Großeltern waren verreist, und Stanislaw war zu Vikont gekommen, weil er im Radio von der Verhaftung Berijas gehört hatte. Sie hörten begierig die »Stimme«, kicherten, machten vielsagende Grimassen (»Na so was! Wer hätte das gedacht? Ein englischer Spion! ...«), Vikont grub irgendwo eine alte Zeitung aus den Tagen von Stalins Tod aus, und sie betrachteten Berija, wie er auf der Tribüne des Mausoleums stand, und sagten zueinander: »Na, das sieht man doch! Man sieht doch ohne Brille, dass das ein Spion ist ...«

Vikont kam Stanislaw blasser vor als sonst, aber vielleicht hatte sich diese Erinnerung auch erst jetzt, im Nachhinein, gebildet – wozu hätte er denn auf Vikonts Gesichtsfarbe achten sollen, zumal unter solchen Umständen. Sie tranken Kaffee mit Pflaumenkonfitüre (das Hausgetränk), und plötzlich wurde Vikont weiß wie Mehl, genauer gesagt, grau wie zweitklassige Makkaroni, alle seine Sommersprossen traten plötzlich hervor, und man sah die zahlreichen schwarzen Pulverpünktchen im Gesicht, die von der lange zurückliegenden Explosion des Zünders zurückgeblieben waren. »Was ist mit dir?«, fragte Stanislaw, weniger besorgt als verwundert, doch Vikont machte keine Anstalten, sich zu dem Thema zu äußern – er gab eine barsche Antwort, obwohl zu sehen war, dass ihm immer schlechter wurde. Sein Redefluss wurde träge wie bei einem Betrunkenen, die Bewegungen unsicher. Und plötzlich stürzte er wie eine große Puppe vom Bett auf den Fußboden, mit dem Kopf voran.

Allein bei der Erinnerung kam man ins Zittern. Denn es war ja das erste Mal! Mir nichts, dir nichts. Und ohne Grund. Er war weiß geworden, gestürzt und lag ganz reglos da, die Arme schief unterm Körper, und sein Körper wurde feucht und kalt, und es schien sogar eine Starre einzutreten ...

Stanislaw wollte ihm zuerst eine Herzmassage machen, dann stürzte er in die Küche, zum Telefon, rief den Rettungsdienst an, riss die Wohnungstür weit auf und kehrte zu dem schon kalt werdenden, absolut unbeweglichen und atemlosen Körper zurück ... zu dem Toten ... dem Leichnam ...

Künstliche Beatmung ... Herzmassage ... Mund-zu-Mund-Beatmung. Und da war bei ihm Schluss. Ein weißes, feuchtes, kaltes Gesicht ... Absolut fremd, unbekannt ... und Schaum auf den Lippen, und als Erstes musste man den Mund öffnen und die Zunge hervorziehen, damit sie nicht zurückfiel ...

Ein Anfall unkontrollierbaren Widerwillens überkam ihn plötzlich ... Ich kann nicht, hämmerte es in seinem Kopf, ich werde nicht, nein ... Und da erinnerte er sich, wie er damals auf dem Eis gelegen hatte, gerade erst herausgekrochen, wie durch ein Wunder der eisigen, gierig glucksenden Brühe entkommen, wie er seinen Körper nicht spürte, wie er überhaupt nichts spürte, aber hörte, wie hinter ihm im tödlichen schwarzen Wasser Lenotschka Praskownikowa mit letzter Kraft keuchte und strampelte ... ein dummes Weib, unbegabt, hässlich, zu nichts nütze, niemandem auf der Welt vonnöten ... und doch musste er sich wieder in die eisige Brühe stürzen, nach Luft schnappend schwimmen, erstarren, im Eiswasser untertauchen ... sterben, aber schwimmen ... diese verdammte Idiotin rausziehen, hol sie der Teufel ... Er wusste, dass das seine Pflicht war, und ihm war klar, dass er es *nicht tun würde*, weil er *weiterleben wollte*, ein zweites Wunder würde es für ihn nicht geben, und jetzt gedachte er zu leben, weiterzuleben und für immer ... Und da schaltete ihm jemand Allwissendes und Barmherziges das Bewusstsein ab. Doch er ließ ihm die Erinnerung ... Lenotschka ertrank. Er überlebte es. (Sie alle hatten es damals überlebt.) Er würde auch Vikonts Tod überleben, nicht wahr? Warum denn auch nicht? Letzten Endes, wer war dieser Vikont schon? Und außerdem war das gar nicht mehr Vikont, sondern ein feuchtes, erstarrendes, erkaltendes Stück Fleisch. Und fertig. Und weiter nichts ... Sollen doch die Ärzte klarkommen, die kriegen schließlich Kies dafür ...

Der Ekel vor sich selbst überwand den Ekel vor dem Notwendigen – er drückte Vikont die Kiefer auf, zog die speichel- und schaumbedeckte Zunge hervor und begann mit der Mund-zu-Mund-Beatmung ... Als der Rettungsdienst kam, atmete Vikont schon wieder, und Stanislaw saß mit völlig leerem Kopf bei ihm und hielt seine vom Schweiß glitschige Hand ...

Am schwierigsten wurde es, die Kurve zum Finale zu kriegen. Alles war schon klar: in welcher Reihenfolge die Episoden ablaufen mussten, woher Marja stammt, wie Jossif allmählich die Erleuchtung kommt und ihm seine besondere Lage bewusst wird, wie er die Suche nach der Vorherbestimmung beginnt, Varianten durchspielt, sich für keine entscheiden kann ... Und plötzlich sagt ihm Marja, dass sie schwanger ist. Zuerst ist er einfach schockiert: Wieso denn? So viele Vorsichtsmaßnahmen, so viele Einschränkungen, so viele Unbequemlichkeiten – und alles vergebens? ... Doch Marja macht sich wegen etwas ganz anderem Gedanken. Nicht gleich, aber schließlich doch ringt sie sich durch, ihm zu sagen, dass es sowieso nicht aufgeht, die Fristen stimmen nicht, schließlich hat er die letzten zweieinhalb Monate im Gebirge gesessen, sodass zwischen ihnen nichts war und nichts sein konnte ...

Senja Mirlin machte tss-tss, hm-hm und lachte in einem Anfall von kritischem Sarkasmus kurz auf. »Na-na-na«, ließ er sich genüsslich vernehmen. »Ja-ja«, stimmte er mit unerträglich schmierigem Vergnügen zu. »Gewiss doch! Na klar! Was kommt dem Seemann als Erstes in den Sinn, wenn er bei der Rückkehr von einer dreijährigen Reise seine liebe Frau mit einem einjährigen Kind erblickt? Ja natürlich, er ist begeistert! Ihm ist ja sofort klar, dass er es mit einem überaus seltenen Fall von spontaner Selbstbefruchtung zu tun hat! Jungfernzeugung! Meine liebe Awdotja, du bist unser wissenschaftlich-medizinisches Unikum, dank dir, du Gute, ähm! ...«

Stanislaw hielt an sich und erklärte ihm kühl, Dutzendreaktionen könnten kein Gegenstand der Literatur sein, diese ganzen Leidenschaften wegen nichts, diese aus den Fingern gesogenen alltäglichen hysterischen Anfälle ... »Kommt ein Mann von der Dienstreise zurück, und bei ihm unterm Bett ...« Witze interessierten ihn nicht, verkündete er von oben herab.

»Und dabei hast du gerade einen Witz geschrieben!«, schnappte Senja zurück und lief sofort rot an. »Und übrigens, Leidenschaften wegen nichts – genau das ist das tägliche Brot der großen Literatur. In der Literatur sind unter anderem Fälle bekannt, wo wegen irgend so eines dämlichen Tuches Leute umgebracht wurden. Und bei dir ist ja ein richtiger Witz rausgekommen: Er ist Joseph, sie Maria, also muss ihr Kind vom Heiligen Geist sein! Merkst du denn nicht, dass das der reinste Witz ist, noch dazu ein unanständiger ...?«

Stanislaw wurde wütend. Natürlich spürte er, dass bei ihm das Falsche und auf die falsche Weise herausgekommen war, doch er spürte auch, dass trotzdem er im Recht war und nicht dieser Zyniker mit dem Pferdegebiss. Wie sollte er ihm erklären, dass Marja die Augen eines Kindes hatte, das Gesicht eines Kindes, die Seele eines Kindes, dass Marja nicht lügen konnte – genauso wie du nicht stehlen kannst, trotz deiner Visage und all deinen sonstigen Mängeln? Schließlich ist mein Jossif zuerst drauf und dran, so wie du, wie ich, wie wir alle in Gemeinheit abzugleiten, aber er hat nicht deine Pferdefresse vor Augen, sondern ihr Gesicht, ihr Erschrecken, ihre Liebe ... Man muss ein Mistvieh sein, schmierig und gemein, um in dieser Situation etwas Schmutziges zu glauben ...

Senja hörte ihm zu, die mächtigen gelben Zähne gebleckt, als wolle er die Kappe von der nächsten Bierflasche reißen, dann sagte er undeutlich: »Na ja, na ja ... ›Othello ist nicht eifersüchtig – im Gegenteil: Er ist vertrauensvoll!‹« Und plötzlich brüllte er los: »Ja, dann schreib mir das alles doch auf! Du hast doch von alledem nichts geschrieben, du hast mir hier einen Witz erzählt und weiter nichts ... Du redest besser, als du schreibst, und dann wirst du auch selber noch wütend! So ein selbstgemachter Demosthenes! ... Ein Homer mit Brille, hausbacken ...«

Stanislaw versuchte gar nicht erst, etwas zu ändern. Er konnte es einfach nicht. Er las sich den Text durch, strich ein paar überflüssige Beiworte, nahm die Episode mit der Schlägerei im Zug ganz heraus, auch die Betrachtung, was Joseph – der biblische Joseph – im Schicksal Marias und Christi bedeutete, wozu er nötig und warum er in der Überlieferung aufgetaucht war. Alles Übrige ließ er, wie es war. »Sollen sie uns doch verleumden ...«

Er überwand seine quälende Angst und gab es Larissa – aber sofort sollte sie es lesen, in seinem Beisein. Sie las, und er zündete eine Zigarette nach der anderen an und beobachtete sie verstohlen. Sie glich seiner Marja in erstaunlichem Maße. Mein Gott, dachte er in Panik. Dass es wenigstens ihr gefällt ... Wenigstens ein bisschen. Bitte! ... Bis zu diesem Augenblick hatte er also selbst noch nicht erkannt, wie wichtig ihm das war – als ob sich jetzt sein Los entscheiden müsste ... Sie blätterte die letzte Seite um, schaute ihn mit feuchten Augen an, dann stand sie auf, kam zu ihm, presste die Lippen auf ihn, und er fühlte eine Woge puren Glücks – es war wie Atemnot, wie eine süße Ohnmacht, und er begann zu weinen, verging vor Scham und Erleichterung.

Dann kam Vikont an die Reihe. Der weigerte sich strikt, im Beisein des Autors zu lesen, brummte gereizt und nahm das Manuskript mit nach Hause, Stanislaw aber wartete wie der letzte Idiot bis früh um vier auf seinen Anruf. Pustekuchen. Da war er an den Falschen geraten ...

Vikont rief am Abend des folgenden Tages an, lud ihn zu sich ein, stellte in einer Flasche von überirdischer Schönheit echten »Napoléon« auf den Tisch, schenkte in die Gläser des Großvaters ein, hob seins und sagte, über den Kristall hinwegblickend: »Du hast gesiegt, mein Stak. Du hast eine Welt erschaffen, in der man lebt, leidet und stirbt. Congratulations, Krasnogorow!« Und die Gläser läuteten leise die Stunde des Erfolgs ein, die Stunde des Sieges und den Augenblick des Ruhms.

Sie betranken sich. Und damit war die Stunde des Erfolgs unwiederbringlich vorbei.

8

Er gab das Manuskript Senja Mirlin, und der trug es zur Zeitschrift »Rote Morgenröte«, wo er seine Leute hatte. Es war die Jugendzeitschrift einer Fachberufsschule, heruntergekommen, von der ideologischen Abteilung des Gebietskomitees halb abgewürgt, doch erstens war dort der Leiter der Prosaabteilung ein guter Bekannter Mirlins, natürlich ein (von Amts wegen) ängstlicher Mensch, aber ganz anständig, und zweitens sollte der Chefredakteur in Kürze zur Beförderung nach Moskau geholt werden, und ihm war jetzt alles schnuppe: Körperlich war er anwesend und unterschrieb sogar dies und das, doch eigentlich schien er schon nicht mehr hier zu arbeiten – seine Seele und seine Pflicht als Genosse befanden sich in Moskau, in der Kulturabteilung des ZK, einen neuen Chef aber hatte das Gebietskomitee noch nicht ernannt und, wie es gerüchtweise hieß, noch nicht einmal vorgesehen. »Gestern war es noch zu früh, und morgen wird es zu spät sein«, fasste Senja die Lage zusammen und stürzte sich in den Kampf.

Anfangs träumte, litt und hoffte er. Jeden Tag rief er Mirlin an, bedrängte ihn, nörgelte, drohte, er werde »selbst hingehen und alle dort aufmischen«. Die Meldungen vom Schlachtfeld trafen unregelmäßig ein und waren nebelhaft. Irgendwelche Kolobrodins und Okolokajomows, die kein Mensch kannte, hatten »es sich zum Lesen geben lassen«, »saßen drauf«, »drohten es platzen zu lassen«, um später Gnade zu zeigen und zu versprechen, sie würden nichts schreiben oder »gottgefällig schreiben« ... Alsufjew selbst sollte jeden Moment ein positives Gutachten verfassen (»... du kennst Alsufjew? Der berühmte Berichterstatter und Poet dazu. So 'ne Riesenfresse! Hängt alles runter!«) – er war schon drauf und dran, doch dann reiste er, der Mistkerl, nach Baden-Baden ab, und das war's dann ...

»Macht nichts, wir schieben's Kamanin unter, der wird uns nicht enttäuschen ... Kamanin, Bruder, das heißt – Kamanin!« Und Kamanin hätte sie gewiss nicht enttäuscht, doch er begab sich, der Landstreicher, zuerst auf eine ausgedehnte Sauftour, und dann kam er mit einem Mikroinfarkt ins Krankenhaus ...

Und plötzlich hatte er alles satt. So schert euch doch alle! Habt mir gerade noch gefehlt mit euren Gutachten, Stellungnahmen, Anmerkungen, Ergänzungen und Urteilen. »So schert euch fort! Was geht den Dichter, der doch den Frieden liebt, ihr an?« Außerdem bin ich ja gar kein Dichter. Jedem das Seine, letzten Endes, in diesem KZ. Meine Sache ist die Systemprogrammierung. Der Dialog mit der Maschine. Die Informatik. Meine Sache, hol euch alle der Teufel, sind Aphorismen, auf die ihr niemals kommen werdet, obwohl ihr euch für Meister des Wortes haltet, für Künstler des Lebens und Ingenieure der menschlichen Seele.

»Überlegung ist organisierte Nachahmung.«

»Glaube und Neugier vertragen sich nicht immer.«

»Neid ist das Kleid des Geschmacks.«

»Das Unvermögen, Begeisterung zu empfinden, zeugt von Wissen.«

»Der Gedanke ist eine Karikatur auf das Gefühl.«

Das Programm zur Herstellung von Aphorismen funktionierte bei ihm wie eine Rüstungsfabrik und warf pro Woche zuverlässig zwei, drei auserlesene Perlen menschlicher Weisheit aus. Aus diesem Anlass nahm er die Gratulationen von Kollegen, Freunden und sogar ganz unbekannten Leuten entgegen – sein Ehrgeiz flackerte befriedigt, und alle sonstigen Misserfolge erschienen ihm wie in einem schillernden einlullenden Nebel ... Man lud ihn in die Mannschaft Jeschewatows zum Thema »Eurasia« ein, das war schon ein echter Sieg für die Kräfte der Vernunft und des Fortschritts, noch vor einem

Jahr hätte er davon nicht zu träumen gewagt. Jeschewatow war im Institut eine fast legendäre Figur. Erstens war er ein hochklassiger Profi, der in der angewandten Informatik alles wusste, von A bis Z. Zweitens brachte er es fertig, sich nicht nur mit Wissenschaft zu befassen – er kämpfte auch noch mit der fröhlichen betrunkenen Raserei eines Berserkers gegen dieses ganze vereinigte Institutsgesindel, die »Sowjetmacht«, den giftigen Drachen Gorynytsch mit den drei Köpfen – Gewerkschaftskomitee, Parteikomitee und Wirtschafts- und Verwaltungsabteilung. Außerdem war er ein großer Weiberheld, Witzeerzähler und Zotenreißer, der seinesgleichen suchte. Er wurde gehasst, vergöttert und gefürchtet. Es hieß, er habe eine Hand im KGB. Es hieß, er habe eine Hand im Gebietskomitee. »Ich habe keine Hand«, erklärte er, ohne Rücksicht auf die Damen zu nehmen, »ich habe da eine ...«, erklärte er und bestätigte auf diese erlesene Art gleichsam das Gerücht von seinen engen Beziehungen zu einer Lady aus dem Großen ZK. (In einer Denunziation hieß es über ihn: »... verwendet unanständige russische Wörter von sexueller Bedeutung.«)

Jeschewatow empfing ihn persönlich, schmiss den Telefonhörer auf die Gabel, der noch heiß war, noch vom letzten Telefonscharmützel glühte, und bellte ihn an: »Die Hurensöhne muss man plattmachen, sehe ich das richtig, Stanislaw Sinowjewitsch?!« Und erst danach kam er zur Sache – er umriss den Kreis der Aufgaben und die Sphäre der Erwartungen. Stanislaw sollte sich mit dem Programm *Anti-Turing* befassen: ein Computerprogramm zur Vernunft bringen, das die alte Idee Turings zu widerlegen vermöchte, eine Maschine könne man erst dann als denkend bezeichnen, wenn sich der Dialog mit ihr (sagen wir, ein Briefwechsel) nicht vom Dialog mit einem Menschen unterscheiden lasse. Eigentlich gab es so ein Programm schon als Rohentwurf, man brauchte nur noch daran zu feilen, bis es makellos funkelte, und endgültig zu beweisen, dass es eine Maschinenintelligenz weder gab noch geben kann, sondern dass nur der Verstand, die Geschicklichkeit und die Qualifikation des Programmierers existieren ... (Vikont bemerkte dazu nachdenklich: »Hm ... Genauso gut kann man verkünden, dass es beim Menschen Vernunft weder gebe noch geben könne, sondern dass nur die Geschicklichkeit und die Qualifikation des erziehenden Pädagogen existierten ...«)

Und da riefen sie plötzlich aus der »Roten Morgenröte« an und und baten ihn, er möge doch vorbeikommen. Sofort. Heute noch. Am besten gestern. Aber zur Not auch morgen ... Sogleich vergaß er alles – die Aphorismen, Turing, Jeschewatow und sogar Larissa, der er gerade für morgen einen »Tag ländlicher Freuden« versprochen hatte ... Er zog seinen offiziellen und neuesten Anzug an und erschien zehn Minuten vor dem festgelegten Zeitpunkt in der Redaktion. Auf den Redakteur brauchte er nur zweiundvierzig Minuten zu warten.

Der Redakteur begrüßte ihn mit Handschlag, bot ihm Platz an und begann sofort zu reden. Er redete schnell, viel und undeutlich – anscheinend mit Absicht undeutlich: als wünsche er nicht, dass man ihn verstand. Dabei blätterte er von Zeit zu Zeit ohne jede Notwendigkeit im Manuskript, als ob er seine Thesen irgendwie mit Textbeispielen illustrieren wolle, diesen Wunsch aber sogleich wieder unterdrücke. Stanislaw verlor augenblicklich den roten Faden und staunte nur über die Brille des Redakteurs – das war irgend so eine superdioptrische Optik in einem supermodernen Gestell. Die Hauptsache erfasste er allerdings: Das Manuskript hatte dem Redakteur gefallen, doch es galt unbedingt, die Anmerkungen der Gutachter zu berücksichtigen. Die Anmerkungen waren beigefügt, und Stanislaw hoffte, er könnte sich später in aller Ruhe daheim in diesen Anmerkungen zurechtfinden und sie natürlich berücksichtigen. Die Bereitschaft dazu wuchs in ihm von Minute zu Minute, und darum nickte er nur, zog bedeutungsvoll die Lippen hoch und lächelte höflich, wenn er das Gefühl hatte, dass der

Redakteur zu einem scherzhaften Ton überging. Dann blinkte in dem Klangbrei das Wörtchen »kürzen« auf.

»Kürzen?«, vergewisserte er sich sicherheitshalber.

»Ja«, sagte der Redakteur entschieden, klappte die Mappe zu und begann die Bänder zuzuknoten.

»Auf wie viel Seiten?«, erkundigte sich Stanislaw und rechnete sich schon aus, dass er die Episode mit dem GAS ohne besonderen Verlust hinauswerfen könnte.

»Auf zwei Bögen«, sagte der Redakteur und reichte ihm die Mappe.

»Das heißt?« Stanislaws schockierte Phantasie malte ihm das Bild solch einer Kürzung: lumpige zwei Bögen des Manuskripts – das erste und letzte Blatt.

»Na ja, auf ungefähr fünfzig Seiten.«

Das Manuskript umfasste zweihundertdreiunddreißig Seiten.

»*Um* fünfzig Seiten?«, fragte Stanislaw sicherheitshalber zurück.

»Nein. *Auf* fünfzig. Fünfzig übrig lassen ...« Der Redakteur ließ einen neuen Schwall undeutlicher Worte vom Stapel – er unternahm anscheinend den Beweis, Stanislaw habe in Wahrheit natürlich keinen Roman und keine Novelle geschrieben, sondern eine Erzählung, und jetzt gelte es, die Form in Übereinstimmung mit dem Inhalt zu bringen. Außerdem sei ihre Zeitschrift dünn, und sie hätten keine Möglichkeit ...

Stanislaw fiel ihm ins Wort: »Verstehe ich richtig: Sie wollen, dass ich diesen Roman um hundertachtzig Seiten kürze?«

»Das ist kein Roman«, sagte der Redakteur müde und nun schon durchaus deutlich. »Das ist eine Erzählung.«

Vikont und er beschlossen, abends einen draufzumachen. Vikont trank, hörte sich schweigend die Klagen und Flüche an, dann aber sagte er plötzlich: »Du hast die Hauptsache vergessen.«

»Nichts habe ich vergessen!«, entgegnete Stanislaw drohend. »Und ich werde es nie vergessen!«

»Du hast was vergessen. Du hast vergessen, dass alles ... oder fast alles, was du da geschrieben hast, wahr ist. Du hast vergessen, dass das alles dir widerfahren ist. Nicht deinem erfundenen Jossif, sondern dir. Persönlich.«

Stanislaw starrte ihn an und verstand plötzlich.

»Ja, aber ich bin ja nicht Jossif«, sagte er mit schiefem Grinsen. »Und ich hab keine Maria. Ich hab Larissa.«

»Stell dich nicht dümmer, als du bist«, riet ihm Vikont und goss akkurat den Spiritus ein. »Du weißt genau, was ich meine.«

»Ich stelle mich nicht ...«, sagte Stanislaw langsam. »Aber ich kenne meine Vorherbestimmung ja wirklich nicht. Glaubst du, mir wäre nicht in den Sinn gekommen, dass der Roman eine Sache ist und mein Leben eine andere? Aber ich kann in meinem Leben nichts finden, was ... Und ich glaube ja auch nicht dran. Siehst du, das ist doch kein Roman, so was kann ich mir nicht ausdenken ... Das muss sich irgendwie von selbst ergeben ... Aber da ist nichts. In meinem Leben gibt es nichts dergleichen!«

»Sssuch«, sagte Vikont wie schon ein Jahr zuvor. »Sssuch: Da muss was sein! Ich habe den starken Verdacht, mein Stak, dass jeder Mensch seine Vorherbestimmung hat. Jeder! Das ist so eine Hypothese von mir. Manchen wird ihre Vorherbestimmung bewusst – ihre Namen werden dann für gewöhnlich weltbekannt. Manche irren sich bezüglich ihrer Vorherbestimmung. Solche nennt man Graphomanen jeder Couleur. Doch die überwiegende Mehrheit der Sterblichen ahnt nicht einmal, dass sie eine Vorherbestimmung haben. Du aber hast ein Zeichen erhalten. Du bist ein Unikum. Also sssuch! Da muss was sein! ...«

Das Leben ging weiter seinen Gang, als läge hinter ihm kein ganzes Jahr literarischer Tollheit, als habe er nie etwas geschrieben außer seinen und Vikonts Kladden und übermütigen Liedchen: »Ach, das Mädchen ohne Ruh packte fest beim Burschen zu, packte zu und ließ nicht los, schwindlig wurde ihm im Nu ...«

Jeschewatow verstand es, aus den Untergebenen das Letzte herauszuholen: Wenn Stanislaw vor dem Einschlafen die Augen zumachte, sah er nichts als die Krakel sämtlicher Maschinencodes auf einmal, und als Mirlin geheimnisvoll andeutete, es sei »mit unserem Roman noch nicht alles verloren«, dass jeden Moment seine, Mirlins, größten Kaliber losgehen würden, riet ihm Stanislaw leichthin und von ganzem Herzen, sie sich in die intimsten Stellen zu stecken.

Bemerkenswert war, dass die ganze Geschichte mit dem Roman, wie sich alsbald zeigte, Vikont gewaltig beeindruckt hatte. Natürlich nicht der Umstand, dass sich der Roman partout nirgends unterbringen ließ, sondern dass es Stanislaw überhaupt gelungen war, ihn zu schreiben. Sieh da! Zwanzig Jahre lang hatten sie Schulter an Schulter zusammen eifrig Papier bekritzelt, Schweiß vergossen, unter ihrer quälenden schöpferischen Ohnmacht gelitten (und dabei allein an reinstem medizinischem Spiritus an die hundert Liter getrunken), waren schon völlig verzweifelt, drauf und dran, diese aussichtslose Sache sein zu lassen – und plötzlich bringt dieser alte, notorisch impotente Kerl allein, ohne sonstwen, mit fester Hand ein vollwertiges Werk von zehn Verlagsbögen zustande! Wo bleibt da die Gerechtigkeit? Wo die Brüderlichkeit? Oder waren etwa nicht mehr alle Menschen Brüder? (»Nein, nicht alle«, pflegte Senja Mirlin dazu zu bemerken. »Mehr noch: Nicht einmal alle Brüder sind Brüder ...«)

Dieses ärgerlich-scherzhafte (aber doch nicht ganz und nicht einfach nur scherzhafte) Genörgel endete damit, dass Vikont eines schönen Abends bei Stanislaw aufkreuzte, in der einen Hand eine Flasche Lebenswasser, in der anderen ein dünnes

Manuskript. Die dünne Mappe trug den Titel »Der Improvisator« und enthielt eine zwölfseitige Erzählung aus dem Leben der Ausländer. Die Handlung spielte, klar, in Nordschottland, »... frische, trunken machende Luft, erfüllt von einer steifen Brise, salziger Feuchtigkeit, dem Geschrei von Seevögeln, ein endloser kahler Strand, Wiesen mit Heidekraut und Gruppen dürrer, vom Winde gebeugter Bäume ...«, der Gasthof »Albatrosflügel«, als lyrischer Held ein Maler (ein richtiger Ausländer: Phlegma, Ironie, eine Pfeife), als Hauptheld ein gewisser Eric P. Dowager, vormals ein berühmter Fußballspieler (Eric die Wand), nun aber das krumme, schiefe, verkrüppelte Wrack von einem Menschen, grau, menschenscheu, unangenehm, aber ein echter Gentleman.

Besonders schlimm zugerichtet waren bei ihm die Hände (hier hatte Vikont sich offensichtlich eines ihnen beiden flüchtig bekannten Autoliebhabers bedient, dem noch auf der Newskaja Dubrowka beide Hände durchschossen worden waren). Anlässlich dieser verkrüppelten Hände kommt es in der Erzählung dann zum sujetbildenden Gespräch – Eric P. Dowager erzählt dem lyrischen Helden die ziemlich rätselhafte Geschichte von seinem Freund, der buchstäblich vor seinen Augen verschollen ist (verschwunden ist, sich in Luft aufgelöst hat): Eben noch hatten sie sich an der Haustür verabschiedet, Eric hatte noch keine zehn Schritte getan – da ertönte hinter seinem Rücken ein verzweifelter Aufschrei, irgendein krampfartiger Lärm, und fertig – seither hat niemand mehr den Freund gesehen. Keinerlei Spuren. Keinerlei Indizien. Punktum. Und als Eric am nächsten Morgen zur Polizei ging, um den Vorfall zu melden, wurde er von einem großen Auto angefahren, dessen Nummer nicht festgestellt werden konnte ... Ein halbes Jahr lang lag er im Krankenhaus, die Gesundheit war unwiederbringlich hin, aus ihm war das jetzige Wrack geworden. Der verschwundene Freund wurde nicht gefunden, der Fall zu den Akten gelegt. Schluss. So geht die Geschichte.

Der lyrische Held ist erstaunt und neugierig geworden, aber die Hauptsache kommt noch! Tags darauf stellt sich heraus, dass Eric P. Dowager sich mit Erfolg verdrückt und eine Nachricht hinterlassen hat, in der er sich aufs Vornehmste »für die kleine Mystifikation« entschuldigt, zu der ihn seine »abscheuliche Langeweile – die Begleiterin des nicht minder abscheulichen Wetters« verleitet habe. Die Langeweile sei groß gewesen, die Gelegenheit günstig, und er hoffe nur, die Geschichte habe sich »als nicht allzu übel erwiesen«. Dem lyrischen Helden bleibt nichts übrig, als mit den Schultern zu zucken und zu lachen.

Doch das ist noch nicht das Ende! Denn der Clou von Vikonts Idee lag in der Pointe der Erzählung. Die handelnden Personen begegnen einander erneut – ein Jahr später, am selben Ort, auf dem kahlen Strand, zwischen glitschigen Felsbrocken und nach der Ebbe verfaulenden Algen. Die Möwen gleiten schreiend über den Wogen dahin und berühren sie fast mit den Flügeln, lassen sich auf dem Ufergeröll nieder, ein Sturm kommt auf, die blutrote Sonne verkriecht sich hinter einer schwarzen Wolke ... Und da sieht unser Held, wie das blasse, ausgemergelte Gesicht von Eric P. Dowager noch blasser wird (»... bleich wie der Bauch eines Greises wird ...«). Dowagers Blick wird starr, er stützt sich schwer auf seinen mächtigen polierten Stock und beginnt plötzlich zu murmeln, undeutlich und wie mit großer Anspannung: »... Diese Vögel über den Wellen ... und dieser Sonnenuntergang ... Verzeihen Sie ... Sie erinnern mich an eine Geschichte ... eine schreckliche Geschichte ... Es begann in Somo ...« Punkt. Ende der Erzählung. Der Improvisator hat Inspiration geschöpft, eine neue Geschichte ist geboren worden.

»Ein guter Schluss«, gestand Stanislaw aufrichtig. Ihm kam plötzlich in den Sinn, dass Vikont diese Erzählung eigentlich über sich selbst geschrieben hatte. Er selbst war dieser Eric P. Dowager, der sich sein Leben lang haarsträubende Geschichten aus den Fingern sog, weil er die wahren Geschichten nicht erzählen durfte. Bei diesem seinem Dowager war allerdings nichts zwischen den Zeilen zu spüren, er war einfach ein Phantast, ein Improvisator und Künstler. Weiter war an ihm nichts. Aber es hätte doch mehr sein können! ... Sollte er das Vikont sagen? ... Oder lieber nicht? Wozu? ...

»Und das ist alles?«, erkundigte sich Vikont. »Weiter reicht deine Begeisterung nicht?«

»Das Unvermögen, Begeisterung zu empfinden, zeugt von Wissen«, verkündete Stanislaw. Er hatte plötzlich beschlossen, nichts zu fragen und nichts zu sagen.

»Von was für Wissen denn?«, erkundigte sich Vikont misstrauisch.

»Wissen überhaupt. Aber ich glaube, ich habe so was Ähnliches schon mal gelesen.«

»Tja«, seufzte Vikont. »Ich leider auch. An den Autor erinnere ich mich nicht. Ich weiß noch, dass ich's auf Engelländisch gelesen hab ... Und die Idee hat mir so gut gefallen, dass ich beschlossen habe, alles auf meine Art umzuschreiben ...« Er belegte sich eine Scheibe Brot mit Sprotten und sagte betrübt: »Man kann nichts erfinden. Es ist alles schon erfunden ... Oder existiert wirklich«, fügte er plötzlich hinzu, und Stanislaw begriff, dass er in Bezug auf ihn und Dowager recht gehabt hatte. »Das ist furchtbar, mein Stak. Ich werde nie wieder zur Feder greifen.«

»Unsinn«, sagte Stanislaw. Er hatte ein Gefühl von Peinlichkeit. Etwas war auf einmal zu Ende gegangen, und anscheinend durch seine Schuld. Und da war nichts mehr zu machen. Was jetzt zu Ende gegangen war, war für immer zu Ende gegangen. Bestimmte Wege hatten sich getrennt. Was früher in der Nähe gewesen war, entfernte sich plötzlich und begann zu entschwinden.

»Weißt du, worin sich der armseligste Eingeborenen-Gott von jedem noch so genialen Architekten unterscheidet?«, fragte Vikont. »Der Gott kann seinen Plan immer Wirklichkeit werden lassen, sogar, wenn der Plan nichts taugt ... In mir ist kein Gott, mein Stak. Also gibt es überhaupt keinen.«

»Warum?«, fragte Stanislaw begriffsstutzig.

»Weil Gott im Menschen ist. Oder es gibt ihn überhaupt nicht. Schreib das in dein Notizbuch.«

»Ich habe kein Notizbuch«, sagte Stanislaw und spürte, wie die Peinlichkeit noch zunahm.

»Ich weiß. Das war bloß ein Zitat. Noch ein Zitat ... Aber ein kleines. Lass uns trinken, mein Stak. Es ist Zeit, die Gläser klingen zu lassen.«

Und sie tranken, um die Peinlichkeit zu überspielen, und aßen ein paar Happen dazu, um ihren bitteren Beigeschmack loszuwerden. Etwas war zu Ende gegangen, ja, leider. Aber doch nicht alles! Etwas war trotzdem noch geblieben! Vikont langte nach der Gitarre und schlug den schwierigsten von seinen Akkorden an:

> Lässt sich kaum ein zweiter finden:
> Käpt'n John das Blut'ge Ei –
> Prächtig wie ein Nashornhintern
> War des Käpt'ns Konterfei.

Und dann kam der Sommer. Und es kam das Glück. Und alles war grün, von der Sonne erhellt, alles regte sich, ging unterm Wind seine Kreise, schön vor dem Himmelblau. Larissas roter Saporoschez, das Geschenk ihres Vaters zum Ende des Studiums, rollte fröhlich gen Westen, in den wunderbaren Sonnenuntergang, zur Freiheit, zur Ungebundenheit, zu neuen Städten und Dörfern, und sie sangen und alberten herum und küssten sich plötzlich wie junge Leute bei hundert Stundenkilometern, und lachend schmiedeten sie Reime zu den Plakaten am Straßenrand, die idotisch waren und zahlreich ...

Parkt das Auto am Straßenrand – proletarisch, mit Arbeiterhand.

Nichteinschalten des Lichts führt zur Havarie – du brichst dir den Hals, und auch der Marie.

Überholen verboten – das tun nur Idioten!

Nimm Rücksicht auf das Straßengrün – sonst kann dir schwerer Schaden blühn.

Vermeidet Trunkenheit am Steuer – der Wodka kommt auch so schon teuer.

Und die Krone von allem, ein Meisterwerk im Stil des Programms AFOR:

Halt dich weiter rechts – sonst blüht der Heimat Schlechts!

Und großartige Dialoge, zu denen nicht einmal das Programm Anti-Turing imstande war:

»Da, der grüne Ekelbold hat uns wieder überholt!«

»Welcher Bold hat überholt?«

»Dort der grüne, fährt wie toll, und der Kofferraum so voll!«

Und Tschastuschki, fröhlich und dumm. Er:

Welch ein Schreck, man glaubt es kaum,
und erstaunlich wie im Traum:
Grad noch fuhr ich auf der Straße –
schwupp – schon klebe ich am Baum!

Und sie erwidert:

Ach, mein Liebster du, verzeih,
ist ja weiter nichts dabei –
Stand ein Birkenbaum am Raine,
Tacho stand auf hundertdrei!

Und da war Lachen. Und da war Glück. Und es war Sommer. Und vor ihnen war alles schön.

Draußen aber war unterdessen die Zeit sonderbar erstarrt.

Fast tagtäglich kamen Gerüchte auf – manchmal amüsante, oft furchterregende und immer absurde:

... Es verschwinden Kinder im Alter von fünf bis sieben Jahren. Ein, zwei Monate später findet man sie am Stadtrand wieder. Sie leben, sind gesund, aber sie sind an den Augen *operiert* worden ...

... Da war eine Haussuchung in der Wohnung eines bekannten, sogar berühmten und durchaus zuverlässigen Schriftstellers, der zudem schon tot war. Der Schriftsteller ist gestorben, sie haben ihn feierlich und ganz seinem literarischen Rang entsprechend bestattet, es ist kaum Zeit vergangen, die Urne mit seiner Asche stand noch unbegraben zu Hause – plötzlich klingelt es an der Tür, herein kommt eine Brigade in Zivil mit einem Durchsuchungsbefehl und aus irgendeinem Grund mit einem Minensuchgerät. Sie haben beiläufig ein Dutzend aufs Geratewohl ausgewählte Bände aus der gigantischen Bibliothek durchgeblättert und sind ebenso schnell verschwunden, wie sie aufgetaucht sind, und sie haben eine unbegreifliche, völlig kafkaeske Auswahl an Gegenständen mitgenommen: eine antiquarische Tintengarnitur aus alter Bronze, einen Stapel Schreibpapier aus dem Arbeitstisch, vier Besteckmesser, eine zu Lebzeiten des Autors erschienene Batjuschkow-Ausgabe ... Und keinerlei Erklärungen. Und keinerlei Anschuldigungen. Nur die inoffizielle Anweisung: Der Name darf in Artikeln, Aufsätzen, Rezensionen und Vorworten nicht erwähnt werden.

Und ein anderer Schriftsteller – Kamanin, ein anständiger Mensch, wenn auch ein Säufer, derselbe, dem Senja Stanislaws Roman andrehen wollte und es dann doch nicht schaffte – der war Gerüchten zufolge auch unter irgendwelchen dubiosen Umständen gestorben: Entweder hatte er sich im Suff erschossen, oder er war erschossen worden – der ganze Tisch schwamm in Blut und war mit seinem Gehirn bespritzt, die

Reinemachefrau, die ihn entdeckt hatte, hatte vor Schreck sogar 'ne leichte Macke gekriegt ... Der Fall war von Moskau übernommen worden, aber es ließ sich doch nichts vernünftig aufklären. Was übrigens niemanden besonders wunderte. (Die Reinemachefrau – das wusste man nun schon genau – war ins Irrenhaus gesteckt worden: entweder hatte sie zu viel gequatscht, oder sie brauchte wirklich eine Behandlung – auch das blieb völlig unklar.)

In der »Roten Morgenröte« wurde aus heiterem Himmel die halbe Redaktion gefeuert. Es hieß, wegen irgendeines Gedichts, aber welches es nun genau war, begriff niemand so ganz. »Damit der Hecht nicht faul wird«, erklärte Senja Mirlin die Situation vielsagend, und er hatte wohl recht.

Und das Institut für Supraleitung wurde zum Teufel geschickt. Zersetzungserscheinungen im Kaderbestand. Die Geduld unseres Gebietskomitees hat ihre Grenzen. Da hatte sich, verstehst du, ein zionistisches Nest gebildet, verstehst du ...

Es tauchten neue Witze über den Generalsekretär auf.

»Lieber und hochverehrter Genosse Generalsekretär des ZK der KPdSU Leonid Iljitsch Breschnew! ...« – »Warum denn so förmlich? Nennt mich doch einfach Iljitsch.«

Übrigens nannte man ihn jetzt sogar noch einfacher: Ljolik.

Ljolik unterhält sich mit seinem Enkel. »Wenn ich groß bin, werde ich Generalsekretär«, sagt der Kleine. »Das wird aber nicht gehen«, antwortet Ljolik missbilligend. »Generalsekretär haben wir immer nur einen.«

Es liefen die Wahlvorbereitungen zum Obersten Sowjet. Alle zählten aus den Zeitungen zusammen, wie viele Kollektive das eine oder andere Mitglied des Politbüros als Kandidaten aufgestellt hatten. Es hieß, auf diese Weise könnte man feststellen, wie viel Einfluss diese Politiker wirklich hatten. Stanislaw zählte: Breschnew war sechsundfünfzigmal aufgestellt worden, Kossygin und Podgorny je zwanzigmal, Suslow und

Kirillenko je zehnmal. Dann kam Kulakow mit fünf. Senja Mirlin kommentierte die gewonnenen Ergebnisse verteufelt tiefsinnig und sehr, sehr nachdrücklich, Vikont aber verzog seine Negerlippen und sagte abfällig: »Ihr befasst euch mit Unsinn. In zehn Jahren wird sich niemand mehr auch nur an die Namen erinnern.«

Plötzlich tauchten wellenartig Gerüchte über außerirdische Besucher auf, über Fliegende Untertassen, über philippinische Wunderheiler ... Es kamen krampfartige, an hastig heruntergehaspelten Klatsch (schnell, schnell, solange es nicht verboten ist!) erinnernde Diskussionen in populären Zeitungen auf. Vikont dichtete ein Epigramm à la Alexander Sergejitsch:

»Die Aliens gibt es«, sprach ein weiser Mann,
»Sie sind vielleicht schon unerkannt auf Erden.«
»Es gibt sie nicht, weil's keine geben kann!«
Befanden all die anderen Gelehrten.

Senja Mirlin hatte auch ein Epigramm verfasst – über die sowjetischen Schriftsteller:

In unserm Land die Lyriker und mehr noch die
Satiriker,
Die sitzen auf dem Klo und rührn sich nicht.
Wer aber sonst noch schreiben will, jedoch im Lande
bleiben will,
Der schreibt zunächst mal lieber 'nen Bericht.

Und die Juden reisten aus, einer nach dem andern – entfernte Bekannte, nahe Bekannte, die Verwandten von nahen Bekannten. Von seinen Mitschülern waren schon zwei ausgereist; einer davon, ein astreiner Russe, hatte zu diesem Zweck extra eine Jüdin geheiratet. »Jude ist keine Nationalität, Jude ist ein Transportmittel ...« Für Witze war das Thema äußerst ergiebig, und alle rissen Witze auf Teufel komm raus, doch die Verse, die Scheka Malachow irgendwo aufgeschnappt hatte, waren eigentlich schon nicht mehr witzig:

Frühmorgens wie schon viele Male
Bring Juden ich zum Zug nach Wien;
Aus Russland fliehn die Juden alle,
Der Russe nur weiß nicht wohin ...

Und alle lasen begierig Samisdat – als stünde der Weltuntergang bevor. Und vielleicht stand er auch bevor. Es gab Haussuchungen. Die Texte von Solschenizyn und Amalrik wurden beschlagnahmt. Wegen der »Krebsstation« kam man nicht in den Knast – die galt bloß als »Literatur des Verfalls«. Es ging eine Mitteilung an die Arbeitsstelle, und der Rest war Glückssache. Für den »Archipel GULAG« aber brummten sie einem ohne Wenn und Aber ein paar Jahre auf – Paragraph 70 des StGB der RSFSR: Besitz und Verbreitung. Die Untersuchungsrichter nannten (wie es gerüchtweise hieß) dieses Buch »Archip«; Schlimmeres als den »Archip« gab es nicht – sogar »Die Technologie der Macht« war dagegen eine Art leichter Schnupfen. Es hieß, Andropow habe geschworen, den Samisdat mit Stumpf und Stiel auszurotten. »Die Fruchtlosigkeit von Polizeimaßnahmen ließ die immerwährende Methode schlechter Regierungen erkennen: die Folgen des Bösen zu unterbinden und dabei seine Ursachen zu stärken.« Es brach eine neue Zeit an. Das Tauwetter geriet in Vergessenheit. Die Klügsten hatten schon erkannt, dass es diesmal für immer sein würde. Man dachte lieber gar nicht dran.

Und der betrunkene Senja Mirlin zitierte Machiavelli: »... denn die Menschen sind traurige Gesellen, wenn sie die Not nicht zwingt, gut zu sein.«

Der nüchterne Vikont aber spielte wie üblich den Superman und zitierte Thom: »Erkenntnis muss nicht unbedingt

Erfolg oder Überleben verheißen; sie kann auch zur Gewissheit unseres Endes führen.«

Und Jeschewatow zitierte mit masochistischem Genuss seinen geliebten Michail Jewgrafowitsch: »Nur jene Wissenschaften verbreiten das Licht, die der Erfüllung der obrigkeitlichen Vorschriften dienen.«

Die Mutti aber sagte warnend: »Einen Beilrücken schlägst du nicht mit der Peitsche durch. Gewalt bricht auch Stroh.«

Aber sie waren ja alle noch ganz jung und voll Kraft! Das Gefühl der Ehrlosigkeit quälte und bedrückte sie wie eine üble Krankheit. Halitschs wackliger Bass fuhr ihnen derart ins Gewissen, dass ihnen die Luft wegblieb. Man musste auf die Straße gehen. Und es war sinnlos, auf die Straße zu gehen. Es war nicht einfach nur gefährlich – es war sinnlos! Sie waren bereit zu leiden, wenn es ihr Gewissen erleichtert hätte, Qualen auf sich zu nehmen – aber um der Sache willen und nicht einer stolzen Phrase oder einer schönen Geste zuliebe. Ehrbegriffe waren ihnen nicht gänzlich fremd, für sie aber doch zweitrangig: das zwanzigste Jahrhundert hatte sie geformt und genährt, das neunzehnte aber hatte mit den goldenen Schwingen seiner Literatur und den Schicksalen seiner Helden nur leicht ihre Seelen gestreift. Das Sein bestimmte machtvoll ihr Bewusstsein. Die Sache! Die Sache vor allem andern. Im Grunde waren sie ihrer Erziehung, ihrem innersten Wesen nach Bolschewiken. Kommissare mit staubigen Helmen. Ritter einer heiligen Sache. Sie verstanden nur nicht mehr, welcher Sache eigentlich.

ZWEITER TEIL

GLÜCKLICHER JUNGE, ADE!

1

Und plötzlich starb die Mutti.

Die Mitmieterin rief ihn auf der Arbeit an, er eilte herbei, kam aber zu spät, man hatte sie schon fortgebracht. Das Entsetzen ließ ihn erstarren, ihn überkam ein Schüttelforst, die Zähne klapperten (der Tag aber war heiß, hell, widerwärtig freudvoll). Im Zimmer der Mutti war alles durcheinandergeworfen und durchwühlt, als sei das Unglück selbst mit unbarmherzigen Rädern hindurchgefahren. Das Bett war noch nicht gemacht ... Die Schubladen waren herausgezogen und viele Papiere auf dem Fußboden verstreut. Und die Reste des Frühstücks waren zur Seite geschoben, und auf dem Tisch stand eine Schüssel mit kalt gewordenem Wasser. Er begriff, dass die Mutti den linken Arm in heißes Wasser gehalten hatte, also hatte sie vom frühen Morgen an unter Herzschmerzen gelitten, die bei ihr in Schulter und Arm zogen, doch diesmal hatte das heiße Bad nicht geholfen ...

... Im Wartezimmer des Krankenhauses, das groß war und schrecklich wie Dantes Fegefeuer, trotteten die Kranken ruhelos über den Kachelboden, es waren ihrer viele, ganz unterschiedliche, doch größtenteils alte Männer und Frauen, aufgegeben, niemandem mehr nütze, fügsam, still, die allem entsagt hatten ... Man konnte sich nirgends hinsetzen, die wenigen Bänke waren alle besetzt, und wer nicht mehr gehen noch sitzen konnte, lag da wie tot ... Und die Mutti, blass, streng, sogar ein bisschen fremd, lief mit zerrissenem Herz auch hier zwischen all den anderen umher, vor Schmerz in der Brust und im Arm vergehend. »Mach dir keine Sorgen«, sagte sie streng und entschieden zu ihm. »Mit mir kommt alles ins Lot. Diesmal sterbe ich noch nicht. Versprochen.«

... Nachts konnte er nicht einschlafen. Er ging in ihr Zimmer, kniete vor dem Bett nieder, das zu machen er wer weiß warum nicht gewagt hatte (ihm war plötzlich so, als dürfe er das nicht tun, etwas würde davon gestört, wenn er es täte, etwas würde schiefgehen – er war plötzlich heillos abergläubisch geworden), er presste das Gesicht in die kalte Bettdecke und begann zu beten. Ich mache alles, was du nur willst, sagte er in Gedanken. Ich hör auf zu rauchen. Ich schwör's. Ich rauche keine einzige Zigarette mehr. Keinen einzigen Zug ... Und trinke kein einziges Glas mehr ... Und schreibe keine einzige Zeile ... Was für eine Vorherbestimmung, zum Teufel? Ich habe keine Vorherbestimmung. Und werde keine haben. Brauch auch keine. Es soll nur alles wie früher werden ... Ich verlass Larissa, dachte er mit Überwindung. Er wusste, dass die Mutti Larissa nicht recht leiden konnte. Ich verlass sie, sagte er sich. Er wusste, dass das gelogen war. Die ganze Zeit über hörte er sich selbst wie einen Fremden, und plötzlich erinnerte er sich an den schmutzigen und weinerlichen Jungen in dem kalten Vorraum, und ganz wie jener Junge dachte er, dass das Schreckliche schon herangekommen sei und nichts mehr dieses Schreckliche hindern könnte ... Und da stand er auf, ging in sein Zimmer und warf eine fast volle Schachtel Zigaretten aus dem Fenster.

... Es dauerte neun Tage. Der Mutti ging es bald besser, bald schlechter. Doch die Schmerzen verschwanden schon am zweiten Tag. Anfangs wachte Larissa nachts bei ihr, dann sagte die Mutti entschieden: »Nicht nötig«, und die Nachtwachen hörten auf. Jede Nacht betete er an dem aufgedeckten Bett. Er machte das Bett nicht und räumte das Zimmer nicht auf; Larissa versuchte es, doch er brüllte sie so an, dass ihr vor Schreck die Tränen kamen. Es durfte nicht aufgeräumt werden. Nichts durfte angerührt werden. Ein Faden, dünn wie Spinnweben, doch noch ziemlich fest, verband die Gegenwart mit der Zukunft, und dieser Faden durfte nicht einmal angerührt werden. So schien es ihm.

... Vom siebenten Tage an wurde die Besserung offensichtlich, doch die Ärztin erwiderte sein fragendes Lächeln nicht, sie wiegte den Kopf und sagte, ohne ihm in die Augen zu blicken: »Der Infarkt ist sehr ausgedehnt ... Und das Alter, vergessen Sie nicht ...« Er unterdrückte den Hoffnungsfunken, der in ihm aufkam, denn mit einem urtümlichen Instinkt begriff er, dass er sich am tiefsten Grunde der Niedergeschlagenheit halten musste, und wenn er jetzt betete, bereitete er sich auf ein völlig anderes Leben vor. Wir bleiben nicht hier wohnen, versprach er. Wir fahren zu dir nach Kostylino, kaufen dort die Hütte, die dir so gefallen hat, die Hütte der Solomatins, die werden sie bestimmt gern verkaufen, und wir werden dort leben, ich lerne zimmern, repariere das Dach, bringe die Balken hinten links in Ordnung, wenn sie wirklich durchgefault sein sollten, wir legen uns Hühner zu, ich werde Brennholz hacken ... du wolltest das doch so sehr, du wirst dich dort wohlfühlen, und jeden Abend werden wir beide Kartendomino und Napoleon spielen ... Und so schlief er dann ein, auf den Knien, das Gesicht in das ungemachte Bett gepresst, früh morgens aber, um acht, klingelte das Telefon, er sprang auf wie von einem Peitschenhieb getroffen, und er wusste schon, wer da anrief und warum ...

... Beim Begräbnis auf dem Friedhof schien die Sonne, doch der Wind war derart eisig-scharf und unerbittlich ... Er holte sich eine ordentliche Erkältung. Durch und durch. Alle Zähne taten ihm weh. Und der Hals. Auch die Seite mit dem Hexenschuss und ebenso unterm Schulterblatt. Das Gesicht war aufgedunsen, die Augen, rot, klein und traurig wie bei einem kranken Tier, tränten. Und er war ein krankes Tier. Larissa rief schüchtern an – er beherrschte sich mühsam und bat sie, ihn allein zu lassen. Ein finsterer Vikont rief an, dann rückte er ihm zusammen mit dem im Voraus vor Mitleid krummen Mirlin auf die Bude – er ließ sie nicht über die Schwelle, er wollte allein sein. Er war jetzt ein krankes oder verwundetes Tier, das irgendwo in seine Höhle kriechen und dort entweder überleben oder eingehen musste, aber allein ... Er las Papiere – die Todesurkunde, die Dokumente über das Begräbnis –, er hoffte gleichsam, dort etwas Wesentliches zu finden, fand aber nichts außer einer Notiz über die Todesursache, die wie in einem Fremden Verwunderung in ihm weckte: »Arteriosklerose des Hirns.« Wieso des Hirns? Es war doch ein Herzinfarkt, wunderte er sich beiläufig und vergaß es sogleich wieder, es drängte ihn plötzlich, Briefe zu lesen – seine an sie, ihre an ihn, die Briefe von Tante Lida und anderen Freundinnen von Mutti, die längst nicht mehr am Leben waren, und einige von ihren Aufzeichnungen zur Pädagogik und die Autobiografie in mehreren Varianten ... Und da wurde es ihm vollends unerträglich – er trug diesen ganzen Papierberg zusammen, schleppte ihn ins Bad und begann ihn im Badeofen zu verbrennen – eins nach dem anderen, ohne noch etwas zu lesen, er wollte nichts lesen, wollte nichts verstehen und erfahren ...

... Sonderbar. Sie hatte dasselbe mit Vaters Archiv gemacht, als die Todesnachricht kam – sie hatte alles verbrannt, bis zum letzten Blatt Papier, leblos, versteinert, trockenen Auges ... (Erschrocken und verheult hatte er in der gegenüberliegenden Ecke gesessen und ihr zugeschaut, ohne sich näher heranzuwagen: im Halbdunkel, im Widerschein der Flammen war sie ihm hölzern und fremd vorgekommen.) Was hatte sie wohl vernichten wollen, als sie das beschriebene Papier verbrannte? Und was wollte er vernichten? Was wollte er loswerden? Welchen schmerzenden Nerv herausreißen und die Stelle ausbrennen? Es gab keine Antwort. Es fand ein Akt der Trauer und der Verzweiflung statt – zweifellos, doch lag darin ein Sinn? Wenigstens eine Spur? ...

Am dritten Tag ging er abends aus dem Haus, kaufte eine Schachtel Zigaretten und rief Larissa an. Die ganze Nacht (bis fünf Uhr morgens) gingen sie beide herum: über die Litejny-Brücke, vorbei am ehemaligen französischen Konsulat (wo sich jetzt eine Schule für schwerhörige Kinder befand), vorbei an der Anlegestelle der Fährlinien (wo vor zehn Jahren eine Bande von Rowdys sie überfallen hatte – ein Ereignis, das als Kandidat für den *neunzehnten Beweis* in Betracht gezogen, aber verworfen worden war), über die Kirow-Brücke, vorbei am Haus der Politischen Häftlinge, vorbei an der »Aurora«, über die Freiheitsbrücke (die ehemalige Sampsonijewski-Brücke, die einst aus Holz gewesen war, gemütlich, schmal, jetzt aber aus Eisen, breit, gewichtig), vorbei an der Baustelle (früher, vor dem Krieg, hatte hier das sogenannte Pirogow-Museum gestanden, ein riesiges, entweder noch nicht fertiggebautes oder aber zerstörtes Gebäude, während der Blockade war es unter den Brandbomben ausgebrannt, nach dem Krieg hatte man dort ein paar tausend gefangene Deutsche gehalten, die alle Zimmerfluchten, Säle und Arkaden in unbeschreiblichster Weise verdreckt hatten, und jetzt wurde dort ein neues Hotel gebaut), vorbei an der endlosen gelben Fassade der Militärmedizinischen Akademie und wieder auf die Litejny-Brücke ... Sie sprachen wenig. Sie rauchten. Manchmal erhaschten sie plötzlich einer des anderen Blick, und dann warf es sie gleichsam zueinander – sie umarmten sich krampfhaft und blieben ein paar Minuten lang so stehen, Wange an Wange, Seele an Seele ... Etwas ging in ihm vor. (Und in ihr wohl auch, doch damals dachte er überhaupt nicht daran.) Die Glut erkaltete und überzog sich mit grauer Asche. Über die Wunde wuchs ein juckendes rosa Häutchen. Ein Leben ging zu Ende, und ein anderes begann. Manche Ängste verschwanden ins Nichts, andere kamen aus dem Nichts ... Das Gleichgewicht stellte sich wieder ein ...

Und eine Woche später fühlte er plötzlich, dass er ganz ohne Schmerz über sie sprechen und an sie denken konnte – vielleicht sogar im Gegenteil: Er bestritt auf diese Weise ihr Verschwinden und bekräftigte ihre Anwesenheit. All diese Empfindungen zu analysieren hatte er freilich keine Lust, zuerst musste er vollends gesund werden. Wenn man denn nach so etwas vollends gesund werden konnte. (Man konnte, wie sich später zeigte. Natürlich nicht gesund werden, aber sozusagen auf eine andere Ebene der Gesundheit hinüberwechseln – ein einbeiniger Invalide kann ja auch als gesund gelten und es sogar sein, aber nunmehr auf seiner Ebene.)

Und noch ein Jahr verging, doch Gott sei Dank ruhig, ohne Erschütterungen und Schläge, alles beruhigte sich, Larissa und er heirateten – in aller Stille, ohne Hochzeitsfeier, nur Vikont, Senja Mirlin und Scheka Malachow mit Tatjana saßen am Tisch, aßen Braten auf Burgunderart, tranken medizinischen Spiritus und trugen einträchtig ein auserlesenes Repertoire vor:

Wenn du aber wirklich Mais isst,
Wenn du aber wirklich Mais isst,
Wenn du aber wirklich Mais isst,
Ja, dann heißt das, dass du Mais isst!
Küss die Schwiegermutter gleich!
Unser Leben ist ganz schön schwierig,
Ah-ah-ah-ah-ah!

Ach, wie lange war das her! Der Maikäfer, der Mais, ein Hauch von Freiheit, das Tauwetter ... »Ein Tag im Leben des Iwan Denissowitsch« ... Und wie endgültig das alles vorbei ist! Nun, vielleicht auch nicht endgültig. Letzten Endes muss ja die Wirtschaft ... – Hör mal, was denn für eine Wirtschaft? Fahren die Straßenbahnen? Tun sie. Was willst du denn noch, Alter? Wird Wodka verkauft? ... »Kostet's fünf und kostet's sieben, wird dem Saufen treu geblieben. Unser Iljitsch wird schon sehn, wir verkraften auch noch zehn. Will er aber noch mehr holen, machen wir es wie die Polen.« – He, gar nichts werden sie machen, niemals! »Die Schritte, tapp, tapp, tapp, die ersten zum Kommunismus sind am schwersten!« – Hört mal, gestern stehe ich nach Bier an, und da brüllt doch so ein Männchen los: Kinders, um uns steht's beschissen, vom Ersten an wird Wodka doppelt so teuer, sie schreiben schon die Preislisten neu, ich weiß es genau! Und da antwortet ihm so ein Zwei-Meter-Kerl: Das wagen die nicht! *Sacharow erlaubt's nicht!* – Hör mal, was brüllst du denn, dass dich der ganze Karl-Marx-Prospekt hört? – Vikont, hör auf zu zittern, dafür knasten sie einen heutzutage nicht ein ... – Und weißt du, warum Ovid verbannt worden ist?! Es gibt da hundertelf durchaus begründete Versionen, aber höchstwahrscheinlich – höchstwahrscheinlich! –, weil er ganz einfach was nicht angezeigt hat. – Na, also deine Scherze, Bootsmann ... – Schön, singen wir lieber eins:

Weißt du noch, wie wir im Schlitten zu dritt
Jagten des Nachts durch die Stadt,
Nur die Laternen, im Nebel verwischt,
Leuchteten einsam und matt.

Schwarz war der Koffer, der dort unterm Bärenfell
Unseres Schlittens noch stand,
Schwarz der Nagan in der Tasche, und kalt lag er
Jedem von uns in unserer Hand.

(Weiß der Teufel, warum nur vergöttert heutzutage die ganze Intelligenz diese Gaunerromanzen? Und das schon als Studenten, wohlgemerkt! Die Kriminellen fürchten und hassen wir, aber die Romanzen singen wir mit dem reinsten Genuss! – Das liegt daran, Bruderherz, dass es mit unserem Volke so aussieht: Ein Drittel hat schon gesessen, das zweite Drittel sitzt gerade und das dritte ist bereit, beim leisesten Wink der Obrigkeit in den Knast zu gehen. – Nur nichts gegen die Obrigkeit! Die Obrigkeit ist heilig. »Nichts ist bei uns für den Vorgesetzten beschwerlicher, als wenn er sieht, dass seinem Feuereifer Grenzen gesetzt sind!«)

> Schwer lag mein Blick auf dem Deckel und unverwandt,
> Schwer ging der Deckel dann auf,
> Schwedische Kästen, sowjetische Rubelchen
> Fanden sich darin zuhauf.
>
> Knapp fünfzigtausend mein Anteil, ich gab dafür
> Meinen Gefährten mein Wort,
> Dass ich die Hauptstadt in Kürze verlasse,
> Und morgen schon fahre ich fort ...

Was für'n Organ Sjomka doch hat. – Hör mal, Semjon, Larissa und mir zuliebe – leg los: »Nach Frankreich zogen zwei Grenadier' ...« Und Sjoma lässt sich nicht lange bitten, steht auf und legt los. Seine Stimme dröhnt so, dass der gestreifte Lampenschirm wackelt, sein Hals schwillt an und wird ziegelrot. Und alle genießen es – außer Vikont, der überhaupt keine lauten Geräusche leiden kann.

... Kinder, wisst ihr, wen ich gestern getroffen habe? Tolka Kostylew! Der sieht jetzt aus wie'n Elefant. Und aufgeblasen wie'n Kamel. Wisst ihr, was er jetzt ist? Stellvertretender Leiter der städtischen Abteilung für Volksbildung! – Du lügst! – Ich schwör's! – Himmel! Tolka – und Leiter der Volksbildung! Wisst ihr noch: »Forest, forest, forest«? – Na und ob sie es wussten! Und dreistimmig im Chor:

»Forest, forest, forest .... Animals, animals, animals ... Winter, winter, winter ... On ze middle of ze road stays Iwan Sussanin. Deutsch-faschistische Hydra comes.

›Wanja, Wanja, will you tell us ze way to ze Moskof-city?‹

›I don't knof‹, said Iwan Sussanin.

›Wanja, Wanja, we shall give you many dollars!‹

›I don't knof‹, said Iwan Sussanin.

›Wanja, Wanja, we shall give you many Rubel!‹

›I don't knof‹, said Iwan Sussanin.

›Wanja, Wanja, we shall kill you verdammt nochmal!‹

›Perhaps probably!!!‹

And zey kill him. Iwan Sussanin is ze national hero of ze Soviet Union!!!«

... Ach, wie wunderbar, bei den herrlichen Erinnerungen aus der Schulzeit einen draufzumachen!

Auf alles pfeifen, auf alles! Irgendwie kommt schon alles ins Lot. – Nein, nicht alles. Ich kann mich mit allem Möglichen abfinden. Mit allem Möglichen. Sollen sie doch fressen, schnarchen, sollen sie sich gegenseitig lobhudeln und mit Orden behängen, sollen sie meinetwegen vor Ehrungen platzen. Aber es ist Lüge, Lüge! Jedes Wort ist doch gelogen, jede Geste ist gelogen; wenn du die Flimmerkiste einschaltest – Lüge, wenn du irgendein Buch aufschlägst – Lüge. Lüge, lauter Lüge, die blanke Lüge und nichts als Lüge! – Also nein, liebe Leute! Das Erste, was in diesem Scheißhaus getan werden muss – Informationsfreiheit verkünden. Die ganzen Schalldämpfer, die ganzen Stöpsel, die ganzen verstopften Ventile – aufreißen! – Ja doch, ich weiß selber: Diese ganze Scheiße bei uns wird fünf Jahre brauchen, ehe sie in die Rinnsteine abgeflossen ist, und nochmal fünf Jahre lang werden wir das alles saubermachen müssen, scheuern und den Dreck wegreißen, und dann nochmal fünfzehn Jahre lernen, ins Klobecken zu machen, ins Klobecken, du Sowjetschnauze, ins Klobecken, und nicht daneben ... Doch zuerst – frische Luft, die Fenster aufreißen, sich selber wenigstens ein bisschen von diesem Gestank auslüften – ohne *das* wird überhaupt nichts! Niemals! – Und was brüllst du da los wie ein kranker Elefant? – Ach, hör doch auf mit deiner ewigen Vorsicht, Vikont, wenn man dich ansieht, wird einem ja übel – du hast dich schon für den ganzen Rest deines Lebens, entschuldige, eingeschissen. – Na schön, Kinder, lasst gut sein, aber kennt ihr das noch?

Wir sind unser zehn, und noch keiner
Von uns hat die Dreißig erreicht,
Da gibt's nichts zu lachen, sie können uns hängen,
Nur kriegen sie uns nicht so leicht ...

– Was ist denn das? – Das ist Leutnant Ali, Anfang der zwanziger Jahre. – Ach ja, ich erinnere mich: Das hat Saschka irgendwo ausgegraben, noch an der Uni. Ja, ja, Saschka, der Saschka. Was ist es um den doch schade, so ein Talent! – He, Herrschaften! Ich hab doch eine neue Portion »verstreute Perlen« aufgerissen. – Her damit! Das Volk liebt »verstreute Perlen«. – »Auf dem Schlachtfeld vernahm man die Schreie der Verwundeten und das Stöhnen der Toten.« – Guten Morgen! Das gab's schon vor hundert Jahren. Das hat so'n Bart, Chef, du nimmst uns nicht ernst. – »Er führte sie zur Liege und setzte sich auf sie.« – Erschießen! – Nein, wieso denn, ist doch ganz ... – Wartet, da ist noch was: »Unterm Bett lag ein Leichnam und atmete kaum noch. Daneben heulte des Leichnams Frau, der Bruder des Leichnams aber befand sich bewusstlos im Nebenzimmer.« ... Das allerdings, nicht übel! Tüchtig! Respekt! – Noch was von einem Leichnam: »Frühmorgens wurde am Strand eine frische Leiche entdeckt. Die Leiche bestand aus einem Mädchen von wunderschöner Schönheit.« – Ha-ha-ha! – Vikont, erinnerst du dich an die Inventarliste im Museum in Pendschikent: »Nummer zehn. Gemälde eines unbekannten Künstlers. Ein Hirsch auf der Flucht aus der Stalinabader Oblast.« – Ha-ha-ha. – »Nummer fünf. Jagdmesser mit Scheide. Jagdmesser verlorengegangen, Scheide gehört zu anderem.« – Jungs, helft den Tisch abräumen, wir werden jetzt Tee trinken. – Richtig! Wir werden Tee von der Untertasse trinken und Volkslieder singen – da haben wir dann das reine, nüchterne, wahre russische Leben! »Auf dem Flusse schwimmt ein Beil, Rücken grade, Schneide krumm. Na, und wo schwimmst du denn hin, du beschissnes Eisentrumm?« O diese helle sonnige

Welt der Tschastuschki, abstrakt wie die Malerei von Salvador Dali: »Steht 'ne Hütte auf dem Berge, mit Gardinen richtig fein, drinnen aber wohnt so ein Intellektuellenschwein!« Hört mal, was habt ihr euch denn da angewöhnt – solche Ausdrücke in Anwesenheit von Frauen? – Das ist doch so eine neue Moskauer Mode: Küsse bei der Begegnung und schweinische Reden in Anwesenheit von Frauen. – Und vermittels von Frauen! – Was soll das heißen? – Na, wenn die Frauen selber so reden ... – Semjon, Sjomka! Lass uns lieber mit dem Lied loslegen, das Mutti so gern hatte:

> Oi Semjon, du schmucker Kerl, komm und setz dich zu mir her!
> Kühe habe ich zuhauf, heirat mich, Semjon!
> Kühe habe ich zuhauf, heirat mich, Semjon!
> Ach, was soll'n mir deine Kühe, kriegst die Augen auf mit Mühe!
> Nein, da nehm ich doch die Ljolja, ja, die werd ich liebgewinnen!

Ach, Klawdija Wladimirowna, verdammich! Das war 'ne Sängerin, he! – Ja! Wenn ihr beide manchmal zweistimmig ...! Hm?

> Oi Semjon, du schmucker Kerl, komm und setz dich zu mir her!
> Pelze habe ich zuhauf, heirat mich, Semjon!
> Pelze habe ich zuhauf, heirat mich, Semjon!
> Ach, was soll'n mir deine Pelze, hast ja Beine dünn wie Stelzen!
> Nein, da nehm ich doch die Ljolja, ja, die werd ich liebgewinnen!

Und was sie für Piroggen gebacken hat! Was für Pfannkuchen, mit Aprikosenkonfitüre! – Wer von unseren, heutzutage, kann das denn noch? – Woher denn auch! Die haben 'ne ganz andre Schule ...

Oi Semjon, du schmucker Kerl, komm und setz dich zu mir her!
Karbowanzen habe ich auch, heirat mich, Semjon!
Karbowanzen habe ich auch, heirat mich, Semjon!
Karbowanzen hast du auch? Ach, mein liebes Schätzchen!

Um drei Uhr nachts gingen sie auseinander. Direkt vorm Haus erwischte Sjoma Mirlin ein Taxi und wandte sich an den Fahrer mit der historischen Frage: »Will you tell me ze way to ze Moskof-city?«

Scheka und Tanja aber standen, während die Verhandlungen noch andauerten, Arm in Arm mit Vikont und sangen leise – mit dem Gefühl tiefer Befriedigung:

Als wir schon alle auf der Straße lagen,
Kroch doch noch Aronle zu Rosanella hin,
Um sie von Leidenschaft entflammt zu fragen:
»O Rosa, oder steht Euch nicht nach mir der Sinn?«

2

Und da kam unverhofft die Zeit für den *vierundzwanzigsten Beweis*. Bei ihm hatte die Leber auch früher schon gelegentlich aufgemuckt – im Kaukasus hatte es ihn einmal so schlimm erwischt, dass er sein letztes Stündlein gekommen glaubte –, doch bisher war alles ohne ernste Folgen abgegangen. Das Bittersalz hatte geholfen, toi-toi-toi, außerdem hatte er sich darauf eingestellt, während der Anfälle klaren Zucker zu mampfen. Die Mutti hatte mal gesagt: »Die Leber liebt Süßes«, und so hatte er es sich zur Gewohnheit gemacht: Wenn es losging (nachdem er getrunken oder fetten Braten gegessen hatte, manchmal aber auch einfach so, ohne bestimmten und ersichtlichen Anlass), wenn es also losging, dann saß er manchmal die ganze Nacht zusammengekrümmt da, las irgendwas, was keinen klaren Kopf erforderte, trank schwachen Tee und aß dazu klaren Zucker. Gegen Morgen ließ es meistens nach, und er konnte weiterleben, wobei er sich nach Möglichkeit an eine Art Diät hielt.

Diesmal aber ließ es nicht nach. Auch nicht einen Tag darauf. Auch nicht zwei. Auch nicht nach einer Woche. Es schmerzte nicht gerade sehr (im Kaukasus war es schlimmer gewesen), doch dafür ununterbrochen, hartnäckig und irgendwie ganz hoffnungslos. Es biss zu – schweigend und furchteinflößend.

Larissa hatte ihre Not mit ihm – er wollte nicht zum Arzt gehen, wollte keinen Arzt kommen lassen, er hoffte immerzu, es würde irgendwie von selbst besser. Doch es wurde kein bisschen besser.

Am achten Tag brachte Vikont, ohne jemanden zu fragen und ohne etwas zu verabreden, einen Bekannten mit, einen Arzt aus der Militärmedizinischen, einen Oberst, verteufelt intelligent, die rosige Haut an allen sichtbaren Stellen mit dünnem goldenen Flaum bedeckt.

Der Oberst untersuchte mit kühlen, weichen Fingern den Krasnogorowschen Bauch und sagte: »Ihre Krankheit, Stanislaw Sinowjewitsch, hat leider das therapeutische Stadium hinter sich gelassen ... Sie ist jetzt aus dem therapeutischen ins chirurgische getreten.« Er sagte es auf eine Art, dass Stanislaw auf der Stelle kapitulierte. Im Übrigen hatte er zum Widerstand auch keine Kraft mehr: In der einen Woche hatte er sich so gequält, dass er nun zu allem bereit war.

Im Krankenhaus wurde er rasch (natürlich über die Beziehungsschiene) vorbereitet und, ohne eine Sekunde zu verlieren, in den Operationssaal gebracht. Er lag auf dem Rücken auf dem Fahrtisch, über ihm glitten matte Zimmerdecken dahin, und er dachte, dass diese Zimmerdecken durchaus das Letzte sein konnten, was er zu Gesicht bekam.

Über dem Tisch leuchteten wütend die Scheinwerfer, im Operationssaal war es kalt, die Ärzte unterhielten sich leise und unverständlich, dann (er schaute lieber nicht hin) grub sich etwas in seine Armbeuge, ihm kam es wie eiserne Krallen vor, doch man spritzte ihm einfach nur (wie angekündigt) ein »curarehaltiges« Präparat in die Vene, zum Zwecke der Anästhesie. Die Stimmen entfernten sich plötzlich und flossen zu einem trüben Hintergrund zusammen, der aus irgendeinem Grund nicht aus Tönen bestand, sondern aus Farben, und dann stürzte er ins Nichts, tauchte wieder auf und hörte nichts mehr, sah nur noch das Scheinwerferlicht, stürzte abermals hinab und tauchte abermals auf – nun schon zum letzten Mal.

Das blendend helle Licht war zur Finsternis geworden und zugleich Licht geblieben. Das war so seltsam ... gar zu bedrückend seltsam ... Doch es brachte auch Erleichterung. Weiter kam nichts mehr – nur die Finsternis, die Finsternis des blendenden Lichts und die langersehnte Ruhe ...

Da war allerdings noch die Stimme, sie erklang aus dem Nichts, widerwärtig laut, irgendwie schallend, mit Nachhall, eindringlich und nicht abzuweisen. »... Krasnogorow, Hurensohn, Hund verdammter! Mach den Mund auf! ... Den Mund auf, Krasnogorow, du Hirni! Den Mund!!!« Doch es war zu spät: Ringsum starb schon alles ab, sogar das blendend helle Licht, die Lichtfinsternis, die schwarze Finsternis ... und auch die Stimme starb ab, wo sollte sie auch bleiben, wo alles starb ... er starb ... er war gestorben ... »Krasnogorow! Den Mund! ... Du beschissener Wichser, mach den Mund auf!!!« Und alles war weg.

Als er wieder zu sich kam, war es Nacht oder früh am Morgen, es war dämmrig und sogar dunkel, in diesem dichten Halbdunkel waren irgendwelche weißen hohen Betten zu sehen, aus irgendeinem Grunde tat ihm der Hals sehr weh, wie auf dem Höhepunkt einer Angina, sein Mund schien voll Blut zu sein, und er hatte wahnsinnigen Durst. »Trinken«, sagte er, doch es kam ein Stöhnen heraus. Seine Stimme erwies sich als heiser und schwach, niemand hörte ihn und niemand erschien bei ihm. Abermals rief er, und abermals vergebens. Er fuhr mit der dicken, rauen Zunge herum, um wenigstens die Lippen anzulecken, und plötzlich entdeckte er, genauer, er glaubte zu entdecken, dass er keine Vorderzähne mehr hatte. Es war wie in einem schweren Albtraum. Stumpf und träge tastete er mit der Zunge und versuchte zu begreifen, ob ihm das nur so vorkam oder nicht, und es stellte sich heraus, dass es ihm nicht nur so vorkam: Die oberen Schneidezähne fehlten. Wo waren die Zähne geblieben? ... Er konnte sich an nichts erinnern und verstand nichts. Wo sind denn meine Zähne hin? ... Plötzlich erschien neben und über ihm eine weiße, lautlose kleine Gestalt, und er fühlte an den Lippen die kühle Porzellantülle eines medizinischen Gefäßes – und drin war Wasser! Gierig tat er etliche Schlucke, wobei er gegen den Schmerz im Hals ankämpfte, und fragte wieder: »Wo sind meine Zähne?« Die Gestalt gab keine Antwort, sie hatte ihn wohl nicht verstanden und glaubte, er phantasiere, die Porzellantülle aber kam wieder an seine Lippen. Nie zuvor hatte ihm einfaches kaltes Wasser solchen Genuss bereitet! ... Und er schlief wieder ein – als stürze er in einen Abgrund.

Als er endgültig erwachte, war es schon Tag. Er lag auf der Intensivstation auf einem hohen Fahrtisch, allein, niemand war in der Nähe. Der Hals tat ihm weh. Rechts war mit einem durchsichtigen Schlauch eine schwere Flasche mit einer dicken, kirschroten schaumigen Flüssigkeit an seiner Seite angeschlossen. Es fehlten wirklich Zähne – die beiden mittleren oben –, und das kam ihm erstaunlich und quälend unverständlich vor. Und abermals verspürte er wahnsinnigen Durst.

Selbstverständlich klärte sich mit der Zeit alles auf. Ein fröhlicher, energischer Anästhesiearzt, der anscheinend nie den Kopf hängen ließ, erklärte ihm alles. Wie sich herausstellte, hatte jenes curarehaltige Präparat auf Stanislaw eine unübliche (»paradoxe«) Wirkung gehabt: Es hatte sämtliche Muskeln Stanislaws in einen andauernden Krampfzustand versetzt, Stanislaw hatte natürlich aufgehört zu atmen (wie sich zeigte, atmet man mit Hilfe spezieller Muskeln) und sich angeschickt, auf der Stelle die Hufe hochzureißen. Man musste ihm schleunigst eine Röhre direkt in die Trachee einführen und den Sauerstoff mit Druck hineingeben. Doch seine Kiefer waren von dem Krampf genauso fixiert wie die übrigen Muskeln, und so viel man ihm auch in beide Ohren brüllte, er solle das Maul aufreißen, es nützte alles nichts, und da traf Major Tschorny, der die Operation leitete, eine Entscheidung: ihm die Vorderzähne herauszubrechen und durch die so entstandene Lücke den Sauerstoffschlauch einzuführen. Was auch geschah, und zwar derart heftig, dass ihm die Kehle ganz rücksichtslos aufgeschrammt wurde, doch das war nun schon eine Lappalie, würde im Handumdrehen heilen ...

Aus den Worten des Anästhesiearztes mit der Frohnatur folgte, dass sich Stanislaw ganze zwei oder drei Minuten lang im Zustand des klinischen Todes befunden hatte, man hatte ihn augenblicklich aus dem Jenseits zurückgeholt, sodass keinerlei schädliche Folgen zu gewärtigen waren, im Gegenteil – er konnte sich als neugeboren betrachten! Koroljow zum Beispiel, erzählte der Arzt, der Generalkonstrukteur, hatte weitaus weniger Glück gehabt: Ihm hatten sie – übrigens anlässlich einer ganz läppischen Operation – dieselbe Art Anästhesie gegeben, und mit demselben paradoxen Ergebnis, dann aber die Nerven verloren und ihn nicht zurückholen können, die Herren Akademiemitglieder, die verlotterten ... Da stellte sich Major Tschorny persönlich bei Stanislaw ein und unterbrach diesen Strom von Verlautbarungen. Er schickte den Anästhesisten an seine Arbeit zurück, und er selbst übergab Stanislaw zur Erinnerung zwei ordentliche, haselnussgroße schwarzgrüne Steine aus seinen, Stanislaws, Gallengängen und malte mit sichtlichem Vergnügen aus, wie bei Stanislaw die entzündete Gallenblase ausgesehen hatte (wie eine Null-Komma-Siebenerflasche) und was mit Stanislaw unweigerlich geschehen wäre, wenn sie mit der Operation auch nur ein Stündchen länger gewartet hätten ...

Einen Monat später konnten sie schon Stanislaws Rückkehr an den heimischen Herd mit einer bescheidenen Feier begehen. Vikont und Larissa delektierten sich an »Chwantschkara« zu einem himmlischen Rührei auf Bauernart, Stanislaw aber löffelte eine klare Hühnerbrühe und aß dazu süßen Zwieback, im Übrigen sehr froh, wieder daheim zu sein und alle Schrecken hinter sich zu haben.

»Du hast aber dort was zu melden«, sagte er beiläufig zu Vikont.

Vikont wunderte sich sehr. »Wo?«, erkundigte er sich mit hochgezogenen Brauen.

»Schon gut, schon gut ... Du komischer Geheimniskrämer. In der Akademie, wo sonst.«

»Das ist dir nur so vorgekommen«, sagte Vikont achtlos und bat sogleich Larissa, noch eine Portion Ei heranzuschaffen. Als Larissa aus dem Zimmer gegangen war, sagte er vorwurfsvoll: »Dich juckt es, zu viel zu reden.«

»Schon gut, schon gut. Geheimniskrämer. Ich hör schon auf. Aber ich hätt's den Teufel überstanden, wenn du nicht gewesen wärst.«

»Übertreib nicht«, sagte Vikont streng. »Merk lieber auf:

Das war der vierundzwanzigste Fall, nicht wahr? Oder hab ich mich verzählt?«

»Es stimmt, es stimmt ...«

»Und du warst hart am Rande, soweit ich Major Tschorny verstanden habe, ja?«

»Sogar ein bisschen drüben. Ein bisschen!«

»Respekt«, sagte Vikont. »Aber sag mir: Hast du denn diesbezüglich überhaupt keine Vermutung?«

Da kam Larissa mit der Pfanne und wollte wissen, wie viel Eier sie für Vikont machen solle, und sie begannen ein Gespräch über Rührei und darüber, worin es sich von Omelett unterscheidet.

Vermutungen hatte er nicht. Stanislaw versuchte etwa wie folgt zu überlegen: Wenn die *Vorherbestimmung* real existiert, muss sie sich entweder in der Sphäre des *Ich kann* oder zumindest des *Ich will* manifestieren.

Ich kann. Ich kann mit jeder PL arbeiten, mit jedwedem BASIC, in Assembler, in Maschinencodes (ganz zu schweigen von ALGOL, FORTRAN und derlei uralten Sprachen). Ich habe schon an einer MINSK gearbeitet, an einer BESM, ich arbeite an IBM-Rechnern und nehme an, dass ich überhaupt an jedem beliebigen Computer arbeiten kann. Ich kann Auto fahren. (Ein Auto reparieren kann ich nicht.) Ich kann Verse für die Wandzeitung und für Larissa schreiben, überhaupt jede Art von »Gebrauchslyrik«, zum Beispiel für Reklame. Anscheinend kann ich Romane schreiben – nicht schlechter als andere, aber wohl auch nicht besser. Überhaupt scheine ich kein Dummkopf zu sein, aber das ist so wenig! Es gibt absolut nichts, was ich besser als alle oder zumindest besser als viele könnte ... Finsternis. Nebel. Totale Ungewissheit. Genauer – totale Gewissheit: »Gewogen und für zu leicht befunden.«

Ich will. Himmel, ich will ja überhaupt nichts Besonderes!

Na ja, natürlich, dass der Roman gedruckt wird. Aber wenn sie ihn nicht drucken, werde ich auch nicht dran ersticken, keine Trübsal blasen und nicht zu saufen anfangen ... Na, eine eigene Programmiersprache würde ich gern entwickeln ... mit Jeschewatow würde ich gern so arbeiten, dass er mich plötzlich lobt ... Himmel, ich will alles Mögliche, aber das ist alles Kleinkram, und selbst wenn das alles wichtig ist, dann für mich – einzig und allein für mich. Weder in meinem Können noch in meinem Wollen, auch nicht in meinen Absichten ist irgendwas, wofür man mich *bewahren* und *fördern* sollte ...

»Gewogen und für zu leicht befunden.«

Da waren allerdings noch die *Erleuchtungen*. Oder *Verfinsterungen*. Das konnte man nun schon deuten, wie man wollte. Darüber nachzudenken war eher unangenehm, doch einmal zwang er sich doch, diese seine Eigenschaft zu analysieren. Die Analyse erwies sich als ebenso unangenehm wie die Erinnerung an ein lange zurückliegendes Versagen oder eine Schande oder ein schändliches Versagen. Wie an eine dämliche Unbeholfenheit bei der Liebeswerbung. Oder einen blamablen Ausrutscher bei einer Prüfung. Oder den beschämenden Rückzug angesichts der kriminellen Fressen weiter vorn auf der Straße ... Obwohl in Wahrheit gar nichts so Beschämendes an den Erleuchtungen-Verfinsterungen war. Dann schon eher das Gegenteil. Dennoch war es eine Art Anfall, von dem er hernach kaum noch eine Erinnerung behielt außer dem Gefühl der Raserei und wilden, unkontrollierten Hasses ...

Zum ersten Mal war das wohl noch in der Schulzeit passiert, oder ganz zu Beginn des Studiums, als Vikont mit seiner idiotischen Hochnäsigkeit irgend so einen grauenhaften Lumich, Macker, Ganoven empfindlich getroffen hatte, der daraufhin den kleinen lockigen, kreidebleichen Vikont in eine Ecke drängte (es war in der Straßenbahn) und begann, ihm unter unverständlichen Drohrufen mit den Lederhandschuhen auf die Augen zu hauen, wobei ein zweiter Schlagetot, nicht minder furchteinflößend, gleich daneben stand und gleichgültig durch die offene Tür die vorbeiziehende Gegend betrachtete. Die Straßenbahn war voller Leute, aber niemand wagte sich zu mucksen, alle taten angestrengt so, als ob nichts geschähe. Das dauerte an die zehn Sekunden, Stanislaw sah erstarrt, wie der braune, abgewetzte Handschuh in Vikonts bleiches Gesicht fuhr, und da setzte die Verfinsterung ein ... oder im Gegenteil die Erleuchtung, denn plötzlich war ihm glasklar, was er zu tun hatte ... Vikont erzählte später, dass es ziemlich unheimlich wirkte. Stanislaw stieß einen dünnen Schrei unmittelbar an der Hörgrenze aus, sprang dem Macker von oben her auf den Rücken, die Schultern, den Kopf, riss ihm schrecklich geschickt, wie ein Tier, an den langen Haaren den Kopf zurück und biss ihn, noch immer schreiend, mehrmals ins Gesicht.

Augenblicklich war die ganze Straßenbahn vor Entsetzen außer sich. Und natürlich war auch der Macker vor Entsetzen außer sich – kein Wunder, wenn einem mitten im Großstadtlärm, in der Straßenbahn, und nicht irgendwo im Dschungel fünfundsechzig Kilogramm muskulöses Gewicht auf dem Rücken hängen, wie ein Tier heulen und schreien und einen ins Gesicht beißen. Mit krampfhafter Anstrengung schüttelte er Stanislaw ab, als sei er ein giftiges Tier, und stürzte in voller Fahrt aus dem Wagen (zum Glück hatten die Straßenbahnen damals keine automatischen Türen). Alle beide – die Lumiche, Macker, Ganoven – verschwanden in panischer Flucht im Gebüsch, das da die Gleise entlang wuchs (das war in der Gorki-Straße, unweit vom Kino »Welikan«), und Stanislaw blieb stehen, die Finger wie Krallen gespannt und gekrümmt, ganz weiß mit roten Flecken, und die Zähne hatte er gefletscht wie ein wütender Hund.

Gleich an der nächsten Haltestelle mussten sie aussteigen, um die Leute in der Bahn nicht weiter zu ängstigen ... In Erinnerung blieb Stanislaw: zuerst das Gefühl der *Erleuchtung*, eine unkontrollierbare Raserei, die Empfindung unbeschreiblicher Freiheit und absoluter Gewissheit, im Recht zu sein, und dann – sofort, fast übergangslos – Vikonts besorgter Blick und seine Stimme: »He, was ist mit dir los? Hörst du mich oder nicht? ...«

Von diesen Ausbrüchen hatte es in den letzten fünfzehn Jahren mehrere gegeben. Sich an sie zu erinnern war unangenehm, oft auch beschämend. Erst recht, davon zu erzählen. Und nicht nur, weil niemand gern zugibt, dass er zu Anfällen neigt. Da war noch ein Detail.

Zum Beispiel hatte solch ein Ausbruch ihn und Larissa gerettet, als sie im Herbst bei einem nächtlichen Spaziergang entlang einer Uferstraße auf eine Horde kleiner, aber grässlicher Jungen stießen – an die fünfzehn Schakale umringten sie, dreckige Halbwüchsige mit schlechten Zähnen, die Bosheit und feige Begierde verströmten. Stanislaw drängten sie gegen's Geländer, und Larissa begannen sie zu begrapschen, wiehernd und glucksend rissen sie an ihrer Bluse, fassten ihr unter den Rock ... Stanislaw explodierte. Er wurde derart schrecklich, dass die Schakale wie von Sinnen heulend nach allen Seiten auseinanderstoben und Larissa (wie sie selbst gestand) so erschrak, dass sie beinahe in Ohnmacht gefallen wäre – er kam ihr furchterregender als jede Bande vor, wie ein Vampir auf der Jagd ...

Das Detail aber war dies: Als er wieder zu sich kam, stellte er fest, dass er sich nass gemacht und sogar ein wenig eingekackt hatte. Nicht vor Angst, natürlich nicht, da war keine Spur von Angst gewesen, nur Wut und überdeutlicher Hass. Doch offensichtlich ging während solcher Ausbrüche etwas mit dem Organismus vor – irgendein Krampf ... oder im Gegenteil eine Entspannung. (Ebenso, wie Erhängte in den letzten Sekunden ihres Lebens einen unwillkürlichen und ganz unangebrachten Samenerguss haben sollen.)

Er versuchte, alle diese Fälle zu analysieren, sie unterschieden sich voneinander, gemein war ihnen nur, dass er sich jedes Mal für jemanden einsetzen wollte, jemanden zu verteidigen suchte, für die Gerechtigkeit eintrat: ob er nun mit Rowdys kämpfte oder mit der blöden Sachbearbeiterin, die ein graphologisches Gutachten für das gesamte Institut verlangte, um herauszufinden, wer es gewagt hatte, quer über ihren Wandzeitungsartikel »Lüge!« zu schreiben (»Haben Sie schon mal was von der *Unschuldsvermutung* gehört?!«, brüllte Stanislaw sie unter den erschrockenen Blicken des Redaktionskollegiums wütend an), oder auch mit dem Flegel an der Tankstelle, der sich frech vorgedrängt hatte (wie sich später zu Stanislaws Schande herausstellte, war das gar kein Flegel, sondern er war mit vollem Recht nach vorn gegangen – er hatte irgendeinen besonderen Gut- oder Passierschein, eben einen Ausweis) ...

Nach der *Erleuchtung* hatte er jedes Mal eine trockene Kehle, die Zunge war groß und rau, der Kopf tat ein bisschen weh, Scham quälte ihn, und in puncto intime Ausscheidungen funktionierte sein Organismus irgendwie nicht richtig. Etwas ging mit ihm während dieser Ausbrüche vor. Ein Aussetzer. Oder eher Ausrutscher. Stanislaw holte vorsichtig Erkundigungen bei Bekannten ein – keinem von ihnen war jemals derlei passiert. Auch in diesem Punkt war er wohl einmalig. Na und? Nach Vorherbestimmung sah das nicht im mindesten aus. Schon eher nach Pathologie und Nervenklinik. Es war nur ein weiterer Beweis für seine Ungewöhnlichkeit, Besonderheit und Einmaligkeit – weiter nichts.

Manchmal erwachte er nachts von einem auflodernden Glücksgefühl, das Herz hämmerte voll Begeisterung, das Gesicht wurde von einem freudigen Lächeln breitgezogen – gerade hatte er endlich *alles* verstanden! Das Wissen erlangt. War davon bis in den letzten Zipfel durchdrungen ... Die Vorherbestimmung ragte neben dem Bett auf wie ein schönes Gespenst. Sie war klar, majestätisch und erstaunlich offenkundig. An der Grenze zwischen Schlaf und Wachen huschte wie ein Luftballon von Glück, als Echo augenblicklichen Erfassens der einzelne freudige Gedanke hin und her: »Mein Gott, wo hatte ich denn nur meine Augen, wie offensichtlich das alles doch ist, mein Gott!«

Und sofort stürzte alles in sich zusammen. Quadrate von Mondlicht lagen tot auf dem Parkett. Die alten ausgetrockneten Tapeten knisterten. Von der Wand schaute streng die Mutti herab ... Neben ihm pennte Larissa – still und friedlich. Er stand auf, ging ins kleine Zimmer und rauchte dort eine Zigarette, ohne Licht zu machen. Ihm war, als könnte es in der Dunkelheit vielleicht noch gelingen: formulieren, sich erinnern, zurückholen, deutlich machen. Es war qualvoll. Genauso quälen sich gewiss am anderen Ufer der Styx die *Schatten*, wenn sie vergeblich versuchen, sich ihrer Vergangenheit zu erinnern ...

Vikont wiederholte unerbittlich ein und dasselbe: »Sssuch!« Oder manchmal: »Wart ab.« Seit einiger Zeit mochte er diese Themen offensichtlich nicht mehr erörtern und sich Stanislaws Klagen anhören. Vielleicht ahnte er etwas? Ahnte etwas und wollte nicht reden. Warum? Aus Angst, es zu berufen? Manchmal war er abergläubisch, wobei er sich die Vorzeichen selber ausdachte, zum Beispiel: Vor einer Prüfung und überhaupt am Vorabend eines wichtigen und entscheidenden Ereignisses darf man sich nicht waschen. Man darf nicht über die linke Schulter hinweg zum Mond schauen. Man darf nicht auf Risse im Asphalt treten. Man darf das Lied »Seemann, vergiss das Himmelszelt ...« nicht singen, nicht einmal in Gedanken. Und auf keinen Fall, niemals und unter keinen Umständen darf man von zu Hause anders zur Arbeit gehen als auf der Klinitscheskaja. Seinerzeit hatte Vikont Lévy-Strauss gelesen und schrieb den Vorzeichen eine besondere und außergewöhnliche Bedeutung zu. »Aberglaube macht stark.« Ein schlechtes Vorzeichen macht vorsichtig, ein gutes muntert auf. Die Welt ist komplizierter als jegliche Vorstellung, die wir von ihr haben, und darum reicht der Verstand allein nicht aus; um zu überleben, muss man zusätzliche Reserven ausfindig machen und seltsame Bündnisse eingehen ... Mit Scheka Malachow konnte er diese Idee stundenlang erörtern – der klare, geradlinige, furchtlose, von fröhlichem Gift erfüllte Scheka und der blinzelnde, in den Rauch der Pfeife gehüllte, dem Verständnis entgleitende und gleichsam immer im Schatten stehende, unbegreifliche Vikont ...

Es war undenkbar, mit jemand anderem als mit Vikont über die *Hand des Schicksals* zu reden. Aber man konnte ja allgemein von der Vorherbestimmung sprechen.

Wie sich zeigte, fand Semjon Mirlin daran kein Interesse.

Der giftsprühende Scheka riet ihm, sich der Philosophie zuzuwenden.

(Scheka hatte flachsblonde Locken, einen rosigen Teint, lasur-, ja kornblumenblaue – herrliche! – Augen, die sämtliche Personen weiblichen Geschlechts, die ihm vor die Füße kamen, vor Bewunderung starr werden ließen. Er kannte diese seine Eigenschaft, und ihm wurde übel davon. Der bloße Gedanke an Untreue rief in ihm Brechreiz hervor. Er war durchweg und immer rein, klar, schön, glänzend wie ein Kristallglas. Er hasste die Lüge. Jedwede. Mit Mühe und vielen Wenn und Aber akzeptierte er die Notlüge – er nannte sie ein moralisches Narkotikum. Seine Tanja liebte er so sehr, dass es geradezu unanständig war. Den Spott darüber erduldete er, obwohl er durchaus kein Tolstojaner war – er konnte sich auch wehren und wenn nötig zuschlagen. Er war ein Purist. »*Regeln für die Benutzung der U-Bahn!*«, zitierte er voller Gift. »Welcher Geistesriese der Alphabetisierungsgesellschaft hat sich das ausgedacht? *Regeln für die Benutzung des Sergej-Mirono-*

witsch-Kirow-Stadions ... Regeln für die Benutzung des Newski-Prospekts ...« Vikont war überzeugt gewesen, ein Snob sei ein Mann von Welt, die Elite, ein hochmütiger Aristokrat. Scheka brachte ihn dazu, seine Meinung zu ändern. Sjoma Mirlin war der Ansicht gewesen, die Mehrzahl sei der größere von zwei Teilen, und Stanislaw glaubte aufrichtig, ein Purist sei jemand, der an urogenitalen Krankheiten leidet ... »Na, es heißt doch Purgans!«, argumentierte er. »Das ist doch ein harntreibendes Mittel!« Scheka berichtigte sie alle geduldig, manchmal auch giftig. Von diesen grammatisch-linguistischen Belehrungen gereizt, hatte sich Vikont angewöhnt, auf seine Bemerkungen mit der klassischen Formel zu antworten: »Vor welchem Wort in dem Fragesatz *Jungs, wer von euch ist der Letzte in der Schlange nach Bier?* muss der unbestimmte Artikel ›ähm‹ stehen?« Purismus ist überhaupt ermüdend, und auch der von Scheka war ihnen manchmal zu viel. In der Regel allerdings spürte Scheka derlei Ermüdung beim Gesprächspartner und änderte sofort sein Verhalten – er war sowohl einfühlsam als auch feinsinnig. Er arbeitete natürlich in einem »Kasten« und befasste sich mit superreinen Stoffen. Typisch.)

Scheka verachtete die Philosophie. Stanislaw, ehrlich gesagt, tat das auch. Schon zu seiner Zeit als Aspirant hatte er sich aufrichtig und vergebens bemüht zu verstehen: Was ist die Philosophie und wozu ist sie nütze? Pustekuchen. Bei ihm kam jedes Mal heraus, dass Philosophie weiter nichts ist als wortreiche Gedankengänge über die Welt, die sich auf keinerlei konkrete Fakten stützen. Und sich gleichsam prinzipiell auf nichts stützen konnten. Gedankengänge, deren wichtigste Eigenschaft der Umstand war, dass man sie weder widerlegen noch beweisen konnte. Man versuchte nicht einmal, sie zu widerlegen oder zu beweisen, als hätte man sich vorher verabredet, man werde es mit einer Menge von ausschließlich Gödelschen Sätzen und keinen anderen zu tun haben. Im günstigsten Falle hinterließ ein Philosoph (sagen wir, Teilhard de

Chardin) den seltsamen und widernatürlichen Eindruck eines Phantastikautors von beachtlicher Vorstellungskraft, der aus irgendeinem Grunde beschlossen hatte, aus seiner phantastischen Eingebung keinen Roman zu machen, sondern eine Art gigantischen Essay – wie Lem mit seiner *Summa technologiae* ... Anscheinend war die Philosophie ihrem ganzen Wesen nach nicht imstande, auf Fragen zu antworten, sie konnte sie höchstens erörtern.

Doch bald nach dem Gespräch mit Scheka (gleich in der ersten Nacht, als Larissa zum Nachtdienst wegfuhr) schleppte er die Trittleiter herbei und kletterte zum höchsten Regalbord hinauf, wo verstaubt und vergessen die Schätze der menschlichen Weisheit schlummerten: Marx-Engels, Lenin-Stalin – wie's eben so kommt –, doch außerdem auch Schopenhauer, Hegel, Platon, Kant, Goethe, sogar Nietzsche, sogar das Neue Testament und sogar Fichte (aber auf Deutsch) ... Vieles davon hatte er noch vom Vater geerbt, vieles hatte er sich in den letzten zwanzig Jahren auch selbst zugelegt, und manches war wer weiß wann und woher aufgetaucht.

Das Unterfangen erwies sich als völlig nutzlos. Wie übrigens auch zu erwarten war. Der wallende Staub wurde mit einem feuchten Lappen entfernt, ein Berg ideologischen Gerümpels in die hinteren Reihen verbannt und ein Dutzend (ausgewählter) Bände durchgesehen, ohne jede Hoffnung auf Erfolg und daher auch ganz oberflächlich. Sein Tagebuch, in das er seit dem Jahr zuvor keinen Blick geworfen hatte, wurde um ein paar Notizen reicher. Manches schien ihm mit seinem Fall zu tun zu haben, anderes gefiel ihm einfach ohne jeden Bezug.

Goethe:

Unsere Wünsche sind Vorgefühle der Fähigkeiten, die in uns liegen, Vorboten desjenigen, was wir zu leisten im Stande sein werden.

Die Sinne trügen nicht, aber das Urteil trügt.

Suchet in euch, so werdet ihr alles finden ...

Das schönste Glück des denkenden Menschen ist, das Erforschliche erforscht zu haben und das Unerforschliche ruhig zu verehren.

Nietzsche:

Unheimlich ist das menschliche Dasein und immer noch ohne Sinn: ein Possenreißer kann ihm zum Verhängnis werden ...

Was groß ist am Menschen, das ist, dass er eine Brücke und kein Zweck ist: was geliebt werden kann am Menschen, das ist, dass er ein *Übergang* und ein *Untergang* ist.

Hütet euch auch vor den Gelehrten! Die hassen euch: denn sie sind unfruchtbar! Sie haben kalte vertrocknete Augen, vor ihnen liegt jeder Vogel entfedert.

Solche brüsten sich damit, dass sie nicht lügen: aber Ohnmacht zur Lüge ist lange noch nicht Liebe zur Wahrheit. Hütet euch! ... Ausgekälteten Geistern glaube ich nicht. Wer nicht lügen kann, weiß nicht, was Wahrheit ist.

Wie seltsam war dieses heisere Gestammel Zarathustras nach der klaren und reinen Stimme eines wahren Denkers! ...

Bei Schopenhauer fand er nichts Passendes – kein Wunder, denn in den *Aphorismen zur Lebensweisheit* war, wie der Autor selbst eingestand, mehr davon die Rede, wie man die Kunst erlernen könnte, »das Leben möglichst angenehm und glücklich durchzuführen«. Auch im Neuen Testament fand sich nichts, obwohl er sich in der Offenbarung festlas, wie man sich manchmal in Gedichten festliest (»... Der fünfte ein Sardonyx, der sechste ein Sarder, der siebente ein Chrysolith, der achte ein Beryll ...«). Auch bei Platon fand sich nichts, und natürlich auch nicht bei George Berkeley ... Dafür enttäuschte ihn Baruch Spinoza nicht.

Die Ethik, nach geometrischer Methode dargestellt:

Lehrsatz 26. Ein Ding, das etwas zu wirken bestimmt ist, ist notwendig von Gott bestimmt worden; und ein Ding, das von Gott nicht bestimmt ist, kann sich nicht selbst zum Wirken bestimmen.

Lehrsatz 27. Ein Ding, das von Gott bestimmt ist, etwas zu wirken, kann sich selbst nicht zu einem nicht bestimmten machen.

Amen! Dem war nichts hinzuzufügen. Und es blieb auch keine Zeit mehr: Unterm Fenster erklang heiser Larissas Saporoschez – die Nacht ging zu Ende, die Operatorin kam nach Hause, und er musste diesen Haufen Weisheit schleunigst ins Regal packen und das Tagebuch wegstecken und so tun, als habe er sich in einem titanischen Werk des sozialistischen Realismus festgelesen – im Roman *Schild und Schwert* (von dem böse Zungen sagten, er sei unter dem Titel »Schielt und Schwärt« im Verlag abgeliefert worden) ... Allein der Gedanke war schrecklich – mit Larissa über Vorherbestimmung, Prädestination und die Hand des Schicksals zu reden ...

Manchmal heißt Lieben Schweigen.

3

Im Dezember ging Larissa zur Entbindung ins Krankenhaus.

Den ganzen Tag vergeudeten sie dort, bis die end- und sinnlosen Formalitäten erledigt waren. Larissa war konzentriert und schweigsam. Er fühlte sich schuldig, gab sich Mühe, sie abzulenken und zu zerstreuen, plapperte drauflos wie ein jugendlicher Liebhaber – hölzern und geistlos; Larissa rang sich mitunter ein Lächeln ab, hing aber ihren eigenen Gedanken nach.

Als er nach Hause kam, war es schon dunkel. Im Licht der Straßenlampen fiel langsam weicher Schnee. Die Welt war still und leer. Die Welt war rein und gut, von den Menschen waren in ihr nur die allmählich verschwindenden Ketten von Fußabdrücken im frischen Schnee geblieben. In sich aber spürte er unangenehme Stille und bedrückende Leere, in der etwas Pelziges, Vielschichtiges und Ekelhaftes schwebte wie ein chinesischer Teepilz. Behutsam versuchte er Klarheit zu gewinnen, doch er fand in sich nichts als viele Schichten trübsinniger und hartnäckiger Unzufriedenheit.

Ihm wurde klar, dass ihm das Krankenhaus, in dem Larissa lag, entschieden missfiel. Natürlich war es sehr bequem, dass sich das Krankenhaus gleich neben ihrer Wohnung befand – fünf Minuten, wenn man gemächlich zu Fuß ging –, aber es war ja das Krankenhaus, in dem die Mutti gestorben war. Und obwohl Larissa in einem ganz anderen, neuen Gebäude untergebracht war, fiel ihm doch immer wieder, ob er wollte oder nicht, Muttis Zimmer ein – ein riesiger Saal, dicht mit Betten vollgestellt, mit *Dutzenden* von Betten, und die gespreizten Skelette der zahlreichen Tropfgestelle, die im ganzen Saal aufragten wie dünne Metallkakteen, und das gleichförmige Summen, Murmeln, Surren von zahlreichen Stimmen und die feuchte, stickige Luft voller Gerüche und Frauengesichter, Gesichter, Gesichter, gleichgültig ihm zugewandt ... Und derselbe Saal am Morgen des Todes ... aus irgendeinem Grunde leer – Dutzende von leeren Betten ohne Bettzeug ... warum? Warum waren alle aus diesem Zimmer verlegt worden (und wohin?), wo sich nachts der Todesfall ereignet hatte? ... Vielleicht war das dort so üblich? Wohl kaum ... Er verscheuchte diese jetzt unangebrachte Erinnerung und zwang sich, an etwas anderes zu denken.

Er gestand sich ein, dass ihm an dieser Situation *alles* missfiel. Alles, was geschah, war unbequem und unangenehm und ließ für die Zukunft nichts als zahllose Umstände und

Schwierigkeiten erwarten. Dazu kam, dass es für Larissa ja doch ziemlich spät für ein Kind war: Sie war kein junges Mädchen mehr, über fünfunddreißig, genau gesagt sogar achtunddreißig. (Sicherlich war ebendas der Grund, dass nichts glattging, diese Schmerzen und die Gefahr einer Frühgeburt – und überhaupt, das konnte doch nicht gut sein: das erste Kind mit achtunddreißig Jahren!) Und dann noch, dass die Empfängnis nicht geplant war, ein dummer Zufall und höchstwahrscheinlich im Suff – er glaubte sogar, sich zu erinnern, wie es passiert war: in der Nacht nach Larissas Geburtstag, sie hatten einen draufgemacht und sich gehen lassen wie junge Leute ... (Das war übrigens auch nicht gut – Zeugung in betrunkenem Zustand ...) Und überhaupt wollte er das alles nicht, er war absolut nicht darauf eingestellt und hatte auch nicht vor, sich darauf einzustellen – wozu denn? ... Na ja, ich mag keine Kinder! Oder sagen wir's sanfter: Sie sind mir gleichgültig. Und sogar zuwider, wenn's denn so weit kommt: Windeln, Strampelhöschen, Geschrei, Rotz, Krankheiten ... Und wenn der Arzt recht hat, und es sind wirklich zwei? ...

Am ekelhaftesten daran ist, dass man das ja keinem sagen und sich bei keinem beklagen kann. Schon gar nicht bei Larissa. Die hat sich anscheinend ein für alle Mal entschlossen. Entweder jetzt oder nie mehr. Diese Entschlossenheit steht ihr ins Gesicht geschrieben, da ist nicht ranzukommen – sie will nichts hören und von nichts wissen. Jetzt oder nie! ... Jetzt muss ich mich also auf die Übersiedlung nach Minsk vorbereiten. Mit ihrer Mama hat sie offensichtlich schon alles abgesprochen, der Papa ist begeistert und bereit, mich auf der Stelle bei sich im Institut unterzubringen. Und er wird gut zu mir sein. Zum Vater seines Enkels wird er immer gut sein. Erst recht, wenn es zwei Enkel werden ... Himmel, alles hier aufgeben – die Wohnung, die Freunde, Jeschewatow – alles zum Teufel schicken, alle Hoffnungen, alle Pläne, und vielleicht für immer ...

Er verhielt den Schritt und schaute durch den Schnee hindurch, der immer dichter wurde, ob bei Vikont Licht brannte. Es brannte, doch er beschloss, nach Hause zu gehen – seine Stimmung war nicht nach einem Besuch. Seiner Stimmung entsprach es eher, sich im Spiegel zu betrachten und mit ganzer Kraft auf die dämliche Fresse zu hauen, dass die Brühe spritzte.

Doch kaum hatte er im großen Zimmer Licht gemacht, klingelte das Telefon. Zuerst wollte er den Hörer nicht abnehmen, doch da lief es ihm plötzlich kalt über den Rücken: wenn das nun aus dem Krankenhaus kam – und er stürzte zum Telefon, doch Gott sei Dank, es war Vikont. Vor Glück und Erleichterung blieb ihm geradezu die Luft weg, und vor Freude lud er Vikont sofort zum Tee ein.

Gleich nach der Nachrichtenschau, der Wetterbericht war noch nicht gelaufen, stellte sich Senja Mirlin ein. Er schlürfte gierig den kalt gewordenen Tee, raffte die Reste des Tulaer Lebkuchens zusammen, und dann bleckte er sein Pferdegebiss, langte in seine von getautem Schnee nasse Aktentasche, holte ein Bündel von mit großer Kinderschrift beschriebenen Blättern hervor und schmiss es aufs Tischtuch. »Lest«, verlangte er mit funkelnden Brillengläsern. »Hab ich eben fertiggekriegt. Die Tinte ist noch nicht trocken.«

Sie mussten lesen. Es erwies sich als eine Art Essay, eine »Frucht nächtlicher Überlegungen«, mit Herzblut geschrieben, mit Tränen genässt und innerer Zensur fremd. Es nannte sich »Die Generation, die von der Freiheit gestreift wurde« und hatte Verse als Motto – nach Senjas Worten eine freie Übersetzung eines polnischen Dissidentenliedes:

Unsre Generation
Kurz von der Freiheit gestreift,
Ist nur ein Irrtum, ein Hohn,
Hässlich und unausgereift.

Hat nicht das Feuer gesucht,
Nicht im Gefängnis gesessen,
So ist vom Teufel verflucht
Und vom Herrgott vergessen
Unsre Generation ...

Sie lasen und reichten einander die gelesenen Seiten weiter, zunächst widerwillig (der mit seinen Brouillons hat uns noch gefehlt), dann distanziert-kritisch (na, Kumpel, da übertreibst du aber, so ist das alles gar nicht gewesen, sogar ganz anders), von der zweiten Hälfte an jedoch fieberhaft, gierig, wenngleich in vollständigem Widerspruch zum Autor, zu sich selbst, zur Welt, zu dieser ganzen verdammten elenden Wirklichkeit.

»Na, Semjon ... Dafür landest du im Knast, kannst Gift drauf nehmen!«, sagte Stanislaw, als er die letzte Seite gelesen und sie an Vikont weitergereicht hatte. Semjon grinste zufrieden und begann die verstreuten Blätter in die Mappe zu sammeln.

Stanislaw betrachtete ihn gereizt, vor allem aber mit Staunen. Semjon Mirlin war ein Plappermaul. Er wetzte oft die Zunge, genüsslich, vor aller Ohren und völlig unbekümmert – in jeder Gesellschaft, mit jedem Gesprächspartner und zu jedem Thema. »Unsinn!«, antwortete er achtlos auf die Versuche wohlmeinender Leute, ihn zu warnen und zu bewahren. »Lass sein! Wenn die wollen, kommen sie und lochen einen ein, im Handumdrehen – mich, dich und jeden anderen. Und dafür brauchen sie keinerlei Begründungen. Wenn sie's aber nicht wollen, lassen sie einen in Ruhe. Ist dir denn nicht klar, dass jeder von uns *schon jetzt* genug zusammengeschwätzt hat, dass es für den hunderteinundneunziger mehr als genug ist? Ist doch lachhaft ...« Manche, die besonders leicht das Zittern kriegten, versuchten sich in letzter Zeit von ihm fernzuhalten: Ja zum Teufel mit ihm, reitet selber sich rein und zieht noch vernünftige Leute mit in den Schlamassel, der Schwachkopf ...

Manche (mit Erfahrung) zischten mit zusammengebissenen Zähnen was von eingeschleusten Spitzeln mit festem Gehalt, aber das war natürlich schon Unsinn und Gemeinheit ... Ein Plappermaul war er, ein ungezügeltes, aufgekratztes, inspiriertes Plappermaul. Aber derart konzentriert, stimmig und, verdammt nochmal, exakt das Wesen einer ganzen Generation darzulegen, noch dazu schriftlich – nein, das war von ihm absolut nicht zu erwarten gewesen. Es hatte auch niemand erwartet. Stanislaw fing einen erstaunten und sogar irgendwie fassungslosen Blick Vikonts auf, den er über die letzte Seite hinweg auf Semjon richtete ...

(Einen Kopf hatte Semjon – zum Fürchten. Eine riesige, etwas schiefe Nase, auf der eine etwas schiefe Brille saß, kleine schwarze Augen wie eine doppelläufige Flinte, unter überhängenden schwarzen Brauen verborgen, statt Haaren rabenschwarzes Werg – man hätte mit der Gabel reinstechen können. Gliedmaßen von anomaler Länge, wie bei einem spinnenhaften Gibbon, unglaubliche behaarte Schaufeln als Hände, Latschen mit Schuhgröße fünfundvierzig und eine übermenschliche Kraft. Auf Armen und Beinen zeichneten sich bei ihm keinerlei Muskeln ab – nichts als Knochen und Sehnen wie Taue. Und überhaupt hatte er gar keine Arme und Beine, sondern eine Art Hebel, Pleuelstangen. Statt mit ihm konnte man ebenso gut mit einem Schrapper oder einer Lokomotive kämpfen, und Nummern à la Wolf Larsen (zum Beispiel eine rohe Kartoffel nehmen und sie in der Hand zu schmutzigem Brei zerquetschen) führte er mit Leichtigkeit vor. Er hatte drei Frauen und wohl sechs Kinder. Seinerzeit hatte er das Herzen-Institut absolviert, aber nur ein paar Jahre als Lehrer gearbeitet, auf dem Neuland, dann aber trieb es ihn, mit unglaublicher Energie und Gier die Berufe und Beschäftigungen zu wechseln, als ob er alle durchprobieren wollte. Den Gipfel der Exotik erreichte er, als er als Küken-

Geschlechtsbestimmer in einer Broilerfabrik arbeitete – ein äußerst seltener Beruf, für den man ein besonderes Talent braucht, das sich bei ihm denn auch fand, und nicht übel bezahlt, doch jetzt hatte er sich, wie es sich für einen notorischen Dissidenten gehört, den durchaus gewöhnlichen Beruf eines Kesselhauswärters angeeignet (»... eine glänzende Laufbahn: vom Broiler zum Boiler«), und überhaupt schien er gesetzter geworden zu sein: Sofja – klein, still, einfach und hart wie ein Pflasterstein – hatte ihm zwei Mädchen geboren und hielt ihn sanft, doch fest an der kurzen Leine, vor ihr hatte er Angst.)

... Also: Bis achtundfünfzig waren sie bösartige und gefährliche Dummköpfe gewesen (»Das Große Ziel heiligt jedes Mittel, oder wie schön es ist, grausam zu sein«). Zwischen achtundfünfzig und achtundsechzig hatten sie sich in bessere, weicher gewordene Dummköpfe mit Gewissen verwandelt (»Schändlich ist es, die Große Idee mit Blut und Schmutz zu beflecken, oder Auf dem Weg zum Großen Ziel wurde uns der Einsicht viel«). Nach achtundsechzig jedoch hatte sich ihre Dummheit endlich verflüchtigt und war verschwunden, das Große Ziel aber auch. Jetzt stapelten sich hinter ihnen die unschuldig Ermordeten, ringsum erhoben sich die beschissenen und stinkenden Ruinen der großen Ideen, vor ihnen aber lag überhaupt nichts mehr. Die Geschichte hatte ihren Lauf beendet ...

Das alles war die reinste Wahrheit, und das weckte besonderen Unwillen. Sie gerieten aneinander – hauptsächlich Stanislaw und Semjon. Vikont hörte zu, schien aber zugleich auch nicht zuzuhören – er ging alle naselang aus dem Zimmer, mal Teewasser aufsetzen, mal aufs Klo, mal jemanden anrufen, mal neuen Tee kochen. Sein Gesicht hatte einen abwesenden Ausdruck angenommen, den Blick nach innen gekehrt, er war hier, aber gleichzeitig irgendwo anders – weit weg, in höheren Regionen ... Es war nicht einmal klar, ob er nun letzten Endes *dafür* oder *dagegen* war.

»Das versteh ich nicht, willst du etwa zugeben, dass du das letzte Stück Scheiße bist, wozu dieses Subjekt uns alle erklärt?«, fragte ihn an einem bestimmten Punkt Stanislaw, als er vollends in Rage geraten war.

»Der Mensch – Kot ist er und Eiter ...«, antwortete Vikont ergeben, der für einen Augenblick aus seinem Nirvana aufgetaucht war und sogleich strebte, sich wieder darein zu versenken.

»Und du stimmst zu, dass jeder von uns entweder ein Schuft oder ein Dummkopf ist?!«

»Woher denn ... Es kann Varianten geben.«

»Zum Beispiel?«

»Zum Beispiel ein Dichter.«

»He, machst du dich über mich lustig?«

»Reg dich nicht auf, mein Stak, sonst platzt dir die Galle ...«

»Ein Dichter ist in Russland mehr als ein Schuft ...«, stichelte Semjon. »Natürlich nur, wenn er ein Schuft ist ... Und mehr als ein Dummkopf.«

»Und Solschenizyn?!«

»Erstens rede ich nur von unserer Generation. Und zweitens – ja, es gibt eine Liste ... zwanzig bekannte Namen und vielleicht noch zweihundert, die niemand außer der Sicherheit kennt – von denen also rede ich auch nicht ...«

»Du begehst eine große Sünde!«, sagte Stanislaw und zwang sich, ruhig zu bleiben. »Du erklärst alle, die keine Helden sind, zu Schuften. Das ist unfair, Semjon. Und grausam. Und sündhaft. Und wer bist denn schließlich du?«

»Ich bin ein Knecht Gottes, den es nach Wahrheit dürstet, wenn dir diese Ausdrucksweise recht ist. Ich hasse die Lüge. Und mehr ist über mich nicht zu sagen.«

»Und wie kommst du darauf, dass die Menschheit die Wahrheit braucht?«, sagte Vikont plötzlich harsch und hatte es sogleich eilig, nach Hause zu kommen – er sprang auf, ohne jemanden eines Blickes zu würdigen, und begann hastig seine Handschuhe zu suchen.

Der Abend war verpatzt, und man wusste nicht einmal warum. Eigentlich hatten sie sich nicht gestritten – sie hatten ein bisschen gestänkert, natürlich, sich gerauft – aber doch in Maßen, in Maßen, ohne jemanden zu kränken! Dennoch blieb die Empfindung, als sei plötzlich etwas Finsteres und Fremdes aus der Schwärze hochgestiegen, er fühlte sich ekelhaft und hoffnungslos an, und sogleich fiel ihm Larissa ein – jetzt liegt sie in der feuchten, stickigen Luft des Krankenzimmers, ringsum stöhnen fremde Weiber im Schlaf und schnarchen, sie aber liegt allein mit offenen Augen da und kann nicht einschlafen, lauscht mit Angst und Hoffnung, was sich da in ihr vollendet ...

Draußen war es totenstill, der Schnee leuchtete, jung, rein, dumm, und ein kleiner gebückter Vikont lief eilig quer über den Rasen durch diesen Schnee zu seiner Haustür, hinter sich eine lockere Furche ...

Und ihm ging der Gedanke durch den Kopf, dass dieses Jahr das letzte ruhige Jahr in seinem Leben war, solche würde es nicht mehr geben, und ihm blieben von dieser Ruhe knappe drei Tage.

Übrigens stellte sich heraus, dass ihm nicht einmal drei Tage Ruhe blieben: Am Morgen (plötzlich, ohne Kriegserklärung) drang die liebe Schwiegermutter aus Minsk in seine Gefilde ein – Valerija Antonowna, in voller Lebensgröße und mit allen Schikanen.

Im Großen und Ganzen stand Stanislaw durchaus loyal zu seiner Schwiegermutter, mehr noch, er empfand für sie einen gewissen Respekt, und das, ohne sich besondere Mühe geben zu müssen. Seine Schwiegermutter war jung, fröhlich (»aufgedreht«) und ganz ohne die (in den entsprechenden Witzen behandelte) Nörgelei und Krümelkackerei. Genauer gesagt, Nörgelei und Krümelkackerei, die natürlich auch vorkamen (wie sollte es bei jemandem in reiferen Jahren auch anders sein), wurden bei ihr von draufgängerisch-fröhlichem Elan und Keckheit im Umgang mit ihrer Umgebung kompensiert. Larissa hatte sie mit siebzehn Jahren gekriegt (wegen ihrer dummen Begeisterung und Unerfahrenheit seinerzeit), sodass sie jetzt gerade mal fünfundfünfzig war – die Haare färbte sie sich platinblond, die Kosmetik kannte sie von A bis Z und konnte, wenn sie nur wollte, jeden Mann zwischen vierzig und achtzig, der etwas auf sich hielt, in den Zustand begeisterter Gefügigkeit versetzen (was sie manchmal auch tat – den anderen zur Warnung und Lehre).

Leider redete sie gern, und praktisch alle ihre Monologe waren Erzählungen von errungenen Siegen. Fortwährend errang sie Siege. Über die Verkäuferin. Über den Sekretär des Stadtkomitees. Über eine Bande von Hippies. Über den Nachbarn über ihr. Über die Nachbarin unter ihr. Über ihren Mann ...

Besonders glänzend und vollständig waren die Siege über ihren Mann. Höchstwahrscheinlich, weil ihr Mann, Iwan Danilytsch, die über ihn errungenen Siege niemals bemerkte, nicht einmal die Schlachten selbst. Er war ein kräftiger Kerl mit grobem Gesicht und dem Äußeren eines durch und durch verknöcherten Partei-Emporkömmlings – klug, ein Arbeitstier, ein richtiger Intelligenzler. Seine Visage war derart typisch und zuverlässig (und er selber war derart gutmütig, zuverlässig und umgänglich), dass er immer wieder bei der ersten Gelegenheit vorgeschlagen, ernannt, befördert und ausgezeichnet wurde, dabei war er nicht nur kein Parteimitglied, sondern hatte es in seiner Jugend sogar irgendwie geschafft, sich am Komsomol vorbeizumogeln. Man schreckte erst auf, als er – habilitierter Doktor, Ordensträger, Verdienter Schaffender, Ehrenmitglied usw. – an der Reihe war, ein Institut zu übernehmen ... »Was soll denn das heißen – *nicht in der Partei*?! Seid ihr dort unten denn allesamt übergeschnappt? Der Direktorenposten in diesem Forschungsinstitut fällt unter die ZK-Nomenklatur, und zwar nicht von eurem mickrigen

Republik-ZK, sondern vom Großen, dem Allunions-ZK! ... Also seht zu, wie ihr klarkommt!« Da musste er rasch eintreten. Er tat es, wie man zum Zahnarzt gehen muss – knurrte, runzelte die Stirn und tat's ... Und jetzt hatte er ein Institut, ein nagelneues, schrecklich geheimes, ausgestattet mit der neuesten (gestohlenen) amerikanischen Rechentechnik, und sie befassten sich dort insbesondere mit Wirtschaftsmodellen – ebendem, womit sich zu befassen Stanislaw geträumt hatte, soweit er zurückdenken konnte. Nun ja, dieser sein Traum würde wohl in Erfüllung gehen: Der Schwiegervater hatte es fest versprochen – eine Stelle, einen Leiter, ein Thema. Sogar eine Wohnung hatte er dem Schwiegersohn versprochen – so in zwei, drei Jahren und unter der Voraussetzung ...

Jetzt übrigens war zwischen ihm und der Schwiegermutter von anderem die Rede. Windeln. Strampelanzüge. Schnuller. Häubchen. Überhaupt Bettwäsche. Ein Kinderwagen, und zwar kein einfacher, sondern ein doppelter. Wiegen, zwei, aus der DDR. Warum lösen sich bei euch die Tapeten? Also gleich morgen kommt jemand und klebt die Tapeten fest, ich hab's schon abgesprochen ... Jetzt noch dies: In solchen Unterhosen sind die Männer zur Zeit des Personenkults rumgelaufen, es sind sogenannte Familienunterhosen, ein moderner Mann darf so was nicht tragen, da verkümmert er gleich, also da hast du neue – Unterhosen, Unterhemden, Socken ... Wo hat deine Frau ihre Augen, möchte ich wissen? ... Neue Bettdecken, die alten wirfst du weg. Neue Gardinen – runter mit den alten. Warum habt ihr kein anständiges Geschirr im Hause? Da habt ihr anständiges Geschirr, und vergiss nicht, es heiß auszuspülen, so beweg dich doch, beweg dich, Ehemann und Vater, Krone der Schöpfung ...

Er fand sich nach allen Regeln der Kriegskunst geschlagen und besiegt, und gleichzeitig – beiläufig – wurde die Mitmieterin vernichtend geschlagen, die sich mit ihrer Meinung bezüglich irgendwelcher Kleinigkeiten aufdrängen wollte. Da ging er in die Sparkasse, hob die fünfhundert ab, die seine stille Reserve waren, und kaufte Larissa fürs Zimmer einen tragbaren Farbfernseher – damit all die armen Weiber sich am Silvesterabend nicht langweilten und nicht trübsinnig wurden ...

Er stellte ihnen diesen Fernseher auf und stimmte ihn ab, betrachtete sie verstohlen, wie sie durchaus guter Dinge waren, gern lachten, sogar zum Kokettieren neigten – in ihren bunten Kitteln, die sich so ungezwungen öffneten, um der Welt und dem Blick glatte weiße Haut darzubieten, irgendwelche Spitzen oder einfach ein verlockendes Seidenhemdchen, und plötzlich fiel ihm ein, wie der Fahrer Wolodja einmal gesagt hatte: »Eine Schwangere, ähm, greif ich mir besonders gern – *die*, ähm, sind bei denen so hübsch voll, so weich, ähm, saftig, Himmel ...« Larissa war fröhlich, nichts tat ihr weh, die Augen funkelten, und ihre Lippen waren weich, süß ... saftig, ähm. Die Ärzte waren der Ansicht, alles würde glattgehen – so eine hatten sie nicht zum ersten und sicherlich auch nicht zum letzten Mal. Gehen Sie und feiern Sie in aller Ruhe Neujahr, Papa ... Danke, gleichfalls.

Neujahr feierten sie zu zweit: er und die Schwiegermutter.

(Mirlin feierte wie immer bei seiner Familie. Scheka Malachow und seine Tanja waren zu Kollegen aus dem Institut gegangen. Vikont aber hatte gesagt: »Mein Stak, ich feiere niemals Neujahr mit den Schwiegermüttern meiner Freunde. Das wäre widernatürlich. Entschuldige, aber ich gehe zu den Frauen.«)

Übrigens war es auch zu zweit gar nicht übel. Sie machten wie gewohnt eine Flasche Sekt auf, tranken ein bisschen armenischen Kognak, aßen gut, sahen fern – »Das blaue Licht« –, lachten, machten sich übereinander lustig, alles in einer Atmosphäre von Einvernehmen und gegenseitigem Wohlwollen. Über Politik sprachen sie kaum – um sich nicht zu streiten. Valerija Antonowna war für eine unerschütterliche Macht, eine eiserne Hand, einen bleiernen Fuß, und überhaupt erwartete sie einen Militärputsch, lieber heute als morgen. Als Stanislaw ihr schließlich doch klarzumachen versuchte, in was für einem elenden Lande sie alle lebten, antwortete sie prompt: »Unsinn, ihr alle lebt in einem wunderbaren Land, es heißt ›Die Jugend‹ ...« – »Besinnen Sie sich! Was denn für eine Jugend? Ich bin zweiundvierzig!« – »Ach, was für ein wunderbares Alter sind doch zweiundvierzig Jahre!«, sprach die Schwiegermutter aus ganzer Seele und begann sogleich in Erinnerungen zu schwelgen. Es waren ziemlich viele, und manche davon waren äußerst interessant.

Zum Beispiel taten sich etliche Einzelheiten auf, die Larissas Vater betrafen. Dass Larissa nicht Iwan Danilytschs Tochter war, hatte er schon vorher gewusst, wie sich aber die Beziehungen der Schwiegermutter zu ihrem ersten Liebhaber später entwickelt hatten, erfuhr er erst jetzt. Der Liebhaber (er war damals Jurastudent) verhielt sich anfangs durchaus anständig, brachte ihr sogar, wie man das so tut, Blumen und Obst ins Krankenhaus, stand unterm Fenster herum, winkte, hüpfte, als wolle er zu der Liebsten in den ersten Stock springen, aber abholen kam er die Liebste mit dem Säugling nicht, sondern verschwand überhaupt, löste sich in Luft auf, »entfernte sich zur See hin«. Für immer, wie es schien, doch wie sich später zeigte, nicht ganz für immer.

Neunzehnhundertneunundvierzig (also fast fünfzehn Jahre später) wurde Valerija Antonowna, Lehrerin für russische Sprache und Literatur, ins Zimmer des Schuldirektors gerufen, dort saß ein ansehnlicher Mann mit dem Benehmen eines hohen Apparatschiks, der sich übrigens nicht als Inspektor der Kreisverwaltung für Volksbildung erwies, sondern als Inspektor (oder Bevollmächtigter, oder Untersuchungsrichter, oder Detektiv, weiß der Teufel, wie die da heißen) des Ministeriums für Staatssicherheit, und unserer Valerija Antonowna wurde angetragen, den üblichen kleinen Mitarbeitervertrag abzuschließen; als sie aber ablehnte, bekam sie den Rat, es sich gut zu überlegen und eine Woche später zu einem ernsten Gespräch bei der und der Adresse zu erscheinen: Straße, Hausnummer und sonderbarerweise Nummer der Wohnung.

Und sie erschien – nicht hinzugehen fehlte ihr der Mut. Es war ein gewöhnliches Wohnhaus, sehr ordentlich, mit einer sauberen breiten Treppe, große Treppenabsätze in jeder Etage (darauf Kinderwagen, Fahrräder, Ski, Roller), schöne hohe Türen, allerdings kein Fahrstuhl, und im vierten Stock drehte Valerija Antonowa außer Puste den Messinggriff, unter dem auf einem Messingschildchen »Bitte drehen« stand, eine Klingel ertönte, die Tür ging auf, und auf der Schwelle stand, na klar, *er*. Sie erkannte ihn sofort und wunderte sich, wie sonderbar und widerwärtig er sich verändert hatte – er war ein alter Mann, ein furchtbarer Greis geworden – und das mit einunddreißig Jahren! Die Augen blickten wie stumpfe Knöpfe. Auch die Haare waren stumpf und dünner geworden. Ein lebloser Mund. Ein lebloses Lächeln. Und die Haut im Gesicht war schlaff, großporig und bleich, als habe man sie wer weiß wie lange in stehendem Wasser eingeweicht ... Er war einer Wasserleiche ähnlich geworden, einer aus irgendeinem Grunde zum Leben erwachten Wasserleiche ... Was sich dort zwischen ihnen in der leeren Wohnung (gut eingerichtet, aber ganz unwohnlich – keine Spur von Menschenseele) abspielte, wollte die Schwiegermutter diesmal nicht erzählen. Doch es war klar, dass sie sich entschieden einer Anwerbung widersetzt hatte, wobei sie sich auf Nervosität berief, Familiensorgen und das Unvermögen, ein Geheimnis für sich zu behalten. Nichtsdestoweniger bestellte er sie zu einem weiteren Treffen, am selben Ort, wieder eine Woche später, und wieder brachte sie nicht den Mut auf, nicht hinzugehen, doch es war ein ganz anderer Mann da – jung, geschniegelt, liebenswürdig. Auf dem Tisch stand diesmal eine Flasche, eine Schale mit Weintrauben, Pralinen, und dieser Geschniegelte tat nicht einmal besonders so, als sei er zum Arbeiten hergekommen – er war aus einem ganz anderen Bedürfnis hier, aber da war dieser Typ an die Falsche geraten: Nun ging der Kampf nicht mehr nach deren nebulösen Regeln, sondern nach den Regeln Valerija Antonownas, leicht und fröhlich, und darin hatte sie nicht ihresgleichen. Der Feind wurde natürlich geschlagen, sie ging stolz erhobenen Hauptes fort und nahm ein Paket Weintrauben und zwei Kaviarbrote mit – für Larissa. Der Feind aber blieb zurück, entflammt und zu Hoffnungen ermutigt, doch anscheinend klemmte dann etwas in deren vielgepriesenem Apparat – weder ihren Liebhaber noch den Geschniegelt-Liebenswürdigen sah sie je wieder, beide versanken sie für immer im Zeitlosen, und als der bleiche Fangarm sich wieder nach ihr ausstreckte (ein Anruf, das bekannte Angebot und sogar dieselbe Adresse), schrieb man schon das Jahr vierundfünfzig, und sie hatte Iwan Danilytsch, der verlässlich war wie der Rasin-Fels, sie erzählte ihm alles, er dachte eine Minute lang nach und riet ihr: ignorieren, nicht hingehen, alles vergessen, sie würden schon ohne sie auskommen. Und so kam es auch ...

Nach dieser bemerkenswerten Geschichte folgte noch eine – vom Sieg über den stellvertretenden Volksbildungsminister, doch das fand Stanislaw schon nicht mehr so interessant, und um zwei Uhr nachts wurde beschlossen, die Tafel aufzuheben. Das neue Jahr hatte sich eingestellt und versprach, nicht schlechter als das alte zu werden ... Friede war im Haus, und Friede war im Herzen, und Friede war auf der Welt.

Zur selben Zeit, nachts um halb drei, setzten bei Larissa Schmerzen und eine überaus starke Blutung ein. Sie begann zu weinen, verlor das Bewusstsein, und zwei Stunden später verstarb sie, ohne wieder zu sich gekommen zu sein, auf dem Operationstisch.

4

Den ganzen Tag klingelte das Telefon, vom frühen Morgen an. Zuerst ging die Mitmieterin ran, nahm den Hörer, murmelte halblaut etwas, dann kam sie zur Tür geschlichen und kratzte mit zwei Fingernägeln daran. Er antwortete: »Nicht zu Hause«, und sie verschwand für kurze Zeit. Dann gab er ihr überhaupt keine Antwort mehr, das Telefon klingelte immerzu, er zählte die Anrufe: einundzwanzig, zweiundzwanzig, dreiundzwanzig ... Es wurde dunkel, der Fahrstuhl ratterte von Zeit zu Zeit vorbei, auf dem Hof wurde mit betrunkener Stimme gesungen. Er rauchte. Das rote Licht flammte für eine Sekunde auf, für eine Sekunde erschien der Aschenbecher, die Streichholzschachtel, die Stuhllehne, und es verschwand alles, zerrann, von der Dunkelheit verhüllt.

Sehr gern wäre er eingeschlafen. Das wurde gleichsam zur Manie. Einschlafen, sagte er sich immer wieder. Versinken. Ins Nichts. Wenigstens für kurze Zeit. Wenigstens für ein paar Stunden. Wenigstens für ein paar Minuten ... Er schluckte irgendwelche Pillen, manchmal schien es ihm, als schliefe er schon und sähe sogar im Traum etwas Schreckliches, Schwarzes, Fauliges, Stickiges, doch in Wahrheit schlief er schon seit vielen Tagen und Nächten hintereinander nicht mehr. Er hatte sich in einen Organismus verwandelt. Dieser Organismus nahm keinen Schlaf an. Noch Nahrung. Noch Licht. Noch die Welt ...

Dann drang plötzlich wieder eine Stimme zu ihm durch. Aufgeregt. Irgendwas stimmte nicht. »Stanislaw Sinowjewitsch, brennt bei Ihnen was? Schlafen Sie? Irgendwas brennt ...« Das war seine Bettdecke, die brannte. Ein großer roter Fleck leuchtete, ein orangenes Moirémuster breitete sich ringförmig aus, und sogar schnelle Flammenzungen liefen einher. Und wie sich zeigte, gab es keine Luft zum Atmen mehr. »Ich rauche«, sagte er laut. »Ich hab solchen Tabak.« Die Mitmieterin trat hinter der Tür von einem Fuß auf den anderen, zeterte irritiert und aufgeregt, dann glaubte sie's wohl, beruhigte sich, verstummte, ging weg.

Er sah zu, wie das Feuer kräftiger wurde. Das Feuer war schön. Er streckte die Hand aus und legte sie auf das Orangerote, Moirégemusterte, Glimmende, Funken Sprühende ... In diesem Schmerz lag auch noch ein seltsamer Genuss. In ihm lag Gerechtigkeit, in diesem Schmerz. Der Rauch jedoch störte. Das war zu viel. Das Feuer war hier zu Recht und angebracht, der Rauch aber nicht. Der Rauch war jetzt nicht angebracht.

Er stand auf, ging in die Küche, nahm den kalten Teekessel vom Herd und goss ihn ohne Eile, mit Befriedigung (zum ersten Mal an dem Tag tat er etwas) über die laufenden Flammen aus. Das war genauso wie spät abends im Walde, wenn man vor dem Schlafengehen gemächlich und sorgfältig das Lagerfeuer löscht. Das Zischen. Der weiße Rauch. Der Brandgeruch. Er musste noch einen ganzen Kessel füllen und ausschütten. Und noch einen. Und wieder. Jetzt war auch schon die Küche voll Rauch, und man konnte durchaus erwarten, dass gleich die Mitmieterin gelaufen käme und er ihr etwas erklären müsste, doch die Mitmieterin hatte sich zu sich verkrochen und saß dort mit angehaltenem Atem, sodass er in Ruhe eins ums andere Mal den Teekessel füllte und die Bettdecke begoss, bis von dem schönen Feuer nichts blieb als feuchter Brandgeruch und Gestank, der Rauch aber zog durch zwei geöffnete Klappfenster ab.

Die Hand tat weh. Dieser Schmerz war noch immer auf geradezu seltsame Weise nicht unangenehm und ließ sichtlich eine Gemeinsamkeit mit Gerechtigkeit und Wahrheit erkennen. Streng gesprochen sind sie im Grunde nahe verwandt: Wahrheit, Schmerz und Gerechtigkeit ... Er wollte nicht darüber nachdenken. Er hätte es auch nicht vermocht. Er war jetzt nur zu den allereinfachsten Tätigkeiten imstande. Er stellte den Teekessel auf den Herd. Diesen Kessel hatte Larissa im Herbst gekauft, als der alte eines Tages ganz leerkochte und undicht wurde. Es ist etwas zutiefst Unfaires daran, dass die Dinge der Menschen merklich länger als die Menschen leben. Früher hatte man das nicht zugelassen. Früher wurde zusammen mit dem Menschen seine ganze Habe verbrannt – vorgeblich, damit sie ihm am anderen Ufer diente, doch in Wahrheit um der natürlichen Gerechtigkeit willen ... Auch darüber dachte er nicht weiter nach.

Er ging ins Bad und wusch sich. Er trocknete sich das Gesicht mit dem Handtuch ab und betrachtete sich im Spiegel. Das Gesicht war gewöhnlich. Es war genauso wie immer. Das war gemein. Doch gegen diese Gemeinheit war nichts zu machen. Die Gemeinheit siegte auch hier. Er hatte ja doch nicht weinen können. Kein einziges Mal.

Er kam aus dem Bad, als plötzlich an der Tür geläutet wurde. Es war ein fremdes Klingeln, der Teufel hatte irgendeinen Fremden geschickt, er ging in den Vorraum, löste den Haken und öffnete die Tür. Ein unbekannter Mann drängte sich rasch herein und an ihn heran, als wollte er ihn umarmen. Oder beißen.

»Sind Sie Krasnogorski?«, fragte er leise, doch sehr nachdrücklich geradezu in Stanislaws Gesicht hinein. Er roch unangenehm aus dem Munde.

»Ich bin Krasnogorow.«

»Ja ... Entschuldigen Sie ... Krasnogorow ... Ich rufe heute schon den ganzen Tag lang bei Ihnen an. Viktor Grigorjewitsch geht es sehr schlecht. Sie müssen sofort kommen ... Ziehen Sie sich bitte an.«

»Wozu?« Stanislaw wich vor ihm in den Korridor zurück. Vor diesem seinen Geruch, vor dem abstoßenden, bläulich gekräuselten Kragen des Pelzmantels, vor seinen runden Augen, die nicht blinzelten und einen ungesunden Audruck hatten.

Er setzte sich auf die Truhe. Der Mann redete weiter irgendwas, fasste ihm ab und zu an die Schulter. Er war mit seinen Gedanken wieder woanders. Die Schwiegermutter war ihm wer weiß warum eingefallen. Die Schwiegermutter war doch hier gewesen. Noch vorgestern. Er sagte laut: »Die Schwiegermutter war doch hier ... Ich weiß es genau. Wo ist sie hin?«

Er stand auf, um im großen Zimmer nachzuschauen, doch der Mann mit den ungesunden Augen stand ihm im Weg. Und die Tür zum Treppenhaus war offen geblieben, Kälte wehte herein. Plötzlich stellte er fest, dass er in den Pantoffeln kalte Füße bekommen hatte.

»Ziehen Sie sich um Gottes willen an ... Ich bitte Sie!« Der Mann hielt ihm schon seinen Mantel hin – er hatte ihn inzwischen von der Garderobe genommen und wollte ihm hineinhelfen. In seinen tränenden Augen lag Schwermut, ganz wie bei einem Hund – deshalb sahen sie ungesund aus.

»Was wollen Sie, ich verstehe nicht.«

»Ich sag's doch. Viktor Grigorjewitsch geht es sehr schlecht. Er bittet Sie ...«

»Wer ist das? Was habe ich damit zu tun?«

»Ja Kikonin, mein Gott! Was ist denn mit Ihnen los?«

»Ach ... Vikont. Warum sagen Sie das denn nicht gleich ...«

»Er liegt im Sterben. Er sagt, wenn Sie nicht kommen, stirbt er.«

»Ach ja«, sagte Stanislaw und setzte sich wieder auf die Truhe.

Die Umstände schienen sich geklärt zu haben, doch das änderte nichts, und der grobe, splittrige Pfahl war immer noch da, der ihm in der Brust steckte, mittendrin, und sich für immer dort festgesetzt hatte. Der unbekannte Mann redete weiter und hielt dabei Stanislaws Mantel bereit, er hatte seine eigenen Sorgen, und anscheinend ernste. Doch er irrte sich ja. Es geschah nichts Ernstes. Der Tod war eine ganz gewöhnliche Sache. Man durfte sich nur nicht vor ihm fürchten, mit

Angst und Abscheu vor ihm zurückschrecken, als ob er weiß Gott was wäre. Man musste doch verstehen, dass der Tod die absolute und endgültige Ruhe ist – und sofort rückte alles an seinen Platz ...

Freilich, zu verstehen war das nicht. Und darüber nachzudenken, selbst wenn man's die ganze Zeit tat, half auch nichts.

Der Pfahl in der Brust regte sich, als sei er lebendig. Er hatte nicht vor, ihn zu töten, wollte ihn auch nicht quälen – er war einfach nur da. Dieser Pfahl hieß das wirkliche Leben. Ein erfundenes Leben ist eine feine Sache, doch man kann nicht drin existieren. Existieren muss man im wirklichen Leben, das dieser Pfahl ist, der aus der Mitte des Brustbeins ragt ...

Der Mann nahm den Mantel plötzlich in die linke Hand, und mit der rechten schlug er Stanislaw ziemlich kräftig ins Gesicht. Stanislaw verstummte und kam zu sich. Er stellte fest, dass sich die Augen des Mannes verändert hatten. Jetzt waren es die Augen eines Menschen, der zu töten imstande ist und gewillt zu töten. Wolfsaugen.

»Wenn du nicht willst, zwing ich dich«, sagte der Mann mit den Wolfsaugen. Er warf Stanislaw den Mantel über, selbst aber stürzte er zur Tür und rief ins Treppenhaus: »Sidorenko! Zu mir!«

Sidorenko erschien – untersetzt, mit rundem Kopf, breitschultrig. Ein kräftiger Kerl. Ein Feldwebel. Oder Hauptfeldwebel ... Stanislaw (wegen Sehschwäche ausgemustert) hatte sich nie gut mit diesen Unteroffiziersstreifen ausgekannt.

Stanislaw war einen Kopf kleiner als er, doch er fasste ihn in der Mitte quer (mitsamt dem Mantel) und trug ihn mühelos die Treppe hinab. Er fackelte nicht lange und zügelte seine reichlich vorhandene Kraft kein bisschen. Stanislaw knackten die Knochen, und die Luft blieb ihm weg, doch es dauerte alles nicht lange, unten vor der Haustür aber stand ein schwarzer »Wolga«, und die Tür öffnete sich wie von selbst, ihm entgegen.

Die Stadt war finster und dunkel – ein paar gelbe und rötliche Fenster auf vielen Kilometer Straße. Der Wagen fuhr schnell, sogar riskant – er schleuderte in den Kurven, so darf man auf schneeglatten, schlecht geräumten Straßen nicht fahren. Alle schwiegen. Stanislaw saß da, seinen zusammengeknüllten Mantel auf den Knien, er fror immer mehr an den Füßen. Rechts schnaufte Sidorenko und verbreitete Tabaks- und Kasernengerüche. Der Fahrer trug auch Uniform, auch so ein Kapo – sehr groß, kein Hals, platte Ohren, krummer Rücken, wie hinterm Lenkrad versteinert. Der Unbekannte mit den veränderlichen Augen aber saß neben dem Fahrer, und welche Augen er jetzt hatte, blieb unbekannt.

Bald schon kannte er die Stadt ringsum nicht mehr. Da schien die Petrogradskaja zu sein, vielleicht aber auch der Vyborger Stadtbezirk. Sie rasten irgendwelche unbekannten Uferstraßen entlang, überquerten den unter Packeis erstarrten Fluss, Finsternis lag in den Straßen, es gab keine Menschen und kaum entgegenkommende Wagen, endlos zogen sich von Stacheldraht gekrönte steinerne Mauern hin, finster blickten Gebäude mit ihrem eisernen Strebwerk drein, dem Aussehen nach Fabriken oder Kasernen, plötzlich tat sich ein von Scheinwerfern hell erleuchteter Wirtschaftshof auf, wo sich in weißem Rauch schwarze Mechanismen mit bunten Lichtern durcheinanderbewegten, und wieder stürmte ihnen Finsternis entgegen, Unbehaglichkeit, eine gepflasterte Fahrbahn im springenden Lichte der Halogenscheinwerfer ... Eine unbekannte, ungastliche, finster dreinblickende Stadt, in der man nicht lebte, nicht einmal existierte, sondern nur an einem schweren, ölverschmierten Karren zog und zog – aus letzter Kraft, auf dem Zahnfleisch ...

Dann bogen sie scharf und überraschend in eine Seitenstraße ab (löchriges Pflaster, heruntergekommene Häuser mit blinden Torbögen, ein einsames gelbes Fensterchen im Erdgeschoss, vergittert) und hielten vor einem Durchgang auf einem hell erleuchteten Fleckchen, bei einem eisernen Tor in einer drei Meter hohen Mauer, die links und rechts in der Finsternis verschwand.

Hier kam es zu einer Stockung. Durchs Tor ließ man sie, doch dahinter, in einem überall mit Stacheldraht bewehrten Bogengang, hielt sie ein Offizier an – unerbittlich, laut und böse. Der Mann mit den veränderlichen Augen stieg aus, um ihn zu überreden, und die Überredung dauerte lange, unanständig lange, sogar gefährlich lange.

»... Hier habe ich die Verantwortung!«

»Nein, nein, Major, ich bin hier für alles verantwortlich, nicht Sie!«

»Bei sich sind Sie für alles verantwortlich, hier aber bin ich es, und einen Verstoß gegen die Vorschrift will und werde ich nicht erlauben!«

»Hör mal, Konstantin Jefimytsch, lass uns in aller Ruhe ...«

Da wurden die Stimmen leiser, die Worte waren nicht mehr zu hören, nur ein besänftigendes Gemurmel und als Antwort kurze unversöhnliche Ausrufe, eine Minute später aber brach es schon wieder durch, und immer lauter erklangen zänkisches Knirschen, gereiztes Bellen und Kommandoschnarren in den Kehlen, vorerst noch gezügelt, doch nur mit Mühe. Und wieder ein Ausbruch: »... Ich habe kein Recht, Fremde ohne Papiere durchzulassen, und ich werde es nicht tun!«

»Das ist kein Fremder, ich sag's Ihnen doch, das ist Material!«

»Dann erst recht! Ohne Papiere ist es nicht erlaubt!«

»Begreifen Sie, Major, was passiert, wenn ich ihn nicht rechtzeitig hinbringe?«

»Das brauche ich nicht zu begreifen, ich handle nach der Vorschrift und der Dienstanweisung, und Sie, Genosse Oberst, haben diese Dienstanweisung selber geschrieben ...«

Er lauschte diesem ekelhaften Kötergekläff, und ihm schien, als höre er nichts, und plötzlich geschah etwas: In einem bestimmten Moment sah er plötzlich in dem Raum die ihm zugewandten Gesichter, ganz nah, neben ihm, von Furcht oder Ekel verzerrt – das rosige satte Gesicht Sidorenkos, mit runden Augen wie bei einer Eule, und ein ihm neues Gesicht – das Gesicht des Fahrers, dunkel, lang, mit eingedrückter Nase und wie bei einer riesigen Forelle vorragenden Kiefern. Die beiden Unteroffiziere betrachteten ihn erschrocken und anscheinend mit Abscheu, als ob er sich eben vor aller Augen eingepisst hätte, und das Gesicht ihres Chefs, des Genossen Oberst, tauchte plötzlich ebenda im Raume auf – die Augen des Genossen Oberst waren jetzt wachsam und entschlossen, die Augen eines Chirurgen, der zum ersten Schnitt ansetzt ...

Und da erfasste er, dass er schon seit einiger Zeit schrie. Dieser Schrei (dieses Heulen, Brüllen, Krächzen), der ihm all die letzten Tage über wie ein Pfahl im Brustkorb gesteckt hatte, war endlich durchgebrochen, wie ein Furunkel durchbricht, und strömte wie dicker Eiter ins Freie. Er hörte sich selbst und verstummte sofort. Die Gesichter schwebten vor ihm, vom unnatürlichen und leblosen Scheinwerferlicht erhellt, von dem hier alles überströmt war, und die mit Abscheu vermischte Angst wich auf diesen Gesichtern der Verwunderung und dem Unwillen.

»Fertig«, sagte er laut. »Fertig. Kommt nicht wieder vor.«

Und sogleich wurden sie durchgelassen. Als sei dieser sein Schrei das letzte und entscheidende Argument in dem Streit der Köter um Vorschriften und Dienstanweisungen gewesen.

Dann gingen sie schnell einen langen weißen Korridor entlang. Über weißen Fußboden, der kein Geräusch aufkommen ließ. Es roch nach Krankenhaus. Auch hier war alles in unerbittliches Licht getaucht, und es herrschte eine trockene Hitze, und etwas war an diesem Korridor undefinierbar seltsam – sonderbare Menschen an den Wänden, oder etwas an den bald rechts, bald links offen stehenden Türen oder an den

Pflanzen, die stellenweise Wände und Decke überwucherten, oder vielleicht erklangen irgendwelche Geräusche, die gar nicht hierher passten ... Doch er hatte weder Zeit noch sonderlich den Wunsch, sich in all diesen Seltsamkeiten zurechtzufinden – er wollte sich in irgendeinem dunklen (unbedingt dunklen!) Eckchen hinsetzen oder noch besser hinlegen, die Augen schließen und abschalten. Doch man ließ ihn weder sich setzen noch abschalten – vor ihm ging mit ausgreifenden Schritten und gewichtig der Genosse Oberst, und neben ihm (von links hinten) hielt jemand mit eisernem Griff seinen Ellenbogen und dirigierte ihn. Alle hatten schon weiße Arztkittel an, die weiß flatterten und sich blähten, der Mantel war irgendwohin verschwunden, die Pantoffeln, solch einem Tempo nicht angepasst, wollten immerzu von den Füßen rutschen, und er fror nicht mehr an den Füßen, ihm war warm geworden, sogar heiß.

Sie traten in ein Zimmer, das nach dem blendend hellen Korridor völlig dunkel wirkte, und er schloss automatisch die Augen, um sich schneller einzugewöhnen. Das Zimmer erwies sich als groß, es war voll von Geräten, die mit bunten Lämpchen blinkten, und irgendwelchen von unten her beleuchteten Pulten, links stand hinter einer gläsernen Trennwand eine junge Krankenschwester mit erschrockenem Blick, auch sie von unten her gelb und blau beleuchtet, rechts aber hob sich aus dem Halbdunkel eine Reihe hoher fahrbarer Betten mit reichlich Abstand dazwischen hervor – vier leere, im mittleren aber lag Vikont.

Zuerst schien es ihm, als sei alles schon vorbei. (Er war von Anfang an überzeugt gewesen und hatte gewusst, dass diese ganze grobe Kasernenhektik nichts nützte: sie war verspätet, vergebens und unanständig.) Vikont lag da – klein, weißgrau, völlig reglos, unangenehme weiße Schlitze zwischen den Lidern, in beiden Nasenlöchern steckten ihm dünne Schläuche, ein weiterer Schlauch führte zu einem halbleeren Tropf hinauf, und dann zogen sich noch Drähte, dünn und verschiedenfarbig, aus dem Hemdkragen hervor zu einem eingeschalteten Monitor, der auf einem langen Regal (hinter den Kopfenden der fünf Betten) stand. Dennoch war nichts von der starren Reglosigkeit eines Toten zu spüren. Vikont atmete noch. Klammerte sich ans Leben. An den äußersten Rand. Verzweifelt und erbärmlich sog er durch all die Schläuche und Drähte dünne Rinnsale von Leben ein.

Er setzte sich neben dem Bett auf einen blitzschnell untergeschobenen Stuhl und nahm mit gewohnter Bewegung die kleine verkrüppelte, runzlige Faust in die linke Hand. Die Faust war feucht und kühl, ganz schlaff, doch lebendig, und die beiden übrigen Krallenfinger krümmten sich sofort, klammerten sich an ihn, pressten seine Hand schwach, verzweifelt und gierig, als hätten sie ihn hier schon seit vielen, vielen Stunden erwartet.

Er kam sich vor wie ein Tropf. Etwas floss aus ihm heraus und als unsichtbares und unmerkliches Rinnsal durch die Hand in das weißgraue, lockige, reglose Menschlein hinüber, das in dieser Welt sehr einsam war, fast schon nicht mehr in dieser Welt existierte ... Und befindet er sich denn jetzt in dieser Welt, Vikont alias Kikonja, der ehemalige fröhliche Lausejunge, alias – wie sich gezeigt hatte – Viktor Grigorjewitsch Kikonin, ein Mann, der etwas zu sagen hatte? Der einsame Halbtote in dem dämmrigen Zimmer mit den lautlosen Lichtern auf Pulten und Monitoren. Keine Verwandten. Praktisch keine Eltern. Vielleicht auch überhaupt keine. Keine Freunde ... Natürlich gab es Verehrer, Mitarbeiter, Kollegen, Schüler wohl auch, aber das war ja ganz etwas anderes. Deine Freunde und deine Verwandten sind du selbst, ein Teil von dir, Fleisch von deinem Fleische. Schüler, Kollegen, Anbeter aber sind nur die Früchte deiner Tätigkeit, wie es deine Artikel, Bücher, Bilder sind ... Steine, aus denen du dein Haus errichtet hast, in dem du lebst und stirbst ... Er hat ja niemanden außer mir, dachte Stanislaw plötzlich mit einem seltsamen Gefühl, das Befriedigung, Angst oder Freude sein konnte. Nur von mir allein kann er auf dieser Welt sagen: »Du – das bin ich.« ...

Aber ich habe ja auch niemanden mehr als ihn, dachte er nach einer Weile. Jetzt nicht mehr. Schon seit ein paar Tagen. Gar niemanden. Ich muss mich an dich halten, Vikont. Wir müssen uns aneinander halten, Vikont, Euer Durchlaucht ... Was wir ja auch tun. Er kicherte hysterisch und schaute sich verlegen um.

Es war niemand da. Sogar das Mädchen war gegangen, war unbemerkt und lautlos verschwunden, hatte seine Bildschirme und Pulte im Stich gelassen. In der Tür stand allerdings jemand – eine dunkle Gestalt in der hell erleuchteten Türöffnung, Stanislaw schaute nicht näher hin, wer das war und was er dort wollte. Eine neue Empfindung hatte ihn ergriffen wie eine riesige unsichtbare Spinne, die aus dem Nichts hervorgeschnellt war. Es war die Empfindung eisiger Einsamkeit. Bisher war er sich wie ein amputierter Stumpf vorgekommen, ein runzliger Invalide, dem unerbittlich und unvermittelt große Teile des Körpers, der Seele, des Herzens, des Hirns weggeschnitten, abgerissen, herausgezerrt wurden – alles, was gerade vor die Messer und Zangen kam. Er hatte sich blutend und atemlos unter den Messern und unter den Blicken gewunden und mit qualvollen Zuckungen vergebens versucht, in ein möglichst dunkles und möglichst enges Loch zu kriechen ... Und da hatte sich ihm plötzlich offenbart, dass er in Wahrheit allein war. Er war in solchem Maße allein, dass er (wie auch Vikont) in dieser Welt eigentlich gar nicht mehr vorhanden war. Eine Blutblase, wie sie wohl an der Stelle des eben abgeschlagenen Kopfes hervorquillt ... (»... und statt des Kopfes eine blut'ge Blase ...«). Angst überkam ihn, und er begriff, dass das Leben zurückkehrte. Das freute ihn nicht und betrübte ihn nicht, er nahm es einfach zur Kenntnis: Das Leben kehrt trotzdem wieder zurück. Es kehrt immer wieder zurück, wenn man keine besonderen Maßnahmen ergreift.

Es gab keine Uhr. Nichts geschah. Nichts veränderte sich. Doch als er die Stellung wechseln wollte, krallten sich Vikonts Finger in seine Hand und begannen wehzutun. Irgendwann spürte er dort außer dem Schmerz etwas Feuchtes und Klebriges. Das erschien ihm sonderbar und beunruhigte ihn sogar, doch rasch kam er darauf, dass die Wasserblase aufgegangen war, die sich an der verbrannten Stelle gebildet hatte.

Er wollte aufs Klo. Das zurückgekehrte Leben forderte sein Recht. Er schaute sich um. Das Mädchen hinterm Pult war immer noch nicht da, und in der Tür stand noch immer der reglose, schwarze, auf undefinierbare Art seltsame Mann, und Stanislaw dachte: Er hat in der ganzen Zeit ja nicht einmal die Haltung gewechselt, sonderbar. Dieser Mann wirkte wie eine Schaufensterpuppe, die jemand in die Türöffnung gestellt hatte – aus Zerstreutheit oder auch mit Absicht. Nur Schaufensterpuppen hatten solche gebrochenen Körperkonturen. Nur Schaufensterpuppen konnten derart unbeweglich sein ... Und da fiel ihm der weiße Korridor ein, durch den sie gegangen waren wie zum Sturmangriff. Die seltsamen Menschen an den Wänden ... Und die seltsamen Menschen in der Tiefe der schlecht erleuchteten Zimmer ... Sie waren alle solche unbeweglichen, für immer erstarrten Puppen ... Und sie hatten blaue Gesichter! ... *Blaue.* Nicht bläulichschwarze, wie sie bei Negern vorkommen, und nicht bläulichbraune wie bei manchen Leuten, die sich gern bräunen lassen, sondern eben blaue, blausüchtige – die Gesichter von Erwürgten ...

Er versuchte zu erkennen, was für ein Gesicht der in der Tür hatte, doch im Gegenlicht wirkte es einfach nur schwarz wie alles andere an ihm. Er ließ sich ablenken. Vikont begann plötzlich ganz schnell zu atmen, Schweiß trat ihm auf das kleine Gesicht, die dicken Negerlippen verzogen sich vorwurfsvoll. Etwas ging mit ihm vor. Etwas Ungewöhnliches. So was hatte es früher nicht gegeben. Früher hatte er einfach eine Stunde oder zwei ohnmächtig dagelegen, die verbliebenen Finger in Stanislaws Hand gekrallt, grau, fast ohne zu atmen, mit fadendünnem Puls und erstarrten Augen, doch dann kam er plötzlich zu sich – er ließ die Hand los, sein Gesicht bekam Farbe, er stand entschlossen auf, als sei nichts gewesen – lebendig, gesund und sehr ärgerlich und unzufrieden ... Doch früher hatte es bei ihm ja auch nie diesen Tropf gegeben, auch keine Drähte, es waren überhaupt weder Ärzte in der Nähe gewesen noch dieses seltsame, strenge und unangenehme Krankenhaus ...

Bleib liegen, bleib liegen, alter Junge, dachte Stanislaw mit einer Zärtlichkeit, die ihn selber überraschte. Ich hol dich raus, du Hosenscheißer. Ich hab dich immer rausgeholt, und heute werd ich's auch tun. Das scheint das Einzige zu sein, was ich gut kann. Aber wieso eigentlich? Meine Aphorismatik. Und mein Anti-Turing. Und mein Roman ... Lohnt es sich etwa, dafür zu leben? Ich weiß nicht. Denn das ist jetzt nicht die Hauptsache ...

Die Hauptsache war jetzt, dass er sich wie ein Haufen Aas vorkam, um das die Aasfresser kreisten. Und nicht einmal Aasfresser – der Tod selbst zog um ihn seine Kreise. Er war der Brennpunkt des Todes ... Es heißt, im Krieg sind solche Leute bemerkt worden: Ringsum Feuer, ein Bleihagel, die Erde bäumt sich auf, die Menschen werden wie Stoffpuppen nach allen Seiten geschleudert, zerrissen, zerschlagen, tot, und so einer steht mittendrin wie aus dem Ei gepellt, ohne die geringste Schramme, ohne sich auch nur schmutzig zu machen ... Solche waren unbeliebt. Und zu Recht. Wofür sollte man die lieben? »Aber ich kann doch nichts dafür!«, sagte er laut. Vikont antwortete nicht: Er war noch nicht da.

Als es gar nicht mehr auszuhalten war, krümmte er sich kompliziert, um Vikonts Hand nicht loszulassen, kroch unters Bett und zog die dort stehende Ente heran. Das war schon ziemlich schwierig, doch dann wurde es noch schwieriger. Er schnaufte, knurrte leise und war wütend. Doch er brachte es trotzdem fertig, zum Glück war es nur ein kleines Geschäft. (Und wenn es ein großes gewesen wäre?) Er tröpfelte nicht einmal besonders. Dann, nachdem er die Ente möglichst weit weggeschoben und das Hemd in die Schlafanzughose gestopft hatte (er hatte also eine Schlafanzughose an), stutzte er und schaute zur erleuchteten Tür hin. Gott sei Dank war dort niemand.

Er empfand Erleichterung, nicht einmal körperliche, sondern eine Art allumfassende. Das Leben war zurückgekehrt, und wie sich zeigte, konnte man leben. Man konnte sich im Zimmer umsehen. Riesige Fenster mit stumpfen weißen Stores. Eine niedrige weiße Decke, mit schallschluckenden Platten ausgelegt. (Alles weiß – im Altertum die Farbe des Todes.) Dämmrige Reihen ausgeschalteter Monitore mit toten Bildschirmen und jener einzige eingeschaltete, von dem die Drähte zu Vikont führten: vier grüne Impulskurven krochen auf ihm von links nach rechts – monoton wie Zeitzeichen ... Offensichtlich war das alles zusammen das Zimmer für Intensivtherapie oder, kurz gesagt, »die Wiederbelebung«. Und durch die andere, dunkle Tür da hinten brachten sie sicherlich diejenigen fort, denen keine Intensivtherapie zu helfen vermocht hatte. (... Heulende, rasende Anordnungen des Arztes ... das trockene wütende Krachen einer Entladung ... der arme bleiche, tote Körper, der sich in ohnmächtigem Krampf hochwirft ... und zähnefletschender, hartnäckiger Eifer auf den Gesichtern unter den runden weißen Kappen ...)

Plötzlich erschien auf der Schwelle eine Katze – schwarz wie die Nacht im hellen weißen Rechteck der Tür. Sie stand da und schaute, völlig reglos, doch an ihr war nichts von der toten

Kantigkeit der Puppe – sie war schön. Sie war glatt, mit langen Ohren und langen Schnurrhaaren wie Kissinger. Larissa hatte Kissinger Ohrling genannt – wegen seiner außergewöhnlichen Ohren. Sie hatte ihn Waschbär genannt – wenn er sich daran machte, sich zu waschen, indem er eine aufs Geratewohl ausgewählte Pfote leckte, bis sie unvorstellbar glänzte. Sie hatte ihn Prahlschwanz genannt – wegen seines hochragenden Schwanzes, der sich (aus einem nie erfindlichen Grunde) bis zur Dicke eines ordentlichen Holzscheits aufblähen konnte. Prahlschwanz, Ohrling und Waschbär. Er war aus dem Fenster gefallen und hatte sich zu Tode gestürzt. Und niemand hatte ihm helfen können. Er war nachts gestorben, im Bad, schweigend, allein ...

Warum kann ich denn nicht weinen? Ich will weinen. In mir drin ist alles ein Klumpen. Ich muss weinen. Wenn ich mir im Kino irgend so einen heroischen Schwachsinn anschaue, rinnen die Tränen, idiotisch und sinnlos, aber ich kann nicht weinen, wenn man mir ein Stück Leben herausreißt ... »Kis-singer ...«, rief er leise, doch die Katze kam nicht zu ihm – sie saß auf der Schwelle, und ihre Augen funkelten plötzlich auf –, wie immer unerwartet und wundersam.

Die Schwester – klein, dünn, goldene Locken unter dem Häubchen hervor – tauchte lautlos auf, wechselte den Tropf, fasste die Drähte an, dann schaute sie unters Bett und sagte leise und zufrieden: »Oh! Da hat er schön Wasser gelassen!« »Das war nicht er«, sagte Stanislaw. »Ich habe schön Wasser gelassen ...« Die Schwester würdigte ihn keines Blickes, sie war schon gegangen und trug geschickt sowohl den halbleeren Tropf als auch die halbvolle Ente, und er begriff, dass er ihr in Wahrheit nichts gesagt hatte, sondern es nur hatte sagen wollen, es aber wer weiß warum nicht geklappt hatte.

Die Katze in der Tür war fort. Die Impulse liefen über den Monitor. Von der Schwester war ein leichter angenehmer, goldiger Geruch zurückgeblieben – nach Sauberkeit, Gesundheit, Zärtlichkeit. Und aus irgendeinem Grunde erfasste er in ebendiesem Moment endgültig: Alles würde seinen Gang gehen. Der Weg bergauf war zu Ende, nun ging es bergab. Ungewiss blieb nur, ob das gut oder schlecht war. Doch der widerwärtige weiße Schlitz zwischen Vikonts Lidern war verschwunden. Vikont schlief jetzt einfach. Und es war klar, dass er erwachen würde.

Alles geschah gleichzeitig.

Vikont riss die Augen auf und lächelte verschlafen, durch die Tür stürmte der Oberst herein, mit ihm noch jemand, mehrere Leute, ein Haufen, eine Gruppe, eine Abteilung ... Sogleich füllte sich das stille, dämmrige Zimmer mit dem Lärm von energischen Bewegungen und hastigem Atmen, auch Gerüche tauchten plötzlich auf, stark und hier ganz unerwartet: Tabak, Zwiebel, starkes Eau de Cologne ... Die ganze Horde umringte augenblicklich das Bett Stanislaws, nahm an der Wand Aufstellung, alle hatten weiße Kittel an, und alle waren Militärs, und mit einem unguten Vorgefühl stand Stanislaw auf. Zunächst aber beachtete ihn gar niemand, als ob er überhaupt nicht anwesend wäre.

»Viktor Grigorjewitsch, mein Lieber, na, wie geht's Ihnen denn?!«, rief der Genosse Oberst laut und fasste gleichzeitig mit durchaus routinierten Bewegungen Vikont an den Puls, drehte den Tropf, um ihn zu untersuchen, regelte irgendwas am Monitor nach – er sah schon, dass Viktor Grigorjewitsch ganz in Ordnung war, dass mit ihm alles okay war und er bald wie neu sein würde. Und alle anderen begannen in diesem Sinne draufloszuplappern, und es war deutlich, dass sie wirklich alle heilfroh waren, dass es anscheinend nochmal gutgegangen war, Gott sei's gedankt, dieser Kelch war an ihnen vorübergegangen, und es war, wenn nicht seltsam, so doch irgendwie überraschend, ausgerechnet auf diesen Gesichtern ganz unprofessionelle zivile Freude und gewöhnliche menschliche Erleichterung zu sehen. (Eigentlich waren es harte Gesichter, militärische, mit solchen Gesichtern ging man zum Sturmangriff, oder wenn man schon einen weißen Kittel anhatte, sezierte man Leichen und biss dabei ab und zu vom Schinkenbrot ab.)

Vikont sagte schon etwas, antwortete, fragte, in seiner Stimme kamen die vertrauten nörgelnd-gereizten Töne auf und gewannen an Kraft – Stanislaws Hand hatte er losgelassen und fingerte jetzt ohne hinzusehen, nach Gefühl in seinem Hemdkragen, um die Drähte zu lösen. Es sprachen mehrere Leute gleichzeitig. Jemand würde kommen, jemand eintreffen, jemand sehr Wichtiges, und alle mussten unverzüglich tipptopp sein. Ruck-zuck. Viktor Grigorjewitsch müsse natürlich noch liegen bleiben, man würde ihn sofort in ein normales Zimmer verlegen, doch wenn es der General plötzlich wolle, dann müsse er natürlich ... Da gerieten sie denn auch in eine Schleife, weil Vikont nicht vorhatte, sich in ein anderes Zimmer verlegen zu lassen, vielmehr verlangte er seine Kleidung – hierher, alles und auf der Stelle ... Man versuchte ihm klarzumachen, dass davon vorerst gar keine Rede sein könne, doch die Rede war von nichts anderem, und da nahm ein stiller, aus dem Nichts aufgetauchter Mann Stanislaw am Ellenbogen und zog ihn fort.

Sie gingen rasch an etlichen dunklen, kalten Zimmern vorüber, wo es scharf roch, schon nicht mehr nach Medizin, sondern nach Sanitärhygiene, wo Unordnung herrschte, auf dem Fußboden Lappen oder Binden lagen, irgendwelche Glassplitter wurden beim Gehen beiseitegeschleudert, und an den Wänden standen Fahrtische mit zusammengeknüllten Laken, und auf einem lag ein weißes regloses Bündel ... Dann fanden sie sich in einem Fahrstuhl wieder, einem großen, schmuddeligen Lastenaufzug, die Kabine kroch langsam abwärts, als hindere sie jemand daran, und Stanislaw fragte endlich: »Was ist los? Warum diese Eile?« Der stille Mann (nicht besonders groß, aber wie gegossen, in seiner Uniform blieb kein Kubikzentimeter Platz, alles war vom kräftigen Körper ausgefüllt, und die Schulterstücke waren die eines Majors) schaute ihn aus völlig farblosen Augen von unten her an und sagte fast unhörbar: »Gleich, Genosse Krasnogorski, gleich ...« – »Mein Name ist Krasnogorow.« Der stille Major nickte verstehend, sogar irgendwie billigend, und da hielt der Fahrstuhl an.

Weiter ging es noch schneller als zuvor. Sie liefen einen eiskalten Zementkorridor entlang, dessen Wände ganz von Kabeln bedeckt waren wie ein U-Bahn-Tunnel; über die unsichtbaren Stufen einer unsichtbaren Treppe stiegen sie noch tiefer; in diesem trübe beleuchteten Tunnel glitzerte sogar Schnee unter den Füßen – und da traten sie durch die halboffene Eisentür eines Lagerraums ins Freie.

Draußen war alles in Scheinwerferlicht getaucht, doch es war nicht der Durchlass, zu dem er vor ein paar Stunden hereingekommen war, sondern eine andere Stelle – schneebedeckter Asphalt, Stacheldraht links und rechts und endlose Stapel von Holzkisten, über die nachlässig eine verschneite Plane gezogen worden war ... Jenseits des Scheinwerferlichts war es immer noch Nacht, es war weit und breit niemand zu sehen, ein einsames Auto erwartete sie – diesmal kein Wolga mehr, sondern ein Moskwitsch, ein kleiner, fensterloser Lieferwagen, und die Hintertür stand offen.

Im Lieferwagen war alles eisig, durch und durch ausgekühlt, und der stille Major reichte Stanislaw als Erstes seinen Mantel. Auch der Mantel war eiskalt, anscheinend hatte er die ganze Zeit hier auf dem kalten Eisen gelegen, doch Stanislaw warf ihn sich hastig über, und nach einer Weile fühlte er sich, was die Kälte anging, besser.

Der Moskwitsch raste dahin, ohne Rücksicht auf den Zustand der Straße, Stanislaw wurde hin und her geschleudert, gegen den Major geworfen und derart nach hinten, dass die Pantoffeln von seinen Füßen in eine Ecke flogen, bis er sich schließlich an einem Gurtbügel festhielt. Im trüben gelblichen Licht des Laderaums konnte er den Major kaum erkennen, der sich auch irgendwo festklammerte und dem das auch nicht viel half. Die Füße in den dünnen Socken froren. Die an den Gurt geklammerte Hand erstarrte bald vollends. Aus dem Mund drang Dampf und schlug sich auf den Brillengläsern nieder. Jetzt bringen sie mich auf irgendeine Müllhalde und erschießen mich, dachte er gleichgültig. Das war unwahrscheinlich. Er war sicher, dass man ihn nach Hause brachte.

Als der Lieferwagen anhielt und der Motor verstummte, war es eine Zeit lang still, und nichts geschah. Stanislaw und der Major blickten einander schweigend an. Es gab nichts zu sagen. Offensichtlich weder für den einen noch für den anderen. Dann öffnete sich quietschend die hintere Tür. Sicherlich ließ sie sich nur von außen öffnen, und es öffnete sie eine bekannte Person: der Fahrer von vorhin mit dem Forellenmaul und der kompliziert wie ein Propeller verbogenen Nase. Der Major kletterte als Erster hinaus und hielt höflich die Hand hin, um Stanislaw herunterzuhelfen. Stanislaw ignorierte die Hand. Sie standen auf der Fahrbahn gegenüber von seiner Haustür. Die nächtliche Straße war finster und leer. Bei der Laterne, in einen Schneehügel verwandelt, hielt Larissas Saporoschez Winterschlaf.

»Soll ich Sie begleiten?«, fragte der Major.

»Nicht nötig. Ich kann allein gehen.«

»Einen Schlüssel haben Sie?«

»Ich komm zurecht.«

»Dann – auf Wiedersehen?«, sagte der Major in unverkennbar fragendem Tonfall.

Stanislaw gab keine Antwort. Er hatte ihn vergessen. Nichts war zu Ende gegangen. Und wenn es doch zu Ende gegangen war, begann es von vorn. Dieser verdammte Saporoschez hatte ihm völlig den Verstand geraubt. Wieder kam er sich wie ein Vampir vor. Und wieder steckte ihm der raue Pfahl mitten in der Brust. Ihr sollt alle verflucht sein, sagte er zu jemandem. Ich will nicht leben.

Vikont rief ihn tags darauf an.

»Du hast mich wieder rausgeholt, mein Stak«, sagte er.

»Nein. Du hast mich rausgeholt, mein Vikont, wenn überhaupt.«

»Kann ich jetzt zu dir rüberkommen?«

»Ja.«

Er legte den Hörer auf und kehrte zu seinem Tagebuch zurück, das er auf den Tisch gelegt, aber nicht zu öffnen gewagt hatte. Dann öffnete er es. Als letzter Eintrag stand dort: »1. Januar. Heute Nacht ist meine Larissa gestorben. Ich will nicht leben.« Und da endlich weinte er.

5

Senja Mirlin verhafteten sie an Lenins Geburtstag. Er war wieder einmal zu einem Verhör bestellt worden, zum fünften oder sogar schon sechsten Mal, und zunächst lief alles wie üblich, doch dann stellte er plötzlich fest, dass der Untersuchungsführer irgendetwas Falsches sagte – er nannte unerwartete Namen und erzählte von Vorgängen, die eigentlich nicht für die Öffentlichkeit bestimmt waren. Jetzt ist mein Major vollends durchgedreht, dachte Senja sogar etwas besorgt. Wenn ich nach Hause komme, erzähl ich das alles den Jungs ... Doch der Major war keineswegs durchgedreht und präsentierte nach einem wohldurchdachten Gespräch dem vor Überraschung sprachlosen Senja einen Haftbefehl, sodass Senja nicht nach

Hause kam, um den Jungs operative Informationen auszuplaudern, sondern in eine Zelle unweit von jener, wo einst wegen staatsfeindlicher Tätigkeit Wladimir Iljitsch selbst gesessen hatte.

Alle diese Einzelheiten wurden Stanislaw und den anderen erst lange Zeit später bekannt, damals aber – abends gegen acht Uhr – klingelte das Telefon, und Sofija sagte mit brechender Stimme: »Stas. Semjon ist verhaftet worden.« – »Ich komme sofort«, sagte er, legte auf, ging den Herd mit der kochenden Suppe abschalten und sich anziehen.

Er registrierte, dass seine Hände fahrig waren, und war unangenehm überrascht. Natürlich kam die Verhaftung Mirlins unerwartet – irgendwie hatten sich schon alle an den Gedanken gewöhnt, dass man nicht vorhatte, ihn einzulochen, nicht auf ihn wurde diesmal Jagd gemacht, was hätten die schon davon? ... Doch andererseits wäre es ja auch niemandem eingefallen zu behaupten, dass man ihn *garantiert* nicht einlochen würde. Staatssicherheit war Staatssicherheit, und wenn man mit denen zu tun hatte, war jede Voraussage umso sinnloser, als sie letzten Endes selbst niemals wussten, was sie am nächsten Tag tun würden – was das Gebietskomitee anordnete, würden sie eben tun, das Gebietskomitee aber war eine andere Welt, deren Gesetze das menschliche Verständnis überstiegen ... Doch bei alldem war es unangenehm festzustellen, dass man selber also doch überhaupt nicht aufs Schlimmste gefasst war. Plötzlich wurde ihm mit durchdringender Klarheit bewusst, was in Wahrheit gerade mit ihm vorging: Jetzt hieß es nicht mehr »Einschlag weiter hinten, weiter vorn, weiter hinten«, jetzt hieß es »zu ihm in den Schützengraben«, und er fühlte sich in die Enge getrieben ...

Einen Schuh am Fuß und den anderen in der Hand, kam er ins Grübeln, während er auf der Truhe im Vorsaal saß. Den größten Teil seines Samisdat hatte er schon Anfang April aus der Wohnung gebracht und beim Donnerer versteckt – gleich nach der ersten Haussuchung bei Semjon. Doch es konnte durchaus sein, dass er damals erstens nicht alles weggebracht hatte und zweitens in der Eile nicht das Richtige, und in den drei Wochen hatte sich ja auch Neues eingefunden ... Da auf die Haussuchung bei Mirlin damals weiter nichts gefolgt war, hatte sich die Ansicht gebildet und gefestigt, es werde auch weiter nichts folgen: Fertig, die Soldaten hatten ein paar Salven gewechselt, und es war Ruhe ... Doch jetzt erschien die Lage in anderem Lichte. Man musste etwas tun. Und zwar schleunigst. Gut, dass wenigstens der Saporoschez zu gebrauchen war ...

Die Phantasie hatte ihm eine aufgelöste, verheulte Sofija ausgemalt, die am Küchentisch saß, die Hände kraftlos gesenkt, und die still gewordenen Mädchen mit vor Schreck und Unverständnis weit aufgerissenen Augen ... und vorsichtige Stille im Radius von einem halben Kilometer ... und die Nachbarn mit scheinheiligen Gesichtern irgendwo am Rande dieses Kreises von Stille ...

Die Wohnungstür stand weit offen. Das Stimmengewirr war über zwei Etagen zu hören. Die Wohnung gerammelt voll. Sofija, wirklich aufgelöst, aber keineswegs verheult, sondern nur aufs äußerste in Fahrt, mit roten Flecken auf den Wangen, wirbelte in der Küche, kochte Tee, Kaffee und machte belegte Brote. Die Kinder, überaus zufrieden, dass sie nicht ins Bett mussten, spielten zwischen den Erwachsenen Haschen – es waren an die sechs, weil manche von den Nachbarn ihre Kinder mitgebracht hatten. Es waren eine Menge Leute da, die meisten kannte Stanislaw nicht oder nur flüchtig, die Luft konnte man mit dem Messer schneiden, alle rauchten, man machte nervös witzige Bemerkungen, brach nervös in Gelächter aus, alle benahmen sich eine Spur unnatürlich und demonstrativ, höchstens Wladlen war noch derselbe – er saß ruhig in einer Ecke, schwieg sich aus und nahm jedem Neuankömmling so viel ab, wie der aufbringen konnte: Mirlin hatte seine Familie natürlich ohne einen roten Heller gelassen, und »für Licht, Luft und Liebe« hatten sie dieses Jahr überhaupt noch nicht bezahlt.

Stanislaw gab ihm einen 25-Rubel-Schein, erwischte Sofija mit den belegten Broten, legte eine Sekunde lang den Arm um sie – er wollte irgendwie ausdrücken ... wenigstens irgendwie vermitteln ... ach, es ließ sich weder etwas ausdrücken noch vermitteln ... »Na, wie geht's dir so allgemein, altes Mädchen?« – »Es geht ...« – »Wirklich?« – »Ja doch, es geht ...« Worüber konnte man reden? Und wozu? ... Er überließ sie wieder ihren Hausfrauenpflichten, setzte sich neben Wladlen, zog einen »Pamir«-Stengel glatt und begann zu rauchen. Er kam sich hier überflüssig vor, und das bedrückte ihn nicht, sondern machte ihn wütend. Die meisten Anwesenden waren ihm unsympathisch. Er hörte ihnen mit halbem Ohr zu und ärgerte sich, denn sie redeten dummes und banales Zeug (von der Stümperei, Unfähigkeit und Blindheit der Sicherheitsleute), nervöse Dummheiten und ätzende Dummheiten – genauso nervös erörtern wohl die Mäuse bei sich im Untergrund die stumpfsinnige Beschränktheit des örtlichen Katers, der gerade Madame Mausilde die Vierundzwanzigste gefressen hat ... Er hatte Lust, sich einzumischen und sie zu fragen: »Wenn sie derart dumm und unfähig sind, warum fangen dann sie euch und nicht ihr sie?« Übrigens war ihm durchaus klar, dass seine Frage ebenso nervös und dumm geklungen hätte wie all diese Erörterungen, und er hatte ja auch nicht vor, den Herrn Kater zu verteidigen, er war hier selber eine Maus, und dieses Wissen tötete in ihm alles Natürliche mit der Wurzel ab und machte ihn zu etwas ebenso Kleinkariert-Giftigem, das nervös kicherte und sich die Hände rieb.

Es war ihm widerwärtig, dass aus seinem Unterbewusstsein immerzu ein dreckiger Gedanke an die Adresse Semjons ins Bewusstsein kroch: »Nun hast du's geschafft! Du Schwätzer mit dem Pferdegebiss, hundertmal hat man's dir gesagt: Wetz nicht die Zunge, die Dummen greifen sie ...«

Es war ihm widerwärtig, dass er sich wie auch alle anderen hier ein bisschen als Held fühlte: Sieh an, so einer bin ich, bin nicht erschrocken, hab nicht gezittert, bin sofort gekommen, ohne zu zögern, habe meine Pflicht als anständiger Mensch getan ... trotz alledem ... hätte es ja auch aussitzen können ...

Ihm war zuwider, dass er seit dem Augenblick, da er sich ans Steuer gesetzt und den Anlasser des Saporoschez gequält hatte, den Gedanken nicht loswurde, sich die ganze Zeit unter stiller Beobachtung zu befinden, und auch jetzt wurde er den Gedanken nicht los: Was hatte da für ein weißer Schiguli im Gebüsch hinterm Haus gestanden? Dort hatten noch nie Autos gestanden ...

Er saß da und nippte an dem starken, doch geschmacklosen Tee, den ihm (natürlich auf Muttis Geheiß) Sonja die Jüngere rangeschafft hatte.

Die Menge ringsum plapperte lebhaft, man erörterte, bei wem man sich beschweren, was für einen Brief man verfassen und wen man ihn unterschreiben lassen sollte, wie und woher man ausländische Korrespondenten rankriegen könnte, die immerzu in Moskau hockten, die aber mit nichts nach Pieter zu locken waren ... Es war ziemlich widerwärtig, ihnen allen zuzuhören, doch einer war besonders widerwärtig – ein unbekannter, dicklicher junger Greis, glatzköpfig, rosig, unerträglich prätentiös und autoritär. Vollmundig und alle übertönend ließ er sich über die Kaderauswahl für die Organe aus – »da gehen die schwachköpfigsten, hoffnungslosesten, unterwürfigsten Typen hin ... Was kann man von solchen Leuten erwarten? Das heißt doch Armee, Kaserne in der extremsten Ausprägung: Disziplin, Gehorsam, bleierner Diensteifer, keinerlei Initiative, auf gar keinen Fall! ...« – »Ja«, hielt man ihm entgegen, »aber das ist doch eine Maschine; wie sie auch sein mögen, sie bilden doch einen einheitlichen, gut abgestimmten

Mechanismus ...« – »Eine Maschine kann nicht gut funktionieren, wenn sie aus schlechten Einzelteilen besteht!« Da hielt es Stanislaw nicht mehr aus.

»Sie irren sich!«, sagte er laut. Zu laut – alle verstummten sofort und blickten ihn aufgestört an. »Sie irren sich«, wiederholte er etwas leiser. »Sie sollten von Neumann lesen. Wie man eine zuverlässige Maschine aus unzuverlässigen Einzelteilen baut ...«

»Sie glauben, die dort ...« – der Dicke machte eine unbestimmte Handbewegung –, »... die dort lesen von Neumann?«

»Keine Ahnung«, sagte Stanislaw und stand auf. »Aber ich lese ihn. Und ich werde mich nie darauf verlassen, dass der Gegner den dümmsten Zug macht. Ich werde davon ausgehen, dass er den stärksten Zug macht ...«

»Aber Sie werden doch nicht bestreiten ...«

»Werd ich nicht«, sagte Stanislaw genüsslich. »Ich muss morgen früh um sechs aufstehen«, log er wer weiß warum. »Sofija, mein Häschen, entschuldige, ich geh jetzt ... Wenn du was brauchst – du weißt schon, ja? ...«

Im Gebüsch stand immer noch der weiße Schiguli, und drinnen glommen rot Zigaretten. Diese Leute tarnten sich nicht einmal besonders. Wozu auch? Sie gehörten alle dazu, und alle wussten Bescheid.

Und da überkam ihn blinde Raserei. Mit hölzernen Bewegungen ging er zu dem weißen Schiguli, klopfte unnötig laut gegen die Scheibe und sagte mit einem Kloß in der Kehle: »Habt ihr vielleicht Feuer, liebe Leute?«

Feuer gaben sie ihm bereitwillig. Am Steuer saß ein Bursche mit einer prächtigen Scheitellocke; er war ein wenig erschrocken über diesen plötzlichen Überfall aus dem Dunkel. Das Mädchen aber, das sich an ihn schmiegte, kannte Stanislaw – es war wohl die Tochter von Soja Iwanowna aus dem zweiten Stock. »Pardon«, sagte Stanislaw, und ohne auch nur

Feuer zu nehmen, zog er sich eilends zu seinem Saporoschez zurück. Die Nerven, dachte er, während er erbittert den Anlasser drückte. Angst haben wir, das ist es. Angst! Verbrochen hat man anscheinend nichts. Und die Zeiten sind anscheinend auch nicht mehr wie früher. Aber die Angst sitzt in dir wie ein schwarzer Splitter. Wie eine Chromosomenkrankheit. Wie erbliche Syphilis. Und wir können nichts dagegen machen ... Und vielleicht sollten wir auch nicht? Wenn man's recht bedenkt, ist das ja eine heilsame Furcht. Sie hilft uns, keine Dummheiten zu machen ... Unsinn. Gegen nichts hilft sie – sie schleift in unsereinem den Sklaven, zu nichts anderem ist sie nütze. Du hast keinen Nutzen von ihr – *die* haben den Nutzen ... Er jagte den Wagen über die nassen, schlecht beleuchteten Straßen und dachte, wie gut es jetzt wäre, eine Dienstreise irgendwo nach Tmutarakan zu kriegen und für diese ganze finstere Zeit dort unterzutauchen.

Zu Hause ging er geradewegs zum Spiegelschrank, zog die untere Schublade hervor und setzte sich vor einem Haufen von Mappen auf den Fußboden. Hier hatte sich jahrelang aller Papierkram angesammelt: Zeitungsausschnitte (diese Mappen hatte noch die Mutti angelegt), Entwürfe für seine Artikel, Erzählungen und Berechnungen, Fotos in großen Kuverts aus festem Papier, Alben, irgendwelche Jubiläumsurkunden (von Muttis längst verschwundenen Freundinen), mit Gummi umwickelte Quittungen, Briefe von ihm an Larissa und ihre Briefe an ihn über viele Jahre hinweg – alles durcheinander, niemals sortiert, in vollkommener und ewiger Unordnung ...

Samisdat fand sich hier wenig, aber es gab welchen. Besonders beunruhigte ihn, dass er viele Materialien, wie sich erwies, völlig vergessen hatte. Anfang April, als bei Mirlin plötzlich – wie immer aus heiterem Himmel – eine Haussuchung stattgefunden hatte, hatten sie alle in Panik ihren Samisdat verschwinden lassen, jeder wo er konnte. Außer Stanislaw hatte niemand mehr Ofenheizung, sie konnten die Papiere nirgends verbrennen, und es tat ihnen auch leid darum, also jagten sie alle unter dem Mantel der Nacht mit schweren Taschen umher und verteilten ihre Mappen und Päckchen auf Verwandte und Bekannte. (Die Verwandten und Bekannten hatten in der Regel nichts dagegen, doch es ging auch nicht ohne ein paar Zwischenfälle ab, die umso unangenehmer waren, als sie unerwartet kamen.) Damals hatte Stanislaw geglaubt, alles Wesentliche aus der Wohnung entfernt zu haben.

Zurückgeblieben war die »Krebsstation« – eine bleischwere Mappe vom Umfang zweier Bibeln. Geblieben waren noch ein paar Manuskripte – zweifelhaft, aber nicht tödlich: »Der Unruhegeist« von Gladilin, »Hundeherz« von Bulgakow, eine Gedichtauswahl von Brodski, auf der Maschine getippte Lieder von Wyssozki, Halitsch, Kim ...

Den Zyklus »Vorgestern« hatte er sich erlaubt zu behalten. Diesen Zyklus hatte vor zwei Jahren Scheka Malachow aus Nowosibirsk mitgebracht – ein Werk der Jungs aus dem Budkerower Kernforschungsinstitut: kleine Geschichtchen, zwanzig, dreißig Zeilen jede, von denen jede mit dem Wort »Vorgestern« anfing und durchaus gegenwärtige Vorgänge beschrieb, aber so tat, als geschähen sie in der Zarenzeit. (»Sitzen wir vorgestern in der Strelna – Paschka Molostwow, Fürst Dudu und ich. Haben 'n Dutzend Schampusflaschen geordert, warten. Und stellt euch vor, taucht da an unsrem Tisch so'n Spitzel auf: ›Und was denken die Herren russischen Offiziere über den Vietnamkrieg? ...‹ Mussten wir ihn halt erschießen!«)

Geblieben waren ein paar wer weiß wie und wann aufgetauchte Nummern der »Newsweek«: eine mit einem malerischen Porträt von Idi Amin Dada auf der Titelseite, die andere mit Fotos von Trotzki, Bucharin, Rykow und anderen – quer über jedes Gesicht ein schwarzer Schriftzug: MURDERED oder SUICIDED ...

Nun jedoch stellte sich zu seiner unangenehmen Überraschung heraus, dass auch noch eine ganze Mappe »weißer TASS« geblieben war (streng geheim und nur für den Dienstgebrauch). Den hatte noch Sascha Kalitin irgendwoher angeschleppt, es war sicherlich zehn Jahre her. In diesem »weißen TASS« war weiter nichts Besonderes enthalten, das alles wussten sie entweder gerüchtweise oder aus den »Stimmen«, doch es konnte durchaus die Frage aufkommen: Wo haben Sie, Bürger Krasnogorow, diese Materialien eigentlich her? Und dann müsste er entweder lügen oder Sascha belasten. Sascha war freilich nicht mehr da, und ihm konnte es egal sein, doch wer vermochte im Voraus zu sagen, wo der Faden hinführen und um wen sich die Schlinge zuziehen würde, wenn man denen auch nur ein Ende in die Hand gab ...

Und wie sich zeigte, hatte er noch ein Exemplar von Sacharows »Gedanken über Fortschritt, friedliche Koexistenz und geistige Freiheit«. Er hatte dieses Manuskript damals für einen Tag bekommen, hatte es rasch in den Computer getippt, zehn Exemplare ausgedruckt, die Datei gelöscht, die Exemplare verteilt, das Original aber, wie sich zeigte, behalten – da lag es in der Mappe »Zeitdokumente« und wartete auf seine Stunde ... Das war schon der pure Paragraph siebzig.

Er empfand einen Anfall eisiger Panik bei dem Gedanken, dass nicht alles vorauszusehen, an alles zu denken, alles zu berücksichtigen war. Der Papierhaufen zu seinen Füßen kam ihm wie eine heimtückische Falle vor.

Fast ohne die Zeilen zu sehen, blätterte er das nächste Manuskript durch. Ihm fiel nicht gleich ein, was es war. Der Name des Autors stand nicht da. Ein seltsamer, schwerfälliger Titel: »*... unsere Parteilinie ...*« – das stand wohl irgendwo bei Lenin. Dann erinnerte er sich: Es war Sascha Kalitins Artikel über die Ereignisse auf der Damanski-Insel. Und überhaupt über die Kulturrevolution in China. Ja, das war ein guter Artikel gewesen. Übrigens durchaus loyal, aber mit so einem deutlichen Rüchlein, dass Sascha ihn nirgends gedruckt bekam.

Der Ärmste! Wie sehr er den Durchbruch schaffen wollte! Wie sehr er sich einen Namen machen wollte! Dafür war er fast zu allem bereit gewesen. Vielleicht auch überhaupt zu allem, ohne jedes »fast« ... Vikont hatte es ihm ins Gesicht gesagt, grausam, aber genau zutreffend: »Du bist schon bereit, ihnen den Arsch zu lecken, Alexascha. Du bist reif. Aber du verstehst nicht, dass das nicht genügt. Sie mögen es, wenn du ihnen nicht einfach nur den Arsch leckst, sondern wenn du es *mit Genuss* tust!« Der arme Sascha ... Hatte alles hier aufgegeben, war nach Moskau gezogen, hatte dort wie ein Fisch gegen's Eis gestoßen, hatte mit allem möglichen Abschaum getrunken, seine Aufnahme in die Partei beantragt, hatte fast nichts erreicht und war mit nicht einmal fünfunddreißig am Suff gestorben. (Er war entweder besoffen in einen Unfall geraten oder auf viehische Weise ermordet worden, eine finstere Geschichte, von der man nichts hörte, er war anscheinend grauenhaft verstümmelt worden – man hatte ihn in einem geschlossenen Sarg begraben.) Vikont hatte ihn für das größte Talent von ihnen allen gehalten ... Nun ja, das konnte durchaus sein. (Obwohl bei ihm manchmal etwas unaussprechlich Plebejisches durchbrach, so ein Dreck aus der Mehrfamilienwohnung, und dann sagte Vikont, statt sich zu einem Streit herabzulassen, angewidert zu ihm: »Die Lücken in deiner Erziehung, Brüderchen, sind höchstens mit denen in deiner Bildung zu vergleichen ...« Und Sascha hielt gleichsam in vollem Galopp inne.) Jetzt war das alles nicht mehr wichtig. Was tun mit dem Artikel, das war die Frage. Verbrennen? ... Nein. Pfeif drauf. Soll er bleiben. Was soll denn sein? Ein durchaus linientreuer Artikel. Die Partei hat die Kulturrevolution in China verurteilt? Bitte, Sascha Kalitin auch. Und sogar, wenn ich mich recht entsinne, *mit Genuss* ...

Wo kommt bei uns dieses Schuldgefühl denen gegenüber her? Ihnen reicht es nicht, wenn wir den Mund halten, kuschen, *dafür* stimmen und gehorsam auf ihren elenden Kundgebungen herumhängen. Warum verlangen sie überdies auch noch, dass wir sie lieben? Wir werden sie schließlich niemals liebgewinnen, und das wissen sie genau. Doch sie fordern hartnäckig, dass wir *so tun*, als liebten wir sie. Wir müssen so tun, als ob wir ihnen den Arsch leckten, und zwar mit Genuss. So sind die Regeln dieses interessanten Spiels. Und wenn's dir nicht passt, dann entscheide dich: nach Osten oder nach Westen? Und du kannst froh sein, wenn man dich diese Wahl selber treffen lässt.

Ihm fiel plötzlich ein, wie mitten in der Nacht – das ganze Haus war wach geworden – die ehrwürdige Asora, Saschkas letzte Schlampe, angerufen und in den Hörer geschrien hatte: »Slawa! Slawa! Er ist tot! Slawa! Wie soll ich jetzt leben! ...« Er war zum Bahnhof gestürzt, Fahrkarten waren nicht zu kriegen, und von Geld hatte auch keiner eine Spur – er war mit Semjon und Scheka mit Vorortzügen nach Moskau gefahren (das war also doch möglich!) –, die ganze Nacht hindurch und den folgenden Vormittag ... Sie begruben ihn. Fuhren nach Pieter zurück. Und noch zwei Tage später kam ein Brief aus dem Jenseits. Vom toten Sascha. Anscheinend wenige Stunden vor seinem Tod verfasst und in den Kasten geworfen ... Im Postskriptum schrieb er: »Ich habe für dich eine erstklassige Arbeit aufgerissen, Stas. Komm sofort. Geld schick ich heute noch. Die Einzelheiten sind nichts für die Post oder fürs Telefon ...« Das war zu der (kurzen, aber unangenehmen) Zeit gewesen, als Stanislaw plötzlich auf der Straße lag und sich ein bisschen Geld verdiente, indem er für sein Postamt Zeitungen austrug. Was hatte ihm Sascha damals aufgerissen? Geld kam natürlich keins. Und auch der Brief selbst war sonderbar gewesen, abgehackt, mit spöttischen Versen und läppischen Neuigkeiten. Und am Ende, schon nach der Unterschrift, das Postskriptum. Jetzt würde niemand mehr etwas darüber erfahren. Und es war auch nicht sonderlich nötig. Andererseits, wenn Sascha damals wenigstens eine Woche länger gelebt hätte und sein Postskriptum kein besoffenes Geschwätz war ... Ich würde jetzt in Moskau wohnen und es mir wohl sein lassen ...

Es war schon nachts nach eins, als Vikont aufkreuzte, finster und gereizt. »Du räumst die Archive aus?«, fragte er gallig. »Vergebliche Mühe. Erstens kriegst du keine Haussuchung, keiner will was von dir. Und zweitens kannst du ja doch nicht alles Belastungsmaterial verschwinden lassen.« »Kann ich.« »Kannst du nicht. Deine krumme Physiognomie kannst du nirgends verschwinden lassen. Und deine verlogenen Guckeln. Und deine Redensarten, denen so ganz jede administrative Begeisterung abgeht ...« »Lass gut sein. Fass dir lieber an die eigene Nase ...« Auf diese Weise hakelten sie sich noch an die zehn Minuten, dann fragte Vikont: »Was gedenkst du mit dem Roman zu tun?« – »Nichts«, sagte Stanislaw, der ein wenig die Fassung verlor. »Wozu denn?« – »Versteck ihn«, riet Vikont lakonisch. »Wie kommst du denn darauf? Wen stört er denn?« Da erinnerte ihn Vikont trocken, aber energisch an die Geschichte mit dem Roman Grossmans. »Aber ich bin doch nicht Grossman!« – »Sei kein Idiot. Sie werden ihn wegnehmen und nicht zurückgeben. Hast du Lust, ihn nochmal zu schreiben? Neu? Ganz von vorn?« Da hatte er recht. Stanislaw zündete sich langsam eine Zigarette an. Seine Phantasie arbeitete schon. Vikont blickte ihn über seine Pfeife hinweg traurig und streng an.

»Die Mistkerle«, sagte Stanislaw bitter. »Was machen die mit uns? Wir sind schließlich durchaus anständige, friedliche und harmlose Bürger. Wie kommen die dazu, aus uns Untergrundkämpfer zu machen?«

Er wusste schon, zu wem er den Roman schaffen würde. Es musste jemand absolut Zuverlässiges sein, dabei aber jemand, von dem niemand sagen würde, er sei sein nächster Freund, und zu dem sie darum *nicht kommen* würden.

»Und wo hast du deinen Samisdat hingebracht?«, fragte er

und korrigierte sich sofort: »Nein, nein, sag nichts. Eine dumme Frage. Entschuldige.«

Vikont grinste. »Hast du Angst, auf der Folter zu reden?«, erkundigte er sich einschmeichelnd.

Und da fragte ihn Stanislaw plötzlich: »Hör mal, warum sind die bei dir alle so bläulich?«

Er hatte das schon lange fragen wollen, aber an sich gehalten, weil ihm klar war, dass diese Frage, gelinde gesagt, unangebracht wäre. Jetzt aber hatte er beschlossen, nicht an sich zu halten, und bereute es sogleich wieder. Es war, als ob innen vor Vikonts Augen Jalousien herabfielen. Er erstarrte. Ein paar Sekunden lang herrschte im Zimmer Stille, eine ganz unnatürliche Stille, dann sagte Vikont: »Hast du davon irgendjemandem erzählt?«

»Nein. Hältst du mich für einen Idioten?«

»Ich weiß nicht«, sagte Vikont mit unangenehmem Lächeln. »Vielleicht. Ich hatte gehofft, du hättest damals nichts gesehen. Oder es vergessen.«

»Hab ich auch. Du brauchst dir keine Sorgen zu machen.«

»Esel. Ich brauche mir deswegen keine Sorgen zu machen, verstehst du? *Ich nicht.*«

»Na schön. Also gut. Ich werde schweigen. Entschuldige.«

»Gut«, sagte Vikont. »Wir wollen hoffen, dass du auch früher gewusst hast, wie du dich in der Sache verhalten musst, und dass du es jetzt endgültig weißt.«

Stanislaw nickte. Er kam sich wie ein Plappermaul vor, wie Mirlin. (Mirlin war überzeugt, dass sich Vikont in seinem »Kasten« mit der Erlangung der praktischen Unsterblichkeit befasste. Nach Mirlins Ansicht war das das Einzige, womit sich jeder anständige »Kasten« befassen sollte. »Woher weißt du, wievielmal Stalin gestorben ist? Ehe sie dann doch über seinen Tod berichtet haben? Und das Attentat auf Castro – das ist doch in Wahrheit gelungen! Da waren die Amis doch baff, als er zwei Wochen später wie neu auf die Tribüne trat!

Und wie oft wird unser Ljolik sterben? Einmal, wenn du's wissen willst, hat er schon das Zeitliche gesegnet. Und jetzt ist er wieder tipp-topp. Nur die Redefähigkeit ist ihm irgendwie abhandengekommen – ein Demosthenes war er ja sowieso nie. Ich seh schon, wie so in dreißig Jahren unser Politbüro vollzählig dasitzt: zwölf dreimal wiederauferstandene lebende Leichname, jeder hundert und etwas, kriegen schon nichts mehr mit, aber sie regieren!« – »Durchaus möglich«, hatte Stanislaw eingestimmt. »Und alle zwölf sind bläulich, bläulich ...« Er hatte sich sofort auf die Zunge gebissen, doch Mirlin schien seine Antwort überhaupt nicht zu beachten – ihm standen wohl ganz andere Bilder vor Augen.)

»Na schön«, sagte er und steckte die Mappen in eine Kunststofftasche. »Fertig. Wir haben uns ausgesprochen. Ich nehme alles zurück, was ich gesagt habe. Und sei unbesorgt. Ich bin ein Plappermaul, aber ich kann mich bessern. Also dann, mit Gott ...«

6

Der Sommer begann mit ungewöhnlicher Hitze. Schon am Morgen wurde der Asphalt weich. Am trüben, schwülen Himmel schwebte aufdringlicher Pappelflaum – ein heißer Wind trieb die weißen Fäden die Straßen entlang. In der Gegend der Vorstädte brannten Torflager. Es war angeordnet, niemanden in den Wald zu lassen, vor allem nicht mit Auto. Auf der Arbeit stritten schweißüberströmte, wildgewordene Menschen leidenschaftlich, was richtig wäre: alle Fenster weit aufzureißen oder sie im Gegenteil fest zu schließen und noch die Vorhänge zuzuziehen. In den schwülen weißen Nächten stiegen aus den Kellern Myriaden mutierter Mücken auf – lautlos und blutdürstig wie Piranhas. Hitzeschläge wurden zur alltäglichen Sache, als sei die Vielmillionenstadt plötzlich in die Wüste Betpak-Dala versetzt worden. Die Mitmieterin fiel direkt in der Küche in Ohnmacht – »sie sank dahin«. Stanislaw erschrak zu Tode, doch es ging alles gut: Gegen Abend stellte sich ihr neuer Galan ein – ein stämmiger grauhaariger Mann mit dem einschmeichelnden Benehmen eines Wohnungsdiebs –, er brachte eine Flasche ihres Lieblingsportweins »Drei Siebenen« mit, und bis spät in die Nacht drang von ihnen leiser, gedämpfter Gesang herüber: »Chas-Bulat der Verwegne«, desgleichen »Wie schön der Tag, wie angenehm die Sonne« und »So, wie du warst, bist du geblieben« ...

Am Morgen wurde Stanislaw, unausgeschlafen, durchgeschwitzt und böse, sofort bei der Ankunft auf der Arbeit zu Jeschewatow gerufen.

»Setz dich hin und schreib den Bericht zum Anti-Turing«, sagte der Genosse Leiter ohne jede Vorrede, ebenfalls durchgeschwitzt, ebenfalls böse und anscheinend unausgeschlafen. »Und flink. Morgen will ich ihn haben.«

»Wieso derart plötzlich?«

»Weil unser Akademiemitglied gestern die Schuhe gewechselt hat«, sagte Jeschewatow mit so schiefem Grinsen, dass Stanislaw sofort verstand, obwohl ihm Jeschewatows Euphemismus gänzlich unbekannt war.

»Das heißt?«, fragte er für alle Fälle.

»Das heißt, er hat die Hufe hochgerissen. Sich langgemacht. Den Löffel abgegeben ... Nun haben wir es also bis zu diesem traurigen Ereignis gebracht.«

»Klar«, sagte Stanislaw, ohne irgendetwas zu empfinden. »Überhaupt war er, wie es heißt, nicht besonders ...?«

»Er war sogar besonders ›nicht besonders‹. Wenn man alle, die er aufs Kreuz gelegt hat, in einer Reihe aufstellt, dann reicht die von hier bis zum Großen Haus. Aber mit ihm konnte man arbeiten, du verstehst, was ich meine ... Er hatte so *Minuten*, und da musste man ihn erwischen ... Er hatte fast schon zugestimmt, dich und Sinaida zum Praktikum nach Berkeley zu schicken. Und unser Anti-Turing gefiel ihm. Aber jetzt wird an seiner Stelle der Pisser Wsechswjatski sitzen; den Anti-Turing wird er abzuwürgen versuchen, und nach Berkeley fährt dementsprechend nicht Krasnogorow aus dem Allunions-Forschungsinstitut für Technische Elektronik und Kybernetik, sondern irgend so ein Grauarschow aus dem FIBMSR. Lage klar?«

Stanislaw war die Lage klar, doch sie ließ ihn völlig kalt, den Anti-Turing hatte er schon ein bisschen über, und von Berkeley hörte er jetzt zum ersten Mal, sodass ihn die Bitterkeit unerfüllter Hoffnungen (das Bitterste auf der Welt) nicht richtig mit ihren giftigen Krallen packen konnte.

Er ging den Bericht schreiben und schrieb den ganzen Tag daran, ohne Mittagessen, nur Tee trank er und aß dazu Zwieback. Um fünf waren alle aus dem Labor gegangen, es wurde still und wohl sogar kühl. Um sechs schaute, ehe er ging, Jeschewatow herein, blätterte die schon fertigen Seiten durch, erzählte ein Geschichtchen aus der Serie »Poch-poch. Wer da?« (»Poch-poch.« – »Wer da?« – »Das KGB.« – »Was gibt's?« – »Wir müssen uns unterhalten.« – »Und wie viele seid ihr?« – »Zwei.« – »Dann unterhaltet euch doch.«), teilte mit, dass das Akademiemitglied verfügt hatte, die Totenfeier solle in der Nikolski-Kathedrale stattfinden (»Im Gebietskomitee steht alles Kopf und beißt sich in die Eier ...«), und dann ging er, den letzten Zwieback schnurpsend. Stanislaw blieb und schrieb die Rohfassung zu Ende. Es war schon halb acht.

Nach Hause kam er gegen acht. Er fuhr den Wagen akkurat an seine Stelle bei der Laterne (damit für einen Dieb wenigstens das Aufbrechen der rechten Tür unbequem wäre), schaltete den Motor ab und blieb ein bisschen hinterm Steuer sitzen, den Blick in die Tiefe des vor Hitze graublauen Prospekts gerichtet.

Der Wind rollte weiße Fasern von Pappelflaum übers Pflaster. Auf dem Bauplatz des Superhotels hämmerte eine Ramme. Wie magere grüne Hähnchen sprangen Studenten der Militärmedizinischen aus dem Durchgang. Der Himmel war trübe, weißlichblau. Es war Sommer. Er stieg aus dem Wagen und warf sofort, ohne sich zügeln zu können, einen Blick hinauf zu seinen Fenstern. Die Fenster waren natürlich geschlossen. Er wandte den Blick ab und begann sorgfältig den Wagen abzuschließen: rechte Tür ... Scheibenwischer abnehmen ... Außenspiegel abnehmen. Linke Tür ...

In der Haustür stieß er beinahe mit einer Frau zusammen und trat beiseite, um sie vorbeizulassen. Sie hatte ein dunkles Gesicht und ruhige graue Augen mit schwarzen Wimpern.

Sie sagte: »Grüß dich, Slawa«, und erst da erkannte er sie. Das war Pola. Pola mit vierzig.

»Grüß dich«, sagte er.

Sie standen in der Haustür und betrachteten einander. Schweigend. Lange. Gewiss eine ganze Minute lang. Dann strömte ein Haufen kleiner Kinder aus der Tür und lief lärmend zwischen ihnen hindurch, an ihnen vorbei, um sie herum. Pola sagte etwas – ihre Lippen bewegten sich, und für einen Augenblick blitzten die Zähne auf – weiß und feucht.

»Was?«, fragte er hastig.

»Ich sage: Ich habe fast jeden Tag das Vergnügen, etwas von dir zu lesen ...« Sie hatte dieselbe Stimme wie früher, ein wenig dumpf, samten, die Stimme von Ruhe und Freiheit.

»Ich weiß nicht, wovon du ...«

»Na, in der ›Smena‹ ... Die ›Feiertagsnotizen‹ ...«

»Ach!« Endlich begriff er. »Nein. Das bin nicht ich.«

»Wieso nicht? S. Krasnogorow. ›Feiertagsnotizen‹ ...«

»Nein. Das ist ein Namensvetter. Alle Bekannten kommen mir damit, aber ich habe nicht mal im Traum damit zu tun.«

»Schade.«

Man sah, dass sie wirklich betrübt war. Es war dieselbe Pola: Wenn etwas sie betrübte, war sie betrübt, und wenn etwas sie freute, war jedem klar, dass sie sich freute. Gold behält den Glanz. Was gut ist, bleibt gut.

Wieder schwiegen sie, dann sagte Pola: »Slawa, ich weiß alles. Ich wusste nur nicht, wie ich dir ...«

»Schon gut«, sagte er rasch.

»Es ist doch erstaunlich«, sagte sie sofort. »Wir wohnen im selben Haus und sehen uns alle zehn Jahre ...«

»Sogar im selben Aufgang.«

»Eben – im selben Aufgang ... Und wo arbeitest du jetzt?«

»Wir sehen uns nicht alle zehn Jahre, sondern alle fünfzehn. Sogar alle siebzehn ... Schrecklich! ... Also ich arbeite immer noch dort, im AFITEK.«

»Mathematiker?«

»Ja. In gewissem Sinne.«

»Hilf meiner Sanka in Mathe. Im Herbst fängt sie mit dem Studium an.«

»Mit dem Studium? Sanka – mit dem Studium?! Machst du dich etwa über mich lustig? Wie alt sind wir denn, Pola? Alte!«

Sie machte auch einen Scherz. Irgendwas mit Alter, Enkeln, grauen Haaren und überflüssigen Pfunden. Doch sie dachte natürlich an etwas anderes. In ihren Augen glomm Mitleid. Und noch etwas – etwas ganz Unpassendes. Er musste sehen, dass er fortkam.

»Hör mal, entschuldige!«, sagte er. »Ich müsste jeden Moment einen Anruf aus Moskau kriegen ... Ich geh dann?«

»Geh nur«, sagte sie.

Was hätte sie ihm auch sonst sagen können? Ihm. Heute. Hier.

Er stieg zu sich in den zweiten Stock und nahm drei Stufen auf einmal. Er kriegte den Schlüssel nicht gleich ins Schlüsselloch – die Nerven flatterten doch ein bisschen, die Bewegungen waren unsicher, als hätte er gerade Kisten geschleppt oder mit jemand viel zu Schwerem gerungen ...

Als er in sein Zimmer kam, in die rauchgeschwängerte Hitze und Stickluft, ging er zuerst zum rechten Fenster, machte es weit auf, lehnte sich hinaus und schaute hinab. Der Saporoschez stand an seinem Platz – das gelbe Dach glänzte lackmatt, und die idiotischen Ohren standen ab. Der Wind trieb immer noch Teppiche von Pappelflaum einher.

»Ich bin müde«, sagte er. »Heute bin ich müde. Es ist zu heiß. Übrigens, ich mag Hitze. Ich habe bekanntlich eine ideale Thermoregulation.«

Schließlich wandte er den Kopf und schaute ihr in die Augen. Wie immer lächelte sie. Und wie immer hatte er das Gefühl zu fallen. Und wie immer fiel er nicht.

»Heut hab ich Pola getroffen«, sagte er. »Sie hat sich kaum verändert. Aber ich hab sie nicht gleich erkannt ... Merkwürdig, warum wohl?«

Da ist nichts merkwürdig. Das ist alles vorbei. Längst.

»Ich war ziemlich in sie verliebt«, gestand er. »Ich habe dir das nie erzählt, weil ... weil ... Wozu? Mir hätte es nicht gefallen, wenn du mir jemals gesagt hättest: In den war ich vor langer Zeit mal verliebt ...«

Er verstummte: Er hatte plötzlich seine eigene Stimme gehört. Es war die Stimme eines einsamen hysterischen Mannes in einem großen, hellen, leeren, unaufgeräumten und verqualmten Zimmer. Er warf den Anorak ab, hängte ihn über einen Stuhl und machte den Kühlschrank auf.

Dann setzte er sich an den Tisch, mit dem Rücken zu dem Porträt, und begann ganz lustlos zu essen. Eine halbleere Büchse Buckellachs »im eigenen Schweiß« ... ein trockenes Baguette vom Vortag ... schal gewordenes Mineralwasser ...

Er versuchte an nichts zu denken. Gedanken an die Arbeit verursachten ihm Übelkeit, und an das, was aus der Vergangenheit auf ihn einstürmte und ihm durch den Kopf wirbelte, durfte er nicht denken. Er war froh, als das Telefon klingelte und die Mitmieterin mit der zärtlich-ängstlichen Stimme, die sie immer nach dem Besuch des Galans kriegte, ihn vom Korridor her rief.

»Guten Tag«, sagte Vikont wie gewohnt förmlich. »Wo treibst du dich so lange rum, ich rufe schon zum fünften Mal an.«

»Ich bin eben erst gekommen. Von der Arbeit. Ich werde gleich was futtern ...«

»Hast du eine Vorladung erhalten?«

»Was denn für eine Vorladung?«

»Schon gut, ich komme sofort zu dir rüber«, sagte Vikont unzufrieden.

Da drehte er sich zur Mitmieterin um. »Ist für mich eine Vorladung gekommen?«, fragte er in solch einem Ton, dass die nicht einmal zu antworten wagte – sie zeigte nur mit dem Krallenfinger zur Truhe, wo ein Stapel Zeitungen lag.

Er packte das bläuliche Papier. Es war wirklich eine Vorladung. Von der KGB-Verwaltung, Litejny-Prospekt 4. Das Große Haus. Sich einfinden .. morgen ... 10 Uhr ... Aufgang Nummer fünf ... als Zeuge ... Untersuchungsführer ... so was wie Chromenkowski ... oder Chromonoschski ...

»Wer hat das gebracht?«

»So ein Mann. Nicht mehr jung. Mit Nickihemd und Strohhut. Höflich war er.«

»Was hat er gesagt?«

»Er hat nach Ihnen gefragt, und dann hat er gesagt, ich soll's Ihnen geben.«

»Was denn – Sie haben nicht gefragt, worum es geht?«

»Hab ich doch! Aber er weiß es selber nicht. Wenn er hinkommt, sagt er, dann werden sie ihm alles erzählen, sagt er ...«

Nun haben sie mich, dachte er. Na schön. Gut. Es ist ja nichts Unerwartetes passiert. Sie haben mich. Jetzt werden wir so leben ... Seine Gedanken wirbelten umher, obwohl ja tatsächlich nichts derart Unerwartetes passiert war.

Zuallererst, noch ehe er sich setzte, musterte Vikont die Vorladung.

»Krasnogorski«, sagte er mit Bestimmtheit. »Krasnotschorny kann's ja nicht heißen! Also Krasnogorski. Glückwunsch. Fast ein Namensvetter. Bei mir ist es irgend so ein Poleschtschuk ...« Endlich setzte er sich auf seinen Platz, auf die Ecke des Sofas. »Na, was hast du zu sagen, Zeuge?«

»Ich denke, es geht um Sjomka.«

»Ich auch.«

»Ich denke, sie werden nach diesem Artikel von ihm fragen.«

»Und?«

»Kenn ich nicht. Höre zum ersten Mal davon.«

»So? Wirklich zum ersten Mal? Mit Ihrem Gedächtnis stimmt was nicht! Erinnern Sie sich richtig, geben Sie sich Mühe ... Winter, Schneetreiben, dicke Schneeflocken im kräftigen Wind ... Sie erinnern sich? Der Angeklagte kam, er hatte eine nasse Mappe bei sich ...«

»Ich erinnere mich nicht. Das ist nicht vorgekommen ... Was denn, war es wirklich im Winter? Ich hab nicht die blasseste Erinnerung, Euer Durchlaucht.«

»Dir werd ich die Durchlaucht zeigen, dir mit deiner antisowjetischen Fresse! Für dich bin ich immer noch der Untersuchungsführer für besonders wichtige Angelegenheiten Major Krasnogorski!«

»Also nicht doch. Pustekuchen! So wird er nicht reden. Die Zeiten sind vorbei.«

»Meinetwegen«, gab Vikont zu, während er sich die Pfeife stopfte. »Dann eben anders ... Aber der Angeklagte Mirlin sagt aus ...«

»Nicht der Angeklagte, sondern der Verdächtige.«

»Verdächtige laufen frei rum!«, donnerte Vikont mit glasigen Augen. »Wenn sie aber hier bei uns einsitzen, dann war's das, dann sind sie Angeklagte!«

»Na, na! Du rutschst wieder ins Mittelalter ab ...«

Eine Zeit lang unterhielten sie sich so, wobei sie die Rollen wechselten und alle naselang ins Mittelalter abrutschten, weil sie beide weder von der Verfahrensweise des Verhörs eine Ahnung hatten noch davon, was dem Untersuchungsführer Krasnogorski vom Wesen der betreffenden Sache bekannt war.

Kurze Zeit vor seiner Verhaftung, als sie ihn zunächst nur zu Verhören schleppten, hatte Semjon erzählt, er habe dort folgende Haltung eingenommen: Über sich selbst – alles Mögliche, bittesehr, aber über andere – nein, nein und nochmals nein. »Ich nenne keine Namen.« Solch eine Position wirkte durchaus überzeugend, wenngleich berechtigter Zweifel aufkam: Würde jemand, der erst einmal zu reden begonnen hatte, imstande sein, im rechten Moment und an der rechten Stelle innezuhalten? Wie sollte man herausfinden, wie rechtzeitig erfassen, dass man schon im verbotenen Gebiet war und gerade auf diese – durch und durch harmlose! – Frage auf gar keinen Fall antworten durfte? Auf deren Seite waren ja ausgearbeitete Methoden, jahrzehntelange Erfahrung, bis ins letzte ausgefeilte Kunstgriffe. Das war eine Maschine, ein mächtiges, zuverlässig eingerichtetes Programm, das weder Ausfälle noch Ermüdung kannte, weder Verzweiflung noch Hochgefühl. Es war nur so eine Redensart, dass eine Maschine nicht klüger als ein Mensch sein könne. Nur engagierte Schwachköpfe waren der Ansicht, die Maschine könne den Menschen im intellektuellen Wettstreit nicht besiegen. In Wahrheit hatte sie ihn längst besiegt. Ja, es gab auf der Welt ein paar hundert Großmeister, die vorerst noch jedes Schachprogramm mit links schlugen, doch all die anderen Millionen Schachspieler, im Grunde die gesamte *Menschheit*, konnte gegen die Maschine schon nicht mehr gewinnen, und ihnen blieb nur ein Weg, der Niederlage zu entgehen: gar nicht erst zu spielen ... Ja, aber hier ging es um so ein Spiel, bei dem es niemanden scherte, was man wollte. Hic Rhodos, hic salta – setz dich hin und spiel. Und es blieb nur eine Möglichkeit, die einem Menschen anstand: seine Spielregeln zu erklären. Offen und entschieden: Ich hasse euch, alles, was ihr jemals getan habt, was ihr jetzt tut und in Zukunft zu tun gedenkt – dieses ganze Ungeziefer, diesen Dreck, diesen Unrat und diesen moralischen Auswurf. Ich habe nicht vor, bei alledem mitzutun. In keinem Maße. Auf keine Weise. Denn *jede* Zusammenarbeit mit euch ist unmoralisch und verdirbt die Seele. Ich bitte, diese meine Äußerung ins Protokoll aufzunehmen. Jedes weitere Gespräch lehne ich ab. Ich werde kein Wort mehr sagen.

Schön. Aber dann würde es ja sofort losgehen:

»Sollen wir das so verstehen, dass Sie sich zu den Organen feindselig verhalten?«

»Ich habe dazu nichts zu sagen.«

»Sollen wir das so verstehen, dass Sie die antisowjetische Tätigkeit ihres sauberen Freundes billigen?«

»Kein Kommentar.«

»Sollen wir Sie so verstehen, dass Sie antisowjetische Tätigkeit überhaupt billigen?«

»Kein Kommentar.«

»Sollen wir Sie so verstehen, dass Sie, sogar wenn Sie bei einem Ihrer Bekannten Anzeichen für Diversions- und Spionagetätigkeit entdecken, Ihrer staatsbürgerlichen Pflicht nicht nachkommen werden?«

Schweigen.

»Sollten Sie in dem Fall nicht Ihre Wahl treffen: ob Sie nach Osten oder nach Westen wollen? Solche wie Sie können wir hier einfach nicht gebrauchen. Was ja wohl ganz natürlich ist.«

Da liegt nun der Kontrapunkt der ganzen Situation, alle denkbaren Varianten verdrehen sich zu einem unerträglichen Strick, und der einzige ehrliche, der einzige richtige Weg endet am Rande des Abgrunds. Das ist eine Kriegserklärung, die Erklärung des aussichtslosen Krieges eines einsamen kleinen Menschen gegen die Maschinerie des Staates. Diesen Krieg kann man nicht gewinnen, wenn einem die Freiheit und die Heimat teuer sind, wenn man nur in Freiheit und nur in der Heimat zu leben bereit ist.

Alle andere Varianten aber liefen auf Kompromisse hinaus. Mehr oder weniger geschickte. Mehr oder weniger schmutzige. Mehr oder weniger schändliche. Und immer unehrenhafte. Mehr oder weniger.

»Nein«, sagte Stanislaw schließlich. »Das kann ich nicht – so geradezu. Ich werde doch lieber versuchen zu lavieren. Vielleicht schaffe ich es ohne besondere Verluste. Jedenfalls werde ich denen keine Namen nennen.«

»Unter sonst gleichen Bedingungen.«

»Unter gar keinen Bedingungen. Das ist die Grenze. ›So du nicht überschreiten sollst.‹ So ist es doch wohl?«

»So ist es wohl.«

»Und überhaupt machen wir uns ganz umsonst gegenseitig Angst. Die wissen nichts von uns und können nichts wissen. Man kann doch nicht im Ernst annehmen, dass hier bei mir alles abgehört wird! Wer bin ich denn – Solschenizyn? Und Sjomka wird ihnen nichts sagen, also wissen sie gar nichts, und genau davon muss man ausgehen. Einverstanden?«

»Spielt keine Bedeutung«, sagte Vikont, lehnte sich über die Rückenlehne des Sofas und nahm die Gitarre von der Wand.

»Was spielt keine Bedeutung?«

»Ob ich mit dir einverstanden bin oder nicht. Spielt keine Bedeutung. Und hat keine Rolle ...« Er schlug ein paar klirrende Akkorde an und begann eindringlich:

Mag nicht streiten mehr und nichts erklären,
Bin den Blick aus müden Augen leid ...

Und Stanislaw blieb weiter nichts übrig, als einzustimmen:

Auf den fernen blau'n Flibustiermeeren
Ist zur Fahrt die Brigantine schon bereit.

Sie sangen die »Brigantine« – mit Hingebung und Gefühl, wie die guten Bürger in irgend so einem gesegneten Harmonarien am Tage der Wohlgefälligen Auflösung der Lüfte ihre Hymne singen, dann zogen sie ohne Übergang in wahnsinnigem Tempo »Der Ganew brellt: ein Freier in der Gole« durch, und anschließend, einer Eingebung folgend, als wollten sie die schöne und ewige Vergangenheit um Hilfe rufen, das selbstverfasste »Ich bin kein Poet und auch kein Asket« – alle dreiundzwanzig Strophen mit Refrain und Pfiffen.

Dann legte Vikont die Gitarre weg und sagte: »Du könntest wenigstens Tee anbieten, wenn du schon keinen Wodka gibst ...«, und er fügte nachdenklich hinzu: »Ich hab neulich bei dir Sprotten gesehen. Ich liebe Sprotten vor dem Schlafengehn, weißt du ... Und dir empfehle ich das auch.«

Stanislaw schaute ihn an und empfand einen Anfall von unbegründetem, kindlichem Optimismus. Alles wird glattgehen, dachte er. Alles kommt in Ordnung. Was wollen wir denn eigentlich ... Doch laut sagte er nur Muttis Lieblingsspruch: »Großmütterchen, gib 'nen Schluck Wasser zu trinken, sonst hab ich solchen Hunger, dass ich nicht mal weiß, wo ich schlafen soll!«

Nachts schlief er schlecht. Er schlief fast gar nicht.

Plötzlich fiel ihm ein, dass er Sjomka seinerzeit den Zyklus »Vorgestern« zu lesen gegeben hatte. Sjomka, der Mistkerl, hatte ihm diesen Ausdruck natürlich nicht zurückgegeben, und jetzt hatten *die* ihn, und sicherlich hatten sie schon festgestellt, auf welchem Zeilendrucker er gedruckt worden war. Und mit dem Ausdruck von Sacharows »Gedanken über Fortschritt ...« war es dasselbe ...

Er stand auf, setzte sich ans Fenster und rauchte bis zum Morgen, wobei er immer wieder den bevorstehenden Dialog mit dem Untersuchungsführer durchspielte. Auch bei Vikont brannte bis sechs Licht, als die Stadt vom eisernen Knirschen und Heulen erschüttert wurde, unter dem einer nach dem anderen monströse Lastwagen mit Betonblöcken zum Bauplatz fuhren.

7

Später wunderte er sich unangenehm berührt über sich selbst: Wie launisch, willkürlich selektiv und unzuverlässig doch seine Erinnerung an diesen Tag war. Nein, er erinnerte sich an vieles, sicherlich sogar an das Wesentlichste. Doch manche Episoden waren wie mit einem giftigen Lösungsmittel aus seinem Gedächtnis gewaschen worden. Und gewisse Wendungen in dem Gespräch. Und gewisse Bilder. Und gewisse Gedanken, die ihm im Laufe der Angelegenheit gekommen waren.

Die Tür des Aufgangs Nummer fünf hatte sich ihm eingeprägt, sogar so sehr, dass er sie nun wohl sein Lebtag nicht mehr vergessen würde, doch was war gleich hinter der Tür gewesen? Ein sehr großer Raum anscheinend ... Nicht der Raum selbst war wohl groß gewesen, sondern die Höhe – die Wände strebten ins gelbliche Dämmerlicht zur Decke auf, die geradezu unsichtbar zu sein schien. Ein alter Fähnrich mit rotem Gesicht und rotem Hals hinter einem Tisch mit Telefonen ... Eine Treppe von weißem Marmor, deren zahlreiche Stufen irgendwo nach oben führten, wo es wer weiß warum Licht gab – helles Sonnenlicht ... woher? (Freilich, draußen war ja ein heller, heißer, sonniger Tag.)

Der Fähnrich nahm ihm die Vorladung ab, den Passierschein, warf einen flüchtigen Blick darauf und hob den Telefonhörer ab. Da erfuhr Stanislaw zum ersten Mal, dass man derart ins Telefon sprechen kann, dass jemand, der daneben steht, nichts hört, kein einziges Wort, nicht einmal einen Laut – nur die Papiere rascheln, während in ihnen geblättert wird, die Lippen des Sprechenden bewegen sich, und seine Augen werden glasig, als vernehme er gerade Anweisungen.

Da liegt der Hörer wieder auf der Gabel, und es herrscht nun schon vollkommene und absolute Stille, und ihm ist plötzlich kalt, wie es mitunter in einem Keller oder einem Brennholzschuppen kalt ist, und Vikont hatte die Augen zusammengekniffen, den Mund dreist-abschätzig verzogen und die Hände in die Taschen gesteckt – als wäre er wieder zwölf Jahre alt und müsste sich für eine im Klassenzimmer zerschlagene Lampe verantworten ...

Dann erklangen oben auf der Treppe Stimmen, das Geräusch von Schritten, und wie Engel des Herrn erschienen aus dem Sonnenlicht zwei Männer und begannen langsam, mit wohlwollendem Lächeln zu ihnen herabzusteigen – und da lag seine erste Gedächtnislücke.

Eigentlich war klar, dass einer der beiden Major Krasnogorski war und der andere Hauptmann Poleschtschuk. Beide waren jung, um die dreißig, fünfunddreißig, doch der Major war untersetzt, stämmig, rundköpfig, mit einer ziemlich schäbigen braunen Joppe, der Hauptmann dagegen hochgewachsen (sicherlich Volleyballspieler), schön, geckenhaft gekleidet, mit grauem Anzug, crèmefarbenem Hemd und getüpfelter Krawatte. Fröhlich, anscheinend sogar unter Scherzen übernahmen sie ihre Schutzbefohlenen, doch wie Stanislaw ins Zimmer des Majors gekommen war – auf einen ungepolsterten Stuhl gegenüber dem Diensttisch mit der Schreibmaschine und einem Stapel irgendwelcher Papiere darauf –, das war ihm entfallen. Zuvor waren sie wohl durch einen langen leeren Korridor gegangen, wo fröhlich die Sonne schien und eine Tafel für Sichtagitation mit gemalten Fahnen, Kornähren und den Porträts beider Iljitschs hing ...

»Ihren Ausweis bitte ... So was aber auch, wir sind fast Namensvettern ...« Und die Schreibmaschine klapperte drauflos – der Major hatte sich eine flotte Schreibtechnik zugelegt, wenn auch nur mit zwei Fingern ... Das Zimmer war geräumig, aber schmal, es zog sich von der Tür zu dem vergitterten Fenster hin, und wiederum war es unnatürlich hoch, vier Meter bis zur Decke, vielleicht sogar ganze fünf. In der Ecke, direkt neben dem Fenster, stand ein großer eiserner Schrank, braun angestrichen, flüchtig, mit Farbnasen ... Ob es womöglich derselbe war, den der unglückselige Irre in Amalia Michailownas Geschichte mit den Lippen berührt hatte? ... »Ich weise Sie darauf hin, Stanislaw Sinowjewitsch, dass Sie für falsche Aussagen zur Verantwortung gezogen werden können ...« (Oder etwas in der Art.) »Unterschreiben Sie hier, bitte ...« Und die erste Frage, ganz wie erwartet: »Sie ahnen natürlich, warum wir Sie vorgeladen haben?« Geradezu e2, e4 – die Standarderöffnung, wie man sie zu Hause übt. »Ich habe nicht die geringste Ahnung.« »Sie können es sich wirklich überhaupt nicht denken?« »Ja. Überhaupt nicht.« Lügen ist widerwärtig. Ein ekelhaftes Gefühl im Munde. Trocken und ekelhaft. (Semjon Mirlin: »Die wissen, dass uns Lügen zuwider ist! Sie selber pfeifen drauf, aber uns Schwächlingen ist es zuwider, uns wird übel davon, und das nutzen sie vortrefflich aus ...«) Der Major hatte helle Augen, die selten blinzelten, eine dunkelblonde Haartolle und eine kleine, doch sichtbare Narbe an der Oberlippe.

»Sie sind mit Semjon Jefimowitsch Mirlin bekannt?«

(Es ging los!)

»Ja.«

»Schon lange?«

»Lange. Es werden sicherlich zehn Jahre sein.«

(In Wahrheit sind es sogar zwanzig – aber wir wollen ihm nicht in die Hände spielen ...)

»Wie ist ihr Verhältnis zu ihm?«

»Normal.«

»Freundschaftlich?«

»Hm-ja ... Kameradschaftlich.«

»Streit, Konflikte hat es zwischen Ihnen nicht gegeben?«

(Zum Teufel, was meint er eigentlich?)

»Nein, keine. Das Verhältnis ist gut. Kameradschaftlich.«

»Und er hat Ihnen natürlich seine Artikel, seine Erzählungen zu lesen gegeben?«

(Haha. Jetzt vor allem ganz locker bleiben.)

»Ja. Manchmal.«

»Welche zum Beispiel?«

»Tja, ich weiß nicht mehr ... Eine Rezension über Pikulja hat er mir gezeigt ...« (Die stand in der »Morgenröte«.) »Hm, was war da noch ... Ja! Den Artikel über Iwanow hat er mir zu lesen gegeben ...«

»Über was für einen Iwanow denn?«

»Das war mal der Direktor des Observatoriums in Pulkowo ...«

Sie unterhielten sich über das Observatorium in Pulkowo, über Iwanow, über die Repressionen des Jahres siebenunddreißig, die die Partei ein für alle Mal verurteilt hatte, und dann plötzlich: »Und den Artikel ›Die Generation, die von der Freiheit gestreift wurde‹ hat er Ihnen nicht gegeben?«

»Wie haben Sie gesagt?«

»›Die Generation, die von der Freiheit gestreift wurde.‹«

(Im Gesicht muss ihm Nachdenklichkeit stehen, im rechten Verhältnis gemischt mit dem aufrichtigen Wunsch, es dem Major recht zu machen – sich zu erinnern, erfreut »Ja, ja, natürlich!« zu rufen – und Bedauern, bitteres Bedauern.)

»Nein. Ich erinnere mich nicht. Das hat er mir nicht gegeben ... *So* einen Artikel hat er mir nicht gegeben ...«

»Erinnern Sie sich doch. Geben Sie sich Mühe. Es war vor Kurzem, gerade mal ein halbes Jahr her, nicht mehr ...«

Er blieb dabei, dass er ihn nicht gelesen, nicht gesehen hatte, ihn nicht kannte, nicht einmal davon gehört hatte, der Major aber bestand darauf (mit verständnisvollem Lächeln, herablassend, lässig, fast in scherzhaftem Ton), dass er sowohl von ihm gehört als auch ihn gesehen und gelesen habe – er habe es anscheinend vergessen, es sei ja immerhin schon ein halbes Jahr her, doch er müsse sich erinnern, es sei ganz leicht: »Es war ein Wintertag, kurz vor Neujahr ... Sie haben mit Ihrem Freund Kikonin beisammengesessen und Tee getrunken. Dann kam Mirlin, er brachte ein Manuskript mit, und Sie haben es gelesen ... Erinnern Sie sich? Die Seiten haben Sie weitergereicht, dabei Eindrücke ausgetauscht ... Sie haben sich damals noch nicht ganz wohlgefühlt, waren wohl erkältet, Sie haben sich in einen Morgenmantel gehüllt, erinnern Sie sich? ... Und dann haben Sie diskutiert, der Artikel hatte Ihnen nicht gefallen ... Es ist ja wirklich ein schlechter Artikel, antisowjetisch, und natürlich hat er Ihnen nicht gefallen, Sie haben mit Mirlin gestritten, und dann haben Sie sogar gesagt: ›Für den Artikel, Semjon, landest du im Knast ...‹«

Der Mund wurde ihm nun schon ganz unerträglich trocken, die Lippen rau, und die Stimme versagte. Er hätte etwas Wasser trinken müssen, und die Karaffe mit dem Glas stand da, in der Nähe, auf einem extra Tischchen, doch er durfte sich nichts anmerken lassen ... Der Mistkerl, woher weiß er das alles? Haben die uns etwa durchs Fenster beobachtet ... abgehört? Das Telefon? ... Oder eine Wanze installiert, während ich auf Arbeit war?

»Nein, ich kann mich an nichts dergleichen erinnern ...«

Man sagt, es gibt jetzt Laser-Abhörgeräte – sie fangen die Schwingungen der Scheiben auf, die ein Gespräch verursacht ... Aber das ist doch Unsinn! Wozu solche Umstände – um Mirlin in den Knast zu kriegen? Wer ist er denn letzten Endes?! ... Aber wenn sie uns nicht abgehört haben, woher kann er das alles wissen? ...

»Nein. Ich habe dem nichts hinzuzufügen. Ich habe diesen Artikel nicht gelesen und weiß nichts über ihn ...«

War ich damals erkältet oder nicht? Ich weiß nicht mehr. Aber ich glaube, ich war's nicht. Und den Morgenmantel habe ich auch nicht übergezogen. Da dichtet er was hinzu ... Wozu? Oder warum? Ein Lapsus? Haben seine Informanten versagt? ... Oder war ich *doch* erkältet?

»Nun gut, Stanislaw Sinowjewitsch. Wenn Sie Ihr Gedächtnis derart im Stich lässt, dann lesen Sie sich das hier durch. Nehmen Sie, nehmen Sie, das sind seine eigenhändig geschriebenen Aussagen. Lesen Sie ...«

Die runde, kindliche Schrift ... Es scheint *seine* Handschrift zu sein. »... Sie lasen es nacheinander und reichten sich die durchgelesenen Seiten weiter ... Der Artikel gefiel ihnen nicht, beide tadelten mich für diesen Text, und Krasnogorow sagte sogar: ›Dafür, Sjomka, gehst du in den Knast ...‹« Das kann nicht sein. Kann es nicht. Eine Fälschung ...

»Nein, nein, Sie brauchen nicht weiterzublättern, Stanislaw Sinowjewitsch! Lesen Sie diese Seite, das reicht ... Erinnern Sie sich?«

»... Einige Tage vor Neujahr ging ich zu meinem besten Freund Stanislaw Sinowjewitsch Krasnogorow, um ihm meinen Artikel ›Die Generation, die von der Freiheit gestreift wurde‹ zu lesen zu geben. Es war spät abends. Bei Krasnogorow war schon unser gemeinsamer Freund Viktor Grigorjewitsch Kikonin zu Besuch ...« Haben sie ihn geschlagen, oder was? Oder sie haben gedroht, ihn mit den Töchtern erpresst ... Das kann doch nicht sein! Die Zeiten sind doch vorbei. Nein ... Aber was ist es dann? Eine Fälschung? Eine verdammt dicke Mappe – an die fünfzig Seiten. Allerdings erlaubt er mir nicht weiterzulesen ... Warum erlaubt er's nicht? »... Krasnogorow war erkältet, er saß im Morgenmantel da, sie tranken Tee mit Himbeerkonfitüre.« So war das nicht! Wo soll bei mir Himbeerkonfitüre herkommen? »... und Krasnogorow sagte sogar noch: ›Dafür, Sjomka, gehst du in den Knast ...‹«

»Und? Erinnern Sie sich jetzt? Ich sehe Ihnen an, dass Sie sich erinnern ...«

»Nein, Wenjamin Iwanowitsch.« (Die Zunge will sich überhaupt nicht bewegen. Festgeklebt. Angeschweißt. Irgendwelche widerlichen Brocken statt Worten.) »Ich kann in dieser Sache nichts hinzufügen. Ich habe schon alles gesagt.«

»Aber das sind doch seine eigenen Aussagen? Kennen Sie denn die Handschrift nicht?«

»Ehrlich gesagt, nein.«

»Meinen Sie also, wir haben das selber geschrieben?«

»Das habe ich nicht gesagt.«

»Ja, und wie soll ich Sie sonst verstehen? Hm?«

»Ich weiß nicht ... Wenjamin Iwanowitsch, erlauben Sie, dass ich mir etwas Wasser eingieße?«

Er trank Wasser, hielt sich zurück, versuchte, nicht allzu gierig und laut zu schlucken, Major Krasnogorski aber redete immer weiter, legte dar, argumentierte, schmeichelte, appellierte an seine Vernuft – durchaus wohlwollend, ohne jede Drohungen, ganz im Gegenteil: Sie wissen doch, Sie haben nichts zu befürchten, haben's eben gelesen, drüber diskutiert, niemand macht Ihnen einen Vorwurf, wir wollen von Ihnen weiter nichts, als die Wahrheit festzustellen ...

»Ja. Aber Mirlin hat etwas zu befürchten! ... Sie sagen ja selber andauernd, dass der Artikel antisowjetisch sei. Und Mirlin hat zwei Kinder, kleine Kinder ...«

»Sie glauben doch nicht etwa, dass Sie Mirlin mit Ihrer Weigerung helfen? Der hat ihn doch noch zwanzig anderen von seinen Bekannten zu lesen gegeben, Sie kennen ihn doch, das ist doch ein, gelinde gesagt, sehr mitteilsamer Mensch ... Davon, dass Sie sich sperren, ändert sich doch in der Sache nichts ... Aber sich selber schaden Sie. Schließlich haben Sie unterschrieben, dabei verhalten Sie sich, entschuldigen Sie den krassen Ausdruck, verantwortungslos ... Hm?«

»Ich habe nichts weiter zu sagen.«

»Sie haben ihn also nicht gelesen?«

»Nein.«

»Und was ist dann mit diesen Aussagen von ihm?«

»Ich weiß nicht.«

»Wollen Sie sagen, wir hätten diese Aussagen gefälscht?«

»Nein. Das behaupte ich nicht.«

»Was denn dann? Er zieht Sie absichtlich in diese Sache hinein? Schiebt Ihnen etwas unter? Wollen Sie das andeuten? Aber Sie haben ja selber gesagt, dass Sie ein gutes Verhältnis zu ihm haben. Wozu sollte er Sie da hineinziehen?«

»Ich weiß nicht.«

»Aber warum wollen Sie dann seine Aussagen nicht bestätigen? Er gesteht doch selbst, dass er diesen Artikel dann und dann geschrieben hat, ihn mehreren Leuten zu lesen gegeben hat, darunter auch Ihnen ... Warum lassen Sie sich auf eine offensichtlich falsche Zeugenaussage ein?«

Stanislaw sagte das Erste, was ihm in den Sinn kam: »Wenjamin Iwanowitsch ... Vielleicht hat er Ihnen das alles erst aufgeschrieben, dann aber alles widerrufen ... Und ich bestätige ... bekräftige ...«

»Also wissen Sie! Eine Phantasie haben Sie, Stanislaw Sinowjewitsch!«

Da klingelte leise das Telefon, der Major, noch immer vorwurfsvoll den Kopf schüttelnd, nahm ab und hörte. Dann kamen seine Lippen in Bewegung, er sprach – abermals bekam Stanislaw diese unbegreifliche Kunst zu sehen: Zu hören war kein Wort. Der Major legte auf und sagte besorgt: »Entschuldigen Sie, ich lasse Sie ein paar Minuten allein ...«

Er verschwand, und statt seiner erschien augenblicklich ein alter rotgesichtiger Fähnrich in der Tür – das genaue Ebenbild dessen, der am Aufgang Nummer fünf Dienst tat, vielleicht sogar derselbe. Stanislaw betrachtete ihn, fast ohne ihn wahrzunehmen. Der Fähnrich setzte sich auf den Platz des Majors und sah seinerseits Stanislaw an – ohne jeden Ausdruck, wie einen Einrichtungsgegenstand. Oder wie man auf dem Bahnhof einen Koffer beobachtet, damit er nicht geklaut wird – aufmerksam, doch gleichgültig ...

Er wusste nicht, wie lange das gedauert hatte. Stanislaw schaute auf die Uhr und vergaß sofort, was er auf der Uhr gesehen hatte. Nach einer Weile schaute er wieder drauf – es war schon beinahe zwanzig vor zwölf, über eine Stunde war vergangen. Er musste eine Entscheidung treffen. Es war an der Zeit. Doch da gab es nichts zu entscheiden. Alles war schon entschieden. Von Anfang an. Noch daheim. Und nun mochte kommen, was wollte ...

Die Tür wurde plötzlich aufgerissen, auf der Schwelle erschien Major Krasnogorski, Wenjamin Iwanowitsch. Sein Gesicht war lebhaft und gleichsam künstlich unheildrohend. Direkt an der Tür stemmte er die Arme in die Seiten (irgendwie sehr ungelenk, ungelenk und theatralisch, wie ein ungeschickter Laienschauspieler) und verkündete: »Na also! Ihr Freund hat alles gestanden! Alles! Und unterschrieben – da, wenn Sie sich überzeugen wollen ...«

Plötzlich war er neben Stanislaw und drückte ihm ein Papier in die Hand ... ein Protokoll ... »Kikonin Viktor Grigorjewitsch ... Personalausweis ...« Er versuchte, sich zum Lesen dieses Protokolls zu zwingen, doch er verstand kein Wort und konnte in diesem Protokoll kein Wort sehen. Er wusste ohnehin, dass der Major nicht lügen würde ... Obwohl ... Wenn sie, sagen wir, die Aussagen Mirlins gefälscht hatten, dann konnten sie ja auch Vikonts Aussagen in dieser Stunde fälschen ... Er wusste, dass niemand etwas gefälscht hatte. Ihm war klar, dass alle Papiere echt waren. Er konnte nur partout nicht begreifen, wo ein *echtes* Dokument mit Mirlins Aussagen herkommen sollte. Wie hatte es entstehen können, dieses echte Dokument? Wie hatten sie ihn dazu zwingen können? ... Und er hatte keine Zeit, sich zurückzulehnen, die Augen zu schließen und gründlich nachzudenken.

»Wollen Sie sich etwa immer noch sperren, Stanislaw Sinowjewitsch? Ja, um Himmel willen, was soll das denn! ... Ihr Freund hat doch unterschrieben, was wollen Sie denn noch?«

»Der Freund ist der Freund«, sagte er, ohne sich auch nur um den Zusammenhang seiner Rede zu kümmern. »Aber ich bin ich ... Bei mir gilt meins ... Er macht es auf seine Art, ich aber so.«

»Ja, wollen Sie denn ein Protokoll unterschreiben, wo nichts steht als lauter ›nein, kenne ich nicht, nicht gesehen, nicht gehört ...‹? Das sind doch falsche Aussagen.«

»Na, und was soll ich machen? Ja, wenn es mir Mirlin ins Gesicht sagen würde, das wäre was anderes ...«

»Wird er auch!«

»Also soll er's doch sagen. Machen Sie eine Gegenüberstellung ...«

»Das ist überhaupt kein Problem ...«

»Dann tun Sie's doch. Warum denn nicht?«

»Wir tun's ja, wir tun's ... Aber Sie verschlechtern Ihre Lage nur ... Denn das Protokoll müssen Sie ja *sofort* unterschreiben! Ganz ohne Gegenüberstellung.«

»Na denn ... Ich unterschreib's ... Aber wieso wollen Sie eigentlich eine Gegenüberstellung vermeiden, Wenjamin Iwanowitsch?«

»Ja doch, Sie kriegen Ihre Gegenüberstellung, Sie kriegen sie, keine Sorge ...«

Eine Zeit lang ging es so hin und her, ziemlich sinnlos, und die ganze Zeit klapperte der Major auf seiner Schreibmaschine, dann aber zog er den großen, auseinandergefalteten Bogen heraus und reichte ihn Stanislaw.

Im Großen und Ganzen stimmte alles: »Kenne ich nicht«, »habe ich nicht gelesen«, »nicht gesehen«, »nicht gesagt«, irgendwie seltsam wirkte nur »der antisowjetische Artikel ›Die Generation, die von der Freiheit gestreift wurde‹« in jeder einzelnen Frage – dass es ihm nicht über geworden war, jedes Mal diese komplette Bezeichnung aufzuschreiben?

Stanislaw nahm den Füller, der ihm rasch und geschickt in die Hand gedrückt wurde (»... Nein, nein, nicht mit Ihrem eigenen, nehmen Sie bitte den hier ...«), und unterschrieb. Auf jeder Seite einzeln. Er gab das Protokoll dem Major zurück. Der sah es mit sichtlichem Missbehagen abermals durch und brummte dabei: »Na, und was haben Sie erreicht? Sie schaden ja doch nur sich selber ...« »Tja, so sind wir anscheinend erzogen worden«, anwortete Stanislaw. »Du selber kannst umkommen, wenn du nur den Genossen rausholst ...« Er spürte, wie falsch dieser Satz bei ihm klang, und nahm sogar eine gewisse Koketterie darin wahr – so eine Art Gefallsucht –, und er verstummte sofort, doch seine Stimmung hatte sich plötzlich gebessert. Alles, was hier soeben geschehen war, hatte ihn nachhaltig aufgemuntert: Der Major wollte keine Gegenüberstellung! Ganz offensichtlich nicht. Wie das? ... Der Major aber hatte den Hörer abgenommen, sprach wieder lautlos mit jemandem und ließ ihn in Ruhe – dass er sich die Wunden lecken konnte, verstohlen Wasser trinken, schweigen, wer weiß worauf warten ...

Es trat eine Art Pause ein. Ein Waffenstillstand. Eine Rast. Beide ruhten anscheinend aus. Wenjamin Iwanowitsch machte ihm ohne Nachdruck Vorwürfe. Stanislaw Sinowjewitsch wies sie ebenso träge zurück. Es war unklar, was jetzt eigentlich vor sich ging und was zu erwarten war. Doch die Dinge voranzutreiben war gefährlich. Sollte doch alles seinen Gang gehen.

Sie sprachen vom Samisdat. Träge. Stanislaw hatte nie irgendwelchen Samisdat gelesen. Und wenn doch irgendwann mal irgendwas, dann konnte er sich an nichts mehr erinnern. »Ob die Sowjetunion bis zum Jahre neunzehnhundertvierundachtzig bestehen wird?« – im Ton einer Frage, was sich Stanislaw natürlich zunutze machte: »Was für eine sonderbare Frage ... Natürlich wird sie das!« Es kam zu einer komischen

Stockung. Einige Zeit ging für Erklärungen drauf: Das sei so ein Artikel, verfasst von dem bekannten Feind der Sowjetunion Almarik. »Neunzehnhundertvierundachtzig« sei der Titel eines Romans von einem englischen Feind der Sowjetunion, George Orwell. »... Nein, habe ich nicht gelesen. Woher auch? Das ist doch ganz was Altes, nicht wahr?« – »Wie kommen Sie darauf, dass es alt ist?« – »Na wie schon, das hat er sicherlich vierundsechzig geschrieben ...« – »Nein. Darum geht es nicht .. Ich sage Ihnen doch: Es gab so einen Roman ...« – »Ach, der Orwell ... Ja, irgendwas hab ich davon gehört. Aber es heißt, das handelt doch gar nicht von uns. Es heißt, das handelt von England? ...« Er schwafelte drauflos, ohne sich auch nur besonders darum zu kümmern, ob ihm der Major glaubte oder nicht. Er war sehr müde. Und das Schlimmste war, er glaubte (seit zehn Minuten) zwischen den auf dem Tischchen verstreuten Papieren das Exemplar von Almariks Artikel zu sehen, das er seinerzeit abgetippt und Mirlin zu lesen gegeben hatte ...

Und plötzlich tauchte der Name Kamanin auf. Beiläufig. Unter anderem. Und ganz ohne jeden Zusammenhang. Stanislaw bemerkte automatisch, nein, Kamanin habe er niemals getroffen, gelesen aber – gelesen habe er ihn gern, doch zu einer Begegnung sei es nie gekommen ... Und plötzlich sah er Wenjamin Iwanowitschs Augen. Und den erstaunlichen Ausdruck in diesem runden, einfachen Gesicht mit der Narbe auf der Lippe. Irgendwas von dem soeben Gesagten war falsch gewesen. Oder richtig, aber auf falsche Weise gesagt.

»Stanislaw Sinowjewitsch«, ließ sich Wenjamin Iwanowitsch sachte vernehmen und lächelte gezwungen. »Was soll denn das nun wieder?«

»Was? Was meinen Sie?«

»Wie können Sie denn Kamanin nie begegnet sein, wenn Sie ihm Ihren Roman zu lesen gegeben haben?«

»Was für einen Roman?«, fragte er töricht und spürte plötzlich, dass jetzt eben und erst jetzt etwas wirklich Wichtiges in Gang gekommen war. Und alles vorher war Umrahmung, Verzierung, Dekoration, Hintergrund gewesen ...

»Also. Jetzt heißt es ›Was für ein Roman‹ ... Haben Sie etwa so viele Romane geschrieben? ›Der glückliche Junge‹. Oder haben den nicht Sie geschrieben?«

»Doch«, sagte Stanislaw und fühlte seinen Mund wieder austrocknen. »Ich hab ihn geschrieben, ja. Aber Kamanin habe ich ihn nicht gegeben.«

Wenjamin Iwanowitsch schaute ihn immer noch an, als sei er auf etwas für ihn völlig Unerwartetes gestoßen. Oder als sei er von einer unerwarteten Ahnung frappiert. Oder von etwas noch anderem, etwas, das sich der Beschreibung entzog.

»Wer hat ihm denn dann diesen Ihren Roman gegeben?«, fragte er schließlich.

»Ich weiß nicht. Woher soll ich das wissen? Wahrscheinlich der Redakteur von der ›Roten Morgenröte‹. Der hatte es vor. Zum Begutachten ...«

»Aber er hat's nicht getan?«

»Ich dachte, nein. Aber wenn Sie sagen ...«

»Und Sie sind Kamanin nicht begegnet?«

»Niemals«, sagte Stanislaw und versuchte krampfhaft zu begreifen, was zum Teufel vor sich ging. Was hatte Kamanin damit zu tun? Und was ›Der glückliche Junge‹? »Halten Sie etwa auch meinen ›Jungen‹ für einen antisowjetischen Roman?«, fragte er geradezu.

Wenjamin Iwanowitsch schreckte auf. »Nein. Nein! Keineswegs! Im Gegenteil, es ist ein ziemlich guter Roman. Ich habe ihn mit großem Vergnügen gelesen ...«

»Hm. Das hätten Sie denen in der ›Morgenröte‹ sagen sollen.«

»Nicht doch. In diese Ihre Angelegenheiten mischen wir uns nicht ein. Das fällt nicht in unsere Zuständigkeit ... Aber was übrigens Kamanin betrifft, der hat zu Ihrem Roman eine sehr lobende Stellungnahme geschrieben.«

»So?«, sagte Stanislaw überrascht.

»Stellen Sie sich vor. Und er hat Sie sogar mit Ihrem Roman für irgend so eine Konferenz in Kalkutta empfohlen ... in Bombay ... Ich weiß nicht mehr. Jedenfalls in Indien.«

Stanislaw schwieg. Dann sagte er trübsinnig: »So geht das bei mir immer. Kaum hab ich mal Glück – und schon ist alles im Eimer ... Aber woher wissen Sie das alles eigentlich?«, fragte er, stutzig geworden. »Ich denke, das fällt überhaupt nicht in Ihre Zuständigkeit?«

Wenjamin Iwanowitsch machte eine beschwichtigende Gebärde. »Doch. Durchaus, das können Sie ruhig glauben. Sie wissen doch, wie er ums Leben gekommen ist ...«

»Nichts weiß ich. Es gab Gerüchte, ziemlich grauenhafte ... von einem Mord ... womöglich sogar ein Irrer mit einer abgesägten Flinte ...«

»Genau«, sagte Wenjamin Iwanowitsch bedeutungsschwer. »Sie können also beruhigt sein: Es fällt in unsere Zuständigkeit.«

Und wieder redeten sie träge über dies und das. Worauf wartet er, das Aas, dachte Stanislaw gequält und kraftlos. Was bezweckt er? Worauf will der Mistkerl hinaus? ... Was hat überhaupt die Literatur damit zu tun? Was redet der mir von Schriftstellern und von Romanen? ... *Nein, nicht gelesen. Ja, lebt der denn noch? Ich dachte, er ist schon lange tot* ... Gibt es nun eine Gegenüberstellung oder nicht? Vielleicht bearbeiten sie jetzt Sjomka, bringen ihn dahin, dass er bei der Gegenüberstellung glatt pariert? ... Wozu? Ist das denn so wichtig? ... Ich habe ihnen doch meine falschen Aussagen gemacht, sodass sie mich jetzt jederzeit beim Kragen kriegen ... Paragraph soundso: Falschaussage ... Der Unmut in ihm wuchs zusammen mit der Angst und drängte die Angst zurück ... *Scherstnjow? Nein, den kenne ich nicht. Und wer ist das? Ein Physiker? Kenne ich nicht* ... Was denn nun wieder für ein Scherstnjow? Und wieso soll ich den kennen? ... Übrigens ist es schon um zwei.

Worauf warten wir? Da stutzte er wieder: Wenjamin Iwanowitsch hatte beiläufig Alexander Kalitin erwähnt.

»Den kenne ich, natürlich. Das heißt, ich kannte ihn. Er ist vor zehn Jahren gestorben.«

»Ja. Ja. So jung. So talentiert. Da haben Sie noch so ein Beispiel.«

... Ein Beispiel wofür? Er hatte es überhört. Na schön. Er musste nicken (in völliger Übereinstimmung mit der Obrigkeit) und vielsagend die Brauen hochziehen ... (Ein loyaler Bürger. Doch wenn man den Loyalen spielen will, muss man es unbedingt auch werden. Zumindest vorübergehend. Stanislawski. Nemirowitsch, Sie wissen schon, Dantschenko ... Und man fühlt, wie gut, wie herrlich es ist, loyal zu sein. Besonders in diesen Mauern. Wie gemütlich ... Ja. Nur dass einem übel davon wird.) Nein so was, Saschka kennen sie also auch ... Sieh einer an! Haben sich gründlich vorbereitet. Haben mit engmaschigem Netz die Umgebung abgefischt ... Gleich wird er mit Anspielungen auf Scheka Malachow anfangen ...

Doch Wenjamin Iwanowitsch fing nicht mit Anspielungen auf Scheka Malachow an. Er stand plötzlich auf und sagte entschieden: »Gehen wir. Sie wollten eine Gegenüberstellung? Bitte! ...«

Wie sich herausstellte, hatten die Greifer Mittagspause gemacht. Deswegen also hatten sie eine ganze Stunde gewartet.

Semjon Mirlin präsentierte sich ihm fröhlich, mit breitem Grinsen, allerdings stark abgemagert, und vorn fehlte ihm ein Zahn.

Sie umarmten sich. (Unter den wachsamen Blicken des Hauptmanns und des Majors.) Sie setzten sich. Stanislaw auf einen der Stühle, die in einer Reihe unter dem hochgelegenen (natürlich vergitterten) Fenster standen. Mirlin hinter ein einzeln stehendes besonderes Tischchen, seitlich an der Wand neben der Tür. Das lebhafte Gespräch wurde keine Minute lang unterbrochen – Mirlin unterhielt sich mit den Untersuchungsführern. Wie sich zeigte, hatten gerade heute die Zeitungen vermeldet, dass Genosse Andropow die hohe Ehrung als Held der Sozialistischen Arbeit empfangen hatte. Mirlin war der Ansicht, der Chef des KGB habe diese Auszeichnung speziell für seine, Mirlins, Verhaftung und Entlarvung erhalten. Die Untersuchungsführer lachten – und widersprachen nicht. Die Späße schwirrten nur so durchs Zimmer, das fröhliche freundschaftliche Gelächter verstummte nicht. Auch Stanislaw gab sich größte Mühe zu lächeln. Er wollte jetzt nur eins – Mirlin beiseitenehmen und ihn halblaut fragen: »Was ist passiert? *Wie* haben sie dich dazu gebracht, die Aussagen zu machen? ...«

Die Gegenüberstellung lief wie am Schnürchen. Die Beteiligten verhielten sich tadellos. Nachdem sie (unter den wohlwollenden, wenn auch etwas wachsamen Blicken der offiziellen Persönlichkeiten) munter ein paar allgemeine Sätze über Befinden, Familie, Wetter ausgetauscht hatten, verletzten sie die vorher bekanntgemachten Regeln nicht mehr und wandten sich ausschließlich unter Vermittlung des Hauptmanns Poleschtschuk aneinander. Der Untersuchungsgefangene Mirlin bestätigte mit Späßen und Frotzeleien alles, was von ihm verlangt wurde, der Zeuge Krasnogorow sperrte sich angesichts solchen Wohlwollens und solcher Übereinstimmung mit den Organen auch nicht länger und bestätigte ohne jeden Widerstand das Bestätigte. Hauptmann Poleschtschuk klapperte wacker auf der Schreibmaschine (er tippte gar mit vier Fingern!), Major Krasnogorski aber ging im Zimmer auf und ab, vom Untersuchungsgefangenen zum Hauptmann, vom Hauptmann zum Zeugen, und flocht nur ab und zu eine halb scherzhafte Replik ein, um seinen Wunsch deutlich zu machen, die Dinge im Fluss zu halten. Im Zimmer war es kalt, dämmrig – entweder war eine finstere Wolke vor die Sonne gezogen, oder das Fenster ging auf eine Wand hinaus –, und hier war die Decke wer weiß warum niedrig, und in der Ecke stand seltsam und rätselhaft ein riesiger Kasten auf einem Metallgestell, in schwarzen Stoff gehüllt ...

Nur einmal im Laufe des Prozedur kam es zu einem Ausrutscher, und auch dann nur zu einem ganz geringfügigen. Als der Untersuchungsgefangene zur Antwort auf eine ergeben-verständnislose Frage des Zeugen plötzlich freudig losbrüllte: »Ja Himmel, Slawka! Die haben doch nach Herzenslust dein Telefon abgehört! ...«, kam für einen Moment Verwirrung auf, das Klappern der Maschine verstummte, und der Zeuge erkundigte sich mit betrübtem Lächeln bei dem vor ihm zum Halt gekommenen Major: »Tatsächlich? Wenjamin Iwanowitsch, haben Sie etwa tatsächlich mein Telefon abgehört?« Er stellte diese Frage durchaus nicht im Ernst, nichts deutete darauf hin, dass Mirlin zur Sache sprach, außerdem juckte ihn höchstwahrscheinlich bloß die Zunge, doch auf dem Gesicht von Major Krasnogorski erschien plötzlich eine völlig unerwartete und sogar unangebrachte Mischung irgendwelcher komplizierter und seltsamer Gefühle, der Major errötete sichtlich und sagte in ganz unnötig feierlichem Ton: »Ich versichere Ihnen, Stanislaw Sinowjewitsch, auf das Ernsthafteste, dass ihr Telefon weder früher abgehört wurde noch jetzt abgehört wird ...«

Dann wurde das Protokoll der Gegenüberstellung von den Teilnehmern gelesen und unterzeichnet. Der Untersuchungsgefangene unterschrieb alle drei Seiten, fast ohne einen Blick darauf zu werfen, der Zeuge indes erwies sich als pingelig und schwierig. Er fühlte sich dabei äußerst unbehaglich – wie ein ewiger Nörgler, der wegen seines miesen Charakters anständigen Leuten die Zeit stiehlt, doch als er einmal in dem Protokoll entdeckt hatte, dass ihm der schöne und fröhliche Hauptmann Poleschtschuk die Worte »ich habe Mirlins antisowjetischen Artikel ›Die Generation, die von der Freiheit gestreift wurde‹ gelesen« zuschrieb, widersprach er, er halte den Artikel nicht für antisowjetisch, er habe deswegen mit Mirlin gestritten, ja, aber keineswegs, weil er den Artikel für antisowjetisch halte, sondern aus ganz anderen Gründen ... erlauben Sie, da auf der nächsten Seite steht ja dasselbe! Nein, so habe ich den Artikel nicht eingeschätzt ... ich bitte Sie, diese Wörter neu zu schreiben ..., ja, noch einmal ... Ich kann sie einfach durchstreichen? Gut, dann streich ich sie durch ... und hier auch ... sonst noch wo? ... Aha, hier ... Und am Ende schreibe ich dazu, dass ich sie durchgestrichen habe. ... Wie denn sonst? Ich habe das doch nicht gesagt. Nein. Sie hätten mich lassen sollen, ich hätte meine Antworten auf Ihre Fragen selber geschrieben ... wie sieht das denn aus?

Er strich durch, übermalte, schrieb seine Erklärung dazu ... Die Untersuchungsführer witzelten weiter, wenngleich sie genervt und sogar ein wenig gekränkt wirkten, Mirlin blickte ihn schweigend an und lächelte zerstreut ... Doch dann war alles vorbei. Er kam sich vor, als habe er Zentnersäcke geschleppt, die Hände zitterten ihm, und da stand Mirlin hinter seinem Tischchen auf und lächelte nicht mehr. »Ruf Sonja an«, sagte er mit plötzlich verzerrtem Gesicht. »Sag ihr, dass ... überhaupt ... dass ...« – »Unbedingt. Sofort. Mach dir keine Sorgen, ich helfe ...« Und Mirlin wurde durch die aufgerissene Tür abgeführt, in die Dunkelheit und Leere eines riesigen Vorsaals, und die Tür schloss sich hinter ihm, und er war nicht mehr zu sehen.

Dann ging er mit dem Major in das vorige Arbeitszimmer zurück, und der Major tippte doch noch ein Protokoll. In diesem Protokoll wurde (wem auch immer) erklärt, warum sich Stanislaw im vorigen Protokoll falsche Aussagen erlaubt hatte. Wenjamin Iwanowitsch schlug folgende Erklärungsvariante vor: Da ich wusste, dass Mirlin kleine Kinder hat, habe ich,

Krasnogorow Stanislaw Sinowjewitsch, befürchtet, ihm mit meinen Aussagen zu schaden, nun aber, nach der Gegenüberstellung, bestätige ich, dass ich an dem und dem Tag ... Und zügig so weiter ... Wir haben gelesen und uns die Seiten weitergereicht ... Wir haben Tee getrunken ... Der Artikel hat mir nicht gefallen ... Ich habe zu Mirlin gesagt: »Dafür kommst du in den Knast, Semjon ...«

Er unterschrieb das Protokoll. Das dritte an diesem Tag. Es war schon zehn vor sechs. Acht Stunden, ohne etwas zu essen. Ihm war schwarz vor Augen, die Zunge wollte sich nicht bewegen. Wenjamin Iwanowitsch – der war topfit! – begleitete ihn freundlicherweise bis zu dem Fähnrich hinunter. Sie verabschiedeten sich mit Handschlag, und Stanislaw trat durch die Tür des Aufgangs fünf ins Freie. Die träge Hitze der Stadt, die sich den Tag über aufgeheizt hatte, umfing ihn.

8

»Und wieso zum Teufel hast du solche Sperenzchen gemacht?«, fragte Vikont ärgerlich. »War dir denn nicht klar, dass Semjon weich geworden war? Oder hast du dir eingebildet, dass ...«

»Warum?«, fiel ihm Stanislaw ins Wort. »*Warum* ist er weich geworden?«

»Ja, was macht das denn im Grunde für einen Unterschied? Er ist weich geworden! Hat irgendwas dort nicht ausgehalten. Ist schwach geworden ... Erschrocken ... Oder sie haben ihn getäuscht. Oder er hat sich einfach verplappert – er ist ja ein Plappermaul. Wozu also, frage ich, musstest du den Partisanen beim Verhör mimen? Worin liegt der Sinn?«

»Ich weiß nicht«, sagte Stanislaw.

Vikont hatte natürlich recht.

... Und Galilei hatte recht. Giordano Bruno aber nicht. Nur

dass es lächerlich war, das mit dem gegebenen Fall in Verbindung zu bringen ... Natürlich nicht lächerlich – daran war kein bisschen lächerlich, sondern – hochgestochen, oder? ... Unangebracht.

»Ich weiß nicht«, wiederholte er.

»Das Ergebnis ist, dass sie dich jetzt an der Angel haben«, fuhr Vikont noch immer ärgerlich fort. »Paragraph hunderteinundachtzig – vorsätzliche Falschaussage. Jetzt können sie dich jederzeit aus dem Verkehr ziehen.«

»Wie lange?«

»Nicht besonders lange, aber was zum Teufel willst du auch nur mit einer kurzen Zeit? ... Übrigens, hast du vor, auf der Arbeit von der ganzen Sache zu erzählen?«

»Keine Ahnung ... Vielleicht erzähl ich's Jeschewatow. Vielleicht auch nicht.«

Vikont wandte sich ab und begann mit der Pfeife gegen die Hand zu klopfen. Er sagte kein Wort mehr, doch Stanislaw verstand dieses sein Klopfen nur zu gut. Manche haben sich's hübsch eingerichtet: Sie können sich die Entscheidung erlauben, ob sie's der Obrigkeit sagen oder *nicht* sagen ... Manchen aber bleibt diese Wahl nicht.

»Ich begreife es nicht«, sagte er. »Wozu schleppen die diesen einen Satz von mir durch alle Protokolle: Du kommst in den Knast, Sjomka ... Übrigens, habe ich ihm das damals gesagt oder nicht?«

Vikont zuckte mit den Achseln. »Und den Rest begreifst du?«

»Nein. Ich begreife nicht, wozu er Saschka erwähnt hat. Ich begreife nicht, was Kamanin damit zu tun hat ... Weißt du übrigens, dass Kamanin also doch ein positives Gutachten für mich geschrieben hat?«

»Und wo ist es, dieses Gutachten?«

»Ich weiß nicht ... Zum Teufel, wie es mir zuwider ist, von alledem auf der Arbeit zu erzählen, verdammt ...«

Jeschewatow hörte sich die Mitteilung (kurz, ohne Einzelheiten) an, die mächtige Stirn mit den Geheimratsecken vorgereckt, und ließ dann eine Zeit lang schweigend die Muskeln in den eingefallenen gebräunten Wangen spielen.

»Willst du Urlaub?«, fragte er schließlich mit Nachdruck.

»Wozu?«

»Dass du denen nicht auf den Sack gehst. Willst du?«

Stanislaw zuckte mit den Achseln.

»Dann war's das«, sagte Jeschewatow. »Ich wollte dich im September nach Budapest schicken, jetzt kriegst du 'nen alten Dreck, aber kein Budapest. Sag weiter niemandem was, und marsch an die Arbeit. Wo ist der Bericht über diesen, äh, *Anti-Turing*? Drei Tage lang kriegst du keinen einfachen Bericht zustande, Arsch mit Ohren!«

Scheka Malachow aber krächzte, ließ seine rosigen Wangen wackeln, schneuzte sich in ein riesiges kariertes Taschentuch und vermied es, ihm in die Augen zu sehen.

»So was aber auch!«, sagte er betrübt und unangenehm berührt. »Da sieht es aus, als ob du dich ganz anständig benommen hättest, und trotzdem ist es, als wärst du in die Scheiße getaucht.«

Stanislaw schwieg sich aus. Er sah das anders. Ihm schien es, er habe sich durchaus gut verhalten. Nicht einfach anständig, sondern gut. Vielleicht nicht allzu klug, aber ehrenhaft. Letzten Endes ist Ehrlichkeit immer ein bisschen dumm. Und er hatte sich bis zum Ende ehrlich gehalten, so lange, wie es noch irgendeinen Sinn hatte ... Doch außer ihm selbst schien niemand so zu denken.

»Verstehst du«, sagte Scheka, »die wollten doch nur eins von dir: dass du die Tatsache der *Verbreitung* bestätigst. Und du hast sie bestätigt.«

»Nicht ich habe sie bestätigt, sondern Sjomka, ich habe ihm nur nicht widersprochen ...«

»Spielt keine Rolle. Für dich, für mich ist das wichtig: sofort oder nicht sofort, glatt oder mit Mühe, ob du Widerstand geleistet oder dich gleich auf den Rücken gelegt hast, Pfötchen nach oben. Aber denen ist das alles egal, ethische Imperative interessieren die nicht. Hat der Verdächtige seine antisowjetischen Werke verbreitet oder nicht? Ja, hat er, was durch die Aussagen von Zeugen bestätigt wird, die mit ihm weder verwandt ...«

»Ja, was hätte ich denn deiner Meinung nach tun sollen?«, fragte Stanislaw finster. »Mich ganz und gar sperren?«

»Was weiß denn ich! Denkst du etwa, ich kritisiere dich, oder was? Keineswegs! Ich sage nur, dass es unsereinem immer so geht: Wenn man vor denen kapituliert, steckt man in der Scheiße, und wenn man sich widersetzt, man kann sagen, bis zum letzten Blutstropfen, ist man trotzdem beschissen ... So läuft dieser Laden, verstehst du? Man kann nicht bei denen sein, ohne hernach ganz in der Scheiße zu stecken.«

»Ich hätt Gedächtnisverlust mimen sollen, hätte ich ...«, sagte Stanislaw wehmütig. *»Ich weiß nicht, erinnere mich nicht, habe keine Ahnung* ... ›Ja, es kann durchaus sein, dass Sie recht haben, Bürger Major, vielleicht war wirklich alles so, aber ich kann mich halt nicht dran *erinnern*! Mirlin erinnert sich, aber ich nicht.‹«

»Na ja, na ja. ›Er sagt, es ist in Ekstase passiert, ich erinnere mich aber genau, dass es in der Scheune war ...‹ Bilde dir bloß nichts ein! Du glaubst doch nicht etwa, dass die gegen solche Schlauköpfe kein Mittel haben? Haben sie, keine Sorge! *Die Organe!* ... Weißt du was: Wir rufen Vikont an und machen einen drauf. Meine Tanja ist zu ihrer Mama gefahren, aufs Dorf, und hat die Kinder mitgenommen, ich kann also machen, was ich will ...«

Und das taten sie denn auch – Stanislaw und Vikont über und über beschissen, Jewgeni Malachow aber mit blütenweißer Weste.

Am dritten Tage aber, abends so gegen acht, rief plötzlich Major Krasnogorski an, Wenjamin Iwanowitsch.

»Guten Abend, Stanislaw Sinowjewitsch!«, sagte er freudig, als hätten sie eine Ewigkeit nicht miteinander gesprochen. »Ich würde Sie *sehr* gern treffen.«

»Wann?«, fragte Stanislaw finster.

»Am besten gleich, wenn es geht.«

»Was denn, arbeiten Sie auch abends? Also bei mir geht das nicht so. Sagen wir lieber morgen vormittag ... Obwohl, morgen ist ja Sonnabend ...«

»Stanislaw Sinowjewitsch, mein Lieber, ich will von Ihnen nichts Dienstliches. Oder, genauer gesagt, nichts so ganz Dienstliches. Ich will in einer reinen Privatsache mit Ihnen reden.«

»Über welche reinen Privatsachen können wir beide zu reden haben?«

»Aber, Stanislaw Sinowjewitsch! Doch nicht am Telefon! ...«

»Warum denn nicht am Telefon? Sie haben mir doch hoch und heilig versichert, dass es nicht abgehört wird ...«

»Ach, Stanislaw Sinowjewitsch, seien Sie doch nicht so giftig, glauben Sie, es ist auch in Ihrem Interesse, nicht nur in meinem ...«

Schließlich verabredeten sie: in einer Stunde, bei Stanislaw zu Hause, aber nicht so lange – Stanislaw war beschäftigt und müde.

Als ihn der Major angerufen hatte, lümmelte er auf dem Sofa und las (zum fünfzehnten Mal) »Geheimnisvolle Strahlen«. Jetzt musste er fruchtbringende Tätigkeit auf Hochtouren vortäuschen – auf den Schreibtisch, in den Lichtkreis der Familienlampe mit dem grünen Schirm, wurden in gewollt arbeitsmäßiger Unordnung die Berichte über den längst vergessenen Vertrag mit dem Zweiundzwanzigsten Sonder-Konstruktionsbüro geworfen, und sogar der dienstliche Hewlett-

Packard mit Programmsteuerung wurde ins Blickfeld gerückt und demonstrativ eingeschaltet, sodass die roten Zahlen auf der Anzeige blinkten, und überhaupt ...

Man kann nicht sagen, er wäre beim Warten besonders nervös gewesen, doch ruhig fühlte er sich auch keineswegs. Ihm war klar, dass sich die nächste Schweinerei anbahnte und dass er mit all seiner gepriesenen Ehrlichkeit und der moralischen Kompromisslosigkeit eines Schülers der sechsten Klasse wieder bis über den Kopf in der Scheiße sitzen würde. »Steckt erst mal eine Kralle drin, ist gleich der ganze Vogel hin«, ging es ihm durch den Kopf, sinnlos und hoffnungslos. Sie hatten ihn am Haken – jetzt würden sie ihn nicht mehr loslassen. Licht ausschalten, Spülen nicht vergessen ...

Der Major erschien mit königlicher Pünktlichkeit, genau nach einer Stunde, und war sich selbst nicht ähnlich – er trug ein leichtsinniges seidenes Nickihemd von lilienweißer Farbe und abgewetzte, ausgebleichte Jeans, an den Füßen Turnschuhe, die auch nicht mehr neu waren, im Gesicht ein strahlendes, ganz ziviles Lächeln, in der Hand ein Diplomatenköfferchen. Nur dass das Lächeln irgendwie unnatürlich angespannt war und das Köfferchen zu luxuriös. Sowohl dieses Köfferchen als auch dieses Lächeln befanden sich in unangenehmem Widerspruch zum beabsichtigten (und sympathischen) Eindruck eines gewöhnlichen sowjetischen Kandidaten der technischen Wissenschaften, der mal eben vorbeischaute, um Grüße von den Jungs aus dem Rostower AFI für Schleifmittel und -techniken zu bestellen. Nach Staatssicherheit sah an dem Besucher aber auch rein gar nichts aus, was übrigens in der gegebenen Situation durchaus nicht beruhigend wirkte, sondern im Gegenteil verdächtig und sogar beängstigend.

Stanislaw führte ihn wortlos ins Zimmer und bot ihm am Mittagstisch mit dem Tischtuch und dem Aschenbecher Platz an. Wenjamin Iwanowitsch dankte, setzte sich, legte das blitzende Köfferchen vor sich hin, als wollte er es stets griffbereit haben, und begann übergangslos seinen Spruch zum Thema: Ich bin nämlich nicht dienstlich hier, sondern in einer Angelegenheit, die Sie, Stanislaw Sinowjewitsch, sogar mehr angeht als mich ...

Stanislaw hörte nur halb hin, eigentlich wohl gar nicht, ihn hatte Schwermut ergriffen und die böse Vorahnung einer unvermeidlichen Schweinerei, der nächsten Erniedrigung. Er sah den Major an und gestand sich irgendwie unbeteiligt ein, dass dessen Bewegungen geschickt und exakt waren und der Major in seiner außerdienstlichen Erscheinung tatsächlich ganz sympathisch wirkte: Er sah gut aus, sehr kräftig, in den hellen Augen lag nichts von jenem unnachgiebigen Scharfblick, im Gegenteil, aus irgendeinem Grund schienen sie gleichsam Verständnis zu suchen und ans Mitgefühl zu appellieren ... Wie er ihn so ansah, musste Stanislaw plötzlich an Onkel Wowa denken, der längst vergessen schien – einen komischen und gutmütigen Burschen, der bei ihnen in der siebenten Klasse den plötzlich dem Suff verfallenen Turnlehrer vertreten hatte. Onkel Wowa war auch so rundlich und untersetzt gewesen, ein einfacher Kerl, und seine Augen hatten Mitgefühl erheischt. Er befasste sich mit einer sonderbaren Art Sport: Er war ein *Kraftler* – die machten an die dreihundert Kniebeugen auf einem Bein, spielten mit 30-Kilo-Hanteln Fangball, machten einarmige Klimmzüge und lauter solches Zeug ... Onkel Wowa schaffte *zwölf* einarmige Klimmzüge – in seinem ganzen Leben hatte Stanislaw nie wieder jemanden gesehen, der es auch nur *einmal* gekonnt hätte ...

Beiläufig registrierte Stanislaw übrigens, dass sich im Köfferchen des Majors höchstwahrscheinlich ein eingeschaltetes Tonbandgerät befand und darum besondere Vorsicht angebracht war. Sozusagen »Geschwindigkeit vermindern, Aufmerksamkeit erhöhen ...«

Dem Gerede, das alles sei »nicht dienstlich« und »doch in

Ihrem eigenen Interesse«, glaubte er natürlich keine Sekunde lang, und daher kam ihm das Verhalten des heimtückischen Majors erst recht verdächtig und bedrohlich vor, der sofort nach seiner verschwommenen, offensichtlich üblichen Einleitung auf eine ganz unpassende, fast furchteinflößende Art mit Erklärungen begann.

»Unser Gespräch ist von außerordentlicher Wichtigkeit«, erklärte der Major. »*Möglicherweise*«, berichtigte er sich sogleich und machte sein Köfferchen auf. »Ich möchte es aufzeichnen, weil es durchaus sein kann, dass wir beide, *wir beide*«, betonte er, »es uns später wieder anhören werden, um es zu ergänzen und zu analysieren.« Mit diesen Worten holte er aus dem Köfferchen ein kleines (anscheinend japanisches) Tonbandgerät, schaltete es ein (das rote Lämpchen begann zu leuchten) und legte es demonstrativ mitten auf den Tisch, das Köfferchen aber stellte er auf den Boden.

»Ich weiß, dass Sie Angst vor mir haben«, fuhr der Major fort – nein, nicht der Major, sondern ein durchweg ziviler Mensch, Wenjamin Iwanowitsch Krasnogorski, der sich hier sichtlich unwohl fühlte, sichtlich nervös war und weder seiner selbst noch sonst einer Sache sicher. »Ich weiß, dass Sie jetzt glauben, ich wollte Sie irgendwie hinters Licht führen, Sie in eine schmutzige Geschichte hineinziehen, Sie anwerben ... Diese Etappe müssen wir beide irgendwie überspringen. Sie werden sehr bald verstehen, dass der Fall ganz anders liegt und ich vor Ihnen auch Angst habe, sogar mit sehr gutem Grund.

Zunächst wird unser Gespräch einem Verhör ähneln«, fuhr Wenjamin Iwanowitsch fort (der sich selbst nun schon gar nicht mehr ähnlich war – er klopfte nervös mit den Knöcheln beider Hände aufs Tischtuch und lächelte beinahe einschmeichelnd). »Aber bald werden Sie verstehen, dass es keineswegs ein Verhör ist, sondern dass ich mich einfach zuerst überzeugen muss, ob meine Vermutungen zutreffen ... Das heißt, eigentlich bin ich sowieso überzeugt davon, sonst wäre ich nicht hergekommen und hätte nicht begonnen, mit Ihnen ... Kurzum, zunächst möchte ich, dass Sie ehrlich und präzise ein paar sehr einfache Fragen beantworten. Sie alle erfordern – fürs Erste – nur eine binäre Antwort: ja – nein. Sie gehen damit absolut keinerlei Verpflichtung ein. Manche Antworten kenne ich im Voraus, manche nicht, doch da kann es verschiedene Varianten geben, die ich nicht abzusehen vermag ...«

Anscheinend veranlasste gerade das Unnatürliche, genauer: Widernatürliche der Situation Stanislaw, überhaupt etwas zu sagen – diesem unverständlichen Strom von Worten und Emotionen Einhalt zu gebieten, der sogar beängstigender wirkte als widerwärtiger (sei's drum!), aber wenigstens geradliniger Druck, darauf gerichtet, ihn zu brechen und zu verbiegen.

»Wie viel einarmige Klimmzüge schaffen Sie?«, fragte er, für sich selbst unerwartet und natürlich erst recht für den Major.

Wenjamin Iwanowitsch stockte mitten im Wort, blinzelte verwundert, dann begann er sich plötzlich zu freuen, zu lächeln, zu strahlen. »Sechs!«, sagte er stolz. »Aber nur rechts. Links einen, wenn's hoch kommt zwei.«

»Ja wieso denn ...«, bemerkte Stanislaw, der partout nichts mit der gewonnenen Information anzufangen wusste. »Mit links müssten Sie auch ...«

»Geht nicht«, gestand Wenjamin Iwanowitsch seufzend, stutzte aber sogleich. »Ich bin froh, dass Sie den Sinn für Humor nicht verloren haben«, sagte er aufrichtig wohlwollend. »Wissen Sie, wenn die Leute Späße machen, dann läuft die Sache.«

Stanislaw war sich dessen gar nicht so sicher (und er hatte ja auch keinen Scherz gemacht – ihm war einfach eine Dummheit entschlüpft), doch er widersprach nicht.

Wenjamin Iwanowitsch aber fuhr in bittendem Ton fort: »Also, Sie erlauben? ... Ein paar Fragen? ...« Und ohne eine Zustimmung abzuwarten, fragte er: »Den Namen Kalitin, Alexander Silantjewitsch, kennen Sie?«

»Ja«, sagte Stanislaw und konnte sich nicht verkneifen hinzuzufügen: »Das habe ich Ihnen schon gesagt.«

»Er war ein guter Freund von Ihnen, nicht wahr?«

»Ja.«

»Und warum er plötzlich nach Moskau gezogen ist, wissen Sie nicht?«

»Ich weiß es. Aber ich werde nicht darüber sprechen.«

»Warum?«

»Ich will nicht.«

»Aber Sie haben sich nicht mit ihm zerstritten?«

»Nein, natürlich nicht. Wie kommen Sie darauf?«

»Na, was weiß ich ... Es passiert ja doch alles Mögliche ... Schön. Und Scherstnjow, Konstantin Iljitsch, haben Sie gekannt?«

»Ich habe Ihnen schon gesagt: Nein.«

»Versuchen Sie sich trotzdem zu erinnern. Ich helfe Ihnen dabei. 1950 haben Sie sich an der physikalischen Fakultät beworben, wissen Sie noch?«

»Hm.«

»Es gab ein Eignungsgespräch, ja?«

»Ja. Und ich bin nicht genommen worden. Ohne Angabe von Gründen.«

»Aber Sie erinnern sich, wie das alles ablief? Versuchen Sie sich zu erinnern. Sie kommen also ins Zimmer. Da sitzt die Kommission ...«

Stanislaw bemühte sich aufrichtig.

»Ich kann mich an nichts entsinnen«, sagte er. »Ich glaube, das Zimmer war dunkel und verraucht wie eine Kneipe. Hinterm Tisch saßen irgendwelche Leute. An die fünf. Sehr feindselig. Ich habe überhaupt nicht begriffen, warum die derart über mich herfallen, aber es war klar, dass meine Sache beschissen aussah, verzeihen Sie den Ausdruck ...«

»Na ja.«

»Das war's. Sehen Sie, niemand hat sich mir vorgestellt.

Wenn also Ihr Scherstnjow dort gesessen haben sollte, dann ist mir das im Dunkeln verborgen geblieben ...«

»Und Sie haben sich keinen von denen gemerkt?«

»Natürlich nicht. Einer ist dort besonders bösartig über mich hergefallen – so ein Hellblonder, Junger ... Alle Übrigen aber – einer wie der andere.«

Wenjamin Iwanowitsch schwieg eine Zeit lang, sein Blick verharrte, als habe in ihm jemand plötzlich auf die Bremse getreten.

»Genau das war Scherstnjow«, sagte er schließlich.

»Ja? So ein Hundesohn! Der hat mich damals ja richtiggehend fertiggemacht. Hat sicherlich an die hundert Fragen gestellt, der Mistkerl. Anscheinend hatte er die Anweisung, den FAVFler durchfallen zu lassen. Also hat er's getan, der tüchtige Junge. ›A Scheenling un a ganzer Kerl, un noch derzu bestimmt kein Jid!‹...«

»Sie denken, er war Jude?«

»Himmel, natürlich nicht. Das ist so eine Redensart, weiter nichts ... Wo sollte damals an der physikalischen Fakultät ein Jude herkommen?!«

Er stockte, schließlich lief das Tonband, und biss sich auf die Zunge. Zu spät freilich. Idiot, sagte er zu sich. Kretin.

»Ich will sagen, damals gab es den Kampf gegen Kosmopolitismus«, erläuterte er, »der heute verurteilt wird. Den Personenkult.«

»Ja, tatsächlich ...«, ließ sich Wenjamin Iwanowitsch langsam vernehmen. »So. Na gut. Jetzt – Kamanin, Nikolai Aristarchowitsch?«

»Habe ich Ihnen schon gesagt. Ich hab seine Bücher gelesen. Sehr gern habe ich von ihm ›Die Jäger nach dem Unmöglichen‹. Es gibt bei ihm brillante Erzählungen. Aber persönlich gekannt habe ich ihn nicht. Und niemals auch nur gesehen. Höchstens im Fernsehen, aber das weiß ich nicht mehr.«

»Im Fernsehen ist er nicht gern aufgetreten.«

»Dann erst recht. Also habe ich ihn auch im Fernsehen nicht gesehen.«

»Aber er war Ihnen sympathisch, verstehe ich das richtig? Wenn auch sozusagen unbekannterweise.«

»Ja. Nach allem, was man so hörte, war er ein guter Kerl. Hat gern einen getrunken, gern jemandem geholfen, sein Geld nicht beisammengehalten. Er ist für ...« – beinahe hätte er sich verplappert: für Brodski – »... die Menschen eingetreten. Und überhaupt.«

»Klar«, sagte Wenjamin Iwanowitsch mit Enttäuschung in der Stimme und fuhr fort: »Jetzt – Gugnjuk, Nikolai Ostapowitsch.«

»Wie bitte?«

»Gugnjuk. Nikolai Ostapowitsch.«

»Hör ich zum ersten Mal. Wer ist das?«

»Und Berman, Amalia Michailowna?«

»Amalia Michailowna? Bei uns hat in Wohnung neunzehn eine Amalia Michailowna gewohnt. Aber ich bin nicht sicher, ob sie Berman hieß.«

»Das ist die, von der Sie in Ihrem Roman schreiben?«

»Ja. Nur dass es kein Roman ist. Und nicht einmal eine Novelle. Es ist eine Erzählung.«

»So?«, wunderte sich Wenjamin Iwanowitsch. »So eine lange?«

»Das ist nicht meine Meinung. Das ist die Meinung des Redaktionskollegiums.«

»Klar. Ihre Amalia Michailowna ist also eine reale Person?«

»Absolut. Alles, was ich über sie geschrieben habe, ist die reine Wahrheit. Sie ist vor zehn Jahren gestorben, sonst könnten Sie sie selber fragen.«

»Ja. Ich weiß. Und es ist sehr schade, dass sie nicht mehr lebt. Sie könnte uns sicherlich etwas Interessantes erzählen ... Na schön. Und kennen Sie Gabunija, Iwan Sacharowitsch?«

Stanislaw konnte sich nicht beherrschen – er runzelte die

Stirn. »Na ja. Der ist eine Zeit lang zu uns gekommen ... Also ja. Ich kannte ihn. Er ist wohl auch schon tot ...«

»Ich sehe, Sie waren nicht besonders gut auf ihn zu sprechen?«

»Was kümmert Sie's? ... Hören Sie, was sollen alle diese Fragen? Vielleicht sagen Sie mir klipp und klar, worum es geht?«

Da brach es gleichsam aus Wenjamin Iwanowitsch hervor. »Ja unbedingt!«, rief er mit unbegreiflichem Missmut. »Unbedingt sag ich's. Aber später. Ich quäle Sie ja jetzt sozusagen nur, um zu verstehen, wie ... *wie*, verdammt nochmal, ich Ihnen das Wesentliche erzählen soll, damit Sie's begreifen und glauben. Wenn ich Ihnen das alles jetzt so mir nichts, dir nichts auftische, schicken Sie mich einfach zum Teufel, und wir kommen nicht ins Gespräch. Aber ich brauche ein Gespräch!«

»Lieber Himmel ...«, sagte Stanislaw, von diesem Ansturm ziemlich verdutzt. »Was sind denn das für Geheimnisse der alten Mamsell? Winkt mir womöglich eine Erbschaft von drüben?«

»Nein. Keine Erbschaft. Und überhaupt sollten Sie nicht nutzlos raten. Antworten Sie einfach, weiter nichts.«

»Na gut, gut. Machen Sie weiter. Wen haben Sie noch?«

»Nein«, sagte Wenjamin Iwanowitsch entschieden. »Sagen Sie mir zunächst doch eins: Sie hatten ein schlechtes Verhältnis zu diesem Gabunija? Konnten ihn nicht leiden?«

»Hören Sie, ich war damals fünfzehn ... Oder dreizehn? Egal. Er tauchte damals bei uns auf, so ein sanfter, süßlicher Typ, hat andauernd mit Mutti im Duett gesungen ... Es war klar, dass er gern mein neuer Papa geworden wäre. Dabei hatte er selber schon einen Sohn von dreißig Jahren ... Wofür hätte ich ihn gernhaben sollen?«

Er verstummte. Wie komme ich denn dazu? Ich will nicht darüber reden. Über Muttis Blick auf diesen Kerl, den er einmal erhascht hatte ... Und wie der besonders ekelhaft war, wenn er sich mit Portwein hatte vollaufen lassen ... Er kippte gern einen hinter die Binde, dieser russifizierte Grusinier (oder Mingrelier?) – trank wie ein Grusinier, aber besoff sich wie ein Russe ... Zum Teufel mit ihm.

»Klar. Einverstanden ... Und jetzt noch ein Name: Kaljaxin, Sergej Jurjewitsch.«

»Kaljaxin?«

»Ja. Sergej Jurjewitsch.«

Stanislaw schüttelte den Kopf. »Ich erinnere mich nicht. Wer ist denn das?«

»Er war Prorektor am Vierten Medizinischen Institut.«

»Ah. Dann müsste Vikont ... ich meine Viktor Grigorjewitsch ihn eigentlich kennen ...« Abermals biss er sich auf die Zunge. Verdammtes Plappermaul. Er hatte sich doch vorgenommen: keinerlei Namen! Plappermaul, unbeherrschtes ...

»Ja. Viktor Grigorjewitsch kennt ihn sicherlich, aber ich dachte, dass Sie vielleicht auch ...«

»Nein. Ich hab noch nicht einmal von ihm gehört.«

»Verstehe. Aber der Name von Akademiemitglied Chuchrin ist Ihnen natürlich wohlbekannt?«

»Natürlich. Das war mein Oberster Chef. Er ist übrigens gestorben. Buchstäblich vor ein paar Tagen. Die Totenfeier war in der Nikolski-Kathedrale.«

»Ja, ich hab davon gehört ... Ein ziemlich seltsamer letzter Wille für ein Parteimitglied aus den hm-zehner Jahren ...«

»Na ja, wie man's nimmt ...«

»Na schön, Gott mit ihm. Mit dem Akademiemitglied hatten Sie also regelmäßig zu tun, habe ich Sie da richtig verstanden?«

»Na, wie man's nimmt ...«, wiederholte Stanislaw. »Er befand sich ... in akademischen Gefilden hoch über den Wolken. Aber ich habe ihm ein paarmal über die Arbeit Bericht erstattet. Es heißt, er habe gut zu mir gestanden, mich *gefördert*. Hat mir ohne jeden Widerstand das Gehalt erhöht ... Es heißt, er war ein ganz anständiger Leiter – kannte sich in seinen Angelegenheiten aus und mischte sich nicht in fremde ...«

Wenjamin Iwanowitsch nickte, als wolle auch er dem dahingegangenen ganz anständigen Leiter den gebührenden Respekt zollen. Dann sagte er: »Aber erlauben Sie eine Frage, Stanislaw Sinowjewitsch ... In Ihrem Roman ... Wie soll ich sagen ... Wie groß ist da der Anteil des Erfundenen?«

Stanislaw blickte ihn an. Der Major lächelte freundlich und noch immer einschmeichelnd. Er erwartete eine Antwort. Aus irgendeinem Grunde brauchte er die Antwort auf diese hier völlig unangebrachte Frage.

»Ja, wissen Sie ... Bestimmte Einzelheiten, Details, so psychologische Finessen – ja, das ist erfunden. Aber wenn man die Fakten selbst nimmt ... Ausgenommen natürlich die Geschichte mit Marias Kind ... Das mit dem Kind ist natürlich reine Phantasie ...«

»Natürlich«, murmelte Wenjamin Iwanowitsch zustimmend, »so habe ich das auch verstanden.«

»Ja ... Aber im Übrigen ... Was erweckt denn da eigentlich Zweifel bei Ihnen?«

»Na ja, es sind keine Zweifel ... Es ist, wie soll ich sagen ... Sagen wir, der Fall mit dem GAS, der beinahe in den Abgrund gestürzt wäre ...«

»Reine Wahrheit, fünf Zeugen.«

»Und der Fall mit dem Splitter, der neben Ihnen einschlug? Zur Blockadezeit.«

»Auch reine Wahrheit.«

»Und die Geschichte mit dem Menschenfresser?«

»Im Hof? Auch. Ich schwör's! Manchmal sehe ich ihn im Traum: die runde Stahlbrille, die grauen Bartstoppeln – und die Axt, genau vor meiner Nase ...«

»Und dasselbe in allen zwanzig Fällen?«

»Genau gesagt, vierundzwanzig. Ja. Ich habe nichts erfunden.«

»Aber das ist doch seltsam.«

»Und ob. Sonst hätte ich ja den Roman nicht geschrieben.«

»Und Sie haben nie versucht, das alles zu erklären? Wenigstens irgendwie?«

»Natürlich hab ich's versucht ...« Stanislaw wurde hellhörig. Die Fragen waren gar zu harmlos. Und sogar zwecklos. Etwas stimmte hier nicht. Anscheinend holte der Major zum entscheidenden Schlag aus.

»Nichts.«

»Gar nichts?«, beharrte der Major.

»Gar nichts.«

»Aber das alles kann doch kein reiner Zufall sein!«

»Gewiss. Aber ich habe es satt, mir den Kopf drüber zu zerbrechen.«

»Sie sind doch Wissenschaftler.«

»Na und?«

»Es ist Ihr Beruf, sich den Kopf zu zerbrechen.«

Stanislaw lachte. »Mein Beruf ist es, mir den Kopf über Systemaufgaben zu zerbrechen. Dafür krieg ich Kies.«

Und da beugte sich Wenjamin Iwanowitsch vor, sein Lächeln verschwand, und er sagte mit tonloser Stimme: »Aber Sie werden sich den Kopf zerbrechen müssen, und zwar ohne Bezahlung. Alle Menschen, von denen wir eben gesprochen haben, sind tot. Und sie sind auf sehr ähnliche Weise gestorben – ungefähr so wie Ihr Menschenfresser mit der Axt: getötet von einem Granatsplitter, den es nicht gab. Und sie alle hatten auf die eine oder andere Art mit Ihnen zu tun, Stanislaw Sinowjewitsch. Alle ohne Ausnahme. Ist Ihnen klar, was das bedeutet? Wir haben an die zehn Menschen, die eines seltsamen Todes gestorben sind, wie er normalerweise nicht vorkommt, die Todesursache selbst ist ein Rätsel, eigentlich sind sie nicht gestorben, sondern umgekommen, und alle hatten in größerem oder geringerem Maße mit Ihnen zu tun – *alle*!«

»Was heißt ›hatten zu tun‹?«, fragte Stanislaw verwirrt. Derlei hatte er nicht erwartet.

»Es heißt: Sie waren entweder persönlich mit Ihnen bekannt oder mit guten Bekannten von Ihnen. Jeder Einzelne.«

»Und alle sind von Splittern getötet worden?«

»Sie schreiben doch selber: *Es hat keinen Granatsplitter gegeben!*«

»Wer weiß, was ich mir da eingebildet habe. Sicherlich gab es einen, und ich ...«

»Es hat keinen Splitter gegeben, Stanislaw Sinowjewitsch. Das ist ja der ganze Witz. *Es gab keinen!*«

Die letzten Worte sagte Wenjamin Iwanowitsch fast flüsternd. Wieder war sein Gesicht zur Ruhe gekommen. Er lehnte sich auf dem Stuhl zurück und begann plötzlich nervös die Hände zu bewegen: Er verschränkte die Finger und ließ sie laut knacken, dann rieb er sich mit den Handflächen heftig die Wangen, die Nase, als ob es ihn plötzlich juckte, den Hals zu beiden Seiten, und dann verschränkte er wieder die Finger. Auf einmal sah er aus wie ein Mensch, der von allem tief enttäuscht und sogar verzweifelt ist. Stanislaw betrachtete ihn schweigend. Beide schwiegen sie, und das ziemlich lange. Dann klickte das Tonbandgerät leise, und das rote Lämpchen erlosch. Wenjamin Iwanowitsch griff eilig und gierig danach, nahm die Kassette heraus, drehte sie um, schob sie wieder hinein. Das rote Lämpchen leuchtete wieder auf.

»Was wollen Sie also – mich des Mordes bezichtigen?«, fragte Stanislaw schließlich. Sicherheitshalber. Er wusste, dass dem nicht so war.

Wenjamin Iwanowitsch grinste nur schief. Dieses Grinsen bedeutete: Weit ist es mit deinem gelehrten Köpfchen also nicht her.

»Ich bin sicher, dass Sie keinerlei Schuld trifft«, sagte er. »Ein Mensch kann nicht daran schuld sein, dass er existiert, nicht wahr?«

»Ich verstehe Sie nicht«, sagte Stanislaw. Die Vorahnung von Erniedrigung und Schande wich bei ihm rasch der Vorahnung eines Unglücks. Der kalte Kloß in seinem Inneren begann plötzlich, sich auf sich selbst zu wickeln, er wuchs und ließ die Innereien vor Kälte erstarren.

»Wenn Sie meine Meinung wissen wollen«, erklärte Wenjamin Iwanowitsch und wählte sorgsam die Worte, »dann sage ich: Sie trifft keinerlei Schuld, doch andererseits, wenn Sie nicht auf der Welt wären, wären jetzt alle diese Menschen am Leben ... Jedenfalls wären sie nicht eines solchen schrecklichen Todes gestorben.«

»Aber das ist doch Unsinn«, sagte Stanislaw hilflos. »Was habe ich damit zu tun?«

»Ich weiß nicht. Ich verstehe es selbst nicht. Aber ich will es verstehen. Sonst säße ich nicht hier bei Ihnen.«

Eine Zeit lang schwieg Stanislaw. Natürlich lag in den Überlegungen des Majors eine gewisse Logik. Doch es war die Logik einer schizophrenen Denkweise, wobei man aus zehn möglichen Schlussfolgerungen die unerwartetste wählt.

»Können Sie mir klar sagen, was Sie von mir wollen?«, fragte er schließlich.

»Ja. Ich will, dass Sie mir helfen, in dieser Geschichte Klarheit zu gewinnen. Dass Sie selber Klarheit gewinnen und mir dabei helfen.«

»Aber ich verstehe ja gar nichts, sehen Sie das denn nicht?«, sagte Stanislaw. »Wie kann ich Ihnen helfen? Und überhaupt ... Verzeihen Sie, natürlich, aber warum muss ich Ihnen überhaupt glauben?«

»Ja gar nichts müssen Sie«, sagte Wenjamin Iwanowitsch missmutig. »Wenn Sie's nicht glauben, dann eben nicht. Ich rate Ihnen nur – glauben Sie's. Und Klarheit zu gewinnen, das rate ich Ihnen. Denn wenn Sie es nicht tun, dann tut es jemand anders, und dann ergeht's Ihnen schlecht, begreifen Sie das?«

»Nein.«

»Sehr schade, dass Sie es nicht begreifen. Sie sind ein ungewöhnlicher Mensch. Sie sind doch *paranormal.* Haben Sie wenigstens das mitgekriegt? Haben Sie! Sie haben sogar einen Roman drüber geschrieben. Nur wollen Sie, nachdem Sie A gesagt haben, nicht B sagen. Wollen Sie, dass es jemand anders sagt? Ungewöhnliche Menschen gibt es nicht wie Sand am Meer, nach denen, wissen Sie, wird eigens gesucht ...«

»Wozu?«

»Zum Nutzen der Sache!«

Das war eine Drohung. Genauer, eine Warnung. Eine gutgemeinte Warnung. Aus Sorge. Da war schon ein gewisser Eigennutz, aber kein böser, nein. Er will das Beste – sowohl für mich als natürlich auch für sich. Aber nicht »zum Nutzen der Sache«, sondern zu seinem und meinem Nutzen ...

»Ich will Ihr Bestes, Stanislaw Sinowjewitsch«, sagte der Major wehmütig. »Für Sie und für mich. Für uns beide, verstehen Sie?«

»Was denn, können Sie Gedanken lesen?«

»Nein. Gedanken kann man nicht lesen«, sagte der Major mit unerwarteter Befriedigung. »Aber man kann sie erraten. Wie ein Rätsel. ›Der Ring hat zwei Enden, in der Mitte ein Stift.‹«

Und es waren diese seine idiotischen Worte, die für Stanislaw eine Entscheidung brachten.

»Na gut«, sagte er. »Na schön. Ich bin bereit, drüber nachzudenken, bitte ... Aber ich brauche ja Ihre Unterlagen. Ich will mit eigenen Augen lesen: Wer sie waren, was sie waren, wie sie umgekommen sind und so weiter. Das kann man ja nicht einfach so mir nichts, dir nichts glauben. Denn was kommt bei Ihnen heraus: Da sitzt der Übeltäter Krasnogorow wie eine Spinne im Netz, und rings um ihn werden die Menschen nur so dahingemäht ... Sind Sie eigentlich sicher, dass Sie *alle* derartigen Fälle kennen? Denn es ist ja sehr wichtig, dass wirklich *alle* bekannt sind.«

»Ich bin sicher.«

»Woher Sie diese Sicherheit nehmen, verstehe ich nicht.«

»Vom Kamel. Was sind Sie doch für ein Kindskopf, Stanislaw Sinowjewitsch! Verstehen Sie's denn wirklich nicht?«

Stanislaw verstand es. Er konnte es einfach nur partout nicht glauben. Er brachte es nicht fertig, sich von der gemütlichen (jetzt schien sie gemütlich) Annahme zu trennen, das alles sei eine komplizierte Provokation mit dem Ziel, Senja Mirlin endgültig zu erledigen und ihn, Krasnogorow, auf den Weg des Verrats zu bringen. Er hatte schon begriffen, dass dem nicht so war, und bedauerte, dass dem nicht so war, denn das wäre zwar auch nicht einfacher gewesen, aber wenigstens nicht so seltsam und unheimlich.

»Geben Sie mir die Unterlagen«, sagte er. Er musste zu einem Ende kommen. Sollte er die Unterlagen hierlassen und gehen. Er musste sich hinsetzen und alles sssorgfältig durchdenken. Vikont dazuholen. Unverzüglich.

»Abgemacht ...«, sagte Wenjamin Iwanowitsch ohne eine Spur von Begeisterung und sogar mit einer Art müder Gleichgültigkeit. Er holte sein Köfferchen unter dem Tisch hervor und öffnete es – sodass Stanislaw den Inhalt nicht sehen konnte. »Da sind die Unterlagen ...« Er legte eine Mappe von mittlerem Umfang aufs Tischtuch. »Am besten lasse ich Ihnen auch das Tonbandgerät da, wollen Sie? Aber das ist alles streng vertraulich. Ich will Sie gleich warnen.«

»Ich habe Ihnen nichts unterschrieben«, entgegenete Stanislaw. »Und werde es auch nicht tun.«

»Stanislaw Sinowjewitsch«, sagte der Major und schloss die Augen, als sei er von der Begriffsstutzigkeit seines Gesprächspartners erschöpft. »Ich bitte Sie. Sie dürfen sich in dieser Angelegenheit mit niemandem beraten oder auch nur drüber reden. Ich habe nichts gegen Ihre Freunde, das sind lauter richtig nette Menschen, aber lassen Sie's sein.«

»Sie haben wohl Angst, dass Information durchsickert? Das

ist ja schon passiert. Sie haben sie selber durchsickern lassen.«

»Dass Information durchsickert, fürchte ich nicht. Das heißt, das auch. Ich will, dass Sie begreifen: In dieser Sache können sich Umstände ergeben, die Sie selber nicht publik machen möchten. Hernach bereuen Sie's, aber dann wird es zu spät sein.«

»Was meinen Sie denn damit?« Stanislaw runzelte die Stirn. In den letzten Worten des Majors schien ihm eine weitere unangenehme und bedrohliche Anspielung zu stecken.

»Unwichtig. Überlegen Sie selbst: Erzählen Sie etwa alles von sich anderen Leuten? Und wenn es auch Freunde sind? Oder behalten Sie doch die eine oder andere Nuance für sich?«

Ein paar beschämende Bilder huschten wie eine Schar Fledermäuse durch Stanislaws Kopf, doch im Blickfeld blieb sozusagen nur eins hängen: wie er mit verkniffenem Gesicht und krächzend nach einem Anfall von *Erleuchtung* die Unterhose wechselt ...

»Ja. Nuancen behalte ich für mich. In der Tat ...«, sagte er langsam. »Aber Sie denken anscheinend an etwas Konkretes?«

»Nein«, sagte Wenjamin Iwanowitsch und packte plötzlich, als sei ihm ein Versäumnis eingefallen, gierig seine Mappe, kramte rasch darin und nahm, ja riss sogar eine einzelne Seite heraus. »Die hatte ich vergessen«, erklärte er mit schuldbewusst-falschem Lächeln. »Entschuldigen Sie, aber dieses Material dürfen Sie nicht sehen. Dieses Geheimnis gehört sozusagen nicht mir ...«

Stanislaw warf ihm schweigend einen Blick zu, nahm die Mappe und begann darin zu blättern. »Gabunija, Iwan Sacharowitsch« ... »Scherstnjow, Konstantin Iljitsch« ... »Kaljaxin, Sergej Jurjewitsch« ... Es gab sogar den »*Unbekannten*« – mit einem Zitat aus S. Krasnogorows Roman *Der glückliche Junge*. Alles in allem sieben Fälle. Sieben.

»Sie sagten: ›zehn Menschen‹?«

»Nein«, berichtigte ihn der Major rasch. »Ich habe gesagt: an die zehn.«

»Und wie viel sind es in Wahrheit? Genau?«

»Acht«, sagte der Major ebenso rasch.

Doch das war gelogen.

»Geben Sie mir die Seite, die Sie herausgenommen haben.«

»Nein.«

»Geben Sie sie her. Ich muss alles wissen. Letzten Endes geht es um mich. Persönlich. Es ist meine persönliche Angelegenheit.«

Wenjamin Iwanowitsch schüttelte nur den Kopf. Er blickte zur Seite, sein Mund ähnelte jetzt einem Hühnerbürzel.

»Sie haben mich beschuldigt«, begann Stanislaw langsam und ließ die Wut in sich emporsteigen, um das Eis zu schmelzen, das ihm in den Eingeweiden steckte, »Sie haben mich de facto beschuldigt, zehn Menschen umgebracht zu haben ... wenngleich ohne Absicht ... Haben Sie doch?«

»Nein. Ich habe Sie überhaupt nicht beschuldigt. Kein Gedanke.«

»Sie haben mich mit diesen Todesfällen in Verbindung gebracht. Schweigen Sie! Sie haben es getan. Und jetzt haben Sie die Stirn, etwas vor mir zu verbergen? Sie wollen, dass ich Klarheit gewinne, und selber fangen Sie mit dieser Geheimhaltung an?«

»Stanislaw Sinowjewitsch, ich will Ihnen dieses Material nicht geben.«

»Sie müssen. Sonst verweigere ich jede Mitarbeit.«

Welcher Teufel hatte seine Hartnäckigkeit angestachelt? Welcher elende Stolz sprach da aus ihm? Was wollte er eigentlich mit dieser Hartnäckigkeit, dieser Halsstarrigkeit und Krümelkackerei beweisen? Der Major betrachtete ihn aus den toten Augen eines Zombies. Wo war der gutmütige, einschmeichelnde Onkel Wanja geblieben? Der Major blickte ins Leere, rechnete. Er rechnete die Varianten durch. Dann zog er das Fazit.

»Gut. Nehmen Sie's.«

Stanislaw blickte ihm herausfordernd in die wieder zum Leben erwachten Augen und nahm das glatte Blatt Papier mit den deutlichen schwarzen Zeilen. Und plötzlich stockte ihm der Atem. Er hatte noch kein Wort gelesen, nicht einmal einen Blick auf den Text geworfen, doch der Atem stockte ihm schon, und er wollte die Seite plötzlich zurückgeben. Da zwang er sich zu lesen.

Er schaffte nur den Anfang. Da stand in der Überschrift – statt einer Überschrift – als Überschrift: *Krasnogorowa, Larissa Iwanowna* ... und noch etwas, noch ziemlich viel, doch er konnte schon nichts mehr sehen.

Das Leben des Glücklichen Jungen hatte seinen Lauf beendet. Jetzt lag *alles* hinter ihm. Ohne das alles konnte er nicht mehr existieren, und der Glückliche Junge verschwand. Oder starb. Oder blieb einfach in der Vergangenheit hängen – wie eine Wasserleiche hängen bleibt, wenn sie sich plötzlich in einer Wurzel am Ufer verhakt. Der Glückliche Junge war verschwunden. In der Zukunft kam er nicht mehr vor.

DRITTER TEIL

AUFZEICHNUNGEN EINES PRAGMATIKERS

Das ist der Ursprung dieser Aufzeichnungen:

Es brachte sie ein aufgeschossener, schlaksiger junger Mann mit bleichem Gesicht, das sowohl von hübschem hellen Flaum als auch von ziemlich widerwärtigen Pickeln bedeckt war. Wie sich herausstellte, hatte er geduldig gewartet, bis Stanislaw nach Hause kam – von drei Uhr nachmittags bis nachts um elf. Kronid hatte ihm geraten, lieber nicht zu warten; der junge Mann hatte den Rat nicht befolgt. Er müsse Herrn Krasnogorow etwas persönlich übergeben. »Sie können es bei mir lassen, ich gebe Ihnen eine Quittung.« – »Danke, nein. Nur persönlich.« Und so saß er bis elf im Vorsaal herum, der zum Empfangszimmer umfunktioniert worden war. (Stanislaw wohnte damals noch in der alten Wohnung – er hatte die unter Nachwuchspolitikern weitverbreitete Dummheit vermieden und sich keine standesgemäße Wohnung zuteilen lassen, sich nicht einmal ein luxuriöses Büro eingerichtet. Nur die Martjanowa, die Mitmieterin, hatte er in eine bessere Wohnung beim Komendantski-Flugplatz umgesiedelt.)

Als Stanislaw nach Hause kam, war er erschöpft, müde und krank von der menschlichen Dummheit und Gemeinheit. Kronid stand auf und ging ihm entgegen, hörte sich die Anweisungen für die Nacht an, übergab die Liste der wichtigsten Anrufe und wies erst dann mit einer Kopfbewegung auf den hartnäckigen Jüngling, der auch aufgestanden war, freilich lässig mit der Schulter an die Wand gelehnt, und geduldig wartete, bis ihm die hohe Aufmerksamkeit zuteilwurde.

»Ich höre Ihnen aufmerksam zu«, sagte Stanislaw zu ihm und rang sich ein Lächeln Nummer sechs ab. Er hoffte noch, das Gespräch gleich hier im Empfangszimmer in gutem, sachlichem Tempo erledigen zu können.

»Mein Name ist Krasnogorski«, sagte der junge Mann leise. »Ich bin Wanja.«

Stanislaw hatte ihn eine Sekunde vorher erkannt. »Gehen wir«, sagte er knapp, und sie gingen ins Arbeitszimmer.

»Setz dich«, sagte Stanislaw und ließ sich selbst in den Sessel fallen, wobei er sich wie ein Gummiboot vorkam, aus dem plötzlich der Stöpsel gezogen wird. »Entschuldige, dass ich dich nicht gleich erkannt habe. Immerhin ist über ein Jahr vergangen, nicht wahr? Na, wie geht's dir? Kann ich irgendwas für dich tun? Ich tu's gern.«

»Ich habe Ihnen Vaters Aufzeichnungen gebracht«, sagte Wanja Krasnogorski leise, und Stanislaw wunderte sich zum wer weiß wievielten Male, wie launisch und kapriziös die Natur doch bei der Ausführung ihrer eigenen Gesetze ist: Krasnogorski junior hatte mit dem Major viel weniger Ähnlichkeit als, sagen wir, mit Senja Mirlin – der war zumindest auch groß, dünn und schlaksig gewesen.

Stanislaw nahm die etwas schmuddelige Mappe entgegen, auf deren Deckel mit großen Druckbuchstaben »Für Iwan« geschrieben stand, und löste die Bänder. »Du liest diese Aufzeichnungen, und das bedeutet, dass ich nicht mehr am Leben bin. Ich bin ermordet worden ...«, las er und schlug die Mappe zu.

Wanja war schon aufgestanden, zum Gehen bereit.

»Warte, wo willst du denn hin?«, sagte Stanislaw mit neuerlicher Überwindung. »Willst du denn nicht mit mir reden?«

»Sehr gern«, sagte Wanja. »Und ich habe eine Bitte an Sie. Aber erst, nachdem Sie es gelesen haben.«

»Gut«, sagte Stanislaw. »Abgemacht. Ich lese es.«

»Meine Telefonnummer ist dieselbe wie früher ...«

»Klar. Aber wo warst du die ganze Zeit? Ich habe dich zweimal gesucht ...«

»Verreist«, antwortete Wanja knapp, und Stanislaw hatte keine Lust weiterzufragen.

Die Mappe las er noch in derselben Nacht.

1

Du liest diese Aufzeichnungen, und das bedeutet, dass ich nicht mehr am Leben bin.

Ich bin ermordet worden.

Welche Todesursache dir auch mitgeteilt wird, du sollst wissen: Ich bin ermordet worden – genau kalkuliert, professionell, nach allen Regeln der Kunst.

Glaube nicht, dass ich während des Berufsverkehrs im Autobus einem Herzanfall erlegen bin. Ich habe eine ideale Gesundheit. (Du übrigens auch.) Es hat sich einfach jemand in der Menge an mich herangemacht und mir (direkt durchs Jackett) eine Spitze mit irgend so einem Kardiolethal-A (ich kenne die Präparate heutzutage nicht) oder einem anderen Dreckszeug verpasst.

Glaube nicht, dass ich beim Überqueren der Straße unachtsam war. Seit einiger Zeit bin ich nirgends so aufmerksam wie beim Überqueren der Straße, beim Vorbeigehen an (wer weiß warum) dunklen Einfahrten und auf den Bahnsteigen von Bahnhöfen, der Metro und Vorortzügen.

Wenn ich betrunkenen Rowdys zum Opfer gefallen bin, sollst du wissen: Ihre Namen sind mir bestens bekannt. Das sind keine Rowdys, sie trinken selten und betrinken sich nie. Es sind entweder Alexander Stepanowitsch Gurikow (Saschka der Köter) oder Marlen Iwanowitsch Kossorutschkin (alias Marljocha), oder vielleicht Serjoga der Käfer (Sergej Sergejewitsch Schukowanow).

Glaube niemandem, weder Papieren noch Filmen und Fotos noch Magnetkassetten oder Videoaufzeichnungen. Glaube dem, was ich hier für dich aufschreibe, und vergiss nicht, dass dich diese Informationen für alle unerreichbar machen werden (genauer: *vielleicht* machen werden, machen *können* – im Prinzip, wenn bestimmte, niemandem bekannte Bedingungen erfüllt sind), doch nur in dem Fall, wenn sie ausschließlich *dein* Eigentum bleiben.

Dieses Wissen wird dich schneller als jedes Gift töten, wenn du es auch nur mit einem einzigen Menschen teilst. Dieses Geheimnis ist nur für einen bestimmt. Zwei sind hier schon viel, zu viel, ein für alle Mal zu viel.

Am meisten musst du die Menschen fürchten, die du liebst.

Fürchte die Mutter. Sie ist dumm und auf dumme Art edel. (Vertrau dich niemals edlen Menschen an – sie werden dich verraten und sich dabei an ihrer Selbstlosigkeit berauschen.)

Fürchte Aljoschka – er ist ein Alkoholiker. (Vertraue niemals Alkoholikern *irgendetwas* an.)

Fürchte deine Katjuscha. Sie wickelt dich um den Finger, dir gefällt das, ich weiß, doch sie ist viel stärker als du und sich dessen nur zu gut bewusst. (Überhaupt rate ich dir, Frauen nicht zu vertrauen: Ein Mann kann keine Frau vollends verstehen, das ist eine andere Spezies des Tierreichs, und vertrauen kann man nur jemandem, den man bis zum Grunde kennt.)

Ich will, dass alles, was ich habe, du bekommst und nur du. Du wirst mein Vorhaben zu Ende führen. Ich habe es nicht geschafft – wenn du diese Aufzeichnungen liest.

Lies sie durch, finde dich darin zurecht und unternimm genau neun Monate lang nichts, leb einfach weiter, wie du bisher gelebt hast, und denke nach. Warte. Denke. Bereite dich auf einen Entschluss vor. *Neun Monate!* Der Entschluss muss in dir heranreifen wie ein Kind in einer Frau. Dann sollst du handeln, wie du es für richtig hältst.

Der Mann, der dir dieses Paket überbringt, weiß von nichts. Er weiß nicht einmal, dass du mein Sohn bist. Er ist von kristallener Ehrlichkeit, auf altmodische Art edel und folglich nicht besonders gescheit. Trotzdem solltest du ihn besser nie wiedersehen.

Natürlich, sie können ihm auf die Spur kommen ... Nein, können sie nicht. Das heißt, wenn sie ihm auf die Spur kommen, wirst du von diesen Aufzeichnungen einfach nie etwas erfahren ...

He du, Kahlkopf! Wenn du mich doch erwischt hast und jetzt diese Zeilen liest – verdammt sollst du sein! Ich werde nachts zu dir kommen und dein bitteres Gehirn schlürfen und in dein elendes Herz beißen.

Ich habe dieses Geheimnis entdeckt, es ausgegraben, erraten, dem trüben Nichtsein entrissen, doch bis zum heutigen Tage habe ich es nicht zu nutzen gelernt. Ich weiß: Dieses Geheimnis trägt den Keim gewaltiger Möglichkeiten in sich. Kraft, große Macht, die Möglichkeit, etwas umzuformen, das nicht du geformt hast – das alles spürt man sogar schon bei der ersten Berührung damit. Doch *wie*? Ich weiß nicht.

Das ist so etwas wie der berühmte Fusionsreaktor aus deiner geliebten Physik. Alle wissen alles über ihn, auf dem Papier sieht alles gut und sogar hervorragend aus, das Gerede dauert nun schon ein halbes Jahrhundert, alle quasseln durcheinander, alle sind bei der Sache, doch niemand hat etwas erreicht. *Kraft. Macht über die Welt.* Aber – *wie*?

Es sind gerade solche Analogien, deretwegen ich mich wie ein Wissenschaftler fühle, ein Theoretiker, der »mit Bleistift und Papier« eine große Entdeckung gemacht hat, aus der irgendwann einmal irgendwer großen Nutzen ziehen wird, doch nicht heute und nicht einmal morgen. Sondern wenn ich nicht mehr auf der Welt sein werde, und du auch nicht, niemand.

Aus verständlichen Gründen habe ich keine Möglichkeit, meine *Entdeckung* richtig zu dokumentieren. Vieles wirst du einfach glauben müssen. Doch ebendarum versuche ich, möglichst ausführlich zu schreiben, in der Hoffnung, dass du aus den Einzelheiten einen Anhaltspunkt entnehmen kannst, einen Haken, eine Schlinge, um den Fisch in dein Boot zu ziehen, den ich in den Tiefen des Wassers erblickt, aber doch nicht bei den Kiemen gekriegt habe.

(Sogleich ertappe ich mich bei wohlklingenden Formulierungen. Diese Neigung hat man mir immer vorgeworfen. Zitate aus meinen Berichten sind als schlechtes Beispiel vorgelesen worden und haben das schadenfrohe Gelächter der Kollegen Organauten hervorgerufen. Doch ich gedenke so zu schreiben, wie es mir in die Feder kommt. Zeit meines Lebens habe ich angestrebt, tun zu können, wozu *ich* Lust habe, und zwar so, wie es *mir* gefällt. Jetzt habe ich diese Möglichkeit endlich erreicht. Ich habe weder einen Verweis mit Eintrag in die Kaderakte zu befürchten noch eine Vorladung zum Chef mit anschließender Kopfwäsche, noch die Versetzung in den Ruhestand. Das Einzige, was mir womöglich droht, ist ein vorzeitiger Tod, und zwar gewaltsam, doch meine Schreibweise vermag ihn leider weder aufzuschieben noch zu beschleunigen, so ist das.)

Du kennst diesen Menschen bestens. Sein Porträt steht seit vielen Jahren auf meinem Schreibtisch, neben dem Foto deiner Mutti. Jetzt kannst du ihn fast jeden zweiten Tag im Fernsehen sehen oder in der Zeitung von ihm lesen. Er ist in aller Munde, und ich erinnere mich sehr gut an das Gespräch, das ich mit dir voriges Jahr (im Herbst) hatte. Du wolltest von mir wissen: Wie könne ein Mensch von derart schändlichen Überzeugungen mein Freund und Wohltäter sein, und ich antwortete dir, dass die Überzeugungen kommen und gehen, der Mensch dabei aber bleibt. Wir haben uns deswegen gestritten, du warst böse auf mich und hast nicht mehr mit mir über ihn gesprochen (wenngleich ich sehr wohl gehört habe, was du deinen Kumpels über ihn am Telefon gesagt hast – gib zu, du *wolltest*, dass ich deine Gespräche höre). Nun ja, wenn du meine Aufzeichnungen gelesen hast, wirst du wohl vieles verstehen, wenn nicht alles.

Doch am Anfang meiner Ermittlungen stand nicht er.

Einige Jahre lang habe ich in einer Abteilung, genauer gesagt einer Sondergruppe, gearbeitet, wo man sich mit *paranormalen Erscheinungen* befasste. Telepathen, Hellseher, Zombies, Telekineten, Wunderheiler, Mikrokiller, Rutengänger, Vampire, Wahrsager, Zauberinnen – das alles waren unsere Kunden. Poltergeister, UFOs, Nekrodynamik, Paläoastronautik ... Vieles habe ich inzwischen schon halb vergessen, unsere Nomenklatur umfasste über achtzig Positionen. Und alles war *streng geheim*. Unsere Tätigkeit unterlag einer solchen Geheimhaltung, dass wir direkt an Ihn Selbst Bericht erstatteten, nicht einmal einer seiner Stellvertreter durfte etwas wissen.

Ich habe längst bemerkt, dass eine Sache umso geheimer ist, je mehr Dummheit in ihr steckt. In unseren Sachen steckte so viel Unsinn, dass für anderes einfach kein Raum blieb. »Nichts als Unsinn!«, berichteten wir der Obrigkeit. »Weiter, weiter! Arbeitet, wie sich's gehört!« »Aber es ist doch Unsinn!« »Was denn, denkt ihr, die Amerikaner sind dümmer als ihr? Die wühlen ja, was das Zeug hält, und bitte, alle sind zufrieden. Braucht ihr Geld? Dann sagt's doch ...«

Neunzig Prozent unserer Informationen waren einfach Faseleien. Neun Komma neunundneunzig Prozent brachten uns auf die Spur von Betrug, mitunter sehr geschickt und sogar brillant gemacht. Aber es blieben doch Bruchteile eines Prozents übrig, die Unverständnis weckten, einen zum Nachdenken zwangen und zu weiterer Tätigkeit anstachelten.

Nach dem dritten oder vierten Jahr zog ich für mich zwei Schlussfolgerungen, die erwähnenswert sind.

Erstens die ganz konkrete und pragmatische Schlussfolgerung, dass es praktisch keinerlei Telepathie gibt. Gedankenlesen ist unmöglich. Sie erraten, »kalkulieren«, sogar »ausspähen« – das ja, aber nicht lesen. Diese Schlussfolgerung munterte mich sehr auf und erleichterte mir das Leben in jener Welt, die man den Arbeitsplatz nennt. (Ich habe niemals jemandem von dieser meiner Schlussfolgerung erzählt. Vielmehr habe ich immer das genaue Gegenteil gesagt. Und die Obrigkeit gab auf diesen gegenteiligen Standpunkt hin bereitwillig Geld. Es gibt auf der Welt eine Menge Dummköpfe, die sich einbilden, wie schön das wäre – fremde Gedanken lesen zu lernen. Vielleicht erzähle ich dir anschließend eine Geschichte – wie ich aus dem einzigen Grunde davonkam, dass sich ein Dummkopf mit einem Schwindler anlegte und beide verloren – einander auffraßen wie die Wölfe in dem Kindervers.)

Zweitens begriff ich, dass paranormale Forschungen eine ganz spezifische Methodik erfordern. Da braucht man keine Barometer, Areometer, Voltmeter oder Oszillographen. Man braucht keine Physiker, Chemiker, nicht einmal Mediziner. Was man braucht, sind Berufszauberer, um die Trickser und Schwindler zu entlarven. Und man braucht stille, unsichtbare Zeugen, im Grunde Agenten für verdeckte Beobachtung, die nach der Methode des Miterlebens arbeiten. Alle Paranormalen – die *echten*, meine ich – vermögen nur unter den Bedingungen persönlicher Ruhe, seelischer Geborgenheit Ergebnisse zu erzielen. Wenn du so einen Menschen in ein mit Apparatur vollgestopftes Zimmer setzt, unter helle schattenlose Lampen, ihn mit Drähten umwickelst und mit Messfühlern beklebst, verurteilst du dich zum totalen Scheitern und den Paranormalen zur unwiderruflichen schöpferischen Impotenz. Es gibt Vögel, die niemals im Käfig singen, und es gibt Tiere (und zwar ziemlich viele), die sich in Gefangenschaft nicht fortpflanzen können – mag der Käfig oder die Voliere noch so groß und bequem sein, sie werden impotent. Ein Zauberer braucht zur Arbeit seine schwarze furchterregende Hütte (wie eine Tarantel ihr Erdloch), dort helfen ihm die Wände selbst, und das nicht im übertragenen, sondern im wörtlichen Sinne. Übrigens, ein moderner Zauberer in der Stadt braucht ebenso seinen eigenen, persönlichen Wohnraum, den er mit Fingern und Blicken abgetastet hat und den er kennt wie seine Westentasche, und es spielt keine Rolle, ob das eine Kammer in einer Mehrfamilienwohnung ist oder ein luxuriöses Genossenschafts-Appartement.

Auf Grundlage dieser meiner Schlussfolgerung habe ich einen praktischen Vorschlag formuliert. Ich habe vorgeschlagen, ein Spezialpensionat einzurichten, dort alle Verdächtigen zu sammeln und ihnen die Möglichkeit zu einem gemütlichen, unbeschwerten und ganz freien Dasein zu bieten – dass sie sich Löcher einrichten, Spinnennetze weben, ihre Schwalbennester bauen und so weiter. Und in das Kontingent müssen erfahrene Beobachter eingeschleust werden. Nur so konnte man meiner Meinung nach auf ein reales Ergebnis hoffen. Es wäre ja lächerlich zu glauben, eine Spinne würde Fliegen in einem Glaskasten fangen, in dem es nichts gibt als Licht und ebendiese Fliegen.

Mein Vorschlag wurde angenommen, das Pensionat eingerichtet, und ich habe dort über ein Jahr lang gearbeitet, ich habe zwei richtige Paranormale herausfischen können, und da fiel mir die Mappe mit Dokumenten in die Hände, mit der eigentlich alles anfing.

Ich habe nicht herausbekommen, wer der Schlaukopf war (das meine ich nicht ironisch, ich halte ihn wirklich für einen außerordentlich klugen und scharfsichtigen Menschen mit einem angeborenen Gespür für Paranormalität), wer der *kluge Kopf* war, dem zum ersten Mal einfiel, etliche in Raum und Zeit verstreute tragische Ereignisse zu einem Vorgang zusammenzufassen, die lange Jahre hindurch ungeklärt geblieben waren.

Begünstigt wurde diese Zusammenfassung zweifellos von

dem Umstand, dass jedes untersuchte Ereignis jedem anderen analogen äußerst ähnlich war, die Todesursache war in jedem Falle die gleiche (ein unbekannter Kommentator nannte sie in seinem Begleittext fast poetisch »Hirnexplosion«), doch der Mechanismus des Phänomens war bei alledem unbekannt geblieben, wobei nicht einmal ein hypothetischer Mechanismus festgestellt werden konnte – jedem unvoreingenommenen Beobachter erschienen alle diese Todesfälle als durch und durch *mystisch* (weshalb besagte Mappe schließlich auch im Archiv unserer Gruppe landete).

Förderlich war auch, dass ausnahmslos alle Opfer in dem einen oder anderen Umfang mit den *Organen* zusammengearbeitet hatten, sodass die angelegten Kriminalakten im System verblieben – sie liefen ausschließlich über unsere Kanäle und waren im Grunde an einem Ort konzentriert.

Anfangs umfasste die Mappe fünf Fälle. Ich führe in denkbar knapper Form das Wesentliche eines jeden an, wobei ich sie nach der Chronologie der Ereignisse anordne.

Oktober 1941. Ein gewisser Nikolai Ostapowitsch Gugnjuk, 31, Oberleutnant des NKWD, Untersuchungsführer. Arbeitete in dem allseits wohlbekannten Großen Haus. Zeichnete sich durch hartes Durchgreifen aus, durch Unbeugsamkeit, sogar Grausamkeit. Wurde in seinem Arbeitszimmer gefunden, am Schreibtisch, die Brust auf den Mappen mit den Fällen, der Kopf fehlte praktisch – er war gleichsam von innen heraus explodiert, Splitter der Schädelknochen und Fetzen von Hirn waren im ganzen Zimmer verstreut. Im Eifer des Gefechts wurde damals entschieden, es handle sich natürlich um faschistische Diversion, den Schuss eines Verräters, doch man konnte kein Geschoss finden, und es gibt auch keine Geschosse, die solche Zerstörungen anrichten können. Die andere Version: Selbstmord – hat sich eine Stange Dynamit in den Mund gesteckt und den Zünder in Gang gesetzt. Eine exotische Methode, aber in der kriminalistischen Praxis bekannt. In jenen

Tagen (und Jahren) kam Selbstmord bei Untersuchungsführern gar nicht so selten vor: Die Nerven hielten nicht durch, die Angst zehrte die Leute buchstäblich auf, zermalmte ihnen die Knochen – die Angst vor der Verhaftung, vor der Front, vor der militärischen Niederlage, vor der Verantwortung ... Was aber Gugnjuk betrifft, so gehörte der gerade nicht zu den Zartbesaiteten, er trank in Maßen, bei den Frauen war er auf der Höhe, seine Arbeit liebte er, statt sich vor ihr zu fürchten – er hatte nichts von einem Selbstmörder. Und vor allem waren keinerlei Spuren eines Zünders oder von Sprengstoff entdeckt worden.

Natürlich war die Zeit nervös und schreckhaft: Die Blockade hatte begonnen, die Kampfhandlungen hatten schon die Pulkower Höhen erreicht, im Sondergefängnis wurden tagtäglich Dutzende zuvor Verhaftete abgearbeitet – von fremder Herkunft, Intelligenzler, aus der Vorkriegszeit übrig gebliebene Spezialisten, Militärs und Techniker. Es gab keine reale Möglichkeit, die Ermittlungen mit der Sorgfalt zu führen, die im Falle des gewaltsamen Todes eines NKWD-Mitarbeiters angemessen gewesen wäre. Und vor allem: Es fanden sich keinerlei Anhaltspunkte, es war nichts zu finden, was den Vorgang wenigstens andeutungsweise erklärt hätte. Irgendein Geistesriese schrieb als Todesursache: »wahrscheinlich der zufällige Splitter einer faschistischen Bombe«, und der Fall wurde zu den Akten gelegt.

Im Jahre 49, als die Organe wieder einmal gesäubert wurden (die Leningrader Affäre), wurde die Mappe ausgegraben und abermals bearbeitet: Terrorakt, Verrat, Wühltätigkeit ... Jemand (wer gerade an der Reihe war) wurde plattgemacht, jemand eingeknastet, jemand rausgeschmissen – wegen Mangels an Wachsamkeit. Die Mappe füllte sich mit bemerkenswerten Aussagen: »... nachdem ich mich von hinten genähert hatte, schoss ich Gugnjuk dreimal mit einer TT-Pistole in den Kopf, dann aber, nachdem ich die Patronenhülsen und die Kugeln selbst eingesammelt hatte ...« Der Mann, der diese Aussagen organisierte, hatte sich offensichtlich nicht die Mühe gemacht, die Beschreibung des toten Gugnjuk durchzulesen (Seiten 3, 4 und 5 des Falles) – das wurde freilich auch nicht von ihm erwartet.

Im Jahre 55 kriegte die Mappe abermals zu tun: Es wurden mindestens drei Organauten entlassen – und ebenda gerät sie ins Blickfeld meines Schlaukopfes, der zu diesem Zeitpunkt schon über etwas Analoges verfügte.

Im August 1948 starb der Oberst des medizinischen Dienstes, der Chirurg Iwan Sacharowitsch Gabunija in Gegenwart zahlreicher Zeugen eines seltsamen und schrecklichen Todes, zwei Minuten vor dem Beginn einer Routinearbeit – einer gewöhnlichen Blinddarmoperation, die durchzuführen er sich anschickte. Der Kranke, vollständig vorbereitet, lag schon auf dem Tisch, und Iwan Sacharowitsch rauchte unter seinen üblichen Späßen gemächlich die letzte Zigarrette »vor dem Ausweiden des Organismus« – auch er schon völlig bereit, die Atemmaske auf der Brust und die gewaschenen Hände in den Gummihandschuhen seitlich erhoben, mit den Handflächen nach vorn, sodass ihm eine junge Krankenschwester die brennende Zigarrette mit einer Pinzette hielt und zum Mund führte. Genau gesagt war diese Schwester auch die einzige echte Zeugin des Vorfalls, die anderen liefen später von allen Seiten herbei, als sie den unmenschlichen Schrei des armen Mädchens gehört hatten, das vor Entsetzen ganz außer sich war. Dabei war sie immerhin Krankenschwester, noch dazu in der Militärmedizinischen Akademie, sie hatte reichlich Blut und aufgerissenes Fleisch zu sehen bekommen, doch sogar ihr erschien es unerträglich schrecklich, dass einem Menschen, der eben noch friedlich an der Zigarrette in ihrer Hand gezogen und auf ihre Kosten saftige Witze gerissen hatte, plötzlich beide Augen aus den Höhlen sprangen und mit lautem Klatschen ins Handwaschbecken fielen. Iwan Sacharowitsch Gabunija war praktisch sofort tot, noch ehe sein lebloser Körper den gekachelten Fußboden erreichte.

Einer der Ärzte, die die Obduktion vornahmen, sagte mir später: »Man hat den Eindruck, als habe sich in seinem Schädel plötzlich ein Gebiet extrem hoher Temperatur gebildet, das Hirn sei augenblicklich zum *Kochen* gekommen und eine Wolke heißen Dampfes unter hohem Druck entstanden« – mit allen sich daraus ergebenden ungeheuerlichen Folgen, würde ich hinzufügen: Die kochende Masse wurde durch alle von der Natur vorgesehenen Schädelöffnungen ausgestoßen, doch der Schädel selbst hielt stand, nur eine Quernaht platzte auf – ich weiß nicht mehr, wie die wissenschaftlich heißt.

Die Ermittlungen wurden in aller Form begonnen, waren aber noch nicht einmal richtig in die Sackgasse geraten, als der Fall plötzlich der Militärstaatsanwaltschaft abgenommen und an die Organe übergeben wurde. Erstens war Iwan Sacharowitsch ein alter, verdienstvoller Agent von uns gewesen (Deckname Morse, Deckname Attaché und sogar Deckname Soja), und zweitens hatte eine Forschungseinrichtung, die sich mit der Entwicklung einer neuen Waffe befasste, Interesse an diesem Vorfall gefasst. Gewissen Gerüchten zufolge arbeiteten sie dort an einer sogenannten Vakuumbombe und sahen in den Todesumständen des Agenten Soja anscheinend eine Ähnlichkeit zu ihren vorangegangenen Experimenten. Übrigens erwies sich die Ähnlichkeit wohl doch als oberflächlich, der Fall tauchte nach einem Monat zusammen mit dem wissenschaftlichen Fazit »nicht von Interesse« wieder bei uns auf, und alles ging weiter seinen Gang. Ein anderer Oberst des medizinischen Dienstes, eine übermäßig dünkelhafter und gesprächiger Kenner von Strahlenschäden der Haut, wurde gekascht und für fünfundzwanzig Jahre aus dem Verkehr gezogen, der Agent Soja hatte ihn schon seit Langem und ziemlich qualifiziert bearbeitet, sodass es nicht weiter schwierig war, einen

Fall zurechtzuzimmern, man brauchte nur das Geständnis aus ihm herauszuprügeln, dass er gegen einen Mitarbeiter der Organe einen terroristischen Akt verübt habe, und das war ein rein technisches Problem. Die Todesstrafe war damals noch nicht wieder eingeführt, doch soweit ich feststellen konnte, ist der dünkelhafte Oberst auch so im Lager abgekratzt. Der Fall wurde zu den Akten gelegt.

1950, abermals August. Scherstnjow, Konstantin Iljitsch, Kandidat der physikalisch-mathematischen Wissenschaften, Physiktheoretiker, Dissertation vertraulich, zum Zeitpunkt des Vorfalls Vorsitzender der Aufnahmekommission der physikalischen Fakultät. Ich habe ein Mitglied dieser Kommission ausfindig machen können, das das Ereignis selbst mit angesehen hat. Alles geschah gegen fünf Uhr nachmittags, ein Eignungsgespräch war abgeschlossen worden (damals hieß das *Kolloquium*), in die engere Wahl waren dreißig, vierzig Leute gekommen, der überwiegende Teil der Bewerbungsakten rief keinerlei Zweifel hervor, fast alle waren angenommen worden, zwei, drei Rabinowitschs und Gurschtejns hatte man glücklich abgelehnt, die Arbeit näherte sich dem Ende, doch da entstand plötzlich ein wütender Streit zwischen Scherstnjow und, sagen wir, dem Genossen Kadrow (wie wir ihn nennen wollen). Bei einem der Abiturienten (erzählte mein Gewährsmann) war der Fragebogen nicht in Ordnung, anscheinend stimmte etwas nicht mit seinen Verwandten, anscheinend war der Ärmste ein FAVF, das heißt ein »Familienangehöriger eines Volksfeindes«, und der Genosse, nennen wir ihn Kadrow, sperrte sich: Nein. Scherstnjow als Vorsitzender war auf dieses »Nein« gefasst gewesen und quetschte den verdächtigen Abiturienten während des Gesprächs aus wie eine Zitrone – er stellte ihm mehrere Dutzend Fragen, darunter auch welche, um seine Auffassungsgabe zu testen, mit dem Ziel, eine günstige Ausgangssituation für eine völlig berechtigte Ablehnung zu schaffen. Der Junge aber erwies sich als helles Köpfchen, auf die meisten Fragen antwortete er durchaus zufriedenstellend, und eine Aufgabe erledigte er aus dem Stegreif sogar glänzend. Und Scherstnjow fand Gefallen an ihm! »Auf Ihr Nein pfeife ich!«, brüllte er den Genossen Kadrow an. »Sie sagen *nein*, ich aber sage *ja*! Hören Sie auf, hier den Überwachsamen zu spielen! Ich hab ja nichts dagegen, wenn Sie die Kosmopoliten zum Teufel jagen, die kann ich selber nicht leiden und halte sie für schädlich. Aber ich werde Ihnen nicht erlauben, die sowjetische Physik ausbluten zu lassen! Dieser Junge ist vielleicht der Beste von dem ganzen Jahrgang, und Sie wollen ihn wegen Ihrer Vorschriften ablehnen? Vorschriften, auch was! Gegen Ihre Vorschriften findet sich was in meinen, was Stärkeres! ...« So beharkten sie einander gut eine Viertelstunde, immer wütender, und ihnen zuzuhören war immer schrecklicher, denn jedem Kommissionsmitglied war schon klar, dass hier zwei Unterabteilungen derselben Behörde aufeinanderstießen, eine gefährlicher als die andere, und von den eingeschüchterten Kommissionsmitgliedern blickten die einen auf den Tisch und bissen sich auf die Zunge, während die anderen schweigend von einem zum anderen starrten. Und während nun alle warteten, was der Genosse, nennen wir ihn Kadrow, auf den nächsten wütenden Ausfall des Vorsitzenden Scherstnjow erwidern würde, der in Fahrt geraten und beinahe schon zum Klartext übergegangen war, als aller Augen auf den sichtlich stiller gewordenen Genossen Kadrow gerichtet waren, der allem Anschein nach schon drauf und dran war, klein beizugeben, ebenda passierte es.

Es ertönte ein Geräusch, als sei ein riesiger Stöpsel aus einem Fass Dünnbier geschleudert worden, und sofort danach ein lautes Poltern, ein Krachen und das Klirren zerbrochenen Glases. In der letzten Sekunde seines Lebens hatte Konstantin Iljitsch Scherstnjow am Fenster gestanden, und als sein Schädel plötzlich zerbarst, stürzte der kopflose Körper direkt ins Glas. Scherstnjow war von gewichtiger Statur gewesen, breitschultrig und schwer, unter seinem Gewicht krachte der Rahmen und brach an, und sämtliche Scheiben fielen heraus, keine von den vier blieb heil.

Der Untersuchungsführer, der sich mit diesem Fall abgab, war anscheinend von der Idee berauscht, Scherstnjow sei von einem Scharfschützen von draußen erschossen worden. Die Spur eines Projektils an den Glassplittern zu finden erwies sich als unmöglich, und was die Kugel selbst betraf, so war das wohl eine besondere Art Kugel gewesen ... Es roch nach Spionage, Geheimwaffen, Diversion – kurzum, zwei Leute kamen in den Knast (darunter ein Mitglied der Kommission), der Fall wurde zu den Akten gelegt, die davongekommenen Kommissionsmitglieder verpflichteten sich mit ihrer Unterschrift zur Geheimhaltung und wurden in der Folgezeit allesamt angeworben. Das alles ist nicht von Belang. Von Belang ist, dass es mir einfiel, meinen Zeugen (Deckname Bisquit) zu fragen, wie der Abiturient damals hieß, dessentwegen der Skandal eigentlich aufgeflammt war. Und von Belang, geradezu von höchster Wichtigkeit, ist der Umstand, dass Bisquit ein Gedächtnis wie das reinste Fangeisen hatte: *Krasnogorow*, antwortete er mir ohne zu überlegen.

Wenn er, angenommen, »Alexejew« gesagt hätte, dann würde ich wahrscheinlich noch heute im Dunkeln tappen, obwohl auch ich über mein Gedächtnis nicht klagen kann. Aber es ist eine Sache (wenn man Krasnogorski heißt), sich einen Namen wie Alexejew oder Kusmin oder sogar Loginow zu merken, etwas ganz anderes aber (für einen Krasnogorski, wie gesagt), dass sich der Name Krasnogorow festhakte. Und er hakte sich fest. Ganz schwach, als sei eine Spinnwebe kleben geblieben, doch diesen Namen konnte ich fortan nicht mehr vergessen. Es hatte zum ersten Mal geklingelt, obwohl mir das damals natürlich noch nicht bewusst war.

Im Frühjahr 1955 ereilte der Tod den Prorektor des Vierten Medizinischen Instituts Sergej Jurjewitsch Kaljaxin. Zeugen des Vorfalls fanden sich nicht. Der Leichnam wurde zwei Tage nach Eintritt des Todes in Kaljaxins Datsche in Komarowo entdeckt – der Verstorbene war ins Weekend gefahren, nicht rechtzeitig zurückgekehrt, die Verwandten stürzten los (er hatte ein schwaches Herz) und fanden ihn – im Bett, den Kopf zermalmt, schon mit Leichenflecken. Kaljaxin hatte ein schwaches Herz, einen ziemlich fortgeschrittenen Diabetes, Nierensteine, noch etwas, aber gestorben war er an »Hirnexplosion« – einer Krankheit, die die Wissenschaft nicht kennt und die man eigentlich auch nicht als Krankheit bezeichnen kann. Auf dem gerichtsmedizinischen Foto hatte Kaljaxin, der unter einer Decke auf dem Rücken lag, statt des Kopfes einen formlosen Brei und – zwei völlig heile Ohren links und rechts von diesem Brei.

Inzwischen waren schon durchaus zivilisierte Zeiten angebrochen, das Erste Tauwetter, es wurde niemand eingelocht, nicht einmal jemand bei der Gelegenheit angeworben, der Fall wurde von Anfang an als »Blindgänger« betrachtet und recht und schlecht abgearbeitet – zuerst von der Kriminalpolizei, dann von uns –, dann wurde er mit erleichtertem Aufatmen auf Eis gelegt. Wen kümmerte schon der Tod eines nicht weiter bekannten Prorektors? Gearbeitet hatte er elendiglich, faul und liederlich, auf der Arbeit konnte man ihn nicht leiden und duldete ihn nur wegen seiner Beziehungen zu unserer Firma, als Mensch war er auch nicht umwerfend, die Verwandten werden wohl erleichtert aufgeatmet haben, sie stürzten sich mit Feuereifer in die Aufteilung des Erbes und belästigten die Obrigkeit durchaus nicht mit Forderungen, den Täter »unverzüglich zu finden und zu bestrafen« (im Gegenteil, mit ihnen die Ermittlungen zu führen, war die reinste Qual – zur Vernehmung erschienen sie nicht, Interesse ließen sie nicht erkennen, Angaben konnten sie nicht machen, nicht einmal die einfachsten) ... Auch als Agent war er ziemlich mittelmäßig gewesen – dumm, feige und träge. Und überhaupt muss man sagen, dass die Zeitläufte für eine richtig schwungvolle Untersuchung nicht günstig waren: Es war eine neue Welle im Gange, die Kader wurden ausgewechselt, alle bangten um das eigene Schicksal und machten Dienst nach Vorschrift. Also versandete der Fall schnell und gründlich – ein für alle Mal.

Und ganze zehn Jahre lang geschah weiter nichts.

Im Juli 1965 wurde in einer stillen Straße in Moskau der Leichnam von Alexander Silantjewitsch Kalitin gefunden, eines noch jungen Mannes, der als Journalist und Zeitungsschreiber in professionellen Kreisen schon ziemlich bekannt war. Er galt als begabt. (Ich habe Artikel von ihm gelesen – und in der Tat, sie waren interessant, er verstand es, bemerkenswerte Informationen auszugraben und sie geschickt darzubieten: Von ihm erfuhr ich beispielsweise zuerst, warum in Russland traditionell fette Schweine gezüchtet werden, während man in der Welt längst zu reinem Schinken, zu Muskelfleisch übergegangen ist.)

Für seine jungen Jahre trank er schon stark, in betrunkenem Zustand war er streitsüchtig und nicht ungefährlich, sodass sein Tod auf der Straße an sich kaum jemanden (von den Bekannten) wunderte – hatte sich also volllaufen lassen, war jemanden angegangen und an den Falschen geraten ... Dieser Falsche allerdings hatte ihn derart zugerichtet, dass selbst die Meister des Bestattungsgewerbes den Kopf nicht wieder herrichten konnten, er musste im geschlossenen Sarg begraben werden. Doch ansonsten war es eine durchweg gewöhnliche Geschichte, Straßenkriminalität, eine typische wüste Schlägerei im Suff, er war nicht einmal ausgeraubt worden – seine Tasche war voll Geld (es konnte wohl nicht festgestellt werden, wo er, der ewig klamme Journalist, binnen einer Stunde über tausend Rubel aufgetrieben hatte).

Derlei Geschichten passieren allmonatlich an die hundert. Da war höchstens die außergewöhnlich große, geradezu hypertrophierte Grausamkeit der Abrechnung, dazu der Umstand, dass Kalitin »unser Mann« war, und zwar freiwillig: Er war ein paar Jahre zuvor selber gekommen, hatte seine Dienste angeboten und lieferte durchaus qualifizierte Angaben über die verschiedensten Leute aus den Kreisen der sogenannten künstlerischen Intelligenz.

Die Spezialisten kriegten natürlich sofort mit, dass der Täter keineswegs mit einer Brechstange oder einem Schlagring hantiert hatte, man wusste überhaupt nicht womit. Doch alle Ergebnisse des gerichtsmedizinischen Gutachtens erwiesen sich als rein negativ: nein, nein, das nicht und das auch nicht. Ein Blindgänger. Zu den Akten.

Wenn dich infolge deiner Jugend vielleicht wundert, wie leicht und einfach man bei uns schreckliche und völlig rätselhafte Verbrechen zu den Akten legt, dann beachte: Erstens geht es nicht ganz so leicht und schnell, wie ich es hier (der Kürze halber) beschreibe, und zweitens – wenn du wüsstest, was für erstaunliche, schreckliche und geheimnisvolle Geschichten in den Archiven begraben sind! Wenn die »Hirnexplosion« nur einmal zu Protokoll genommen worden wäre, dann würde ein erfahrener Mann, der die Möglichkeit zum Vergleich hat, weiter nichts Rätselhaftes und Geheimnisvolles darin sehen. »Da passieren noch ganz andere Sachen«, würde er mit schiefem Grinsen sagen, und er hätte recht.

Doch es ist noch nie zuvor festgestellt worden, dass rätselhaft unerklärliche Verbrechen *in Serie* geschehen! Und kaum betrat mein Schlaukopf die Szene, kaum fischte er die *Serie* heraus, schon tauchte wie von selbst das *Problem* auf. Der Schlaukopf fühlte dieses Problem, witterte es, ertastete es wie einen großen Krebs unter einem Baumknorren im Wasser, aber zu sehen vermochte er es dennoch nicht. Er konnte es nicht in Worte fassen. Er versuchte nur, verborgene Gesetzmäßigkeiten zu finden. Die Akte enthält noch seine verstreuten Anmerkungen, die Fragen, die er sich stellte, Spuren seiner Versuche, auf diese Fragen zu antworten.

»Alle Opfer sind Mitarbeiter der Organe. Zufall? Gibt es vielleicht analoge Fälle, wo das Opfer nicht mit den Organen in Verbindung steht?« Und später, mit anderer – roter – Tinte hinzugeschrieben: »Nichts gefunden. 16. 02. 1969.«

»Alle Opfer sind Leningrader. Sogar Kalitin, der in Moskau ermordet wurde, war aus Leningrad gekommen. Liegt das Zentrum in Leningrad?«

»Eine entsprechende Waffe ist möglich. Aber nur theoretisch. In der Praxis ist sie zu unhandlich und unpraktisch.«

»Keine einzige Frau. Zufall?« Und mit roter Tinte: »Pensa, 1966. Triebtäter. Benutzte einen speziell hergerichteten Hammer, schlug die Köpfe ein. Acht Opfer. *Nur* Frauen!«

»Von fünf Fällen: drei im Sommer, einer im Frühling, einer im Herbst. Und nie im Winter? Sonderbar.«

Und so weiter.

Wer war er denn, mein Schlaukopf? Aus Andeutungen, Knurren, halb hingeworfenen Blicken, gereizten Reaktionen der Vorgesetzten und derlei Interjektionen der befragten Leute bin ich zu der Hypothese gelangt, dass sich mein Schlaukopf seinerzeit in den Westen abgesetzt hat. Wie schade! Weiß Gott schade.

2

Wegen der Solidität des Materials erregte die Mappe sofort mein Interesse. Das war Qualitätsarbeit, mit festem Zusammenhalt und ohne Gefasel. Das war *echt*. Ich machte mir ziemlich lange damit zu schaffen: suchte und fand überlebende Zeugen, redete mit einigen Untersuchungsführern, konsultierte Leute aus dem Verteidigungsministerium.

Von den Untersuchungsführern konnte ich nichts Neues erfahren, sie waren alle schon bejahrt, alle in Pension, alle gekränkt, man hatte ihre Verdienste gegenüber der Partei, gegenüber dem Volk nicht gewürdigt, sie in den Ruhestand abgeschoben, dabei hatten sie doch damals in der Blüte ihrer Jahre gestanden ... Ich hatte auch gar nicht gehofft, von ihnen neue Fakten zu hören. Neue Versionen interessierten mich, neue Hypothesen, neue Ideen. *Wie* konnte das geschehen? Sie wussten nichts Interessantes zu sagen. »He-he, Hauptmann, hast du schon mal gesehen, was ein Geschoss mit verschobenem Schwerpunkt in einem Menschen anrichtet? ...« Aber ich wusste, dass es kein Geschoss gewesen war. Und kein Laserstrahl. Und kein Thermoimpuls. Die vom Verteidigungsministerium erklärten mir (wie seinerzeit auch meinem Schlaukopf), dass es möglich sei, solch eine »Hirnexplosion« zu bewirken, sogar technisch möglich und nicht nur theoretisch, aber wozu? Es gibt so viele einfache, bequeme, kompakte, sparsame, stille Methoden ... Was soll dieses barbarische Verspritzen von Hirn mit Hilfe einer Apparatur, die man auf einem Panzer oder einer Artillerie-Zugmaschine montieren müsste?

Inzwischen ist mir klar, dass ich damals die Antwort auf eine Frage finden wollte, auf die es keine Antwort gibt. Mit einem Zipfelchen meines Bewusstseins verstand ich, dass die Frage *Wie wird das gemacht?* sich überhaupt als zweitrangig erweisen kann, doch mir schien diese Antwort in jedem Fall nötig zu sein – selbst wenn sie mich nicht weiterbringen würde. Überhaupt glaubte ich damals aufrichtig, dass jede richtig gestellte Frage die halbe Antwort enthält. Daran, dass die Frage *richtig* gestellt war, zweifelte ich keine Sekunde lang. Was kann richtiger sein als die Frage: »Mit welchem Werkzeug wurde das Verbrechen verübt?« Das ABC aller Ermittlungen in einem Kriminalfall ... Woher hätte ich wissen sollen, dass ich durchaus nicht in einem Kriminalfall zu ermitteln begonnen hatte, nicht einmal »Ermittlungen« konnte man es nennen – zumindest im üblichen juristischen Sinne des Wortes.

1971, abermals im Herbst, im November, ereignete sich der Tod von Nikolai Aristarchowitsch Kamanin. Dieser Todesfall bewirkte viel Gerede in der Stadt (und nicht nur in der Stadt – schließlich mischte sich auch Moskau ein) und rief eine Menge Gerüchte hervor, darunter auch dumme, doch allemal furchterregende. Wahr war daran nur, dass tatsächlich eine Reinemachefrau die Leiche fand, eine alte Bekannte Kamanins, Mitbewohnerin seiner Mehrfamilienwohnung aus jenen wilden Zeiten, als der junge Spund Kolja gerade anfing, seine Kräfte auf dem Gebiet der vaterländischen Wortkunst zu erproben, und davon träumte, ein großer proletarischer Schriftsteller zu werden, ein Erschütterer der menschlichen Seele, ein dröhnendes Sprachrohr von Partei und Komsomol.

Die Frau (eine Greisin, sie war an die achtzig), eine rüstige untersetzte, knorrige Alte, kam wie üblich an einem Mittwoch um neun, schloss die Wohnungstür mit ihrem Schlüssel auf und stellte fest, dass Kolja Aristarchowitsch wieder mal voll war, noch von der Nacht her – im Arbeitszimmer brennt Licht, er selber aber liegt mit dem ganzen Körper auf dem Tisch auf seinen Papieren und schläft, und da sind ja auch zwei Flaschen – eine leere unterm Stuhl, die zweite mit einem Rest steht auf dem Tischchen neben der Schreibmaschine.

(Damals war Nikolai Kamanin schon endgültig zum Alkoholiker geworden. Zu einem großen Erschütterer der Seele hatte er es nicht gebracht, obwohl er zur ersten Garnitur gezählt wurde, ich weiß nicht, ob sein Ehrgeiz befriedigt war, doch wie viele in seiner Generation, die die Armee durchgemacht hatten, staatstreue Aufschwünge, ideologische Rückschläge, die Bearbeitung durch die Partei, die Werbung in die Organe, verzweifelte Anfälle von Dissidententum, die plötzlich in Anfälle von Arschkriecherei umschlugen – die Menschen, die sowohl die *Große Angst* als auch die *Kleine Angst* als auch die Angst vor der *Angst* mitgemacht hatten, und was die Epoche des Aufbaus des endgültigen und unwiderruflichen Kommunismus sonst noch an Reizen zu bieten hatte –, wie viele von jenen war er auf seine alten Tage ein weiches, stilles, ängstliches, in Maßen gemeines und sehr versoffenes Subjekt geworden – einer von denen, über die es heißt: »Na, der ist nicht bösartig, man kann ihn sogar anständig nennen.« Letzten Endes erweist sich alles erst im Vergleich. Doch er war wirklich nicht bösartig. Er war schon an die siebzig, er litt an einer ischämischen Herzkrankheit, hatte panische Angst vor Krebs, hörte allmonatlich mit dem Rauchen auf und liebte Roten. Weiter liebte er eigentlich nichts mehr – weder Frauen noch Lektüre, erst recht nicht das Schreiben, weder Fernsehen noch Kino noch Empfänge, zu denen man ihn fortwährend einlud – er liebte nichts als den Roten. Es war ihm egal, welchen – Sherry oder Brandy oder irgendeinen Obstlikör oder »Saperawi« oder Portwein aus dem Westen, und wenn er nichts davon zur Hand hatte, nahm er gewöhnlichen Wodka und färbte ihn mit Kirschsirup oder Moosbeerkonfitüre.)

Unter zornigem Gemurmel über die Schweine, die dort, wo sie leben, auch hinmachen, schickte sich die Alte an, das Arbeitszimmer sauberzumachen, das ihr diesmal nicht nur ganz vermüllt vorkam, sondern zudem auch noch vollgekotzt. Und da, als sie die Hand ausstreckte, um die Tischlampe einzuschalten, sah sie, was aus ihrem Kolja Aristarchowitsch geworden war …

De facto wurde dieser Fall mit angezogener Bremse bearbeitet. Dem Gebietskomitee meldete man, dass es sehr nach Selbstmord im Suff aussah, im Nachruf hieß es: »unter tragischen Umständen aus dem Leben geschieden«, in Wahrheit hatte, wie schon zuvor, niemand etwas begriffen, da es weder einen Raub noch Tatwerkzeuge noch ein Motiv gab – es gab überhaupt nichts außer einer völlig durchgedrehten Greisin, die stumpfsinnig stets aufs Neue wiederholte »... da war doch kein Kopf mehr, hä? Keinen Kopf hatte er! ...« –, da es reinweg gar nichts gab, konnte man auch nichts machen.

Ich begriff, dass meine Mappe Zuwachs bekommen hatte, kaum dass mich die Gerüchte erreichten, die natürlich auch in unsrer Verwaltung kursierten. Doch ich musste mich ein paar Monate lang in Geduld fassen, bis der Fall abgelegt wurde, und dann bekam ich ihn auf ganz legaler Grundlage – zur Verfügung unserer Sondergruppe auf einen Brief meines unmittelbaren Vorgesetzten hin, meines Lieben Genossen Chef.

Der sechste Fall glitt in die Mappe wie eine Patrone in ein Magazin – stramm, glatt und an seinen Platz. Wieder Leningrad, wieder nicht im Winter, wieder ein Mann ... Wieder ein Organaut. Obwohl man ihn wohl nicht als richtigen IM bezeichnen konnte. Er war ein *gelegentlicher Besucher.* (Im Jahre neunundvierzig, zur Zeit und im Namen des Kampfes gegen das Geschwür des Kosmopolitismus, hatte man ihn an den entsprechenden Ort bestellt und ihm im Guten vorgeschlagen, das Entsprechende über einen bekannten Literaturwissenschaftler zu sagen. Man hatte ihm nicht gedroht, ihn nicht geschlagen, erst recht keineswegs gefoltert, sondern ihn einfach als normalen Sowjetmenschen gebeten, als Staatsbürger, als echten, bodenständigen Russen schließlich. Er aber hatte gerade eine schöne junge Frau geheiratet, eine hübsche Wohnung im Stadtzentrum gekriegt, war gerade zum Stalinpreis vorgeschlagen worden. Er sagte weiter nichts als *ja* – statt *nein*. Ein Mann, ein Wort! Doch danach quälte er sich sein Leben lang, der Ärmste. Dabei kam sein *ja* gar nicht zum Zuge: Der Literaturwissenschaftler, wie der Dichter sagt, »kaum dass er da war, war er auch schon aus und weg«, noch ehe die Ermittlungen abgeschlossen waren, doch das Papier mit seiner Unterschrift blieb. Und er wusste es und dachte daran. Und sie wussten, dass er es wusste. Und wenn man eine *Beratung* mit ihm brauchte, wandte man sich an ihn. Und er weigerte sich nicht. Denn kein Tier ist stärker als die Furcht. Einmal scherte er allerdings aus – erhob plötzlich die Stimme zur Verteidigung des Schmarotzers Brodski. Doch schon am Tag darauf wurde er wieder still. Er erlosch, verstummte, kniff den Schwanz ein. Und fuhr sofort nach Bulgarien zu einem Kongress fortschrittlicher Kunstschaffender. »Fast ohne sich anzuziehen.« Und Gott mit ihm, nicht ich habe über ihn zu richten.)

Es war wieder etwas Statistik hinzugekommen, und ich spielte in Gedanken schon die nächste, völlig idiotische »Gesetzmäßigkeit« durch – von sechs Opfern hatten drei Familiennamen, die mit *Ka-* begannen und auf *-in* endeten, wobei Kamanin ein Pseudonym war, sein wirklicher Name aber Karamasin lautete, und Gugnjuk hatte den Namen seines Stiefvaters angenommen, sein Vater aber hieß Kalabachin – ich ließ diese Daten Revue passieren und dachte dabei an das, was ich früher über magische Linguistik gelesen hatte, über die Theorie von Zaubersprüchen und dergleichen sinnloses Samisdat-Gefasel, als ich plötzlich in der Liste der Materialien, die dem Fall Kamanin beilagen, auf den Namen »Krasnogorow« stieß. Unter den übrigen blutbeschmierten Papieren fanden sich zwei Positionen von außerordentlicher Wichtigkeit: ein Schreibmaschinen-Durchschlag des Romans »Der Glückliche Junge« und ein unvollendetes Gutachten des toten Kamanin zu diesem Roman, wo das Werk in den höchsten Tönen gelobt und die unverzügliche Aufnahme des Autors in den Schriftstellerverband vorgeschlagen wurde, zumindest aber, ihn im Dezember zu einem Treffen junger Schriftsteller Eurasiens nach Bombay zu schicken.

Ich rannte los wie von der Tarantel gestochen.

Mehrere Tage gingen für Anfragen, Telefonate, persönliche

Unterredungen und das Durchblättern von Archivmappen drauf. Zu meiner gründlichen Verwirrung trug bei, dass sich in Leningrad ein weiterer S. Krasnogorow fand, ein Journalist, der regelmäßig über moralische und Erziehungsfragen schrieb, aber keinen Roman »Der Glückliche Junge« verfasst, sich 1950 nicht an der physikalischen Fakultät beworben hatte und sich überhaupt als dicker, kurzatmiger Onkel erwies, der weder vom Alter noch von seiner Lebensweise her zu dem Fall passte. Und er hieß Sergej.

Doch schließlich fand ich ihn. Und ging zu ihm auf Arbeit – ihn mir ansehen. Und setzte alle Hebel und Beziehungen in Gang, um Informationen über ihn zu beschaffen. Dabei hatte ich damals ja seinen Roman noch nicht gelesen – ich hatte nur so ein paar Seiten überflogen und ohne Interesse beiseitegelegt (ich mag keinen Samisdat). Das war ein Fehler. Ich hätte ihn sofort durchlesen müssen. Ich hätte viel Zeit gespart. Freilich musste ich ihn sowieso ordentlich *bearbeiten*, und so was dauert Monate über Monate ...

Ich kann nicht sagen (im Unterschied zu einem gewissen literarischen Helden), dass ich nicht an zufällige Übereinstimmung glaube. Ganz im Gegenteil: Ich glaube daran und war des Öfteren Augenzeuge von erstaunlichen und dabei völlig zufälligen Übereinstimmungen (allein schon das Zusammentreffen Krasnogorow – Krasnogorski). Doch als sich herausstellte, dass der gute Schriftsteller Kamanin vor seinem Tode ein Manuskript von keinem anderen als *Krasnogorow* gelesen hatte, und zwar desselben, dessen Bewerbung von dem wütenden Physiker Scherstnjow eine Sekunde vor dessen *ganz ähnlichem* Tode diskutiert worden war – da, weißt du, roch mir das nicht mehr nach zufälliger Übereinstimmung, das roch nach *Identität*!

Was folgte eigentlich aus dieser Identität? Ja, wahrscheinlich nichts. Es war einfach ein neuer verbindender Faktor aufgetaucht. Ein Mensch, der bislang völlig unbeteiligt erschienen war, erwies sich als durchaus nicht unbeteiligt. Bisher hatte er im Schatten gestanden, viele Jahre lang im Schatten, und plötzlich war er ins Rampenlicht geraten ... Bisher hatte er gleichsam nicht existiert, und plötzlich war er aus dem Nichts aufgetaucht ... Auf den ersten Blick sympathisch, großgewachsen, ein wenig zur Fülle neigend, ein guter Arbeiter, natürlich ein Voltairianer und ein verkappter Dissident, aber kein Dummkopf, kein Radikaler, sondern eher ein Liberaler, ein guter Kamerad, ein guter Sohn, ein guter Familienvater ... Er gefiel mir, ich gesteh's, gefiel mir als Mensch, doch je mehr ich über ihn erfuhr, umso weniger verstand ich, wie dieser Mensch in mein Blickfeld geraten konnte. Was hat er da zu schaffen, in diesem Blickfeld? Denn offensichtlich hat er von nichts die geringste Ahnung. Er lebt ein einfaches und gesundes Leben, was schon an sich in unserer unvernünftigen Zeit nicht oft vorkommt, er liebt seine Freunde, liebt zärtlich seine Frau, liebt unbedingt seine Arbeit. Und weiter braucht er anscheinend nichts. Er ist sich selbst genug. Er ruht in sich. Er stammt aus einer anderen, ruhigen, fast abgeschlossenen Welt, die natürlich auch ihre kleinen Quälereien hat, ihre Macken und ihre Absonderlichkeiten, aber doch aus einer anderen Welt ... Wie war er in die meine geraten, eine verdorbene, blutig-matschige, wo geschäftige IMs lebten und durcheinanderwimmelten und plötzlich starben, unvermittelt von einer unbekannten und unsichtbaren, unerbittlichen und blinden Macht getötet?

Es machte keine besondere Mühe festzustellen, dass Alexander Kalitin ein Freund meines Krasnogorow gewesen war, und zwar ein enger. Sie hatten zusammen studiert, zusammen getrunken, waren zusammen Mädchen nachgelaufen, hatten einander ihre Werke vorgelesen und zusammen gemeinsam erdachte Lieder gesungen. Und seine letzten Meldungen an die zuständigen Stellen hatte Kalitin just ihm, Krasnogorow, gewidmet, und auch einem anderen Mitglied dieser Gesellschaft, Viktor Grigorjewitsch Kikonin, einem Wissenschaftler.

Iwan Sacharowitsch Gabunija, der Militärchirurg, hatte, wie sich herausstellte, im Nebenhaus gewohnt und kam des Öfteren zu Besuch – er hatte familiäre Absichten in Bezug auf Klawdija Wladimirowna Krasnogorowa, er hatte vor, recht bald in Pension zu gehen, diese feine und starke (damals schon nicht mehr junge) Frau zu heiraten und sie wie auch ihren Sohn, den finsteren, unfreundlichen Halbwüchsigen Slawa, zu sich nach Hause mitzunehmen, nach Poti, wo er ein Haus hatte, einen Garten, ein Motorboot ...

Sergej Jurjewitsch Kaljaxin, der Prorektor des Vierten Medizinischen Instituts, hatte meinen Krasnogorow anscheinend nicht gekannt, zumindest konnte ich keine direkten Verbindungslinien ermitteln. Doch gewiss – sagen wir sicherheitshalber, *fast* gewiss – hatte er den Studenten besagten Instituts Viktor Kikonin gekannt, den besten und engsten Freund Krasnogorows.

Der Knoten schürzte sich immer fester. Die leeren Felder füllten sich. Und es bewahrheiteten sich alle kleinen Vorhersagen, die ich mir erlaubt hatte. Ich hatte ihn gefunden. Das war *er*.

Vielleicht ist es gerade an dieser Stelle angebracht, dir zu erklären, warum mich das alles eigentlich so erregte und beschäftigte. Aus der Sicht eines unbeteiligten kühlen Verstandes wirken meine Aufregung, meine Hast, mein Eifer – notwendigerweise – unseriös, ganz absurd, sogar sinnlos. Ein erwachsener, solider Mann mit Familie, Mitarbeiter einer ernsten, einflussreichen Organisation, befasst sich weiß der Teufel womit: Kriminalität oder nicht, das ist doch Phantasterei, Mystik, Dummheit ... Und das alles auf Amateurniveau, ohne direkte Anweisung, ohne Billigung der Vorgesetzten, als wäre ich kein Offizier im Dienst, sondern irgend so ein enthusiastischer Jungwissenschaftler auf der Suche nach Material für den nächsten Artikel.

Ich weiß, dass du ein Romantiker bist, im reinsten Sinne des Wortes, jemand, der das Ungewöhnliche sucht, ich weiß, dass du keine anderen Motive brauchst, wenn da der heftige Wunsch ist, ein Geheimnis zu lüften. (Zumindest bist du jetzt so, da ich diesen Text schreibe, Ende der achtziger Jahre.) Doch du weißt auch, musst wissen, dass dein Vater ein trockener und gleichmütiger Pragmatiker ist, ein Rationalist, ein Praktiker, ein Arbeitstier, für den romantische Neigungen nur eine bequeme Eigenschaft des menschlichen Charakters sind, die es erlaubt, diesen Menschen gemäß den dienstlichen Erfordernissen zu benutzen.

So bin ich jetzt, und so war ich immer, so weit ich zurückdenken kann. Ein Pragmatiker. Ein Rationalist. Ein lebender Computer. Auf gar keinen Fall ein Irrer, der einen Narren an den Paranormalen gefressen hat, und kein selbstloser gelehrter Geist, den es nach Erkenntnis um ihrer selbst willen giert, aber übrigens auch kein dienstgeiler Typ mit dem Ziel, den Verbrecher zu finden und auf der Karriereleiter gleich drei Sprossen zu steigen statt der einen fälligen.

Ich will mich nicht in die Geschichte versenken, in meine dummen Kindheitsempfindungen, in die peinlichen als Halbwüchsiger, die talentlosen als junger Mann – da gibt es nichts Gutes, und ich denke nicht gern an all das (Garnisonen, Garnisonen, Garnisonen, ausgebrannte Lehmwüsten, kalte, kahle Berge, gleichgültige Grassteppen, schwüle Abende voller Stechmücken, eisige Zugluft in verwanzten Häuschen, bösartige verwilderte Kumpel, grobes Essen, Soldaten, wohin man auch blickt, alle gequält und langweilig, und ein gequälter langweiliger Vater – ein ewiger, aussichtsloser, hoffnungsloser Hauptmann). Ich begreife, dass ich dorther stamme, ganz und gar, mit all meinen Schattierungen und Nuancen, doch ich habe nicht vor, zumindest nicht hier und jetzt, mich mit Selbstanalyse und der Restauration vergangener Erlebnisse zu befassen.

In der Umgebung den Stärksten herausfinden und sich auf seine Kraft stützen. Diese primitive Formel hat mich schon immer geleitet, und ich regelte mein Leben, indem ich von dieser Formel ausging. Ich beantragte meine Aufnahme in die Partei und trat ein, denn es gab in der Umgebung keine stärkere Kraft als sie, und als man es mir vorschlug, ging ich an die KGB-Schule, denn mir war schon damals klar, dass *die Organe* – was man auch über sie sagen mochte – die eigentliche Kraft in der *Kraft* waren, die schützte und vernichtete. Und ich übernahm bereitwillig die Arbeit mit den Paranormalen, denn ebenda witterte ich Möglichkeiten, die sonst nirgends zu finden waren.

Ich überzeugte mich, dass ich auf dem rechten Wege war, als ich mit eigenen Augen einen Menschen sah, der sozusagen *mit einem Blick* Bäume zu spalten und Steinwände einzureißen vermochte. Natürlich tat er es nicht mit dem Blick ... Streng genommen *tat* er es überhaupt nicht ... Das zu erklären, mein Lieber, würde lange dauern und wäre sinnlos, dieser Mensch ist längst nicht mehr am Leben, und er war auch bei all seinen frappierenden Potenzen dumm und unbegabt ...

Den Träger der *Macht* finden! Das war die Aufgabe, die mich fesselte und jahrelang mein Tun bestimmte. Ich gründete das Spezialpensionat und kam mir in seinen Mauern wie ein Goldsucher vor, der sich plötzlich mitten in einem neuen Eldorado findet. Ich suchte. Ich wartete. Ich kramte in Archiven. Ich glaubte.

Ich bin kein Irrer, kein Romantiker, kein Mystiker und kein Fanatiker. Ich bin ein Mann der Praxis. Ich wollte in dieser Welt die *Kraft* finden, und ich suchte sie, und schließlich habe ich sie gefunden.

Ich zwang mich trotz allem, mich hinzusetzen und seinen

Roman zu lesen – einfach um das Bild zu vervollständigen. Und alles rückte endgültig an seinen Platz. Meine Hypothese nahm Gestalt an. Niemandem auf der Welt hätte ich diese Hypothese darlegen können, niemand hätte mir geglaubt, niemand hätte mich ernst genommen, doch ich hatte ja auch nicht vor, sie jemandem darzulegen. Dieses gehörte mir. Ich hatte jahrelang darauf hingearbeitet. Ich hatte darauf gewartet. Ich hatte darauf gehofft. Und ich hatte es bekommen. Das war endlich *er*.

3

Ich nehme an, du hast die Situation schon verstanden. Mitte 1972 befanden sich in meiner Mappe sechs glaubhafte Fälle von »Hirnexplosion«. In allen diesen sechs Fällen war mehr oder weniger nahe bei dem Ereignis ein Mensch namens Stanislaw Sinowjewitsch Krasnogorow beobachtet worden, 1933 geboren, Russe, wissenschaftlicher Mitarbeiter des AFITEK, Kandidat der physikalisch-mathematischen Wissenschaften, verheiratet, kinderlos, von bescheidenem Lebenswandel, sympathisch, sehr gewöhnlich, sticht unter allen anderen höchstens durch diesen seinen bescheidenen Lebenswandel hervor, seinen geringen Durchsetzungswillen, seinen völligen Mangel an Karrierismus, sogar durch eine gewisse Beschränktheit, wenn man so will ... Letzten Endes gibt es von derlei Menschen, wenn auch verhältnismäßig wenig, in absoluten Zahlen aber, Gott sei Dank, gar nicht so wenige – Hunderttausende und Millionen. Doch gerade diese Alltäglichkeit, diese absolute Unscheinbarkeit, diese ruhige und sogar würdevolle (oder selbstzufriedene?) Gewöhnlichkeit machten seine offensichtliche Verwicklung in die Todesfälle ganz und gar unverständlich und rätselhaft.

Ich stellte eine Tabelle zusammen. Ich wollte alles Wichtige, alles, was mir damals am wichtigsten erschien, zusammenfassen, ich war sicher, dass es eine Gesetzmäßigkeit gab und dass ich, indem ich diese Gesetzmäßigkeit fand, *alles* verstehen würde, was diesen Menschen betraf, und dass dann eine neue Epoche anbräche – für mich, für ihn, für die Welt ... Ich hatte ziemliche Mühe, bis ich die Antworten auf die einfachsten Fragen fand: War das Opfer mit Krasnogorow bekannt gewesen? Wenn ja, wie nahe? Wenn nicht, von welchem Grad war die Beziehung zwischen ihnen? Hatte das Opfer Krasnogorow geschadet? Hatte es ihn irgendwie gestört? War es gefährlich für ihn? Und wenn nicht, hatte es ihm wer weiß warum Widerwillen eingeflößt, Feindseligkeit, eine Art Idiosynkrasie? ... Ich nahm sämtliche Fälle aus meiner Mappe von Neuem auf, machte alle ausfindig, die noch am Leben waren, unterhielt mich mit ihnen, studierte Krasnogorows Roman so, als sei es kein Roman, sondern ein Ermittlungsbericht (in gewissem Sinne war er das auch), sammelte IM-Berichte über *ihn selbst* (ich setzte fünf Leute daran, es war der Höhepunkt meiner Popularität bei den Vorgesetzten, ich bekam die Genehmigung für alles, was ich brauchte: Ich bearbeitete gleichzeitig den Fall eines bemerkenswerten Paranormalen mit dem Decknamen Werwolf – er war anscheinend tatsächlich ein Werwolf, und die Obrigkeit setzte große Hoffnungen in ihn, und in mich auch – immerhin war er in einem von meinen Spezialpensionaten herausgefischt worden). Anfang 1973 sah meine Tabelle ungefähr so aus:

Nikolai Ostapowitsch Gugnjuk, Untersuchungsführer des NKWD.
Grad der Bekanntschaft: nicht bekannt.
Verhältnis: keins.
Beziehung: bearbeitete im Herbst 1941 den Fall von Amalia Michailowna Berman, einer Nachbarin Krasnogorows aus derselben Etage, die bei ihnen verkehrte.

Schädlichkeit: Hatte vor, die Berman über die Klinge springen zu lassen, nach seinem Tod wurde sie aus irgendeinem Grunde (aus welchem? Das ist die Frage!) freigelassen, und sie rettete dem kleinen Slawa Krasnogorow das Leben.

Iwan Sacharowitsch Gabunija, Militärchirurg, Oberst.
Bekannt, Freund des Hauses. War aus Gründen ganz allgemeiner Art unbeliebt – Kinder, die ihren Vater verloren haben, lieben den potenziellen Stiefvater für gewöhnlich nicht. Wünschte für den künftigen Stiefsohn ausschließlich das Beste.

Konstantin Iljitsch Scherstnjow, Physiker.
Bekannt – in dem Sinne, dass sie einander gesehen und miteinander gesprochen hatten. Meinte es gut mit Krasnogorow, doch erstens konnte Krasnogorow das natürlich nicht wissen, sondern beobachtete das genaue Gegenteil – einen Mann, der ihn mit allen Mitteln hereinlegen wollte –, und zweitens wollte Scherstnjow subjektiv Gutes, doch objektiv? Wenn man die wahrscheinlichen Folgen berücksichtig: praktisch lebenslängliche Beschränkung auf einen geheimen Kasten, Unfreiheit, schließlich Leukämie?

Sergej Jurjewitsch Kaljaxin, Prorektor des Vierten Medizinischen Instituts.
Es konnten keinerlei direkte Beziehungen zwischen ihnen festgestellt werden. Nur indirekte – über Viktor Kikonin, Krasnogorows Freund. Dieser Kaljaxin ist wohl das schwächste Glied in der gesamten Kette von Fakten. (Schließlich bin ich über nur einen Menschen mit Berija bekannt, über einen mit Präsident Ford und über nur zwei Zwischenstationen mit Opa Lenin. Du kennst dieses amüsante Spiel namens »Die Welt ist ein Dorf«. Du selbst bist mit dem Genossen Stalin über nur zwei Menschen be-

kannt – über mich und meinen ersten Vorgesetzten.) Eine schwache Beziehung, aber immerhin. Es hätte ja auch gar keine geben können!

Alexander Silantjewitsch Kalitin, Journalist.
Ein enger und geliebter Freund. Das Verhältnis war nicht nur gut, sondern innig. Freilich lieferte Kalitin Berichte über seinen geliebten und engen Freund, doch das konnte Krasnogorow unmöglich wissen, außerdem waren die Berichte ziemlich harmlos und hatten weder Maßnahmen noch Sanktionen zur Folge.

Nikolai Aristarchowitsch Kamanin, Schriftsteller.
Wenn sie überhaupt miteinander bekannt waren, dann oberflächlich: Er kam, brachte ihm seinen Roman, wartete auf das Gutachten des Meisters, es kam keins. Kamanin wollte Krasnogorow ausschließlich wohl. Krasnogorow liebte und schätzte Kamanin als Schriftsteller und als Mensch. Es waren keinerlei weitere Angaben (nicht einmal über eine flüchtige Bekanntschaft) zu finden.

Da war noch der unbekannte und nicht identifizierte »Menschenfresser« aus dem Roman – eine vielleicht erfundene Gestalt, vielleicht auch durchaus real, in Wahrheit jedoch von keiner magischen Kraft umgebracht, sondern von einem ganz prosaischen Granatsplitter.

Und da war der Roman selber: das seltsame, dem Paranormalen selbst nicht bewusste Eingeständnis seiner Paranormalität.

Es waren keinerlei Gesetzmäßigkeiten zu erkennen. Unter den Opfern befanden sich nahe Bekannte, aber auch Leute, die er höchstwahrscheinlich nie zu Gesicht bekommen hatte, die zu sehen ihm sogar prinzipiell unmöglich war! Manche von ihnen hatte er geliebt, andere nicht leiden können. Manche wirkten zu seinem Schaden, andere dagegen zu seinem Besten ... Und wusste er denn von diesem ihren Wirken? Wohl kaum, wohl kaum, aber wenn er es denn wusste (ebenfalls auf eine geheimnisvolle Weise), warum mähte er sie dann einen wie den anderen nieder, ohne sich in Einzelheiten zu verlieren? Und die Hauptsache: *Hatte er sie niedergemäht?*

Die Frage nach dem *Wie* stellte ich mir nicht mehr. *Hatte er sie niedergemäht?* – das war das Problem; waren sie sein Ziel gewesen, oder waren sie einfach nur gestorben, weil er *existierte, lebte, atmete, aß, schlief, liebte* – wie Tausende und aber Tausende von uns alljährlich ohne Schuld und Sinn sterben, nur weil auf der Welt Vibrionen existieren, Kokken, Bazillen, Viren – leben, atmen, essen, schlafen, sich vermehren, ohne auch nur von unserem Dasein zu ahnen, ohne das Mindeste über uns zu wissen, ohne zu solchem Wissen auch nur fähig zu sein ... Wie wir gedankenlos und unwissentlich auf einem Waldweg oder auf dem Asphalt der Stadt Ameisen und Käferchen zertreten, wie wir mit einer beiläufigen und ziellosen Bewegung im Bruchteil einer Sekunde vielleicht ganze Mikrokosmen vernichten.

Die Informationen, über die ich verfügte, genügten mir nicht. Und ich wusste nicht, wo ich noch nach dem Fehlenden suchen sollte. Was ich brauchte, war niemandem bekannt. Vielleicht nicht einmal ihm selbst. Wahrscheinlich. Fast sicher.

Dieses widerwärtige »fast«, all diese verhassten »höchstwahrscheinlich«, »sicherlich«, »vermutlich« drückten mich nieder und vergällten mir das Leben. Ich musste *wissen*, nicht »vermuten«. Für mich stand in jenen Monaten alles auf dem Spiel. *Ja* oder *nein*. Nur *ja* oder *nein*, und kein »fast«.

Verzweifelt zerbrach ich mir den Kopf über ein Experiment, welches eine klare und eindeutige Antwort auf alle Fragen gegeben hätte. (Ich glaube, das nennt man ein *Experimentum crucis*.) Schon damals ahnte ich, das solch ein Experiment prinzipiell unmöglich ist, doch ich hatte es gar zu nötig, als dass ich dem Stöhnen meiner gequälten Intuition Beachtung geschenkt hätte.

Jetzt schäme ich mich, wenn ich an jene Zeit zurückdenke. Im Nachhinein verzeiht man sich zwei Dinge am schwersten: Feigheit und Dummheit. Ich schreibe dennoch hier davon, weil ich es für wichtig halte, dass du von diesen meinen Dummheiten weißt – womöglich fällt dir selber ein, derlei Experimente zu machen.

Zuerst organisierte ich ein gewöhnliches Hopp-stopp. Aufgabe: eine Lehre erteilen, das heißt auf keinen Fall töten oder bleibende Schäden zufügen, aber dem Mistkerl so ein Ding verpassen, dass er sich in die Hosen scheißt. Ich Idiot. Worauf spekulierte ich? Was wollte ich eigentlich? Dass Serjoga und Saschka eines schönen Morgens an einer Ecke mit geplatztem Hirn gefunden werden? Nehmen wir mal an, dieser Serjoga und auch der Saschka sind Dreck, Abschaum, es ist kein bisschen schade um sie, aber das gibt ja doch eine Menge zusätzlicher Probleme, eine Menge Berichte und Rechtfertigungen, immer neue Lügen auf dem Dienstweg, und wozu? Damit ich endlich mit Gewissheit sagen könnte: »Ja, das ist *er*«? Wem denn, ich Kretin? Ich hatte nicht vor, irgendjemandem irgendetwas zu sagen. Mir selber vielleicht? Aber ich wusste ja auch so, dass er es war ... Ein idiotisches Vorhaben, völlig sinn- und aussichtslos. Es konnte kein entscheidendes Ergebnis bringen, und es brachte auch keins – es verlängerte nur die Liste der trübsinnig eintönigen Fragen und die Liste der indirekten Beweise für Paranormalität, von denen ich sowieso genug hatte.

Die Agenten kamen partout nicht zum Zuge. Das Objekt war wie verwunschen. Entweder tauchten plötzlich wie aus dem Erdboden unerwartete und sogar unmögliche Zeugen im Aktionsbereich auf (zum Beispiel: eine Kommission des Komitees zur Überprüfung der Funktion einer frisch angekauften schwedischen Sickergrubenreinigungsmaschine – drei schwarze »Wolgas«, eine Menge satter Kerle mit Marlboros zwischen den Zähnen und das mit dreißig Lämpchen blinkende ausländische Aggregat mit all seinen Gedärmen und Pumpen). Oder umgekehrt: Alles ist still, doch das Objekt erscheint nicht am Ort des Rendezvouz: eine unerwartete Besprechung, eine plötzliche Dienstreise nach Gatschina, einmal sogar ein kleiner Verkehrsunfall! ... So ging das zwei Wochen. Mir war schon alles klar, ich war drauf und dran, die Sache abzublasen, als ich plötzlich Meldung bekam: Alles O.K., keine Opfer und Schäden, Prozedur erfolgreich durchgeführt. Saschka strahlt in Erwartung einer Prämie und reibt sich seine knochigen Hände eines professionellen Sadisten, Serjoga blinzelt satt, zufrieden wie ein Tiger, der endlich seinen Dompteur gerissen hat, und ich sitze da, als wäre ich rein zufällig bei ihrer Meldung anwesend, komme mir vor, als hätte ich Scheiße geschluckt, und verstehe gar nichts ...

Zwei Stunden später aber teilt man mir aus dem Allunionsinstitut mit, dass das Objekt in bester Verfassung ist, ohne Verspätung auf die Arbeit kam und gerade seinen Vortrag in dem Seminar beendet, heil und unversehrt ... Diese beiden Lumiche hatten *den Falschen* erwischt: Ich bin später extra ins Krankenhaus gegangen und habe mir den Geschädigten angesehen – er sah ihm wirklich ähnlich, zumindest von Weitem. Die Lumiche kriegten statt einer Prämie jeder einen hübschen kleinen Verweis, und ich zog den Auftrag zurück. Leichten Herzens. Aber damit gab ich mich nicht zufrieden. Ich hatte gar zu große Lust – unersättlicher Idiot, der ich war –, eine »Hirnexplosion« auf sozusagen künstlichem Wege hervorzurufen. Es war ja noch die frühe Jugend meiner Entdeckung.

Ich bekam die Erlaubnis zu einer *Spritze.* Natürlich hätte man mir eine richtige, gefechtsmäßige Spritze schwerlich erlaubt, doch die brauchte ich auch nicht. Ich brauchte einen guten Profi, der den üblichen Auftrag »spritzen und verschwinden« bekam. Der Profi würde den Auftrag ausführen und dabei überzeugt sein, dass er eine dienstliche Liquidation ausführt. Die Vorgesetzten würden Bescheid wissen, dass sich in der Spritze ein nahezu unschädlicher Cocktail von Spezialdrogen befand. Und ich würde vielleicht erfahren, wie das *Schicksal* auf Lebensgefahr reagierte.

Nichts erfuhr ich. Die *Spritze* verlief vorschriftsmäßig. Aus dem Allunionsinstitut wurde mir nach dem Mittagessen gemeldet, dass das Objekt über Übelkeit klage, seine Augen seien rot geworden, die Hände ebenfalls, und sie juckten. Alles gemäß der Prognose und Anamnese. Der Organismus hatte reagiert, das *Schicksal* nicht. Mir blieb, was ich ohnehin schon hatte – meine hektische Dummheit, meine Ohnmacht, mein Unverständnis und mein Unvermögen, irgendetwas zu beweisen.

Natürlich spielte ich jedes Mal, wenn ich ein Experiment in Angriff nahm, in gewissen Sinne va banque. Im Falle eines *Erfolgs* hätte ich ganze Gebirge von Lügen anhäufen müssen, um mich und *ihn* der Aufmerksamkeit meiner Vorgesetzten zu entziehen. Darauf war ich übrigens gefasst. Ein eindeutiges Ergebnis hätte alle Probleme ein für alle Mal gelöst – ich wäre einfach von denen zu *ihm* übergewechselt und unerreichbar geworden. So glaubte ich damals. Obwohl gewisse Nuancen zweifellos vorhanden waren und der Situation einen spezifischen Akzent verliehen ...

Hier gab es einen Bruch im Manuskript. Er fiel nicht ins Auge, mehr noch, er war unauffällig und sorgsam, wenngleich ungeschickt, kaschiert worden. Seite 26 war glücklich zu Ende, doch dann folgten Seiten (insgesamt elf), deren Nummerierung nach der guten alten Schülermethode beseitigt worden war, mit der man mitunter den Kopf Minins aus dem Lehrbuch für Geschichte der UdSSR an die Stelle des Kopfes der Brückenechse im Zoologielehrbuch übertrug (und umgekehrt). Danach folgten die Seiten wieder ohne Unterbrechung, und es war nicht schwer auszurech-

nen, dass insgesamt acht Seiten zu unbekanntem und nicht recht verständlichem Zweck aus dem Text entfernt worden waren – von Seite 27 bis einschließlich 34.

Das hatte wohl kaum der Verfasser der Aufzeichnungen getan. Eher Krasnogorski junior. Etwas passte ihm nicht auf diesen Seiten. Da war etwas, was er dem Helden dieser Aufzeichnungen nicht zur Kenntnis bringen wollte …

Diese »Etwas« festzustellen, erschien zunächst unmöglich. Und lohnte es überhaupt die Mühe?

4

Eine Weltlinie, wie ich sie mir vorstelle, ist die Folge von Ereignissen im Leben eines jeden Menschen, *von* da *bis* da. Sie zu verfolgen, erst recht sie vorherzusagen, ist natürlich prinzipiell unmöglich, wie es auch unmöglich ist, sagen wir, sämtliche möglichen Positionen einer Schachpartie aufzuzählen. Diese prinzipielle Unmöglichkeit spricht jedoch keineswegs gegen die *Existenz* der Weltlinie. Die Linie gibt es unabhängig von unserem Vermögen, ihren Verlauf nachzuzeichnen, sie existiert real, sie verläuft *von hier* und *bis da* und realisiert sich sozusagen mit dem Ablauf der Zeit.

Man kann sie sich als eine Art Tunnel im Nebel vorstellen – du bewegst dich, und mit jedem deiner Schritte tut sie sich vor dir auf; was du aber hinter dir lässt, versinkt wieder in Finsternis. Doch ein Tunnel hat Wände, deshalb sollte man sich die Linie vielleicht besser als einen Windhauch auf freiem Felde oder als eine starke Strömung inmitten sonst stehenden Wassers vorstellen, und der Mensch befindet sich in diesem Strom wie ein großer Käfer, der vom Wind mitgetragen wird und nichts davon ahnt, oder wie ein Fisch in jener durchsichtigen farblosen Strömung, der ebenfalls nichts von diesem Strom weiß ... Doch rechts und links von dem Käfer, unten und oben reißt dieser Wind vielleicht jemanden von den Füßen und deckt Dächer ab und bildet Windhosen – der Käfer weiß nichts davon, kann und will nichts wissen, er brummt vor sich hin und geht seinen eigenen Angelegenheiten nach (»... trägt eine Saphirrüstung und schmilzt dahin vor Liebe und fliegt zur Rose hin – summ-summ, summ-summ ...«).

Das alles, wie gesagt, konnte man sich vorstellen, aber ich wollte das nicht tun. Ein Mensch ist kein Käfer. Ein Mensch ist fähig, sein Schicksal zu lenken, und seine Weltlinie zieht er zu einem großen Teil selbst *von hier* und *bis da*, indem er den Willen anspannt und Taten vollbringt, die er für richtig hält. Wenn dem aber so ist, dann lautet die erste und wichtigste Frage: Was ist das für ein Mensch?

Seine hauptsächliche Eigenschaft war meines Erachtens Naivität. Einfalt, die mitunter in den reinsten Infantilismus überging. Die Treue zu gewissen Prinzipien, die er von alters her formuliert und verinnerlicht hatte. Eine absolute Unflexibilität im Verhalten, wenn es um Widerstand gegen blanke Gewalt ging, dabei eine nahezu unterwürfige Nachgiebigkeit angesichts von Schwäche, Hilflosigkeit, Ungeschick. Völlige Ablehnung des »Dschungelgesetzes« – in erstaunlicher Kombination mit sofortiger Bereitschaft, dieses Gesetz zu akzeptieren, wenn es ihm mit Gewalt aufgezwungen wurde. Auf Gewalt antwortete er mit Gewalt, auf Schwäche mit Milde. Er war ein Ritter, das war er. Im romantisch-aussichtslosesten Sinne dieses schon fast vergessenen Wortes, wie bei Walter Scott oder sogar wie Don Quichotte. Und wie jeder Ritter war er machtlos gegenüber gerissener Schwäche und berechnender Gerissenheit.

Bei ihm erwartete ich keine besonderen Probleme.

Das Problem, ich wiederhole es wieder und wieder, lag woanders. Das Problem ergab sich und sah ganz unüberwindlich aus, falls er nur ein Schützling des Schicksals war, ein Losgeleiteter, wie er selber den Helden seines Romans genannt hatte – eben jener nichtsahnende Käfer, den ein ihm unsichtbarer und von ihm nicht wahrgenommener Luftstrom mit sich trägt, der dabei auf seinem Wege und daneben alles hinwegfegt.

Doch ich hatte weder Zeit noch Verlangen, abzuwarten und weitere Aussagen, indirekte Indizien und tückische Fakten zu sammeln. Anfang 1974 starb seine Frau auf schreckliche Weise, viel schrecklicher, als selbst ich mir das vorzustellen vermochte, ein im Voraus informierter und anscheinend auf alles gefasster Beobachter. Ich will jetzt keine Einzelheiten ausplaudern. Es genügt zu sagen, dass der Fall keinerlei Zweifel ließ, obwohl ich rein zufällig darauf gestoßen war: Mir wurde gemeldet, die Frau des Objekts sei unerwartet verstorben, ich schickte rein mechanisch, ohne auf etwas zu rechnen oder etwas zu erwarten, eine Anfrage ab – und bekam plötzlich eine Antwort, dass mir die Haare zu Berge standen. Dabei hatte er sie so geliebt, nach meinen Informationen verlor er nach ihrem Tode beinahe den Verstand, und das, obwohl er natürlich keinerlei Einzelheiten wusste.

Ich muss dir gestehen: Mich traf ein schrecklicher Gedanke, und ich stürzte los, um die Akten über den Tod seiner Mutter auszugraben. Gott sei Dank hatte ich mich anscheinend getäuscht: Da war nichts aus meinem Gebiet zu finden, wenngleich ich, wenn man ganz objektiv ist, dann doch keine *erschöpfenden* Angaben bekommen konnte – es war schon eine Menge Zeit vergangen, die Zeugen erinnerten sich an nichts Besonderes, die Archive des Krankenhauses aber befanden sich in widerwärtigem Zustand – eine Generalreparatur des alten Gebäudes, die Folgen eines Durchbruchs der Kanalisation, vollständiger Wechsel des leitenden Personals usw. usf. …

(Ich habe soeben die letzten Absätze durchgelesen und halte folgenden Kommentar für notwendig. In Wahrheit habe ich damals weder Entsetzen noch Abscheu verspürt, noch moralischen Ekel vor meinem Kramen in den Familienangelegenheiten dieses Menschen. Jetzt schon. Jetzt, da ich »Gott sei Dank hatte ich mich anscheinend getäuscht« schreibe, empfinde ich tatsächlich eine gewisse Erleichterung, dass meine widerwärtige Hypothese nicht bestätigt wurde. Doch so ist es jetzt. Jetzt ist dieser Mensch für mich kein Fremder mehr. Er ist mein Beschützer. Mein Wohltäter ... Mein Freund. Mein Meister. Damals aber war er nur ein Untersuchungsobjekt und, was noch wichtiger war, ein Objekt, das ich möglicherweise benutzen konnte. Außerdem kam er mir wie ein Ungeheuer vor, ein Monster, ich sah in ihm keinen Menschen, sondern vor allem und ausschließlich ein Mittel, um meine Ziele zu erreichen. Und alle Untersuchungen, die ihn betrafen, führte ich zwar mit Eifer, doch kalten Herzens, professionell berechnend und ohne Emotionen – ohne all dieses »ach!«, »Gott sei Dank!«, »wie schrecklich!«.)

Weiter oben habe ich schon von den Weltlinien geschrieben. Die Weltlinie dieses Menschen lief durch einen Punkt (ein Gebiet, eine Zone, ein Hypervolumen), der für mich unerreichbar und unfassbar blieb.

Das Los wollte es nicht, dass er Atomphysiker würde und in irgendeinem weitab versteckten und niemandem bekannten Arsamas Nummer x an Leukämie dahinsiechte.

Das Los wollte nicht, dass er Schriftsteller würde, ein geachtetes Verbandsmitglied, ein Ingenieur und Konstrukteur unserer Seelen und Gedanken. (Warum eigentlich nicht? Was war daran schlecht für ihn, für das Los, für uns?)

Das Los wollte natürlich nicht, dass er vor der Zeit starb, woran auch immer ...

Das Los wollte (aus irgendeinem Grunde) nicht, dass er mit fünfzehn Jahren einen Stiefvater bekam. (Das war nun schon der reinste Stuss ...)

Doch was *wollte* das Los? Schon die Fragestellung kam mir unsinnig vor. Was will das Gravitationsfeld? Dass der Schiefe Turm von Pisa endlich umfällt und in tausend Stücke zerspringt?

Ich erwirkte die Genehmigung, zusammen mit Kostja Poleschtschuk den Fall eines geschwätzigen Dissidenten zu bearbeiten. Sein Name wird dir heute nichts sagen, braucht er auch nicht. Er war ein Freund meines Kunden, und der Kunde war derart ins Blickfeld unserer Organisation geraten – wenn auch einer ganz anderen Verwaltung.

Es wäre durchaus nicht nötig gewesen, den ersten Kontakt mit ihm auf solch eine etwas exotische Art aufzunehmen: als vernehmender Untersuchungsführer – aber so eine Möglichkeit auszulassen wäre ja auch dumm gewesen. Er erschien vor mir wie auf dem Präsentierteller, in voller Pracht, im ganzen Glanze seiner Beschränktheit, seiner überheblichen Dummheit und seines unbeschreiblichen stolzen Infantilismus. Er war verschreckt und hilflos. Ich konnte ihn geradezu mit der Lupe betrachten – er hätte nichts gemerkt und wäre kein bisschen misstrauisch geworden. Ich war für ihn unsichtbar. Ich existierte gleichsam nicht. Ich war für ihn der Teufel, der ihn in Versuchung führte, weiter nichts. Ich als Person, als einzelner Mensch, interessierte ihn nicht mehr als irgend so ein betrunkener Lumich, der ihn in der überfüllten Straßenbahn belästigt. Er musste mich irgendwie loswerden, sich mir irgendwie entwinden, ohne sich dabei jedoch eine Blöße zu geben. Nur daran dachte er: wie er sein wertvolles Gesicht wahren könnte, wie er standhaft bleiben und um Himmels willen kein Denunziant werden könnte.

(Wahrscheinlich nicht einmal ein Denunziant, sondern ein *Petzer*. Wenn ich ihn ansah, fiel mir immer wieder diese charakteristische Geschichte aus seiner Jugend ein, als man ihn im Dekanat plötzlich zum Gruppenältesten bestimmte und mit ihm ein entsprechendes Gespräch führte. Mit welcher Empörung er am Abend desselben Tages im Kreise seiner Freunde geschrien hatte: »Diese elenden Hunde! Wofür halten die mich denn? Dass ich meine Leute verpetze – wer was angestellt hat, wer welche Vorlesung geschwänzt hat? ...« Er hatte nichts begriffen: Von ihm wurde etwas ganz anderes verlangt. Von ihm wurde verlangt, dass er rechtzeitig mitteilte, wer was *sagte* und ob nicht jemand vorhatte, eine Untergrundorganisation zu gründen. Doch er hatte die glatten Formulierungen seines stellvertretenden Dekans überhaupt nicht verstanden und bildete sich ein, er solle ein gewöhnlicher Petzer werden – wie in der Schule ... Beachte: Genau so ist er, unser lieber Stanislaw Krasnogorow! Er ist es auch jetzt noch, mit seinen sechzig Jahren und bei seiner ganzen »position sociale«.)

Natürlich hatte er Angst. Ihm war der Mund ganz ausgetrocknet und geschwollen – solche Angst hatte er. Aber nicht vor mir, sondern vor sich selber, vor seiner eigenen Schwäche, seiner Feigheit und Dummheit. Wenn er nur gewusst hätte, wie mir zumute war! Ich *starb ja geradezu vor Angst.* Alle meine Fragen hatte ich mir vorher sorgfältig überlegt, aber schließlich hatte ich es (höchstwahrscheinlich) nicht mit einem Menschen zu tun – ich hatte es mit dem Schicksal zu tun, dessen Gesicht und dessen Auge ich nicht sehen konnte, das Schicksal hat kein Gesicht, kein Auge, keinen Ausdruck, nichts – es gab keinerlei Rückkopplung mit ihm, ich kroch blindlings durch dieses Minenfeld und stellte mir entsetzt vor, wie plötzlich ohne jeden ersichtlichen Grund mein armes Gehirn zu kochen anfinge und mir dicke Strahlen blutigen Breies aus den Ohren, den Nasenlöchern und den Augenhöhlen schössen ... Doch nichts davon merkte er mir an, er konnte nichts merken, er war zu sehr mit sich selbst beschäftigt.

Er ließ ohne hellhörig zu werden ein gutes Dutzend meiner Kontrollfragen passieren und wurde nur einmal unruhig –

als ich ihn beiläufig fragte, ob er den Schriftsteller Kamanin gekannt habe. Ich war ja überzeugt gewesen, er sei mit ihm bekannt gewesen, und seine verneinende Antwort erstaunte mich sehr und machte mich stutzig: Wozu sollte er denn bei einem so harmlosen Anlass lügen? (Später klärte sich alles auf: Sein Manuskript war auf Umwegen zu Kamanin gelangt und im Grunde zufällig. Der arme Kamanin. Unerforschlich sind die Wege des Schicksals.)

Ich fand meinen Gedanken endgültig bestätigt, dass er *nichts* von seiner Weltlinie wusste. Das war sowohl gut als auch schlecht. Er war ein »Käfer« – und das war schlecht, weil es den Zugang zur *Macht* unglaublich erschwerte. Doch er war ja ein vernunftbegabter Käfer! Noch war nicht alles verloren. Ich musste mit der Zusammenarbeit beginnen. Eine Chance blieb noch. Meine letzte Chance: ihm die Augen zu öffnen und abzuwarten, dass die Erkenntnis der Vorgänge eine gewisse Wirkung zeitigte, wie eine psychoanalytische Behandlung Wirkung zeitigt, wenn ein altes Trauma aus dem angeschlagenen Unterbewusstsein ins staunende Bewusstsein emporsteigt und ein Wunder geschieht.

Der Schöpfer dieses Wunders konnte ich werden. Gerade ich vermochte dem hirnlosen Käfer, den das Schicksal ins Nirgendwo trug, Vernunft und Macht zu geben. Und dann wäre er wirklich *mein* geworden.

Eine Hoffnung blieb also. Es war eine schwache Hoffnung, aber die letzte.

Ich hätte es vielleicht doch noch ein, zwei Monate hingezogen, in solchen Dingen darf man nichts überstürzen, vor allem, wenn man es möchte, wenn die Nerven bis aufs Äußerste gespannt sind und innerlich alles vor Verlangen glüht – mit einem Hieb den Knoten zerhauen, und komme, was da wolle. Ich kannte diesen Zustand an mir gut und fürchtete ihn, und ich war im Begriff, mich bis zur völligen Erschöpfung künstlich abzubremsen, doch da gab mein Schicksal dem Braunen die Sporen, und die Ereignisse überstürzten sich.

Gleich am Tag nach dem ersten Kontakt bestellte mich frühmorgens mein Lieber Genosse Chef zu sich zum Rapport, persönlich, und in seiner nervtötenden schläfrigen Manier begann er, kaum dass ich auf der Schwelle erschien, ohne einen Gruß und ohne auch nur dem Untergebenen Platz anzubieten: »Also was hast du denn da wieso erstattest du nicht Bericht warum muss ich's dir aus der Nase ziehen wie einem roten Partisan was du da mit diesem deinem« – er schaute demonstrativ in die Papiere – »Krasnogorow anstellst wer hat dir dafür die Genehmigung erteilt und überhaupt ...?«

Ich hatte diesen ungestümen Druck erwartet und mich darauf vorbereitet, ich hatte mir längst auf alle Fragen Antworten zurechtgelegt – sie flutschten nur so hervor –, aber ich wusste ja auch (und auch du solltest es wissen), dass es auf der Welt keine Antworten gibt, die nicht neue, neue und immer neue Fragen nach sich ziehen. Sogar wenn du die blanke und heilige Wahrheit sprichst, tauchen neue Fragen auf und schneiden dir diese deine Wahrheit wie Messer in Streifen, schlitzen sie auf, präparieren sie, dringen tiefer, und noch tiefer, und dorthin, wo du selbst nie hingeschaut hast (weil du Angst hattest oder dich schämtest). Und wenn du's riskiert hast und mit einer dreisten Halblüge loslegst (von ganzen Lügen rede ich schon gar nicht), dann bete zu Gott. Dann kannst du jedenfalls damit rechnen, dass man dich zerlegt, zergliedert und säuberlich auf Haken aufhängt. (Weißt du noch, wie du versucht hast, die Sache mit den Blättern vor mir zu verbergen?)

Den ersten Angriff des Lieben Genossen wehrte ich also glücklich ab, doch dabei musste ich sowohl meine Flanken entblößen als auch das Hinterland und gab ihm Stoff zum Nachdenken – mehr als genug. Wenn in ihm jetzt nur der Wunsch aufkam, würde ich in der zweiten Runde in mich zusammenfallen wie ein Kartenhaus, und dass dieser Wunsch bald in ihm aufkommen würde, stand keine Sekunde lang in Zweifel. Er war ein Vollidiot, doch er besaß so eine Intuition, dass ich manchmal (wenn wir gerade ein paar gute Minuten hatten) schmeichelnd und nahezu aufrichtig zu ihm sagte: »Himmel, Pal-Legytsch, Sie müsste man auf übernatürliche Fähigkeiten untersuchen. Wollen wir?«

Direkt aus seinem Arbeitszimmer ging ich (innerlich nass wie eine gebadete Maus und ebenso zitternd) zu mir, und da erwartete mich schon die Meldung von einem betrüblichen Ereignis: Der verdiente Wissenschaftler, Mitglied der Akademie der Wissenschaften der UdSSR, Sektorenleiter des AFITEK Lemark Georgijewitsch Chuchrin (Deckname Buchhalter) war überraschend verstorben. Diagnose: Schlaganfall, doch die Obduktion hatte noch nicht stattgefunden und wurde für den Abend erwartet.

Ich setzte mich ans Telefon. Ich hörte sofort auf, innerlich zu zittern und wurde ruhig. Es gab Arbeit. Nichts war zu Ende, alles ging weiter, es war akut, und das Eisen musste geschmiedet werden, ohne Zeit zu verlieren. Ich machte einen geeigneten Arzt ausfindig und schickte ihn zur Obduktion. Ich nahm den Fall unter meine Kontrolle. Nur ausgesuchte Kader. Keinerlei nach außen dringende Information. Wenn nötig – Verpflichtung zur Geheimhaltung. Und so weiter. Alles Quatsch, macht aber Eindruck. Bericht an mich persönlich – sofort nach der Obduktion, mündlich. Schriftlicher Bericht morgen. Fertig.

Meine Intuition ist auch nicht von schlechten Eltern. Es war tatsächlich ein Schlaganfall gewesen. Aber kein ganz gewöhnlicher Schlaganfall. Und wenn man nicht unbedingt die Standardterminologie verwenden will, dann kann man geradezu sagen – überhaupt kein Schlaganfall, sondern weiß der Teufel was. Das war meine Nummer neun (wenn man den Unbekannten Menschenfresser aus dem Roman mitzählte). Das Schicksal hatte von seinem Wege ein weiteres Hindernis entfernt (oder nicht von seinem, sondern vom Wege meines sorglosen Käfers, der mit seinen kleinen Angelegenheiten befasst war?).

Bis der schriftliche Bericht über den Obduktionsbefund auf meinem Schreibtisch landete, wusste ich über das Verhältnis zwischen Chuchrin und Krasnogorow schon alles, was in der Zeit herauszufinden war. Es hatte praktisch kein Verhältnis gegeben. Sie hatten einander ausschließlich auf den Sektorversammlungen und in Seminaren gesehen. Das Akademiemitglied war dem wissenschaftlichen Mitarbeiter wohlgesonnen gewesen, hatte sich über ihn wohlwollend geäußert, hatte ihm zweimal aufgetragen, Berichte über seine Themen zu schreiben, dabei aber sicherlich keine zwei Worte mit ihm über mehr als die Arbeit gewechselt – und sei's auch nur übers Wetter. Krasnogorow seinerseits hatte sich für das Akademiemitglied überhaupt nicht interessiert, für seinen unmittelbaren Vorgesetzten hielt er diesen unflätigen Jeschewatow, und alle Übrigen, darunter auch die Akademiemitglieder, waren ihm einer wie der andere schnuppe.

Ich meldete mich krank und ging nach Hause. Ich war wirklich krank. Mir dröhnte der Kopf, als ob das Schicksal schon Maß nähme, wie es mich am glattesten erwischen könnte ... Ich hatte auf diesen Neunten so gewartet, hatte so sehr gehofft, ich würde mehr verstehen, wenn es geschah, und jetzt empfand ich so etwas wie einen Anfall von Verzweiflung, wie ich ihn mir seit meiner Kindheit nicht mehr erlaubt hatte, vielleicht überhaupt niemals. Zum ersten Mal ließ ich in meinem Bewusstsein den Gedanken zu, dass ich mich anscheinend an eine Sache herangewagt hatte, der ich nicht gewachsen war. Dieser Gedanke erniedrigte und bedrückte mich. Er konnte mich auch zermalmen. Ich bemühte mich, ihn sich nicht zur prallen Blüte entfalten zu lassen, und diese Anstrengungen machten mich krank. Noch ein bisschen, und ich hätte vielleicht aufgegeben. Hätte mich auf beide Schultern gelegt.

Hätte auf alles gepfiffen. Was denn letzten Endes – brauchte ich mehr als die anderen? ... Ja. Brauchte ich. Mehr als die anderen. Viel mehr. Doch ich war mir dessen schon nicht mehr so sicher wie zwei Stunden zuvor.

Ich kam nach Hause, die Mutti war nicht da, du empfingst mich. Ich begriff sofort, dass du eben erst geweint hattest. Und dass du aus deinem Pionierlager weggelaufen warst wie ich von der Arbeit. Und ich sah den schwarzen Bluterguss anstelle deiner Nase und wusste, dass diese Mistkerle dich wieder erwischt und dir mit freudigem Gekreische eine »Pflaume« verpasst hatten. Der Hass verschleierte mir den Blick, Mitleid überschwemmte mein Herz, ich umarmte dich, wir setzten uns beide auf den Fußboden und blieben eine Weile so sitzen, umschlungen. Du weintest, und ich erstarrte zu Eis vor Hass und vor Ohnmacht und vor Liebe und vor Mitleid und legte im Stillen einige Schwüre ab ... Du wirst dich kaum an diesen Tag erinnern, du warst ja damals erst sieben – ein Alter, in dem man alles unglaublich heftig empfindet, aber zum Glück auch gleich wieder vergisst. Ich dagegen habe mir diesen Tag gut gemerkt, und sehr gut gemerkt habe ich mir auch meine Schwüre, obwohl es, glaube ich, gar keine Worte gab in diesen Schwüren, die von Wut und Kälte zugleich erfüllt waren. Es waren Schwüre ohne Worte. Ich konnte es mir nicht mehr erlauben, mich auf beide Schultern zu legen, auf alles zu pfeifen und wie alle zu sein. Ich hatte dich.

5

Am Abend rief ich ihn an und bestand auf einem Treffen.

Das Treffen fand statt. Ein sonderbares Treffen, ungeordnet, unvernünftig, im Grunde ergebnislos. Doch wenigstens hatten wir unsere Standpunkte dargelegt. All die wichtigsten

Worte waren gewechselt, alle (fast alle) Geheimnisse gelüftet, und es waren die Augen geöffnet worden.

Selbstverständlich hatte er nichts gewusst und verstand nichts. Überhaupt hatte er von diesem unserem Gespräch ganz etwas anderes erwartet, hatte sich auf irgendwelche Unannehmlichkeiten gefasst gemacht, und er brauchte eine gewisse Zeit, um sich umzuorientieren und die völlig neue Realität zu begreifen, in der er sich jetzt befand. Alle meine Hoffnungen, dass sein und mein Wissen vereint in ihm ein Überwissen wecken würden, stürzten gleich in der ersten Gesprächsstunde zusammen. Wenn sein Unterbewusstsein etwas für uns beide Nützliches enthielt, so behielt es dieses Nützliche für sich. Das Wunder geschah nicht. Er begann nicht zu treiben. (Du weißt, bei Sheckley: »Er trieb. Nichts geschah.« Er also »trieb« nicht einmal.)

Ich fühlte, wie die Verzweiflung wieder mit rauen Fingern nach meiner Kehle fasste, und entschloss mich zu einer Tat, derer ich mich heute noch etwas schäme, obwohl nichts einfacher ist, als eine Rechtfertigung dafür zu finden, die in meiner damaligen Lage durchaus begründet war. Unter den Materialien, die ich ihm zur Einsicht geben wollte, war der Bericht über den Fall seiner Frau. Zuerst wollte ich ihm diesen Bericht nicht zeigen. Er tat mir leid: Er hatte diese Frau geliebt, und zu erfahren, dass man den Tod eines geliebten Menschen verursacht hat (absichtlich oder nicht – welchen Unterschied macht das aus?), ist ohnehin ein grausamer Schlag, wenn man aber dazu noch erfährt, dass ...

Weißt du, es ist Folgendes passiert. Die »Hirnexplosion« fand nicht einmal bei ihr statt. Die Kinder. Zwillinge. Sie wurden buchstäblich im Mutterleib zerrissen. Eine schreckliche Sache. Zuerst wollte ich nicht, dass er es erfährt, doch dann dachte ich: Was soll's? Ich muss ihn in Fahrt bringen. Wenn ihn nicht einmal das in Fahrt bringt, dann brauche ich mich auch nicht weiter abzumühen, dann ist der Fall hoffnungslos ... Und ich gab ihm *alles*.

Lies. Lies, verdammt nochmal! Soll die Eiterbeule doch platzen. Wir beide stehen vor einer ernsten Sache. Du musst dich an alles gewöhnen, und zwar von Anfang an ... Etwas in der Art schwirrte mir durch den Kopf. Natürlich war das grausam. Ich denke auch heute so und dachte es damals. Aber ich musste ihn aufwecken und ihn zwingen »zu treiben«. Einen anderen Ausweg sah ich nicht. Und es gab wohl auch keinen anderen Ausweg.

Tags darauf kam ich wie verabredet Punkt achtzehn Uhr zu ihm nach Hause und traf ihn nicht an. Mir öffnete die Mitmieterin, eine bejahrte Frau, unschön, schmuddelig und dazu auch noch lahm. Sie erinnerte sich vom Vortage her an mich und hatte freundliche Gefühle für mich entwickelt, was mich nicht wunderte: Ich war es gewohnt, älteren unschönen Frauen zu gefallen, sie sahen in mir irgendetwas unbegreiflich Sympathisches – vielleicht mein verborgenes Mitgefühl mit ihnen? Sie ließ mich in die Wohnung und sogar ins Zimmer zu Stanislaw Sinowjewitsch – wie er ihr telefonisch vor einer halben Stunde aufgetragen hatte.

Ich erhielt die Möglichkeit, unter die Lupe zu nehmen, was immer von Nutzen ist, obwohl das in der eingetretenen Situation eher zweitrangig war. Das typische Zimmer eines unerfahrenen Witwers. Keines Junggesellen, sondern eben eines Witwers, dem vieles egal war und der auf viele Notwendigkeiten des täglichen Lebens keinen Gedanken verschwendete. Staub. Brotkrümel auf dem Fußboden. Angeschimmelte Bissen im Kühlschrank. Die Möbel alt, aber nicht teuer. Eine ziemlich reichhaltige Bibliothek in zwei Schränken. Kleine Auswahl für den Gentleman: Hemingway in zwei schwarzen Bänden, ein dicker weißer Kafka, die graue zweibändige Wells-Ausgabe, ein grünlicher Scott Fitzgerald mit Schutzumschlag ... Aber auch ein zerlesener Schtschedrin in der Ausgabe Sojkins. Und etliche Bände der ACADEMIA: »Don Quichotte«, Swift, ein zerlesener Henri de Régnier in einem Umschlag aus Zigarrettenpapier, »Der Graf von Monte Cristo« – schwarzes Saffianleder mit Goldprägung ... Und eine ziemlich solide Auswahl an Philosophen, heutzutage sieht man das in Bücherschränken selten: Schopenhauer, Nietzsche, Berkeley, Freuds »Traumdeutung« ...

An der Wand das Porträtfoto einer strengen alten Dame, offensichtlich der Mutter, in schlichtem braunen Rahmen, einen Meter weiter ein anderes Porträtfoto im genau gleichen Rahmen: ein lächelndes, nettes Mädchen, offensichtlich seine Frau. Beide Porträts hingen schon ziemlich lange hier – mindestens etliche Jahre, sie waren also noch zu Lebzeiten aufgehängt worden ... Übrigens hatte ich sowieso gewusst, dass er beide geliebt hatte.

An der Wand gegenüber hing überm Sofa ein interessantes Stillleben. (Beim ersten Besuch hatte ich es nicht bemerkt – ich hatte mit dem Rücken zu ihm gesessen, und überhaupt war mir da nicht nach solchen Einzelheiten und Beobachtungen zumute gewesen.) Ein sehr schlechtes, kleines, trübes, unscharfes Foto von Solschenizyn, mit einem Paar Handschellen verziert, die so an Nägeln aufgehängt waren, dass sie das Foto in einem vielsagenden stählernen Halbkreis umgaben. Es waren ganz gewöhnliche Handschellen, wohl wie üblich in einem Zuchthaus hergestellt, aber aus irgendeinem Grunde markiert: In einen der Ringe war so etwas wie ein Dreiblatt eingraviert. Seltsam. Eigentlich war so etwas nicht zulässig. Und wo hatte er sie überhaupt her? ...

Meine Mappe mit den Fällen lag auf dem Schreibtisch. Offen. Offensichtlich durchgelesen, aber ohne Anmerkungen. Überhaupt breitete sich auf dem Tisch das reinste Papierchaos aus, größtenteils lauter Computerausdrucke, daran war für den gewöhnlichen Menschen nichts zu verstehen, und ehrlich gesagt brauchte ich es nicht zu verstehen ... Mein Tonbandgerät war auf dem Tisch nicht zu sehen, und das gefiel mir nicht, doch es fand sich sogleich im rechten, unverschlossenen

Schubkasten des Tisches. Der linke aber war aus irgendeinem Grunde verschlossen und der Schlüssel nirgends zu finden. Ich setzte mich an den Esstisch und begann zu warten.

Er erschien zehn Minuten später, finster und unverblümt ablehnend. Man sah, dass er an meinen Problemen eben doch kein Interesse gefunden hatte, er hatte seine eigenen, und die waren ernst. Er sprach abgehackt und widerwillig. Und das nicht, weil er mir gegenüber Feindschaft oder das vormalige natürliche Misstrauen empfunden hätte, nein, er wirkte eher wie jemand, der zu tun hat und sich auf die eigenen Angelegenheiten konzentriert.

Ich fragte ihn geradezu: »Sehen Sie denn nicht, welche Perspektiven sich da auftun? Finden Sie die denn nicht verlockend?«

Er verzog nur das Gesicht.

»Aber Sie verstehen wenigstens, worum es geht?«, beharrte ich. »Sie verstehen, welch eine Kraft in Ihnen ruht?«

Oder etwas in der Art. Die genauen Worte, die damals aus mir hervorbrachen, habe ich inzwischen vergessen. Aber ich glaube, ich war wirklich beredt. Ich gab mir Mühe. Ich wollte ihn unbedingt in Fahrt bringen. Oder wenigstens verstehen, was zum Teufel mit ihm vorging! Warum er derart schlaff war und woran er, Teufel nochmal, dachte, woran er noch denken konnte, wo vor ihm die Macht über die Welt und übers Schicksal lag, die nur darauf wartete, dass er zugriff.

Ich verstand seine Reaktion überhaupt nicht.

Tags zuvor war diese Reaktion verwischt gewesen, verdreht, bis zur Unkenntlichkeit verzerrt von dem schrecklichen Schlag, den ich ihm versetzt hatte, als ich ihm das Blatt mit den Angaben zum Tode von Larissa Iwanowna Krasnogorowa zugepielt hatte. Seither war ein Tag vergangen. Er hatte den Schlag ausgehalten, war auf den Füßen geblieben, doch seine Sorge galt etwas ganz anderem. Der Schlag, der ihn aufwecken sollte, hatte ihn im Gegenteil betäubt. Oder dumm gemacht. Es war, als ob er unser Gespräch vom Vortag vergessen hätte. Vielleicht interessierte es ihn auch überhaupt nicht mehr – und ich ebenso wenig. Das war unbegreiflich. Er redete auch irgendwie schleppend, als sei in ihm nach einem Schock alles fühllos geworden. Oder nach einer Betäubung. Er war geistesabwesend höflich. Mehrmals bat er um Entschuldigung – für seine Verspätung, dafür, dass er, wie er sich ausdrückte, nicht genügen könne – er fühle sich seit dem Morgen unwohl, er habe sich anscheinend erkältet, sei in dieser Hitze durchschwitzt in Zugluft geraten ...

Unser Gespräch versickerte zusehends – derart, dass es für mich an der Zeit gewesen wäre, meine Mappe einzupacken und mich heimwärts zu begeben, wo mich vielleicht schon mein überscharfsinniger Chef erwartete, langsam und unaufhaltsam wie ein Riesenfaultier.

Wir sprachen ganze zehn Minuten miteinander (ungeachtet seiner Schlaffheit und Geistesabwesenheit versuchte ich immerzu – verzweifelt und schon ganz direkt –, ihm den möglichen Anwendungsbereich seiner Fähigkeiten zu umreißen: Politik, Macht, Kampf gegen die bleiern lastenden Scheußlichkeiten unseres Lebens ...), genauer gesagt, ich redete, er aber hörte zu, blinzelte gelegentlich gelangweilt mit den Augen, und dann entschuldigte er sich abermals und sagte, dass er sich gern hinlegen würde. »Ich werde ein bisschen Tee mit Moosbeeren trinken und mich hinlegen.« Lügen konnte er nicht, er belog mich auch nicht – er wollte sich einfach nicht verstellen und sich nicht unter Kontrolle halten, seinen Tonfall und seine Mimik. Er wollte, dass ich möglichst bald ginge, und hatte nicht vor, diesen Wunsch irgend zu bemänteln.

Wir verabredeten uns wieder zwei Tage später. (»... Ja ... natürlich ... Unbedingt. Dann reden wir über alles ... Aber rufen Sie vorher unbedingt an ... wer weiß, was ... Irgendwie fühle ich mich heute ganz elend ...«) Ich packte alle meine Materialien zusammen und trollte mich. Er begleitete mich nicht einmal zur Tür – das tat die lahme Mitmieterin. Sie war sehr freundlich und überschwemmte mich mit einer Woge von Zuneigung und mit den Gerüchen von Moder und Einsamkeit.

Die erste Etappe unserer Beziehung näherte sich unaufhaltsam und rasch ihrem Ende. Es war anscheinend nichts mehr zu machen. Tags darauf forderte ich Informationen an, unverzüglich: Womit befasste sich (jetzt und in letzter Zeit) das Objekt bei sich auf der Arbeit? Die Antwort war doch ziemlich unerwartet: Am Vortag habe das Objekt unbezahlten Urlaub beantragt und den ganzen Tag klar Schiff gemacht: einen Bericht zu Ende geschrieben, Anweisungen für seinen Stellvertreter verfasst, endlich irgend so ein Programm zur Räson gebracht, mit dem er sich seit einem halben Jahr befasste ... Dabei habe er schlecht ausgesehen, über Kopfschmerzen, Unwohlsein und chronischen Schlafmangel geklagt. Heute sei das Objekt nicht auf der Arbeit erschienen. Es befinde sich im Urlaub.

Ich gab ihm zwei Tage zur Erholung, dann rief ich an. Es meldete sich die Mitmieterin. Stanislaw Sinowjewitsch sei schon vorgestern mit dem Wagen in die Pilze gefahren, er habe das Zelt mitgenommen, überhaupt alle mögliche Ausrüstung, und gesagt, man solle ihn frühestens in zehn Tagen zurückerwarten. Was denn für Pilze Anfang Juli? Aha, »Kornpilze«. Es konnten sich Steinpilze finden oder auch Donnerpilze – Stanislaw Sinowjewitsch kannte da *Stellen*.

So begann diese seltsame Geschichte.

Er tauchte schon zwei Tage später wieder auf. (Ich hatte an die zehn Tage nicht geglaubt und jeden Abend angerufen.) Er war zu einem Treffen bereit. Er empfing mich beinahe freudig, bewirtete mich mit Tee. Er war ein ganz anderer Mensch – er wirkte erregt, sogar aufgedreht, an der Schwelle hatte ich den Eindruck gehabt, er sei beschwipst, doch das war er nicht, obwohl seine Augen glänzten und die Haare wirr abstanden, als habe er geduscht. Außerdem kam es mir vor, als habe er in diesen Tagen stark abgenommen, und rasch stellte sich heraus, dass dem auch so war. Ich fragte ihn (aus Höflichkeit), wie es im Walde mit den Pilzen aussehe, und da erzählte er mir knapp, doch anscheinend auch, ohne etwas verbergen zu wollen, von seinen unerwarteten Abenteuern.

Wie sich erwies, war er im Walde, kaum dass er aus dem Auto gestiegen war, überfallen worden. Von zwei Männern. Beide in Schwarz, schwarze Jacken, schwarze Hosen, alles sah nach Uniform aus und ließ an ein Lager denken. Widerliche schwarze Wolfsvisagen, eine fürchterliche Art zu reden, Messer, eigentlich nicht einmal Messer, sondern irgendwelche langen Bolzen mit Spitzen. Der eine hielt ihm so einen Bolzen an die Kehle, und der andere durchsuchte ihn, nahm ihm Geld, Papiere, das Pilzmesser weg, kramte alles bis zur letzten Kopeke aus den Taschen. Dann trieben sie ihn mit Fußtritten in den Wald, selber aber stiegen sie in den Wagen – er beobachtete sie zwischen den Bäumen hindurch – und versuchten wegzufahren. Der Fahrer war offensichtlich miserabel: Beim Wenden setzte er den Wagen in den Sand, und zwar so, dass man ihn auch mit einem Traktor nicht wieder rausgekriegt hätte. Etliche Minuten lang ließen sie den Motor aufheulen, wüst die Kupplung verschmoren, doch der Wagen grub sich nur noch tiefer. Plötzlich wurde ihm klar, was als Nächstes geschehen würde, er lief weg, doch sie holten ihn im Handumdrehen ein – sie waren schnell, leicht und wütend wie Hunde –, wieder mit Fußtritten trieben sie ihn zum Auto zurück und zwangen ihn, den Wagen aus dem Sande zu schieben. Einer saß am Steuer und gab Gas, und der andere schob zusammen mit ihm den Wagen. Es nützte nichts, der Wagen fuhr sich noch aussichtloser fest, und er dachte, dass sie ihn jetzt umbringen würden – doch sie fesselten ihn nur an einen Baum – im Innern des Waldes, ziemlich weit von der Straße –, fesselten ihn mit rostigem Stacheldraht und zusätzlich noch mit Handschellen, sodass er sich anfangs nicht einmal zu regen vermochte. Und dann gingen sie weg – verschwanden hinter Büschen und Bäumen ebenso lautlos und unvermittelt, wie sie aufgetaucht waren.

Er stand volle zwei Tage an den Baum gefesselt, bis eine MPi-Schützen-Streife in einem SPW auf ihn stieß, die auf der Suche nach den Entflohenen den Wald durchkämmte. Sie befreiten ihn, indem sie den Stacheldraht durchschnitten und abwickelten, zogen ihm den »Saporoschez« aus dem Sande, gaben ihm zu trinken und zu essen und übergaben ihn der örtlichen Miliz, womit denn auch alles sein Ende fand. Die Papiere fanden sich ganz unverhofft im Handschuhfach, wo die Banditen sie in der Hast offensichtlich hineingeworfen hatten, das Geld war natürlich futsch, sei's drum ...

Ich hörte offenen Mundes zu. Seine Geschichte kam mir völlig phantastisch vor – wegen einer ganzen Reihe von Parametern. Doch am misstrauischsten machte mich der Umstand, dass an der Wand seines Wohnzimmers – bei dem Solschenizyn-Foto – jetzt die Handschellen fehlten. Diese kleine Entdeckung, die ich eilig machte, während er in die Küche ging, neuen Tee kochen, traf mich wie ein Blitz, und ich spürte, dass ich jetzt etwas sehr Wichtiges über ihn erfahren, begreifen, erfassen, herausfinden könnte, doch dieses Wichtige entging mir an jenem Abend, mir blieb nur die Überzeugung, dass er die ganze Geschichte erfunden hatte, aber wozu? Das Ziel? Der Sinn? Und wen wollte er eigentlich täuschen?

Sie hätten ihn ermorden müssen. Es war ausgeschlossen, dass sie ihn nicht ermordeten. Und ebenso offensichtlich war, dass sie ihn *nicht* ermordet hatten. Mindestens hätten sie ihn ausziehen müssen. Tot oder lebendig. Bei einer Flucht ist Zivilkleidung meistens wichtiger als Papiere. Wichtiger als Geld.

Wichtiger als alles. Im Kofferraum seines Wagens hatten sie alles durchwühlt, als ob sie Gold gesucht hätten, hatten dabei aber *nichts* genommen. Das Zelt war noch da, zwei noch feste, wenngleich abgenutzte Wattejacken, ein Segeltuchmantel, Angel, Schwimmer, eine Anglerjacke mit Segeltuchhosen – alles war unangetastet geblieben ... Ich wusste das schon tags darauf, als ich hinfuhr, nach Staro-Nikolskoje, mir von den dortigen Millis das Protokoll geben ließ und überhaupt bei ihnen nachfragte, was da los war.

Die Entflohenen waren zu diesem Zeitpunkt immer noch nicht gefasst. Es waren drei (und nicht zwei), alle wegen Paragraph 145, alle für fünf Jahre, sie hatten im hiesigen Sonderlager gesessen, waren gut angesehen gewesen – und plötzlich hatten sie Fersengeld gegeben. Dass sie sich nicht zu einem Mord entschlossen hatten, war an sich nicht weiter verwunderlich, und dass sie mit dem Wagen nicht zurechtgekommen waren, sah auch normal aus, keiner von ihnen hatte jemals einen Führerschein besessen, aber dass sie nichts Nützliches genommen hatten, nur Geld ... Was wollten sie mit diesem Geld anfangen? Mit ihren Klamotten und ihren Steckbriefvisagen?

Woher war am Ort des Geschehens der Stacheldraht aufgetaucht? Na, da ist doch ganz in der Nähe ein Panzerlager, und dann noch ein alter Artillerieschießplatz, überhaupt Sperrgebiet, aber diese dämlichen Pilzsucher drücken sich herum, wo sie nicht sollen, und dann beklagen sie sich auch noch ...

Handschellen? Ja, da waren welche ... Jermolajew, wo hast du die Handschellen hingelegt? Aha, da sind sie ... Diese. Jawohl. Und was das da für eine Markierung ist, wisst ihr nicht? Was für eine Markierung? Ah ... Ja, so Blätter ... oder Käferchen ... Jermolajew, zeig doch mal deine Handschellen ... Hm-ja, hm-ja ... nein, auf denen ist nichts. Aber auf denen hier ... Ein interessantes Bild. So eine Markierung habe ich noch nie gesehen, überhaupt keine. Aber vielleicht habe ich bloß nicht drauf geachtet?

Ich bat, und Jermolajew setzte mich in den Beiwagen, packte mir ehrerbietig einen Helm auf den Kopf und fuhr mich mit dem Motorrad zum Ort des Geschehens. Zunächst knatterten wir über die Landstraße, bogen dann vom Asphalt auf einen Waldweg ab, in gutem Zustand, aus Sand und Stein, vor Fremden von einem grimmigen Verbotszeichen beschirmt, dazu von der bedrohlichen Aufschrift: »Halt! Gefahrenzone!« Da war auch irgendwo ein Stacheldrahtzaun, aber die Pfosten waren vor Alter schief, und der Draht hatte sich zu rostigen Knäueln zusammengerollt.

Jermolajew kannte die Gegend nur flüchtig. Zunächst verfehlten wir die Stelle und gerieten an den Hang einer Sandgrube – unten türmten sich runde Berge von Sand und Lehm, in der Sonne funkelte das Wasser in den Pfützen, den Rinnen und den ausgedehnten Gruben, die am Orte von Panzerstellungen zurückgeblieben waren ... Überhaupt war der Wald dort überall fröhlich, warm, Sand und Kiefern, und zwischen den jungen Kiefern war alles fast hüfthoch mit lila Heidekraut zugewachsen, und alle Lichtungen und all die vielen Pfade sahen gleich aus, ich war schon drauf und dran abzuwinken (was sollte da am Ort des Geschehens auch groß zu finden sein?), doch Jermolajew erwies sich als hartnäckiger Bursche, er gab sich keine Blöße und fand schließlich doch die Stelle, sodass ich alles mit eigenen Augen sah: sowohl den zerwühlten, mit trockenem Heidekraut vermengten Sand, wo der Saporoschez bis an die Achsen gesteckt hatte, als auch Reste von Stacheldraht, als auch den Baum, an den Krasnogorow gefesselt worden war ...

Und unweit dieses Baumes, an die fünfzehn Meter, wo das Heidekrautdickicht besonders dicht war, entdeckte ich einen alten, ganz morschen, gut pfannengroßen Steinpilz und daneben einen Kanister. Es war ein Zwanzig-Liter-Kanister, leer und sogar trocken, die grüne Farbe blätterte ab, und an manchen Stellen trat Rost hervor, doch ich behielt definitiv den Eindruck, dass dieser Kanister noch nicht lange hier lag. Jermolajew war derselben Ansicht, neigte aber nicht dazu, meinem Fund irgendwelche operative Bedeutung beizumessen. Da hatte jemand den Tank nachgefüllt, sich ganz bekleckert und das stinkende Miststück fluchend weggeschmissen, damit es trocknete und nicht hier rumstand, wo, sagen wir, Leute saßen und ein Picknick machten. Und dann hatte er's vergessen. Ganz normal.

Ich widersprach ihm nicht. Ich fühlte, dass die Sache nicht normal war. Ich nahm den Kanister mit, um ihn dem Meister zu zeigen (ich war sicher, dass der Kanister Krasnogorow gehörte) und zu sehen, was geschehen würde, wenn er ihn sah, und was er dazu sagen würde. Aber es kam nichts Vernünftiges dabei heraus.

Ja, seinen Kanister erkannte er wieder, freute sich aber nicht darüber, eher im Gegenteil – ihm verzog sich sogar der Mund wie in einem Anfall von Ekel, doch das war alles. Ja, sagte er ruhig. Der Kanister war weg. Danke, dass Sie ihn mitgebracht haben. Sicherlich haben diese Banditen ihn wer weiß warum aus dem Kofferraum gezerrt und dann weggeworfen – er konnte sich nicht daran erinnern, er hatte damals andere Sorgen ... Überhaupt war der Kanister leer gewesen. Ohne Benzin. Hatte einfach so im Kofferraum gelegen, sicherheitshalber, er hatte überhaupt nicht vorgehabt, ihn zu füllen, wozu denn, der Tank war voll, und bis zur Stadt waren es gerade mal hundert Kilometer, ein Katzensprung ...

Und er wechselte das Thema.

»Ich weiß, was Ihnen da in Wahrheit passiert ist«, sagte Wanja, Krasnogorski junior, als sie sich zwei Tage später wieder trafen. »Soll ich's sagen?«

Stanislaw sah ihn aus zusammengekniffenen Augen an und hörte zu, wie plötzlich von innen her das Herz gegen die Rippen zu stoßen begann – dumpf und unregelmäßig. Du hast mir gera-

de noch gefehlt mit deinen Offenbarungen, dachte er unerwartet erbost, doch laut sagte er ganz ruhig: »Hm, na ja ... Sag's, wenn du willst.«

»Die haben Sie runtergemacht«, sagte Wanja, und als Stanislaw vor Staunen die Augen aufriss, erläuterte er: »Vergewaltigt.«

»Wie kommst du denn darauf?«, fragte Stanislaw verblüfft.

»Ich weiß es. Haben Sie sie gefunden?«

»Nein.«

»Werden Sie's tun?«

»Ich weiß nicht.«

»Sie müssen. Wenn Sie wollen, befasse ich mich damit.«

»Es sind fünfzehn Jahre vergangen«, sagte Stanislaw langsam. »Reichlich. Man sollte es langsam vergessen.«

Vieles hatte er vergessen. Doch ein paar Bilder waren geblieben.

... Ein trüber Himmel. Die wogenden Gipfel der Kiefern. Der leere Kanister fliegt weg, überschlägt sich, auch noch, als er ins Heidekraut rollt ... Und die stinkende Kühle rasch verdunstenden Benzins ... Und kein Feuerzeug. Keins. Kein Feuerzeug!

Es wäre doch gut, das endlich ganz zu vergessen, dachte er.

»Manche Dinge darf man nicht vergessen«, sagte Wanja mit funkelndem Blick. »Es gibt Dinge, für die reicht es nicht, jemanden umzubringen, man muss ihn zu Tode quälen.«

Wieder geriet das Herz ins Stolpern.

»Wo hast du diese Worte her?«, fragte Stanislaw und überwand dabei die aufsteigende Übelkeit.

»Welche?«

»›Umbringen reicht nicht, man muss ihn zu Tode quälen.‹«

»Ich weiß nicht«, sagte Wanja erstaunt. »Was macht es schon aus?«

Es machte etwas aus, viel sogar, doch Stanislaw wollte nicht mehr darüber sprechen.

»Na schön«, sagte er. »Machen wir weiter. Was kannst du außerdem noch ...?«

6

Zwei Themen beschäftigten ihn. Erstens äußerte er plötzlich eine überaus interessante Beobachtung bezüglich meiner Mappe. (Ich sah jetzt, dass er alle Fälle aufmerksam gelesen haben musste, und nicht nur gelesen – er hatte sie analysiert, und das recht gründlich.) Ihm war eine Gemeinsamkeit aufgefallen, etwas sehr Wichtiges, ein wenn auch sonderbares, so doch deutlich umrissenes Motiv bei denen, die es gut mit ihm meinten und zu denen er sich mindestens neutral verhalten hatte: Sie wollten nämlich alle, dass er aus Pieter wegging.

Sascha Kalitin hatte ihn nach Moskau holen wollen.

Gabunija, der seiner Mutter den Hof machte und sein Stiefvater werden sollte, hatte vor, sie alle zu sich nach Poti (oder Batumi?) mitzunehmen.

Der Schriftsteller Kamanin hatte ihn für eine Delegation nach Indien empfohlen ... Das jüngst verstorbene Akademiemitglied – für zwei Jahre nach Berkeley ...

An der Stelle verstummte er, sah geduldig zu, wie ich die Neuigkeit verdaute, und dann fügte er hinzu, gleichsam mit zusammengebissenen Zähnen: »Und wenn diese Kinder wohlbehalten zur Welt gekommen wären, sollten wir alle nach Minsk übersiedeln ...«

Die Bedeutung dieser seiner Beobachtung war gar nicht hoch genug zu schätzen. Sogleich fügte ich den Physiker Scherstnjow hinzu, dessen Bemühungen für Krasnogorow vielleicht Leukämie bedeutet hätten, aber nicht unbedingt, doch zweifellos das von Pieter hoffnungslos weit entfernte Arsamas 16 oder ein anderes Loch in ebensolcher Entfernung. Es war klar, dass die Beobachtung makellos exakt war, aber ich brauchte keine fünf Minuten, um zu verstehen, wie wenig Neues sie uns im Grunde lieferte.

Dennoch sprachen wir eine Weile darüber.

»Na schön«, sagte ich zum Schluss (wie zum Scherz, doch ich scherzte nicht), »Ihre Hauptstadt wird also Leningrad sein. Hervorragend. ›Und vor der neuen Hauptstadt verwelkt ... oder verblasst? ... die alte, Moskau ...‹ wie irgend so eine Witwe ...«

Wieder grinste er schief, doch das war seine *ganze* Reaktion.

In Wahrheit interessierte ihn jetzt ein anderes Thema weit mehr. Sachte, vorsichtig, in Andeutungen versuchte er meine Meinung zu der Frage herauszufinden, ob man nicht irgendwie ein direktes Experiment durchführen könnte. Sagen wir, einen Überfall provozieren ... oder sogar ... einen Überfall organisieren ... Schließlich, wenn ihm in der Tat gewisse übernatürliche Eigenschaften zukämen, dann müsse man sie sicherlich irgendwie trainieren, nicht wahr? ...

»Ja!! Genau!«, wollte ich laut herausschreien. Endlich schien er etwas zu *wollen*. Doch natürlich schrie ich nicht, sondern erläuterte ihm mit ganz ruhiger Stimme die Lage. Wenn der Überfall *echt* war, riskierte er Leben, Gesundheit und so weiter; war er hingegen sozusagen experimentell, dann würde höchstwahrscheinlich überhaupt nichts passieren – das Schicksal würde seine Munition nicht zwecklos verpulvern. Er erfasste das Wesen der Sache augenblicklich.

»Und wenn ich nicht weiß, ob der Überfall echt oder experimentell ist?«, fragte er. »Man kann es schließlich so organisieren, dass ich vorher nichts Genaues wissen kann.«

»Organisieren kann man es«, stimmte ich zu. »Und Sie werden nichts wissen. Das Schicksal aber doch. Und die Entscheidungen fällt das Schicksal, nicht Sie ... *vorerst*«, fügte ich möglichst vielsagend hinzu.

Wie sich zeigte, verstand er auch das. Mehr noch – beiläufig, ohne mich anzuschauen, warf er wie selbstverständlich hin: »Sie haben ja sicherlich alle diese Experimente schon durchgeführt, Wenjamin Iwanowitsch ...« – und plötzlich schaute er mir direkt in die Augen. »Oder nicht?«

Hol's der Teufel! Das war ein anderer Mensch! Das war

nun wirklich ER – großgeschrieben, ganz groß! Endlich sah ich Licht am Ende des Tunnels, und das Licht war hell, es blendete und brannte.

Ohne zu zögern berichtete ich ihm von meinen Versuchen, ein *Experimentum crucis* durchzuführen. Er glaubte mir – und auch wieder nicht.

»Zum Teufel«, sagte er, »und das ist alles, wozu Ihre Organisation imstande war?«

Ich erinnerte ihn mit allem Respekt daran, dass *ich* mich mit ihm befasste, allein, persönlich, die Organisation hing da nur so dran.

»Oha?« Er verzog das Gesicht, und mir wurde klar, dass ich noch eine rein praktische Aufgabe zu lösen hatte: Sollte ich ihn überzeugen, dass er es *nur* mit mir zu tun hatte, oder ihn lieber bei dem Verdacht belassen, ich sei bloß ein Fühler des tausendarmigen Kraken, ein Spezialagent der allmächtigen Organe? Jede dieser Haltungen hatte ihre Vor- und Nachteile, und so traf ich aus dem Stegreif, ohne Analyse, meine Wahl.

(Analyse. Bei uns liebt man dieses solide und hochmütige Wort sehr, das eine gewisse Zugehörigkeit zur Elite andeutet, Besonderheit und Unzugänglichkeit. Irgendwelche ausgedehnten Maschinensäle geistern hinter diesem Wort, ernsthafte Menschen mit Brillen und in weißen Kitteln, mit Rollen von Computer-Lochstreifen in den Händen, ein erschöpfter Großer Chef über der Karte Europas ... Aber weißt du, was es in Wirklichkeit ist? Ich bin das, wie ich auf einem Bein im überfüllten Trolleybus inmitten schwitzender Körper stehe, und im Kopfe surren die Varianten herum: Wenn ich für ihn die Organe bin, dann bin ich Autorität, Furcht, Stärke, und das ist wertvoll, bin ich aber andererseits ein Einzelgänger, so kann er mir vertrauen, kann mich für sich gewinnen, ganz auf mich bauen ... Wenn ich von den Organen bin, dann bin ich der Herr in der Angelegenheit, die Organe entscheiden alles;

bin ich auf mich allein gestellt, entscheidet er alles ... Was würde ihm besser gefallen? Welche Variante? Wenn er die Macht liebt, gern der Erste ist und möglichst der Einzige – die eine Variante. Wenn er eine feste, zuverlässige Leitung vorzieht, wenn er seinem Wesen nach ein Erfüllungsgehilfe ist, die gegenteilige Variante ... Wenn ihm aber alles egal ist? Wenn er selber nicht von sich weiß, was ihm lieber ist? ... Egal. Er weiß es nicht, doch ich sollte es wissen. Ich muss. Ich will. Denn nicht sein Schicksal entscheidet sich jetzt, sondern meins ... Fangen wir also von vorn an. Ist er dies, dann muss ich das sein. Ist er aber jenes, so muss ich ... Da hast du die ganze Analyse.)

Die Anlyse ist eine gute Sache, doch im wirklichen Leben geht oft alles nicht demgemäß, sondern trotzdem.

Der Liebe Genosse Chef hatte seine eigene Analyse durchgeführt, und das Urteil über mich wurde sogar früher gefällt, als ich es mir vorzustellen vermochte. Es lag alles daran, dass mein LGC ein Mensch mit paranoider Anlage der Psyche war. Wenn er einem Mitarbeiter vertraute, dann vertraute er ihm inbrünstig, bis zum Verlust der Kontrolle, bis ins Absurde, es kam während dieser Anfälle von Vertrauen, die in fast väterliche Anhimmelung übergingen, gleichsam eine Geistestrübung über ihn. Doch wenn er erst einmal Verdacht schöpfte, und sei er noch so geringfügig, mikroskopisch, sogar absurd und auf nichts Ernstes gegründet – dann war es aus, Schluss, und man hatte nicht die geringste Chance mehr, sich zu rechtfertigen oder zu erklären. (Es heißt, der Genosse Stalin sei genauso gewesen, jedoch mit dem Unterschied, dass er niemals jemanden liebte und niemandem traute – ohne jede Ausnahme.)

Es war ganz unmöglich zu erraten, was da im Innern seines Bewusstseins und Unterbewusstseins (vielleicht auch Überbewusstseins) plötzlich ausrastete, welche Zahnrädchen nicht mehr griffen und warum der scheinbar so gründlich justierte

Mechanismus von Vertrauen und Zuneigung zu stottern anfing. Irgendein *falscher* Blick. Oder ein Wort, dass er falsch aufgefasst hatte. Oder ein unangebrachtes Lächeln ... Nach meinen Beobachtungen konnte gerade ein Lächeln am falschen Ort oder zur falschen Zeit besonders rasche und katastrophale Folgen nach sich ziehen, sodass ich in seiner Gegenwart immer todernst zu bleiben versuchte, und sogar wenn er in einem Anfall von guter Laune Witze zu erzählen begann, sah ich zu, dass ich mit meinem ganzen Wesen durchaus keine gefährliche Fröhlichkeit ausdrückte, sondern eher Bewunderung für den feinen Geschmack und den beneidenswerten Sinn für Humor meiner gewogenen Obrigkeit.

Auch mich hatte er von Anfang an liebgewonnen, seit meiner ersten Vorstellung bei ihm, und er protegierte mich, räumte mir Hindernisse aus dem Weg, verbürgte sich ganz oben für mich, und dann bestimmte er mich zu seinem Vertrauten, seinem ersten Ratgeber und wohl sogar zu seiner größten Hoffnung – seinem künftigen Nachfolger ... Und jetzt eine jähe Wendung um hundertachtzig Grad. Und da ging es nicht um ein dreistes Lächeln (dergleichen war nicht vorgekommen) oder um ein vorschnelles Urteil (es hatte keine vorschnellen Urteile gegeben und nicht einmal geben können). Es war einfach an der Zeit, mich auszuwechseln. Seine ungeheuerliche Intuition hatte ihn einfach wissen lassen – nicht mit Worten, versteht sich, und überhaupt nicht mit einer Stimme, auch keiner inneren –, hatte einfach nur so leicht ins Ohr seiner ewig misstrauischen Seele gehaucht, dass der Krasnogorski *sich entfernt* hatte, selbständig geworden war, irgendein *eigenes* Spiel spielte und überhaupt *fremd geworden* war! Zeit, ihn auszuwechseln.

(Er war ein entschieden unkomplizierter Mensch. Und demonstrierte das ständig. Und liebte es, seine Vertrauten und Helfershelfer dieses unkomplizierte Wesen zu lehren, so auch mich. In dieser Beziehung ähnelte er einem anderen großen

Manne, und zwar dem Führer des deutschen Volkes: Auch er hatte einen Defekt, der beim Führer die Bezeichnung *Redeegoismus* führte und bei ihm – sprachliche Inkontinenz. Er dozierte. Die Hauptsache bei unserer Arbeit, dozierte er, ist der Bericht, rechtzeitig zusammengestellt, einfach formuliert und auf den richtigen Tisch gelegt. Der Rest ist alles Kram, der Rest läuft von selber. Sehr gern erzählte er – immer mit denselben Worten –, wie man ihn als ganz jungen Mann in die Botschaft des damaligen Lettland geschickt hatte. Oder Litauens. Er verwechselte das immer – entweder scherzte er auf diese simple Art, oder er konnte es wirklich nicht so recht auseinanderhalten. Dort also, in der Botschaft, hatten alle panische Angst voreinander und versuchten sich bei den Vorgesetzten auf Teufel komm raus einzuschleimen – die einen beim Militärattaché, die anderen beim Kaderleiter und alle beim Botschafter. Er aber hatte sofort begriffen, wer in diesem Haus der Wichtigste war: der Pförtner, zugleich Garderobier, zugleich Wachmann. Also serviert er diesem Pförtner mal den neusten Witz, mal ein Fläschchen, oder er raucht einfach eine mit ihm, schwatzt übers Leben ... »Dann, als unsere kamen, sind dort alle in die Wüste geschickt worden, angefangen beim Botschafter. Nur zwei sind geblieben: der Pförtner und ich. Ich wurde Leutnant, und er – weiß nicht mehr recht, er hat's weit gebracht ...«)

Der erste Schlag, den er mir versetzte, war simpel und direkt wie ein Bajonettstoß.

»Diesen ... deinen ... den Krasnogorow ...«, sagte er beiläufig zu mir, unter anderem, mitten in einer Tirade über zu hohen Verbrauch an Mitteln und liegengebliebene Arbeit. »Der muss in die Sujewka ... Diese Woche noch, was zögerst du's raus?« – und dann redete er weiter davon, dass wir zu viele Valuta-Medikamente verbraucht hätten.

Damit war eigentlich alles gesagt.

Mein Kunde sollte unverzüglich ins Spezialpensionat »Sujewo« überführt werden und dort bleiben, wohlversorgt und unter Kontrolle. Da ich das selbst bisher nicht getan hatte, war ihm klar, dass ich das nicht für nützlich und notwendig hielt, also dagegen sein würde, und dann könnte er mir ganz höflich, auf völlig legaler Grundlage, im Namen der Disziplin, den Fall abnehmen, und wenn ich mich sperrte, konnte er mich überhaupt rausschmeißen oder irgendwohin nach Ksyl-Ordynsk zur Verstärkung der dortigen Organe schicken (ein ehrenvoller Auftrag: »Abgesandter«). Eine durchsichtige und simple Kombination. Doch er begriff nicht, mein Lieber Genosse Chef, was er sich da vorgenommen hatte. Die Intuition hatte ihn getäuscht. Die Intuition täuscht einen letzten Endes immer, wenn die Informationen nicht ausreichen. Und über Krasnogorow wusste er nur, was ich ihm zu sagen für nötig befunden hatte, genauer, ihm vorzulügen: heftiger Verdacht auf hellseherische Fähigkeiten.

»Er wird nicht wollen«, sagte ich ihm sachlich, als er mit dem Mehrverbrauch und Defizit an Valuta fertig war.

»Wer denn?«

»Krasnogorow. Er wird sich garantiert weigern.«

Er blickte mich nicht einmal an, das Arschgesicht, zog nur die Lippe herunter. »Da bist du nun Psychologe«, erklärte er mit väterlichem Tadel, »und verstehst nichts von Psychologie. Wie kann er sich denn weigern, wenn wir ihn richtig bitten? Zum Beispiel über die Parteischiene ...«

»Er ist parteilos.«

»Dann erst recht!«

Darauf war schwerlich etwas zu erwidern. Ich hatte es auch nicht vor. Er wartete ja nur darauf, dass ich anfing, ihm zu widersprechen. Ich aber wollte ihm die Aufgabe durchaus nicht einfacher machen. Ich musste Zeit gewinnen. Sollte er sich doch den Kopf zerbrechen, wie er mich kleinkriegte. Noch war ich heil.

»... Wieso, fragt sich, sollte er sich weigern? Vollverpflegung, Zweizimmerwohnung, Fernseher, Tagegeld, und das Gehalt läuft weiter. Was soll er sich da weigern? Eine abwechslungsreiche Landschaft, Birken, gleich daneben ein See ...«

»Stimmt«, sagte ich gehorsam. »Ich rede mit ihm.«

Und da versetzte er mir den zweiten Schlag, schlimmer als der erste.

»Weißt du, Major, du brauchst dich nicht zu bemühen«, erklärte er zärtlichen Tones. »Ich habe den Hexer geschickt. Der wird ihn schon überzeugen.«

(Eigentlich hieß er mit Familiennamen Medwjak, seinen Vornamen aber kannte niemand, alle nannten ihn Hexer, auch ihm selbst gegenüber. Er war klein, kränklich, fahlweiß, mit regellosen rosigen kahlen Stellen auf dem Schädel und farblosen hin und her huschenden Augen. Ein Widerling. Ich weiß nicht, wie er durch die Gesundheitskommission gekommen war, wie er es fertiggebracht hatte, in unsere Reihen einzutreten, bei uns war ja immerhin doch eine Auswahl, eine Elite. Ich weiß nicht. Ich nehme an, dass es nicht ohne seine erstaunlichen Fähigkeiten abgegangen war, deren er zwei hatte. Erstens verfügte er über eine geradezu *magnetische* – wie man im vorigen Jahrhundert sagte – Überzeugungskraft. Zweitens hatte er ein offensichtlich paranormales Gespür für Paranormalität. Zweifellos war er selber paranormal. Ihm genügten zehn Minuten eines seltsamen, fast wortlosen, nur aus Blicken und Geplärr bestehenden Gesprächs mit einem Objekt, um sich ein Urteil zu bilden: »'n Schwindler«, sagte er mit seinem gemeinen Grinsen, und das hieß, dass man den Kunden zum Teufel jagen sollte – das war überhaupt kein Paranormaler, sondern einfach ein geschickter Zauberkünstler und Prestidigitateur. Oder er sagte: »'n Irrer« – über einen, bei dem 'ne Schraube locker war und der sich sonst was einbildete, in Wahrheit aber nicht von Interesse war – solche Irren gab es besonders unter allen möglichen Ufologen, Satanisten, Mikrokillern und dergleichen. Doch manchmal – selten – sagte er: »Das isses!« und wischte mit einer raschen Bewegung der spitzen Zunge die Schaumflöckchen weg, die in seine Mundwinkel getreten waren. Das bedeutete, dass sein unbegreiflicher Spürsinn an dem Gesprächspartner eine tatsächliche Abweichung von der Realität entdeckt hatte und es sich lohnte, sich mit dieser Abweichung näher zu befassen.

Er war ein ekelhafter Mensch, schmutzig, gewissenlos. Ein raffinierter Onanist. Ein kleines Miststück. Ein Denunziant und Intrigant. Feuchte klebrige Hände. Eine widerliche Art, sich lautlos zu nähern und plötzlich neben einem aufzutauchen – wie aus dem Nichts ... Und gleichzeitig: Er lebte allein, ohne Freunde, sogar ohne Bekannte, ohne Frauen, in einer Zwei-Zimmer-Chruschtschobka – in einem Zimmer er mit seinen Masturbationsgeräten, im anderen aber im Bett sein Vater, seit einer Ewigkeit gelähmt, ein kreidebleicher, dicker Halbtoter mit den Porzellanaugen eines Idioten – sauber, sogar wohlriechend, gepflegt. *Immer* gepflegt. Jeden Tag und jederzeit sauber und wohlriechend ... Und ein Bändchen Marcel Proust mit einem Lesezeichen aus rosa Seide auf dem Zeitungstischchen neben dem Bett. »Mein Alter kriegt von Proust geradezu 'n Ständer, Ehr'nwort ... Ich les ihm vor – kann machen, was ich will, auf der zweiten Seite schlaf ich schon ein. Für ihn aber ist es die reine Wonne, er schnurrt sogar vor Vergnügen ...« Soll keiner über seinen Nächsten richten, sondern Gott allein.)

Bei der ersten Gelegenheit stürzte ich los, um Krasnogorow anzurufen. Zu spät. Er begegnete mir kalt und äußerst trocken. Ein Treffen lehnte er ab, wobei er sich nachhaltig auf äußersten Zeitmangel berief. Ich versuchte es ihm zu erklären, aber was lässt sich am Telefon schon erklären. »Dabei hatte ich Ihnen geglaubt, so lächerlich es ist ...«, sagte er bitter und legte auf.

Alles in mir bebte vor Wut, der Blick trübte sich mir – so sehr wollte ich zuschlagen und totschlagen, aber der Rest an Verstand reichte doch noch aus, dass ich mich zwang sitzen zu bleiben, eine Zigarette anzuzünden, mich abzuregen, mich zu fangen. Letzten Endes war noch nichts Irreparables passiert. Es war niemand gestorben. »Es kränkt mich und es ärgert mich – na schön ...« Wenn man dieses Verslein an die dreihundertmal aufsagt, wird einem leichter ... Mir wurde leichter. Ich unterschrieb die Anforderungen vom Vortag, rief im »Sujewo« an, gab Anweisungen bezüglich der Peyotl-Präparate, dann ließ ich mich mit dem Diensthabenden verbinden und bat ihn, Hauptmann Medwjak ausfindig zu machen – er solle bei mir vorbeischauen.

Er kam etwa zwei Stunden später, ich hatte schon die Hoffnung aufgegeben, ihn heute noch zu sehen, und wollte nach Hause gehen. Er setzte sich mir gegenüber, leckte sich die Lippen, schnorrte eine Zigarette. Ich beschloss, mit ihm keine besonderen Zeremonien zu machen.

»Du warst bei Krasnogorow?«

»Hm.«

»Und?«

»Tja, wie soll ich sagen ... Er schläft. Gott sei Dank. Er darf um Himmels willen nicht aufwachen.«

»Das heißt?«

»Das heißt, man soll ihn in Ruhe lassen, und überhaupt ...«

»Wer lässt ihn denn nicht in Ruhe?«

»Der Oberst will ihn in die Sujewka sperren. Was soll denn das? Ich versteh's nicht. Und vor allem, er versteht's selber nicht. Ist doch für die Katz ... Und du machst ihm auch was vor, seh ich doch ...«

Sein Gesicht wurde plötzlich puterrot, die Lippen begannen zu zittern. Das Gespräch regte ihn auf, das war klar – doch warum? Und was regte ihn an dem Gespräch eigentlich auf? ... So war das immer mit ihm: Er war völlig außerstande (oder nicht willens), seine Gefühle zu verbergen, er lag in diesem Sinne völlig offen, doch man konnte niemals verstehen oder auch nur vermuten, was das für Gefühle waren und warum er plötzlich so aufgeregt war. Erschreckt? Oder verärgert? Oder sagen wir, aus heiterem Himmel sexuell erregt? ...

So auch jetzt. Ich bedrängte ihn mit Fragen, er aber verstummte plötzlich. Völlig. Es war, als ob er mich einfach nicht mehr hörte. Er erstarrte mit der brennenden Zigarette. Ein widerwärtiges, krankhaftes Lächeln trat auf sein Gesicht, und plötzlich begann in den Mundwinkeln Speichel zu schäumen. Er war nicht mehr kontaktfähig, und ich begriff, dass ich bei ihm heute nichts mehr erreichen würde.

Mir war klar, dass die Begegnung mit Krasnogorow auf ihn einen ganz besonderen Eindruck gemacht hatte, und schon das war an sich bemerkenswert und aufschlussreich. Doch am meisten beschäftigte mich jetzt etwas anderes. Was hatte er Krasnogorow gesagt? Wie hatte er sich präsentiert? Warum war Krasnogorow nach diesem Gespräch mir gegenüber reserviert und beinahe feindselig? Ich musste etwas unternehmen, und zwar schleunigst. Ich befasste mich mit meinen Papieren, dem Safe, dem Tisch, er aber saß da, fast reglos – den Kopf schief, die kleinen Augen erstarrt, weißlichen Schaum auf den Lippen. Und erst als ich schon zum Gehen fertig war, im Mantel und mit gepacktem Köfferchen, und ihn zum Gehen aufforderte, schreckte er plötzlich hoch und sagte mit seltsamem Ausdruck (ängstlich? wehmütig? oder verzweifelt?): »Lasst ihn in Ruhe, um Himmels willen, Ehrenwort. Ihr dürft nicht!« – »Was dürfen wir nicht?«, fragte ich sofort zurück, doch er war schon aufgesprungen, hatte hastig die Kippe in den Aschenbecher gedrückt und stürzte fast blitzartig aus meinem Arbeitszimmer.

Das Gespräch, das zwischen Krasnogorow und mir schließlich doch stattfand, um das ich mich zwei Tage lang bemüht hatte, das ich ihm schlicht abgeschwatzt, erbettelt, abgerungen hatte – dieses Gespräch fing hart an, sogar grob: die Augen zusammengekniffen und der Blick abgewandt, die Worte zwischen den Zähnen hervorgepresst und die Worte selbst schwer, hart und kalt wie Eisstücke.

»... Ich habe Ihre Lügen satt.«

»Ich habe Sie niemals belogen.«

»Hören Sie doch auf. Es reicht. Erfinden Sie was anderes, klüger und neuer.«

»Womit habe ich Sie belogen? Ein Beispiel?«

»Ich will das einfach nicht mit Ihnen erörtern. Wollen Sie Ihr Verhältnis zu mir klären, oder was? Zwischen uns gibt's nichts zu klären. Sie wollten reden? Also reden Sie.«

»Ich wollte Ihnen erklären ...«

»Sie brauchen mir nichts zu erklären. Ich verstehe auch so bestens. Das ist eben Ihre Arbeit. Also, dann arbeiten Sie.«

»Ich wollte Ihnen erklären, dass hier ein Missverständnis vorliegt ...«

»Was denn für ein Missverständnis! Also wirklich, was soll das denn ... Ich habe Ihnen doch gesagt: Ich verstehe alles, es ist eine spezifische Arbeit, ohne Lügen geht da gar nichts ... Ich sehe doch: Sie machen Augen wie ein Engel, aber dabei schneiden Sie munter unser Gespräch mit ...«

»Nein. Ich schneide unsere Gespräche nicht mit.«

»Hören Sie, es reicht, ja?«

»Ich schneide die Gespräche zwischen uns nicht mit.«

»So. Fein. Dann zeigen Sie mir Ihren Koffer.«

»Den Koffer? Wozu?«

»Weil Sie da ihr Tonbandgerät drin haben. Dasselbe. Das kleine, hübsche. Bloß dass Sie beim ersten Mal eine schöne Geste gemacht haben, aber heute ...«

»Sie irren sich, Stanislaw Sinowjewitsch. Ich schneide die Gespräche zwischen uns nicht mit.«

»Sie schneiden sie nicht mit?«

»Nein.«

»Woran hängt's dann? Warum sollten Sie mir nicht den Inhalt Ihres bemerkenswerten Köfferchens zeigen?«

»Gern. Schauen Sie rein. Ich bitte Sie.«

»O nein. Ich schnüffle nicht in fremden Taschen. Machen Sie gefälligst selber auf.«

»O nein! Sie haben mich mit Ihrem Verdacht beleidigt. Beleidigt. Und jetzt werden Sie das gefälligst schon selber ... zum logischen Ende bringen ... Bittesehr, bittesehr!«

»Ach, so drehen Sie jetzt alles hin! Sie bilden sich ein, Sie könnten auf meinen Edelmut spekulieren. ›Nicht doch! Ach, entschuldigen Sie, nicht nötig, nicht nötig ... Ich glaube Ihnen auch so.‹ Also: Ich glaube Ihnen *nicht*!«

Und da öffnete er entschlossen, mit überaus herausforderndem Blick, das Köfferchen. Und im selben Moment hatte er, Gott sei Dank, diesen psychologischen Zweikampf zwischen uns verloren, dann es war natürlich kein Tonbandgerät im Köfferchen, und er hatte sich schon ganz fest eingeredet, es müsse da sein, und als er sah, dass er sich so furchtbar blamiert hatte, lief er krebsrot an und wurde plötzlich eine Größenordnung zugänglicher. Er war trotz allem ein guter Mensch. Und ehrlich. Ein Ritter. Im Gegensatz zu mir. Ich saß mit scheinheiliger Miene da und freute mich im Stillen, obwohl – was gab es da zu freuen? Dass ich wieder einmal einen anständigen Menschen um den Finger gewickelt hatte? Mir war ja keine Wahl geblieben. Wenn nicht so, dann anders. Wenn nicht auf Biegen, dann auf Brechen. Der Zweck heiligt die Mittel. Man kann sagen, was man will, *er* hat *sie* immer geheiligt. Punktum. Fertig. Das Tonbandgerät hatte ich (diesmal) in der Jacke, in der Innentasche, doch ich schnitt unsere Gespräche durchaus nicht mit, um die Aufzeichnung später gegen diesen allmächtigen Dummling zu verwenden. Im Gegenteil. Um etwas sehr Wichtiges zu erfassen, das immer wieder entwischen wollte. Wichtig nicht für mich – für uns beide. Und für die Zukunft. Ich glaubte an seine und meine gemeinsame Zukunft. Ich war damals ein anderer Mensch.

Wie sich zeigte, hatte ihm der Hexer gefallen! »Was ist denn dabei? So ein stiller, harmloser Mensch. Er war sehr nervös. Beklagte sich über's Leben ...«

Doch was hatte er gewollt? Wozu war er gekommen?

»Um sich bekannt zu machen. Er sagte, Sie würden in eine andere Stadt versetzt, und jetzt würde er mich betreuen.«

Und das war alles?

»Ja, das war wohl alles ... Er hat überhaupt viel geredet, aber irgendwie ... über alles gleichzeitig. Und irgendwie sehr ... verdammt, ich komm nicht auf das Wort ... behaglich, was? Damals hatte ich plötzlich das ganz idiotische Gefühl, als ob ich ihn seit einer Ewigkeit kenne, als ob alles schon besprochen sei, und jetzt könnten wir einfach so ... ein paar leere Floskeln tauschen und uns dabei wunderbar behaglich fühlen ... Sagen Sie, haben Sie Freunde?«

»Ja.«

»Na, dann müssen Sie mich verstehen.«

»Ich verstehe Sie. Aber was ich nicht verstehe ... Hat er etwas über mich gesagt, über seinen Auftrag, sein Ziel?«

»Ich habe Ihnen doch gesagt: Er ist gekommen, um sich bekannt zu machen. Ich war sozusagen weitergereicht worden, und er versuchte, diesen Vorgang sozusagen anständiger aussehen zu lassen.«

»Was ihm auch gelungen ist.«

»Ja. Stellen Sie sich vor, es ist ihm gelungen.«

»Ich begreife nur nicht, warum Sie mir gegenüber derart, entschuldigen Sie, eingeschnappt sind? Wenn Sie alles, was er gesagt hat, für bare Münze genommen haben ...«

»Ja, war es denn nicht wahr?«

»Ja, es war nicht wahr. Und ich begreife nicht, warum Sie ausgerechnet auf mich wütend waren, wenn Sie diesen Unsinn geglaubt haben.«

»Mein Gott! Sie haben doch die ganze Zeit behauptet, geradezu bei Ihrer Ehre, dass Sie auf sich allein gestellt agieren, dass die Organe nichts damit zu tun haben und dass diese Sache nur uns beide betrifft … du und ich und wir beide …«

»Aber Sie haben es doch nicht geglaubt! Sie wollten mir ja partout nicht glauben! Aber kaum taucht ein Provokateur auf, glauben Sie dem augenblicklich!«

»Woher sollte ich denn wissen, dass er ein Provokateur ist!«

»Geschenkt, Gott mit ihm …«

»Ich bin auch jetzt durchaus nicht überzeugt, dass er ein Provokateur ist …«

»Stanislaw Sinowjewitsch, ich habe Ihnen schon dreimal gesagt, dass wir einander glauben müssen. Wir beide haben niemanden außer uns. Nur wir beide, und gegen uns die ganze Welt …«

»Hm!«

»Nicht ›hm‹, sondern genauso ist es. Hören Sie zu, wie es sich in Wahrheit verhält.«

Und ich erzählte ihm alles. Alles, was ich selber wusste, und alles, was ich nur ahnte, und alles, was in nächster Zeit geschehen konnte. Ich hatte nicht speziell vor, ihn einzuschüchtern, genierte mich aber trotzdem nicht, kräftig aufzutragen. All die Einzelheiten und Nuancen – geschenkt, aber im Großen und Ganzen stand jetzt wirklich alles auf einer Karte. Oder fast alles.

»Ja nirgends werde ich hinfahren«, sagte er gereizt. »Ist er denn verblödet, dieser Chef von Ihnen?«

»Er ist nicht verblödet. Er hat es einfach so beschlossen. Sie haben offensichtlich nicht verstanden. Sie, verzeihen Sie, sind ihm völlig schnuppe. Er benutzt Sie, um mich zu kriegen. Damit ich aufbegehre und er dann …«

»Ja doch, ich hab's verstanden. Sie können ganz beruhigt sein, ich werde nirgends hinfahren, in kein Pensionat.«

»Stanislaw Sinowjewitsch, in unserer Behörde weiß man die Leute zu überzeugen.«

»Mag sein. Sogar sicherlich. Aber hier liegt der Fall anders.«

»Sie werden nicht mehr reisen dürfen.«

»Pfeif drauf.«

»Man sperrt Ihnen den Zugang zu vertraulichem Arbeitsmaterial.«

»Ja und? Um so schlimmer für die.«

»Sie werden entlassen. Wegen Personalabbau. Momentan ist übrigens gerade ein Abbau im Gange.«

»Macht nichts. Der ist immer im Gange. Ich komme schon über die Runden. Der Liebe Gott wird mich nicht im Stich lassen.«

Ich ahnte, wen und was er meinte, als er Gott erwähnte. Zum Teil hatte er recht: Dieser sein Jeschewatow war eine harte Nuss, die auch mein Lieber Genosse Chef nicht so leicht knacken konnte. Vor allem jetzt, wo das Akademiemitglied das Zeitliche gesegnet hatte. Sozusagen die Pantoffeln gewechselt.

In Wahrheit interessierte mich das erörterte Problem wenig. Was kümmerte es mich (ja auch uns beide): das Pensionat »Sujewo« oder das alte Haus auf dem Karl-Marx-Prospekt? In gewissem Sinne war das Pensionat sogar besser. Doch ich sah, dass er absolut keine Lust hatte umzuziehen (egal aus welchen Gründen), und ich wollte gern wissen, wie weit er in dieser Abneigung zu gehen vermochte.

Er hatte offensichtlich aufmerksam mein Gesicht beobachtet, deutete meine Sorge aber ganz falsch.

»Sie zweifeln ganz umsonst an meiner Entschlossenheit«, erklärte er fast hochmütig. »Wenn ich ›nein‹ gesagt habe, dann bleibt es dabei. Ich bin nicht einzuschüchtern.«

Dieser plötzlich durchscheinende Hochmut versetzte mich in Erstaunen. Ja, er hatte sich in den letzten Tagen sehr verändert. Manchmal verstand ich ihn nicht mehr. Und jedenfalls konnte ich ihn nicht mehr durchschauen, wie noch unlängst.

»Hm.« Ich wollte ihn ein bisschen in Fahrt bringen. Er erinnerte sich sofort an sein eigenes »Hm« und sprang augenblicklich an.

»Ich sage Ihnen nochmals: Ich bin nicht einzuschüchtern!« Doch er stutzte gleich und sagte eine Spur leiser: »Es gibt nichts, womit man mich einschüchtern könnte, verstehen Sie?«

»Nein.«

»Na gut, lassen wir's dabei.«

»Einen Menschen kann man immer einschüchtern.«

»Und wenn es *kein* Mensch ist?«

Das war ein starkes Wort. Ich hob die Hände. »Ich gebe auf.«

Er musterte mich. Als ob er mich zum ersten Mal sähe. Womöglich war dem auch so. Auch ich sah ihn (so) zum ersten Mal. *Ihn* zu mustern konnte ich mir jedoch nicht erlauben. Nicht mehr. Anscheinend kannte ich schon meinen Platz.

»Gut«, sagte er schließlich. »Jetzt möchte ich eins wissen. Was geschieht mit Mirlin?«

»Mit wem?«

»Mit Mirlin. Sie haben mich doch verhört – haben Sie's schon vergessen? Im Fall Mirlin?«

»Ja, ich erinnere mich. Aber ich weiß nicht ... Woher auch? Ich versuche es rauszukriegen.«

»Versuchen Sie's. Das ist mir wichtig.«

»Zu Befehl.«

»Danke, Wenjamin Iwanowitsch. Und jetzt, wenn Sie mit mir weiter nichts ... Nein? Dann entschuldigen Sie mich bitte, ich habe noch ziemlich viel zu tun. Rufen Sie an, sobald Sie etwas über Mirlin erfahren, abgemacht?«

7

Was war mit ihm in den Tagen geschehen, während wir einander nicht gesehen hatten? Ich wusste es nicht. (Und weiß es bis heute nicht.) Aber ich ahnte etwas. Er war auf eigene Faust auf die Jagd gegangen, und er hatte Erfolg gehabt. Ich schickte sofort eine entsprechende Anfrage an die Verwaltung für Inneres (Liste und Beschreibung der Todesfälle in der Stadt während der letzten drei Tage), doch die Antwort kam nicht rechtzeitig.

Dafür gelang es mir, mit Kostja Poleschtschuk zu reden und mich beiläufig, so en passant, zu erkundigen, wie die Sache für diesen Mirlin (oder wie der hieß) aussah. Wie sich herausstellte, stand Mirlins Sache beschissen. Man hatte bei ihm eine Riesenmenge Samisdat gefunden – aus allen Zeiten und Völkern. Dies zum einen. Das Material nach Paragraph hundertneunzig über ihn reichte mehr als genug. »Aber das ist alles noch Kleinkram, du verstehst, die Sache ist *weitaus schlimmer*: Er hat das Gebietskomitee beleidigt. Hast du den Artikel überhaupt gelesen, du Stümper? Hättest ihn eben doch lesen sollen. Er hat nicht einfach das Gebietskomitee beleidigt – er hat Madame Kruglowa persönlich gekränkt, kannst du dir das vorstellen, Alter? Höchstpersönlich? Das ist nun wirklich die blanke Idiotie. So was, weißt du, wird nicht verziehen. Und die Zeiten sind auch nicht mehr danach, etwas zu verzeihen. Also dann, Klappe zu, Affe tot. Wie viel er kriegt? Na, die volle Ladung. Kannst du glauben! Und nichts zu hoffen, und nichts zu bitten ... Wenn er bereut? ... Je nachdem, *wie* er bereut. Und was kümmert's dich? Du hattest dich doch wohl nicht für ihn interessiert, sondern für den Zeugen? ...«

Ich versuchte den Meister anzurufen, erreichte ihn aber nicht. Weder tagsüber noch abends, nicht einmal nachts. Anfangs ging die Mitmieterin ran, sagte, sie wisse nichts. Er ist auf Arbeit gegangen, für fünf Minuten nach Hause gekommen, als es schon dunkel war, so gegen neun, ich habe ihm gesagt, dass Sie angerufen haben, er hat nichts geantwortet, hat anscheinend gegessen, Tee getrunken und ist wieder gegangen, ohne was zu sagen … Nach Mitternacht nahm sie nicht mehr ab, ich rief an die zwanzigmal an – vergebens. Anscheinend war er die ganze Nacht über weg gewesen. Ich fühlte, wie ich allmählich die Kontrolle über ihn verlor, sogar die geringste. Etwas ging mit ihm vor. Etwas Entscheidendes. Er brauchte mich nicht mehr. Ich blieb ohne Schutz. Die Sache näherte sich der Krisis …

Am Morgen erwischte mich der Hexer an der Tür meines Arbeitszimmers. Ganz schief und gleichsam verzweifelt.

»Hör mal, Major«, sagte er mit überkippender Stimme. »Lasst ihn in Ruhe!«

»Wen?«

»Du weißt schon. Sag dem Oberst, dass man ihn nicht anrühren darf. Soll er schlafen. Sonst habt ja ihr den Schaden.«

»Und wieso ich? Hab ich etwa was dagegen?«

»Aber der Oberst – der scharrt mit den Hufen! ›In die Sujewka‹, weiter will er nichts hören. Er verlangt, dass wir beide gemeinsam hingehen und ihn überreden. Ich hab versucht, es ihm klarzumachen, aber er versteht ja gar nichts …«

»Und ich versteh's wohl? Ich versteh auch nicht die Spur, was du meinst. ›Er schläft‹, ›man darf nicht‹ … Was heißt, ›er schläft‹? Was ›man darf nicht‹?«

Er war offensichtlich außerstande, sich verständlich zu machen. Das war normal. Er erklärte ja niemals seine Entscheidungen und Erleuchtungen. »Ein Schwindler!« – und das war's. Warum »ein Schwindler«? Woher folgte eigentlich, dass es ein Schwindler war, wieso gerade ein Schwindler und kein genialer Hellseher? Keinerlei Erklärungen. Keinerlei Kommentare. Und wenn man in ihn dringt, wird er böse, zischt wie eine Schlange und fällt in Trance …

»Eine Puppe, verstehst du?« Er presste knorrige Worte hervor und wand sich vor Anspannung. Er ächzte sogar ein bisschen vor Anstrengung. »Na, wie bei 'nem Schmetterling – so 'ne hässliche Haut! Bloß dass es bei ihm kein Schmetterling ist. Weiß der Teufel, was da bei ihm in dieser Puppe sitzt, ich seh's ja, aber so verschwommen, irgendwie unscharf ... Verdammich, wie soll ich's dir beschreiben?! ... Es muss alles von selber gehen, weil, wenn bei ihm dieses Ding plötzlich unverhofft aufreißt – ich weiß nicht, was dabei herauskommen kann ... Und will's auch nicht wissen. Soll er selber sehen. Am besten überhaupt die Finger von ihm lassen. Das ist es ja, worum ich euch bitte: Man darf nicht! ...«

Es gelang mir nicht, etwas Vernünftiges aus ihm herauszukriegen, doch ich versprach (so aufrichtig wie nur möglich), dass ich ihn nicht bedrängen würde – selber nicht, und auch den Oberst drum bitten. Heute noch. Jetzt gleich. Ich ziehe nur noch die Galoschen an ...

Der Oberst aber lag in dieser Minute bereits bäuchlings auf der Schwelle seiner Wohnung, seit zwei Uhr nachts schon völlig erstarrt, als er nach Hause gekommen war, die Tür aufgeschlossen hatte und vornüber in die dunkle Wohnung gefallen war. Es war niemand zu Hause, seine Leute waren alle auf der Datsche, im Treppenhaus war es nächtlich still, alle schliefen, niemand sah oder hörte etwas, dennoch fand man die Wohnung am Morgen ausgeräumt. Die ganze Elektronik war gestohlen worden: ein japanischer Fernseher, Plattenspieler, Tonbandgerät ... Das Geld war nicht angerührt worden – sie hatten weder in den Schubladen gekramt noch die Schränke durchwühlt, nur genommen, was ins Auge fiel, und ins Auge war nur diese Elektronik gefallen ...

Den Dieb fand man übrigens ziemlich bald. Es war der Herr Sohn des stellvertretenden Abteilungsleiters im Gebietskomitee, der einen Stock höher wohnte – ein volljähriger Lümmel, ein Holzkopf mit dem Horizont einer knienden Ameise. Als sie ihn fassten, schwor er, er habe Pawel Olegowitsch schon tot vorgefunden – reglos und kalt –, so früh gegen fünf, und da habe ihn der Teufel geritten – er habe die Elektronik mitgenommen, um Spielschulden zu begleichen. Er schwor Stein und Bein, der Papa schmiss sich den richtigen Leuten vor die Füße, die Apparatur war unbeschädigt und wurde zurückgegeben – die Sache wurde vertuscht. Den Papa kostete es die Position, der Filius kriegte fünf Jahre auf Bewährung und wurde endlich zum Wehrdienst gegriffen, vor dem er sich bisher mit Erfolg gedrückt hatte. Sodass die Gerechtigkeit triumphierte.

Die Diagnose lautete übrigens auf Schlaganfall.

Der Arzt aber sagte mir inoffiziell: »Tja, irgendwie ein sonderbarer Schlaganfall – bei ihm ist gleichsam das ganze Atemzentrum abgestorben, eine Art schlagartige Nekrose der Gewebe in der Varolsbrücke (so heißt das wohl), und gestorben ist er fast augenblicklich – erstickt.«

Und der Hexer lief mir ein paar Tage später im Korridor über den Weg, verzog ganz und gar das Gesicht und murmelte: »Da hat man dem Dummkopf doch gesagt: *Man darf nicht!*« – und sogleich, ohne meine Antwort abzuwarten, winkte er ab und lief mit dem Ausruf »Mit euch kommt man in Teufels Küche!« weg, schaute sich um, verzog wieder das Gesicht, drehte den Finger an der Schläfe und tappte die Treppe hinab.

Ende August war ich schon in Afrika.

Die Ereignisse entwickelten sich derart schnell, dass ich weder Gelegenheit hatte, sie ordentlich zu analysieren, noch mir auch nur die Reihenfolge richtig zu merken. Der neue Chef, den man uns augenblicklich aus der Fünften Verwaltung schickte, ein selbstzufriedener junger Laffe, eine Spur älter als ich, hatte seine eigenen Pläne und gedachte nicht, in irgendetwas tiefer einzudringen. Anscheinend hatte sich der LGC vor seinem Ende redlich Mühe gegeben, auf dem richtigen Tisch landete ein durchaus eindeutiger Bericht, aus dem folgte, dass

Major Krasnogorski in der derzeitigen Dienststellung seine Grenzen erreicht hatte und versetzt werden musste. Und der neue Chef versetzte mich – mit ungewöhnlicher Energie und wahrhaft tschekistischem Elan. »Entweder Afrika oder ...« – vielsagende Pause. Ich wählte Afrika.

Zu diesem Zeitpunkt kannte ich schon die Diagnose zur Todesursache des LGC. Mir war schon klar, wie die Dinge lagen, doch ich hatte den Meister etliche Tage lang nicht getroffen, und man gab mir keine Möglichkeit, mich mit ihm zu treffen und zu beraten (mich zu beklagen, um *Patenschaft* zu bitten). Mir blieb nur zu hoffen, dass der Meister mich im Fall des Falles, wenn ich falsch entschieden hatte, wenn er mich hier brauchte, korrigieren würde. Mich raushauen würde. Sich für mich einsetzen.

Er setzte sich nicht ein. Und machte keine Anstalten, etwas zu korrigieren.

Wir trafen uns, ich erzählte ihm, dass man mich in den Dschungel abkommandiert hatte, um Zauberer zu fangen – er hörte mit zerstreutem Lächeln zu und sagte nur: »Teufel, ich habe mein Leben lang davon geträumt, in einen richtigen Dschungel zu kommen und dort Zauberer zu fangen ...« Und das war's. Er ließ mich ziehen. Er bedurfte meiner nicht.

Ich erzählte ihm vom Lieben Genossen Chef. Zuerst veränderte sich sein Gesichtsausdruck – er wurde sichtlich blass, und seine Augen erstarrten –, doch das dauerte nur ein paar Sekunden. Was immer da mit ihm und in ihm vorging, er wurde damit fertig. Er nickte gleichgültig, nahm meine Mitteilung zur Kenntnis. Er blickte mich schläfrig an und demonstrierte damit, dass ihn diese Mitteilung nicht wunderte ... Anscheinend nicht einmal interessierte ... Als habe er es schon gewusst, und mehr noch, als sei es in der Ordnung. Sein Gesicht drückte weder Staunen aus noch Erschrecken, noch Kummer. Das alles hatte er schon hinter sich gelassen. Der Liebe Genosse Chef hatte erhalten, was ihm gebührte, und war glücklich abgeschrieben. Er war schon vergessen. Und zwar ohne besonderes Bedauern oder Gewissensbisse – zur Mahnung und Belehrung.

Ich fragte sicherheitshalber: »Meinen Sie nicht, das war ... hm ... das Schicksal? Oder ...«

»Oder«, sagte er nebenher. »Das war nicht das Schicksal. Das war ich.«

Mir verschlug es die Sprache. Er warf mir einen Blick zu und fasste meine Verwirrung wie üblich falsch auf.

»Hören Sie, Wenjamin Iwanowitsch«, sagte er sachte. »Ich habe ihn ja gar nicht gekannt. Nur durch Ihre Erzählungen ... Ich habe ihn nicht einmal zu Gesicht bekommen. Warum sollte ich es schwer nehmen?«

»Gewiss«, sagte ich so eilends wie nur möglich, und um ein wenig zur Besinnung zu kommen, um sozusagen zumindest eine Verschnaufpause zu haben, berichtete ich ihm von Mirlin.

Er hörte mir aufmerksam zu, verzog bitter den Mund, bewegte die Lippen, als wolle er etwas sagen, doch als ich innehielt, nickte er nur, damit ich fortfuhr. Als ich aber fertig war und ihm alles dargelegt hatte, was ich in dieser Sache wusste und dachte, stellte er mir plötzlich eine unerwartete und geradezu seltsame Frage: »Wenjamin Iwanowitsch. Erinnern Sie sich, wie Sie mich verhört haben. Warum wollten Sie damals unbedingt, dass ich Ihnen diesen Satz von mir bestätigte: ›Dafür kommst du in den Knast, Senka‹? Wozu brauchten Sie das derart dringend?«

Ich war sogar etwas verwirrt. Ich konnte mich an nichts dergleichen erinnern.

»Was denn, lag mir wirklich so viel daran?«

»Ja natürlich! Drei Protokolle haben Sie doch aufgestellt – drei! –, nicht gerechnet die Gegenüberstellung, und in jedes haben Sie unbedingt eingefügt: ›Na, dafür landest du im Knast, Senka, kannst Gift drauf nehmen!‹ Wozu?«

»Also wirklich, ich erinnere mich nicht.«

»Hören Sie doch auf.«

»Ja doch, Ehrenwort! Ich hatte da eine Liste von Fragen, die ich Ihnen unbedingt stellen sollte. Aber ich habe mich ja nicht näher damit befasst, was und wozu. Mich interessierte ja ganz etwas anderes ...«

»Schade«, sagte er kalt und kniff die Lippen zusammen. Offensichtlich glaubte er mir nicht. Aber ich erinnerte mich ja wirklich an nichts!

»Stanislaw Sinowjewitsch! Das ist doch unwichtig, glauben Sie mir! Ich erinnere mich nicht, wozu das im Protokoll stehen musste, aber Sie können glauben, dass das jetzt überhaupt keine Rolle mehr spielt!«

»Für Sie spielt es keine Rolle, aber ich werde unter anderem vor Gericht geladen ... als Zeuge ...«

»Sie? Sie fürchten, man könnte Sie vor irgendein Gericht laden?«

»Natürlich! Was kann daran gut sein? Ich werde wieder lügen müssen ... Ekelhaft ...«

»Hören Sie ... Na, gehen Sie nicht hin, wenn Sie keine Lust haben.«

»Dann werde ich vorgeführt.«

»Also gleich so was – ›vorgeführt‹! ... Na, fahren Sie doch während der Zeit irgendwohin ... Auf eine Datsche ... aus der Stadt ...«

»Schön. Lassen wir das.«

»Klar, lassen wir das! Das sind doch wirklich Lappalien ...«

»Für *Sie* sind das Lappalien.«

»Für Sie auch. Als ob Sie jetzt ausgerechnet daran denken müssten.«

»Woran denn sonst?«

»Stanislaw Sinowjewitsch. In ein paar Tagen reise ich ab. Ich habe überhaupt keine Zeit. Aber wir beide haben noch gar nichts besprochen ... nichts Wesentliches ...«

»Wir haben auch nichts Wesentliches zu besprechen. Mag alles seinen Gang gehen ...«

»Stanislaw Sinowjewitsch. So geht das nicht. Ich verstehe: Sie haben Ihre Kraft schon gespürt. Ihre Macht gespürt. Sogar Allmacht ...«

»Hören Sie auf. Das sind alles schöne Worte. Nichts von alledem gibt es wirklich.«

»Und was gibt es?«

»Schutz. Das Gefühl, sicher zu sein. Vollends und ein für alle Mal sicher zu sein.«

»Das reicht Ihnen nicht?«

»Ich weiß nicht.«

»Sie sind der einzige Mensch auf der Welt, der sich vollends sicher fühlt, und es reicht Ihnen nicht?«

»Was soll ich denn Ihrer Meinung nach tun? Ich sehe, Sie haben schon alles durchdacht. Ohne mich.«

»Ja. Ich habe viel darüber nachgedacht. Sie sollten sich mit Politik befassen.«

»Warum Politik?«

»Weil Sie gerade in der Politik nicht Ihresgleichen finden werden.«

»Politik ist Lüge.«

»Na und? Unser ganzes Leben ist Lüge. Mehr oder weniger ...«

»Eben. Mehr oder weniger.«

»Denken Sie ein paar Minuten lang in Ruhe nach, und Sie werden erkennen: In der Politik werden Sie nicht Ihresgleichen finden.«

»Gut. Angenommen. Womit soll ich beginnen?«

»Sie müssen in die Partei eintreten. Das zuallererst! ...«

Plötzlich begann er buchstäblich vor Lachen zu beben, ganz unangebracht. Ich verstummte. Ehrlich gesagt, war ich sogar ein bisschen erschrocken.

»Seien Sie nicht gekränkt«, sagte er, und noch immer schüttelte ihn das Gelächter. »Mir ist nur der Witz eingefallen, wo sie den Rabbiner fragen, was Gutes an der Beschneidung ist. Und er antwortet: ›Erstens ist es schön ...‹«

Ich lächelte höflich. Ich kannte diesen Witz, begriff aber nicht, was er mit der Sache zu tun hatte und was überhaupt an meinen Worten komisch war.

»Ich werde nicht in die Partei gehen«, sagte er. »Weder erstens noch zweitens.«

»Warum?«

»Erstens ist das nicht schön«, sagte er mit Befriedigung. Geradezu genüsslich. »Zweitens kann man nicht alles tun, was notwendig ist. Sogar wenn es sehr notwendig ist. Sagen wir, wenn Ihnen irgendwas sehr Wertvolles in einen Dorfabort fiele, na ... ich weiß nicht ... wenn Ihre Dienstpistole hineinfiele – Sie würden doch nicht mit bloßen Händen danach fischen. Obwohl es notwendig wäre ...«

»Mit bloßen Händen oder anders«, sagte ich, »aber so einen Fall gab es in einer Einheit, wo mein Vater gedient hat. Ein Oberleutnant hat seine Pistole in den Abort fallen lassen, mitsamt dem Halfter. Man musste die ganze Scheiße herausschöpfen, wenn auch natürlich nicht mit bloßen Händen ... Übrigens wurden in der Grube *zwei* Pistolen gefunden – es gab einen großen Skandal, auf Bezirksebene ... Aber das ist mir nur so eingefallen. Was aber die Sache angeht ...«

»Was die Sache angeht, bin ich zu diesem Gespräch nicht bereit. Verstehen Sie? Nicht be-reit! Ich kann fast noch gar nichts ... Ich begreife kaum etwas. Und ich weiß nicht, womit ich mich befassen werde ... Ich weiß nicht, wozu ich tauge. Ich weiß nicht, was ich will. Ich weiß überhaupt nichts von alledem. Lassen Sie uns nichts überstürzen, Wenjamin Iwanowitsch.«

»Gut«, sagte ich. Was hätte ich ihm sonst sagen sollen? Er musste in die Partei eintreten. Er musste in engen Kontakt mit den Organen treten – in äußerst engen Kontakt! –, ohne dies ging in unserem Lande *gar nichts*. Doch wie sollte ich ihm das beibringen? Ich sah, dass er in diesen zwei Wochen ein anderer geworden war. Der Fortschritt war augenscheinlich (wenn man es einen Fortschritt nennen konnte). Er hatte schon das Sakrament des Büffels angenommen, war von einem echten Politiker aber noch hoffnungslos weit entfernt ... Und abermals fühlte ich Verzweiflung. So viel Zeit war vergangen, und wir hatten eigentlich immer noch nicht angefangen.

Da klingelte das Telefon, die Mitmieterin rief mit süßer Stimme nach ihm, und er ging in den Flur. Ich hörte ihn reden, die Worte waren nicht zu verstehen, doch in der Stimme klangen Sorge und Unzufriedenheit. Als er zurückkam, war er denn auch besorgt und sagte ärgerlich so einen sonderbaren Satz: »Ich muss sofort fahren, Vikont hat es wieder erwischt ...«

Ich verstand nicht, was das hieß, und sah eine Zeit lang schweigend zu, wie er sich eilig zum Gehen umzog. Dann, als ich erfasst hatte, dass er gleich gehen und ich ihn vor meiner Abreise vielleicht nicht mehr sehen würde, begann ich hastig, ihm vom Hexer zu erzählen. Ich wollte, dass er begriff: Es gab einen Menschen, der durchaus nicht freundschaftlich zu uns stand und vieles, vieles wusste, vielleicht sogar mehr als wir beide zusammen; der das Verborgene ahnte, spürte, sah ... Man musste ihm gegenüber sehr vorsichtig sein. Äußerst vorsichtig ... »Gut«, antwortete er hastig und fuhr fort, sich zuzuknöpfen und die Schuhe zuzubinden. »Verstehe. Mach ich.«

Dann gingen wir zusammen aus dem Haus, er stieg in seinen roten Saporoschez und fuhr Richtung Newa davon. Ich sah ihm nach, bis er links abbog, um die Ecke der Militärmedizinischen, zur Litejny-Brücke. Plötzlich hatte ich das Gefühl, dass ich ihn nie wiedersehen würde. Und dass nichts mehr vor mir läge. Dass ich ein hilfloser Greis sei, und nun bliebe mir nur noch, geduldig auf den Tod zu warten, der schon zu mir unterwegs war ...

Übrigens irrte ich mich.

8

Alles, was ich hier bisher geschildert habe, liegt mehr als zehn Jahre zurück. Ich bin sicher, dass du mein Werk bis zu dieser Stelle gelesen hast, doch ich bin auch sicher, dass du dich schon mehrfach gefragt hast: Wozu schildert er mir das alles – so ausführlich und mit Einzelheiten, in denen ich keinerlei Nutzen für mich sehen kann? Wo bleiben die nützlichen Ratschläge? Wo bleibt die klare Instruktion für die Zukunft? Was habe ich sofort zu tun, worauf mich vorzubereiten? Und so weiter.

Gemach. Das kommt alles noch. Natürlich wird dir nun niemand mehr verwehren, sogleich am Ende nachzusehen und dort die Antworten auf deine Fragen zu finden – wenn nicht auf alle, so doch wenigstens auf einige. Doch ich glaube, es ist für dich nützlich und unerlässlich, dass du diesen Text zur Gänze durchliest, vollständig, ohne etwas auszulassen oder zu überspringen, der Reihe nach, Episode für Episode – alles, was ich für notwendig gehalten habe, dir zur Kenntnis zu geben, und in der Abfolge, die ich für mich festgelegt habe. Ich versichere dir: Bei mir ist hier nichts überflüssig. Vielleicht ist mir etwas von den Ereignissen entgangen, vielleicht habe ich etwas verpasst, unterschätzt, wegen meiner Blindheit, Beschränktheit, sogar Flüchtigkeit für unwichtig und unwesentlich gehalten – das mag sein. Doch Überflüssiges habe ich hier nicht geschrieben – das steht fest, das garantiere ich dir.

Erstens war es mir äußerst wichtig, dich in die Angelegenheit so einzuführen, dass du mir vollends und völlig bewusst glaubst. Ich weiß, dass du vertrauensselig bist, empfänglich für das Wunderbare, du wärst bereit, mir einfach auf mein Wort hin zu glauben. Doch das wäre *kein fester* Glaube, ich will aber, dass du fest glaubst. Damit es für dich gar kein Glaube ist, sondern sicheres Wissen, wie es ein gewissenhafter Student hat, der bei einem guten Professor den gesamten Kursus absolviert hat. Damit dich nichts davon abbringen kann. Damit du für jeden neuen und unerwarteten Fakt oder Vorgang sogleich eine Erklärung und Begründung auf der Grundlage festen erworbenen Wissens finden kannst.

Zweitens hoffe ich sehr, dass du die Lage tiefgründiger erfasst als ich, von mir übersehene wichtige Einzelheiten findest, dass du erklären kannst, was ich bis zum heutigen Tage einfach glauben muss, dass du etwas nutzt, was ich ungenutzt gelassen habe. Darum sollst du diesen Text etliche Male durchlesen und unbedingt – *unbedingt!* – etliche Male alle Kassetten abhören, die ich hier beilege. Auf diesen Kassetten wird dir vieles langweilig vorkommen, überflüssig, nutzlos – so ist es in der Tat, du hast recht, doch ich bin sicher, dass dieser Misthaufen Perlen enthält, man muss sich nur in Geduld wappnen und sie herauszufinden versuchen.

Im Laufe der zwölf Jahre, bis ich endgültig nach Hause zurückkehrte (zurückgeholt wurde), habe ich ihn nur dreimal gesehen. Ich habe gierig auf jedes dieser Treffen gewartet. Ich kann nicht sagen, dass ich bei mir in Afrika allzu sehr unter Langeweile litt, die Arbeit dort entbehrte nicht gewisser schöpferischer Elemente, meine Qualifikation wuchs, ich wurde allmählich (und bin jetzt) ein herausragender Völkerkundler (ich bin ja Mitglied von vier ethnographischen Vereinigungen in vier Ländern der Erde, du weißt das natürlich nicht, überhaupt weiß das kaum jemand), doch meine tagtäglichen Gedanken, dass ich hier vergammelte, in prächtigem Morast, während sich mein Schicksal *dort* längst und machtvoll ausgeprägt haben könnte – diese Gedanken bohrten in mir wie Zahnweh, und tagtäglich hasste ich all die Dinge, mit denen ich mich befassen musste, und zählte die Tage bis zum Urlaub, denn jedes Mal, wenn ich nach Pieter abreiste, hoffte ich freudig, dass sich diesmal nun alles mit uns beiden entscheiden würde – ein für alle Mal.

Doch nichts entschied sich. Der Urlaub ging zu Ende, die Hoffnungen verglommen, ich kehrte zurück unter die schrecklichen, furchterregenden und wunderschönen Gewölbe meiner äquatorialen Wälder, und alles war wie zuvor.

Womit befasste er sich in diesen zwölf Jahren? Ich weiß es nicht. Bis heute weiß ich nichts davon, kannst du dir das vorstellen? Er hat mir früher nichts davon erzählt, er will auch jetzt nicht darüber sprechen. Ich glaube, er schämt sich bei der Erinnerung an diese Jahre.

... Er ist nachts den Abschaum jagen gegangen. Hat das Feuer auf sich gezogen. Sie stürzten sich auf ihn wie rasende Hunde, und wie Hunde hat er sie getötet. Hat er dagestanden, grün wie ein Leichnam, einem Vampir ähnlich, einem Zombie, einem Mikrokiller am Werk, und mit trägem Genuss zugeschaut, wie ihre elenden Köpfe platzten und der dampfende Brei als klebriger Schwall aufs Pflaster spritzte? Ich weiß es nicht. Wohl kaum. Aber immerhin – *es könnte sein*!

... Vielleicht hat er auch einfach hart gesoffen? Vor Verzweiflung, dass er töten kann und weiter nichts. Im Gefühl seiner unglaublichen Macht und zugleich seiner absoluten Ohnmacht ... Kann sein. Sehr gut möglich. Aber doch nicht nur das allein.

... Oder er hat ruhig, ohne Hast, wie zum Vergnügen seine *Theorie der Elite* ausgearbeitet, die dich später – weißt du noch? – in solche beinahe kindische Wut versetzt hat. Du bist bei uns schließlich der Demokrat. Doch vielen hat diese Theorie gefallen und gefällt sie immer noch. Und wie geht es in der Politik? Es ist nicht wichtig, ob du die Wahrheit sagst, wichtig ist, dass möglichst viele Leute bereit sind, es für die Wahrheit zu halten ... Die Wahrheit interessiert die Leute ja gar nicht. Sie wollen bloß, dass man es ihnen schön verpackt ...

Aber vielleicht war da nichts von alledem? Er hat auf seinem Spezialgebiet gearbeitet, seine Programme geschrieben,

Karriere gemacht – schließlich hat er in jenen Jahren seine Habilitation verteidigt und ist endlich doch Sektorenleiter geworden ... Er war ja immer arbeitsam, und seine Arbeit hat ihm immer gefallen.

Vielleicht aber gab es auch *das alles zusammen* und noch viel mehr, was ich nicht einmal ahnen kann? Ich weiß es nicht.

Wir hatten uns damals getrennt, als wäre es für immer, und haben uns tatsächlich lange nicht gesehen – über drei Jahre. Bis zu meinem ersten Urlaub. Weißt du noch, wie ich gekommen bin und dir einen Massai-Schild und einen richtigen afrikanischen Speer mitgebracht habe? Das war das erste Mal, dass ich zurückkam und mich wieder mit ihm traf. Bis dahin hatten wir nicht einmal Briefe gewechselt. Ich wollte kein Risiko eingehen, keine unnötige Aufmerksamkeit auf mich ziehen, auf ihn keine unnötige Aufmerksamkeit lenken, obwohl ich mich eigentlich immer auf die Notwendigkeit hätte berufen können, Kontakt zu einem potenziell wertvollen Kader zu halten. Doch ich wollte nicht, dass noch jemand anders von ihm wüsste, sich ihn näher ansähe, ihn unter Kontrolle nähme. In meinen nächtlichen Albträumen reichte mir schon der Hexer. Übrigens, gerade mit dem Hexer versuchte ich eine Korrespondenz aufzubauen, doch ohne besonderen Erfolg: Ich schickte ihm drei Briefe, er mir einen einzigen, weil es sich gerade ergab – es war ein läppischer Brief, irgendwelche dämlichen Bitten um Souvenirs, und dann, als er seine Souvenirs gekriegt hatte, verstummte er ganz.

Den Meister rief ich gleich am ersten Tag an. Ich konnte es nicht mehr erwarten. Als ob der Teufel die Feder meiner Ungeduld aufgezogen hätte. (Deine Mutti schöpfte damals sogar Verdacht, dass da was nicht stimmte, es gab eine Menge zusätzlicher Komplikationen, doch das ist eine Geschichte für sich und gehört nicht hierher.)

Er schien mir dicker und schlaffer geworden zu sein. Er bewirtete mich nicht mit Tee wie früher, sondern mit Wodka (zu gesalzenen Bratkartoffeln vom Vortag). Er redete wenig, hörte mehr zu, doch seine Schweigsamkeit rührte sichtlich nicht von Feindseligkeit mir gegenüber oder etwa, Gott behüte, von Misstrauen her, sondern von einer Art wohlwollender Gleichgültigkeit, und auch die Aufmerksamkeit, die er meinen Erzählungen widmete, entsprang wohl dieser Quelle. Offensichtlich trank er öfters mal einen, und das begann sich schon in seiner Persönlichkeit niederzuschlagen. Übrigens konnte man, wenn man wollte, in dieser wohlwollenden Gleichgültigkeit auch etwas Majestätisches spüren. Vor mir saß ein Mensch, der sich seines Wertes sehr genau bewusst und darum gleichgültig gegenüber allem anderen war.

Als die Rede auf die Politik kam, taute er übrigens etwas auf. Er hatte offenbar Gefallen daran gefunden, über diese Themen nachzudenken und zu reden. Seine Wangen röteten sich, in die Augen trat Feuer, in seiner Rede tauchte die Flüchtigkeit und Knappheit eines Menschen auf, der von etwas überzeugt ist und genau weiß, wovon er spricht. Er war der Ansicht, wir alle steckten in einer Sackgasse, in einer Rumpelkammer der Geschichte, staubig und aussichtslos (»zusammen mit Besen und Wischeimern ...«). Die Gerontokratie. Das Durchschnittsalter der Regierenden ging auf die Siebzig zu – ein Alter, in dem man müde, übersättigt und einem alles egal ist. Im Grunde das Sterbealter. Noch ein, zwei Jahre, und alles würde endgültig auseinanderfallen: Sie würden einer nach dem anderen sterben, es würde eine Zeit der Wirren anbrechen, ja nicht einmal eine Zeit, sondern Zeitlosigkeit. Das Land würde allmählich in Agonie fallen. Das Erdöl sei am Versiegen, das aber sei das Blut unserer Wirtschaft; die Ausrüstung in den Fabriken stamme vom Anfang des Jahrhunderts. Und niemand rühre einen Finger. Wozu auch? Diejenigen, die die Lage verändern könnten, wollten das durchaus nicht tun, die aber, die es nach Veränderung dürstete, vermöchten nichts zu ändern ... Es bleibe nur eine Hoffnung – die Armee. Die einzige reale Kraft im Lande, die sich ein Potenzial an Beweglichkeit bewahrt habe. Nein, von den Generälen sei natürlich nicht viel zu erhoffen – die seien genauso alt, satt und unbeweglich wie unsere Politiker, sie seien ja auch schon Politiker und keine Militärs mehr ... Aber die Jugend, die Genossen Obristen – die schon! Das junge Blut wallt, man möchte so gern die Glieder recken, aber da ist nicht die mindeste Perspektive – Sackgasse, Rumpelkammer ...

Er sagte einen Militärputsch voraus. Einen Oberst Nasser. Einen Oberst Gaddafi. Einen Major Castro. Kurzum, er sagte fast dasselbe, was man in allen Küchen des Landes so sagte – wenn man sich überhaupt erlaubte, über diese Dinge zu reden. Der Unterschied bestand nur darin, dass *deren* Gerede einfach nur Küchengeschwätz war, er aber feilte offensichtlich am künftigen Modell seines eigenen Vorgehens, feilte sich sein künftiges Werkzeug handgerecht und schliff es ...

Er sagte Krieg voraus. Die Jugend wisse nichts mit sich anzufangen. Aus dem Komsomol sei ein fauliger Sumpf geworden, jedes Anzeichen von Aktivität und Eigeninitiative werde wachsam und gnadenlos bestraft. Eine Ödnis! Dem Leben fehle es an Farbe und Sinn. Gut zu arbeiten sei sinnlos. Schlecht zu arbeiten langweilig und erst recht sinnlos. Das einzige Luftloch – zum Westen hin, in die Popmusik, ins Kleinunternehmertum – sei sorgfältig mit einem alten stinkenden Lappen verstopft. Eine Generation von ideologischen Kinderverstümmlern erziehe sorgsam eine Generation ideologischer Krüppel. Bei den jungen Leuten von heute sei von Geburt an für immer das Gesicht erstarrt – eine Ziegenvisage mit dem Ausdruck von ideologischer Ergebenheit und Frohsinn ...

»Sie wissen natürlich, dass sie Mirlin eingeknastet haben?«

»Nein. Ich bin ja bei einer anderen Verwaltung ...«

»Sie haben ihm sieben plus zwei gegeben, können Sie sich

das vorstellen? Sieben Jahre Lager und zwei Jahre Verbannung. Für einen einzigen Artikel, in dem eine Menge scharfe Formulierungen stand, aber kein einziges unwahres Wort ... Dieser Staat hat kein Recht aufs Dasein ...«

»Staaten, wissen Sie, fragen nicht nach Recht. Das Recht des Staates ist seine Stärke.«

»O ja! Das schon. Danke für die Erläuterung ... Und wissen Sie, warum Sie andauernd ins Protokoll geschrieben haben: ›der antisowjetische Artikel Mirlins‹? Ich habe geschrien, dass Sie es lassen sollen, dass ich den Artikel nicht antisowjetisch finde, Sie aber haben es immerzu geschrieben und geschrieben ... haben die ganze Zeit aus einem Protokoll ins andere dieses ›sie knasten dich ein, Sjomka‹ mitgeschleppt. Wissen Sie, warum?«

»Ich weiß es nicht. Es war so vorgeschrieben. Eine bestimmte Form, soweit ich es verstehe ...«

»Nein. Nichts verstehen Sie. Entweder lügen Sie, oder Sie hat man auch betrogen. Das war notwendig, damit die nicht zu beweisen brauchten, dass der Artikel antisowjetisch war. Verstehen Sie? *Wir*, die Zeugen, haben bewiesen, dass Mirlin ein Feind der Sowjetunion ist, und das Gericht selber hat dazu keinen Ton gesagt ...«

»Ich verstehe nicht.«

»Ich habe es ja selber erst buchstäblich in letzter Minute verstanden. Spät. Aber immerhin habe ich's verstanden und mich gewehrt, so gut ich konnte. Ich habe wiederholt, dass ich den Artikel nicht antisowjetisch finde, da hat mir der Staatsanwalt mit so einem Ekel im Gesicht mitgeteilt: ›Was soll denn das, Bürger Krasnogorow, sind Sie denn ein kleines Kind? ... Hören Sie auf, es ist ja peinlich, Ihnen zuzuhören ...‹ Der Richter aber hat in den Papieren gekramt und mir mit Genugtuung erklärt: ›Wieso finden Sie das nicht ... Hier haben wir Ihre Worte: Mirlins antisowjetischer Artikel hat mir nicht gefallen ... Da steht Ihre Unterschrift ... Es ist doch Ihre?

Sehen Sie!‹ Erinnern Sie sich, wie ich immer wieder von Ihnen verlangt habe, Sie sollten das ›antisowjetisch‹ streichen? ...«

»Ich habe es gestrichen!«

»Ja. Aber offensichtlich nicht überall. Irgendwo ist es stehengeblieben.«

»Ehrenwort, ich wusste damals selber nicht ...«

Er winkte nur ab und sprach von etwas anderem – wieder über die Jugend und darüber, dass der siegen würde, der sie für sich gewinnen könnte – sie zu sich emporziehen oder vielleicht sich zu ihr herablassen und dabei er selbst bleiben ... Er war damals schon kurz vor seiner Theorie der Elite angelangt. »Die Elite sind jene, die meinen Weg gehen. Alle übrigen sind Lumpen oder Vollidioten.«

Wir redeten an die zwei Stunden, tranken den ganzen Wodka aus, und plötzlich wollte er irgendwohin (».. Entschuldigen Sie ... ich hatte ganz vergessen ...«), und ich musste gehen.

Wir trafen uns noch ein paarmal während dieses ersten Heimaturlaubs, aber immer auf die Schnelle, zwischendurch – durchaus wohlwollend, freundlich, aber ohne jeden Tiefgang. Einmal schien er sogar drauf und dran zu sein, mich zu einem Treffen mit seinen Leuten mitzunehmen (ihm gefielen meine Erzählungen über Afrika), doch offensichtlich überlegte er sich's anders ...

Es gelang mir, unsere freundschaftlichen Beziehungen zu bewahren und sogar zu stärken, wir kamen einander näher, waren fast per Du, doch ich erfuhr nichts Neues über ihn, und er gab mir auch keinen neuen Grund zur Hoffnung.

Einmal wählte ich eine Zeit, zu der er bestimmt nicht zu Hause war, und kam eigens, um mit der Mitmieterin zu reden. Wir saßen gute anderthalb Stunden bei ihnen im Korridor, auf einer alten Truhe, und sie erzählte mir alles über ihn, wozu sie Lust hatte. (Ich hatte niemals versucht, sie anzuwerben, obwohl mir der Gedanke ein paarmal in den Kopf gekommen war. Wozu? Eine Anwerbung hat natürlich ihre Vorteile, aber ihre Nachteile hat sie auch. Ich habe einen mitteilsamen Gesprächspartner immer jedem noch so eifrigen Informanten vorgezogen, der gegen Bezahlung arbeitet.)

Ja, er trank. Vor allem vor zwei Jahren. Nicht gleich nach dem Tode der Frau, sondern fast ein ganzes Jahr später, als er noch irgendwelche weiteren Unannehmlichkeiten bekam, eine Gerichtssache, zu der man ihn als Zeugen hinzitiert hatte, und vielleicht auch noch etwas anderes: Plötzlich blieb er die Nacht über weg, kam bei Tagesanbruch nach Hause, hohlwangig, mit schrecklichen Augen – und gleich ins Bad, dort heizte er den Badeofen und blieb lange im heißen Wasser sitzen, ganz still, doch dann seufzte er plötzlich auf, stöhnte so laut, dass es im ganzen Haus zu hören war, dieses Stöhnen ließ sie mitunter vor Angst erstarren. Damals fing er auch zu trinken an. Zuerst nicht so stark, sondern wie ein normaler Mensch, so wie alle. Dann wurde er fröhlicher, begann manchmal von selbst mit ihr zu reden, machte Scherze, lud sie zu einem Gläschen ein. Dann immer schärfer, bis zum Exzess, bis zur Besinnungslosigkeit, manchmal fiel er sogar hin, einmal war er im Badezimmer gefallen – hatte sich das ganze Gesicht blutig geschlagen, und es endete damit, dass er am Morgen irgendwie aus seinem Teil der Wohnung kam, sich kaum auf den Beinen halten konnte, dann auch mitten in der Küche wie ein Klotz hinfiel und den ganzen Tag liegen blieb. Schwer und aufgedunsen wie er war, konnte sie ihn weder wegziehen noch umdrehen, und so stieg sie den ganzen Tag mit ihrem lahmen Bein über ihn hinweg. Und Schluss. Seit dem Tage war es wie abgeschnitten. Natürlich trank er ein bisschen – wer tut das nicht? –, aber Exzesse kamen nie mehr vor ...

... Ja, Frauen hatte er mitunter. Aber immer andere. Und nie für lange. So eine kam dreimal, wenn's hoch kommt viermal, dann blieb sie weg. Und ein paar Wochen später eine neue.

Er hatte keine davon geliebt. Und eine hatte er sogar rausgeschmissen – mit Gezeter und Geschrei, fast wäre er handgreiflich geworden ...

... Freunde – klar, die kamen! Viktor Grigorjewitsch, und Schenetschka ist auch oft da – so einer mit Locken, märchenhaft schön, immer so nett, freundlich, kommt unbedingt Guten Tag sagen, manchmal bringt er mir ein Blümchen mit ... Und eine prächtige Frau hat er, die Tanja ... Aber dieser Jude von ihm, der mit der großen Nase, ist verschwunden, ich weiß nicht, sicherlich ist er nach Israel ausgereist ... Und dann kommt manchmal noch so ein kleiner, so ein bleicher Wicht, so ein dünnbeiniger Schleimer, auch sehr höflich und sehr zum Plaudern aufgelegt: Wie geht es Ihnen und was gibt's denn Neues, Tamara Martjanowna ... Den mag ich nicht, der ist irgendwie durch und durch falsch, ich trau ihm nicht. Aber Gott sei Dank kommt er selten – einmal im Vierteljahr, öfter nie ...

Ich begriff nicht sofort, dass das der Hexer war. Doch dann erriet ich es. Klein. Bleich. Schleimig. Das war er. (Unklar blieb nur, wieso er es nicht schaffte, auf unsere Martjanowna seinen üblichen guten Eindruck zu machen. Sonderbar. Man sollte meinen, was kann daran schon schwierig für ihn sein, so eine Frau zu bezaubern und zu umgarnen? Zumal offensichtlich auch Alter nicht vor Torheit schützt ...) Er arbeitete jetzt in einer anderen Abteilung und sogar in einer anderen Verwaltung. Ich machte mich auf die Suche nach ihm und fand ihn. Nicht ohne Mühe. Er war umgezogen, in das Haus, wo früher der Liebe Genosse Chef gewohnt hatte, hatte dort eine luxuriöse Wohnung bekommen, Deckenhöhe drei zwanzig, nicht zu vergleichen mit dem früheren »Wohnsitz«, und überhaupt war er schon Major geworden, wohl sogar ein bisschen anständiger und gewichtig.

Er empfing mich reserviert – er war nicht mehr an mich gewöhnt, und überhaupt muss mein Verhalten, die offensichtliche Hartnäckigkeit und Aufdringlichkeit, von außen etwas merkwürdig gewirkt haben. Die Souvenirs stimmten ihn etwas zugänglicher, dämpften das Misstrauen aber nicht, sondern ich würde sagen, sie verstärkten es sogar. Es ergab sich ein unbehagliches, irgendwie arhythmisches und ganz inhaltsloses Gespräch. Er strengte sich sichtlich an, konnte aber partout nicht begreifen, weshalb ich mich ihm aufdrängte, was ich wollte, was ich zusammenschwindelte und worum es überhaupt ging ... Ich aber mimte mit Mühe Wohlwollen, aufrichtige Freundschaft und Freude, ihn mal wieder zu treffen. Ich glaube, er fing an, mich für einen verkappten Homo zu halten. Ich weiß nicht. Wir tranken eine Flasche »Martell«, kamen beide in bessere Stimmung, doch Freude machte die Unterhaltung trotzdem nicht. Ich erzählte ihm irgendwelche ekelhaften Sachen über die Neger und ihre Weiber, er mir von seinem alten Herrn, der sich in unverändertem Zustand befand und es jetzt mochte, wenn man ihm Émile Verhaeren vorlas ... Ich denke heute noch mit Grauen an jenen Abend zurück. Einzelheiten habe ich überhaupt nicht behalten, nur den allgemeinen Eindruck – von einer schweren, peinlichen und sinnlosen Arbeit ... Und erst als ich schon im Gehen war, als er mir im Korridor half, die unter die Garderobe gerutschte Baskenmütze zu suchen, fragte er mich wie beiläufig: »Bist du bei deinem gewesen?«

»Nein«, sagte ich. »Bei wem?«

»Na bei dem ... bei deinem Namensvetter, bei Krasnogorow ...«

»Nein. Wieso, sollte ich hingehen?«

»Geh nicht hin. Zum Teufel mit ihm. Er ... Weißt du, was er ist? Ein Monster.«

»Was?«

»Ein Monster.«

»Du irrst dich!«, sagte ich mit trunken-belehrender Stimme. »Er ist ein Hellseher. Kategorie C.«

»Wie kommst du darauf?«

»Der Liebe Genosse Chef hat's gesagt. Wieso – ist er das nicht?«

»Nein. Ein Monster.«

»Dann sollte ich hingehen. Das fällt in mein Fachgebiet.«

»Geh nicht hin. Ich gehe nicht mehr hin, und du solltest auch nicht hingehen. Ich habe jetzt Angst vor ihm ...« Er verstummte, als fürchte er, zu viel zu sagen.

»Ich muss hingehen!«, erklärte ich starrsinnig, als hätte ich ihn gar nicht gehört. Ich hoffte, er würde noch etwas sagen. Sich erklären. Mich einweihen. Das mit der Angst war ihm offensichtlich unwillkürlich entschlüpft – er hatte mich in etwas einweihen wollen, mich, den vielleicht einzigen Menschen, der imstande war, ihn zu verstehen ... ihm zu glauben ... Vielleicht zu helfen? Doch er sagte nichts mehr, und ich wagte nicht, ihn geradezu zu fragen. Beim Abschied umarmten wir uns. Mit Widerwillen – ich vermute, beiderseits.

An dieser Stelle brach das Manuskript ab.

9

»Und wo ist der Rest?«, fragte Stanislaw.

»Das ist alles. Mehr war da nicht«, sagte Wanja, während er sorgsam den Stapel Blätter in der Mappe ausrichtete.

»So ist das?«, ließ sich Stanislaw langsam vernehmen. »Er ist nicht fertig geworden? Oder warum?«

»Sicherlich ist er nicht fertig geworden ...« Jetzt band Wanja noch sorgfältiger die Mappe zu. Lügen konnte er nicht. Brauchte er auch nicht. Er würde es noch lernen. Es lag alles noch vor ihm.

»Glaubst du, was hier geschrieben steht?«

Wanja antwortete nicht. Er zuckte nur mit einer Schulter, den Blick abgewandt. Und er hielt die Mappe mit beiden Händen fest, als wolle sie ihm jemand wegnehmen und er sie nicht hergeben.

»Weißt du, dein Vater war ein leicht zu beeindruckender Mensch ...«, sagte Stanislaw sacht. »Er war ein Idealist und sogar ein Mystiker. Selber hielt er sich für einen hartgesottenen Pragmatiker und betonte das bei jeder Gelegenheit, doch dem war nicht so. Ganz und gar nicht. Er liebte Gumiljow. Nikolai Stepanowitsch. Er las gerne die ›Kapitäne‹, laut, mit Ausdruck ... Seine Augen flammten auf und die Stimme versagte ihm vor innerer Begeisterung, wenn er aufsagte: ›Doch gibt's auf Erden andre Gegenden, gequält vom Mondeslicht, dem bleichen. Für die in Mut und Kraft sich Regenden sind nimmermehr sie zu erreichen ...‹ Hat er dir die ›Kapitäne‹ vorgelesen?«

»Ja. ›Der alte Vagabund in Addis-Abeba ...‹ hat er mir auch vorgelesen. Und ›Der sechste Sinn‹ ...«

»Er war sehr vertrauensselig. Er suchte sich jemanden, dem er glauben wollte, und glaubte ihm dann ohne jede Kontrolle und bis zum Ende.«

»Wozu sagen Sie mir das?«

»Ich will nicht, dass du jedes Wort in den Aufzeichnungen deines Vaters glaubst.«

»Glaube ich auch nicht. Nicht jedes Wort.«

»Richtig. Das machst du richtig.«

Aber natürlich glaubte er es. Jedes Wort. Nun ja, das war nur natürlich. Und es konnte sich sogar als nützlich erweisen.

»Wie dein Vater umgekommen ist, weißt du?«

»Ja.«

»Es war ein Unglücksfall, was meinst du?«

Zum ersten Mal sah ihm Wanja direkt in die Augen. »Ich dachte, *Sie* würden mir sagen, was es war.«

»Ein Unglücksfall«, sagte Stanislaw entschieden.

Wenn jemand auf die Karelische Landenge, in die Schluchten des Flusses Woltschja in die Pilze fährt, dort verschollen geht und man ihn eine Woche später am Fuße eines Steilhangs findet, in der Krone einer Kiefer, wo er hängt und mit dem Kopf in der mächtigsten Astgabel dieser Krone klemmt ... Ist abgestürzt, durch die Krone gefallen und hat sich mit seinen Kinnbacken derart in diese Gabel gerammt, dass ihm nur durch ein Wunder nicht der Kopf abgerissen ist ... Natürlich, ein Unglücksfall. *Zum ersten Mal im Leben* ist jemand in die Pilze gefahren, und das ist nun das Ergebnis. Ein Zufall. Selbstverständlich. Ein Unglück.

»Du erinnerst dich, wen dein Vater genannt hat – ganz am Anfang des Manuskripts, weißt du?«

»Ja. Alexander Gurikow. Sergej Schukowanow. Marlen Kossorutschkin.«

»Richtig. Also diese Personen arbeiten nicht in den Organen. Ich hab's extra überprüft, die gibt es dort nicht ...« Stanislaw machte eine Pause. »Schon lange nicht mehr. Seit mehreren Jahren. Und dieser ... Schukowanow ... lebt nicht mal mehr.«

Darauf entgegnete Wanja nichts, bewegte nur lautlos die

Lippen. Doch offensichtlich hatte er in dieser Sache seine eigene Ansicht.

»Na schön«, sagte Stanislaw. »Du hattest anscheinand eine Bitte an mich?«

»Ja. Ich will bei Ihnen arbeiten.«

»Ach so? Was kannst du denn?«

Wieder ein Schulterzucken – unbestimmt und fast schüchtern. Doch zugleich auch herausfordernd.

»Töten.«

Stanislaw erlaubte sich einen leisen Pfiff.

»Und wo hast du das gelernt?«

»Nirgends. Auf der Straße.«

»Auf der Straße lernt man überhaupt nichts Gescheites«, sagte Stanislaw.

(Plötzlich fiel ihm die Mutti ein: Sie stand mit einem nassen Lappen in der Hand da – sie wischte den Fußboden – und ließ ihn nicht raus. Er antwortete mit irgendeiner Frechheit, sie schlug ihm den Lappen ins Gesicht und sagte: »Geh. Nichtsnutz.« Er ging und hing mit den Gassenjungen im stinkenden Tunnel des Torbogens zum Hofe herum, bis es dunkel wurde, doch es machte ihm wer weiß warum keinen Spaß mehr. Etwas war mit ihm geschehen. Es war nicht mehr interessant. Die Straße lockte ihn nicht mehr ... Er wechselte die Freunde und zusammen mit ihnen sein Wertesystem. Er ließ das Rauchen sein und begann zu lesen ... Worte haben auf uns eine unvorhergesehene und unvorhersagbare Wirkung. Wie übrigens auch Bücher ...)

»Entschuldige, was hast du gesagt?«

»Ich sagte, ich behaupte ja nicht, dass es gut sei. Sie haben gefragt, was ich kann, und ich habe geantwortet.«

»Ja. Verstehe. Ich bemerke jedoch, dass du nach wie vor eine schlechte Meinung von mir hast. Wie kommst du eigentlich darauf, ich könnte einen geschickten Mörder gebrauchen?«

»Ich weiß nicht.«

»Ich brauche keine geschickten Mörder. Ich bin ja selber einer. Nicht wahr?«

Wanja antwortete nicht. Er kaute auf seiner Unterlippe und war puterrot. Ein seltsamer Junge. Er schien ein ziemlich großes Loch in der Seele zu haben. Und es wuchs nicht zu. Es vernarbte nicht einmal. Seelennekrose. Das verstehen wir ...

»Ich habe durchaus keine schlechte Meinung von Ihnen«, sagte Wanja. »Das ist alles vorbei. Lange. Seither hat sich alles verändert. Ich sehe ja ...«

»Schön«, sagte Stanislaw. »Du hast mich überzeugt. Ich stelle dich ein. Aber unter einer Bedingung. Du gibst mir die fehlenden Seiten aus den Aufzeichnungen ...«

»Ich habe sie nicht.«

»... Und zwar alle. Sowohl die vom Ende als auch die, die in der Mitte fehlen.«

»Ich habe nichts ...« Jetzt war er erbleicht, sogar seine Lippen waren graublau geworden, und nur zwei rote Flecken blieben im Gesicht, aus irgendeinem Grunde auf der Stirn.

»Ich verstehe alles«, sagte Stanislaw. »Dein Vater schreibt sicherlich dort am Ende, in einem Postskriptum: Zeige *ihm* diese Aufzeichnungen nicht, er braucht nicht zu wissen, was dir über ihn bekannt ist und was nicht. Aber du hast anders entschieden. Du hast es für richtig gehalten, mich wissen zu lassen, was für interessante Dinge du über mich weißt ... Aber da sind zwei besondere Umstände.«

Er hielt inne und steckte sich eine neue Zigarette an. Wanja wartete. Natürlich. Was sollte er sonst auch tun? Aufstehen und stolz fortgehen? Nein, das war ausgeschlossen. Das konnte er sich nicht erlauben.

»Erstens«, sagte Stanislaw und machte einen Zug. »Dreiviertel von dem, was dein Vater über mich schreibt, ist nicht wahr. Das sind keine Fakten, sondern Artefakte. Weißt du, was ein *Artefakt* ist? Manches hat er sich selbst ausgedacht – er hatte eine blühende Phantasie, ich habe seine Phantasie bewundert, Ehrenwort ... Manches habe ich ihm aus Spaß untergeschoben. Zum Beispiel schreibt er da, dass ich mich auf meine alten Tage für Jungs zu interessieren begann ... Schreibt er, schreibt er, widersprich nicht! Unbedingt schreibt er das. Er hat mir diese Jungs selber ehrerbietigst geliefert, und morgens hat er sie zurückgebracht, an den Wohnsitz, wie er zu sagen pflegte – hat sie schön leise aus dem Zimmer geführt, um den Meister nicht zu wecken. Und er war überzeugt, dass der Meister nach einer für sein Alter viel zu stürmischen Nacht völlig platt ist, der Meister aber lachte sich unterdessen eins ins Fäustchen – frisch und gut ausgeschlafen ... Der Meister hat eine Menge Schwächen, das stimmt, aber *diese* war nie darunter. Der Meister ist überhaupt kein Leckermaul, aber aus den Aufzeichnungen folgt doch, dass er eins ist, hm? Gib's zu? Ein Säufer, ein Nero, ein Wüstling, ein Satyr, ja? ...«

Wanja schaute ihn verstockt an. Er hätte aufhören sollen, der junge Mann war seltsam, offensichtlich und auf gefährliche Weise unberechenbar, doch er hatte keine Lust aufzuhören. Wie kam er dazu?

»Dein Vater hat mir gefallen. Überhaupt mag ich Leute, die aus dem Rahmen fallen. Er hat mich amüsiert. Dabei bildete er sich ein, mir als Berater und Gehilfe unentbehrlich zu sein ... So war es übrigens auch – er half mir leben. Ohne ihn wurde alles sofort langweilig ... trübe ... Und klug war er! Weißt du, warum er dir abgeraten hat, mir diese Aufzeichnungen zu zeigen? Er wusste, dass man mich *auf gar keinen Fall* erpressen darf. Dann kann man sich lieber gleich erschießen. Das ist der zweite Umstand, den ich dir mitteilen wollte ...«

»Ich habe diese Seiten verbrannt«, brachte Wanja mit Mühe heraus. »Da stand viel Schlechtes über Sie. Ich habe mich geschämt. Für Vater.«

»Ach so? Und was stand denn da?«

»Ich will nicht darüber reden. Wozu? Das ist alles nicht wahr ... oder nur halb wahr ... Über Sie weiß ich auch Dinge, die schlimmer sind, doch ich würde niemals jemandem etwas davon sagen ... und werde es auch nicht tun ...«

»Zum Beispiel?«

Und das war der Moment, wo er sich über die Geschichte im Walde äußerte.

(... Als das Feuerzeug nicht angehen wollte. Zuerst wollte es nicht an der üblichen Stelle sein, und als er sich ganz verrenkte und es dort hervorholte, wo es lag, wollte es nicht angehen ...)

Natürlich wusste er nichts und konnte nichts wissen. Er sagte nur, was er darüber dachte. Was er sich vorstellte. Wie sich in seiner Phantasie alles abgespielt hatte. Anscheinend hatte er selber einmal gewisse Unannehmlichkeiten mit dem »Runtermachen« gehabt. Wahrscheinlich in der Armee. Oder vielleicht im Gefängnis? ...

Welcher Teufel hatte den jungen Dummkopf geritten, das zu sagen? Ach, dieses berüchtigte Syndrom jugendlicher Offenheit ... Die ganze Stimmung war futsch. Das Gespräch hatte auf einmal jeden Reiz verloren. Es war abgewürgt worden und endete auf ungute Weise.

»Gleich morgen bringst du mir die fehlenden Seiten«, sagte Stanislaw zu ihm, als sie sich verabschiedeten. »Du kannst eine Kopie behalten, wenn du unbedingt willst. Oder umgekehrt: die Kopie für mich, das Original für dich. Aber morgen.«

Doch tags darauf kam Wanja nicht. Und auch nicht am folgenden Tag. Er kam überhaupt nicht. Er musste eigens nach dem Dummkopf suchen lassen, man suchte und fand ihn – in Moskau, schon nach dem Putsch, Anfang September, in einem Krankenhaus in den Außenbezirken. Er hatte starke Verbrennungen – Hände, Gesicht, Hals – und einen Durchschuss im rechten Fuß. Er war in der Nähe des Weißen Hauses gesehen worden, hatte sich hervorgetan und sich nicht geschont. Ein seltsamer junger Mann.

»Du bist ein seltsamer junger Mann«, sagte Stanislaw

schließlich zu ihm. »Aber du gefällst mir. Ich bin ja selber seltsam, stimmt's? Schön, du hast mich endgültig überzeugt. Geh sofort zu Kronid Sergejitsch ... ja, ja, auf der Stelle ... er stellt die Papiere für dich aus.«

VIERTER TEIL

BOSS, MEISTER, PRÄSIDENT

1

Auch die letzte Beratung war nun vorbei, und sie setzten sich zum Abendessen hin.

Die Deckenleuchten hatten sie ausgeschaltet, um es gemütlicher zu haben, es blieb nur die Stehlampe am Tisch und der Kreis weißen Lichtes darunter: die strahlend weiße Tischdecke, die Imbisshappen, die reifbedeckten Tonicflaschen und die über alledem hantierenden Hände in weißen Manschetten.

Kusma Iwanowitsch, der sich zur Vorbeugung ein halbes Glas Gin eingegossen hatte (Wodka hatte sich im Hause nicht gefunden), begann sofort zu schwitzen, lief rot an und begann, sich Salat auf den Teller zu schaufeln – das Erste, was ihm unter die Augen gekommen war. Edik strich mit beiden Händen seine störrischen roten Härchen zurück, die weder dieser Handbewegung noch eines Kammes bedurften, und beugte sich kurzsichtig über die Speisen, schnüffelte kritisch, was er sich wohl genehmigen sollte – er war ein Feinschmecker und wählerisch. Kronid, der endlich den Notizblock beiseitegelegt hatte (aber nicht weit, aufs Zeitungstischchen – damit er jederzeit danach greifen konnte), aß akkurat, aber schnell: Er sättigte sich, solange nicht nach ihm verlangt wurde.

Er schaute sie an und trank warm gewordenes Mineralwasser. Heute hatte er Diättag. Der Drang zu futtern war unerträglich – die Därme zogen sich nur so zusammen, das leicht salzige, schwach kohlensäurehaltige Wasser gluckerte in seinem Innern, als es dort irgendwelche hungrigen Leerräume ausfüllte.

Er war müde. Er wurde immer müde, wenn sie nach langen Gesprächen, Kalkulationen, Schätzungen, plötzlichen Zusammenstößen und ebenso plötzlichen Versöhnungen dann doch zu keiner Entscheidung kamen. Vier anstrengende Stunden für die Katz. Die arme Katze.

»Wollen wir gucken?«, fragte er träge.

»Meinetwegen«, stimmte Edik zu, Kusma Iwanowitsch aber schüttelte mit vollem Munde nur ablehnend die rosigen Wangen – er blieb nie länger als nötig, er hatte zu tun. Immer. Und überall. Auch zum Abendbrot blieb er nur, weil man dort, wo er hinfahren musste, kaum was zu essen kriegte. Vor allem nachts.

»Kusma Iwanytsch, so pfeifen Sie doch drauf ... Wirklich. Als ob es nicht ohne Sie ginge.«

Kusma Iwanowitsch warf ihm nur einen sarkastischen Blick zu: Ja doch, es geht schon, bilde dir ja nichts ein. Was hieß: Natürlich geht es ohne mich, aber danach kann ich dann selber alles von vorn anfangen und ummodeln, damit gerade du mir mit deinen Vorwürfen nicht die Hölle heiß machst ... Der Austausch dieser Redewendungen war alte Tradition und trug eher rituellen Charakter.

»Es gibt einen ganz anständigen Horrorstreifen«, meldete sich Kronid. »Heißt ›Gelächter aus dem Jenseits‹. Und einen neuen Film von Garanin. ›Neunzehnhundertdreiundneunzig‹ ...«

»Nein!«, schrie Edik auf. »Bloß nicht das! Bloß keinen Garanin. Das Leben ist auch ohne den schon trüb genug. Dann lieber das mit den Toten.«

»Das sind da keine Toten, das sind *Höllendämonen*.«

»Dann erst recht. Famös. Ich liebe Dämonen!«

»Im Film«, warf Kronid sogleich ein.

»Versteht sich. Das fehlte noch.«

»Abgemacht«, entschied er. »Sehen wir uns das mit den Dämonen an ...« Kronid sprang augenblicklich auf – den Fernseher einschalten, doch er bremste ihn: »Wohin denn, Kronid Sergejewitsch, also wirklich! Essen Sie ruhig. Warum sollten wir es eilig haben? Das ist doch nur Kusma Iwanytsch, der andauernd auf dem Sprung ist ...«

»Und darum *so schön*«, fügte Edik sofort hinzu. Alle lachten. Gott sei Dank auch Kusma Iwanytsch selbst. (Als er einmal guter Laune war, hatte Kusma Iwanytsch ihnen aus seiner Kindheit erzählt, wie ihn, einen kleinen, glupschäugigen Dorfjungen, die Tante vor Gästen gefragt hatte – natürlich zum Spaß: »Kusja, Kusja! Warum bist du nur so schön?« Und er hatte mit vor Kränkung tiefer Stimme geantwortet: »Gott hat's gegeben!«)

Hinter Kronids Rücken bimmelte leise das Telefon, Kronid befand sich sofort – wie weggezaubert – an seinem Tisch, in seiner Ecke, im Schatten des Lampenschirms und begann dort halblaut zu sprechen. Der bläuliche Widerschein des Bildschirms tanzte auf seinen Augen, und die weißen Zähne blitzten.

Auf einmal ertappte er sich dabei, dass er den Atem anhielt und offensichtlich etwas Eiliges und Plötzliches erwartete. Etwas Unangenehmes. Er wartete auf den raschen unwillkürlichen Blick Kronids – aus dem Halbdunkel heraus, von den Lichtern des Pultes und der Telefonbildschirme aufgehellt –, doch der Blick blieb aus, Kronid schaute, ohne den Blick abzuwenden, seinen Gesprächspartner an, und er atmete im Stillen auf. Politik, dachte er gewohnheitsmäßig und erleichtert. Es kommt nie so, wie man es erwartet. Und es kommt immer *falsch* ...

»Wisst ihr noch«, sagte er für sich selbst unerwartet, »wie ihm auf Alberts Totenfeier schlecht geworden ist? ... Er hat uns ja geliebt. Alle. Ich weiß es genau.«

»Na gut, es reicht ...«, murmelte Kusma Iwanowitsch durch den Salat. »Na ja, er hat uns geliebt ... Ja doch. Er hat auch gut singen können ...«

»Und Witze erzählt«, fügte Edik enthusiastisch hinzu.

»Und furchtlos war er, Teufel nochmal. Und gut ... Ja doch. Es hat keinen Sinn, dass Sie wieder davon anfangen, Stanislaw Sinowjewitsch. Was sollen wir jetzt darüber reden? Er ist ein Feind!«

»Erst Freund, jetzt Feind ...« Er wusste selbst nicht, was er eigentlich sagen wollte. Und wozu.

Edik warf verärgert die Gabel hin, sodass sie auf dem Teller mit Fleisch klirrte.

»Herr Präsident«, sagte er mit Nachdruck. »Falls Sie endlich doch noch einen konkreten und verständlichen Vorschlag haben sollten, dann freut mich das sehr, und ich bitte Sie höflichst ...«

»Nein«, sagte er resigniert. »Ich habe keine konkreten Vorschläge. Nach wie vor. Ich kann mich bloß partout nicht dran gewöhnen, dass in dieser behämmerten Politik immer alles *falsch* läuft! Ich kann mich nicht dran gewöhnen!« Ohne hinzuschauen, stellte er die Flasche in die Mitte des Tisches und stand auf. »Und ich will mich nicht dran gewöhnen! Das ist es. Ihr habt euch dran gewöhnt, ihr Jungen, aber ich alter Knacker kann's nicht und will's nicht.«

»Was heißt hier ›dran gewöhnt‹?« Edik zuckte herausfordernd mit den Schultern. »Wir lassen uns nur nicht gehen, das ist alles. Es ist einfach so, das alles, was früher mal war, jetzt nicht mehr wesentlich ist. Jetzt ist er nicht mehr derselbe, jetzt ist er ein Verräter und Feind, und man muss sich nur klar werden, was man da tut. Wenn wir aber anfangen, in Erinnerungen zu schwelgen und schwach zu werden ...«

»Einverstanden«, sagte er so folgsam wie nur möglich. »Sie haben recht, Edik. Wir wollen nicht schwach werden. Verzeihung, ich bin schwach geworden! Das liegt daran, weil ich auf keinen Ausweg komme ...«

»Ein Ausweg, sollte man meinen, findet sich immer ...«, murmelte Kusma Iwanowitsch und wischte mit der Serviette nicht nur den Mund ab, sondern seine ganze knallrote Habe: die Wangen, die etwas kahle Stirn, die Ohren.

»Das ist kein Ausweg«, sagte er scharf zu ihm. »Das ist eine Ausflucht.«

»Na, jetzt reden wir schon die zweite Runde im Kreise«, murmelte Kusma Iwanowitsch, und Edik berichtigte ihn: »Die dritte.«

Und da sagte er laut, woran er schon seit etlichen Tagen dachte: »Er ist Philatelist.«

Beide starrten ihn verständnislos an.

»Er sammelt alte Kuverts«, erklärte er. »Ein großer Kenner von Poststempeln des achtzehnten Jahrhunderts.«

»Und?«, sagte Kusma Iwanowitsch.

»Schön. Lassen wir das. Es reicht.« Er wischte die erwartungsvollen Blicke mit einer Handbewegung beiseite, schob den Sessel zurück und ging im Zimmer umher, wobei er in sich hineinhorchte, ob nicht die Knie schmerzten. Meine zerquetschten Knie, dachte er.

(»Hören Sie, Meister, wie viel wiegen Sie?«, hatte ihn Nikolas mit fröhlichem Missmut gefragt. »Na, viel ...« »Was also verlangen Sie von Ihren Knien? Das ist ja beinahe ein medizinischer Begriff – *zerquetschte Knie*.« Das Gespräch lag nun fünf Jahre zurück. Ein Gespräch zwischen Arzt und Patient. Nikolas war von Beruf Arzt. Ein Internist, und ein ziemlich guter ... Und ich war damals ein kräftiger älterer Mann, aber die Knie schmerzten schon wie Nutten. Und überhaupt war damals alles schon da, alles, was es heute gab. Und es war schon Mode, in allen Lebenslagen nur zwei Vergleiche zu verwenden: »wie Nutten« oder »wie'n Hund«. Nur nannte mich damals noch niemand Präsident – sie sagten Meister, Boss, viele sagten Chef, Kommandeur, sogar Trainer ... Und Nikolas war damals kein Verräter und kein Überläufer, sondern ein Freund, mein persönlicher Arzt und Leiter der Gruppe für Pressekontakte.)

»Aber ein Philatelist ist was?«, sagte Kusma Iwanowitsch mit kaukasisch-türkischem Akzent. »Wi der Elljefant frisst: Greift mit dem Schwanz und steckt sich's direkt in den Hintern? Und hat keinen Kopf und brau'ht au'h keinen?« Er lachte selber gleich genüsslich über seinen Witz und machte sich, noch immer lachend, daran, sein Jackett anzuziehen. Aus den Taschen regnete es Kleingeld, der Deckenleuchter begann zu schwanken, von einem Ärmel gestreift. Es war ein starker Anblick: Kusma Iwanowitsch, wie er sein Jackett anzog. Der (wie ein Elefant) riesenhafte Kusma Iwanowitsch und das titanische Jackett, das alle Horizonte verdeckte, immer trauerschwarz und glänzend.

»Na schön«, erklärte er wie gewohnt. »›Nicht satt, nicht hungrig, nur wacker‹, wie die Oma zu sagen pflegte, Gott hab sie selig ...«

(Kusma Iwanowitsch war ein einfacher Mann, ein Militär. Noch vor zehn Jahren hatte er als Flieger gedient: Navigator der Marineflieger, Nordmeerflotte, Major, oder Korvettenkapitän, wie's beliebt. Er war sonderbar. Und sein Sinn für Humor war auch sonderbar. »Hier ist heute nicht jetzt!«, verkündete er gern in furchterregendstem Ton. »Hier werdet ihr euch schnell das Wodka-Besaufen abgewöhnt kriegen!« »Die Stiefel muss man des Abends putzen« – das war seine Lieblingsbelehrung. »Damit man sie früh auf klaren Kopf anziehen kann ...« Er steckte buchstäblich zum Überlaufen voll von derlei Perlen der Feldwebel- sowie Fähnrichsweisheit. »Jetzt kriege ich das raus, wie sich's gehört, und bestrafe, wen's trifft!« Komisch, viele hielten ihn allen Ernstes für einen stumpfsinnigen Flegel. Sie irrten sich, und wenn sie ihren Irrtum erkannten, war es in der Regel zu spät. Er war durchaus kein stumpfsinniger Flegel, er war ein Psychologe und blickte in die Seelen der Menschen. Kusma Iwanowitsch brauchte nur zehn Minuten mit jemandem zu reden, um zu wissen, ob das *unser Mann* war oder nicht ganz oder ganz und gar nicht. Über Nikolas hatte er ihm – und nur ihm, keinem sonst – von Anfang an gesagt: »Der bleibt nicht bei uns. Der ist sich selbst genug. Er braucht uns nicht. Er braucht überhaupt niemanden.« Doch Nikolas blieb ganze fünf Jahre lang. Kusma Iwanowitsch schwieg zwar, blieb aber anscheinend die ganze Zeit bei seiner Meinung, und im Unterschied zu allen anderen war er von den nachfolgenden Ereignissen weder überrascht noch betrübt.)

»Ich kenne ein paar Philatelisten«, sagte Edik nachdenklich. »Ich glaube, die sind alle nicht normal.«

Er schaute ihn mit Genugtuung an. »Darum eben geht's«, ließ er sich vernehmen, sehr zufrieden, dass seine Saat schon keimte und er nichts selber zu formulieren brauchte.

»Für ein altes Kuvert geben die ihre Frau her, und zwar unter Freudentränen«, entwickelte Edik das Thema weiter.

»Ähm ...« Er trat an das riesige Fenster und drückte die Stirn gegen die eiskalte Scheibe. Draußen herrschte eisige, feuchte, neblige Finsternis, vom Lampenschein trübe erhellt. Es war nichts zu sehen außer diesem reglos erhellten Nebel – weder die Stadt noch die Bucht –, und plötzlich wurde alles in Rot getaucht, dann in Grün – die Reklame auf dem Dach hatte die Farbe gewechselt.

»Zwei Fragen«, sagte Edik. »Ist das denn wirklich wahr? Und die zweite: Wo kriegen wir einen Haufen alte Kuverts her?«

»Sehr alte: hundert, zweihundert Jahre.« Er wandte das Gesicht wieder dem Zimmer zu.

Kusma Iwanowitsch hatte endlich erfasst, dass ein durchaus ernsthaftes Gespräch im Gange war, unterbrach die Ankleideprozedur und setzte sich auf die Kante seines Stuhles. Er fragte mit gewaltigtem Zweifel: »Wollt ihr ihn mit diesem Haufen alter Kuverts kaufen? Ihr seid ja nicht bei Trost. Oder bin ich nicht bei Trost?«

Er berichtigte ihn: »Nicht ihn kaufen. *Uns loskaufen.*«

»Immerhin«, sagte Edik böse. »Ihn jetzt noch zu kaufen – wozu brauchen wir den jetzt noch?«

Je nachdem, dachte er. Und ob wir ihn brauchen ... Er stellte sich plötzlich vor, Nikolas säße hier, jetzt, an dieser Seite des Tisches – dürr, zottlig, fröhlich, nie niedergeschlagen, außerstande niedergeschlagen zu sein, unansehnlich, fast sogar hässlich, mit Zahnlücken, mal einer Eidechse ähnlich, dann plötzlich einem Affen ... er hält sein übliches halbes Glas

Wodka in Höhe des Ohrs und lässt sich unaufhaltsam über den unausweichlichen Sieg der Klugen über die Dummen aus ... oder er begründet die Notwendigkeit, ein Ministerium für Versuch und Irrtum einzurichten ... Ich sollte zu ihm fahren und mich entschuldigen, dachte er plötzlich und spürte in der Brust den kalten Schmerz einer heraufziehenden Entscheidung. Auf der Stelle. Ohne mich anzuziehen. In Filzlatschen. »Verzeih meine boshafte Zunge ... Komm zurück. Ich wollte nicht ... ich wollte dir nicht so sehr wehtun ...« Lüge. In jenem Augenblick hatte er ihm nicht nur wehtun, sondern ihn vernichten wollen ... Was er schließlich auch erreicht hatte: Er war nicht mehr da. Zumindest nicht hier ... Und würde es nie mehr sein.

»Stanislaw Sinowjewitsch«, sagte Edik unverhofft mit fremder und unangenehmer Stimme. »Herr Präsident. Sie lieben ihn ja. Immer noch. Nicht wahr?«

Er zuckte vor diesem direkten Blick seiner grün changierenden Augen zurück, und es benahm ihm den Atem vor Überraschung und vor Unvermögen, auf diese direkte Frage eine direkte Antwort zu geben. Doch ihm war klar, dass er antworten musste, und zwar sofort.

»Sie haben ihn ja immer mehr geliebt als uns alle zusammen«, fuhr Edik fort, und in seiner Stimme klangen jetzt Trauer und trauriger Neid. »Was soll's. Wir sind ja unter uns. Wir haben unter uns schon ein Dutzend Mal darüber geredet ...«

»Eh! Eh! Red für dich selber!«, blaffte Kusma Iwanowitsch warnend, und Kronid, der also wieder hier saß und sogar Messer und Gabel bereithielt, schaute Edik streng und unzufrieden an.

»Na schön, wie ihr wollt ... Ihr meine loyalen Mitstreiter«, sagte Edik zu ihnen. »Gut, wenn nicht geredet, dann gedacht ... Habt ihr doch? Habt ihr, habt ihr! ... Deswegen kommen wir mit ihm auch nicht zu Rande – zum dritten Mal erörtern wir das Problem und dreschen zum dritten Mal leeres Stroh. Wie Hunde ... Und ich sag Ihnen geradezu, Herr Präsident: Solange Sie ihn nicht aus Ihrem Herzen werfen ... Solange Sie ihn nicht herausreißen, mit den Wurzeln, dass es blutet, solange Sie, Pardon, nicht aufhören, ihn zu lieben, solange wird bei Ihnen und uns nichts rauskommen ...«

»Hör auf«, sagte Kronid leise zu ihm. Ganz leise hatte er es gesagt, doch so, dass Edik schlagartig verstummte. Als hätte man ihn ausgeschaltet. Er hielt mitten im Wort, in der Geste, im Blick inne – er langte quer über den Tisch nach einer Flasche Tonic, riss mit den Zähnen den Kronkorken herunter und begann aus der Flasche zu trinken, ohne jemanden anzuschauen.

Es trat eine Stille ein, und diese Stille bekräftigte die Richtigkeit des Gesagten und enthielt noch viele ungesagte Vorwürfe und ebenso den schalen Beigeschmack jenes krampfhaften Feingefühls, mit dem man für gewöhnlich verdienstvollen, doch hoffnungslosen Invaliden und marasmatischen, doch geachteten Greisen begegnet. Er hörte diese Stille, und mit ihr fertig zu werden erschien ihm schwerer als mit einem bissigen Schwall giftiger Vorwürfe, doch schließlich wurde er doch damit fertig.

»Stimmt alles«, sagte er, versuchte zu lächeln und hoffte, das Lächeln geriete nicht allzu falsch und nicht allzu kläglich. »Mea culpa. Mea maxima culpa. Aber ihr werdet einem alten Mann diese Schwäche verzeihen müssen. Ich liebe euch ja wirklich. Alle. Ich habe euch selber ausgesucht, ich habe euch zu meinen Lieblingen erklärt, und es fällt mir verteufelt schwer, mich von euch loszusagen. Sogar, wenn ihr euch schlecht benehmt ... Und basta!« Er unterbrach sich selbst. »Und genug davon heute! ... Übrigens, ich glaube, es ist schon Mitternacht durch, oder?«

»Ist es«, fiel Edik (sichtlich erleichtert) ein. »Schon fünfzehn Minuten drüber.«

»Hervorragend! Der Diättag ist vorbei. Machen wir's wett ...«

»Laster und Nikotin!«, verkündete Edik.

»Genau. Kronid Sergejewitsch, reichen Sie mir doch bitte mal das Fleisch da, solange unser Kusma Iwanytsch es nicht vollends erledigt hat.«

2

Nachts gegen eins, als man schon im Begriff war, in die Federn zu gehen, schneite plötzlich der Presseminister herein – sehr fröhlich, über beide Backen grinsend, lautstark und wortgewaltig. Und sogleich war allen klar: Es gab eine gute Nachricht. Endlich. Und trotz alledem. Die erste seit einem ganzen Tag.

»Und??«, scholl es ihm fast im Chor entgegen.

Freilich stellte sich heraus, dass es weiter nichts war als die sechste Auflage des »Glücklichen Jungen«. Die Geschenkausgabe. Zehntausend Exemplare. Ein leuchtend blauschwarzer lackierter Schutzumschlag. Illustrationen von Arakeljan. Vorwort von Nekrassawin. Elegant. Bescheiden. Äußerst würdevoll.

»Na denn, drei Kreuze«, sagte Kusma Iwanytsch, während er das Buch in den Händen drehte – respektvoll, im Übrigen aber ziemlich gleichgültig. Die ganze Wortkunst und überhaupt die Propaganda mitsamt Agitation lagen ihm hoffnungslos fern, wenngleich er nicht bestritt, dass das vorliegende literarische Werk dem politischen Image des vergötterten Präsidenten eine gewisse unfassliche, aber wesentliche Nuance hinzufügen könnte.

»Ex-zellent! Ex-zellent! ...«, sang Edik, während er die Kreidepapier-Seiten mit dem hellblauen Schnitt umblätterte. Sein blasses, sommersprossiges Gesicht leuchtete von Inspiration: Dieses Bändchen war sein Einfall gewesen, es steckte seine Sorge darin, seine scheue Redaktion. Er fühlte sich, als sei er als Ghostwriter daran beteiligt. Bücher von Politikern haben immer einen Ghostwriter, der ehrerbietig und bescheiden im titanischen Schatten des majestätischen Monuments verharrt – Edik war zu solch einer Rolle bedingungslos und mit Freude bereit.

Kronid aber strahlte ebenso freudig, jedoch ganz uneigennützig, und dabei blieb er wie gewohnt am Rande. Und strahlend und stolz rieb sich der Presseminister die riesigen weißen Hände – der Glücksbote. Alles war bestens. Alles war *sehr gut*. Und sie hatten alles im Griff. Gleich morgen würde die Auflage in den vier größten Buchläden von Sankt Petersburg und in dreien von Moskau ausliegen. Und auch morgen – die wichtigsten Besprechungen: in der »Newskoje wremja«, den »Petersburger Nachrichten«, und in der Hauptstadt in den »Iswestija«, der »Allgemeinen« und – unbedingt! – im »Weg der Wahrheit« ... Und der Rundfunk stand Gewehr bei Fuß, das Fernsehen und natürlich die Werbe- und Handelsstrukturen ... Sie hatten alles im Griff. So ist das bei uns: Was wir im Griff haben, haben wir im Griff ... So sind wir eben.

Sie redeten durcheinander, rissen sich das Buch aus den Händen, blätterten darin, bewunderten es, waren stolz, rissen respektvoll Witze, bis er schließlich in den sanften und warmen Wogen der allgemeinen Euphorie kleine eisige Strömungen müden Überdrusses spürte, ihnen das Buch entschlossen wegnahm und sagte: »Schluss. Das reicht. Ich mach mich lang ... Und wenn irgendein Aas es wagt, mich vor zehn zu belästigen – dem gnade Gott! ...«

Ein schütterer Chor von Gute-Nacht-Wünschen begleitete ihn und blieb jenseits der Tür zur Wohnhälfte zurück.

Er ging durchs Billardzimmer, das dunkel und kalt war und nach gutem Tabak, Kölnischwasser und noch etwas roch, sicherlich Kreide. Hinter der Glaswand links hing auch hier undurchdringlicher Nebel, rot erleuchtet. Im Halbdunkel glänzten lackierte Oberflächen; die Kugeln, schwer und reglos auf dem grünen Tuch, leuchteten schwach.

Er war schon am Tisch und dem Queue-Ständer vorbei und hatte schon die warme hölzerne Türklinke erfasst, als er plötzlich einen Schock verspürte, blitzartig und schmerzhaft – er zuckte zusammen, erstarrte, sogar der Schweiß brach ihm anscheinend aus: Jemand saß still in der dunkelsten Ecke, in der »Raucherecke«, an dem Tischchen, wo der Aschenbecher stand, umringt von Zigarrettenschachteln, von Tabakpäckchen – jemand Kohlrabenschwarzes, dunkler als die Dunkelheit, den grimmigen Bart des Schrecklichen Zaren vorgereckt ... Nikolas. Man hatte über ihn berichtet, er habe sich einen Bart wachsen lassen ... ein Bärtchen ... und sei angeblich sofort Ioann dem Schrecklichen ähnlich geworden, wie ihn der Schauspieler Nikolai Tscherkassow gespielt hatte ... Und in der Finsternis glänzten feucht die reglosen Augen.

Da war niemand. Ein Trugbild. Ein finsteres Spiel von Schatten und Lichtreflexen. Gott mit ihm, ich darf nicht so viel an ihn denken, das ist er nicht wert. Weiß Gott, er ist's nicht wert ...

Er atmete durch, um die Verkrampfung zu lösen, und ging ins Wohnzimmer – ins Licht, in die Wärme, in die Weichheit und Behaglichkeit des Goldenen Zimmers.

Hier war alles weiß und goldfarben, schmuck, ein bisschen pompös und offiziell ... das Außenministerium ... Er mochte dieses Zimmer nicht. Es war der Raum für diplomatische Geschäfte – ein Behältnis für luxuriöse Möbel, goldfarbene Wandbehänge und gedämpfte Leuchten, die Augen ähnelten, in ausschweifender Zärtlichkeit halb geschlossen. Doch es war schön, ein schönes Zimmer, was man auch sagte.

Eilig und ohne seine Schritte auf dem Teppichboden zu hören, ging er durchs Goldene Zimmer, war schon drauf und dran, in die Flucht der Privatzimmer einzubiegen, überlegte es sich aber im letzten Augenblick anders und ging ins Arbeitszimmer.

Hier war es wieder dunkel und kühl, sogar kalt. Auf dem Computerbildschirm auf seinem Arbeitstisch flimmerte schwach ein Sternenhimmel, und der Computer auf dem großen Tisch war auch in Betrieb – die Modems schleusten lautlos und geschwind Information weiter – Megabytes, Gigabytes und was dann noch nach »Giga« kommt (und alles wurde sogleich einer Verarbeitung unterzogen, die er nicht mehr verstand und nicht einmal zu verstehen versuchte: da waren irgendwelche unbekannten, wahnsinnig komplizierten Programme und Prinzipien am Werk) – in ein Fass ohne Boden, auf unvorstellbare Halden, Lager, Friedhöfe von Information, und das alles konnte sich als nützlich erweisen, er konnte es jeden Moment nötig haben, und es war so selten von Nutzen, nie nötig, blieb für immer in unsichtbaren und unfühlbaren Stapeln, Haufen, Spuren, Schichten ...

Schon der Gedanke, über diese unbeschreibliche Schatzkammer zu verfügen, war erregend. Oder machte er dumm? Oder nicht dumm, sondern zum Kind? Denn alle Computerleute – seien es Programmierer, Hacker oder schlicht und einfach User – sind ja Kinder: Sie spielen. Immer. Womit sie sich auch befassen – sie spielen, mit einem prächtigen klugen Spielzeug. Selbstvergessen spielende, glückliche Kinder ...

Entschlossen setzte er sich an die Tastatur und rief das Programm PERS auf. Auf dem Bildschirm erschien: *Familienname*. Er tippte »Krasnogorow« ein, und sogleich ließ der Rechner eine neue Frage aufleuchten: *Vorname*, und daneben noch eine rote Sieben. Das hieß, dass er jetzt schon sieben Krasnogorows im Speicher hatte und um genauere Angaben bat, welcher davon benötigt wurde. Letztes Mal waren fünf Krasnogorows verzeichnet gewesen, und war das etwa lange her?

»Die vermehren sich wie die Nutten ...«, murmelte er, während er seinen Vornamen eintippte.

Der Rechner reagierte unerwartet und sogar irgendwie seltsam: *Stas* erschien auf dem Bildschirm, und: *Stanislaw.*

»Was soll das?«, fragte er ihn unzufrieden, begriff aber sofort: Er war selber schuld, beim Eingeben war er flüchtig gewesen und hatte *Staslaw* getippt. »Klar, klar«, sagte er, »da haben wir also jetzt noch einen Stas gekriegt. Sehen wir, was das für ein Stas ist ...« Und er wählte *Stas.*

Sogleich stellte sich heraus, dass es ein gewisser Stas Krasnogorow war, wirklicher Name: Kurgaschkin, Sergej Andrejewitsch, 35 Jahre, Rocksänger, Chef der Gruppe »Meister«, Verfasser des berühmten gleichnamigen Hits.

»Das ist nun schon Ruhm«, sagte er mit sarkastischem Lächeln. »Wenn sie aus deinem Namen Pseudonyme machen, dann ist es Ruhm ... Und dabei sinkt die Wählergunst ... ›Wir werden uns blamieren, werden durchfallen‹«, zitierte er wie gewohnt und fuhr mit den Fingern über die Tastatur – aufs Geratewohl.

Auf dem Bildschirm erschien ein ganz sinnloses *Ufschkan,* der Computer dachte eine Sekunde nach, gab sich aber auch jetzt keine Blöße: *Ufschkan: keine Daten verfügbar. Vorschlag: Uwaschkan, Alexej Barejewitsch.*

Doch dieser unverhofft aufgetauchte Uwaschkan kümmerte ihn wenig, und plötzlich kam ihm aus heiterem Himmel eine Idee, und er gab ein: *Kikonin, Viktor Grigorjewitsch* – wie es dem wohl ging, sie hatten sich recht lange nicht gesehen ...

Diesen Menschen kannte der Rechner natürlich, doch anscheinend nicht besonders gut. Er kannte ein ganz anständiges, trübsinniges und hölzern-langweiliges Korrespondierendes Akademiemitglied, Mitarbeiter zweier weiterer Akademien (der Militärmedizinischen und der für Landwirtschaft), den Direktor des Instituts für Genetik landwirtschaftlicher Nutztiere, das Ehrenmitglied dreier internationaler Fonds usw. usf. in dieser Art über den ganzen Bildschirm. Wen interessierte das und wer wollte das lesen? Wo waren die Angaben über

Vorlieben und Neigungen? Wo das Intime? Wo waren die Angewohnheiten, Laster und Stolpersteine? Wo das kompromittierende Material? Die Fädchen mit den Häkchen, an denen man zieht, und der Mensch gehört dir? Kusma Iwanytsch hat das alles sicherlich. Da müsste man einen Blick reinwerfen! ... Aber er wird's ja um keinen Preis zulassen. »Nein-nein-nein, Stanislaw Sinowjewitsch! Daran sollten Sie nicht einmal denken! Was nützt Ihnen das? Drei Tage reichen nicht, dass Sie sich danach wieder sauber kriegen ... Und ich habe ja gar nichts. Sie haben doch selber verboten, kompromittierendes Material zu benutzen, und wenn man es nicht benutzen darf, was hat es dann im Speicher zu suchen, frage ich? Nimmt bloß Platz weg ...«

Alle lügen sie in einem fort. Genauer: *Wir* alle lügen in einem fort und was das Zeug hält. Die einen mit schuldbewusstem schiefen Grinsen, die anderen, indem sie krampfhaft den Brechreiz unterdrücken, und die Dritten sogar ohne besondere Verwegenheit, herausfordernd und mit kämpferischem Nachdruck. Doch alle lügen ...

Mirlin müsste man ranholen, dachte er. Sjomka ranholen und über uns alle setzen, damit er uns nicht erlaubt zu lügen. Dieser Gedanke begeisterte ihn, doch nur für einen Moment – eine kalte Stimme wie von innen her erinnerte ihn sogleich: Das ist doch ein alter Knacker, er ist jetzt über siebzig, besinn dich, vielleicht lebt er nicht einmal mehr ... Komm schon, komm, alter Kauz, gib seinen Namen ein, gib ein: Mirlin, Semjon Papowitsch ... siehst du, nicht mal an seinen Vatersnamen erinnerst du dich ... vielleicht hast du ihn auch nie gekannt ... Semjon Papowitsch: Republik Südafrika, Redakteur bei der und der Zeitung (ist ja auf Afrikaans, das merkst du dir auch nicht, ist ja schlimmer als jeder Vatersname) ... dann und dann dort und dort gestorben ... Ist es das, was du willst? Nein. Das nicht. Nur das nicht, um Himmels willen ... Willst ein fremdes Gewissen über dich setzen? Dein eigenes kommt nicht zurecht? Ja, das wär nicht schlecht. Also: Es wird auch so gehen. Es ist früher gegangen und wird auch in Zukunft gehen. Und basta. Nehmen wir an, dass der schwache Moment glücklich überstanden ist ...

Trotzdem erlaubte er sich noch, Nikolas einzugeben.

Hier gab es natürlich jede Menge Material. Kompromittierendes Material war auch da, aber fast den ganzen Raum nahmen ausführliche Nacherzählungen seiner letzten Auftritte ein – vor den Veteranen, vor den Abstinenzlern, vor den Feministinnen, vor den Generalstäblern – mit genauen Zitaten und ausführlicher Aufzählung der Begleitumstände: Größe des Publikums, Alterszusammensetzung, wie es reagiert, worauf es *nicht* reagiert ... Selbstverständlich war in der Analyseabteilung wahrgenommen worden, was Edik heute gesagt hatte: die unerwartet hohe Aufmerksamkeit, die das Objekt der Freundschaft zwischen Stanislaw Sinowjewitsch und Viktor Grigorjewitsch widmete. (»Kann sich Stanislaw Sinowjewitsch mit Viktor Grigorjewitsch überwerfen?« Was sollte denn das? Was hatte Vikont damit zu tun? Warum tauchte plötzlich in allen diesen Reden, Essays, Vorträgen und Trinksprüchen Vikont auf? Ein Zufall? Zufälle gibt es nicht, hatte diesbezüglich der einfache Mensch Kusma Iwanytsch bemerkt, und niemand hatte ihm widersprechen wollen.)

Hier gab es eine Menge interessanten Kram, doch Nikolas selbst kam in diesem Kram nicht vor. Das hässliche, ungelenke, beschränkte, stotternde, phänomenal *aussichtlose* Menschlein kam nicht vor, das sich eines Tages (warum? aus welchem Anlass? nach welchem Ereignis?) am Schlafittchen genommen hatte, sich wie einen zitternden Köter durchgeschüttelt und binnen einiger Jahre ein Wunder an sich vollbracht hatte ...

(Ursprünglich hatte er übrigens Nikita geheißen. Nick hatte er sich selber genannt: hatte reichlich Hemingway gelesen – »Drei Tage Sturm«, »Das Ende von Etwas«, »So, wie du niemals sein wirst« und dergleichen, »49 Stories«. Spötter im Institut hatten aus Nick Nikolas gemacht – und das war an ihm haften geblieben, fürs ganze Leben. Doch nur *das.* Alles andere hatte sich verändert. Und nicht von selbst, nicht durch Zauberei, an dieser Verwandlung war nichts Märchenhaftes, außer dass so was bei normalen Leuten nicht vorkommt. Normale Leute sind schwach, träge und willenlos. Normale Leute begnügen sich mit dem, was Gott ihnen gegeben hat, und hat Er ihnen nichts gegeben, dann saufen sie Bier und sind im Stillen auf jene böse, die mehr als die anderen brauchen. Nick-Nikolas aber war nicht normal, er war der typische Selfmademan. Solche kommen in der Natur nicht vor, es hat sie nie gegeben und wird sie bald überhaupt nicht mehr geben.

Ein Stotterer? Demosthenes, heißt es, soll auch gestottert haben. Wenn man Redner werden will, muss man reden – viel, laut, lange. Ein Jahr lang. Zwei. Vor der Mutti, der kleinen Schwester, dem Spiegel. Tagtäglich und jedes Mal ein paar Stunden lang ...

Wenn man fast ohne musikalisches Gehör Gitarre spielen lernen will, muss man sich ein Lehrbuch kaufen, eine Gitarre und spielen. Lange. Oft. Ein Jahr lang. Zwei. Tagtäglich. Vor der Schwester, vor den kichernden Freundinnen der Schwester. Ein Ritchie Blackmore wird man nicht, aber bei Bedarf eine Gesellschaft erfreuen, dazu reicht's ...

Schon in der Schule hatte ihn der Sportlehrer geradezu erstaunt betrachtet und besorgt gesagt: »Springen wirst du nicht – die Fußknöchel sind zu kurz. Basketball ist auch nichts für dich ... Volleyball auch nicht ... Vielleicht Handgranaten werfen ...?« Sein Reaktionsvermögen war keinen Pfifferling wert. Und plump war er wie ein Holzklotz. Von Geburt an und für alle Zeiten hatte ihn der Liebe Gott selbst gebremst. Er war nicht einfach unsportlich, er war *anti*sportlich. Und da begann er Tischtennis zu spielen. Viel. Oft. Jeden Abend. Unter dem unterdrückten Gelächter der Partner und der hübschen

Zuschauerinnen. Das war schon am Institut, im Korridor des zweiten Stocks. Bis zur Verblödung. Wissen Sie, wie das aussieht: ein Holzklotz, der Tischtennis spielt? Bis zum Ekel. Auf Kosten des Studiums ... Der beste Spieler des Jahrgangs wurde er nicht, aber dritter – ja, das wurde er. Und plötzlich schaffte er bei der Normabnahme über fünftausend Meter ein Leistungsabzeichen. Und die zehntausend lief er so, dass man ihn zur Studentenspartakiade schicken wollte – er aber lehnte ab, es interessierte ihn nicht mehr, denn sein Ziel hatte er ja schon erreicht: Er hatte wieder einmal den Holzklotz in sich überwunden und etwas gekriegt, was ihm der Herrgott versagt hatte ...

Und er hatte ja auch gar keine Zeit. Er musste noch seinen absoluten Mangel an Sprachbegabung überwinden, tanzen, schwimmen und malen lernen ... Und das alles überwand er – seine ganze fast museumsreife Kollektion an Mängeln, Talentlosigkeiten, Lücken und Schwachstellen, die ihm die Natur mit auf den Weg gegeben hatte. Sodass mit dreißig an ihm von der Natur nur noch geblieben waren: ein knochiges Gesicht, ein faltiger, sehniger Schildkrötenhals, schuppige Haut, dazu eine riesige schiefe Nase, dazu graue, ewig schlechte Zähne, dazu Knopfäuglein ohne Wimpern und ohne Brauen – diese prächtige Sammlung hatte nicht einmal er überwinden können.)

Wie zum Teufel kam er dazu, ein Auge auf sie zu werfen, fragt sich? Als ob es keine anderen Mädel rundum gegeben hätte. Gab es doch quantum satis, scheffelweise. Nein, der Idiot musste sich ins Mädchen des Meisters verlieben. In dessen Geliebte. Seine Frau. Vielleicht hatte sie ihn ermutigt? Und wenn schon. Sie war noch jung und dumm, ein blökendes Kälbchen ... (»Was denn – gefällt er dir?« »Ja.« »Himmel, was kann dir denn an dem gefallen?« »Er ist lustig ...« »So. Ich bin also langweilig?« »Nein. Du bist groß.« Herrgott! Es sind eben doch keine Menschen. Es sind Frauen.) Das war unerträglich. Das war beschämend. Und es war auch etwas Schmutziges dran. Verderbnis. So eine teuflische Versuchung. Und absolut kein Ausweg.

»... Was bildest du dir denn ein – du als Liebhaber? Du bist doch eine Missgeburt, Kleiner, wer braucht denn so was ... Aus deinem Munde riecht's wie aus 'ner Sickergrube, und den Hals hast du dir nicht gewaschen. Ja, siehst du denn nicht – sie ist eine Prinzessin, und du der Nussknacker. Und weiter nichts ... Der Nussknacker vom Müll. Halt an dich, du kleiner Straßenköter, oder geh zu den Huren ...«

Der Gedanke war richtig gewesen. Ihm die Lust ein für alle Mal austreiben. Mit dem Hammer. Dass sie taub würde und abstürbe. Er würde sich ein paar Tage lang quälen, aber zu sich kommen. Drüber weg. Der »kurzzeitige Wahnsinn« würde vorübergehen, und alles würde sein wie früher. Nein. Er hatte den Bogen überspannt. Überspannt und zerbrochen. Die Eifersucht. Das verfluchte grünäugige Scheusal ...

Übrigens war da nicht nur Eifersucht (des Älteren gegenüber dem Jüngeren, des Besitzenden gegenüber dem Habenichts) gewesen – da war ja auch noch das schmerzliche Bedauern für diese großartige Missgeburt, die mit Riesenschritten aufgestiegen war und sich plötzlich auf das Niveau eines rasenden, eifrigen Rüden erniedrigte, der wegen einer zur Unzeit aufgetauchten läufigen Hündin zu allem bereit war ... Er hatte ihn abkühlen und zur Vernunft bringen wollen wie einen Sohn, doch er hatte ihn beleidigt und erniedrigt wie einen Feind. Tödlich. Für immer.

»Verzeih mir, Nick«, sagte er ins Leere.

Zu spät. Jetzt war es schon zu spät. Und es gab auf der Welt keine Worte, die noch etwas hätten gutmachen können ...

Zerstreut holte er den letzten Text, an dem er gearbeitet hatte, auf den Bildschirm, und las ohne jede Befriedigung: »Ich verstehe sehr gut, wozu schöpferische Menschen gebraucht werden – Wissenschaftler, Schriftsteller, Architekten, Maler, Philosophen, Dichter, Komponisten ... Davon findet man Tausende, Zehntausende, auch Hunderttausende, wenn man die ganze Welt einrechnet. Und nicht unbedingt schöpferische – überhaupt begabte Menschen. Darunter auch begnadete Schlosser, begnadete Dreher, Töpfer, Zahntechniker, Schofföre, Installateure, Schlangenfänger, Köche, Ärzte ... alle, die ihre Sache *gut* zu machen vermögen. Davon findet man noch mehr, vielleicht sogar Millonen. Meinetwegen auch Dutzende von Millionen.

Aber wohin mit den *Hunderten* von Millionen, den Milliarden, die von Gott keine schöpferische Ader bekommen haben und ihr Handwerk schlecht verstehen – die nicht imstande oder nicht einmal willens sind, ihre – oder sonst eine – Sache *gut* zu machen? Was soll mit denen werden? Wozu sind sie da? Worauf haben sie ein Recht? Und haben sie eins? Was gebührt einem Menschen einfach und ausschließlich dafür, dass er ein Mensch ist? Kein Käfer, kein Frosch, nicht irgendein Elch, sondern ein Mensch?

Einem Elch beispielsweise gebührt nichts dafür, dass er ein Elch ist. Bestenfalls, dass man ihm Salz in einen hölzernen Trog schüttet, damit er es lecken kann. Und einem Menschen? Brot, Salz, Frieden? Achtung? Wofür? Also um der Gerechtigkeit willen ...

Aber was ist das überhaupt: eine gerecht eingerichtete Welt? Ist es eine Welt, in der es *allen gutgeht*? Doch was ist das denn für eine Gerechtigkeit, wenn es sowohl dem Fleißigen wie dem Faulen gutgeht, sowohl dem, der anderen viel gibt, als auch jenem, der überhaupt nichts gibt (es nicht kann oder nicht will), sondern nur nimmt? Jedem nach seiner Leistung? Aber wenn deine Leistung – bei allem Schweiß, bei aller Überanstrengung, allen blutigen Schwielen – von *niemandem* gebraucht wird? (Ein klassisches Beispiel: die Plackerei des Graphomanen oder die Sisyphusarbeit.) Sollst du nichts bekommen, wenn du so einer bist? So ein Sisyphus. Aber du hast ja *gearbeitet, geschuftet* wie der Teufel ...!«

Es war alles richtig. Aber uninteressant. Heute konnte er damit überhaupt nichts anfangen. Was konnte es denn wirklich für Gerechtigkeit auf der Welt geben, wenn ein einziges unbedacht gesprochenes Wort eine ganze Stadt von guten Beziehungen in Brand steckte ... Schlafen gehen, das sollte er, obwohl er morgen einen freien Tag hatte ...

Doch ehe er schlafen ging, schaltete er die Tischlampe ein, blieb ein paar Sekunden lang reglos sitzen und betrachtete den aufgeschlagenen Vorsatz seines »Glücklichen Jungen« mit dem eigenen Foto über beide Seiten. Er freute sich über das wunderbare goldgetönte Papier und sein bedeutsames Gesicht mit den bitteren Hängelippen, die entweder nach einem Propheten oder einem amerikanischen General aussahen. Und er überlegte: Was sollte er ihr hineinschreiben? ... Eben noch hatte er schlecht von ihr gedacht – ungerecht, kränkend und grausam –, und jetzt fühlte er sich schuldig. Es müsste etwas Warmes sein. Etwas Komisches. Etwas, was er noch nie für jemanden geschrieben hatte ... Und lachen sollte sie.

Plötzlich fiel ihm ein, was ein Taxifahrer aus Minsk Larissa auf sein Foto geschrieben hatte. Vor hundertfünfundvierzig Jahren. Im vorigen Leben. Als alle noch am Leben waren, jung und ihm unbekannt. Als alles noch vor ihm lag und hinter ihm vorerst noch nichts ... Der Taxifahrer – forsch, frisch aus der Armee, mit einem Mützchen, mit den Augen eines zärtlichen Taugenichts, Schora – hatte für Larissa, die sich vor Lachen ausschüttete, geschrieben:

Der Blick aus deinen Augen beiden
Soll*n* über meine Karte gleiten
Dann mag es sein in deinem Sinn
Gehn die Gedanken zu mir hin.

Das war es. Genau das. Und unbedingt unter Beibehaltung der orthographischen Eigenheiten.

Sie wird es nicht zu schätzen wissen, dachte er mit Bedauern, während er mit dem goldenen »Parker« über das luxuriöse Papier kratzte. Vertane Liebesmüh. He-he, aber ich mag so, wenn sie lauthals lacht ...

3

Er lag mit geschlossenen Augen auf dem Rücken und hörte mit halbem Ohr ihrem Geplapper zu. Es war der gewöhnliche liebe Unsinn – irgendwas vom Make-up (die Hälfte der Wörter verstand er nicht), von dem Strolch Timofej (Timofej hörte das alles auch und kläffte und knurrte ab und zu unterm Bett hervor, als wolle er zurückschimpfen), von Onkel Schura, der wieder wegen der Datsche in Ust-Lug gedrängelt hatte ... Sie hatte immer eine Menge bemerkenswert unwichtiger Mitteilungen auf Lager, die auf bewundernswerte Weise zu nichts verpflichteten. Dann fragte sie: »Hörst du mir nicht zu?«

»Und ob ich zuhöre«, erwiderte er. »›... Und da hab ich ihm ehrlich gesagt ...‹ Geradeheraus sozusagen. Ihm die Meinung gegeigt. Wie's bei uns üblich ist, bei uns alten Leuten.«

»Ach geh doch.«

Er widersprach nicht. Es war schön, mit geschlossenen Augen unter ihrem gestrickten Schal zu liegen, der fein und süß duftete, und an nichts zu denken und nichts zu sehen. Wegzudösen.

»Worüber habt ihr so lange beraten?«, wollte sie wissen. »Oder soll ich nicht ...?«

»Woher denn. Du kannst.«

»Warum ich frage: Du bist heute irgendwie ausgequetscht. Wie eine Zitrone.«

»Eine Grapefruit. Schmeckt viel besser. Aber eine alte. Ein bisschen bitter.«

»Du willst's nicht erzählen?«

»Nicht besonders. Ich hab's satt. Wieder über Nikolas.«

Sie machte »hm«, und er sah sie aus zusammengekniffenen Augen an. Sie runzelte besorgt ihre wenig bedeutsame kleine Stirn, und das machte sie rührend unschön.

»Was wollt ihr von ihm? Das verstehe ich überhaupt nicht. Verrät er denn irgendwelche Geheimnisse von euch, oder was?«

»Wir haben keine Geheimnisse. Da ist nichts zu verraten.«

»Was dann? Tritt er gegen euch auf?«

»Gegen mich.«

»Ach so? Lügen. Er vergöttert dich doch.«

»Hat er früher mal.«

»Egal. Er ist ehrlich. Er wird keine Lügen über dich verbreiten.«

»Tut er ja auch nicht ...«

Wie sollte er es ihr erklären? Sie war partout nicht imstande, es zu begreifen, obwohl sie sich aufrichtig bemüht hatte: alle Zeitungsausschnitte über Nikolas' Auftritte gelesen und alle Artikel im »Beobachter« und sich alle Videoaufzeichnungen angesehen. Es brachte sie völlig durcheinander, dass er niemals log. Er erzählte die Wahrheit, nichts als die Wahrheit, wenn auch nicht die ganze Wahrheit. Er konnte das. Er war ein Profi, ein autodidaktischer Profi. »Meine Begegnungen mit dem Meister.« Merkwürdige Begebenheiten. Lehrreiche Geschichten. Anmerkungen zum Porträt eines Großen Mannes. Eines großen? Gewiss doch, eines großen – eines ohne jeden Zweifel großen ... Doch wenn er, sagen wir, vor den Spritis auftrat, sagen wir, vor der Biertrinkerpartei, erzählte er ihnen, was für ein ermüdend langweiliger und hochnäsiger Alkoholverächter dieser Meister ist. Trat er aber vor den Antialkoholikern auf, erzählte er mit fröhlichem Lachen und fein gespielter komischer Betrübnis vom einzigen ihm (und der ganzen Welt) bekannten Fall, als der Meister ein bisschen zu viel Gin Tonic getrunken und den britischen Kulturattaché tätlich beleidigt hatte ... (Und jetzt dies: »Kann sich Stanislaw Sinowjewitsch mit Viktor Grigorjewitsch überwerfen? Nein, nein und nochmals nein. Denn dafür gibt es gewichtige Gründe. Zum Beispiel, dass ihm die alte Freundschaft heilig ist.« ... Wozu das? Was meinte er? Spielte er auf etwas an? Worauf?)

Er fühlte ihre Finger auf seinem Gesicht.

»Bring ihn nur nicht um«, flüsterte sie ihm direkt ins Ohr. Kaum hörbar. An der Hörschwelle. Er hatte es weniger gehört als erraten. »Du darfst nicht. Hab Mitleid. Du hast ihn ja gekränkt.«

Eine schreckliche Sache ist die Eifersucht, dachte er abwesend. Gemein und heimtückisch. Es ist alles zu sehen. Man kann nichts verbergen. Und vor niemandem.

»Häschen«, sagte er. »Auf was für Ideen du kommst. Ich denke gar nicht dran. Ich schwör's.«

»Ich weiß. Aber du hast gesagt, dass du dabei gar nicht zu denken brauchst ... dass es von selber passiert ...«

»Wann habe ich dir das gesagt?«

»Na, dann eben nicht du. Einer von deinen Leuten. Ich hab's mitgehört.«

»Du solltest weniger Dummheiten mithören. Das sind alles abergläubische Trottel. Sie erzählen sich diese Dummheiten gegenseitig, wenn sie's mit der Angst zu tun kriegen. ›Der Meister wird uns nicht im Stich lassen. Der Meister wird alle Feinde zerschmettern und vernichten ...‹ Sie begreifen nichts.«

»Und du begreifst es?«

»Nein. Da ist auch gar nichts zu begreifen.«

»Tu ihm nicht weh«, sagte sie abermals. »Bitte.«

»Gut. Versprochen.« Er schloss wieder die Augen. »Die Zahlen bei den Umfragen, hol sie der Teufel, fallen dauernd ...«, beklagte er sich. »Schon den zweiten Monat. Niemand versteht, woran es liegt, also quälen wir uns, verkleistern uns den Kopf mit Unsinn ... Wir werden uns blamieren, werden durchfallen. Du wirst schon sehen.«

»Ich weiß, wo das her ist«, sagte sie freudig. »Es ist aus ›Kaschtanka‹.«

»Genau. Tüchtig!«

»Als Kind habe ich gedacht, er meint ›Durchfall kriegen‹, und sie haben mich ausgelacht ...«

Sie verstummte, massierte ihm still die Augenlider, und plötzlich sagte sie: »Es liegt daran, dass du angefangen hast, an dich selbst zu denken.«

»Was?«

»Die Zahlen sinken. Von Anfang an hast du an sie und nur an sie gedacht, und sie haben es gespürt. Das spürt man sofort. Dir war ganz egal, was mit dir wird. Jetzt aber ... jetzt aber ist es nicht mehr egal.«

»Und das spürt man auch?«

»Ja.«

Er schwieg, von ihren Worten frappiert. Dann fragte er: »Und was soll ich jetzt machen?«

»Ich weiß nicht. Überhaupt sollte jeder normale Mensch an sich denken. Er muss einfach. Wie soll es sonst gehen? ... Ich weiß nicht, was da zu machen ist.«

Was ist da bei ihr am Werk, hinter den Schaufenstern dieser wunderhübschen bunten, eisfunkelnden Augen? Intuition? Oder Verstand? ... Wo soll bei ihr Verstand herkommen? Oder ist sie überhaupt keine achtzehn, sondern ganze achtundzwanzig, und jemand hat sie mir geschickt untergeschoben – als Zeitbombe – und dabei alle raffiniert um den Finger gewickelt: mich, Nikolas, und auch unseren Kusma Iwanytsch? ...

He, he, rief er sich selbst zur Ordnung. Was soll das? Bist du denn völlig meschugge? Das ist doch deine Dina, Dinara. Die letzte Liebe. Treue. Zärtlichkeit. Glück ... Komm zu dir. Zügle deine elende Zunge ... Was hat übrigens die Zunge damit zu tun?

Gerade die Zunge weiß ja ihren Platz und liegt fein still da ... Das, Bruder, ist nicht die Zunge, es ist schlimmer, der Wurm steckt im Gehirn ... Und nicht mal im Gehirn, sondern in der Seele, in deinem Seelchen, das die Last eines Leichnams trägt ...

Er fühlte, dass er am Einschlafen war. Und er war zu faul, aufzustehen und in sein Schlafzimmer zu gehen. Und er war zu faul, sich richtig, mit Leidenschaft und ohne Erbarmen mit diesem Unrat zu befassen, der sich in letzter Zeit in seinem Innern breitmachte und im Begriff war, nach und nach alles zu verschlingen, was von der Vergangenheit noch geblieben war: Verstand, Ehre, Gewissen ... unserer sowjetischen Epoche ... der Umgestaltungen und Siege, immer im Einklang mit dem Volke ...

Er schlief ein.

Er erwachte (oder kam zu sich?) wie von einem plötzlichen Schrei. Das Herz zuckte und wand sich, als hinge es an einem Faden. Doch es war ganz still, und er hörte zunächst nichts, dann aber wurde ihm bewusst, dass es das Interkom im Nebenzimmer war.

Nur keine heftigen Bewegungen, erinnerte er sich gewohnheitsmäßig. Langsam. Fließend. In drei Zeiten ... Er befreite sich vorsichtig von dem Schal und setzte sich ohne Hast auf. Dina schnarchte ganz leise neben ihm, die Hand mit den lackierten Krallen wie eine Katze über die Augen gelegt. Lautlos flimmerte der Bildschirm des Fernsehers. Und wieder stieß das Interkom seinen Kranichschrei aus – höflich, doch beharrlich und unabweisbar wie Kronid selbst.

»Ja«, sagte er, während er auf die Taste drückte. In seinem Schlafzimmer war es kalt, und sogar auf dem flauschigen Teppich begann er sofort an den bloßen Füßen zu frieren.

»Entschuldigen Sie, Herr Präsident«, sagte die leise Stimme Kronids. »Es ist General Malnytsch. Es ist dringend. Er will Sie unbedingt sprechend.«

So. Wieder etwas mit Vikont ... Himmel, wieso denn ›etwas‹? Ist doch klar, was mit Vikont los sein kann. Keine Einladung zum Geburtstag schließlich. Die Uhr zeigte drei Uhr dreißig.

»Stellen Sie ihn durch.«

Auf dem kleinen Bildschirm erschien ein junges Gesicht mit vorstehenden Backenknochen und schrägen Augen mit Mongolenfalte. Aus irgendeinem Grunde trug er Uniform, sogar die Jacke. Um sich wichtig zu machen? Er war ein Esel.

»Stanislaw Sinowjewitsch, wir haben wieder einen Anfall.«

»Klar. Schwer?«

»Sehr schwer. Wie vorletzten Winter, vielleicht sogar noch schlimmer. Wir können das Flimmern partout nicht stabilisieren ...«

»Gut. In fünfzehn Minuten bin ich bereit. Schicken Sie einen Wagen.«

»Haben wir schon. Einen Hubschrauber.«

»Was?«

»Einen Hubschrauber«, wiederholte General Malnytsch. »Er ist in dreißig, fünfunddreißig Minuten bei Ihnen ...«

»Was soll denn das nun wieder. Wo sind Sie?«

»Auf dem Basisgelände. Nicht weit. Vierzig Flugminuten.«

Dina war schon da – sie brachte Socken, Hosen, Schuhe. Er begann sich anzuziehen. Der Ärger stieg in ihm immer weiter hoch und überwältigte ihn schließlich.

»Hol euch alle der Teufel!«, brüllte er wie auf einer Versammlung im Freien. »Was seid ihr alle mit euren Tröpfen schon wert! Ohne Wunderdoktor – keinen Schritt! ... Da habt ihr vielleicht einen Gesundmacher gefunden! Einen Paracelsus! ... Übel wird mir von eurer Medizin, zum Kotzen. Schmarotzer, hol euch alle der Teufel! ...«

Der General schwieg, verschlang ihn folgsam und ergeben mit den Augen. Es lief alles, wie es für gewöhnlich lief, wenn der Anfall zur Unzeit kam. Und er kam immer zur Unzeit. Dafür war's ja ein Anfall.

Mit einem Fuß im Hosenbein und noch wütender als zuvor schaltete er diesen Idioten mit den Arzt-Schulterstücken ab und bellte Kronid an: »Sie haben gehört? Landung vorbereiten!«

»Jawohl, wird vorbereitet ...«

»Ich fliege allein. Alle Treffen für morgen absagen ...« Er sah einen seltsamen Ausdruck auf Kronids Gesicht und fragte: »Was ist? Was gibt's noch?«

»Nichts«, sagte Kronid eilig und brachte sein Gesicht in Ordnung. »Nichts von Bedeutung.«

Es war klar, dass er Ausflüchte machte, dass da noch eine Schweinerei passiert war – sie hatten jemanden bei Bestechung erwischt (in der Lipezker Abteilung), oder es war wieder mal eine Schmähschrift erschienen, oder es hatte jemand Verrat begangen, so ein Drecksdieb ... zum Teufel, zum Teufel ... oder sie hatten wieder Dinara durch den Schmutz gezogen ... Ich will mich jetzt nicht damit befassen, morgen, morgen, übermorgen.

Wütend zog er das Hemd an, die Weste, steckte ohne hinzuschauen die Füße in die Schuhe, Dinara knöpfte ihm eilig die Manschetten zu, das Herz hämmerte derart, dass es bis in die Schläfen zu spüren war, und der Kopf war wirr, schlecht beisammen, und wie immer in solchen üblen Minuten bemerkte er, dass er schlechter sah.

Er hatte Angst.

Er wollte sich das selber ganz und gar nicht eingestehen, er unterdrückte in sich erbarmungslos die widerwärtigen Visionen, doch er hatte richtig Angst, wie es vielleicht seit jenem allerersten Anfall Vikonts (noch vor der Zeitenwende) nicht mehr vorgekommen war ... Wieso denn nun wieder ein Flimmern? Was für ein Flimmern? Warum? Früher hatte es nie Flimmern gegeben ... Vor Anstrengung krächzend band er sich die Schuhe zu, richtete sich auf, legte die Hand auf die Lider, um die verdammten Sternchen und das Glitzern vor den Augen loszuwerden, und streckte die Arme nach hinten, in die Ärmel des Anoraks, den Dinara bereithielt.

»Danke, Häschen«, murmelte er, bemüht, die Stimme weicher klingen zu lassen, die immer noch ausscheren wollte – sei es in Kommandoton, sei es in Hysterie. »Mach dir nichts draus. Ich ... hm ... bin ein bisschen aufgeregt, ehrlich gesagt ...«

»Du sollst dich aber nicht aufregen«, sagte sie ruhig und wohl sogar gebieterisch. »Es wird alles sehr gutgehen, du wirst sehen.«

Und abermals zuckte ihm der Gedanke durch den Kopf: Ist die denn wirklich achtzehn, diese ruhige, gebieterische Frau? Sieht doch nicht danach aus. Überhaupt nicht ... Und wieder verjagte er diesen krummen Gedanken sofort, doch er wusste, dass er ihn nun nie mehr ganz loswerden würde.

»Warte morgen mittag nicht mit dem Essen auf mich, ich werd's nicht schaffen«, sagte er. »Das heißt, vielleicht schaff ich's auch, aber warte lieber nicht. Wer weiß, wie sich alles entwickelt ... Übrigens, ich ruf dich an, sobald ich fertig bin.«

»Natürlich. Und reg dich nicht so auf. Ich sagte dir doch: Es wird alles gutgehen.«

Er beugte sich hinab und gab ihr einen Schmatz auf eine ihrer schönen Augenbrauen. Und wirklich, dachte er und wurde unverhofft ruhig. Was hab ich denn? Natürlich geht alles gut. Es ist immer gutgegangen und wird es auch heute. Ich bin ja ein Profi! Der einzige auf der Welt.

»Ein Profi?«, sagte er bedeutsam zu ihr.

»Ja. Der einzige auf der Welt.«

»Genau. Na, ich geh dann. Leg dich wieder hin.«

»Und die Liebe?«, fragte sie fordernd.

»Stirbt niemals!«, erwiderte er die Parole. Und gab ihr einen Schmatz auf die andere schöne Braue.

4

Den Stab fand er voller Menschen, davon die Hälfte Unbekannte. Die saßen, sprangen sofort auf und standen da, Hände an der Hosennaht. Die mit dem Rücken zu ihm gestanden hatten, drehten sich eilends um und nahmen einen ehrerbietigen Ausdruck an. Alle bekamen augenblicklich einen ehrerbietigen Ausdruck, sogar der dreiste Artjom, der es sich als Befehlshaber der äußeren Wache als Einziger hier erlaubte zu rauchen, wobei er die Asche in den Handteller stippte.

Er widmete ihnen allen zusammen und niemandem im Besonderen eine Grußgeste und ging sofort zu seinem Sessel unter der Stehlampe.

»So«, sagte er, während er sich hinsetzte. »Danke für die Aufmerksamkeit. Die Mitglieder des Stabs bleiben bitte hier, die anderen auf ihre Plätze, bitte ... Was haben wir denn hier?«, erkundigte er sich bei Kronid. »Einen Umsturz? Eine Meuterei? Ein Erdbeben? Draußen ist es Nacht ... Warum der Auflauf?«

Eigentlich waren nächtliche Aufläufe im Stab etwas ziemlich Gewöhnliches und brauchten als Anlass weder eine Meuterei noch ein Erdbeben. Die Nachtschicht fand sich sogar recht oft hier zusammen, solange er nicht vor Ort war – zum Schwatzen, ein Käffchen trinken, *sich austauschen*. Doch heute lag etwas Ungewöhnliches in der Luft, die vage Aura eines Ereignisses, das rasch verhallende Echo nervöser Erörterungen ... Und es war unklar, warum Kusma Iwanowitsch immer noch (oder schon wieder) hier war und Edik, wie sich zeigte, auch noch nicht schlief (oder aus irgendeinem Grunde geweckt worden und aufgestanden war), und auch Kronid hatte um vier Uhr morgens hier im Stab nichts zu schaffen. Unter sonst unveränderten Bedingungen.

Blinzelnd sah er zu, wie sich der Raum rasch und fast ohne

Lärm leerte, er fing Blicke auf, die ihm galten, flüchtig und aufreizend unbestimmt, und er registrierte das ausweichende Verhalten Kronids, der keine Frage des Meisters beantwortete, sondern ihm übermäßig sachlich heißen Kaffee in seine persönliche Tasse goss, und die seltsame, wohl unangebrachte Befriedigung auf Ediks Gesicht mit der erstarrten Andeutung eines Lächelns, und das konzentrierte Schnaufen Kusma Iwanytschs, der plötzlich angefangen hatte, ein Päckchen irgendwelcher Papierchen zu untersuchen, die er aus der Jackettasche geholt und auf dem Tischtuch ausgebreitet hatte ...

Außer ihnen waren nur noch Artjom (der angesichts der anwesenden Obrigkeit nun doch seine stinkende Zigarette ausgemacht hatte) und der bullige Schalima im Zimmer geblieben, der Chef des Transports überhaupt und des Hubschrauberlandeplatzes im Besonderen (gewaltige Schultern, der Hals, ein gemächlich kauender Kiefer und schläfrige Augen mit hellen Wimpern).

Er nahm einen Schluck Kaffee, nickte Kronid dankend zu und fragte Schalima: »Muss ich schon los? Wann wird der Hubschrauber erwartet?«

»Sie haben drei Uhr neununddreißig gefunkt«, meldete Schalima mit heiserer und zugleich unerwartet hoher Stimme. »Sie werden Punkt vier erwartet. Plus minus.«

»Schön«, sagte er. »Dann kann ich in Ruhe ein Käffchen trinken ... Kronid Sergejewitsch, erinnern Sie mich bitte, ich hab's vergessen: Waren bei mir heute irgendwelche Treffen geplant ...?«

»Nur abends. Den Tag haben wir freigemacht. Aber neunzehn Uhr – der Rotary-Club.«

»Hm. Danke. Ich weiß wieder. Schade, ich werde mich wohl entschuldigen müssen.«

»Jawohl«, sagte Kronid, und wieder spürte er seinen heimlichen Blick, rasch und unbestimmt.

»Herr Schalima«, sagte er und lächelte möglichst freundlich

(Schalima gefiel ihm nicht – er war gar zu grob und selbstzufrieden, ein richtiger Mann: Trinkt alles, was brennt, und bumst alles, was sich bewegt). »Wollen Sie kein Käffchen? Nein? Aber bitte. Schön heiß ... Nein? Na schön, danke. Ich werde auf Ihre Anweisungen warten. Fünf Minuten vor dem Einsteigen wüsste ich schon gern Bescheid ... Danke.«

Er verfolgte mit dem Blick den mächtig breiten Rücken, über dem sich die Lederjacke spannte, und wandte sich Artjom zu.

»Ich will kein Käffchen«, erklärte der sogleich munter und dreist. »Ich werde auf der Stelle verschwinden, aber vorher hätte ich gern die Erlaubnis, Sie auf die Basis zu begleiten ...«

»Auf was für eine Basis denn?«

»Die Militärbasis«, entgegnete Artjom. »Soviel ich verstanden habe, werden Sie gleich in die Militärbasis bei Krasnaja Wischerka fliegen. Ich bitte um die Erlaubnis, Sie zu begleiten.«

»Wo ist denn dieses Wischerka?«

»Krasnaja Wischerka«, meldete Artjom munter und sachlich. »An die hundertsechzig Kilometer von hier ... Die haben da, soviel ich verstanden habe, eine Basis ...«

Auf der Stelle erschien die Straßenkarte und legte sich vor ihm über Kaffeetassen und Schälchen mit Gebäck. Er fand Krasnaja Wischerka und überzeugte sich, dass es tatsächlich wohl hundertsechzig, hundertsiebzig Kilometer waren, doch eine Basis gab es auf der Karte natürlich nicht, sondern es gab Sümpfe (einen Zwiebelsumpf zum Beispiel, des Weiteren ein Eichmoos, ein Schwanenmoos und sogar ein Heldenmoos) und Wälder – die wohl in dieser Gegend nicht besonders einladend waren.

Er begann, nach der Basis zu fragen, doch niemand wusste etwas Vernünftiges zu sagen, alle *ahnten* oder *vermuteten* oder hatten die Gespräche mit der anderen Seite *so verstanden*.

»Na schön«, sagte er schließlich und gab Artjom die Karte

zurück. »Es ist nicht von Belang. Bald werde ich alles selber sehen. Interessant ist es natürlich – was können sie dort für eine Basis haben? Die Mediziner? Die Veterinäre? ... Aber zu begleiten brauchen Sie mich nicht, Artjom, danke. Wenn die einen Hubschrauber losgeschickt haben, dann wird es da schon genug Begleitschutz geben, da können Sie sicher sein. General Malnytsch ist ein seriöser Mensch, wenn auch im Medizinischen Dienst. Ich kenne ihn schon lange ... Und Schluss!«, sagte er zu Artjom, der anscheinend vorhatte, ihn weiterhin in dieser Sache zu bedrängen.

»Schluss. Ich mag nicht.«

Sie wussten bestens, dass er *nicht mochte*, doch dieser Umstand missfiel ihnen äußerst, und es war deswegen zu Diskussionen und sogar zu Streit zwischen ihnen gekommen. Auch jetzt schauten sie alle gleichermaßen missbilligend und unzufrieden drein. Aber sie würden es aushalten. Was sonst.

Er musterte sie alle der Reihe nach, als wolle er sie noch zusätzlich in die Schranken weisen, dann aber sagte er ruhig: »So. Und jetzt – schnell und ohne Schwindelei: Was ist noch passiert? Was verbergt ihr alle vor mir?«

Ein Augenblick – und nun unterschieden sie sich wieder alle voneinander. Jetzt waren sie alle bedrückt und in einer peinlichen Lage, und in diesem Zustand waren sie einander sehr unähnlich. Da waren sie wieder jeder für sich allein.

»Nikolas ...«, krächzte schließlich Kusma Iwanowitsch, der noch immer seinem Blick auswich. Er hatte offensichtlich entschieden (und völlig zu Recht), dass die Aufgabe zu sprechen ihm zukam. Übrigens verstummte er sogleich wieder.

»Ja, Nikolas. Sehr gut. Na und, was ist mit Nikolas? Was druckst ihr alle herum? Was hat er wieder angerichtet, dieser Verräter? Dieser Bandit ... Na?«

Doch Kusma Iwanowitsch ging auf diesen Ton nicht ein. Er krächzte wieder, geradezu klagend, und machte ein unglückliches Gesicht, als habe er plötzlich Zahnschmerzen.

Und da begriff er.

»Das ist nicht wahr«, sagte er und kämpfte gegen die momentane Beklemmung an.

»Doch, Stanislaw Sinowjewitsch.«

Seltsam, aber er empfand nichts. Eine Leere bildete sich in ihm, und ihn fröstelte. Dabei habe ich es ja wohl erwartet, dachte er wie über eine weit abgelegene Sache. Vielleicht sogar gewollt? Eine Gemeinheit ... Gemeinheit!

»Wann?«, zwang er sich zu fragen. Das alles war nicht mehr wichtig. Unwesentlich. Einzelheiten.

»Heute. Das heißt gestern. Zehn Uhr abends.«

»Wie?«

»Ein Schlaganfall.«

»Was?!«

»Ein Schlaganfall.«

»Unsinn!«, sagte er. »Wo habt ihr diese Informationen her?«

Kusma Iwanowitsch antwortete etwas – in dem Sinne, dass die Informationen absolut zuverlässig seien, doch er hörte nicht mehr hin.

›Bring ihn nur nicht um ... Bitte ... Du hast ihn ja gekränkt. Hab Mitleid ...‹

... *So* also haben sie mich angeschaut, dachte er. Ich hab mir eingebildet, sie schauten (verstohlen, aus trauererfüllten Augen, fast schluchzend) voll Mitgefühl, Bedauern, bedrückt und mitleidig. Nichts dergleichen. Voll Bewunderung haben sie mich angeschaut – mit einer ängstlichen Bewunderung, stolz und entsetzt, schüchtern und freudig, mit gieriger erschrockener Neugier, mit Staunen und Erleichterung – Erleichterung darüber, dass Gott sei Dank alles vorbei ist und hinter uns liegt ... So schauen wohl die Gauner verstohlen auf ihren Macker, der gerade wieder einen Rivalen erstochen hat ...

... Bleib ruhig. Du musst ruhig bleiben, sagte er sich. Sie haben recht: Jetzt liegt alles schon hinter uns. Mensch weg –

Problem weg (so denkt sicherlich Edik – man sieht's ihm an). Es hat sich wie von selber gelöst, und schön glatt (Kusma Iwanowitsch). Er musste wissen, worauf er sich einließ (Kronid – der verzeiht keinen Verrat, er versteht ihn einfach nicht). Sieh an, der Alte! Wie der Pfeffer gibt! (Allgemeine Meinung.) Und ein allgemeiner Seufzer der Erleichterung. (Was mir übrigens eindringlich beweist: Ich habe Nikolas unterschätzt. Hätte ich nicht tun sollen. Er hat also *überaus ernste* Befürchtungen geweckt, wenn das alles so aufgenommen wird, wenn man dieses *Ereignis* nicht so deutet, dass mit Kanonen auf Spatzen geschossen wurde.)

(›... Bring ihn nur nicht um ... Bitte ... Du hast ihn ja gekränkt. Hab Mitleid ...‹ Ich werde ihr noch davon erzählen müssen. Nein, nein, nur nicht jetzt, später ... Und am besten jemand anders.)

... Es ist alles zu Ende. Es geht immer alles zu Ende, man braucht nur Geduld. In der Politik siegt wie in der Wissenschaft nicht der, bei dem die Wahrheit liegt, sondern wer länger lebt. Wo seid ihr jetzt alle, ihr Seelenerschütterer, Führer und Redner, Heerführer und Schreihälse? Ich aber – da bin ich, groß und kräftig ... Zynismus, mehr Zynismus brauche ich – das ist gut gegen die Galle ... Wie sie mich anschauen, die Hunde! Schluss. Ich bin schon drüber weg. Jetzt kommt es darauf an, den richtigen Ton zu treffen.

»Kronid Sergejewitsch«, sagte er und freute sich beiläufig, dass seine Stimme ganz normal klang – die Stimme für Anweisungen. »Ich bitte Sie um Folgendes. Für die Witwe eine Rente. Aus dem Sonderfonds ...«

»Er ist geschieden«, sagte Kronid leise. »Allerdings sind da noch die Kinder.«

»Also eine Rente für die Kinder ... Sie werden zum Begräbnis gehen müssen, jeder kennt Sie. Einen Kranz. Eine Rede. Und so weiter, Sie wissen selbst.«

»Verstanden. Wird gemacht.«

»Weiter. In den Zeitungen einen guten Artikel: ›Einer der besten Begründer der Bewegung der Ehrlichen ist von uns gegangen‹ ...«

»Unbedingt«, sagte Kronid.

»Ich schreib ihn, Herr Präsident«, warf Edik ein – mit schon unverhohlener Befriedigung.

»Gut. Danke, Edik. Weiter ... Was noch? Habe ich nichts vergessen?«

»Keine Sorge, Herr Präsident«, sagte Kusma Iwanowitsch. »Wir machen selber alles. Wie sich's gehört. Sie können sich auf uns verlassen.«

»Sind Sie erleichtert?« Das hätte er nicht sagen sollen, doch er hatte es gesagt.

»Hm ... Ja und? Na ja, bin ich ... Wenn die Alte vom Wagen ist, hat's der Gaul leichter. Haben Sie diese Volksweisheit schon mal gehört?«

Es war zu sehen, dass Kusma Iwanowitsch ernstlich verstimmt war. Gemach, sagte sich Stanislaw. Es bringt nichts, wenn du dich mit ihnen streitest. Du wirst sie nicht ummodeln. Und niemanden sonst. Nichts kann man ändern, und niemanden kann man ummodeln.

»Herr Präsident«, sagte Edik versöhnlich. »Wir fühlen alle mit Ihnen. Aber wir verstehen ja auch, dass es nicht anders ging. Ich weiß, dass Sie nicht gern drüber reden ...«

»Worüber rede ich nicht gern?«

»Na ja ... Ich bitte Sie, Herr Präsident. Lassen wir's. Dieses Problem war auf andere Weise einfach nicht zu lösen. Und dieser Weg war weiß Gott nicht der schlechteste. Kronid hat recht: Er musste wissen, worauf er sich einlässt.«

»Und worauf denn? Worauf ›lässt er sich ein‹?«

Edik presste beleidigt die Lippen zusammen und schwieg. Das Komischste daran war, dass er ihm ja wirklich sozusagen hatte beistehen wollen ... auf diese Weise sein Mitgefühl ausdrücken ... ihn unterstützen ... rechtfertigen ...

»Alte Weiber«, sagte er zu ihnen, nicht mehr gewillt, sich zurückzuhalten. »Wie oft soll ich's euch denn noch erklären? Wofür haltet ihr mich, Kinder? Für ein Monster ...?«

»Herr Präsident ...!«, schrie Edik auf, augenblicklich aufgeschreckt und ganz bleich.

»Ja zum Teufel mit euch allen! Ich habe das endgültig satt. Begreift ihr denn nicht, dass das erniedrigend ist? Jedes Mal schaut ihr mich an wie Kinder den bösen Zauberer, wie die Ganoven ihren Macker ... Und hört auf, mich Präsident zu nennen!«, donnerte er. »Was sind denn das für Marotten, wirklich? Noch bin ich überhaupt kein Präsident! Und ich werd's auch nie, wenn meine Mannschaft aus lauter abergläubischen alten Weibern mit 'nem Sprung in der Schüssel besteht! Dass ihr euch nicht schämt! Glaubt an billige Märchen, an Gerüchte ... und setzt diese Gerüchte selber in Umlauf. Meint ihr, das macht es besser? Tut es nicht! Die Wahrheit ist wie ein Nagel – ragt aus jedem Sack hervor ...«

Er verstummte. Es war zwecklos. Er sollte endlich begreifen, dass derlei Reden absolut zwecklos waren. Sie glaubten den sogenannten Tatsachen, nicht ihm. Sie waren überzeugt, dass von ihm nichts abhing, dass er einfach *so war* – und dass es gut so wäre. Das gefiel ihnen. Das befriedigte sie und befestigte sie im Glauben. Weil es der Sache nützte. Und alles, was der Sache nützte, war gut. »So ist die Welt, seit man sie kennt: in Hälften mittendurch getrennt« – in »gut für die Sache« und »schlecht für die Sache«, in Unsers und nicht Unsers, in nützlich und schädlich. Eine Mitte gibt es nicht. Braucht es auch nicht. Wozu die Dinge komplizierter machen, die ohnehin kompliziert genug sind? ...

... Warum bringt mich das eigentlich so auf? Warum nicht die Situation als gegeben hinnehmen? Denn aus einem gewissen Blickwinkel, und zwar einem durchaus natürlichen, haben sie völlig recht. Wer bin ich letzten Endes schon für sie? Ich zeichne mich weder durch übermäßigen Verstand aus noch durch Wissen, mit Menschen kenne ich mich nicht besonders gut aus, irre mich oft, meine Prognosen taugen nichts, Intuition habe ich nicht die Spur, die politische Lage spüre ich schlechter als viele andere ... Ich bin einfach der erste Politiker in der Geschichte, der sich seine Mannschaft nach dem Prinzip von Ehrlichkeit und Uneigennützigkeit zusammenstellt. Und der den Wählern gegenüber immer ehrlich ist – sogar, wenn es seiner Sache schadet, denn den Wähler muss man *belügen*, der Wähler will belogen werden – die Wahrheit ist kalt, unfreundlich, abstoßend hoffnungslos. Nur die Lüge wärmt uns in dieser eisigen Welt ... Ich aber lüge nicht. Und lasse diese meine *Glupschäugigen* nicht lügen ...

»... Guten Tag, ich bin der Ehrliche Stas. Ich bin bereit, meine Ehrlichkeit für die einzige Währung der Welt zu verkaufen, für die sie käuflich ist – für Ihr Vertrauen ...«

Ehrlichkeit in der Politik ist so etwas wie eingeschlechtliche Liebe, etwas Unwirkliches und jedenfalls Unnatürliches. »Ein ehrlicher Politiker« ist offensichtlich ein Oxymoron. Wenn er ehrlich ist, ist er kein Politiker. Wenn er Politiker ist, wie kann er da ehrlich sein? Und wenn er es trotzdem ist, dann nicht auf die richtige Art. Eine andere Ehrlichkeit. Sicherlich aus anderen Molekülen. Unecht. Übrigens: »ein ehrlicher Dieb« hat durchaus seine Bedeutung. »Ein ehrlicher Dieb«, »ein ehrlicher Fallmacher« ... Eine andere Welt. Auch real. Es geht also nicht um die Worte ... Letzten Endes ist Ehrlichkeit weiter nichts als die Fähigkeit, edle, das heißt sinnlose Taten zu vollbringen ...

... Ein ehrlicher Politiker ist in der realen Welt einfach unmöglich, für gewöhnlich wird er fertiggemacht, und zwar sehr rasch, doch mich beschützt mein Schicksal: Alle wissen, dass jeder, der sich mir in den Weg stellt, vernichtet wird. Mein Weg ist der Weg des Schicksals, und das Fatum selbst macht ihn mir frei. Dieses allgemein bekannte Wissen stammt noch aus den obskuren Zeiten vom Anfang der Perestroika, und jetzt ist nicht mehr festzustellen, wer als Erster das Gerücht in Umlauf gesetzt und den Aberglauben begründet hat ... Vielleicht sogar ich selbst. Durchaus möglich ... Es war eine Menge los damals, und ich glaubte es damals selber ... oder wollte es glauben ... *Aber sie sterben ja tatsächlich!* ... Alle. Die es gewagt haben. Oder es nicht wussten. Oder es wussten, aber nicht glaubten. Oder es eben riskierten ... Alle liegen sie vernichtet am Boden. Die einen im Grab, die anderen im Krankenhaus. Die Listen sind längst aufgestellt (von Freund wie Feind) und längst veröffentlicht, und dreiunddreißigmal erörtert, auf die Wahrscheinlichkeit durchgerechnet, widerlegt oder in den Rang eines Neuen Mythos erhoben ...

Alle schwiegen. Jeder dachte sich seins, vielleicht dachten sie auch alle dasselbe. Doch da flog die Tür auf, auf der Schwelle erschien Schalima, und seinem Gesicht war sofort anzusehen, dass etwas schiefgegangen war.

»Der Hubschrauber ist runtergeknallt«, sagte er heiser und schluckte. »Anscheinend abgeschossen. Mit 'ner Rakete. Und keine Verbindung.«

5

General Malnytsch erwies sich doch nicht als gar so seriöser Mensch. Er war in Panik und versuchte diesen Umstand nicht einmal zu verbergen oder wenigstens zu beschönigen. Er sprach jetzt durchweg mit erhobener Stimme, verfiel manchmal fast ins Schreien. Sein Gesicht war nass und unglücklich geworden, der Kragen stand offen, seine Gesten waren grotesk und erbärmlich.

Viel war mit ihm nicht anzufangen.

Einen zweiten Hubschrauber hatte er in seinem Laden,

doch der war in Reparatur und würde vielleicht Donnerstag fertig sein.

Die Fahrzeuge der Petersburger Transportkompanie waren durchweg große LKWs oder Schützenpanzerwagen, zumindest aber Spähpanzerwagen. Und vor allem bestand keine Verbindung zur Kompanie. Anscheinend hatten sich die Wachhabenden wieder alle volllaufen lassen, und mit den gewöhnlichen Maßnahmen war Ordnung nicht mehr herzustellen.

Es zu riskieren und die Sache auszusitzen (mit Viktor Grigorjewitsch wird schon alles irgendwie von selbst in Ordnung kommen) – das war unmöglich. Schon davon zu reden war schrecklich, geschweige denn dran zu denken. (So sagte es der General denn auch, das heißt, er schrie es mit überkippender Stimme und hervorquellenden Schlitzaugen.)

»Rufen Sie Iwan mit dem Wagen«, sagte er, nachdem er sich die ganze Hysterie angehört hatte, zu Kronid. »Ich fahre mit dem ›Panzerchen‹. Und sehen Sie zu, dass Sie einen Hubschrauber finden.«

Er fühlte sich plötzlich jung und energiegeladen. Als ob er noch keine sechzig wäre. Wie im August einundneunzig. Wenn's »auf die Tribüne« heißt, dann eben auf die Tribüne. Auf die Barrikade – in Gottes Namen, auch auf die Barrikade, und zwar mit Vergnügen. Und in seinem Stab kamen alle sofort in Bewegung. Sie brauchten Funkverbindung. Sie brauchten Information. Sie mussten versuchen, einen Hubschrauber aufzutreiben – sollte es denn in einer riesigen Stadt, wo sich Filialen ausnahmslos aller russischen kommerziellen Strukturen befanden und wo die Umgebung mit Militär vollgestopft war, für einen tatkräftigen Menschen unmöglich sein, einen Hubschrauber zu beschaffen?

Seine Leute setzten sich alle an die Funkgeräte und Telefone, und er donnerte wie auf dem Exerzierplatz den General an, brachte ihn in den Zustand bedingungslosen Gehorsams und dazu, zur Karte zu greifen.

Ein paar Minuten später war klar, dass es nicht weiter schwierig war, zur Basis (»zum Objekt«) zu kommen: hundertsechzig Kilometer auf erstklassiger Autobahn, dann abbiegen und zwölf Kilometer auf einer Betonpiste, die alt, aber unlängst gründlich repariert worden war, dazu noch (am Anfang) ein Dutzend Kilometer bis nach Pieter (der langsamste Teil der Strecke, zugegeben, aber da war nichts zu machen). Auf der Autobahn gab es stellenweise Nebel und Glatteis, doch nichts sonderlich Schlimmes. In Pieter war der Nebel sehr dicht, dafür gab es kaum Verkehr, nur die Streifenwagen fuhren die Straßen platt.

... Lappalien. In zwei Stunden konnte er an Ort und Stelle sein. Halten Sie zwei Stunden durch? Also nein, General, Sie sollten schon so freundlich sein und durchhalten, sonst seid ihr alle keinen roten Heller wert. Ja, ein Begleitfahrzeug können Sie an den Abzweig zur Autobahn schicken, das stört nicht, das ist richtig. Was? Wer »spielt verrückt« bei Ihnen? Die »Wakulinzer«? Was sind denn das nun wieder für Früchtchen? Ach, Landwirte ... Also nein, mein Lieber, das müssen *Sie* mir schon sicherstellen – Sicherheit vor allem. Sie glauben also, die haben den Hubschrauber abgeschossen? Schöne Zustände sind das bei Ihnen in der Provinz ... Gut, ich nehme eine Wache mit. Danke, General, und Ihnen auch. An die Arbeit. Verbindung halte ich mit Ihnen über den Satelliten, derselbe Code, richtig? Also dann bis bald, ich breche in fünf Minuten auf ... Mit dem Wagen, richtig, vielleicht auch mit einem Hubschrauber ...

Doch es erwies sich alles als nicht so einfach.

Ein Hubschrauber fand sich in der Stadt für ihn nicht. Der Kreiskommandant schlief natürlich, und niemand gedachte ihn wegen so einer Lappalie zu wecken; ohne seine Genehmigung konnte es die Armee aber nicht riskieren, einen Hubschrauber wegzugeben, nicht einmal dem Meister selbst. Das war gegen die Vorschrift. (In Wahrheit war er einfach an einen üblen Diensthabenden geraten, General Sukowalow, ein giftig-höflicher Frechling, alt, einer von den reinsten Blut-und-Scheiße-Typen, gemein wie 'n Hund und nachtragend wie 'ne Nutte, aber in starker Position, und von den jungen Offizieren wollte sich keiner mit ihm anlegen.) Die kommerziellen Strukturen versagten. Die einen waren mit ganzer Seele dafür, hatten aber keinen Hubschrauber zur Hand, die anderen hatten einen, konnten ihn aber nicht hergeben, bei den Dritten klappte wieder etwas anderes nicht, und die Vierten reagierten überhaupt nicht, weil Nacht war ... Es blieb das »Panzerchen«. Übrigens nicht die schlechteste Variante, wie es scheinen könnte. Doch nur so lange, bis Wanja aufkreuzte.

Wanja stand in der Tür, und es genügte ein einziger Blick auf sein unstetes bleiches Lächeln, um zu sehen: Der Halunke war betrunken. Das Mistvieh. Hatte sich wieder die ganze Nacht rumgetrieben.

Das Blut schoss ihm in den Kopf, in den Ohren sauste es, und er sagte, nicht willens, sich zurückzuhalten: »Mistvieh. Hundertmal hat man dir gesagt ...«

»Was ist denn?« Der Halunke wich für alle Fälle zurück und wechselte in einen weinerlichen Tonfall über. »Was hab ich denn gemacht?«

»Hundertmal hab ich dir gesagt, du sollst dich an Arbeitstagen nicht betrinken!«

»Wer hat sich denn betrunken? Das bisschen Bier ...«

Doch er hatte seine sinnlose Wut schon unter Kontrolle. Es kommt alles anders als gedacht ... Kein Hubschrauber, Wanja hat sich volllaufen lassen ... (»... Den Jungen weggeführt, vergiftet den Delphin ...«) Und das liegt nicht mal an der Politik, huschte es ihm durch den Kopf. Bei mir ist es einfach immer so. Immer. Wenn nicht das eine, dann unbedingt das andere.

»Geh runter und lass den Wagen warmlaufen.«

»Er ist warm.«

»Mach ihn für eine lange Fahrt fertig. An die dreihundert Kilometer.«

»Auf dem Luftkissen wird der Treibstoff vielleicht nicht reichen.«

»Auf dem Luftkissen kaum.«

»Dann ist es okay.«

»Geh. Ich komme gleich runter.«

Wanja verschwand augenblicklich. Als wäre er nie da gewesen.

»Ich habe Bob mit den Jungs kommen lassen«, meldete Kronid sogleich sachlich und ging wieder die Tasten seines Wählgeräts drücken. »Sie sind schon unten.«

»Nicht nötig«, sagte er. »Ich brauche niemanden.«

Alle wie ein Mann starrten ihn an. Drei sehr verschiedene und mit einem Mal sehr ähnliche besorgte Männer, und alle drei dachten jetzt ein und dasselbe: Der Alte hat wieder mal seine Launen, ist wieder mal wunderlich. Ihm war zum Lachen, und er begann zu kichern, als er sie anschaute.

»Aufgeblasen«, sagte er. »Wie eine Horde Affen ... Na ja, ich brauche niemanden! Hundertfünfzig Kilometer hin, genauso viel zurück. Auf guter Autobahn. Was soll ich mit der Wache? Auf der Autobahn ist es ungefährlich, und auf der Betonpiste fahren wir mit der Eskorte des Generals. Und was soll mir denn *überhaupt* eine Wache, ihr komischen Käuze? Seid doch wenigstens konsequent in eurem Aberglauben!«

»Natürlich«, sagte Kronid geschäftsmäßig. »Ich und Wanja reichen völlig aus. Für alle Fälle.«

»Nein, Kronid Sergejewitsch. Mir genügt Wanja allein. Und Sie, Kronid Sergejewitsch, bleiben in der Stadt und halten die Stellung. So wie die Dinge liegen, fällt jetzt alles, was mit dem Begräbnis zusammenhängt, Ihnen zu. Und genug davon. Edik, gehen Sie und befassen Sie sich mit dem Artikel und dem Übrigen ... Kusma Iwanowitsch, haben Sie bemerkt: Wenn ich wegfahre, passiert hier bei euch immer irgendwas ...

Klar, ja? Es kommt jetzt ganz auf Sie an ... Erklären Sie bitte Dinara Alexejewna, wie die Dinge liegen. Und erzählen Sie ihr das mit Nikolas. Sie hatte ihn gern, also – möglichst schonend ... Nun gut, umarmt und Hand gedrückt! Verbindung über Funk.«

Im Vestibül lungerten wie gewöhnlich in Sesseln und auf Sofas an die fünfzehn Journalisten herum – unter den wachsamen Blicken von Bobs Jungs (und natürlich von Bob selbst) und ebenso von der städtischen Schutztruppe (in schwarzen Lederanzügen, aufgebläht von den Panzerwesten, Helme mit Sprechfunk auf den Köpfen und die kurzen tödlichen WASP-MPis griffbereit im Halfter). Die Jornalisten sprangen sofort hoch wie bei Alarm und liefen ihm trampelnd von allen Seiten in den Weg. Blitzlichter flammten auf, aus einem Dutzend kräftiger Kehlen prasselten die Fragen.

»Ist es wahr, dass Ihr Treffen mit dem Präsidenten abgesagt worden ist?«

»Nein, es ist nicht wahr.«

»Sind Sie zum Bürgermeister unterwegs?«

»Nein.«

»Wohin dann?«

»In einer Privatangelegenheit.«

»Was kann es früh um vier für Privatangelegenheiten geben?«

»Alle Möglichen.«

»Warum sinken Ihre Umfrageergebnisse?«

»Das wissen nur die Analytiker.«

»Und Ihre Meinung?«

»Irgendwas machen wir falsch. Sobald wir es richtig machen, steigt die Quote wieder.«

»Vielleicht sollten Sie doch ein besserer Patriot sein?«

»Das Bessere ist der Feind des Guten.«

»Ist es wahr, dass Ihre Gattin ein Kind erwartet?«

»Nein, das ist nicht wahr.«

»Was ist das für eine Basis, die Sie bei Krasnyje Stanki haben?«

So. Irgendwelche Krasnyje Stanki. Die Dreckskerle, haben offensichtlich schon was gewittert! Wie? Wer? Bei welcher Gelegenheit?

»Keine Ahnung. Wir haben dort keine Basis.«

»Es heißt, Sie sagen immer nur die Wahrheit. Ist das wahr?«

»Ja.«

»Wozu?«

»Es gefällt mir.«

»Ist es wahr, dass Sie sich geweigert haben, mit der Demokratischen Union zu koalieren?«

»Nein, das ist nicht wahr.«

»Rechnen Sie damit, dass die Faschisten an die Macht kommen?«

»Soweit es nach mir geht, nicht.«

»Was bedeuten die Anspielungen Nikita Akimows auf Ihre angebliche Abhängigkeit von Akademiemitglied Kikonin?«

(Batz. Schon wieder. Das konnte doch nicht wahr sein.)

»Ich habe keine Ahnung. Danach sollten Sie lieber Akimow selber fragen.«

(Ach verdammt. Das ging daneben. Ich darf mich nicht ereifern, ich darf nicht.)

»Unterhalten Sie weiterhin Beziehungen zu Nikita Akimow, oder nicht mehr?«

... Uff! Die Tür. Endlich. Bob reißt die gläserne Schiebetür auf. Seine Jungs bilden an der Schwelle eine Mauer. Die plappernde Menge bleibt jenseits dieser festen, unfreundlichen und nicht ungefährlichen Mauer zurück. Er ist durchgebrochen! Hier am Hauseingang steht zwar auch eine Menschenmenge, aber das macht schon nichts mehr. Erstens sind es jetzt nicht viele – an die hundert Leute, nicht mehr. Zweitens sind das größtenteils neugierige ausländische Touristen und harmlose

Fans. Die haben ihn sofort erkannt und machen den üblichen Heidenlärm – phosphoreszierende Transparente werden hochgerissen, und die smaragdgrünen Lichter der »Erfolgslaternen« flammen auf, den Weg versperren hingereichte Notizblöcke, die es heftig nach Autogrammen verlangt ... Nein. Nein, Freunde. Entschuldigt, um Himmels willen – heute kann ich nicht, ich bin sehr in Eile. Ich liebe euch, vielen Dank, aber – ich bin in Eile! ... Wirklich, Ehrenwort, ich darf mich jetzt keine Minute aufhalten ...

(Genauso war Dinara, seit sie fünfzehn war, zu solchen Treffen gekommen, immer in der ersten Reihe, freudestrahlend, schön wie eine Marsianerin – mit riesigen freudigen Augen übers halbe Gesicht. Und dann bat sie um eine Audienz, wartete zwei Monate lang, bis sie an der Reihe war, drang zu ihm vor und sagte: »Ich liebe Sie, ich kann ohne Sie nicht leben und will's auch nicht ...« Die Erinnerung an jene Tage gefiel ihm nicht sonderlich, trotzdem, vielleicht auch gerade darum erinnerte er sich jedes Mal daran, wenn er in eine lärmende, lächelnde, ergebene Liebe und bedingungslose Ergebenheit verströmende Menge geriet ... Dort in der Vergangenheit lagen ein paar Einzelheiten, an die zurückzudenken jetzt nicht gerade beschämend, aber doch etwas peinlich war, und er konnte sie partout nicht vergessen, sie dachten nicht daran, Ruhe zu geben, sich ein für alle Mal aufzulösen.)

Iwan erwartete ihn an der aufgerissenen Tür des »Panzerchens«, und er nahm ihn hart bei der Schulter und befahl mit Widerwillen: »Nach hinten. Marsch auf den Rücksitz!« Wanjas Gesicht verzog sich weinerlich, doch er wagte nicht zu widersprechen – er verschwand im hinteren Teil des Wagens und blieb mucksmäuschenstill dort sitzen. Stanislaw aber sagte zu Bob: »Danke, mein Bester. Alles okay. Wünsch mir Glück.« »Viel Glück, Herr Präsident«, erwiderte Bob sogleich, ernst, ewig besorgt und gehorsam wie die eigene Hand. »Nochmals danke. Glück kann ich heute sehr gut gebrauchen ...« Er stupste Bob freundlich mit dem Finger gegen die eisernen Rippen und setzte sich ächzend ans Steuer. Die Tür machte kaum hörbar »plopp« und war zu.

Im Wagen war es warm, still, und es duftete frisch und gesund – im Prospekt stand: Zederndu ft. Durchaus möglich. Es war ein Wagen der Extraklasse, ein Unikum – das phantastische Produkt der phantastischen Firma »Adiabate«, die vor fünf Jahren aus dem Nichts aufgetaucht und sofort berühmt geworden war – er war irrsinnig verknallt in diesen Wagen, konnte sich partout nicht an ihn gewöhnen und schämte sich sogar ein bisschen wegen der kindlichen Freude über jede Gelegenheit, sich ans Steuer zu setzen.

Der Motor war schon gut vorgewärmt und lief, doch erkennen konnte man das nur an den Anzeigen – es gab nicht das mindeste Geräusch, keinerlei Vibration, nur eine Reihe wohlwollender Lämpchen auf dem Armaturenbrett, die signalisierten, dass alles in Ordnung war. Bei diesem Wagen hörte man den Motor nur, wenn man extrem beschleunigte und das Auto in eine Rakete verwandelte. Dann aber klang er auch wie eine Rakete.

Er schaltete die Scheinwerfer ein und fuhr vorsichtig, sanft, mit unterdrückter Befriedigung an – direkt auf die lautlos lärmende Menge zu, die in weißes und gelbes Licht getaucht war. Die Menge wich unwillig und träge zurück, wie Wasser, wie eine gierige Fahrrinne – sie ließ ihn nicht los, wollte ihn nicht fortlassen und gab dennoch nach, öffnete eine Gasse, machte den Weg frei –, und schon war niemand mehr vor ihm, freier Platz, nasser Asphalt im weiß-gelben Licht, und jetzt erst war zu sehen, welch ein dichter, undurchdringlicher und aussichtsloser Nebel über der Stadt lag.

Es war, als wäre die Stadt gar nicht vorhanden. Stumpf leuchteten die orangefarbenen Lichter nicht zu erkennender

Laternen, plötzlich tauchte rechts aus der milchigen Dunkelheit ein Schaufenster auf, verschwommen wie ein groteskes grelles Aquarell, trübe glänzten die nassen Dächer der Reihen trübsinniger Autos, mit denen der Straßenrand vollgeparkt war ... Ein paarmal sprangen mit heulenden Sirenen und blendend hellen gelben und blauen Blinklichtern Patrouillenwagen aus dem Nichts, schossen riskant links oder rechts vorbei und verschwanden wieder in der wogenden Suppe, wie Raubtiere, die ihr Opfer verfehlten.

An der Ecke Bolschoj/Perwaja hielt sie eine Patrouille an: düstere Gestalten, unheimlich dick (wegen der Panzerwesten) ... Phosphoreszierende Flecken auf den Umhängen ... leuchtende Stöcke ... nass glänzende Läufe, die einem unverhüllt und feindselig auf die Stirn zielen ... Sie kontrollierten seine Papiere, leuchteten sein Gesicht an, salutierten ... die gespannt-finsteren Augen verloren für einen Moment den wilden Ausdruck: »Gute Fahrt, Meister ...« Und wieder leere Straßen, Uferstraßen, eine schwarze Lücke rechts, wo die Newa floss.

Ihm fiel ein Witz ein, der schon seit ein paar Jahren in Pieter kursierte. Eine Patrouille hält einen Wagen an, der Führer kontrolliert die Papiere, salutiert und lässt ihn weiterfahren. Sein Begleiter fragt: »Wer war denn das in dem Mercedes?« »Keine Ahnung«, antwortet der Führer verdattert. »Ich weiß nicht, wer das in dem Mercedes war, aber als Fahrer hat er den Meister selber!« In Wahrheit war es ein alter Witz, noch aus der Zeit der Stagnation, vielleicht sogar aus der Stalinzeit: Die Obrigkeit hatte immer gern mal am Steuer des Dienstwagens gesessen, vor allem wenn sie einen gezwitschert hatte. Trotzdem gefiel es ihm, dass, wenn man schon keine neuen Witze über ihn erfand, wenigstens alte auf ihn umgemünzt wurden ... Irgendwie finde ich mich in letzter Zeit ziemlich oft in einer Witzsituation, dachte er plötzlich. Wie zum Tort. Wanja, der gleich nach der Hochzeit fragte: »Weiß Gott, Boss, ich versteh's nicht. Sie ist ja jetzt sechzehn ... Wenn sie sechsundzwanzig ist, werden Sie achtzig sein. Und was machen Sie dann?« Ihm war sogleich ein passender Witz eingefallen, und er hatte geradezu mit Vergnügen geantwortet: »Ganz einfach: Ich lass mich scheiden und heirate wieder eine Sechzehnjährige ...« Damals schwankte er noch, ob er mit dieser Heirat nicht eine Dummheit gemacht hatte, und alle spürten diese Unsicherheit genau und erlaubten sich Späße, und er antwortete immer wieder mit anderen Späßen. Dann, übrigens ziemlich rasch, war es ihnen über geworden, und die Späße hörten auf. Späße über dieses Thema galten nunmehr als unanständig, als anständig galt, betont Respekt zu demonstrieren und feinfühlige Aufmerksamkeit zu erweisen ... Und er schwankte nicht mehr – er wusste, dass er zwar seltsam, aber richtig gehandelt hatte. Er bekam das Gefühl, Rückendeckung zu haben. Er war nicht mehr allein ...

»Jemand folgt uns«, meldete sich vom Rücksitz Wanjas leise, zurückhaltende Stimme. »Weiß Gott, Stas Sinowjitsch.«

»Ich seh's«, sagte er. »Der hat sich schon am Dworzowoj drangehängt.«

»Ich weiß, wer das ist. Es ist Mike. Bei ihm ist der linke Scheinwerfer schwächer als der rechte.«

»Stimmt!« Er tastete nach dem Mikrofon, drückte eine Taste und sagte: »Kronid, Kronid, hier ist die Eins. Wie hören Sie?«

»Ich höre Sie ausgezeichnet, Eins. Höre ausgezeichnet.«

»Es sieht übel aus, Kronid Sergejewitsch«, sagte er in tragischem Tonfall. »Wir werden verfolgt. Ich muss Sperrfeuer schießen. Wanja, nimm die Kanone.«

»Jawohl – die Kanone!«, meldete sich Wanja freudig und begann auf seine idiotische Art zu kichern, als bliebe ihm die Luft weg.

»Erster, Erster!«, rief Kronid beunruhigt, doch da erfasste er alles und sagte verwirrt: »Herr Präsident, was soll denn das, also wirklich? Anders geht's doch nicht.«

»Natürlich geht's nicht anders«, warf Wanja sofort ein. »Allein der Wagen ist eine Million wert ...«

»Schön«, sagte er. »Mag Gott euch richten, ungehorsame Bagage. Macht's, wie ihr denkt. Ende.«

Danach nahm er Verbindung mit Mike auf und sagte ihm, er solle sich näher dranhalten, wenn er sich schon mal ungefragt und ohne Anweisung an ihn gehängt habe. »Wieso denn ohne Anweisung?« Der leicht zu kränkende Mike war sogleich beleidigt. »Wir haben eine schriftliche Anweisung vom Chef der Wache.« »Schön, schön, meine Adler ... Was soll's noch. Wer fährt bei dir mit?« »Konstantin Balujew.« »Grüß ihn von mir, er soll nicht so viel rauchen. Laster und Nikotin! Soll seine Gesundheit schonen. Gesundheit geht vor ...« »Je nachdem ...« »Kusch! Nicht mit dem Chef streiten. Ende und Over.«

Aus dem Nebel tauchte der leuchtende Bogen des Moskauer Tores auf, ganz mit Reklamen bedeckt wie ein gigantischer Christbaum. In der Krümmung des Prospekts lag ein umgestürzter Corrida mit aufgerissenem Kühler quer auf der Straße. Irgendwelche Leute rannten verzweifelt mit den Armen fuchtelnd über die Fahrbahn, er musste hart links steuern, wütend quietschten die Reifen. »Sachte!«, rief Wanja warnend. »Wenn wir aufprallen, kriegt keiner mehr die Einzelteile zusammen ...« »Du sei lieber still«, sagte er zu ihm, ohne sich umzudrehen oder auch nur in den Rückspiegel zu schauen. »Hättest weniger saufen sollen ...« »Ja, wer säuft denn, Himmel ... Ich hab mit den Jungs ein paar Bier getrunken ...«

Er ließ sich auf kein Gespräch mit ihm ein. Er nahm das Mikrofon, wählte den Code des Generals. Der meldete sich augenblicklich – als hätte er die Hand auf dem Hörer gehabt.

»Ich bin am Moskauer Tor. Wie sieht's aus?«

»Schlecht«, sagte General Malnytsch, und zwar mit solcher Stimme, dass er gar nicht hätte weiterzusprechen brauchen, es war auch so alles klar. Doch er sprach weiter: »Sehr schlecht,

Herr Präsident. Ich habe fast keine Hoffnung mehr. Er liegt jetzt im Koma. Sein Herz hat vollends versagt ...«

»Still! Kurz: Lebt er?«

»Fast nicht mehr. Ich weiß nicht, wie ...«

»Lebt er oder nicht?!«

»Er liegt im Koma ...«

»Im Koma? Ihr neunmalklugen Hosenscheißer, Schlappschwänze unfähige, ihr Wichser, Scheißdreck grüner ... Also reißen Sie sich zusammen! In einer Stunde bin ich da. Klar? In einer Stunde! Wenn ihr ihn bis dahin nicht durchbringt, mache ich euch alle kalt! Fertig! Ende!«

Er warf das Mikrofon auf den Nebensitz und gab Gas. Die Turbine heulte auf wie ein Hund, den man mit einem Fußtritt geweckt hat, der Wagen schoss derart vor, dass es ihm den Kopf fest gegen die Nackenstütze presste und die Wangen nach unten und rückwärts gezogen wurden. »He-he!«, schrie Wanja von hinten entsetzt und verzweifelt. »Nein! So geht das nicht! ...« Sei still, Dummkopf, brüllte er. Vielleicht brüllte er auch nicht – das war ihm jetzt egal: Er schaute nicht mehr nach vorn – dort war ohnehin nichts als milchige Schwaden zu sehen –, er schaute auf den Bildschirm des Ortungsgeräts, wo sich grüne Schemen abzeichneten, dann fiel es ihm ein, und er schaltete sämtliche Außensignale ein: rote und blaue Rundumleuchten, beide Zusatzscheinwerfer und die Sirene, die sogleich aufheulte, wütend wie ein Teufel, dem der Schwanz ausgerissen wird.

»Sei still, Dummkopf«, wiederholte er, nun schon ruhig. »Sei still und bete.«

6

Auf der Autobahn gab es Gott sei Dank keinen Nebel. Auf der Mitte der dritten, populärsten Fahrspur war es sogar trocken, obgleich sowohl links als auch rechts davon gefährliches Glatteis glänzte. Es schneite zwar, und eigentlich fiel aus der Schwärze nicht einmal Schnee, sondern ein widerwärtiges kleinkörniges, eisiges Zeug, das ein wütender Seitenwind sofort von der Fahrbahn fegte. Die Sicht war übrigens gut, an die zweihundert Meter, und er schaltete das Ortungsgerät aus.

Mike folgte wie angekettet, hielt strikt den Abstand und schwieg. Er hatte sogar während der wilden Jagd durch die Stadt geschwiegen, als alle wie am Spieß aufgeheult hatten: der vor Angst wahnsinnige Wanja auf dem Rücksitz, im Radiofon Kronid, der überhaupt nicht begriff, was vorging, und der kleine Slawotschka Krasnogorow, der sich glatt eingemacht hatte, aus den finsteren Tiefen des Unterbewusstseins (er hatte sich mit solch gnadenloser Deutlichkeit ausgemalt, wie das »Panzerchen« auf irgendeinen Schneepflug krachte, dass er um jeden Preis leben wollte, unverzüglich und, versteht sich, ewig).

Jetzt hatte er das alles hinter sich, obwohl er noch immer so fuhr, dass er alle Tempovorschriften verletzte – der Tachometer zeigte zweihundert.

»... Nur zu, nur zu ...«, zischte Wanja von hinten böse. »Noch ein bisschen, und wir fliegen hoch ... wie diese ... Vögelchen, die sie in den Arsch ...« »Lass die Ausdrücke.« »Na ja – er darf das natürlich, ist'n großer Mann, aber unsereins darf sich nicht mucksen ...« »Wer verbietet's dir denn, du F..., marinierte? Du sollst bloß nicht fluchen, wenn's beliebt ...« Und derlei Dummheiten. Es war die eben erst ausgestandene krasse Angst, die aus ihnen hervorquoll, bald als dicker Strahl, bald in einzelnen Tröpfchen, sie schwitzten förmlich Angst aus, nur dass ihnen davon doch nicht leichter wurde: Es hatte sich zu viel davon in den Tracheen der Seele angesammelt – mit Geschwätz ließ sie sich nicht aushusten ...

Vor allem – von diesem höllischen Viertelstündchen war ihm schon nichts mehr in Erinnerung geblieben. Nichts. Eine fast vollkommene Lücke. Als hätte es dieses Viertelstündchen nie gegeben. Du bist doch Schriftsteller, du Neunmalkluger. Erinnere dich. Rekonstruiere ... Schildere ... Es ließ sich nichts rekonstruieren.

... Grüner, schwach umrissener Rauch auf dem Bildschirm des Ortungsgeräts (der weiß der Kuckuck was bedeutete), die zottige weißgelbe Finsternis hinter der Frontscheibe – die sich plötzlich auftat, und in dem schwarzen Loch das zu spät vom Scheinwerfer erfasste düstere titanische Hinterteil irgend so eines städtischen Monsters mit schmutzigroten Leuchten .... Das war's, Schluss ... bremsen ... links! ... zu spät! ... Jetzt ... Nein. Uff, verdammich! Noch mal gutgegangen ... (Hör doch auf zu kreischen, du Schweinchen, sonst setze ich dich jetzt gleich ans Steuer ... in voller Fahrt ...) Und wieder milchige Blindheit ... Ins Nirgendwo. Ins Nichts. In das zerfetzte glühende Eisen, das da wartet und es nun erwartet hat. Ein Turm aus bunt glitzernden, blitzenden und wogenden Lichtern in der zottigen Milch, das Heulen der Generalssirene und die erstarrten phosphoreszierenden blau-rot-gelben Statuen der Streife, die dem dröhnend und heulend vorbeischießenden Ungeheuer mit ihren riesigen weißen Handschuhen salutierten ...

Und das war alles an Erinnerungen. Dito, verdammich, an Eindrücken ...

»Stas Sinowjitsch! Um Gottes willen. Lassen Sie mich ans Steuer.«

»Nein. Du bist betrunken.«

»Ja, wieso soll ich denn jetzt betrunken sein. Weiß Gott, der ganze Schwips ist vor Angst verflogen ...«

»Das wird dir eine Lehre sein, dich an einem Arbeitstag volllaufen zu lassen.«

»Ja ich hab mich doch nicht volllaufen lassen, was soll denn das, also wirklich. Hab mit den Jungs ein paar Bierchen getrunken ...«

... Wie es Mike wohl fertiggebracht hat, während der ganzen wilden Jagd dranzubleiben? Ein Ortungsgerät hat er nicht. Ich bin losgeschossen – aus dem Stand, habe ihn sofort abgehängt, er musste ja auch noch reagieren ... Und wie schafft er es, mir jetzt mit einem gewöhnlichen Benziner zu folgen? ... Sein Motor ist freilich hochgezüchtet. Ach, was hat denn der hochgezüchtete Motor damit zu tun – er ist ein *Profi*!

Er tastete nach dem Mikrofon. »Mike?«

»Ja, Herr Präsident.«

»Wie sieht's aus?«

»Alles okay. Wir sehen zu, dass wir langsam wieder trockene Hosen kriegen.«

»Artjom hast du natürlich schon gepetzt?«

»Was sonst? Ich habe ordnungsgemäß Meldung erstattet.«

»›Ordnungsgemäß‹, ›ordnungsgemäß‹ ... Hängst du gut an mir dran? Mit deinem Benziner?«

»Wir halten uns«, antwortete Mike forsch. Gar zu forsch.

»Klar. Aber wenn du doch zurückbleiben solltest, merk dir: Nach Krasnaja Wischerka abbiegen, Kilometer hundertneunundfünfzig. Und weiter nach den Wegweisern ...«

»Ich kenne die Strecke, Herr Präsident ... Und ich bleibe auch nicht zurück, nur keine Sorge.«

»Och, och, och, wie zuversichtlich wir sind! Schön. Ich zähle auf dich ... Over.«

Er hätte auch mit dem General Kontakt aufnehmen müssen, doch er hatte Angst. Überhaupt versuchte er, nicht an Vikont zu denken, und er dachte nicht an ihn – Vikont war irgendwo weit entfernt gegenwärtig, wehmütig und hoffnungslos wie ein zusammengeballter Schmerz, von einem Analgetikum betäubt. Er hätte gern noch ein bisschen mehr Gas gegeben, wäre überhaupt aufs Luftkissen übergegangen – zum Fluge –, doch dann bestand die Gefahr, weit vor dem Ziel allen Treibstoff zu verplempern und ganz auf dem Trockenen zu sitzen. Natürlich, wenn er sicher war, dass ihn am Abzweig bestimmt die Eskorte erwarten würde, konnte er auch das riskieren, doch er hatte beschlossen, nichts für sicher zu nehmen. Er hatte das Gefühl, seinen Vorrat an Erfolg für heute (und sicherlich für viele Tage im Voraus) schon ausgeschöpft zu haben ... Aber vielleicht könnte er tanken? Tankstellen gab es alle fünfzig, hundert Kilometer, die nächste müsste bald kommen. Das wäre möglich. Aber die Zeit ... *Die Zeit!* Zeit hatte er gar keine. Wie auch Geld. Wie Gesundheit. Entweder sie reichte nicht, oder er hatte gar keine ...

Die Tankstelle tauchte von Weitem im glitzernden Schneetreiben auf wie ein kleines Paradies von lokaler Bedeutung – mit funkelnden Lichtern, zärtlich und verlockend. Er musste sich entscheiden. Tanken kostete fünf Minuten, mindestens. Mit all den Reklameeinlagen, die unvermeidlich waren und klebrig wie die Süßigkeit Rachat-Lukuma.

»Tanken wir?«, fragte er.

»Wie viel ist denn im Tank?«

»Viertelvoll, eine Spur mehr.«

»Das reicht bis zum Mond«, ließ sich Wanja in der Playboy-Manier vernehmen, die er sich in letzter Zeit zugelegt hatte – ausschließlich für jene Momente, in denen sie sich stritten.

»Hör auf, den dummen Iwanuschka zu spielen«, sagte er zu dem mürrischen Gesicht im Rückspiegel.

»Ich bin ja auch Iwanuschka.«

»Du bist kein Iwanuschka. Du bist Iwan. Höchstens noch Wanja.«

Wanja sagte: »Es passt mir aber nicht, Stas Sinowjitsch, wenn Sie mit mir reden wie mit Ihrem Leibeigenen.«

»Stimmt nicht. Wie mit einem Sohn. Aber mit einem missratenen.«

»So spricht man nicht mit einem Sohn.«

»Und woher, bitteschön, willst du wissen, *wie* man mit einem Sohn spricht?«

»Daher, wo Sie es auch her wissen. Verzeihung.«

»Hör mal, hast du immer noch nicht begriffen, was du angestellt hast?«

»Ja doch, ich hab schon alles begriffen!«, schrie Wanja verzweifelt auf. »Und was soll ich jetzt machen – mir Asche auf's Haupt streuen?«

»Asche brauchst du dir nicht ...«, sagte er automatisch. Jemand lief quer über die Straße auf sie zu. In Weiß. Nachdem er rechts am Straßenrand aufgetaucht war. Er lief irgendwie seltsam. Grotesk. Halb lief er, und halb schien er zu kriechen. Ein Mensch. Einem großen verkrüppelten Insekt ähnlich.

»He ...!«, konnte ihm Wanja noch ins Ohr schreien.

Zum Bremsen war es schon zu spät. Gleich werden wir uns überschlagen, dachte er ruhig, als sei es ein Film, den sie sich zusammen anschauten. Der Mensch kniete. Schon ganz nahe. Reckte ihnen die Arme entgegen. Wollte sicherlich mitgenommen werden. Oder umgebracht ...

Er hätte das Steuer um den Bruchteil eines Grades drehen müssen, und dann hätte er vorbeifahren können, um Haaresbreite, und dabei auf den Rädern bleiben. Wanja schrie noch einmal auf. Und das war's. Vor ihnen war niemand mehr. Silbrig glänzte dort nur die Tankstelle, nun schon ganz nahe, verlockend wie ein eiskaltes Glas mit perlendem Sekt für ausgetrocknete Lippen ... Im Rückspiegel kniete der Mensch in Weiß, die Hände erhoben. Jetzt fiel ihm ein, dass der Mensch weiß gewesen war, weil er Unterwäsche anhatte: ein weißes Leinenhemd und lange Unterhosen aus Leinen, wie man sie wohl seit einem halben Jahrhundert nicht mehr trug. Ein Gesicht hatte der Mensch nicht. Haare hatte er – in Büscheln und Strähnen –, Unterhosen, doch das Gesicht schien ganz und gar zu fehlen ...

Mike fuhr links vorbei – er funkelte blendend hell und bedrohlich mit allen sechs Scheinwerfern, und schon waren sie wieder allein auf der Straße, die seltsame, erbärmliche und furchterregende Gestalt ohne Gesicht war weg, niemand und nichts war da als die beiden Autos, die sich wütend und machtvoll in das eisige dünne Schneetreiben fraßen.

Die Tankstelle kam näher, erhellte das rechte Auge mit dem Schein bunter blinkender Lichter (ein paar Dutzend Wagen verschiedener Größe, zappelnde kleine schwarze Figuren dazwischen und – vor dem Hintergrund strahlender Schaufenster – zehn Meter hohe Stereobilder kerniger Kerle, die »Vortex« rauchten) und verschwand hinter ihm. Plötzlich kam ihm zu Bewusstsein, dass er viel langsamer als vorher fuhr – keine hundertfünfzig –, er versuchte aufs Gas zu treten, doch der Fuß verweigerte ihm den Gehorsam. Es war eine Art schmerzloser Krampf, aber zweifellos ein Krampf. Der Fuß wollte nicht schneller fahren.

»Ich hätte ihn ja um ein Haar umgebracht«, presste er durch die Zähne.

»Na ja«, antwortete Wanja. »So ein Bekloppter ...«

»Wen meinst du?«

Wanja gluckste. »Sind beide nicht schlecht.«

»Ich habe Angst, den General anzurufen«, gestand er für sich selbst unerwartet. »Ich habe Angst, er sagt: Sie bemüh'n sich umsonst, verdammt, es ist zu spät. Und ich hätte mir hier beinahe so einen Dummkopf auf den Kühler geschmiert ...«

»Stas Sinowjitsch, was soll denn das, weiß Gott? Rechnen Sie doch mal zusammen, wie oft Sie schon so dahingebraust sind ...«

»Für gewöhnlich sind andere mit mir dahingebraust.«

»Na, oder andere mit Ihnen ... An die zwanzigmal sicherlich?«

»Sicherlich. Zuerst habe ich mitgezählt, dann aber aufgehört – aus abergläubischen Erwägungen.«

»Sehen Sie. Und jedes Mal war alles in Ordnung. Der hängt zäh an Ihnen, unser Viktor Grigorjewitsch.«

»Wie am letzten Strohhalm ...«

»Wie an einem Dampfer«, sagte Wanja. »Oder wie am Ufer. Das trifft's noch genauer.«

»Du hast es geschafft, mich zu beruhigen«, sagte er, und sie schwiegen.

Dann zwang er sich doch, zum Mikrofon zu greifen.

»Hundertzwei«, meldete sich eine junge Stimme. Eine unbekannte. Die Stimme eines Niemand und zugleich verteufelt selbstzufrieden. Stabsdienst.

»Krasnogorow. Geben Sie mir General Malnytsch«, befahl er. Er wusste, wie man mit solchen Stimmen umgeht.

»General Malnytsch ist im Behandlungszimmer.«

»Geben Sie Lagemeldung, Hundertzwei.«

Die Stimme legte eine Pause ein, dann folgte vorsichtig: »Ihren Code bitte.«

»Hören Sie schlecht? Ich bin Krasnogorow«, sagte er so gewichtig wie möglich, spürte aber sofort, dass er es nicht überzeugend genug herausgebracht und dieses kleine Gefecht verloren hatte.

»Ich melde dem General Ihren Anruf, Herr Krasnogorow.«

»Ist die Eskorte zur Straße geschickt worden?«

Wieder eine Pause. Winzig. Mikroskopisch. Aber durchaus vielsagend.

»Ich habe keine Informationen.«

»Dann klären Sie's! Ich muss genau wissen, ob ich am Abzweig erwartet werde oder nicht.«

»Zu Befehl.«

»Ausführung!«

»Ihren Code bitte?«

Stanislaw warf das Mikrofon hin.

... Nicht denken. Nicht die Phantasie spielen lassen. Sich nichts ausmalen. Weiterrasen. Kilometer wegschrubben. ›Seit zwanzig Stunden werden Kilometer weggeschrubbt, beim Lenkrad schwörn wir unser vier: Mag, was da will, geschehn, solange unser Schrubber nicht bei Schekas Leuten hupt, wird keiner fressen, schlafen nicht und ins Gebüsch nicht gehn.‹ ›Schekas Leute‹ – wer war das gewesen? Irgendwelche prächtigen Physiker oder Chemiker auf einem kleinen Vorwerk in der Nähe des unvergesslichen Ginučiai ... Gut. Denken wir daran. Sehr gut. Ginučiai. Die grünen, reinen Hügel Litauens. Die orangefarbenen Flämmchen der Pfifferlinge auf dem bewaldeten Hang. Scheka ist rosig und makellos rein, innen und außen. Warum musste ausgerechnet er Leukämie kriegen – in seinem superreinen Institut, das sich mit Superreinheit befasste? Weil es das Schicksal so wollte ... Diese meine lieben Dummerchen bilden sich ein, dass ich das Schicksal lenke. Jung sind sie. Die Jugend ist dumm und selbstgefällig. Selbstgefällig aus Dummheit. Der Mensch kann ein Auto lenken. Einen Panzer. Sich selbst. Andere Menschen (in sehr geringem Grade). Und Schluss. Das Schicksal aber ist die Resultante von Millionen Kräften (ganz nach Lew Nikolajewitsch). Das Schicksal lenken, heißt millionenfache Menschenmengen lenken, dazu noch millionenfache Ansammlungen unterschiedlicher Zufälle ... So etwas vermag nur das Schicksal selbst – das blinde mächtige Weib mit dem Hirn eines Krokodils und auch dessen ethischen Vorstellungen ...

... Nikolas' Nerven hatten rein gar nichts getaugt. Gefäßkrämpfe. Die Hand hatte plötzlich zu zittern begonnen, wenn er aufgeregt war (und das war er recht oft, doch er wusste es zu verbergen: »zitternde Hände, zitternde Knie, die Seele zittert ...«). Er fraß andauernd irgendwelche Neuroleptika ... Nein, falsch – Neurostatika waren es wohl. Spasmolytika ... Verdammt, war das nicht egal? Es war einfach so: Die Besten gehen zuerst. Wer aber etwas schlechter ist – die existieren weiter. Wer eine Sorte tiefer und eine Klasse schiefer ist ... Und so ist es immer. Weshalb sich auch das Menschengeschlecht niemals bessert. Ungeachtet aller Siege, die die Kräfte der Vernunft und des Fortschritts erringen. Seit wie viel Jahrhunderten behaupten die Optimisten schon: In Zukunft wird es besser, schlimmer kann's nicht mehr kommen. Pustekuchen.

... Aber meine Dummerchen glauben es. »Die Geduld des Meisters ist erschöpft, und er hat seinen Feind totgemacht.« Mein Werk. Mea culpa, wiederum ... Kusma Iwanytsch denkt wohl kaum so. Kusma Iwanytsch kann man kein X für ein U vormachen. An Kusma Iwanytsch ist nichts von einem Dummkopf. Doch er glaubt, dass all dieses Gerede und dazu noch der Aberglaube der Sache nützen. Ad maiorem *meam* gloriam. Schön so. Denn letzten Endes beruht alles auf Furcht, jede Macht gründet sich auf Furcht und nur auf Furcht, und jenseits der Furcht ist sie nichts wert. Und alles andere ist Unsinn: Liebe, Bewunderung, Achtung, persönliche Ergebenheit, fanatische Hingabe – Unsinn, Ephemeriden, Phantome, leerer Schall. Furcht. *Nur die Furcht.* Und nichts als Furcht. Ehre, sagt ihr? Vernunft? Gewissen? Wahrheit? Die Furcht ist stärker als die Wahrheit. Die Wahrheit siegt, das ist wahr, die Wahrheit kann jeden besiegen – es ist eine mächtige und stolze Waffe. Doch die Furcht verschwindet niemals, das ist es. Man kann sie besiegen, doch sie bleibt, sie neigt nur ihr hässliches graues Haupt, solange die Wahrheit über ihm wütet wie ein Sturm der Gerechtigkeit. Dann ermattet dieser Sturm, erschöpft sich selbst, flaut müde ab, legt eine verdiente Ruhepause ein, und da stellt sich plötzlich heraus, dass alles Unrechte weggefegt und zu Staub zermalmt ist – alles außer der Frau Furcht. Das stille rätselhafte Leben eines sich zersetzenden Leichnams – das ist die Frau Furcht ... Der Schatten des Herrn Tod auf dem schmutzigen weißen Leichentuch des Bildschirms ...

»Stas Sinowjitsch, wo wollen die denn hin?«

Er schreckte aus seinen Gedanken hoch. Rechts und links flogen in geringer Höhe, rot und blau blinkend, Hubschrauber der Verkehrspolizei, lang und gestreift wie Wespen, und überholten gemächlich ... Wen kümmerte es, wohin sie wollten? Sie ließen ihn in Ruhe, wenigstens das. Die Geschwindigkeit lag übrigens nur wenig über der zulässigen: hundertsechzig. Der widerspenstige Fuß wollte noch immer nicht mehr zugeben. Er zwang ihn dazu. Hundertsiebzig ... achtzig ... neunzig ... (»Stas Sinowjitsch, also wirklich, lassen Sie mich ans Steuer ...«) Zweihundert. Genug. Vorerst.

... Furchtlose Menschen gibt es nicht, das ist der Witz. Die Natur hat solche nicht vorgesehen, wohl sogar im Gegenteil: Sie hat die Furcht in die Gene gepflanzt, in die DNS-Knäuel, in den hirnlosen und, wie man meinen sollte, fühllosen Urschleim ... Mein Gott, wirklich nur die Furcht? Alle Menschen haben eine instinktive Abscheu vor Alkohol, vor Tabak, vor Scheiße, vor einer Leiche, vor dem Weinen ... Doch an all das kann man sich gewöhnen, und an alles gewöhnen sich die Menschen ... Ganz brav. Die Not zwingt sie. Doch es war wohl Amundsen, der gesagt hat: »Man darf sich nicht an die Kälte gewöhnen.« Stimmt, kann ich bestätigen. Und man darf sich nicht an die Furcht gewöhnen. Worauf wir denn auch bauen.

... Nikolas übrigens war absolut furchtlos. Das heißt, er verstand es, die Furcht zu verbergen, sie in den Zustand vollkommener Unsichtbarkeit zu bringen ... Wie manche Schmerz verbergen können. Und wieder andere – Verstand. (Nebenbei bemerkt, eine sehr, sehr schwierige Kunst!) Oder sagen wir Leid ... Doch in Wahrheit hat er sich gefürchtet. Ich weiß genau: Er hat sich gefürchtet. Hat sich gefürchtet, er könnte sich als schwächer als er selbst erweisen. Er hatte Angst vor Spinnen (das heißt Arachnophobie). Und er fürchtete sich auf den Tod, sie würde auf seine direkte Frage »nein« antworten – knapp und verwundert. Er hatte Angst, den Sinn seines Daseins einzubüßen. Er war erstaunlich schwach, dieser erschütternd starke Mensch. Er war gleichsam ein sagenhafter Athlet mit mikroskopisch kleinem Herz. Unter seinen Füßen lag Treibsand. Er war ein Panzer auf dünnem Eis. Man darf sich nicht derart irren, wenn man den Sinn seines Daseins wählt. Das Fundament muss fest sein, mögen auch die Wände nachgeben. Bei ihm aber war es umgekehrt. Immer. Von Kindheit an. Von dem Augenblick an, als er begriff, dass er nichts konnte, aber alles können würde – alles, und dieses Bewusstsein wurde sein Modus Operandi, sein Modus Vivendi und sein Modus von allem auf der Welt ... Man darf nicht alles auf ein Pferd setzen. Nicht einmal, wenn es der Bucephal ist ...

Also. In einer Stunde hole ich Vikont ins Diesseits zurück, und im Dezember werde ich alle bei den Wahlen schlagen. Erstaunlich, wie habe ich noch vor einer halben Stunde daran zweifeln können? Gegen einen Knittel hilft kein andres Mittel. Gegen das Los geht nichts los. Das blinde Weib mit dem Hirn eines Krokodils würde ihn nicht enttäuschen. Und alles würde sein, wie sie es wollte. Man durfte sie nur nicht stören. Keine überflüssigen Bewegungen. Keine Schreie und Ausfälle. Keine Tricks und grelle Eskapaden. Kusma Iwanytsch hatte recht, Edik nicht. Edik glaubte, der Frosch in dem Bottich voll Sahne müsse die Beine bewegen, solange es nur ging, der großartige Kusma Iwanytsch aber antwortete ihm darauf (majestätisch): Wieso glaubst du, dass wir uns in einem Bottich voll Sahne befinden ...?

»Iwan, wer gewinnt die Wahlen?«

»Die Nazis.« Wanja überlegte nicht einmal eine winzige Sekunde lang. Als habe er diese Frage erwartet. Als habe er eben erst (und immer) daran gedacht.

»Sieh einer an! Aber warum?«

»Es ist so weit.«

»Aber das bedeutet doch Krieg?«

»Um so besser. Den Frieden haben alle schon satt. Es ist langweilig.«

»Ja, wieso denn? Leben wir denn schlecht?«

»Wir leben mittelmäßig. Aber für die Nazis werden nicht die stimmen, die mittelmäßig leben, sondern wer schlecht lebt, und alle, die langweilig leben. Die aber, denen es mittelmäßig geht, werden wie immer nicht wählen gehen.«

»Du versuchst originell zu sein, Iwan Wenjaminowitsch«, sagte er äußerst unangenehm berührt.

»Nicht im Geringsten. Beweisen kann ich nichts, das ist wahr. Aber es liegt ja in der Luft. Und die Zeit ist reif: zehn Jahre nach dem Putsch. Wie in der Weimarer Republik, erinnern Sie sich? Also – es ist so weit ...«

»Aber wir sind ja doch nicht ganz und gar wie die Deutschen.«

»Und ob wir wie die Deutschen sind! Nur keine Sorge! Wenn es um den Wunsch geht, sich zu unterwerfen ... und ob wir da wie die Deutschen sind! Sich zu unterwerfen und andere zu unterwerfen ... Da sind wir alle die reinsten Deutschen. Eine Herren-Bindestrich-Sklaven-Rasse ...«

»Sieh an, du bist ja ein Philosoph.« Er wollte nicht mit sich selbst diskutieren.

»Hm. Habe genug bei Krasnogorow aufgeschnappt.«

»Eben. Wie ich sehe, liebst du die ›abgehackten Banalitäten‹, hm?«

Darauf antwortete Wanja nichts, ein paar Sekunden später aber sagte er beunruhigt: »Stas Sinowjitsch, was ist denn das da? So ein roter Schein ...«

Er schaltete die Scheinwerfer aus. Vor ihnen lag tatsächlich ein roter Lichtschein – quer über die Straße und nicht sehr weit entfernt: Man sah, wie Funken flogen und noch andere leichte brennende Fetzen, das alles vor dem Hintergrund pechschwarzen, von Feuerschein erhellten Rauches, schwärzer als die Nacht.

Da haben wir's, dachte er.

Bis zur Abzweigung waren es nach der Karte noch über zehn Kilometer.

7

»Was regen Sie sich denn auf, Herr Präsident?«, sagte der Große Bulle. »In einer Stunde sind die Pioniere da. In zwei Stunden, wenn's hoch kommt drei, können Sie weiterfahren, auf einer schönen glatten Straße ...«

»Über Stock und Stein«, fiel der Kleine Bulle ein, »und ins Loch – plumps!« – und er wieherte wie ein Pferd, sehr zufrieden mit allem auf der Welt: mit dem im Wind flackernden stinkenden rauchigen Feuer, mit der um ihn her scharwenzelnden erschrockenen Menge der ohne Autobahn verwaisten Fahrer, mit der allgemeinen Aufmerksamkeit, die seiner Person zuteilwurde, und vor allem damit, dass er so kumpelhaft mit dem Meister selbst sprach.

»Je nun, je nun ...«, pflichtete ihm der Meister ausgemacht weltmännisch bei. Die feurigen Trümmer brummten, atmeten Hitze und Gestank aus wie die Kehle eines krepierenden Drachen. Er gab sich Mühe, nicht hinzuschauen, und versuchte wieder und wieder, sich von diesem noch immer zuckenden Haufen glühenden Metalls abzuwenden, der noch immer begierig war, zu sein, zu existieren, sich sogar zu regen ...

(Was war da in diesem Haufen? Ein Hubschrauber. Zwei Tankfahrzeuge mit Benzin. Soundso viele Wagen, die in voller Fahrt in den Feuerrachen gerast waren ... Ein vor Entsetzen zitternder Augenzeuge, der entweder vor Glück trunken war oder irgendwo Schnaps gefunden hatte, der mit glasigen Augen und dem Lächeln eines Schwachsinnigen wieder und wieder jedem, der neu herangefahren kam, seine simple Geschichte von den sechs Karren erzählte, die eine nach der anderen *dort hineingeschlittert* waren, er aber war der siebente gewesen und hatte direkt am Rande des Feuers bremsen können ... Seine Frau lag still bei sich im Wagen auf dem Beifahrersitz, den Kopf zurückgeneigt, eine nasse, schwarzfleckige Serviette auf dem zerschlagenen Gesicht.) Der Weg war in der ganzen Breite der vierzig Meter Autobahn versperrt. Rechts, schon jenseits der Fahrbahn und sogar des Straßengrabens, wo ein Anhänger mit einem umgestürzten Container die Räder emporstreckte, fingen immer neue, immer weiter entfernte Büsche und kahle Bäume Feuer. Doch links schien eine kleine Lücke zwischen dem Feuer und dem Rand der Autobahn durch den Rauch zu sehen zu sein, und dorthin zog es immer wieder seinen Blick, obwohl er fürchtete, seine Absicht vor der Zeit zu erkennen zu geben. Freilich, diese Absicht war leicht zu durchschauen und lag zutage. Den beiden Bullen war durchaus klar, was der wer weiß woher hier aufgetauchte legendäre Meister wollte, und ihre Reaktion auf diesen Wunsch war ganz eindeutig: Kommt nicht infrage. Bei all unserem Respekt und unserem Verständnis, aber daran ist gar nicht zu denken. Nein, nein und nochmals nein.

An Bullen zog sich eine ganze Menge als Kette quer über die Fahrbahn – zwei Hubschrauber voll. Doch diese beiden – der Große und der Kleine – hatten hier (auf dieser Seite) das Sagen, vor allem der Kleine, im Range eines Leutnants und sehr widerwärtig. Der Alleroberste an der Unfallstelle aber war ein Major, der jetzt nicht zu sehen war, da er sich mit zwei weiteren Hubschraubern auf der anderen Seite der Unfallstelle befand, wo er denn auch seines Amtes waltete, während er auf dieser Seite nur in Form einer gewissen obrigkeitlichen Emanation zugegen war.

Ich kann auf Gesetz und Ordnung pfeifen, mich ans Steuer setzen und durchbrechen – mit qietschenden brennenden Reifen schräg durch die Kette der Bullen, in das rauchende Loch links, aufs Geratewohl ... dabei vielleicht sogar aufs Luftkissen gehen, vielleicht hilft's ... Es wird schon irgendwie klappen.

Ich kann versuchen, neben der Straße zu fahren, über den Sumpf, über die spärlichen rötlichen Büsche hinweg, durch das trübsinnige Gestrüpp der vom Rostwasser geplagten Weiden und Espen ... und notfalls auch aufs Luftkissen gehen ...

Ich kann durchs Feuer springen. Geradezu. Über den Flammen, aber unterm Rauch hinweg ...

Kann ich alles. Aber.

Sie werden mich verfolgen und vielleicht sogar schießen. Hubschraubern kann man nicht entkommen ... Vielleicht reicht die Puste nicht – springen, gut und schön, aber wie ist es mit dem Landen? Und der ganze Treibstoff in einer Minute – futsch! ... Und was ist da hinter dem Rauch? Wer sagt mir, was da hinter dem Rauch und der Feuerwand ist? ... ›Auf einer schönen glatten Straße ... und ins Loch – plumps!‹

... Warum? Warum stoße ich mein Leben lang jedes Mal auf verrückte, unvorstellbare, mit nichts vereinbare Hindernisse, wenn ich etwas völlig Natürliches, Gewöhnliches, *Gutes* tun will? ... Da gehst du in die Politik – ohne besonders große Lust, du gehst nicht einmal, sondern wirst hin verschlagen wie ein Holzspan in den Strudel, und wie es aussieht, befasst du dich da mit dummem Zeug – mit irgend so einer Bürokratomachia, oder, sagen wir, du schlägst die Hydra des Faschismus, oder du holst dein unglückseliges Russland wieder mal aus der Bredouille (also doch unnatürliche, abstruse Beschäftigungen, die einem normalen Menschen durchaus nicht gemäß und mit ihm sogar in gewisser Weise überhaupt unvereinbar sind) – und dabei geht bei dir alles seinen Gang: Die guten Menschen stehen dir zur Seite und sind immer bereit, die bösen Menschen zerschmettern sich geradezu selber zu Staub und Asche, du gehst deinen geebneten Weg, ganz in Weiß, von respektvollem Schrecken begleitet ... Doch kaum willst du irgendwas Menschliches, Gewöhnliches, für dich Naturgegebenes tun – schon sitzt du wie ein Häufchen Kacke vor einer undenkbaren und unvorhersehbaren Feuerwand, und kein Weg führt zu deinem einfachen menschlichen Ziel, und nirgends ist das Mindeste von einem lichtspendenden Schicksal zu sehen ...

Ein Bulle, klein und widerwärtig, das ist alles, was dir zur Betrachtung gegeben wird, und der ist heute dein Schicksal, dein Los, dein düsteres Fatum ...

Die Menge ringsum wuchs unterdessen immer weiter, immer neue Wagen kamen von Pieter her hinzu, es war ein Stimmengewirr, der Kleine Bulle ließ sich immer deftiger vernehmen, der Große sekundierte ihm mit Vergnügen, und alle ihre Kommentare liefen darauf hinaus, dass mit Ihnen allen nichts weiter passieren wird, warten Sie nur hübsch ab, da steht übrigens der Meister selbst und wartet, und er dankt nur Gott, dass er nicht im Flammenmeer gelandet ist ...

Des weltmännischen Lächelns müde und endgültig überzeugt, dass es keinen Sinn hatte, das Gespräch auf dieser Ebene weiterzuführen – es würde ihm nichts bringen, er verplemperte hier nur seine Zeit, dabei sollte er längst ordentlich das Köpfchen anstrengen und einen Ausweg finden –, war er schon im Begriff, sich zu empfehlen und diesen vom stinkenden Brande erhellten Mob zu verlassen, als sich plötzlich durch die Menge hindurch der wer weiß woher aufgetauchte sagenhafte Major *von der anderen Seite* auf ihn stürzte.

Dieser Major, groß und stimmgewaltig wie ein General, war aus dem Stegreif (ohne etwas zu verstehen oder es auch nur versucht zu haben) auf die Idee verfallen, der Meister – der berüchtigte Blutsauger Nummer Eins, von Schwindlern und Eierköpfen als Kandidat für die russische Präsidentschaft lanciert und nur durch ein Missverständnis noch nicht von den Organen gefasst – sei hier zu einem einzigen Zweck aufgekreuzt: die ihm, dem Major, anvertraute Einheit zu korrumpieren, sie zu kaufen, zu verleiten, zu übertölpeln, zu beschwatzen, ihr Sand in die Augen zu streuen, dass sie ihn durchließen, die Taugenichtse, wo sie ihn nicht durchlassen durften. (Durchs Feuer.) Er war angetrunken, roch an die zwanzig Meter weit nach süßlichem Fusel, und er war stimmgewaltig, unbestechlich, furchtlos, gab keinen roten Heller auf all diese Gerüchte und das mystische Gerede, fürchtete sich vor niemandem auf der Welt, hasste die Schwindler und die elenden Dämokraten und machte aus alledem vor dem Volke kein Hehl, sondern redete geradeheraus, rücksichtslos und mit Volldampf, begleitet vom billigenden Gemurmel der Menge, die wie üblich angesichts dieser allerletzten Obrigkeit hier in den Zustand vorauseilender Liebedienerei verfallen war. Der Große und der Kleine Bulle hörten sich diese obrigkeitlichen Invektiven beide mit dem gekränkten Ausdruck zu Unrecht verdächtigter ehrlicher Fallmacher an, schwiegen sich aus, betrachteten jetzt aber den Meister mit natürlicher Missbilligung und Unzufriedenheit. Hier war nun gar nichts mehr zu machen.

»In schriftlicher Form bitte«, sagte er zu dem Major und steckte ihm seine Visitenkarte in die Brusttasche. »Antragsteller empfange ich montags, mittwochs und freitags von zwölf bis vierzehn Uhr ...«

Der Major verschluckte sich mitten im Satz – nicht, weil ihn die giftige Höflichkeit irgendwie getroffen hätte, sondern gerade weil er sie über seinem eigenen Gebrüll nicht gehört hatte, sie aber doch hatte hören wollen: immerhin der Meister, mit dem redet man nicht alle Tage. Doch der Meister dachte natürlich nicht daran, es ihm noch einmal zu sagen, sondern machte auf der Stelle kehrt und ging durch die Menge, die sich ehrerbietig und willig teilte, wobei sie sowohl Schmeichelei als auch Feindseligkeit verströmte, dazu Verwunderung, Billigung und noch eine Menge andere gegensätzliche Gefühle, die an sich wohl nicht besonders selten waren, aber selten alle zugleich auftraten, zusammen in einem Bukett und in so hoher Konzentration.

Der ruhige, wenngleich professionell wachsame Mike (er ging voran, und es war sein steinernes quadratisches Gesicht, vor dem die Menge zur Seite wich, ins Dunkel) geleitete ihn zu den Wagen. Wanja deckte ihm wie üblich den Rücken und brachte es dabei auf wunderbare Weise fertig, ihm nicht auf die Fersen zu treten.

Bei den Wagen (sie standen beide hintereinander am Straßenrand) waren irgendwelche nicht ganz protokollgemäße Dinge im Gange. Kostja Balujew war nicht allein bei den Wagen – er stand zwischen ihnen und hielt einen kleinen Mann fest bei den Schultern, der schwach, gleichsam pro forma, zappelte, sich losmachen wollte und dabei böse dreinblickte – wie ein zu Tode erschrockenes Tier, das plötzlich in einen Hinterhalt geraten ist.

»Was ist los?«, erkundigte er sich, als er heran war. »Wer ist das?«

»So eine interessante Figur«, erklärte Kosta, während er den Kerl weiter festhielt und bedrängte. »Ist von selber gekommen. Sah mächtig schlau aus. Er hat eine Umgehungsstrecke vorgeschlagen – über Splawnoje und Nekrassowo. Ungefähr zehn Kilometer. Aber aus irgendeinem Grunde im Flüsterton. Und überhaupt verheimlicht er offensichtlich was, der Halunke. Ich denke, er ist ein Lockvogel.«

»Wessen Lockvogel?«, fragte er naturgemäß ungläubig.

»Na, von denen ihrem Stenka Rasin hier. Den sie Sarg Wakulin nennen.«

»Sarg?«

»Hm. Laut Ausweis heißt er Mark, aber das Volk nennt ihn liebevoll Sarg.«

Er zuckte mit den Schultern, öffnete die Wagentür und fragte dabei den Lockvogel: »Ist die Straße wenigstens ordentlich?«

»Hm!«, antwortete der Lockvogel. »'ne normale Straße. Wenn man die nimmt, ist man gleich in Nekrassowo ...« Er sprach schlecht, abgehackt, wie mit vollem Mund; um ihn zu verstehen, musste man sich konzentrieren, als sei er ein Ausländer. »Und was hält der mich fest, als ob ich irgend so'n Dieb wär ... Lass los! Also wirklich, wieso ...«

»Kusch«, sagte Mike leise, und der Lockvogel verstummte wie zugestöpselt.

Stanislaw schaltete den Fahrtenschreiber ein, fand die Karte des Rayons und sogleich auch die Straße. Von der Stelle, wo sie jetzt am Straßenrand standen, musste man an die fünfhundert Meter zurück. Dort befand sich ein unauffälliger Abzweig von der Autobahn nach rechts: eine drittrangige Straße (Schotter mit einem schmalen Erdwall) zu der jetzt wüsten Siedlung Splawnoje, und dann am Rande des Sumpfes Eichmoos entlang zur ebenfalls wüsten Siedlung Krasnaja Wischerka. Irgendwo seitlich lag da auch das erwähnte Nekrassowo, und weiter führte diese Straße nach Poddubje, am Zwiebelsumpf vorbei nach Gornezkoje, Klimkowo, und sie beendete ihren Dreißig-Kilometer-Bogen in der Siedlung Dobraja Woda, direkt neben der Autobahn. Es war, als hätte jemand die ganze Umgehungsstrecke eigens für den Fall einer Feuerbarrikade auf der Straße Petersburg – Moskau im Bereich Bolschaja Wischera – Malaja Wischera gebaut.

»Und wo sind Sie selber her?«, fragte unterdessen Wanja den Lockvogel betont höflich.

»Na, aus Malowischera. Von hier.«

»Und wie kommen Sie hierher?«

»Das ... ich ... Der Unfall! Da bin ich eben gekommen.«

»Womit?«

»Was heißt womit? Mit dem ... dem Motorrad ...« Irgendwas war bei dem Lockvogel nicht nur mit der Sprechweise faul, sondern auch mit der inneren Logik, er sprach überhaupt kein bisschen sicher, und nun klemmte es bei ihm endgültig. »Mit dem Fahrrad!«, berichtigte er sich. »Und das Fahrrad haben sie geklaut. Darum hänge ich hier rum. Ich wollte doch nur das Beste. Dachte, Sie brauchen Hilfe. Schnell. Wollte Ihnen 'nen Tip geben, ich kenne ja die Gegend. Bin von hier ...«

(Oder etwas in der Art. Je gekränkter, verlogener und nervöser der Kerl wurde, umso schwerer war er zu verstehen.)

Er lehnte sich aus dem Wagen und fragte den Lockvogel: »Wenn Sie von hier sind – was habt ihr dann hier in Krasnaja Wischerka?«

»Ist doch klar: 'ne Militäreinheit.«

»Und was für eine Einheit?«

»Woher soll'n wir das wissen? Soldaten. Autos. Stacheldraht auf der Mauer. Es heißt, irgend 'n geheimes Institut, aber wir – woher soll'n wir's wissen ...?«

»Sind Sie wirklich ein Lockvogel?«

»Was soll ich denn für 'n Lockvogel sein? Um Himmels willen! Ich wollte doch nur das Beste ... Ich seh doch: Da steckt jemand in Schwierigkeiten ...«

»Kusch«, sagte Mike.

Er nahm das Mikrofon und versuchte General Malnytsch zu erreichen. Der General meldete sich rasch, und seine Stimme war jetzt selbstzufrieden, forsch und energisch – wie in den besten Zeiten. Ihm fiel sofort ein Stein vom Herzen. Offensichtlich waren die Dinge, wenn nicht besser, so doch zumindest nicht schlechter geworden. Der General meldete unterdessen, dass sie die Krisis Gott sei Dank hätten kappen können, der Patient sei aus dem Koma herausgeholt worden, sein Zustand freilich immer noch ernst. Etwas an seinem Ton ließ Stanislaw misstrauisch werden, und er fragte geradezu: »Werde ich noch gebraucht?« »Ja, natürlich«, antwortete der General, aber mit einem kleinen Zögern, das ihn wunderte und noch misstrauischer werden ließ. »Brauchen Sie mich oder nicht?«, wiederholte er mit leicht erhobener Stimme. »Ja! Ja!«, erwiderte General Malnytsch leidenschaftlich und nun schon ohne jedes Zögern, und er entschied, zunächst lieber nichts zu präzisieren und zu klären. Er erzählte dem General einfach von seiner Lage und fragte, was der vom Weg über Spawnoje, Nakrassowo und so weiter hielte. Der General stockte – diesmal schon ganz unverhohlen – und sagte: »Das ist gefährlich, Stanislaw Sinowjewitsch. Ich habe Ihnen schon mitgeteilt – dort treiben die Wakulinzer ihr Unwesen.« »Und wenn Sie mir jemanden entgegenschicken? Für den Fall der Fälle?« »Das geht!« Der General lebte auf. »Es ist längst an der Zeit, denen auf die Fresse zu hauen! Ich schicke einen SPW los, auf der Stelle ...«

Er stieg aus und fragte seine ganze Mannschaft: »Also? Riskier'n wir's?«

»Natürlich!«, erwiderte Mike unverzüglich. »Bloß den hier nehmen wir mit.«

»Dazu hast du kein Recht!«, ließ sich der Lockvogel vernehmen – schwer verständlich, doch mit Nachdruck.

»Ich habe kein Recht?«, sagte Mike einschmeichelnden Tones zu ihm. »Bitte, da ist die Miliz. Warum rufst du denn nicht um Hilfe? Wir gehen jetzt zusammen hin und klären alles, willst du? Du willst nicht? Dann halt den Mund und tu, was man dir sagt. So ein Iwan-Sussanin-Typ aus Malaja Wischera ...«

Da sagte er: »Lassen Sie ihn, Kostja.«

»Herr Präsident!«, schrie Mike auf.

»Stas Sinowwitsch, das geht nicht!«, schrie Wanja gleichzeitig und im selben Ton.

Kostja aber schrie nicht auf, sondern führte den Befehl des Chefs sofort aus und stieß den verdächtigen Kerl sogar ein bisschen weg – also dann geh, hast Glück gehabt ...

»Herr Präsident!«, beharrte Mike, der in diesen Sekunden seinen ganzen Sinn für Humor verloren hatte. »Ich muss kategorisch darauf bestehen. Letzten Endes bin ich hier der Ranghöchste der Wache. Sie müssen auf mich hören, Herr Präsident! ... Konstantin, halt diesen Halunken fest, greif ihn dir, ehe er sich verdrückt ...«

Und da erwischte es ihn. Wie immer aus heiterem Himmel, und wie immer im unpassendsten Moment. Die Ohren begannen ihm zu klingen, die Welt entfernte sich, rückte ab, als wäre sie eine gemalte düstere Dekoration, und es entfernten sich die Stimmen: Nur ganz am Rande des Hörbaren brummte, ratterte, gluckerte es – der aufgeregt-starrsinnige Mike, die im Leerlauf murmelnden Motoren, der Major, der ganz in der Nähe im Generalston brüllte ... wo kommt denn der her, der ist doch weit weg, wo das Feuer sich abkühlt ... erstickt, im Sterben liegt und partout nicht stirbt, noch nicht gesättigt, sich schwach regt, schon hässlich geworden ... erbärmlich ... Und womöglich gebe ich jetzt den Löffel ab, ausgerechnet, wie dumm ... das wird lächerlich: Bin losgefahren, um den Freund aus der Finsternis ins Diesseits zurückzuziehen, und stürze selber in diese Finsternis ... Nein. Nicht jetzt. Nicht heute. Noch nicht. Versprochen ... Wer hat das zu mir gesagt? Vor langer Zeit. Weiß nicht mehr. Aber das Versprechen ist damals nicht gehalten worden, das weiß ich noch ...

Durch das Gemurmel, das Rascheln, das dünne Klingen und das ätherische Pfeifen hindurch erklang plötzlich – ganz nahe am Ohr – die angespannte Stimme Wanjas: »Warte. Sei still. Du siehst doch – es hat ihn erwischt. Lass ihn ... Verdammt, wie unpassend das kommt ...«

»Das kommt immer unpassend«, sagte er mit hölzernem Mund, ungehorsamer Zunge, taub gewordener Kehle. »Fertig. Ruhig. Es ist vorbei ...« Wie sich zeigte, saß er schon auf dem Fahrersitz, und ihm war kalt. »Wo sind meine Tabletten? Ich brauche zwei ... Oder auch drei.«

Die fühllosen Finger ertasteten wie von selbst das ungehorsame Röhrchen mit den Tabletten und schraubten mit gewohnter Bewegung den Deckel ab. Die vertraute erfrischende Bitterkeit belebte die Zunge, den Gaumen, rückte die Welt näher heran, brachte sie an ihren Platz zurück, sortierte die Klänge: die fernen wurden schwach, die nahen laut. Er konnte hören, wie schwer und schnell Mike atmete. Wie abgehetzt. Iwans Finger aber, wie sich zeigte, knöpften ihm rasch und geschickt den Hemdkragen auf, massierten das Genick, fühlten ihm den Puls – und das alles anscheinend gleichzeitig.

»Fertig. Fertig«, sagte er und überwand dabei die Atemnot. »Es ist vorbei. Ich hab doch gesagt: Heute noch nicht. Könnt ihr glauben. Ich lüge bekanntlich nie ... Der Ehrliche Stas ...«

»Na, Meister!«, sagte Mike. »Na, mit Ihnen erlebt man was ...«

Er atmete noch immer geräuschvoll. Wie nach einem Handgemenge. Offensichtlich war er gründlich erschrocken, vielleicht sogar geängstigt. Er hatte noch nie gesehen, wie es den Meister erwischte ... Und noch nie hatte er seinen Herrn Präsidenten Meister genannt – aus irgendeinem Grunde hielt er das für gemein und plebejisch. (Er stammte aus guter intelligenter Familie, konnte sich an Thomas Mann und Hermann Hesse erbauen, verehrte Buñuel, schrieb im Stillen eine Dissertation über ein ausgeklügeltes philosophisches Thema und war ausschließlich aus ideellen Gründen Bodyguard geworden. Artjom verhielt sich zu ihm mit einer gewissen professionellen Herablassung, respektierte ihn aber zugleich – wegen seiner Bildung und der guten angeborenen Reaktion.)

»Fertig«, wiederholte ihm der Ehrliche Stas zur Antwort. »Fertig! In die Wagen. Wir haben hier nichts mehr ... Los denn.«

Sie fuhren jedoch nicht sofort los. Erstens war er noch nicht ganz wieder bei sich. Den Wagen zu lenken – davon konnte gar keine Rede sein, doch auf den Beifahrersitz zu rücken weigerten sich Hände und Füße – sie waren gleichsam taub, gehorchten nicht. Sie wollten nicht. Um diesen Umstand zu verbergen, begann er, die Reihenfolge zu erörtern: Wer vorausfahren sollte, wer hinterdrein, was da für ein Hinterhalt sein konnte, welchen Wagen es in erster Linie treffen würde – den ersten oder den zweiten –, doch auch die Diskussion gelang nicht: Es entstand eine ganz unerwartete und sogar sonderbare Situation.

Wie sich herausstellte, dachte der Kerl, den sie für einen Lockvogel gehalten, laufen lassen und in dem Durcheinander ganz vergessen hatten, überhaupt nicht daran, das Weite zu suchen. Bis zu diesem Moment hatte er wie angewurzelt im Hintergrund gestanden und nur den Kopf hin und her bewegt, um besser zu sehen, was da im Inneren des Wagens vor sich ging. Auch jetzt glotzte er ihn an, als ob sich vor ihm plötzlich ein Wunder aufgetan hätte, doch anscheinend lag das nicht an seiner Neugier und nicht an dem bei einem Provinzler natürlichen Wunsch, sich den Bonzen anzugucken (sensorische Deprivation, Informationshunger eben). Anscheinend brauchte er die ganze Zeit, um etwas zu erfassen, zu vergleichen, mühsam zu analysieren, und als er sein Resümee gezogen hatte, brach er plötzlich in einen ganzen Schwall von Geräuschen und Körperbewegungen aus. Er stürzte los, versuchte sich näher an den Mittelpunkt des Geschehens zu drängeln und begann fieberhaft draufloszureden, Speicheltröpfchen versprühend, wortreich und fast ganz unverständlich, wobei er immer noch zappelte, sich herandrängte, die Umstehenden bei den Händen fasste. Nur einzelne Satzfetzen (größtenteils in der Verkehrssprache) waren plötzlich in diesem brodelnden und blubbernden Brei zu erahnen: »Meister ... auf gar keinen Fall ... schlimme, ähm, Sache ... verstehst nicht, Scheibe auch ... Mark Uljanytsch ... wofür, ähm? ... sind doch die Söhne, zwei ...«

Zuerst verstand er es so, dass der Kerl, tatsächlich ein Lockvogel der Wakulinzer, aus dem Gespräch entnommen hatte, dass er es mit keinem anderen als dem Meister zu tun hatte, sich seines elenden Tuns schrecklich schämte und sich nun abmühte, die Leibwächter und die eigene verfluchte Sprachlosigkeit zu überwinden, um ihn zu überzeugen: Er sollte nicht fahren, es sein lassen, hierbleiben ... ist doch eine Sünde ... Mord und Totschlag, schrecklich ... sechzehn Leute ... Und so weiter. Der erkannte Meister registrierte bei sich beiläufig sogar ein Aufflackern der süßen Empfindung politischer Eitelkeit (»also auch in der Provinz kennt man uns ... schätzt uns ...

und dabei sah es aus, als sei ich für ihn ein Niemand ...«), doch dieses beschämende Gefühl unterdrückte er sogleich routiniert – und rechtzeitig: Plötzlich erfasste er einen neuen und ganz anderen Sinn in der leidenschaftlichen Rede, und obwohl er sich nie völlig sicher war, ob dieser Iwan-Sussanin-Typ wirklich das meinte, war die Annahme nicht mehr von der Hand zu weisen, dass sich der Kerl durchaus nicht um das kostbare Leben des aus heiterem Himmel aufgetauchten Meisters sorgte (des besten Freundes aller aus Malaja Wischera), sondern dass ihm das Schicksal von Mark Uljanytsch Wakulins Hinterhalt am Herzen lag, seine sechzehn Mitarbeiter/Kampfgefährten/Komplizen, von denen zwei seine Söhne zu sein schienen.

»... Erbarmen zeigen ...«, kochte es in dem heißen Brei hoch, trat an die Oberfläche wie ein Fettklümpchen und verschwand wieder im Brodeln und in zähen Blasen, »... doch auch Menschen ... Und wofür? ... mit Steuern erdrückt ... und wie soll er ohne Auto? ... ähm ... Scheibe auch ...«

(Die Furcht. Nur die Furcht regiert diese Welt. Und nichts außer ihr. Täuscht euch selber nicht und nicht mich. Und tönt in meiner Anwesenheit bitte nicht von Tapferkeit, von Ruhm, von Heldentaten. Von Ehre, Tapferkeit und Heldentum. Von Vernunft, Ehre und Gewissen. Von Schönheit, die die Welt erlöst. Und von den sieben Gerechten. Und von Ironie & Mitleid. Und von Barmherzigkeit & Güte ...)

»Was, hast du dich eingeschissen?«, fragte Wanja, langte genüsslich und schadenfroh nach dem Kragen des Kerls und zog ihn in seiner schwieligen Hand zusammen. »Dann lauf jetzt zu deinem Sarg Uljanytsch und sag ihm: Ihr alle seid bald endgültig abgefickt und im Arsch!«

(Und redet mir bitte nicht von Tollkühnheit. Und von Verachtung für billige Geborgenheit. Und von Glauben/Hoffnung/Liebe und ihrer Mutter, der Sophia. Und von ewigen Kulturwerten, von Wurzeln & Blättern, von Blut & Boden.

Und sogar mit Rechtgläubigkeit & Selbstherrschaft & Volksverbundenheit verschont mich ... Und versucht mir um Herrgotts willen nicht einzureden, Ehrlichkeit sei die beste Politik, dass Gewissen vor Angst geht und dass sich das Volk nach den sieben Gerechten sehnt ... *Sieben Schalen des Zorns! Und die sieben letzten Plagen!* Sieben Argumente, sieben Symbole des letzten Glaubens ... *Die Furcht.* Nur die Furcht. Und nichts als die Furcht ...)

8

... Warum trifft es mich nur jedes Mal so, wenn ich damit konfrontiert werde? Sollte ich mich nicht allmählich dran gewöhnen: Ich habe das alles ja schon vor vielen Jahren begriffen, erfasst, formuliert und (mit Bitterkeit) zur Kenntnis genommen. Vor vielen Kümmernissen. Vor vielen Enttäuschungen, Anfällen von Depression und bekümmertem Händeringen. Nun ja, der Mensch der Masse braucht eben deine Ehrlichkeit nicht, deinen Anstand und die kristallene Reinheit deiner Absichten! Er glaubt dir nicht. Und will dir nicht glauben. Und wenn er denn will, kann er es nicht. Er ist dazu nicht imstande. Und wenn er glaubt, dann nur aus Gewohnheit und bis zum ersten Fehler ... »Kommet und herrschet über uns.« Mein Gott, wie viele Jahrhunderte wird denn diese trübsinnig-gehorsame blutarme Losung noch krakelig über unseren Millionenmassen hängen? Komm und herrsche. Über sie. Herrsche über sie, und sie werden dich (mit Vergnügen) fürchten (sogar mit Stolz, mit dem stolzen Gefühl ihrer unbeschreiblichen und unerklärlichen Eigenheit). Doch – unbedingt und zuallererst – fürchten. Denn sobald wir dich nicht mehr fürchten, erwacht in uns ein besonderer Appetit, und sogleich beginnen wir dich aufzufressen. Wie es bei manchen Herden- oder Rudeltieren üblich ist ... So eine uralte Gemeinheit, also: Friss, um nicht gefressen zu werden ...

... Ich will nicht dran denken. Sollen *die* doch dran denken. Nur dass die niemals daran denken. Sie denken überhaupt nicht oft. Sie schätzen, glauben, meinen, stellen sich vor, kalkulieren – das schon. Doch sie denken nicht. Wozu auch? Ich erinnere mich bestens an jenen bemerkenswerten Seelenzustand, wo Denken irgendwie als *unökonomisch* galt. Als ökonomisch galt es, zu glauben. Und dann, einige Zeit später, wurde es genauso ökonomisch, *nicht* zu glauben. Niemandem. An nichts. Um nichts auf der Welt ...

Er schwieg. Wanja auch. Er wollte nicht reden, und es gab auch nichts zu bereden. Und Wanja war nicht danach. Wanja hielt das Tempo bei ungefähr vierzig. Diese verschwindend geringe Geschwindigkeit kam ihnen riesig und gefährlich vor, schneller zu fahren ging auf dieser Straße einfach nicht. Die Straße war eng, gewunden und rissig. Sie war sicherlich zwanzig Jahre nicht repariert worden, vielleicht auch überhaupt niemals. Grimmiges schwarzes Gestrüpp, nass und kahl, sprang, orange-weiß erleuchtet, bedrohlich aus dem Dunkel und verschwand, nachdem es sie erschreckt hatte, wieder im Dunkel, wobei es zum Abschied im roten und blauen Lichtschein der Rundumleuchten aufblitzte. Sie wurden die ganze Zeit durchgerüttelt und hin- und hergeschleudert – nicht geschaukelt, gewiegt, sondern gerüttelt, geschüttelt und geworfen –, die Superstoßdämpfer der »Adiabate« nützten nichts, und als Wanja nach dem nächsten Stoß, der die Zähne aufeinanderschlagen ließ, aufs Luftkissen zu gehen versuchte, kamen sie so ins Schleudern, dass es schon aussah, als sei's das gewesen – Schluss, aus, Finis ...

Vorn tauchten manchmal aus einer Kurve die dunkelroten Rücklichter Mikes auf und verschwanden in der nächsten Kurve. Auf dieser Straße war er sichtlich im Vorteil – hier zeigte sich der Profi. Wanja war ein guter Fahrer, gewiss sogar ein ausgezeichneter, doch Mike war Fahrer durch und durch. Ihn hier einzuholen war unmöglich, obwohl sich Wanja anscheinend (insgeheim) alle Mühe gab: Auf geraden Wegstücken beschleunigte er, ging millimetergenau in die Kurven, schlängelte sich glatt zwischen den Schlaglöchern hindurch – doch es half nichts. »Was denn?«, konnte er sich nicht verkneifen zu fragen. »Sind die Trauben zu sauer?« – »Wieso denn«, antwortete Wanja lässig, doch unverzüglich. »Den stecke ich allemal in die Tasche ...« Und die rubinroten, breiten Streifen von Mikes Lichtern blinkten wieder beiläufig auf und verschwanden in der Kurve.

Die Gegend war wild, aber nicht völlig unbewohnt. Bald links, bald rechts gingen plötzlich gerade, militärisch saubere und glatte Stichstraßen ab – mit guter Decke, zweispurig, aber nirgendwohin. Finsternis lag über ihrem weiteren Verlauf, oder es blinkten gelbe, unverständliche Lichter: entweder die düsteren Schlösser der hiesigen Großgrundbesitzer oder irgendwelche unbekannten Wirtschaftshöfe – halblegale Pflanzungen von Hanf und Mohn, Felder mit Orangerien, die geheimnisvollen Basker-Farmen ... Einmal stießen sie auf einen halb in den Straßengraben gerutschten Schützenpanzerwagen, dessen Luken in Entsetzen und Verzweiflung aufgerissen worden waren. War das vielleicht der von General Malnytsch geschickte SPW? Nein, wohl kaum – das Fahrzeug war alt, sichtlich von wilden Büschen überwuchert, die Spur einer alten, schon gründlich vergessenen Auseinandersetzung. Eine sonderbare Gegend. Sonderbare Gegenden gibt's bei uns in Russland, noch dazu ganz nahe an der Zivilisation, gleich nebenan ...

... Interessant, wie sich wohl zum Beispiel Wanja die Umdrehung der *Schicksalskurbel* vorstellte? Der Meister steht da, das Gesicht versteinert, konzentriert und den Blick auf den Schurken gerichtet, dem das Hirn zerquetscht werden soll. Eine lautlose Bewegung des von Schmiere glänzenden *He-*

bels – und der Schädel zerspringt in Stücke, das Hirn wird zur Fontäne, die lappig gewordenen Beine des kopflosen Leichnams knicken ein, und der Schurke ist vernichtet. Ich denke, etwas in der Art hat sich Wenik Iwanytsch vorgestellt, Friede seiner Seele. Wanja aber hat Vatis Tagebuch gelesen – und er glaubt dran ...

... Merkwürdig, dass mein Los mit den Jahren Routine gekriegt hat und jetzt nach dem Prinzip der größten Ökonomie arbeitet. (Wieder die Ökonomie. Das Hamilton-Occam-Prinzip. Ganz ohne den weiten Spielraum der Natur.) Sogar als ich »auf Jagd gegangen« war ... Nein, daran will ich mich nicht erinnern. Wie komme ich dazu, im Misthaufen der eigenen Idiotie zu wühlen? ... Jedenfalls sieht das alles jetzt ganz anders aus als seinerzeit in jungen Jahren. Jetzt sieht es ausgesprochen ökonomisch aus: eine hübsche kleine Nekrose, eine mikroskopische Verletzung in der Varolsbrücke – und fertig ... Nur dass ich damit nichts zu tun habe, das ist es, was ihr alle nicht verstehen wollt, ihr meine vertrauensseligen Häschen, Mystiker, materialistische, ihr meine religiösen Pragmatiker ...

(Beim letzten Mal war es so: Die Augen fielen ihm – *flossen* ihm förmlich – aus den Höhlen und blieben an Fäden hängen ... oder klebten fest ... an der Wange, am Hals unterm Kinn ... Das war, als es mich umgekrempelt hat ... Doch so war es nur ein einziges Mal, das erste und letzte – in einer heißen, schwülen, kranken, fiebrigen, weißen Sommernacht, während der Wahnsinn in mir brodelte, innig vermengt mit ohnmächtigem Hass auf das Schicksal, auf die Welt, auf mich selbst, auf alles in der Welt ...)

Macht nichts, bald kriegt ihr das alles in natura zu sehen, ihr meine zotteligen Adepten. In zehn, fünfzehn Minuten, höchstens. Natürlich wird es da keine Barrikade geben, nicht einmal ein gewöhnlicher Balken wird quer über die Straße liegen, schon gar keine Panzermine: Wakulin, Sarg Uljanytsch-Rinaldinowitsch, braucht den Wagen, in normalem Zustand, und keine verbrannten Leichen mit verbranntem Eisen vermischt. Höchstwahrscheinlich wird da, wie auch unser tapferer Iwan-Sussanin-Typ voraussagt, ein alter Schlagbaum sein, der aus wer weiß welchen wachsam-geheimen Zeiten hier übrig geblieben ist, und aus der eisigen Finsternis treten plötzlich grimmige, schlecht rasierte Kerle und bilden eine Kette über die Straße. Und da wird dann die unerbittliche Kurbel meines rätselhaften Fatums in Funktion treten.

... Wohl kaum. Woher denn? Wo ist die Gefahr? Wo das Hindernis für meine Pläne, und für welche? ... Ich geb ihnen einfach den Wagen! Einen – ohne jede Diskussion. Und wenn sie drauf bestehen, auch beide. Bis zur Basis sind es fünf Kilometer, das können wir hübsch zu Fuß tippeln. Werden wir uns deswegen etwa gegenseitig umbringen? Und das ist es eben: »etwa«. *Ich* würde in so einer Situation niemanden umbringen, aber wie mein Fatum entscheidet, weiß auch nur das Fatum allein. Wenn. If anybody. Aber vielleicht weiß auch Es das nicht. (Weiß die Münze, ob sie jetzt gleich mit Zahl oder Wappen zuoberst fallen wird?) Die Hand des Schicksals ist eine nützliche Sache, doch manchmal ärgert und erniedrigt sie einen, wie jede Hand – fremd, behaart, ohne Zeremonien väterlich, wie sie einen beschützt, voranstößt und stützt.

Seltsam, dass ich mich vor nichts fürchte. Schon seit vielen Jahren. Das ist nicht richtig. Richtig ist, dass der Vater der Furcht selbst Furcht verspürt, und je mehr Furcht er verbreitet, um so mehr fürchtet er sich selbst. So war es immer, und das ist normal. Ich bin die Ausnahme. Irgendwas stimmt da nicht. Irgendwas ist da pathologisch. Ich fühle es seit Langem, doch ich selber kann weder die Ursachen noch das Wesen verstehen, und es gibt keinen, mit dem ich mich beraten könnte. Es gibt auf der Welt keinen Arzt, bei dem ich über solche Symptome klagen könnte ...

Hol's der Teufel, wo ist denn nun endlich dieser Schlagbaum? Müsste längst da sein ... »Oder ein hm-so-ein Invalide knallt mir einen Schlagbaum vor die Stirn ...« Was für einer? »Ein verbrauchter«? Nein. »Ein verhärmter«? Nein. »Ein verwirrter Invalide?« ... Nein. Verdammt auch. »Iwan, *Oder ein* was-für-ein *Invalide knallt mir einen Schlagbaum vor die Stirn.* Was für ein Invalide?« Wanja, der alle Hände voll mit den Steuergeräten zu tun hatte, fauchte nur: »Ihre Sorgen möchte ich haben, Bürger Chef«, und da meldete sich Kronid: »Erster, Erster, hier Kronid, wie hören Sie?«

»Ich höre Sie gut, Kronid. Sprechen Sie.«

»Ich teile die Angaben über Wakulin mit. Mark Uljanowitsch. Jahrgang dreiundsechzig. Mittelschulbildung, Spezialausbildung, Schlosser ...«

»Geben Sie nur das Wesentlichste.«

»Jawohl. Afghanistanveteran. Luftlandeeinheiten. Feldwebel. Beteiligt an Kampfhandlungen in Karabach, Transnistrien, Bosnien und so weiter. Letzter Einsatz in Kandym. Begründer der ›weißen Bewegung‹. Kopräsident des Bauernbundes, Organisator von Bauernmilizen. Großgrundbesitzer, Organisator eines Netzes von Basker-Farmen. Ist in der Fahndung erfasst. War zweimal in Untersuchungshaft, jedes Mal gegen Kaution freigelassen, und die Untersuchung wurde wegen Mangels an Beweisen eingestellt. Die Anklagen ...«

»Stop«, sagte er. Er hatte den Schlagbaum gesehen. »Danke. Genug. Wir haben Feindberührung.«

»Viel Erfolg.«

»Danke. Ende.« Ohne hinzusehen, legte er vorsichtig das schwarze Ei des Mikrofons in seine Mulde.

So. Mike hat angehalten. Die blaue Rundumleuchte blinkt stumpf. Die Scheinwerfer. Mehrere, vielleicht alle ... Im weißen Lichtschein ein gestreifter Schlagbaum. Geschlossen. Kein Mensch zu sehen. Es ist überhaupt niemand und nichts zu sehen außer dem Schlagbaum und der finsteren Masse des Gestrüpps. Keinerlei Bewegung. Und Stille. Nur der Motor raschelt. »Oder ein verbissner Invalide knallt mir einen

Schlagbaum vor die Stirn ...« Nein, es gibt doch eine Bewegung – links von Mike. Irgendein roter Schimmer ... Oder sind es Lichtreflexe auf dem Glas? »... Ein beschränkter Invalide knallt mir plötzlich einen Schlagbaum vor die Stirn ...«

Und auf einmal – als hätten sich die durchfrorenen Büsche bewegt und zu schweben begonnen, sich über die Straße hin bewegt – senkrechte helle und dunkle Streifen, als sei einem schwindlig und trübe vor den Augen geworden. »Gott ...«, sagte Wanja mit heiserer Stimme kaum hörbar neben seinem Ohr.

... Ein monströses, unnatürlich großes Tier. Fast unsichtbar. Genauer – fast nicht auszumachen. Schräge gelbgraue und schwarze Streifen – es verharrte und verschmolz sofort mit der Landschaft. Die Vorstellungskraft weigerte sich, es als wirklich hinzunehmen. Als Wahngebilde – ja. Als Halluzination – ja. Als Spiel der düsteren Schatten auf dem frostigen kahlen Weidendickicht. Das Schreckenspferd ... Das Falbe Ross. Alles Mögliche, nur keine Wirklichkeit. So was gibt es nicht und kann es nicht geben ...

Doch es war wirklich. Es war da. Hier. Neben dem Wagen. Es *schaute*. Der Kopf. Die trübrot glimmenden kleinen, tiefliegenden Augen. Der schiefe, unangenehme Mund ... Keine Schnauze, sondern ein Mund ... Und irgendwoher war plötzlich ein Geruch aufgetaucht. Ein Rüchlein. Nach Fäulnis. Oder Tod ... Oder nach Furcht. Wenn die Furcht einen Geruch hatte, dann ebendiesen ... Ein Rüchlein, das einem die Wangenknochen gefrieren lässt ... Die Furcht hat also doch einen Geruch.

»Wer ist das, Boss?«, flüsterte Wanja – dicklippig, klein und auf einmal in sich zusammengekrochen wie ein erschrockener Schuljunge.

»Sei still«, sagte er zu ihm, fast ohne die Lippen zu bewegen. »Das ist ein Basker. Sei still, er hört uns ...«

... Es hieß, man müsse sie mit Menschenfleisch füttern. Mit Leichen. Die schon in Verwesung übergingen.

Es hieß, dass sie mit ihren Fangzähnen Eisen zerfetzten und mit den Krallen die Frontscheiben von Autos herausschlugen. Mit einer einzigen lässigen Bewegung der Pfote.

Es hieß, dass sie die menschliche Rede verstünden. Dass sie das Schlagen eines Herzens mehr als einen Kilometer weit hörten. Dass sie durch Nebel blickten wie Ortungsgeräte. Dass sie unter Wasser atmen konnten. Doch dafür hatten sie, hieß es, keinen Geruchssinn. Überhaupt keinen. Und sie hatten keine Stimme. Sie schwiegen. Nur manchmal – selten – *lachten* sie.

Es hieß, dass sie nur Kindern gehorchten, nicht älter als dreizehn Jahre. Erwachsene betrachteten sie nicht als ihre Herren, Erwachsene betrachteten sie als Nahrung. Als wenig schmackhafte freilich. Erwachsene betrachteten sie als *kulinarisches Rohmaterial.*

Es hieß, sie seien in gewissem Sinne vernunftbegabt. Doch augenscheinlich lag der Fall sogar noch schlimmer. »Vernunftbegabt?«, hatte Vikont einmal mit grimmigem Lachen gesagt. »Die sind nicht vernünftig. Sie sind *wahnsinnig*!«

Die Basker waren speziell als Wächter gezüchtet worden. Sie waren die idealen Wächter. Sie wurden sehr gern von einigen Ländern mit strengem Regime gekauft. Ein prächtiger Exportartikel! Basker vermehrten sich nicht. Einen Basker konnte man nur *heranzüchten*, erschaffen, formen, *modellieren* – eine Einzelanfertigung, und wie es gemacht wurde, wussten nur die Besitzer der Basker-Farmen, und bei Weitem nicht alle. In Russland war der Handel mit Baskern nun schon seit fünf Jahren verboten. Die Basker-Farmen selbst existierten irgendwo am äußersten Rande des Rechtsraumes. Doch die Bauern kannten keinen besseren Schutz vor Land- und Stadtstreichern, vor den fixen, zudringlichen Sonderbrigaden, die ihnen die Felder verwüsteten, und vor der Mafia, die jeden einzelnen selbständigen Landwirt unter Kontrolle zu bekommen versuchte. Es war nämlich so, dass man einen Basker praktisch nicht töten konnte. Er *sah* die Kugeln. Und Granaten. Und erst recht die langsamen Raketen mit Zielsuchautomatik ...

Selbstverständlich musste man sie verbieten. Lieber heute als morgen. Solange es nicht zu spät ist. Solange wir noch heil in unseren Häusern sitzen. Solange sie noch nicht gelernt haben, uns zu benutzen. Solange ihnen noch nicht allen aufgegangen ist, dass sich das frische Fleisch, das sie so wenig mögen, ganz leicht in fauliges verwandeln lässt, auf das sie so scharf sind ...

Der Basker schaute sie immerzu aus glühenden Augen an – hochmütig und gleichgültig, und irgendwo am Rande der ohnmächtigen Welt schrie Iwan Sussanin: »Nein ... Meister ... doch schrecklich ... uns im Guten trennen, im Guten!« Und plötzlich ertönte aus dem Nirgendwo eine Megafonstimme: »Meister, wenn du hier bist, dann lass dich hören. Was spielst du denn den Schweiger?«

Langsam, wie unter Wasser, streckte er die Hand aus und schaltete den Außenlautsprecher ein.

»Ich bin hier«, sagte er.

»Hier ist er, sieh an«, sagte die Stimme giftig. »Und wozu bist du hier, fragt sich? Was willst du von uns?«

»Nichts.«

»So, und wieso bist du dann gekommen? Denkst du, du kannst bei uns Wahlkampf machen? Also das ist 'ne Fehlanzeige.«

»Nein. Ich will überhaupt nicht zu euch. Ich will ins Institut.«

»Wozu?«

Alles willst du erklärt haben, dachte er. Alles erzählt ... Auch der Basker hörte aufmerksam zu. Er war ganz nahe herangekommen und senkte plötzlich den Kopf, legte ihn mit dem struppigen Kinn auf die Kühlerhaube, ohne seinen schrecklichen Blick eine Sekunde lang abzuwenden. Wen schaute er an? Und was sah er eigentlich, was konnte er durch die Photochromscheibe hindurch sehen?

»He, Meister? Was schweigst du? Willst du etwa was zusammenschwindeln? Dabei schreiben sie doch in den Zeitungen, dass du angeblich niemals lügst.«

»Mein Freund ist dort. Er liegt im Sterben. Ich kann ihn retten.«

Mit einem unvermittelt aufkommenden Gespür erfasste er plötzlich, dass er jetzt alles sagen durfte und musste, wozu er Lust hatte. Ohne Überlegung und Kalkül. Dass Worte jetzt nichts entscheiden würden. Entscheiden würde etwas anderes ... Eigentlich war alles entschieden, und zwar schon vor Beginn des Gesprächs. Gleich würden sie weiterfahren ...

»Nicht übel ausgedacht! Bist du etwa Arzt?«

»Nein. Aber ich kann ihn rausholen. Von drüben – zurück.«

»Ein Extrasensor, was?«

»Ja, mag sein.«

»Mir macht da ein Ekzem zu schaffen«, sagte die Stimme spöttisch. »Hilfst du vielleicht?«

»Nein. Ich kann nur einem Menschen helfen.«

»Ha. Was willst du dann Präsident werden? Da muss man ja Millionen helfen ...«

Darauf blieb er die Antwort schuldig. Er schaute in die roten Augen des Tiers und versuchte den sich plötzlich aufdrängenden Gedanken loszuwerden, er sei es, der da sprach, der Basker, und kein Sarg Uljanytsch mit Megaphon. Es gab auf der Welt gar keinen Sarg Uljanytsch mit Megaphon – da saß das *Tier* und redete mit eisern raschelnder Stimme, spöttisch und gleichgültig-giftig – nur die feuchten, schiefen Lippen regten sich schwach ...

»Du schweigst? Und wenn du nun gewählt wirst? Was wirst du dann tun, Ehrlicher Stassik? Die Steuerschraube weiter anziehen?«

»Ich weiß nicht. Kann sein.«

»Und was wird mit den Getreidepreisen? Und was machst du mit den Baskern? Verbietest du sie?«

»Weiß ich noch nicht. Das ist alles Kleinkram, Mark Uljanytsch. Ich werde die optimale Lösung suchen.«

»Und mit den Beamten? Auch die optimale Lösung?«

»Die jag ich zum Teufel. Ich liebe sie nicht mehr, als Sie es tun.«

»Eher jagen sie dich zum Teufel ... Obwohl du Kraft hast! Dich kann man wohl nicht besonders zum Teufel jagen ... Was ist das übrigens für eine Kraft, Herr Krasnogorow? Erklären Sie's einem einfachen Mann.«

»Das Schicksal«, sagte er und schaute dem *Tier* in die glühenden Augen. »Vorsehung. Fatum. Los.«

»Das verstehe ich nicht. Genauer.«

»Herr Wakulin«, sagte er. »Entschuldigen Sie bitte, aber vielleicht könnten wir das ein andermal erörtern? Ich bin in Eile.«

Die Stimme schwieg, dann sagte sie gedehnt: »Du hast vielleicht Höhenflüge ... Irgendwie gefällst du mir nicht, Meister!«

»Gleichfalls, *Sarg* Uljanytsch.«

Gleich geht's weiter, dachte er wieder. Das war's. Gleich. Nur noch ein paar Sätze, und es geht weiter ...

»Schade. Ich wollte schon lange mit dir reden. Ziemlich lange ... Und nun hast du's eilig ...«

Abermals schwieg er. Er wurde das Gefühl nicht los, mit dem Tier zu sprechen und nicht mit einem Menschen. Ein Trugbild. Eine Sinnestäuschung. Die Augen aber glommen wie ein Feuer, das sich partout nicht entscheiden kann, ob es mit ganzer Macht aufflammen oder im Gegenteil still verlöschen soll ...

»Schön«, sagte die Stimme. »Machen wir es so. Morgen erwarte ich dich bei mir. Ich will mit dir reden. Wie es sich gehört, in Ruhe, ohne Hast.«

»Ich habe nichts dagegen.«

»Also gut. Morgen, wenn du kommst, erwartet dich einer von meinen Leuten an der Straße, abgemacht?«

Er wiederholte geduldig: »Ich habe nichts dagegen.«

»Das wäre auch noch schöner! ... Komm bloß nicht auf den Gedanken, mit dem Hubschrauber zu fliegen ...« Die Stimme lachte auf. »Kann ich gar nicht empfehlen ...«

Er schwieg sich auch diesmal aus. Er sah zu, wie der gestreifte Schlagbaum langsam auf den schwarzen Himmel zu stieg. »Und ein ... ungeschickter Invalide knallt mir einen Schlagbaum vor die Stirn ... ein ungeschickter Invalide ...« Ein ungeschickter. Das ist es ... »Ein ungeschickter«, wollte er zu Wanja sagen, doch da schrie vorn der Iwan Sussanin von Malaja Wischera verzweifelt auf: »Mark Uljanytsch, also, um Gottes willen! Hol das Vieh weg! Das läuft doch hier irgendwo rum ... Wie soll ich denn aussteigen?«

Und sofort erfüllte ein dünnes Kinderstimmchen mit reinen Tönen die ganze finstere eisige Umgegend: »Hat gerufen der Kuckuck, der gra-aue ...« – und verstummte schlagartig. Das war Muttis Lieblingslied gewesen. Ein Lied aus der Kindheit. Es klang – hier und jetzt – wie eine plötzliche Beschwörung des *Tieres*. Und es war auch eine Beschwörung ...

Der Basker war weg. Er war nicht fortgegangen, nicht weggerannt, nicht fortgeglitten und nicht in die Finsternis entwichen. Er war einfach nicht mehr da. Nirgends. »Gott ...«, sagte Wanja abermals mit heiserer Stimme und schaute Stanislaw mit seinen schwach blinzelnden Äuglein an, immer noch in sich zusammengekrochen, doch schon sichtlich heiterer und forscher.

»Ein ungeschickter Invalide«, sagte er zu ihm. »Das war's. Wir haben's überstanden. Vorwärts, gib Gas. Gas, Iwan!«

9

Warum, woher hatte er plötzlich die Empfindung eines Unglücks? Warum war da auf einmal die bedrückende Klarheit, dass noch nichts vorbei war, nichts in Ordnung, dass das Übelste noch bevorstand?

Und es hatte nichts zu bedeuten, dass er mit offenen Armen empfangen wurde – das düstere, unzugängliche Tor in der schmutzigweißen, grimmigen, unzugänglichen Wand aufgerissen, die wie mit Beulen mit trügerischen Ausbuchtungen abblätternder Farbe bedeckt war, an denen man sich nicht festhalten und auf die man sich nicht stützen konnte – wozu auch, selbst wenn es möglich gewesen wäre: Oben lief dichter Stacheldraht entlang, der offensichtlich unter Spannung stand ...

Und es hatte nichts zu bedeuten, dass die schnurrbärtigen Unteroffiziersvisagen beim Anblick des hohen Gastes sogleich sanfter wurden und die Lampen über der Haupteinfahrt des flachen, schmutziggrauen Institutsgebäudes (ohne Fenster, nicht ein einziges, während der Vordereingang selbst dem Einstieg in eine Kasematte glich) einladend aufleuchteten.

Und nichts Gutes verhießen die ausholenden Begrüßungsgesten des plötzlich aus dem Inneren aufgetauchten Generals Malnytsch, der über alle Maßen herzlich war, als sprudele aus ihm die gesamte Herzlichkeit aller Generäle Russlands ...

Wirklich war da: Gefahr. Bedrohung. Lüge, Furcht, Spinnweben aus dunklen Ecken. Da war die Verheißung eines Unglücks. Warum? Woher?

Vielleicht hatte er es zuerst gespürt, als er zufällig den gläsern feindseligen Blick des Wachoffiziers aufgefangen hatte, der noch vor einer Sekunde so eifrig und respektvoll gewesen war? Oder gefiel ihm das sanfte, durchaus höfliche und letzten Endes unvermeidliche Wortgefecht nicht, das in der Vorhalle aufkam, als General Malnytsch den Begleitern freundlich, aber entschieden vorschlug, ebenda im Vestibül »zu bleiben und sich auszuruhn«. »Da stehen ja auch die Sofas für solche Fälle, sehr bequem.«

»Ausgezeichnet, General«, sagte er forsch und ordnete an, an Mike gewandt: »Ich denke, Major, Sie sollten lieber zu den Wagen zurückgehen. Melden Sie dort die Lage. An den Stab.«

(Warum hatte er Mike »Major« genannt? Mike hatte nicht einmal in der Armee gedient. Doch er hätte ihn sogar Oberst genannt, wenn Mike wenigstens ein bisschen wie ein Angehöriger des Offizierskaders ausgesehen hätte. Mit dem Instinkt des alten Fuchses spürte er, dass hier just *die Armee* angebracht war ... Doch Mike nahm man bestenfalls den Feldwebel ab. Den Feldwebel einer Einheit z.b.V. Einen Spezi ...)

»Ja, warum denn zu den Wagen?«, reagierte der herzliche General Malnytsch sofort. »Die Herren Offiziere werden es hier viel bequemer haben. Und außerdem, Sie wissen, wir haben hier eine bestimmte Ordnung ... Ich möchte sie nicht gern verletzen ... Aber was die Meldung an den Stab betrifft – das machen wir augenblicklich, ich werde Sie unverzüglich begleiten, damit Sie Verbindung aufnehmen können ...«

»Hervorragend, General! Ich danke Ihnen.«

(Im Vestibül – matt cremefarben, von verdeckten Lampen behaglich beleuchtet – gab es drei Türen, und vor jeder stand ein Kapo mit hölzernem Gesicht und einer Pistolentasche, die in Kampfposition gerückt und offen war. In diesem stillen Kloster hatten sie ihre eigene Regel, und sie verstanden es, sie einem aufzudrängen – unerbittlich und ohne Wenn und Aber.)

Ein Blick zu Mike. (Der ist in Ordnung, wird nicht enttäuschen.) Ein Blick zu Kostja. (Fehlanzeige, nichts begreift der Junge, raucht zu wenig, um rasch und klar zu schalten, »Laster und Nikotin«.) Ein Blick zu Iwan. (Durch und durch friedvoll. Geradezu unheimlich, das zu sehen. Der arme, arme General Malnytsch ...)

... Schlecht. Schlecht ist es hier. Und es riecht nach irgendwas Ekelhaftem. Was ist mit Vikont? Warum erstattet er keinen Bericht, die Laus mit der Knochenvisage? ...

»... Die Verbindung hat freilich keine Eile, General. Ich will Viktor Grigorjewitsch sehen.«

»Selbstverständlich! Doch ich freue mich, Ihnen versichern zu können: Ihm geht es bestens! Sie können ganz beruhigt sein ...«

»Nichtsdestoweniger.«

»Unbedingt. Ich verstehe Sie. Habe mich selber mächtig gequält. Sie werden's nicht glauben, die ganze Nacht, wie verhext ... Verzeihung, der Herr.« (Dies zu Iwan.) »Ich habe Sie doch gebeten hierzubleiben ...«

»General«, sagte der Herr Präsident gewichtig. »Das ist mein *persönlicher* Leibwächter. Er *muss* mich begleiten. Sogar auf die Toilette.«

Es entstand eine dramatische Pause. General Malnytsch kämpfte qualvoll mit den Vorschriften. Mit der Klosterregel. Vielleicht auch – einfacher, einfacher! – mit dem Wunsch, gewisse unbekannte Komplikationen zu vermeiden? ... Das war unverständlich. Alles war hier unverständlich. Die Zustände hier waren die eines Sondergefängnisses und keines Instituts, nicht einmal eines noch so geheimen. Die Zustände einer Verwahranstalt für Besitzer »schleichender Schizophrenie«.

Darum auch war es hier so widerwärtig und ekelhaft, ungeachtet dieser cremefarbenen Täfelung, der samtigen, bequemen Sofas und der solide gemachten Kopie des Bildes »Die ursprüngliche Rus«, geschickt und wohlplatziert aufgehängt. Ein Gefängnis.

»Ich weiß Ihren Humor zu schätzen, Herr Krasnogorow«, sagte der General schließlich mit einem krampfhaften Grinsen. »Aber in die Toilette, Verzeihung, hinein wird wohl sogar er ...«

»Na, General«, sagte der Herr Präsident, nun schon gutmütig. »Na, wir beide gehen ja wohl doch nicht in eine Toilette ...?«

»Hä-hä ... Aber Sie müssen doch zugeben ...«

»Zweifellos! Ich gebe es zu! Da gibt es überhaupt nichts zu deuteln, General. Sie sind der Hausherr, ich bin nur ein Gast ...«

»Ja. Aber andererseits ... Gewisse Regeln ...«

»Und zwar ein gebetener Gast, nicht wahr? Oder irre ich mich ...?«

»Natürlich, natürlich, obwohl, Sie werden zugeben, die Dienstvorschrift ist nicht von uns gemacht, sondern für uns ... hä-hä ...«

»Die Grundfrage der Philosophie: der Mensch für die Vorschriften oder die Vorschriften für den Menschen?«

»Eben, eben ... Aber wir sind Militärs, stellen Sie sich vor, ungeachtet unserer völlig friedlichen Beschäftigung, und die Dienstvorschrift ist für uns wichtiger als, verzeihen Sie, die Verfassung ...«

Unter solchem Wortwechsel, falsch und gekünstelt, gingen sie aus dem Vestibül (vorbei an einem feindselig versteinerten Unteroffizier) ins Innere des Sicherheitstrakts, in einen langen cremefarbenen Korridor, leer, steril sauber, kahl, der ein bisschen nach Krankenhaus roch (Baldrian, Lysol, leicht angebrannter Brei), und dann durch eine plötzlich in der glatten Wand hervorgetretene Tür in einen anderen cremefarbenen Korridor, vom ersten nicht zu unterscheiden, und Wanja, unhörbar und beinahe sogar, konnte man sagen, unsichtbar (wie es sich ja für einen richtigen Ninja gehört), folgte in respektvollem Abstand mit dem scheinheiligen Gesichtsausdruck eines intimen Vertrauten, im dritten Korridor aber tauchte plötzlich ein hochgeschossener Mann mit langem Gesicht vor ihnen auf und schloss sich ihnen schweigend an. Er trug einen blauen Chirurgenkittel, die Rückseite vorn, und wurde ganz ohne Pomp als »Doktor Brumm-rumm-rumm-schin« vorgestellt, doch unter dem Kittel waren bei diesem Doktor Breeches mit Obristenstreifen und spiegelblanke Uniformhalbstiefel zu sehen …

Alles war schlecht, schlecht, beunruhigend, unecht, Wanja deckte ihm den Rücken, doch nicht von hinten drohte das Unheil, sondern wer weiß woher … das gekünstelte Geschwätz des Generals … die unverhohlene Unzufriedenheit in den gelben Augen des hochgewachsenen Doktors … und dieses seltsame Rauschen hart an der Grenze der Hörbarkeit, wie wenn vor einer Ohnmacht die Ohren klingen – entweder fand da irgendwo hinter drei Wänden eine Tanzveranstaltung statt, oder es lief ein Maschinensaal, oder eine Menge Statisten erklärte, flüsterte, murmelte, schrie gelegentlich auf einer düster-wahnsinnigen Bühne ihr »Worüber reden, wenn es nichts zu reden gibt« … Und er begriff plötzlich, warum General Malnytsch, ein eher schweigsamer und keineswegs umgänglicher Mann, fortwährend irgendwelchen Kram schwätzte: Der General befand sich im Zustand höchster nervlicher Anspannung und bemühte sich anscheinend, dieses schwache, doch unüberhörbare Hintergrundrauschen zu übertönen. (So mühen sich die nervösen Hausangehörigen, wenn sie einen geehrten Gast empfangen, das unheimliche Gewinsel des downgeschädigten Familienmitglieds im Nachbarzimmer zu übertönen.)

»Und wo ist denn die militärische Unterstützung geblieben, die Sie versprochen haben, General?«, fragte er, um diesem gekünstelten und unnatürlichen Wortschwall ein Ende zu machen.

»Was für eine Unterstützung?« Der General wusste genau, nach welcher Unterstützung ihn der Meister fragte, und ließ sich seine Verlegenheit anmerken, da er keine Anwort parat hatte und nicht wusste, was er sagen sollte.

»Sie haben doch versprochen, mir einen SPW entgegenzuschicken. Ajajaj, gut, dass alles friedlich abgegangen ist …«

»Ja ... Einen SPW ... Selbstverständlich. Aber stellen Sie sich vor ...«

»Die liebe Disziplin«, ließ sich plötzlich der langgesichtige Doktor vernehmen und starrte den Meister aus gelben, runden Katzenaugen an. Aus den Augen so eines unberechenbaren Gossenkaters – eines Raufbolds und Diebs.

»Ach so?«, sagte der Meister höflich zu ihm.

»Die Disziplin ist hier völlig im Eimer, Herr Krasnogorow. Gar kein Gedanke an irgendwelche Schützenpanzerwagen. Die Wassererhitzer funktionieren, und schon da kann man froh sein.«

Der Meister hielt es für angebracht, ihn aufmerksam zu mustern und (aus Kusma Iwanytschs unerschöpflichem Vorrat) zu verkünden: »Der Bataillonskommandeur geht nicht zu Fuß – er nimmt einen SPW oder den Stellvertreter für Technik mit.«

»Eben«, bestätigte der Gossenkater, der offensichtlich nichts verstanden hatte, bereitwillig. General Malnytsch aber schlug eilends vor: »Hierher, bitte« – und streckte seine weiße, gepflegte Hand zu der seitlich abgehenden Lifttür aus, der lautlose Wanja indes sagte gar nichts, glitt aber mit einer unmerklichen Bewegung zwischen ihnen allen hindurch und befand sich als Erster in dem geschlossenen Raum.

Im Fahrstuhl roch es nicht mehr nach Krankenhaus, sondern nach Kaserne. Nach Stiefeln. Nach Waffenöl. Nach dem elenden Stumpfsinn der allgemeinen Wehrpflicht.

Alle schwiegen. Er kämpfte gegen die plötzlich in ihm hochsteigende Klaustrophobie an und beobachtete aus zusammengekniffenen Augen den General. Im Grunde war das ein ihm völlig unbekannter und wenig sympathischer Mensch. Sie waren sich ein paarmal begegnet. Hatten über Medizin geredet. Vikont behandelte ihn wie einen Leibeigenen. Er hielt ihn für einen Esel und Kommisshengst. Doch aus irgendeinem Grunde behielt er ihn. Zum Nutzen der Sache. Vikont war immer ein großer und bedingungsloser Adept des Nutzens der Sache ...

General Malnytsch hörte vorübergehend auf zu reden, doch seine Lippen bewegten sich weiter, und sein Blick war glasig. Er war weit weg. Er hatte sich gleichsam eine Pause verordnet und ruhte sich jetzt aus, oder er dichtete den Text für den zweiten Akt. Der langgesichtige Doktor schniefte durch die behaarte Nase. Er roch stark und unabweislich nach Knaster. Wanja stand indifferent da. Was wohl *Wanja* von der Situation hielt?

(Ihm fiel plötzlich ein, wie er einmal in gereizter Stimmung streitsüchtig zu ihm gesagt hatte: »Ich möchte wissen, was du bei dem Wissen empfindest, dass du jeden beliebigen Menschen augenblicklich umbringen kannst ...« Wanja war von diesem Satz ganz unerklärlich und ziemlich heftig gekränkt: »Und was empfinden Sie bei dem Wissen, dass Sie jedem beliebigen Menschen eins in die Fresse geben können? Und überhaupt ihn zum Krüppel machen können?« »Ich kann das nicht bei jedem beliebigen.« »Und ich auch nicht.« »Und außerdem denke ich immer an die Folgen.« »Und ich denke auch immer an die Folgen ...« Er hatte sofort die Waffen gestreckt und sich aufs Ergebenste entschuldigt. Ein bemerkenswertes Gespräch war das gewesen. Wanja erinnerte sich gewiss nicht mehr daran. Er war ein böser Bube mit dem kurzen Gedächtnis eines gutmütigen Kerls.)

Sie traten aus dem Fahrstuhl und befanden sich in einem cremefarbenen blinden Gang mit der abgestandenen Luft eines Hausmeisterbüros. Da war eine dicht verschlossene Tür, neben der Tür ein Stuhl, und auf dem Stuhl lümmelte (die langen Beine weit vorgestreckt) ein Unteroffizier in Fallschirmjäger-Uniform und natürlich mit Schnurrbart. Angesichts der Vorgesetzten sprang er mit Gepolter auf und nahm vorschriftsmäßig Haltung an, doch was Stanislaw, wenn auch nur beiläufig, erstaunte: Der Unteroffizier verschlang durchaus nicht General Malnytsch mit den Augen und schon gar nicht den potenziellen Herrn Präsidenten, sondern ebendiesen gelbäugigen Doktor Brumm-ramm-schichin, der plötzlich hinter dem Rücken der anderen hervortrat, vor ihnen war und dem Unteroffizier abgehackt etwas zublaffte, so etwas wie »aufmachen«, »durchlassen« oder überhaupt nur »kusch!«. Jedenfalls ging die Tür sofort von selbst auf, und der Herr Präsident fand sich in einem Raum, der geräumig und mit lauter Apparaturen vollgestellt war, doch das war durchaus kein Zimmer für Intensivtherapie, wie er erwartet hatte, es war etwas rein Militärisches, alle Apparate waren khakifarben, und die Leute waren allesamt Militärs, und da leuchteten riesige Bildschirme, die Ortungsgeräten ähnelten ... Es war die Funkbude, oder der Verbindungspunkt, oder wie das bei denen hieß.

»Wohin haben Sie mich geführt?«, fragte er den General.

»Wie?«, staunte der. »Sie wollten doch Verbindung aufnehmen ... Sie hatten sozusagen den Wunsch geäußert ...«

Er will mich nicht zu Vikont führen. Er will nicht, und basta. Was ist los ...? Er verscheuchte die abermals in ihm hochsteigende Furcht und sagte ruhig. »Gut, gut. Danke. Wohin soll ich ...?«

Sofort wurde er an einen Platz geleitet, so ein Offizierchen sprang augenblicklich von seinem Stuhl auf, machte den Platz frei, er setzte sich hin und nannte dem Offizierchen den Rufcode.

»Das bin ich, mein Lieber«, sagte er zu Kronid. »Ich bin schon hier, an Ort und Stelle.« Er sprach langsam, zog absichtlich die Worte in die Länge, wie er nie zuvor, unter keinen Umständen mit Kronid gesprochen hatte. »Es steht alles bestens. Es ist alles völlig in Ordnung. Ich bin zufrieden mit Ihnen, mein Lieber ...« Er grinste in Gedanken, als er sich vorstellte, wie Kronid Stilaugen bekam, während er dieses Gewäsch hörte. »Ich ordne an, dass die Alarmstufe null aufgehoben wird. Ich erwarte Sie hier, wie verabredet, es darf aber auch früher sein, weil *alles bestens steht* ... Es darf auch früher sein. Haben Sie verstanden?«

»Ich habe Sie gut verstanden«, sagte Kronid, auch langsam und sich selbst nicht ähnlich. »Wir sollen kommen wie verabredet, es darf aber auch früher sein, weil alles bestens steht.«

»Also machen Sie, mein Lieber«, sagte der Herr Präsident müde.

»Ich hebe die Null auf«, sagte Kronid.

»Heben Sie sie auf, mein Bester, heben Sie sie auf. Die ist jetzt ganz unangebracht. Ich erwarte Sie binnen zwei Stunden.«

»Jawohl«, sagte Kronid.

Als er aufstand, fing er einen Blick Iwans auf. Iwan war bereit. Iwan war vollständig und tadellos in Ordnung. Ich bin auch in Ordnung, und ich bin auch durchaus bereit. Aber wozu eigentlich? ... Na, zu allem Möglichen, dachte er. Ich bin zu allem Möglichen bereit ...

Ein wilder und grotesker Gedanke tauchte plötzlich aus den Tiefen seiner nebulösen und unfasslichen Befürchtungen auf. Hier ist überhaupt kein Vikont. Vikont ist völlig gesund, hat von allem keine Ahnung und befindet sich meilenweit von hier entfernt. In Pieter zum Beispiel. Bei sich zu Hause auf dem Sampsonijewski-Prospekt. Da sitzt er, seine immerzu fröstelnden, in ein Plaid gehüllten Extremitäten auf das »Plüschtaburett« gelegt, zieht an der kalten, leise fiependen Pfeife und stiert auf den Bildschirm mit dem üblichen Schwarzenegger ... Hier aber ist ganz etwas anderes im Gange. Etwas ganz Falsches. Sie haben mich einfach hergelockt. Dieses knochenwangige Aas hat Vikont als Köder benutzt. Sie wussten, dass ich jedes Vorhaben, jede Einladung, jedes Treffen ablehnen kann. Aber nicht dies ...

Raffiniert. Wer? Wer?! Die Militärs? Durchaus möglich. Sie mögen mich nicht. Genauso wenig wie ich sie. Sogar noch weniger: Ich bin immerhin bereit, sie zu dulden und dulde sie geduldig ...

... Nein. Das taugt nicht. Es passt nicht. Wenn es eine Militärverschwörung wäre, hätte mir der Bezirkskommandant schon irgendwie einen Hubschrauber besorgt, um hierherzufliegen. Der Hubschrauber hätte schon hübsch mit vorgewärmtem Motor bereitgestanden. Nein. Bei dieser Annahme wird alles gar zu kompliziert. Der Unfall auf der Autobahn. Sarg Wakulin ... Und was wollen sie denn von mir? Mich umbringen? Das hätten sie längst getan. Gleich draußen, auf dieser Seite der Mauer. Auf der Stelle. Mich gefangen nehmen? Was haben sie von mir als Gefangenem? Und schließlich bin ich für die nicht der letzte Husten, ich bin der *Meister*. Haben sie etwa sieben Leben zugeteilt bekommen? ... Er gab sich einen Ruck.

»Man da'f sich nie ssu seh' beeilen«, sagte er laut mit chinesischem Akzent, ohne sich an jemanden Bestimmtes zu wenden – höchstens an Wanja. »Man da'f sich nie beunluhigen: Man kann unte' ein Auto gelaten oder unte' eine St'aßenbahn ... So. Wo ist Vikont?«, fragte er General Malnytsch. »Wo haben Sie hier meinen Viktor Grigorjewitsch ...?«

Er empfand keine Furcht mehr, Unruhe schon. Befremden zweifellos. Ärger. Unzufriedenheit. Unbehagen. Herr, fiel ihm ein, gib mir ein schweres Leben und einen leichten Tod ... Der Lieblingsspruch von Nikolas. Der nicht mehr lebte und ein schweres Leben gehabt hatte, und anscheinend einen leichten Tod ... Wenn es eine Verschwörung ist, dachte er beiläufig, dann ist mit Vikont alles in Ordnung. Nicht die schlechteste Variante übrigens ...

Sie gingen schon wieder durch einen cremefarbenen Korridor – voran der zielstrebige General Malnytsch, hinter ihm der Meister und irgendwo an der Seite, außerhalb des Blickfeldes, der lautlose Iwan. Der gelbäugige Doktor mit den Obristenhosen aber war nicht mehr bei ihnen. Merkwürdigerweise.

Dafür nahm das unverständliche vielstimmige Geräusch zu, es klang schon nicht mehr am Rande des Bewusstseins, es übertönte die Schritte, doch nach wie vor war kein einziges Wort in diesem menschlichen Stimmengewirr auszumachen. Lärm. Es war nichts als Lärm.

Der cremefarbene Korridor wurde plötzlich weiß. Die Decke wich ein paar Meter weiter nach oben, und dort zogen sich in vernünftigem Abstand voneinander die mattweißen Kugeln gewöhnlicher Lampen entlang, die an ebenfalls weißen Stielen hingen. Plötzlich war ein Krankenhaus aufgetaucht – nicht besonders schick, aber durchaus anständig, sauber, nicht überfüllt, in der Ferne blinkten die weißen Kittel von Krankenschwestern, und diese Schwestern verhielten sich still, statt einander schallend und gebieterisch zuzurufen, wie es in den städtischen Einrichtungen für halbtote Rentner üblich ist. Alles ringsum war auf einmal anständig und wohl sogar luxuriös, wäre da nicht dieser von einem riesigen Kissen erstickte, doch unüberhörbare Lärm gewesen ...

»Hierher«, sagte General Malnytsch einladend, während er vor dem hohen Gast eine abnorm breite, weiße Tür öffnete. »Nein, nein«, sagte er zu Wanja. »Sie bleiben hier ... wenn Sie bitte warten wollen ... das hier ist ein Krankenhaus, mein Herr!«

Wanja überwand mühelos seinen ungelenken Widerstand und tauchte durch die Türöffnung, steckte nur den Kopf und die linke Schulter hindurch und kehrte sogleich in den Korridor zurück, auf dem Gesicht den unverändert melancholischen scheinheiligen Ausdruck, und lehnte sich an die weiße Wand, als habe er nicht gerade gegen ein Verbot verstoßen und überhaupt nichts mit der ganzen Sache zu tun – ein stiller, folgsamer, harmloser Bursche, mit dem jeder machen kann, was er will.

Der General lief rot an, beherrschte sich aber, hielt die Tür halb offen und lud den Meister abermals ins Zimmer ein, nun schon wortlos, nur mit einem Kopfnicken und einer Bewegung seiner buschigen Brauen.

Er trat ein und erblickte sofort Vikont.

Vikont schlief – ein kleiner, ausgetrockneter Greis, ein Liliputaner, ein runzliger unglücklicher Zwerg mit schütterem Haar, unansehnlich, erbärmlich. Er dachte: Wir dürfen uns nicht so lange Zeit aus den Augen verlieren. Wir töten in uns die Liebe ab. Ich kann diesen Alten nicht lieben, ich kenne ihn nicht ...

Das war nicht wahr. Er fühlte plötzlich, dass er weinte. Er *kannte* diesen Menschen. Er liebte ihn und hatte Mitleid mit ihm und wäre gern für ihn gestorben, als wären sie beide wieder zwanzig Jahre alt. Zum Teufel, zum Teufel, ich hab mich verrückt gemacht, so ein Unsinn, es ist doch alles in Ordnung: Er lebt, schläft, schnarcht sich eins ... Er genierte sich, die Tränen wegzuwischen, und sah darum schlecht, überhaupt sah er schlecht, wenn er seelisch stark bewegt war, er ging fast blindlings auf Vikont zu, da saß jemand neben dem Bett, jemand Großes, in schmutzig-graublauem Flanellkittel, er machte einen Bogen um diesen Kittel, blieb vor Vikont stehen, ertastete einen Stuhl zu seinen Füßen und ließ sich erleichtert daraufsinken, tastete mit gewohnter Bewegung auf der Decke nach der kraftlosen verkrüppelten Hand.

Es zeigte sich – sonderbar! –, dass da noch jemandes Finger waren, auf dieser Hand. Er stieß sie verärgert beiseite und bemächtigte sich der hakenförmigen Finger, und als die, unerwartet heiß und kräftig, sich krümmten, fest seine Hand umklammerten wie ein Hühnerfuß, sich festkrallten auf der Suche nach Leben und Schutz, erst da fühlte er sich am Platze und wischte sich, ohne sich länger zu schämen, mit der freien Hand die Augen aus. Alles war richtig. Alle hatten ihre Plätze eingenommen und taten, was ihnen zukam. Wieder hatte sich ein Kreis geschlossen, und nun war vollends klar, dass alles gutgehen würde. Jetzt würde es gutgehen.

Er schaute den an, der neben ihm saß, und verspürte plötzlich eine Unruhe, zuerst unbestimmt, dann stechend wie ein jäher Schmerz in den Därmen. Ein großgewachsener Bursche mit hängenden Schultern. Jung. Seltsam und irritierend vertraut. Ein sehr bleiches Gesicht, geradezu bläulich (wie Fayence aus Gschel), schläfrig, schläfrig-müde, ein Gesicht ohne Ausdruck ... schlimmer: das Gesicht eines Debilen ... und der ganze Ausdruck dieser zusammengesunkenen, schlaffen Gestalt und der schlaffen Hand, die auf der Bettdecke lag, dort, wohin er sie verärgert weggestoßen hatte ... ein halboffener, dicklippiger Mund ... Augen ohne jeden Ausdruck ... Ein junger Idiot saß vor ihm – und er kannte diesen Idioten. Er hatte ihn viele Male gesehen. Wenn auch anscheinend vor langer Zeit ... Gleich werde ich ihn erkennen, dachte er – aus irgendeinem Grunde voller Angst. Jetzt. Ach, ich sollte ihn besser nicht erkennen. Zum Teufel mit ihm. Was geht er mich an ... Zu spät. Er hatte ihn erkannt. Herrgott.

Stas Krasnogorow saß vor ihm auf dem Stuhl, schlaff und hirnlos. Jung, ganz jung, zwanzigjährig, Stas Krasnogorow, ein Sportler, ein Schönling ... »A Scheenling un a ganzer Kerl, un noch derzu gewiss kein Jid ...!« Dieser für immer verschwundene Mensch fand sich wer weiß warum hier, und er existierte wieder, und er war widerwärtig und entsetzlich. Er war ein Idiot, ein hoffnungsloser und unglücklicher Idiot ...

Außer sich stand er auf. Er wusste: Das war es. Es war geschehen. Aus. Die Gemeinheit, die passieren musste – heute, hier, unbedingt –, war passiert. Und er musste unverzüglich etwas tun, und er sah keine Chance zu verstehen, was er denn tun müsste und wie.

10

»Was hat das zu bedeuten?«, fragte er. Er hörte die eigene Stimme nicht. Und er hörte nicht, was ihm General Malnytsch sagte, er sah nur, dass der General unglaublich, widernatürlich lebhaft und stolz geworden war und strahlte. Etwas Großartiges war hier geschehen, während er sich durch alle Widrigkeiten hierher durchgeschlagen hatte, etwas Epochales. Eine große Entdeckung. Ein Sieg. Phantasmagorie und Feuerwerk.

»Zum Teufel!«, sagte er laut, aus voller Kehle, mit ganzer Kraft, in der Hoffnung, Furcht zu verbreiten und die Posse zu beenden. »Hören Sie auf mit dieser Posse! Wie soll ich das auffassen?«

Der General verstummte für ein paar Augenblicke, Verwirrung trat in sein Gesicht, doch er strahlte immer noch. Der Sieg war zu groß und absolut und die Freude des Siegers schwer zu trüben.

»Wie Sie es auffassen sollen? Na, als reinen Zufall! Wenn Sie wollen – ein Produkt der Verzweiflung. Was blieb mir übrig? Er war gestorben. Ganz und gar. Erst das Koma, dann der Tod ... Und da fiel mir ein, wie er selbst zu sagen pflegte: Hilft der Arzt nicht, dann ruft den Schamanen ...!«

»Was für einen Schamanen? Was hat ein Schamane damit zu tun? Ich habe nach etwas anderem gefragt.«

»Na, ›Schamane‹ ist einfach eine Redensart ... ein Bild ... Natürlich war da kein Schamane. Ich dachte nur plötzlich ... mir kam plötzlich die Erleuchtung: Der Genotyp ist ja völlig identisch! Und nicht nur der Genotyp, auch der Phänotyp, das Soma ... Das ist ja der springende Punkt: *völlige* Identität zu gewährleisten ...«

Er hörte ihm zu und hörte nicht zu. Er blickte in das aufgedunsene schläfrige Gesicht, von graublauer Blässe, kränklich, ohne ein Tröpfchen Blut, und in die trübe-vernunftlosen

Augen eines Menschen, der offensichtlich die Nacht über nicht geschlafen hatte, vielleicht auch mehrere Nächte. Dieser Mensch sah ihn nicht und nahm ihn nicht wahr, vielleicht ahnte er seine Anwesenheit nicht einmal. Vielleicht war er einfach erschöpft, auf den Tod erschöpft, ausgepumpt, zerquält, und er sah und erfasste jetzt gar nichts. »Schön, aber schloff« ...

Es war ein Idiot ...

Der zwanzigjährige Stas Krasnogorow war mitunter dumm gewesen – ja, selbstzufrieden und fanatisch bis zur Idiotie –, das schon. Doch er war ein normaler Komsomolze von Anfang der fünfziger Jahre, Optimist und Stalinist, einer von Hunderttausenden. Er war *die Norm*. Dieser aber war ein Idiot ... Debil. Imbezill. Ein Kretin. »Die Klinik« ... Wozu? Wie kam er hierher? Wer war das?

»Wer ist das?!«, schrie er schließlich den General an. »Halten Sie den Mund und beantworten Sie die Frage!«

Aber General Malnytsch konnte partout nicht begreifen, welche Frage er beantworten sollte. Er wirkte verwirrt und schließlich bedrückt. Und er war gekränkt. Alles lief anders, als er gehofft hatte. Irgendwelche titanischen Anstrengungen seinerseits gingen den Bach runter. Irgendwelche sagenhaften Heldentaten wurden beiseitegewischt, nicht nur ohne Würdigung, sondern überhaupt ohne jede Beachtung. General Malnytsch fand sich plötzlich in einer Welt von Wahn und Albtraum, noch dazu im Augenblick seines größten Triumphs, just in dem Augenblick, da er die mit Blut und Schweiß erarbeiteten obrigkeitlichen Liebesbezeigungen erwartete, die Belohnung, von ihm mit seinem Blute und seinem Schweiß erarbeitet, und Anerkennung ...

All diese Gefühle und sogar Gedanken standen ihm deutlich ins knochenwangige Gesicht geschrieben, das plötzlich weinerlich und gekränkt aussah. Stanislaw erriet dies alles, konnte es leicht entziffern und so deutlich verstehen, als hätte sich der General bei ihm laut oder schriftlich beklagt. Doch weiter, darüber hinaus, verstand er *nichts*. Irgendein riesiges Missverständnis lag hier vor. Irgendein titanisches »Misunderstanding«. Wechselseitiges Unverständnis. Ein Zusammentreffen von Unklarheiten ... Und plötzlich vernahm er am Rande der Hörbarkeit wieder das seltsame und widerwärtige Stimmengewirr, und plötzlich hörte er einen Rhythmus heraus, eine Melodie, und er machte plötzlich in diesem Lärm die mächtige, gedämpfte Donnerstimme Schaljapins aus: »... mir graust es, wenn ich sein Antlitz sehe, der Mond ... zeigt mir ... *meine eigne Gestalt* ...«

»Also, ich verstehe nicht ...«, murmelte unterdessen General Malnytsch. »Man sollte meinen, müssen Sie zugeben ... Man sollte meinen, in dieser Situation konnte man ... Ah!« Für einen Moment erhellte eine glückliche Ahnung sein Gesicht. »Sie haben ihn ja wohl noch nicht gesehen? Zuvor? Haben Sie doch nicht? Hm-ja, natürlich! Und ich zerbrech mir den Kopf ... Das ist Reserve 3, Stanislaw Sinowjewitsch. Die neueste Inkubation! Viktor Grigorjewitsch ist jetzt der Ansicht, dass wir uns vor allem auf das Alter achtzehn bis fünfundzwanzig konzentrieren müssen ... Das Optimum! Ein Maximum an Labilität und ein Minimum an ... äh ... Schlacken ...«

Er verstand nichts. Was für eine Reserve? Was für Schlacken? Aber auf einmal verstand er etwas anderes, wohl die Hauptsache: Der General war der Meinung, er *müsse* das alles verstehen. Man sprach mit ihm über etwas, was ihm wohlbekannt, vielfach mit ihm erörtert und höchstwahrscheinlich von ihm sogar gutgeheißen worden war ... Und wieder spürte er vage, wie Gefahr heraufzog, und zwar keinerlei Mystik, keinerlei Absurdität, nichts Kafkaeskes: Es zog eine ganz gewöhnliche, physische, militärisch-polizeiliche Gefahr herauf, wo sie einen grob im Gesicht packen, mit dem Stiefel zwischen die Beine treten und an die Wand stellen konnten. Direkt hier. Ohne ihn nach draußen zu führen. Ohne Gericht und Untersuchung ... Er durfte auf keinen Fall, absolut nicht im Mindesten erkennen lassen, dass er nicht verstand, was man ihm sagte und was überhaupt vorging! Fragen konnte er, doch jede Frage wurde zur gefährlichen Mine und drohte einem den Arm, den Kiefer, die Zunge abzureißen. Jede Frage konnte jetzt als Kugel durch den Kopf zurückkehren. Doch schweigen durfte er auch nicht – zu viel wechselseitiges Unverständnis, zu viele Verdachtsmomente hatten sich in den paar Minuten des Wahnsinns angesammelt ...

»Wo sind die Übrigen?«, fragte er abgehackt. Er erriet, dass, wenn hier vor ihm »Reserve 3« saß, es wohl auch eine »Reserve 2«, »Reserve 1« und vielleicht »4« geben musste oder *durchaus geben konnte.*

»Na, hier doch ...«, sagte der General bass erstaunt. »Im Erholungstrakt, wo sie hingehören ...«

»Führen Sie mich hin.«

»Aber ... äh-hm ... wozu?«

»Führen Sie mich hin, hab ich gesagt!«

Flüchtig registrierte er, dass der blaugesichtige Idiot Vikont schon wieder bei der Hand hielt, und der umkrallte seine schmutzigbläulichen Finger (die Finger eines Toten) vertrauensvoll und wie gewohnt, als müsse es so sein, als sei es schon immer so gewesen. Eifersucht und Ekel stachen ihm ins Herz, pressten ihm die Kehle zusammen, für einen Moment wurde ihm übel, doch sofort vergaß er das alles, denn die Empfindung einer Gefahr, die von dem sinnlos mit den Lippen klappernden General ausging, wurde wieder stärker. Stärker als alles.

Der General konnte und konnte sich kein Herz fassen und das Offensichtliche akzeptieren: Der engste Freund des vergötterten Chefs, die Nummer Zwei auf der Welt, kurz vorm Präsidenten – versteht nichts, weiß nicht das Geringste, hat von alledem keine blasse Ahnung, also ist er *unbefugt*! ... Solch eine Wahrheit zu akzeptieren, sie in sein Bewusstsein dringen zu lassen, sich zu *vergegenwärtigen* – das hieß für den General, sich solch eine niederdrückende Verantwortung aufzubürden, dass er nicht einmal daran zu denken wagte. Da begannen die von Dienstvorschrift und Instruktionen vorgesehenen, gut eingespielten und innerlich abgestimmten Ketten von Aktionen und Maßnahmen, hart und unzweideutig, jedoch gar zu unzweideutig und irreparabel hart. Die Bilder, die ungeordnet vor dem geistigen Auge des Generals auftauchten, waren zu energisch und zu unangemessen, als dass man sie unverzüglich verwirklichen könnte. Sie trugen den schrecklichen Stempel bürokratischer Unumkehrbarkeit. Sobald ihre Verwirklichung begann, erlaubten sie keine Rückkehr zum Start mehr. Beginnen hieß, bis zum Ende zu gehen, Triumph oder Untergang, mit Orden behängt oder selber hängen. Doch das war die Psychologie eines auf falschem Posten sitzen gebliebenen Obersten. Oder sogar nur eines Oberstleutnants. Eines Abenteurers. Eines Desperados ... Der General aber war ein seriöser Mensch. Er war ein Esel.

Und nun noch: »Haben Sie die Güte, mir den Weg zu zeigen!«, hob der Herr Präsident die zornig veränderte Stimme.

Er sah keinen anderen Ausweg als den Angriff, er war sogar bereit, den General am Kragen zu packen und ordentlich durchzuschütteln, doch er spürte, dass das schon des Guten zu viel gewesen wäre. Er durfte den Bogen nicht überspannen. Er hatte sich in ein irrsinniges Spiel eingeschaltet, ohne dessen Regeln und Ziel zu verstehen, aber er wusste, dass er auf keinen Fall den Bogen überspannen durfte, sondern vor dem halb durchgedrehten General den majestätischen, abfälligen, mit allem auf der Welt unzufriedenen Großkopfeten spielen musste, der er leider nicht war und nicht einmal richtig zu sein vermochte, doch als der er (daran bestand nicht der mindeste Zweifel) in den Augen dieses Operettenoffiziers erschien, der dumm war, selbstzufrieden, unterwürfig und dabei auf bestimmte Weise gefährlich ... der etwas Schreckliches zu tun vermochte, und das sehr gut ... zu irgendeinem Zweck behielt ihn Vikont ja ... Vielleicht gerade, weil er harte Befehle zu erteilen vermochte, wenn es an der Zeit war, jemanden an die Wand zu stellen ...?

Der General zuckte zur Tür zurück. Er hatte es anscheinend immer noch nicht geschafft, die Situation zu erfassen – zu gefährlich war sie und zu undenkbar, als dass er sie rasch hätte erfassen können –, und folgte vorerst seinen militärischen Instinkten: Gehorchen und Ausführen.

In der Tür verharrte er und schaute über die Schulter zurück. Etwas hatte ihn dazu veranlasst. Eine Vorahnung? Das Bedürfnis, einen letzten Blick auf Vikont zu werfen? Oder einfach die vage Hoffnung, er könnte die Augen geöffnet haben, ärgerlich dreinschauen und im Begriff sein, mit seinen üblichen gereizten Worten »Was denn, schon wieder? Wieso? Gebt die Beinkleider her!« aufzustehen. Doch Vikont befand sich immer noch *dort.* Die Silhouette mit den hängenden Schultern, leicht zur Seite geneigt, reglos, verdeckte ihn fast vollends, doch das Gesicht war zu sehen – das widerwillige schmale, alte Gesicht eines friedlich schlafenden sehr alten Menschen, dem längst alles zuwider war.

Nach Hause, dachte er und gab damit für eine Sekunde einem plötzlich wie ein staubiger Windstoß auf ihn einstürmenden Impuls von Panik nach. Was soll's denn noch? Hier ist alles entschieden ... ich werde nicht gebraucht ... ich muss das Weite suchen ... Warum muss ich mich in das alles einmischen? »Du Doppelgänger, du bleicher Geselle«, dröhnte die gedämpfte Stimme in seinem Hirn, »was äffst du nach ...«

... Die Füße trugen ihn wie von selbst dem eifrig dahineilenden General nach. Iwan, die Wangen raubtierhaft eingesunken, schon ganz ohne seine blasierte Indifferenz, bewegte sich lautlos neben ihm, ließ unter der Stirn hervor die Augen blitzen, die jetzt ganz Spinnenaugen glichen – klein und glänzend. Die unmenschliche Stimme dröhnte immer schrecklicher, und immer schrecklicher wurde, je näher sie kamen, der anbrandende undeutliche, rhythmische Lärm ...

Und immer neue, aus dem Nichts auftauchende schweigsame Menschen schlossen sich ihnen an, Männer und Frauen, geschäftsmäßig, sehr entschlossen – in blauen Kitteln, in weißen Kitteln, in Kampfanzügen und einfach in Anzug und Schlips. Es waren ihrer schon an die acht Leute geworden, als General Malnytsch, ohne eine Sekunde zu zögern, plötzlich geradewegs in die cremefarbene Wand hineinging, durch eine (wie immer) unerwartetet auftauchende breite Tür, die Woge von Geräuschen brauste auf und traf ihn, und ins Gesicht schlug ihm warme feuchte Luft, wie sie einem entgegenschlägt, wenn man auf dem Flughafen Sotschi-Adler auf die Gangway hinaustritt, und sogleich stellte sich ein Geruch ein – kräftig, sonderbar, deplatziert – nach gekochtem Lauch! –, und er fand sich in jenem Saal, direkt unter der Kuppel, auf einer Balustrade, an einem Geländer, im Halbdunkel, und unten erblickte er *sie*.

Sie waren unten. Viele. Zuerst schienen es Hunderte zu sein, doch in Wahrheit waren es vielleicht zwei, drei Dutzend. In angeschmuddelt aussehenden Krankenhauspyjamas – graubraun, schmutziglila, rosa-weißlich. Die meisten gingen im Kreis. Die Hände auf dem Rücken wie Sträflinge in einem Gefängnishof ... bei den Händen gefasst wie ein Kindergarten auf dem Spaziergang ... im gesetzten Gespräch gewichtig und flüssig mit den Händen gestikulierend wie Theaterbesucher in der Pause. (»... was äffst du nach mein Liebesleid, das mich gequält auf dieser Stelle so manche Nacht, in alter Zeit?«) Es gab unter ihnen auch ganz alte, scheinbar längst vergessene, schwarzblaue (vergessen, wie alte Möbel für immer in staubige Gerümpelkammern geschoben), doch die meisten waren ganz normale Menschen, nur sehr bleich, geradezu bläulich, und grau wie Mäuse. Kranke. Ungesunde Menschen. Ohne Luft, ohne Sonne. Ohne Leben.

Sie waren Idioten – alle. Schläfrig, stumpfsinnig, dressiert.

Sie waren ganz nahe, fast in Reichweite, vor allem die, die

unter der Balustrade entlanggingen. Nach und nach erkannte er sie. Nicht sofort, nicht alle, und jedes Mal starb er vor Angst und Abscheu, unterdrückte die aufsteigende Übelkeit, und erkannte: Vikont ... sich selbst ... den gegenwärtigen Premierminister ... den gegenwärtigen Staatssicherheitschef ... wieder sich selbst ... wieder Vikont ...

Vikont gab es in drei Exemplaren, alle verschieden, einer bejahrt, an die sechzig, die anderen – ganz jung (vierundfünfzig, der Kolchos »Toivo Antikainen«, die Komsomolbaustelle, der Kälberstall, Morast, Regen ... ein Besäufnis, die Novemberfeier ... der betrunkene Vikont will durch den Ofen nach draußen ... irgendwelche Weiber, die mit schrecklicher Kraft rangekriegt werden müssen ... Saschka, betrunken und bösartig: »Wenn ihr keine Lust habt, Kinders – es muss sein ...!«).

Er selbst war hier – selbdritt. Und es gab zwei Präsidenten, die er mit Mühe und nicht sogleich erkannte – sie waren an die zwanzig Jahre jünger als der amtierende –, er erinnerte sich an sie dank der Fotos im Dossier, er erinnerte sich an dieses Dossier ... Und da war die Gattin des Präsidenten – ebendaher, aus demselben Dossier ... Eine holländische Rassekuh mit edlem Euter ... Und der oberste russische Faschist mit einer Binde überm linken Auge ... und der oberste Kabardino-Balkare ... (Sofort fiel ihm ein, dass sie dem Faschisten vor einem halben Jahr auf einem Meeting den Kopf eingeschlagen hatten, doch *das Auge konnte gerettet werden!* ...)

... Und dann erblickte er Dinara. Und vergaß alles.

... Das Gewimmel der steifen, hölzernen, kranken Körper. Der Lärm. Hundertstimmiges Stöhnen, Schreien, Geheul – klagend, verzweifelt, leidenschaftlich, bedrohlich. Wie sie weinten, wie sie litten! ... Der lautlose hässliche Tanz hölzerner Puppen ... und zärtlich verflochtene Hände, Körper, Gesichter ... Sie waren Menschen. Sie waren Menschen. Sie waren trotz allem Menschen ... Warum habt ihr das getan, ihr Vampire? Unbarmherzige Vampire mit eurem Monsterzoo ... Habt ihr hier vor meiner Nase einen Monsterzoo aufgemacht? ...

... Er schaute Dinara an. Sie war still, traurig, hellblau. Marsianische Augen – wie bei einer katholischen Statue. Ein ungelenker, riesiger junger Stas hielt sie bei der Hand, strohdumm und zu keinem Lächeln imstande. Er heulte leise ... Und sie schien ihm zuzuhören ...

»Herr Krasnogorow!«, schrie der General mit fürchterlicher Stimme auf, packte ihn am Arm und störte schrecklich. »Nein! Sie dürfen da nicht hin, Sie stürzen sich zu Tode!«

»Habt ihr einen Monsterzoo aufgemacht?«, sagte er zu ihm, nicht länger Herr seiner selbst, schon ins Nichts fallend, schon fast ohne etwas zu sehen. Der wahnsinnige Reigen bläulicher Nichtmenschen war verschwunden, und geblieben waren die cremefarbene Decke über ihm und die abgehackten Lichtblitze am äußersten Rande des Bewusstseins und der heulende Lärm.

Dann:

»Keine Spritzen!«, sagte die schreckliche Stimme Iwans, die knarrende Stimme eines gedungenen Mörders. »Ich reiß dir die Hände ab, du Rotvisage ...!«

Jetzt bringt er sie um, dachte er mit abwesender Genugtuung, und die Ohnmacht umfing ihn.

... Da war ein geräumiges helles Zimmer, ganz mit Wäsche vollgehängt – Laken, Handtücher, Unterhosen anscheinend und Hemden. Es roch feucht und frisch, Vikont rauchte, doch gerade Tabak war nicht zu riechen.

... Ein Traum, sagte Stanislaw zu ihm, doch Vikont schüttelte finster den Kopf und berichtigte: eine Ohnmacht. Irr dich um Himmels willen nicht. Das ist eine Ohnmacht.

... Schau, sagte Stanislaw zu ihm. Schau – Senka! Semjon Mirlin saß mit dem Rücken zu ihnen und spielte mit jemandem Karten, mit jemand Unsichtbarem – von ihm tauchte nur ab und zu eine Hand mit dem Kartenfächer hinter einem Laken auf und verschwand wieder. Semjon aber spielte Karte um Karte aus, nahm die Stiche herein, brummte halblaut vor sich hin: »Ojfn pripetschik brent a fajerl ...« – und von ihm gesungen, wurde dieses belanglose Schtetl-Lied bedeutsam, als sei es ein Lied des Widerstandes. Paul Robeson. »Ol' Man River.« »Joe Hill.« ... Dann erkannte Stanislaw Semjons Gegenüber – es war Saschka Kalitin, sie waren alle wieder im Kolchos »Toivo Antikainen«, doch da waren keine Weiber – nur Larissa ging plötzlich vorüber, streng und unnahbar, und gleich wurde ihm bitter und peinlich zumute.

... Du weißt, sagte er zu Vikont, wenn Mutti von meinem toten Vater träumte oder von Tante Lida, sagte sie mir ganz im Ernst: Die warten, sie wissen, dass es nicht mehr lange dauert ...

... Stimmt, bemerkte Vikont, aber wir haben ja keinen Traum, wir haben eine Ohnmacht ...

... Gut, sagte Stanislaw zu ihm. Aber antworte mir bitte: Wer hat immer dieses Land regiert? Immer. Von Anfang an ... Na, von Anfang an – lassen wir das. Am Anfang waren auf der ganzen Welt alle ohne Ausnahme gut. Aber nimm die neue und sogar die neuste Zeit. Wer waren diese Menschen? Gleichgültige Söhne. Liederliche Ehemänner. Unfähige Väter. Zerstreute Brüder und Onkel ... Und so ein Mensch, der offensichtlich außerstande ist, wenigstens die eigene kleine Familie halbwegs menschlich einzurichten, zu organisieren, sie glücklich zu machen (die Mutter, die Frau, zwei Kinder, eine Schwester, einen Bruder, einen Neffen – ein Dutzend seiner *Nächsten*, gerade mal *ein Dutzend*!) – dieser Mensch schickt sich an, ein Zweihundert-Millionen-Land zu organisieren, einzurichten, glücklich zu machen! ...

... Das hast du mir alles schon gesagt, erinnerte ihn Vikont.

... Ja, ja. Ich behaupte auch gar nicht, dass es neu ist. Du wiederholst dich übrigens auch andauernd ...

... Ich wiederhole nicht *mich*. Ich zitiere. Ich mag es, zu zitieren. Das ist viel ungefährlicher.

... Gut, gut. Ich versuche nur, dir mein Grundprinzip richtig zu erklären ... Natürlich, dieser sogenannte Große Mann, der leitet letzten Endes niemanden als ein Häufchen ebensolcher Nullen wie er selbst, und es steht in seiner Macht, sie zu töten und zu erniedrigen, nicht aber, sie besser zu machen – er weiß nicht, wie er sie besser machen soll, und er will es auch gar nicht ... Wo kommt dann, frage ich dich, unser ewiges Verlangen her, einer großen Persönlichkeit zu huldigen? Ich will es dir sagen: Wir wollen einfach glauben, man könne die Geschichte mit einer einzigen, aber grandiosen Anstrengung verändern – in einer Generation, »dass wir es noch erleben«. Doch die großen Männer verändern die Geschichte nicht, sie zerbrechen uns nur unsern Lebensweg.

... Und so wird es immer sein, solange sie nicht lernen, *die menschliche Natur zu ändern* ...

(Wer hatte das gesagt? Vikont?)

... Nicht die Menschen werden die Menschen retten, sagte Vikont eindringlich, sondern die Nichtmenschen. Menschen sind dazu nicht imstande, wie Wale nicht imstande sind, die Wale zu retten, oder sogar Ratten die Ratten.

... Das Wesen und Hauptkennzeichen unserer Zeit, sagte Vikont, ist die Natürlichkeit des Unnatürlichen und sogar des Widernatürlichen ... Die einzige Methode, billige Wurst zu kriegen, ist, sie aus Menschenfleisch zu machen ...

... Ist dir aufgefallen, sagte Vikont, wie schwer es ist, in unserem Dschungel einen Bürokraten zu finden – rundum lauter Opfer der Bürokratie und kein einziger Bürokrat! ...

... Sag mir lieber, wieso hältst du dir diesen Malnytsch? Das ist doch ein Idiot.

... Also mir gefällt er. Er ist ein nützlicher Mann. Wenn bei ihm plötzlich ein Kentaur ins Arbeitszimmer schauen würde, was würde er zu ihm sagen? »Kommen Sie rein. Aber das Pferd lassen Sie auf dem Korridor.«

(Es wurde leer und düster in dem Zimmer, das eben noch so hell gewesen war. Schwül wurde es, und war so frisch gewesen. Und es war niemand mehr darin als Vikont. Vikont lag im Bett, hatte die Grippe, und Stanislaw war ihn besuchen gekommen, saß auf dem altersschwachen Stuhl, und beide rauchten sie. Es wurden Worte gesprochen, die Doppel- und Dreifachsinn hatten. Als wollte niemand verstanden werden. Doch jeder wollte aussprechen, was ihn bedrückte, denn es bedrückte ihn unerträglich.)

... Ich bin durchaus kein Freund der Menschheit, entgegnete Vikont. Ich bin ein Feind ihrer Feinde.

... Wieder ein Zitat? Sag doch endlich was Eigenes.

... Aber wozu? Wenn du verstehen willst, wer wer ist und wozu, kann es dir dann nicht egal sein, mit welchen Worten ich's dir erkläre? Mit eigenen? Mit fremden? Überhaupt mit Händen und Füßen? Sapienti sat.

... Ich kann Zitaten nicht glauben. Zitate lügen immer, weil sie per definitionem eine *Parawahrheit* sind. Sie sind ungefährlich. Wenn du offen sein wolltest, würdest du mit deinen eigenen Worten reden – ungefüge, schwer verständlich vielleicht, aber mit deinen eigenen. Wenn du die Absicht hättest ...

... Wenn das Wörtchen Wenn nicht wär, wär mein Vater Millionär.

... Tüchtig. Schlau. Geschickt abgeschmettert. Wie einen Feind.

... Du bist immer noch *dort*, mein Stak. Du wohnst immer noch »in dem Land, das man nicht einmal im Traum erblickt«. Dieses Land gibt es nicht und hat es nie gegeben. »Ob in leichten Stunden oder schweren, schließ die Augen still für kurze Zeit: Ruhelos auf fernen, blauen Meeren macht zur Fahrt die Brigantine sich bereit ...« Die Flibustier waren gewöhnliche Kriminelle, mein Stak, Abschaum des Meeres, blutig und gemein. Und der Autor dieser Verse ist eines ganz gewöhnlichen schrecklichen Todes gestorben – er ist im Kriege getötet worden ... Du bildest dir immerzu ein, es gebe irgendwo ein Paradies, mein Stak, und irgendwo eine Hölle. Sie sind nicht *irgendwo,* sie sind hier, ringsum, und sie sind immer beisammen: Die Folterer leben im Paradies und die Märtyrer in der Hölle, und das Jüngste Gericht hat längst stattgefunden, wir haben es über den alltäglichen Sorgen um die Zukunft nur nicht bemerkt ...

... Manchmal glaube ich, du brauchst mich absolut nicht, Vikont. Du bist dir auf widerwärtige Weise selbst genug – du brauchst niemanden.

... Du irrst dich. Ich brauche dich sehr. Ich habe auf dich gesetzt. Du bist meine Armee, meine Schlagkraft. Also werde dem gefälligst auch gerecht ...

... Und glaubst du denn nicht, dass meine Vorherbestimmung größer ist als du ... oder als ich ... oder als wir beide?

... Nein. Und lass uns nicht mehr davon reden.

... Vikont, ich will ja nur Klarheit ... ich will verstehen ...

... Lass es sein, sagte Vikont gereizt. Lass es. Es gibt Dinge, die man besser wissen als verstehen soll. »*Ich denke an die Sonne ... und vergäße so gern, dass das Geheimnis hässlich ist.*« Das Geheimnis ist hässlich, mein Stak. Das Geheimnis ist immer hässlich ...

11

Er kam zu sich und versuchte sich sofort aufzusetzen, doch Iwan hielt ihn an der Schulter fest: »Warten Sie. Langsam ... Ihnen wird schwindlig ...« Iwan sprach sehr leise und blickte sich andauernd um – mit den seltsamen zuckenden Bewegungen eines wilden Tieres, das einen Angriff erwartet.

Er widersprach nicht. Er fühlte sich nicht besonders gut. Er hatte keine Lust aufzustehen, er hatte Lust, sich auf die Seite zu drehen, die Augen zu schließen und ein bisschen zu dösen. So an die sechshundert Minütchen. Er fühlte sich nicht einmal krank, sondern vollends müde und zerschlagen, als hätte er Möbel geschleppt.

Doch liegen zu bleiben war unbequem. Und aus irgendeinem Grunde ging der Atem schwer und heiß. Im Kopf war es heiß. Und am ganzen Gesicht – vor allem Stirn und Mund – zog etwas, und zwar derart, dass sich die Haut spannte, als sei sie ausgetrocknet.

Er hob die Hand und fasste hin.

Haare. Grobes unbekanntes Werg unter der Nase. Schmutziges fettiges Werg auf dem Kopf. Und es roch plötzlich nach Werg.

»Was soll das ...?«, sagte er und versuchte dieses Werg abzulösen ... herunterzureißen ... Es war ja widerlich, so ein ekelhaftes Zeug, wozu? Doch das Werg erwies sich als festgeklebt – und zwar gründlich.

Iwan hörte auf, sich umzublicken, und musterte ihn. In seinen wahnsinnigen glänzenden Augen flackerte ein Lachen auf.

»Sie seh'n vielleicht aus«, sagte er und rang sich ein Lächeln ab. »Wenn ich's nicht wüsste – ich würde Sie garantiert nicht erkennen.«

»Was soll das? Wozu?«

»Ich weiß nicht. Ich denke, dieser General ist vor Angst völlig durchgedreht. Er hat Ihnen Paramorphin in den Tropf gegeben. Ich hab's nicht gleich gemerkt, und wie ich dann hinschaue ...«

»Wozu? Wozu, verdammt nochmal!«

Er setzte sich nun doch auf – zwang sich dazu –, überwand die sogleich aufkommende Übelkeit und schaute sich um. Ringsum war ein dämmriges großes Krankenzimmer mit niedriger Decke und diffusem Licht, das aus einer unbekannten Quelle auf unbekannte Weise hereindrang. Hohe, akkurat bezogene Fahrbetten an der Wand gegenüber. Auf einem dieser Betten ein regloser Körper: das spitze Kinn hochgereckt, bloße Füße, die unter der Decke hervorragten ...

Wieder versuchte er, sich den falschen Bart abzureißen, und wieder gelang es nicht – nur die Tränen schossen ihm in die Augen. Einem Traum glich das alles schon nicht mehr, erst recht keiner Wahnvorstellung. Es glich einem absurden Theaterstück, das er schon immer schreiben wollte. Gleich würde die Tür aufgehen, und herein käme ein mittelalterlicher Ritter in Pelzstiefeln mit Galoschen drüber ... Alles war derart grotesk, dass sich sogar die Angst verflüchtigte. »Ich fürchte nichts, weil es absurd ist« ...

Übrigens hatte er doch Angst. Sie war nur noch nicht endgültig erwacht. Sie war vorerst noch dort – in der Baracke mit der aufgehängten nassen Wäsche, wo etwas Schrecklicheres verstanden worden war als nur die Absurdität des Lebens.

»Wie spät ist es?«

»Fünf Uhr zweiundvierzig.«

»Kronid muss jeden Moment da sein.«

»Nicht ›jeden Moment‹, vielleicht erst in einer Stunde. Und überhaupt ist von ihm nicht viel zu hoffen. Sie passen ihn ab und lassen ihn nicht durch. Und wenn er's mit Gewalt versucht, löschen sie ihn aus ...«

Beide sprachen sie schnell und sachlich, verstanden einander sofort, und plötzlich dachte er, dass sie beide, ohne sich abzusprechen, für sich schon ihre Lage eingeordnet hatten. Ohne etwas von ihr zu wissen. Ohne etwas zu verstehen. Ohne sie zu begreifen oder es auch nur zu versuchen. Instinktiv. Wie in die Enge getriebene Tiere. Es war klar – die Lage war beschissen, sie mussten unverzüglich hier ausbrechen, gewaltsam, im Guten würde man sie nicht lassen, als schwache Hoffnung blieb nur Kronid ...

»Was ist mit Mike?«

»Ich weiß nicht. Bis zu ihm konnte ich nicht vordringen.

Hier sind überall Patrouillen, wie auf einer Militärbasis. Wir müssen hier raus, Stas Sinowjitsch. Wie fühlen Sie sich?«

»Zufriedenstellend«, antwortete er, während er dem Jucken in den Schläfen nachspürte ... und im rechten Ohr ... und dem Pochen des überreizten Herzens ... und der Übelkeit, die nach jeder Extrasystole anbrandete ... Dann ließ er die Beine vom Bett gleiten. Das Fahrbett war hoch, die Füße reichten nicht bis zum Boden. Sogleich stellte sich heraus, dass er Flanellunterhosen anhatte ... Beinkleider von schmutziger Fliederfarbe. Ein selbstöffnender Hosenschlitz ohne Knöpfe. Ein Hemd mit Schnüren am Kragen. Grau. Aber sauber. Und eine Pyjamajacke von schmutziger Fliederfarbe überm Kopfende des Bettes.

»Verdammt. Wo soll ich in dem Aufzug hin? Weißt du nicht, wo meine Klamotten sind?«

Iwan antwortete – langsam, als suche er die Worte aus: »Ich weiß, wo Ihre Klamotten sind. Aber da komme ich jetzt nicht hin. Dort suchen sie mich. Ich sollte mich da lieber nicht blicken lassen.«

»Hast du was angestellt?«

»Ja. Sie suchen mich. Lassen Sie uns weggehen, Stas Sinowjitsch. Unauffällig. Nach der anderen Seite. Wo sie mich nicht suchen.«

Er schaute Iwan an und kämpfte gegen den überaus starken Wunsch, ein hochnotpeinliches Verhör zu veranstalten, und das auf der Stelle. Iwan hatte aus irgendeinem Grund einen Tarnanzug von der Farbe des Herbstlaubes an. Auf dem Kopf ein rotes Fallschirmjägerbarett. Die rechte Wange zerkratzt, und auf dem linken Handrücken klaffte ein tiefer Schnitt ...

An den eigenen Füßen aber entdeckte er plötzlich – Pantoffeln. Schwarze. Gründlich ausgetretene. Er hatte also mit Pantoffeln unter der Bettdecke gelegen ... Die Absurdität nahm zu. Die Absurditäten türmten sich schon übereinander. Es gab mehrere Varianten: wie alles zu erklären und was weiter zu tun war. Keine von ihnen taugte etwas. Jede bedeutete jetzt einen gefährlichen Tempoverlust. Man kann sich keine Klarheit verschaffen, wenn man umzingelt ist. Man kann keine Bedingungen stellen, wenn man im Schach steht. Dieser wahnsinnig gewordene General war offensichtlich im Begriff, alles auf eine Karte zu setzen. Er hatte nicht vor, zunächst Klarheit zu gewinnen, und zum Verhandeln war es zu spät ... Iwan werden sie mit einer MPi abknallen (er ist gar zu flink), und mich pumpen sie mit Chemie voll – zur späteren Verfügung. Das wird die ganze Klarheit sein ... Ich muss hier raus, und später kann ich dann Bedingungen stellen oder wenigstens Fragen. Das Dumme ist nur, dass der General das auch weiß, und ebenso gut.

»Weißt du, wie wir hier rauskommen?«

»Ja.«

»Woher?«

»Ich habe die Zeit nicht verplempert.«

»Beachte, dass ich nicht unsichtbar sein kann. Zum Ninja eigne ich mich nicht.«

»Brauchen Sie auch nicht. Sie sind ein Kranker. Auf dem Wege zum Klo.«

»Und wenn uns jemand begegnet?«

»Dann gehen Sie einfach weiter, ich überrede ihn schon.«

Angesichts der bevorstehenden Anstrengung holte er tief Luft und stieg mit angehaltenem Atem vom Bett. Die Füße trugen ihn. Das Klingen im Ohr hörte auf, nur das Herz hämmerte noch immer und vollführte Sprünge wie ein schlecht eingestellter Motor.

Iwan hielt ihm die Schulter hin, dass er sich darauf stützte, und fasste ihn geschickt um die Taille. Er roch nach Kaserne. Ein fremder Geruch. Ein Geruch, den er erbeutet hatte.

»Iwan-Ninja«, sagte er liebevoll zu ihm. »Wir beide sitzen hier ordentlich in der Tinte. Verstehst du wenigstens, was vor sich geht?«

»Nicht die Bohne versteh ich«, sagte Iwan. Langsam, um

Gleichschritt bemüht, gingen sie zum Ausgang. »Aber ich spüre, dass das ein elender Ort ist. Haben Sie Dinara Alexejewna gesehen? In dieser Menge? ... Haben Sie sie gesehen?«

Er antwortete nicht. Ihm wurde allein bei der Erinnerung wieder schlecht ... Wie sie weinten! Wie sie einander liebten und einander zu verlieren fürchteten! Und sie verloren einander. Immerzu. Sie waren alle zur einmaligen Verwendung bestimmt ...

»Macht nichts«, sagte Iwan, ohne die Antwort abzuwarten. »Wir kommen hier weg, dafür verbürge ich mich. Und dann kommen Sie schon mit denen klar ...«

Optimismus, dachte er, während er sorgfältig einen Fuß vor den anderen setzte. Die wichtigste und einzige Waffe der Besiegten.

»Die machen hier Wurst aus Menschenfleisch«, sagte er laut. »Die lassen uns nicht raus. Du kannst davon ausgehen, dass wir schon tot sind. Weißt du, wie wir umgekommen sind? Wir beide ... und Mike, natürlich, und Kostja ... wir sind dem Verbrecher Mark Wakulin in einen Hinterhalt geraten und im Hinterhalt den Heldentod gestorben ...«

»Ach, die stecke ich doch allemal in die Tasche!«, entgegnete Iwan. »Und Sie lassen denen allen die Rüben platzen. Im äußersten Fall.«

»Glaubst du da etwa dran? Lass sein. Das ist alles Unsinn. Einfach nur Massel. Und der hört früher oder später allemal auf ...«

Sie waren schon am Ausgang. Iwan machte sich frei, und nach einer warnenden Geste schlüpfte er hinaus.

Allein geblieben, wollte er sich an die Wand lehnen, stellte aber fest, dass ihn die Beine sicher trugen – er konnte stehen, er konnte gehen, und wenn's sehr brenzlig wurde, konnte er auch laufen. In leichtem Trab.

Links von der Tür lag auf der Rückenlehne ein dienstlich aussehender Stuhl, und ein bisschen weiter ragten unter dem

Bett Füße in Fallschirmspringerstiefeln hervor. Weiter war nichts zu sehen. Er hat ihn überredet, dachte er mit grimmiger Schadenfreude, die ihn selbst überraschte. Na schön. Unsere Sache ist gerecht. Ich lass euch keine Monsterzoos Strich Nissennester aufmachen. *Unter keinem noch so edlen Vorwand.* Ich lasse Vikont rufen, und wir besprechen alles in Ruhe, dachte er hoffnungsvoll. Und sofort: Was besprechen wir? Was? »... und vergäße so gern, dass das Geheimnis hässlich ist.« Vergäße so gern.

Wanja erschien wieder und winkte, er solle ihm folgen. Wanja war in diesen Korridoren wie zu Hause – er ging einen Schritt voraus, ohne sich umzuschauen, und wies den Weg. Der Kampfanzug passte ihm nicht schlecht, doch die modischen Halbstiefel verdarben das Bild etwas.

Hier war es überall leer. Nur Feuerlöscher und irgendwelche unverständlichen Apparate in Glasschränken kamen gelegentlich vor. Der rhythmische Lärm befand sich wieder an der Hörgrenze und schien zurückzubleiben. Plötzlich tauchten vor ihnen zwei Sanitäterinnen auf, fauchten Wanja an, der ungesäumt die angemessene Geste gemacht hatte, ließen gleichgültig den Blick ihrer geschminkten Augen über den Kranken gleiten, der zur Toilette trottete, und verschwanden wieder aus dem Blickfeld. (Das Herz ließ nur einen Schlag aus, und einen zweiten – aber weiter nichts, es war gutgegangen.) Er stellte sich vor, wie er für Fremde aussah: zottig, auf dem Kopfe schwarzes Werg, unter der Nase schwarzes Werg, ein alter Mann in einem Krankenkittel von schmutziger Fliederfarbe, tappt gerade mal so an der Wand lang, schwerfällig, kurzatmig, nass von ungesundem Schweiß, unsauber, verwildert. Sehr überzeugend. Ein kranker Mann geht mal raus. »Und wo, Bruderherz, habt ihr hier den Abort ...?«

Der Abort erwies sich als ganz ordentlich. Kein »Intercontinental«-Niveau natürlich, durchaus *nicht*, aber immerhin ohne besonderen Gestank und sonstige Spuren früherer Benutzung. Vier Pissbecken. Vier Kabinen. Ohne Türen. Und ohne Sitzbrille, versteht sich, aber sauber. Sich mit dem Hintern nach vorn hinzuhocken war hier anscheinend nicht üblich ... (Erstaunlich, was einem in solchen Minuten für Unsinn einfällt. Das liegt daran, dass ich Angst habe zu springen, und er, der Mistkerl, wird mich gleich aus dem Fenster springen lassen ...)

Iwan, der schon auf das äußerste Klobecken unter dem hohen waagerechten Fenster gestiegen war, kantete mit geschickten und fast lautlosen Bewegungen den ganzen mit einem Drahtgitter bespannten Rahmen heraus. Er stellte (lautlos) den Rahmen in die Ecke, schaute sich um – das Gesicht nass, weiß, konzentriert –, winkte.

»Gut, gut ...«, sagte er zu diesem nassen und jetzt rasenden Mann. »Aber denk dran – springen kann ich nicht ...« (Wieso denn springen? Ich komme ja nicht mal durch diesen Fensterschlitz, passe einfach nicht durch!) »Das heißt, springen werd' ich natürlich, aber dann brech ich mir auf der Stelle alle meine alten Knochen ...«

»Nicht nötig«, sagte Iwan ein wenig außer Atem. »Sie brauchen nicht zu springen ... Kommen Sie ... Nur Mut, ich halte Sie. Los, los, nur Mut ...!«

Es war erniedrigend. Die kraftlosen Arme konnten den massigen Körper nicht mehr hochziehen, die Füße, lasch wie Makkaroni, tasteten auf der Suche nach einem Halt hilflos über die Fliesen ... eine Schnake auf dem Fensterglas ... eine große alte hirnlose Schnake ... Gestützt und gehalten, hochgeschoben und weggedrängt, kletterte er, rutschte über die glatte geflieste Wand, klammerte sich an nichts, keuchte, krächzte, schwitzte qualvoll und fand sich schließlich, ohne selbst zu begreifen, wie: zuerst in dem schmalen Fensterschlitz, dann, nachdem er sich verzweifelt von der Luft abgestoßen hatte, in einer feuchten, nicht tiefen Grube mit Zementboden und, soweit er es erfühlen konnte, Zementwänden ... Nach Atem ringend und zusammengekrümmt, saß er da, die tauben Beine unnatürlich verschränkt, ohne seine Arme zu spüren, ohne irgendetwas zu fühlen als die brodelnde Lunge ... er hatte nicht einmal die Kraft, die Augen zu schließen, und er sah über sich einen trüben Fleck von leicht angeleuchtetem Nebel, von einem Gitter durchkreuzt. Na, das war's, dachte er. Das ist meine äußerste Grenze. Aus. Die steilen Berge haben den Grauschimmel geschafft ... Gleich wird eine Ader platzen, und Sense ...

Offensichtlich war er doch eine Zeit lang weggetreten: Plötzlich befand sich Iwan neben ihm, konzentriert wie ein Chirurg, und seine kalten, feuchten Finger waren oberhalb des Schlüsselbeins, wo anscheinend noch etwas schlug, flatterte, zuckte und lebte.

»Schon gut, schon gut«, sagte er zu den forschend-aufmerksamen Augen. »Noch halte ich durch. Okay. Was steht als Nächstes auf deinem Programm?«

»Stehen Sie auf«, sagte Iwan und erhob sich selbst, dann beugte er sich über ihn und griff ihm möglichst bequem unter die Arme. »So ... Gut ... Sehen Sie dort – das Licht?«

Beide standen sie jetzt in dieser Zementgrube, ihre Köpfe befanden sich oberhalb des Spaltes, und er bemerkte beiläufig, dass das Gitter, das eben noch die Grube oben bedeckt hatte, jetzt weg war. Er sah auch das Licht, von dem Iwan gesprochen hatte, doch weiter sah er, ehrlich gesagt, nichts. Alles ringsum war von dichtem, eisigem Nebel erfüllt, der an drei Stellen etwas aufgehellt war, und zwar am hellsten dort, wohin Iwan zeigte.

»Das hier ist die Mauer«, fuhr Iwan unterdessen fort, nicht laut, aber auch ohne zu flüstern. »Da, wo das Licht ist, da ist der Haupteingang. Dort stehen unsere Wagen, beide, das ›Panzerchen‹ näher, der Benziner etwas weiter weg. Es gibt keine Wache ... Hören Sie mir zu?«

»Ja«, sagte er. »Aber ich verstehe nicht. Noch nicht.«

»Gleich werden Sie's verstehen. Es ist ganz einfach. Hier rechnen sie überhaupt nicht mit uns, also ist das Risiko gleich null. Die Hauptsache ist das Tempo ...«

... Das kommt dir nur so vor, dass die Hauptsache das Tempo ist, dachte er. Die Hauptsache ist, keine Dummheiten zu machen. Ich habe ohnehin schon so viele gemacht, dass es auf keine Kuhhaut geht. Man stelle sich vor, der Meister selbst, persönlich, nachdem er wie der letzte Irre aus dem Krankenhaus davongelaufen ist, durchs Klofenster nach draußen geklettert, steht nun mit eiskalten Füßen in der feuchten Kühle, in ein ärmliches Kittelchen gekleidet, mit fremden Haaren beklebt, atmet durch den Mund, damit er sich nicht übergeben muss, und versucht auszubrechen ... Wozu? Vor wem läuft er davon, vor welchem Feind? Aus welcher Umgebung will er ausbrechen? ... Auf keine einzige von diesen Fragen vermochte er zu antworten, versuchte es auch gar nicht. Doch noch weniger vermochte er sich vorzustellen, wie er jetzt in sein Bett zurückkehrte, sich (mit Pantoffeln) unter die Decke legte und in stiller Ergebenheit wartete, dass General Malnytsch erschien oder, noch schlimmer, der seltsame Doktor Brumm-rummschtschichin ...

»Ich verstehe nicht, Boss: Hören Sie mir zu oder nicht?«, sagte Iwan verärgert, nachdem er mitten im Satz abgebrochen hatte.

»Ich höre dir zu. Aber mir gefällt dieser Plan von dir nicht. Du zerschellst in tausend Stücke, ohne das Tor zu durchbrechen. Ich muss trotzdem über die Mauer springen, aber du bleibst bei denen, und sie erledigen dich. Auf ganz legaler Grundlage. Ohne mit der Wimper zu zucken, verstehst du?«

»Sie sollen nicht an mich denken, sondern an sich selber ...«

»Nein. Ich werde an uns beide denken. Und an Mike, der jetzt dort sitzt und überhaupt nichts weiß ...«

»Und an Kronid, von dem sie gar nicht erwarten können, dass er in ihren Hinterhalt gerät ...«

»Woher weißt du von dem Hinterhalt?«

»Was kümmert's Sie? Ich hab gleich gewusst, dass das Reden und Diskutieren losgehen würde. Können Sie sich mir wenigstens einmal im Leben anvertrauen? Ohne Diskussion?«

»Ich vertraue mich dir das ganze Leben lang an.«

»Dann tun Sie, was ich gesagt habe.«

»Nein. Wir steigen beide ins ›Panzerchen‹ und springen über die Mauer ...«

»Man muss die doch aufhalten, verstehen Sie?«

»Ich verstehe. Du sitzt am Steuer. Ich schaffe so einen Sprung nicht.«

»Verstehen Sie: Die nehmen sofort die Verfolgung auf, und wir kommen nicht weg. Auf dieser Straße.«

»Macht nichts. Auf der Betonpiste kommen wir weg. Wir müssen auf der Piste fahren, verstehst du? Kronid kommt auf der Piste, dort müssen wir ihn treffen ... Und vor allem: Ich kann keine dreieinhalb Meter springen, verstehst du? Ich komm nie heil runter.«

»Die werden uns ja nicht nachfahren, die werden schießen.«

»Macht nichts. Mit dir am Steuer kommen wir weg. Und überhaupt: Wer nicht wagt, der nicht gewinnt.«

Iwan schwieg ein paar Sekunden lang, schniefte dabei laut und aggressiv. Dann sagte er: »Wenn Kronid nicht wäre, würde ich mich den Teufel auf dieses Abenteuer einlassen.«

»Ich vielleicht?! ... Ich würde jetzt im Bett liegen ...«

»Und abwarten, bis sie fein still kommen und Sie abschlachten. Auf ganz legaler Grundlage.«

»Nichts dergleichen. Was ist denn dann mit meiner Geheimnisvollen Kraft?«

»Ach, Stas Sinowjitsch«, sagte Iwan. »Aber vielleicht wird die eben hier gemacht, Ihre Geheimnisvolle Kraft? Hm?«

Das war zumindest logisch. Dieser Iwan! Auf solch eine Erklärung konnte er nicht gleich antworten. Weder ja noch nein. Und auch nicht gleich.

»Schön«, sagte Iwan schließlich entschieden. »Halten Sie sich hinter mir, ich gehe vor.«

Alles verlief ziemlich schnell und – zunächst – ohne Zwischenfälle. Ein kurzer, lautloser Gang durch den Nebel. An der rauen Wand des Gebäudes entlang. Über die Reste trockenen Grases, das durch den Asphalt und in den Ritzen zwischen den Betonplatten sprießte. Es war kalt. Der Nebel legte sich aufs Gesicht wie feuchte Spinnweben. Irgendwo spielte Musik, Stimmen waren zu hören, und niemand kümmerte sich um sie.

Sie waren schon beim Wagen. Schon war das schnittige Profil der »Adiabate« vor dem orangenen Lichtschein auszumachen, es blieben noch zehn Schritte bis zu ihr – da regte sich plötzlich etwas im leuchtenden Nebel, und es tauchte dort eine energische Silhouette auf: eckige Schultern, eine Mütze mit langem Schirm, ein hervorstehender Schnurrbart und eine kurze Tabakpfeife, wie sie neuerdings in Unteroffizierskreisen einiger Spezialeinheiten Mode war.

Das war wieder ein Fähnrich von der Wache. Irgendwas hatte er hier zu tun, beim Wagen, irgendwas suchte er hier. Oder er kontrollierte etwas. Oder er wollte rasch etwas klauen. Solange die Luft rein war. Im Schutze der Dunkelheit. Mit irgendetwas knirschte er dort leise, schurrte metallisch und klirrte. Er beugte sich herab, sodass er in Finsternis und Nebel verschwand, und richtete sich wieder auf. Die eckigen Schultern wackelten. Iwan verfolgte seine Bewegungen, Gesicht und Körper versteinert. Iwan war jetzt schrecklich bis zur Unkenntlichkeit. Eine tödliche Bedrohung war jetzt in ihm zu spüren – sie war plötzlich erwacht und lebte nun ihr eigenes, gesondertes und gefährliches Leben.

Er wollte zu Iwan sagen: Lass sein, Gott mit ihm, es soll eben nicht sein, wir gehen zurück, und soll geschehen, was will, doch Iwan legte ihm ohne hinzuschauen für einen Moment die kalte Hand auf den Mund – und verschwand. Wie zuvor der Basker. Geräuschlos, ohne die geringste Luftbewegung, überhaupt ohne jede vorangehende Bewegung. Wie ein Schatten an der Wand verschwindet, wenn man eine unnötig gewordene starke Lampe ausschaltet.

Es verstrichen ein paar bedrückende Augenblicke, und nichts wollte geschehen. Der energische Fähnrich stand jetzt da, den Hintern an die »Adiabate« gelehnt, und klickte mit dem Feuerzeug – wie ein Heimchen hinterm Ofen. Das orange-bläuliche Flämmchen erhellte seine konzentrierte Nase. Die Pfeife wollte nicht brennen.

Dumm, dachte er. Dumm, so zu sterben und als letzten Wunsch zu haben, die widerspenstige Pfeife in Gang zu kriegen. Ich will nicht dran denken. Ich weiß ja, dass das alles ganz nahe ist: die letzte Minute, der letzte Wunsch, das letzte Zucken des Lebens ... Er schloss die Augen, um nichts zu sehen, und als er sie wieder öffnete, war nichts mehr zu sehen. Der Fähnrich war weg. Die Wagentür stand schon offen, Iwan rief ihn mit undeutlichen Gesten, und wieder musste er gehen – die eiskalten Füße einen vor den anderen setzen und in ständiger Erwartung des Schlimmsten das Beste hoffen.

Noch immer spielte in der Ferne Musik, und es war hustendes Lachen zu hören, und weiter hatte er in den letzten achtundzwanzig Sekunden nichts zu hören bekommen. Es waren sogar weniger Geräusche geworden – kein Feuerzeug zirpte mehr wie ein heiseres Heimchen ... Ein Heimchen kündigt den Tod an. Heißt es. Auch in der Überlieferung. Nur – wessen?

12

Die »Adiabate« sprang leicht und weich wie eine riesige mechanische Katze, und ein paar Augenblicke lang sah er unter sich eine in Nebel gehüllte Welt vor Tagesanbruch: das schwarze Gestrüpp von Büschen und Bäumen rings um das Gebäude, wie es aus den weißlichen, schwach erleuchteten Schwaden ragte; die stachlige Bewehrung der Mauerkrone; einen mit blinkenden roten und orangenen Lichtern übersäten Turm in einiger Entfernung ... Die Nebelschicht war nur vier Meter hoch, und über dieser Schicht rieselten friedlich vereinzelte Schneeflocken, und es schien trübe der alte, angebissene Mond. Dann fiel der Wagen wieder in den Nebel, kurz und machtvoll brüllten die Beschleunigungstriebwerke auf, Iwan brachte es auf wunderbare Weise fertig, den Ruck auf ein erträgliches Maß zu begrenzen – es war, als sei der Wagen in voller Fahrt in ein metertiefes Schlagloch gestürzt –, die Superstoßdämpfer ächzten, hielten aber stand, ihm knirschten die Kiefer, die Arme wurden kraftlos und schmerzhaft wie von selbst hochgerissen, der Wagen aber schlitterte schon dahin, die brennenden Reifendecken heulten und stanken. Iwan legte den Wagen in eine scharfe Kurve und zielte auf den zwischen dem Gestrüpp schlecht erkennbaren schmalen Korridor der Betonpiste – fort, weiter, schneller, noch schneller, solange die dort nicht zur Besinnung gekommen waren, solange sie noch nichts begriffen hatten, solange sie nicht die Verfolgung aufgenommen und ihre Patrouillen alarmiert hatten.

Das Vorhaben war dumm, kindisch, von einem Jungen geplant, und darum platzte es auch, ehe es richtig begonnen hatte – nach fünf Minuten verzweifelter Jagd. Der Treibstoff war alle.

Sie saßen nebeneinander in der Kabine und schwiegen. Auf dem Armaturenbrett hüpften rote und grüne Funken. Rot leuchtete die Tankanzeige – streng, unerbittlich und missbilligend. Der Motor kühlte ab. Der Salon kühlte aus. Sie mussten aussteigen und zur Autobahn gehen. Zehn Kilometer. Vielleicht fünf. Aufs Geratewohl. Vielleicht gelang es ihnen, den Patrouillen auszuweichen. Vielleicht gelang es ihnen, nicht den Jungs von Sarg Wakulin in die Arme zu laufen. Vielleicht konnten sie Kronid abfangen und stoppen, der jetzt schon in der Nähe sein musste ... wenn man ihn nicht schon gestoppt und abgefangen hatte. Alles war erstaunlich ungeschickt, dumm und inkompetent.

»Hat der Fähnrich den Funk rausgerissen?«, fragte er. Nicht, weil das auch nur die mindeste Bedeutung gehabt hätte, sondern weil er entschieden keine Lust hatte auszusteigen und es im Salon immer noch ziemlich warm war.

»Nein, ich glaube nicht«, antwortete Iwan ausführlich. »Ich denke, den haben sie schon vorher ausgebaut. Der Fähnrich war eher auf Kleinkram aus. In die eigene Tasche ... Warten Sie, Stas Sinowjitsch, steigen Sie noch nicht aus. Ich habe da was im Kofferraum, vielleicht nicht ganz die richtige Größe, aber immer noch besser als die Krankenhausklamotten ...«

»Gut«, sagte er folgsam. »Ich warte.«

Er musste noch einmal versuchen, die Lage durchzurechnen. Allein. Ohne Edik. Ohne Kusma Iwanytsch. Ohne Nikolas. Ohne die Mannschaft, die er jetzt mehr als alles auf der Welt liebte. (Ohne Gruppe. Selber, ähm. Allein, ähm ...) Ohne sein berühmtes Ministerium für Versuch und Irrtum, das ihm so lieb war, dass ihm nie etwas lieber gewesen war noch sein konnte ... Irgendwo habe ich mich verrechnet, dachte er. Etwas sehr Wichtiges habe ich nicht rechtzeitig verstanden (vor langer, sehr langer Zeit!), und ebendarum sitze ich heute in dieser kalten Tinte.

»Wurst aus Menschenfleisch ...« Nein, das ist es nicht, das ist nur eine Redensart. Etwas anderes hat er mir vor unvordenklichen Zeiten gesagt. Nicht vor unvordenklichen Zeiten natürlich, aber vor vielen Jahren, als noch nichts entschieden war, als alles erst anfing und noch nichts endgültig aussah. (Beim Präsidenten Krasnogorow fing es an, aber beim Korrespondierenden Akademiemitglied Kikonin war schon alles entschieden und lief auf vollen Touren.)

... »Die Vorherbestimmung schenken die Götter. Und wer dieses Geschenk erhält, wird selbst einer von ihnen ... Du kannst dir ja gar nicht vorstellen, mein Stak, wie selten das ist – eine *Vorherbestimmung*! ...«

... Vikont, mein Bester, du bist mir jetzt als Einziger geblieben. Wie konnte es geschehen, dass ich dich unter meinen Gegnern finde? Ja, du bist kein Freund der Menschheit, du bist ein Feind ihrer Feinde. Aber ich doch auch! Wie konnte es geschehen, dass zwischen uns General Malnytsch steht – mit dem Rücken zu dir, das Gesicht mir zugewandt – sein knochiges Knechtsgesicht das eines Lügners und Betrügers? ... Und warum ist meine Gottesgabe machtlos gegen ihn? ...

Er sah keine Antwort.

Genau genommen sah er auch die Frage nicht richtig. Es geschah etwas, das vage, unerklärlich und glitschig war wie ein Stück Eis. Das kannte er seit Langem nicht mehr – er war verwöhnt. Er fühlte sich ungewohnt alt, schwach und kraftlos. Er war jetzt der geschorene Samson. Das war eine quälende und beklemmende Empfindung, wie man sie in einem Albtraum hat, wenn man krampfhaft erwachen will und es partout nicht kann ...

Er horchte. Irgendein Knistern war draußen und hinten zu hören. Als würde dort ein zusammengefalteter Plastikmantel ausgebreitet. Wer wusste jetzt noch, was das war: ein Plastikmantel? Übrigens hatte Wanja recht: Lieber das als fliederfarbene Unterhosen ... Der Mantel knisterte noch einmal, und plötzlich lachte jemand ganz nahe auf. Jemand Unbekanntes. Nicht Wanja.

... Er zuckte zurück und schlug mit dem Kopf ans Glas der

rechten Tür: durch die linke betrachtete ihn, mit tiefliegenden roten Glutaugen funkelnd, ein Basker.

Einen Moment lang nahm ihm das Entsetzen den Atem. Ein Krampf, der die Seele krümmte. Wahnsinn, Erstarrung, Verlust des Selbst. Der Basker schaute immerzu, reglos wie eine düstere Skizze von Francisco Goya und ebenso unwahrscheinlich.

... Es hieß, sie verfügten über den Basiliskenblick – unter diesem Blick verwandelt sich das ausersehene Opfer in weichen Stein. Es verliert die Stimme, und sein Blut stockt. Es hieß, manche von ihnen machten es so: Sie beißen dem Menschen die Beine ab und gehen ein, zwei Tage weg, und wenn sie zurückkommen, fressen sie den Leichnam, in dem die Verwesung schon begonnen hat. Es hieß: In Wahrheit töten sie nicht gern, sie mögen kein frisches Fleisch. Es hieß: Wohl dem, der sich erschießen kann, wenn sich kein anderer Ausweg bietet ...

Sein erster Schock war vorüber, er war in kalten Schweiß gebadet, doch er hatte schon alles verstanden und war wieder er selbst. Er war wieder der alte, von Hoffart ergriffene, giftige und gebieterische Mann, der die Unterordnung anderer gewohnt war und verlernt hatte, sich unterzuordnen. Er wollte weder qualvoll umkommen noch sich, um die Qual zu vermeiden, erschießen. Er wollte leben. (Wie viel er in nur vierundzwanzig Stunden verloren hatte! ... Eine verfluchte Nacht. Verfluchtes Pech ...) Ohne hinzuschauen, ohne den Blick von der düstren Gestalt hinterm Glas abzuwenden, streckte er die Hand aus und klappte das »Handschuhfach« auf. Die Pistole war nicht da. Der Fähnrich hatte es doch geschafft, sich zu bedienen. (»Auf Kleinkram aus ...«) Übrigens war es ja sowieso eine Gaspistole gewesen, Paralysator NP-04, bequem und barmherzig, gegen den Basker aber so nutzlos wie die modernste WASP ... (So viel verloren. So viel unersetzliche Verluste in einer einzigen Nacht! ...) Mistvieh, flüsterte er dem

Basker tonlos zu. Der Hass brandete plötzlich über ihn wie ein Anfall von unwiderstehlichem Brechreiz, und er löschte augenblicks alles andere aus – Schmerz, Weinen, Furcht. Er tastete unterm Sitz, wo er ein Versteck hatte ... eigentlich nicht er, sondern Wanja, der immer der Ansicht war, wer sich selber hüte, sei in Gottes Hut, und dort insgeheim vor aller Welt eine Splitterhandgranate aufbewahrte – »für alle Fälle und vorausgesetzt dass«.

Die Granate hatte der dumme Fähnrich nicht gefunden, und nun presste er sie in der Faust, zog mit den Zähnen den Splint heraus und streckte die freie Hand zum Knopf aus – um die vordere linke Scheibe herunterzulassen.

Doch der Basker war schon fort – weißlicher Nebel hing dort draußen und schlug sich in kleinen Tröpfchen am Glas nieder.

Schlaues Vieh. Dir hätte ich's gezeigt! ... Er stieg aus und ging vorsichtig um den Wagen herum, hielt dabei die Granate in der seitlich ausgestreckten Hand, bereit, sie zu werfen oder wenigstens einfach die Hand zu öffnen. Er ging durch den Nebel, der plötzlich ganz undurchdringlich geworden war. Es war nichts zu sehen. Gar nichts. Nur die Nebel- und die Standleuchten glommen trübe, ohne etwas anderes zu erhellen als leeren Dunst.

Er ging um den Wagen herum und sah: den offenen Kofferraum, das trübe Licht darin und Wanja, der unbeweglich dort lag und ihm ins Gesicht schaute. Wanja war ganz klein. Eine schwarze, klebrige, glänzende Pfütze umgab ihn und hatte im Kofferraum alles überflutet, was da war. Wanja war bei Bewusstsein, schwieg aber. Er hatte keine Beine.

Dann begann er zu sprechen. Mit einer Stimme wie eine schnarrende Saite.

»Mei-s-ter ...«, schnarrte er. »Erledi-gen Sie ...« Und er war tot.

Er sah, wie das Leben aus den schwarzen reglosen Augen

wich und der Körper erschlaffte, der eben noch eine Feder gewesen war, von Schmerz und Entsetzen aufs Äußerste gespannt.

Ein paar Sekunden blieb er stehen und rührte sich nicht.

(Mit Toten hatte er noch nie umgehen können. Dutzende von Menschen hatte er hinüberbegleitet und es dennoch nicht gelernt: den Kopf zu senken, mit den Lippen die eisige Stirn zu berühren, sich von den Knien zu erheben und wieder den Kopf zu senken ... Das alles kam ihm wie Theater vor. Billige Überhebung. Das alles war ein Schauspiel – für wen und vor wem auch immer.)

Dann streckte er die freie Hand aus und berührte Wanja am Hals, dort, wo die Ader pulsieren müsste. Der Hals war warm, ein wenig klebrig, doch die Ader war nicht mehr da. Wanja war nicht mehr da. Und würde es nie mehr sein.

Er schlug die Tür des Kofferraums zu – und kam plötzlich gleichsam zur Besinnung. Die Welt ringsum, die eben noch für sich und wie in weiter Ferne existiert hatte, stürzte ohne Gnade und Erbarmen auf ihn ein. In dieser Welt gab es (außer dem eisigen Nebel) Eiseskälte mit Wind, eisige hoffnungslose Einsamkeit und den Totengestank des Tieres aus dem Jenseits, das eben noch hier gewesen und womöglich irgendwo in der Nähe geblieben war: schaute, wartete, einschätzte, entschied ...

Er spürte ein Zittern, das ihn vom Scheitel bis zur Sohle durchlief. Einen Krampf, der die Hand mit der Granate erfasst hatte. Den Metallgeschmack des Splints, den er noch immer zwischen den Zähnen hielt. Er spürte sich selbst und erinnerte sich, was er jetzt zu tun hatte.

Den Splint konnte er nicht wieder hineinschieben. Er musste ihn wegwerfen. Die scharf gemachte Granate beschloss er mitzunehmen. Für alle Fälle. Und nicht gegen den Basker – er war sich plötzlich sicher, dass das Tier fort war, nicht mehr hier, dass es erst in ein paar Tagen zurückkehren würde, um mit stählernen Krallen den Stahl des Kofferraums aufzureißen und an das heranzukommen, was darinlag. Allein schon, um das zu verhindern, musste er jetzt: sich zwingen, sich abermals überwinden – gehen, torkeln, kriechen, wenn nötig, Menschen finden, egal wen, am besten aber doch die eigenen Leute.

Er ging langsam, fast ohne seine erstarrten, schlappen Beine zu spüren, mit denen er unsicher wie ein Blinder die Betonpiste unter sich ertastete, fast ohne vor sich etwas zu sehen, die freie Hand ausgestreckt und die Faust mit der Granate sorgsam an der Brust geborgen. Er dachte an nichts. Hätte er auf irgendeine Weise die Fähigkeit nachzudenken wiedererlangen können, so hätte er sicherlich nur daran gedacht, dass diese Nacht verflucht war und er sie gewiss nicht überleben würde.

Die Furcht nagte still an ihm, und er sang: »Hat gerufen der Kuckuck, der graue ... hat gerufen im Frühmorgenrot ...« Er sang und versuchte den Tonfall der Mutti nachzuahmen, er konnte nicht Ukrainisch, er wusste es einfach alles auswendig – die Worte, die Melodie, den Tonfall ... »Oi da weinten die wackeren Burschen ... he-he, dort in der Fremde, in Kerker und Not ...« Weiter hatte er die Worte vergessen, also fing er wieder von vorn an. Er glaubte, das müsse ihm helfen. Die Furcht in ihm war schon stärker als die Vernunft.

Und nichts geschah. Anscheinend wirkte die Beschwörung.

Dann, als sich der Nebel plötzlich zu lichten begann, als am Himmel über der schwarzen Wand des Gestrüpps der angebissene Mond erschien, fiel ihm – aus heiterem Himmel – ein vor langer Zeit von ihm verfasstes und längst vergessenes Liedchen zur Melodie irgendeines neueren Wanderlieds ein:

Der See des Mondes glänzt von fern
Wie blankgeputztes Zinn,
Sind Elefanten rings und Bär'n,
Und wir sind mittendrin ...

... Warum kamen da Elefanten und Bären zusammen vor? Wer war »wir«? Das Liedchen war einmal ganz konkret gewesen, das wusste er noch genau, doch jetzt war alles ausgelöscht, alles verflogen, es bedeutete alles nichts. Oder etwas x-Beliebiges. Zum Beispiel ihn. Diese Betonpiste. Diesen trüben restlichen Bissen einer kosmischen Katastrophe über dem Gestrüpp. Und dieses Gestrüpp selbst, wo es etwas gab, was schlimmer war als ein Bär, allerdings, Gott sei Dank, kleiner als ein Elefant ...

Die Hunde sind schon längst verspeist –
Und seither nichts im Magen,
Zum Kuhgebirge geht die Reis'
Seit dreiundzwanzig Tagen.

... Was für Hunde? Jagdhunde? Oder Zughunde? ... Wo lag es, dieses Kuhgebirge (und die sogleich willig auftauchenden Assoziationen: Laushügel, die Gribanoswsker Wachstation, die Hundertzweite Markierung)? ... Wenn mir wenigstens einfiele, in welchem Jahr das alles war ... Ich bin nie im Leben auf Jagd gegangen. Saschka Kalitin war bei uns der Jäger, aber größtenteils auf Enten und Auerhühner, was haben Bären damit zu tun?

Mein Freund blickt hungrig, unverwandt –
Was mag der Kerl wohl hoffen?
Sein Ziel war zwar ein Elefant,
Doch mich hat er getroffen.

... Und wenn das von Vikont und mir handelt? Er grinste und fühlte plötzlich wieder den falschen Schnurrbart – nasses stinkendes Werg unter der Nase. »Sein Ziel war zwar ein Elefant, doch mich hat er getroffen ...« Nicht übel. Da ist offensichtlich was dran. Vikont war immer der Ansicht, dass unsere Phantasie größer als unsere Welt ist: Alles Ausgedachte existiert. Jeder Vers ist ein Gefäß der *Wahrheit*. Es ist uns nur nicht immer gegeben zu verstehen, welcher genau und worüber ... Wir wissen ja viel mehr, als wir verstehen. Das ist unser Unglück und zugleich unser Glück ...

Rauch steigt vom Lagerfeuer hoch
Hinauf zum Mond, dem weißen.
Ach, lebte ich doch morgen noch –
Mein Freund fängt an zu beißen!

... Das stimmt nun haargenau. Wie ein Naturgesetz. Daran ist nichts zu deuteln: Er beißt. Lass es, Vikont, bat er. Ich bin trotz allem auf deiner Seite, gehöre für immer dir. Obwohl ich deinen Monsterzoo, so Gott will, ausräuchern werde. Weil das nicht sein darf. Weil es Dinge gibt, die nicht sein dürfen. Es gibt Dinge, die nötig sind, sehr nötig, und doch so sehr nicht sein dürfen, dass es zum Himmel schreit. Wir können es nicht immer erklären. Verstehen. Formulieren. Man muss sich Mühe geben. Unbedingt muss man sich Mühe geben. Doch selbst wenn man es weder verstehen noch formulieren kann, muss man fühlen (einfach mit der inneren Haut der Seele): Das darf nicht sein.

Sein Lied war zu Ende. Er begann es von vorn, sang es vollständig und fast aus voller Kehle, und als es abermals zu Ende war, ging er allein weiter, ohne Lied. Es war alles klar und deutlich zu sehen. Den Nebel hatte er hinter sich gelassen, vor ihm lag nur noch gewöhnliche Dunkelheit mit vereinzelten Schneeflocken, und der Mond, wenngleich mit seinen Jahren zerfressen wie Filzstiefel von Motten, schien nicht übel und erlaubte auszusuchen, wohin er den Fuß setzte (den halbtoten, mit dem kranken zerquetschten Knie) und wohin auf gar keinen Fall. Die Pantoffeln hatte er verloren, er ging barfuß und wusste es nicht ...

Jetzt fand er sich hier zurecht, wie er sich immer zurechtfand – überall und in jeder Situation, und er wusste, dass er genau so weit gehen würde, wie nötig, und sich von nichts und niemandem aufhalten ließe. Er war immer bestrebt gewesen, ehrlich zu sein, vor allem zu sich selbst. Er kannte sich als ziemlich gefühllosen, weniger guten als vielmehr anständigen Menschen, der nicht täuschen konnte noch wollte und der diesem Umstand eine nach allgemeinem Verständnis übermäßig hohe Bedeutung beimaß. Doch Ehrlichkeit ist die Währung der Moral. Die Politik akzeptiert diese Währung nicht, sie hat ihre eigene Währung, solange aber die Welt von unehrlichen oder bestenfalls von mäßig ehrlichen Menschen regiert wird, solange wird die Welt unehrlich oder bestenfalls (je nach den Umständen, von Fall zu Fall, wenn es der Sache nützt, devant les enfants, für Presse und Fernsehen) mäßig ehrlich sein. Entweder – oder. Vikont steht dieser Idee selbstverständlich jetzt und stand ihr schon immer skeptisch gegenüber. Ehrlichkeit ist so etwas wie Verstand bei einer schönen Frau: nicht schlecht, doch nicht deswegen lieben wir sie ... Vikont ist ein Zyniker. Er ist Wissenschaftler. Er weiß, was Ehrlichkeit wert ist. Er weiß, dass Ehrlichkeit keinen Wert hat. Wie das Leben. Sie ist einfach da, oder sie ist nicht da. Sie ist ein Wert an sich ...

Nichts geschah ringsum. Er ging. Er setzte die Füße einen vor den anderen, und die zerquetschten Knie winselten und heulten vor Schmerz. Er erinnerte sich fast an nichts, er hatte Nikolas vergessen, Wanja, Mike ... und erst recht hatte er natürlich völlig, ganz und gar jene Unbekannten vergessen, die in dieser Nacht so oder so »überredet« worden waren ... Er erinnerte sich nur: Wenn vorn Fremde auftauchten, musste er ins Gebüsch springen, und wenn das nicht half, die Finger der rechten Hand öffnen; wenn sich dagegen vor ihm Scheinwerfer und Rundumleuchten zeigten, dann war das Kronid – dann musste er auf die Mitte der Straße gehen und die Arme ausbreiten ... Er war sich nur nicht sicher, ob seine

Kraft reichen würde, die Arme auszubreiten. Und er zweifelte sehr, dass er, wenn nötig, die Finger öffnen könnte – wenn er vollends ehrlich war, war er sogar sicher, dass er *nicht* dazu imstande sein würde ...

Die Scheinwerfer tauchten unerwartet und ganz nahe auf. Er kam zu sich, stürzte auf sie zu, winkte mit der freien Hand. Der niedrige heiße Wagen wich jaulend und mit den Bremsen quietschend aus, als schrecke er angewidert vor ihm zurück, und raste vorbei, er hatte niemanden darin sehen können, und hinter ihm folgte dröhnend ein zweiter – der kleine Stabs-SPW, ein Geschenk des vorigen Verteidigungsministers –, vollgepackt mit Artjoms Jungs, blind und taub in der grünen, nassen Panzerung, in einer stinkenden Wolke von Abgasen und brennenden Reifen ...

Der Luftzug schleuderte ihn beiseite, er konnte sich nicht auf den Füßen halten und fiel auf den Beton, ohne Schmerz zu fühlen oder auch nur zu erfassen, dass er gefallen war.

(»Die gottverdammten Spritis«, sagte Kronid nervös, der am Steuer des Packard saß. »Ich hätte ihn ja beinahe umgebracht, den Dreckskerl ...«

»Vielleicht wollte er umgebracht werden?«, murmelte Artjom und kaute finster an der Zigarrettenspitze. »Hast du gesehen, was das für einer war?«

»Was für einer?«

»Mit Zottelhaar und Bart. Offensichtlich aus dem Irrenhaus entlaufen. Den Tod suchen.«

Worauf sich Kusma Iwanowitsch melancholisch vernehmen ließ: »Wir müssen alle mal sterben.« Es klang bei ihm wie eine Vorhersage, und niemandem kam in den Sinn, wie bald die Vorhersage eintreffen würde.

»Verdammt, wir kommen zu spät.«

»Was beunruhigst du dich denn?«, fragte Kusma Iwanowitsch. »Ich denke, er ist verzaubert?«

»Wer sich selber hütet, ist in Gottes Hut.«

»Er ist ja sowieso in Gottes Hut ...«, bemerkte Kusma Iwanowitsch, Dinara aber sagte plötzlich, zum ersten Mal, seit sie losgefahren waren, vom Rücksitz mit fremder, wie brechender Stimme: »So hört doch auf zu quatschen! ... Seid doch um Gottes willen still!«

Und da sahen sie alle am Straßenrand die »Adiabate« mit offen stehender rechter Tür.)

Nichts von alledem sah oder hörte er. Er hätte es nicht hören können, selbst wenn er direkt neben ihnen gewesen wäre, in ihrem Wagen, unter dem Tropf und mit der Sauerstoffmaske auf dem Gesicht. Ihm schien, er sitze auf dem alten klapprigen Stuhl im kleinen Vier-Quadratmeter-Zimmerchen Vikonts, der in der alten Schale voll Tabakspfeifen kramte, die wertvollen alten Gläser funkelten rubinrot (oder topasfarben), die Hälfte des Lebens liegt hinter ihm, die andere vor ihm, von verborgenem Sinn erfüllt, und Vikont sagt in seiner üblichen lässigen Art: »Man kann seine Vorherbestimmung kennen – und sie nicht verstehen. Das ist sogar besser so, denn es heißt: *Ich denke an die Sonne ... und vergäße so gern, dass das Geheimnis hässlich ist.* Das Geheimnis ist hässlich, mein Stak. Das Geheimnis ist immer hässlich ... Und wenn du billige Wurst haben willst, musst du sie aus Menschenfleisch machen ...«

»Nein!«, sagte er entschieden, und in derselben Sekunde ließ ein kleines, fast mikroskopisches Fleckchen abgestorbenen Gewebes in der Varolsbrücke seinen Atem stocken.

... Press die Finger zusammen, konnte er noch ungeordnet denken, schon am Ersticken, schon ganz ohne Luft. Fester. Vikont darf nichts geschehen ... Die Finger.

Sankt Petersburg

1992–1994